# MIGUEL DE CERVANTES SAAVEDRA

*EL Ingenioso hidalgo DON Quixote de la mancha*

全新校訂

# 堂吉訶德

上

塞萬提斯——著　楊絳——譯

本書根據一九五二年馬德里出版《西班牙古典叢書》（*Clásicos Castellanos*）中弗朗西斯戈・羅德利蓋斯・馬林編注本（edicíon y notas de Francisco Rodríguez Marín）第六版翻譯。

插圖：José Narro

語文的區別常成為文學作品和讀者之間的隔閡。語文的隔閡可由翻譯打通，例如西班牙語的文學名著《堂吉訶德》譯成中文，就能供我們中國人欣賞領略，好比「江上之清風，山間之明月」是人我之「所共適」。這裡的「人」，指西班牙語系的人；「我」，指同說漢語的咱們自己人。台灣和大陸相隔一個海峽，兩岸都是一家，無分彼此，何妨「我的就是你的，你的就是我的」呢！

翻譯是一項苦差使，我曾比之於「一僕二主」。譯者同時得伺候兩個主子。一個洋主子是原文作品。原文的一句句、一字字都要求依順，不容違拗，也不得敷衍了事。另一主子是本國譯本的讀者。他們要求看到原作的本來面貌，卻又得依順他們的語文習慣。我作為譯者，對「洋主子」盡責，祇是為了對本國讀者盡忠。我對自己譯本的讀者，恰如俗語所稱「孝順的廚子」。主人越吃得多，或許吃的主人越多，我就越發稱心愜意，覺得苦差沒有白當，辛苦一場也是值得。現在台灣聯經出版事業公司，願出版拙譯《堂吉訶德》，我有緣能為台灣讀者當「孝順廚子」，真是由衷喜悅。

汪榮祖教授為台灣出版這部譯本的事給予熱心幫助，我謹向他致以誠摯的謝意。

楊絳　一九八八年五月一日

# 校訂本譯者前言

我翻看已經三版的舊譯《堂吉訶德》，發現毛病很多：有文句欠妥處，有辭意欠醒處，印刷錯誤之外，還有翻譯的疏漏。我常想參照一個更新的原著版本，把舊譯通體校訂一遍。

我物色得胡安・包蒂斯塔・阿巴葉—阿塞（Juan Bautista Avalle-Arce）編注的《堂吉訶德》（一九七七年馬德里版），聽說是權威性的新版本。阿巴葉—阿塞在他的〈導言〉第一節「版本」裡，提出了版本問題上的一個新發現——英國新出了傅洛瑞斯（R. M. Flores）的一篇論文：〈《堂吉訶德》第一部馬德里第一、第二版的排字工人〉（The Compositors of the First and Second Madrid Editions of *Don Quixote*, Part I）（一九七五年倫敦版）。傅洛瑞斯指出：一六〇五年馬德里出版的《堂吉訶德》第一部的第一版，按照塞萬提斯的手稿排印，但排字工人不注意原稿的標點、音符和綴字法，各按自己的習慣排印；原稿已失，同年馬德里印行的第二版按第一版排印，共改易了三千九百二十八處。因此，阿巴葉—阿塞認為一六〇五年馬德里印行的《堂吉訶德》第一部，只有第一版可靠。他的編注本除了個別例外，嚴格按照第一版，只把古老的綴字法、音符、標點等加以現代化。第一版上有些極明顯的錯字、遺漏和排錯的章目等，都保存原貌，只在注釋裡加以說明。

接著我又得到穆里留（Luis Andrés Murillo）編注的《堂吉訶德》（一九八三年馬德里版）。

這是個更新的版。穆里留在〈前言〉裡也提到傅洛瑞斯的那篇論文，但他認為論文對於統一版本的綴字法很有價值，至於怎樣修補第一版上那些明顯的錯誤和脫漏，就沒多大貢獻。他的編注本主要依據兩種舊版，其一就是我翻譯時所根據的馬林編注本。至於注釋，他認為馬林擅長解析塞萬提斯時代的語言，而考訂的精博，沒有人趕得上他。

我把這兩種新版本和馬林本對比著做了一番校勘，發現馬林本也是依據一六〇五年馬德里第一版。他五次採用第二版的改易，都注出充分理由（如作者本人的修改）。兩種新版本和馬林本有一點較大的不同，那就是關於灰驢的事。據一六〇五年《堂吉訶德》第一部的馬德里第一版，桑丘的灰驢在二十五章到二十九章已丟失，卻沒有說明怎麼丟的。直到四十六章才又提到灰驢，也未說明怎麼又找到的。一六〇五年馬德里第二版上，作者在第二十三章裡補上灰驢被竊數節，又在第三十章裡補上重獲灰驢數節。可是作者補上灰驢被竊後，只改了隨後「桑丘橫坐驢背」一句和同一章裡「桑丘照常騎驢跟隨」一句，另有幾處桑丘騎在驢上，都沒有改掉，因此造成灰驢已失而桑丘仍復騎著灰驢的謬誤。兩種新版本保存一六〇五年馬德里第一版的原貌，只把作者添在第二十三章和第三十章上的幾節加在注裡。但是《堂吉訶德》第二部第四章裡批評《堂吉訶德》第一部時，明明說：「毛病是灰驢還沒出現，作者卻說桑丘騎著他的灰驢。」按一六〇五年馬德里第一版，灰驢莫名其妙地丟失以後，直到灰驢莫名其妙地重又出現，桑丘一次也沒有騎上他的灰驢。如果不把作者的改筆添在正文裡，作者在第二部裡自認的毛病就沒有根據了。馬林本按一六〇五年馬德里第二版，補上作者本人的修改，而在注裡說明他的疏失。我細細斟酌，覺得馬林這樣處理比較妥當。

阿巴葉—阿塞和穆里留不知是否受了那篇英國論文的影響，似乎太泥於一六〇五年馬德里第一版了。那第一版上，二十九章和三十章互換了章目，穆里留也未更正，只加注說明。阿巴葉—阿塞本倒是更正了。他還把那第一版上的 cubren 一字按第二版改為 criban，這大約就是他所謂「個別例外」。但是這個錯字既然改得，其他明顯的錯誤和脫漏，在充分的證據前，為什麼不能修改呢？我這次重訂，仍舊按照馬林的編注本。

友人瑪麗婭女士（Señora María Pérez Ribes）和王央樂先生分別贈我《堂吉訶德》的兩個新版本，央樂先生還熱心鼓勵我完成這番徹底校訂的工作，黃寶生先生曾為譯本第一版仔細勘誤，我謹向他們致衷心的感謝。

楊絳　一九八五年十月

# 譯者序

《堂吉訶德》是國際聲望最高、影響最大的西班牙文學巨製。可是作者米蓋爾・台・塞萬提斯・薩阿維德拉（Miguel de Cervantes Saavedrs, 1547-1616）一輩子只是個傷殘的軍士、潦倒的文人。後世對他的生平，缺乏確切的資料。

他是一個窮醫生的兒子，生於馬德里附近的阿爾加拉・台・艾那瑞斯城（Alcalá de Henares）。我們不知道他的生日，只知道他受洗的日子是一五四七年十月九日。我們也不知道他早年在哪裡上學，只知道一位深受人文主義影響的教師胡安・洛貝斯・台・沃幼斯（Juan López de Hoyos）曾把他稱為自己寵愛的學生。一五六九年，他隨教宗派遣到西班牙的使者到了羅馬；一五七〇年投入西班牙駐義大利的軍隊，充當一名小兵；一五七一年參加有名的雷邦多（Lepanto）戰役，受了三處傷，左手從此殘廢；一五七二年傷癒仍舊當兵；一五七五年他回國途中，被阿爾及爾海盜俘虜，在阿爾及爾做了五年奴隸，曾四次組織同夥基督徒逃亡，都沒有成功，一五八〇年才由西班牙三位一體會修士為他募化得五百艾斯古多，把他贖回西班牙。

塞萬提斯回國一貧如洗，當兵已無前途，靠寫作也難以維持生活，一五八二年曾謀求美洲的官職，也沒有成功。一五八四年他娶了一位薄有資財的妻子。這位妻子居住托雷多，塞萬提斯經常為衣食奔走，只能偶爾到托雷多去和妻子團聚。他去世時妻子還活著。一五八七年，塞萬提斯得到一個差使，為「無敵艦隊」在安達魯西亞境內當採購員，有機會接觸到許多城鎮各行各業的人，但事情不好辦，報酬又菲薄。一五九〇年，他再次謀求美洲的官職，申請沒受到答理。一五九四年他當了格拉那達境內的收稅員。由於工作不順利，再加無妄之災，他曾幾度入獄；據說《堂吉訶德》的第一部就是在塞維亞的監獄裡動筆的。

一六〇五年，塞萬提斯五十八歲，《堂吉訶德》第一部出版，深受讀者歡迎。一六一四年，這本書的第二部才寫到五十九章，他忽見別人寫的《堂吉訶德》續篇出版，就趕緊寫完自己的第二部，於一六一五年出版。這部小說雖然享有盛名，作者並沒有獲得實惠，依然還是個窮文人，在高雅的文壇上，也沒有博得地位。他患水腫病，一六一六年四月二十三日去世，葬在三位一體修道院的墓園裡，但沒人知道確切的墓址。

塞萬提斯的作品除《堂吉訶德》外，還有牧歌體傳奇《咖拉泰》（*Galatea*）第一部（一五八五）；劇本如《努曼西亞》（*Numancia*，一五八四），《尚未上演的八齣喜劇和八齣幕間短劇》（*Ocho Comediasy ocho entremeses nuevos nunca representados*，一六一五）；短篇小說集《模範故事》（*Novelas ejemplares*，一六一三）；長詩《巴拿索神山瞻禮記》（*Viaje de Parnaso*，一六一四）；和他身後出版的長篇小說《貝爾西雷斯和西希斯蒙達》（*Persiles y Sigismunda*，一六一七）等。

《堂吉訶德》是舉世聞名的傑作，沒讀過這部小說的，往往也知道小說裡的堂吉訶德。這位奇情異想的西班牙紳士自命為騎士，騎著一匹瘦馬，帶著一個侍從，自十七世紀以來幾乎走遍了世界。據作者塞萬提斯的戲語，他當初曾想把堂吉訶德送到中國來，因沒有路費而作罷論[1]。可是中國雖然在作者心目中路途遙遠，堂吉訶德這個名字在中國卻並不陌生，許多人都知道；不但知道，還時常稱道；不但稱道堂吉訶德本人，還稱道他那一類的人。因為堂吉訶德已經成為典型人物，他是西洋文學創作裡和哈姆雷特、浮士德等並稱的傑出典型[2]。

但堂吉訶德究竟是怎樣的人，並不是大家都熟悉，更不是大家都了解。他是一個非常複雜的性格，各個時代、各個國家的讀者對他的理解都不相同。堂吉訶德初出世，大家只把他當作一個可笑的瘋子。但是歷代讀者對他認識漸深，對他的性格愈有新的發現，愈覺得過去的認識不充分、不完全。單就海涅一個人而論，他就說，他每隔五年讀一遍《堂吉訶德》，印象每次不同[3]。這些形形色色的見解，在不同的時代各有偏向。堂吉訶德累積了歷代讀者對他的見解，性格愈加複雜了。我們要認識他的全貌，得認識他的各種面貌。

讀者最初看到的堂吉訶德，是一個瘋癲可笑的騎士。《堂吉訶德》一出版風靡了西班牙，最欣賞這部小說的是少年和青年人。據記載，西班牙菲立普三世在王宮陽台上看見一個學生一面看書一面狂笑，就說這學生一定在看《堂吉訶德》，不然一定是個瘋子。果然那學生是在讀《堂吉

---

1《堂吉訶德》第二部獻辭裡的戲語。詳見本書下冊頁一一一—一一二，以及頁一一二，注3。（指本書的譯本上冊和下冊，以下簡稱上冊和下冊）。

2　例如法國十九世紀批評家艾米爾・蒙泰居（Émile Montégut）在他的《文學典型和美學幻想》（*Types littéraires et Fantaisies esthétiques*）（一八三三）裡，把堂吉訶德、哈姆雷特、少年維特、維爾海姆・麥斯特（Wilhelm Meister）四個角色稱為合乎美學標準的四種典型；屠格涅夫在他的《哈姆雷特與堂吉訶德》（一八六〇）裡把哈姆雷特和堂吉訶德作為兩個對立的典型。

3〈精印《堂吉訶德》引言〉（一八七三），見《文學研究集刊》第二冊，頁一六五。

訶德》[4]。但當時文壇上只把這部小說看作一個逗人發笑的滑稽故事，小販叫賣的通俗讀物[5]。十七世紀西班牙批評家瓦爾伽斯（Tomás Tomayo de Vargas）說：「塞萬提斯不學無術，不過倒是個才子，他是西班牙最逗笑的作家。」雖然現代西班牙學者把塞萬提斯奉為有學識的思想家和偉大的藝術家，「不學無術」這句考語在西班牙已被稱引了將近三百年[6]。可見長期以來西班牙人對塞萬提斯和《堂吉訶德》是怎樣理解的。

《堂吉訶德》最早受到重視是在英國[7]，英國早期的讀者也把堂吉訶德看作可笑的瘋子。艾狄生把《堂吉訶德》和勃特勒（Samuel Butler）的《胡迪布拉斯》（*Hudibras*）並稱為誇張滑稽的作品[8]，譚坡爾（William Temple）甚至責備塞萬提斯的諷刺用力過猛，不僅消滅了西班牙的騎士小說，連西班牙崇尚武俠的精神都消滅了[9]。散文家斯蒂爾（Richard Steele）、小說家笛福、詩人拜倫等對塞萬提斯都有同樣的指責[10]。

英國小說家斐爾丁強調了堂吉訶德的正面品質。堂吉訶德是瘋子麼？斐爾丁在《咖啡店裡的政治家》（*The Coffee-House Politician*）那個劇本裡說，世人多半是瘋子，他們和堂吉訶德不同之處只在瘋的種類而已。斐爾丁在《堂吉訶德在英國》那個劇本裡，表示世人比堂吉訶德還瘋得厲害。戲裡的堂吉訶德對桑丘說：「桑丘，讓他們管我叫瘋子吧，我還瘋得不夠，所以得不到他們的讚許。」[11]這裡，堂吉訶德不是諷刺的對象，卻成了一個諷刺者。斐爾丁接著在他的小說《約瑟．安德魯斯》（*Joseph Andrews*）裡創造了一個亞當斯牧師。亞當斯牧師是個心熱腸軟的書呆子，瞧不見目前的現實世界，於是幹了不少傻事，受到種種欺負。斐爾丁自稱他這部小說模仿塞萬提斯，英國文壇上也一向把亞當斯牧師稱為「堂吉訶德型」。英國文學作品裡以後又出現許多亞當斯牧師一類的「堂吉訶德型」人物，如斯特恩創造的托貝叔叔，狄更斯創造的匹克威克先生，薩克雷創造的牛肯上校等。這類「堂吉訶德型」的人物雖然可笑，同時又叫人同情敬愛。他們體現了英國人對堂吉訶德的理解。約翰生說：「堂吉訶德的失望招得我們又笑他，又憐他。我們可憐他的時候，會想到自己的失望；我們笑他的時候，自己心上明白，他並不比我們更可笑。」[12]可笑而又可愛的傻子是堂吉訶德的另一種面貌。

---

4 保爾・阿薩（Paul Hazard），《塞萬提斯的《堂吉訶德》》（*Don Quichotte de Cervantes*），梅岳泰（Mellottée）版，頁三七。

5 沃茨（H. E. Watts），〈塞萬提斯的生平和著作〉（Life and Writings of Miguel Cervantes），沃爾特・司各特（Walter Scott）版，頁一六七。

6 保爾・阿薩，《塞萬提斯的《堂吉訶德》》，頁一五九—一六〇。沃茨，〈塞萬提斯的生平和著作〉，頁九〇。

7 英國最早把《堂吉訶德》作為經典作品。一六一二年，英國出版了謝爾登（Thomas Shelton）的英譯本，這是《堂吉訶德》的第一部翻譯本，一七三八年出版家湯生（Jacob Tonson）印行了最早的原文精裝本；一七八一年，英國出版了博爾（John Bowle）的注譯本，這是最早的《堂吉訶德》注譯本。見費茨莫利斯・凱利（James Fitzmaurice-Kelly），《塞萬提斯在英國》（*Cervantes in England*），頁一七。

8 《旁觀者》（*Spectator*）二四九期，《每人叢書》版二冊，頁二九九。夏夫茨伯利（Shaftesbury）也把《堂吉訶德》看作誇張的諷刺，見〈論特性〉（Characteristics），羅伯生（J. M. Robertson）編注本第二冊，頁三一三。

9 譚坡爾，〈論古今學術〉（On Ancient and Modern Learning），斯賓岡（J. E. Spingarn）編，《十七世紀批評論文集》（*Critical Essays of the Seventeenth Century*）第三冊，頁七一。

10 詳見〈譯者序〉，注8所引書，頁三〇七，注釋。

11 泰甫（Stuart Tave），《可笑可愛的人》（*The Amiable Humorist*），引自頁一五六—一五七。

12 《漫步者》（*Rambler*）第二期，《每人叢書》版，頁七。

法國作家沒有像英國作家那樣把堂吉訶德融化在自己的文學裡，只是翻譯者把這位西班牙騎士改裝成法國紳士，引進了法國社會。《堂吉訶德》的法文譯者聖馬丁（Filleau de Saint-Martin）批評最早的《堂吉訶德》法文譯本[13]一字字緊扣原文，太忠實，也太呆板；所以他自己的譯文不求忠實，只求適合法國的文化和風尚[14]。弗洛利安（Jean-Pierre Claris de Florian）的譯本更是只求迎合法國人的喜好，不惜犧牲原文。他嫌《堂吉訶德》的西班牙氣味太重，因此把他認為生硬的地方化為軟熟，不合法國人口味的都改掉，簡略了重複的片段，刪削了枝蔓的情節。他的譯本很簡短，敘事輕快，文筆乾淨俐落。他以為堂吉訶德雖然逗笑，仍然有他的哲學；作者一方面取笑無益的偏見，對有益的道德卻非常尊重；堂吉訶德的言論只要不牽涉到騎士道，都從理性出發，教人愛好道德，堂吉訶德的瘋狂只是愛好道德而帶上偏執。他說讀者對這點向來沒有充分理解，他翻譯的宗旨就是要闡明這一個道理[15]。可以設想，弗洛利安筆下的堂吉訶德是一位有理性、講道德的法國紳士。以上兩種漂亮而不忠實的譯本早已被人遺忘，可是經譯者改裝的堂吉訶德在歐洲當時很受歡迎，一六八二年的德文譯本就是從聖馬丁的法文譯本轉譯的。

英國詩人蒲柏也注意到堂吉訶德有理性、講道德的方面。他首先看到堂吉訶德那副嚴肅的神情[16]，並且說他是「最講道德、最有理性的瘋子，我們雖然笑他，也敬他愛他，因為我們可以笑自己敬愛的人，不帶一點惡意或輕鄙之心」[17]。寇爾列支說，堂吉訶德象徵沒有判斷、沒有辨別力的理性和道德觀念；桑丘恰相反，他象徵沒有理性、沒有想像的常識；兩人合在一起，就是完整的智慧[18]。他又說，堂吉訶德的感覺並沒有錯亂，不過他的想像力和純粹的理性都太強了，感覺所證明的結論如果不符合他的想像和理性，他就把自己的感覺撇開不顧[19]。寇爾列支強調了堂吉訶德的道德觀念、他的理性和想像力。我們又看到了堂吉訶德的另一個面貌：他是嚴肅的道德家，他有很強的理性和想像，他是一個深可敬佩的人[20]。

在十九世紀浪漫主義的影響下，堂吉訶德又變成一個悲劇性的角色。據十九世紀的浪漫主義者看來，堂吉訶德情願犧牲自己，一心要求實現一個現實世界所不容實現的理想，所以他又可笑又可悲。這類的見解，各國都有例子。英國十九世紀批評家海茲利特（William Hazlitt）認為《堂吉訶德》這個可笑的故事掩蓋著動人的、偉大的思想感情，叫人失笑，又叫人下淚[21]。按照蘭姆

---

13 最早的《堂吉訶德》法文本，第一部由烏丹（César Oudin）翻譯，一六一四年出版；第二部由洛賽（F. de Rosset）翻譯，一六一八年出版。

14 保爾・阿薩，《塞萬提斯的《堂吉訶德》》，頁三三七。

15 保爾・阿薩，《塞萬提斯的《堂吉訶德》》，頁三三九—三四〇。勒薩日（A. R. Lesage）翻譯假名阿維利亞內達（Avellaneda）惡意歪曲《堂吉訶德》的《堂吉訶德續集》，也把原文任意增刪修改。阿維利亞內達的續集受盡唾罵，勒薩日的譯本卻有人稱賞，因為和原文面貌大不相同。

16 《笨伯咏》（*Dunciad*）卷一，行二一。

17 舍本（George Sherburn）編，《蒲柏書信集》（*Correspondence*）第四冊，頁二〇八。

18 《論文與演說選》，《每人叢書》版，頁二五一。

19 艾許（T. Ashe）編，《談話錄》（*Table Talk*），一七九四年版，頁一七九。

20 法國近代小說家法朗士（Anatole France）也把堂吉訶德看作一個值得敬佩的人。他說：「我們每人心裡都有一個堂吉訶德，一個桑丘・潘沙；我們聽從的是桑丘，但我們敬佩的卻是堂吉訶德。」見《西爾維斯特・博納的罪行》（*Le Crime de Sylvestre Bonnard*），加爾曼—雷維（Calmann-Lévy）版，頁一五〇。

21 〈論英國小說家〉（On the English Novelists），郝歐（P. P. Howe）編，《海茲利特全集》第六冊，頁一〇八。

（Charles Lamb）的意見，塞萬提斯創造堂吉訶德的意圖是眼淚，不是笑[22]。拜倫慨嘆堂吉訶德成了笑柄。他在《唐璜》（*Don Juan*）裡論到堂吉訶德，大致意思說：他也願意去鋤除強暴——或者阻正罪惡，可是塞萬提斯這部真實的故事叫人知道這是徒勞無功的；堂吉訶德一心追求正義，他的美德使他成了瘋子，落得狼狽不堪，這個故事之可笑正顯示了世事之可悲可嘆，所以《堂吉訶德》是一切故事裡最傷心的故事；要去伸雪冤屈，救助苦難的人，獨力反抗強權的陣營，要從外國統治下解放無告的人民——唉，這些崇高的志願不過是可笑的夢想罷了[23]。法國夏都布里昂說，他只能用傷感的情緒去解釋塞萬提斯的作品和他那種殘忍的笑[24]。法國小說家福樓拜塑造的包法利夫人，一心追求戀愛的美夢，她和堂吉訶德一樣，要教書本裡的理想成為現實，有些評論家就把她稱為堂吉訶德式的人物[25]。德國批評家弗利德利許・希雷格爾（Friedrich Schlegel）把堂吉訶德所表現的精神稱為「悲劇性的荒謬」（Tollheit）或「悲劇性的傻氣」（Dummheit）[26]。海涅批評堂吉訶德說：「這位好漢騎士想教早成陳跡的過去死裡回生，就和現在的事物衝撞，可憐他的手腳以至脊背都擦痛了，所以堂吉訶德主義是個笑話。這是我那時候的意見。後來我才知道還有樁不討好的傻事，那便是要教未來趕早在當今出現，而且只憑一匹駑馬，一副破盔甲，一個瘦弱殘軀，卻去攻打現時的緊要利害關頭。聰明人見了這一種堂吉訶德主義，像見了那一種堂吉訶德主義一樣，直把他那乖覺的頭來搖……」但是堂吉訶德寧可捨掉性命，絕不放棄理想。他使得海涅為他傷心流淚，對他震驚傾倒[27]。俄羅斯小說家屠格涅夫（Ivan Turgenev）也有同樣的看法。堂吉訶德有不可動搖的信仰，他堅決相信，超越了他自身的存在，還有永恆的、普遍的、不變的東西；這些東西須一片志誠地努力爭取，方才能夠獲得。堂吉訶德為了他信仰的真理，不辭艱苦，不惜犧牲性命。在他，人生只是手段，不是目的。他所以珍重自己的性命，無非為了實現自己的理想。他活著是為別人，為自己的弟兄，為了鋤除邪惡，為了反抗魔法師和巨人等壓迫人類的勢力。只為他堅信一個主義，一片熱情地願意為這個主義盡忠，人家就把他當作瘋子，覺得他可笑[28]。十九世紀讀者心目中那個可笑可悲的堂吉訶德，是他的又一種面貌。

以上只是從手邊很有限的材料裡，略舉十七、十八、十九世紀以來對於堂吉訶德的一些代表性的見解。究竟哪一種面貌，哪一種解釋是正確的呢？還是堂吉訶德一身兼有各種面貌，每種面貌不過表現他性格的一個方面呢？我們且撇開成見，直接從《堂吉訶德》裡來認識堂吉訶德。

堂吉訶德是個沒落的小貴族或紳士地主（hidalgo），因看騎士小說入迷，自命為游俠騎士，要遍遊世界去除強扶弱，維護正義和公道，實行他所崇信的騎士道。他單槍匹馬，帶了侍從桑丘，出門冒險，但受盡挫折，一事無成，回鄉鬱鬱而死。

據作者一再聲明，他寫這部小說，是為了諷刺當時盛行的騎士小說。其實，作品的客觀效果

22〈現代藝術創作的缺乏想像力〉，魯加斯（E.V. Lucas）編，《藍姆全集》第二冊，頁二三三。

23 第十三章，第八、九、十節，斯蒂芬（T. G. Steffan）、普拉德（W. W. Pratt）集注本第三冊，頁三六三。

24《身後回憶錄》（*Mémoires d'Outre-Tombe*）第一部第五卷，比瑞（Biré）編注本第一冊，頁二五九—二六〇。

25 雷文（H. Levin），《文學批評的聯繫》（*Contexts of Criticism*），一九五八年哈佛大學版，頁九六。雷內・吉哈（René Girard）《浪漫的謊言與小說的真實》（*Mensonge Romantique et Vérité Romanesque*），一九六一年版，頁一一三—一一四、一一七—一一八、二二五—二二六。

26 艾契納（Hans Eichner）編，希雷格爾手稿《文學筆記》，二〇五〇條，頁二〇二—二〇三。

27《文學研究集刊》第二冊，頁一六六、一六三—一六五。

28〈哈姆雷特與堂吉訶德〉，《文藝理論譯叢》，一九五八年第三期，頁一〇七—一〇九。

超出作者主觀意圖，已是文學史上的常談。而且小說作者的聲明，像小說裡的故事一樣，未可全信。但作者筆下的堂吉訶德，開始確是亦步亦趨地模仿騎士小說裡的英雄；作者確是用誇張滑稽的手法諷刺騎士小說。他處處把堂吉訶德和騎士小說裡的英雄對比取笑。騎士小說裡的英雄武力超人，戰無不勝。堂吉訶德卻是個哭喪著臉的瘦弱老兒，每戰必敗，除非對方措手不及。騎士小說裡的英雄往往有仙丹靈藥。堂吉訶德按方炮製了神油，喝下卻嘔吐得搜腸倒胃。騎士小說裡的英雄都有神駿的坐騎、堅固的盔甲。堂吉訶德的駑騂難得卻是一匹罕有的駑馬，而他那套霉爛的盔甲，還是拼湊充數的。游俠騎士的意中人都是嬌貴無比的絕世美人。堂吉訶德的杜爾西內婭是一位像莊稼漢那麼壯碩的農村姑娘；堂吉訶德卻又說她尊貴無比、嬌美無雙。那位姑娘心目中壓根兒沒有堂吉訶德這麼個人，堂吉訶德卻模仿著小說裡的多情騎士，為她憂傷憔悴，餓著肚子終夜嘆氣。小說裡的騎士受了意中人的鄙夷，或因意中人幹了醜事，氣得發瘋；堂吉訶德卻無緣無故，硬要模仿著發瘋。他儘管苦惱得作詩為杜爾西內婭「哭哭啼啼」，他和他的情詩都只成了笑柄。

但堂吉訶德不僅是一個誇張滑稽的鬧劇角色。《堂吉訶德》也不僅是一部誇張滑稽的鬧劇作品。單純的鬧劇角色，不能充當一部長篇小說的主人公，讀者對他的興趣不能持久。塞萬提斯當初只打算寫一個短短的諷刺故事[29]。他延長了故事，加添了一個侍從桑丘，人物的性格愈寫愈充實，愈生動。塞萬提斯創造堂吉訶德並不像宙斯孕育智慧的女神那樣。智慧的女神出世就是個完全長成的女神；她渾身披掛，從宙斯裂開的腦袋裡一躍而出，堂吉訶德出世時雖然也渾身披掛，他卻像我國舊小說裡久死還魂的人，沾得活人生氣，骨骼上漸漸生出肉來，虛影漸漸成為實體。塞萬提斯的故事是隨寫隨編的，人物也隨筆點染。譬如桑丘這個侍從是臨時想出來的，而桑丘是何形象，作者當初還未有確切的觀念[30]。又如故事裡有許多疏漏脫節的地方[31]，最顯著的是灰驢被竊一事[32]。我大膽猜測，這是作者寫到堂吉訶德在黑山苦修，臨時想到的，借此可以解決駑騂難得沒人照料的問題。所以一六〇五年馬德里第一版上，故事從這裡起才一次次點出灰驢已丟失。這類疏失不足減損一部傑作的偉大，因為都是作者所謂「無關緊要的細節」，他只求「講來不失故事的真實就行」[33]。我們從這類脫節處可以看出作者沒有預定精密的計畫，都是一面寫，一面創造，情節隨時發生，人物逐漸成長。

塞萬提斯不是把堂吉訶德寫成佛爾斯塔夫（Falstaff）式的懦夫，來和他主觀上的英勇騎士相對比，卻是把他寫成誇張式的模範騎士。凡是堂吉訶德認為騎士應有的學識、修養以及大大小小的美德，他自己身上都有；不但有得充分，而且還過度一點。他學識非常廣博，常使桑丘驚佩傾倒。他不但是武士，還是詩人；不但有詩才，還有口才，能辯論，能說教，議論滔滔不斷，振振有理。他的忠貞、純潔、慷慨、斯文、勇敢、堅毅，都超過常人；並且堅持真理，性命都不顧惜。

29　參看上冊頁一〇五，注2，頁三〇〇末一句。
30　上冊，頁五八—五九，客店主人說游俠騎士往往帶侍從；上冊頁六三，堂吉訶德打算找個侍從。上冊頁一〇六，描寫的桑丘是大肚子，矮個子，小腿很長，但下文不再提起他的長腿。
31　參看上冊頁一九六注9，頁二三一注11，頁三一五注2，頁三二五注5，頁三三一注2，頁三四三注7、注8，頁三七五注1，頁四〇一注2，頁四〇三注3，頁四〇五注4，頁四六五注2，頁四九七注1，頁五〇三注6；下冊頁四一六注1，頁四四八注12，頁四五九注1，頁五三五注9、注10。
32　詳見〈校訂本譯者前言〉，頁八。
33　參看上冊頁四四。

堂吉訶德雖然惹人發笑，他自己卻非常嚴肅。小丑可以裝出嚴肅的面貌來博笑，所謂冷面滑稽。因為本人不知自己可笑，就越發可笑。堂吉訶德不止面貌嚴肅，他嚴肅入骨，嚴肅到靈魂深處。他要做游俠騎士不是做著玩兒，卻是死心塌地、拚生捨命地做。他表面的誇張滑稽直貫徹他的思想感情。他哭喪著臉，披一身雜湊破舊的盔甲，待人接物總按照古禮，說話常學著騎士小說裡的腔吻；這是他外表的滑稽。他的思想感情和他的外表很一致。他認為最幸福的黃金時代，人類只像森林裡的素食動物，餓了吃橡實，渴了飲溪水，冷了還不如動物身上有毛羽，現成可以禦寒。他所要保衛的童女，作者常說是「像她生身媽媽那樣童貞」。他死抱住自己的一套理想，滿腔熱忱，儘管在現實裡不斷地栽跟頭，始終沒有學到一點乖，堂吉訶德的嚴肅增加了他的可笑，同時也代他贏得了更深的同情和尊敬。

也許塞萬提斯在賦與堂吉訶德血肉生命的時候，把自己品性、思想、情感分了些給他。這並不是說塞萬提斯按著自己的形象創造堂吉訶德。他在創造這個人物的時候，是否有意識地從自己身上取材，還是只順手把自己現有的給了創造的人物，我們也無從斷言。我們只能說，堂吉訶德有些品質是塞萬提斯本人的品質。

譬如塞萬提斯曾在基督教國家聯合艦隊重創土耳其人的雷邦多戰役裡充當一名小兵。當時他已經病了好多天，但是他奮勇當先，第一個跳上敵艦，受了三處傷，殘廢了一隻左手。《堂吉訶德》裡寫堂吉訶德看見三四十架風車，以為是巨人，獨自一人衝殺上去拚命。儘管場合不同，兩人卻是同樣的奮不顧身。又譬如塞萬提斯被土耳其海盜俘虜，在阿爾及爾做了五年奴隸。他的主人是殺人不眨眼的魔君，常把奴隸割鼻子、割耳朵或活活的剝皮，塞萬提斯曾四次帶著大夥俘虜逃亡，每次事敗，他總把全部罪責獨自承當，拚著抽筋剝皮，不肯供出同謀。他的主人懾於他的氣魄，竟沒有凌辱他[34]。塞萬提斯的膽量，和堂吉訶德向獅子挑戰的膽量，正也相似。可以說，沒有作者這種英雄胸懷，寫不出堂吉訶德這種英雄氣概。塞萬提斯在這部小說裡時時稱頌兵士的美德，如勇敢、堅毅、吃苦、耐勞等等，這也都是騎士的美德，都是他所熟悉的道德和修養，也是他和堂吉訶德共有的品質。

塞萬提斯有時把自己的識見分給了堂吉訶德。小說裡再三說到堂吉訶德只要不涉及騎士道，他的頭腦很清楚，識見很高明。塞萬提斯偶爾喜歡在小說裡發發議論，常借小說裡的人物作自己的傳聲筒。例如神父對騎士小說的「裁判」[35]，教長對騎士小說的批評，以及史詩可用散文寫的這點見解[36]，教長對於戲劇的一套理論[37]，分明都是作者本人的意見。但神父和教長都不是小說裡主要的角色，不常出場。堂吉訶德只要不議論騎士道，不模仿騎士小說，他就不是瘋人，借他的嘴來發議論就更為方便。例如堂吉訶德論教育子女以及論詩和詩人[38]，論翻譯[39]，論武職的可貴、當兵的艱苦[40]，以及隨口的談論，如說打仗受傷只有體面並不丟臉[41]，鄙夫不指地位卑微的

34 參看上冊頁四三五—四三六。
35 上冊頁七七—八七。
36 上冊頁五一二—五一四。
37 上冊頁五一六—五二一。
38 下冊頁一三八—一四一。
39 下冊頁五二六—五二八。
40 上冊頁四一七—四一八、四二〇—四二二。
41 上冊頁一五八。

人，王公貴人而沒有知識都是凡夫俗子等等[42]，都像塞萬提斯本人的話。堂吉訶德拾了他的唾餘，就表現為很有識見的人。

也許塞萬提斯把自己的情感也分了一些給堂吉訶德。塞寓提斯一生困頓。《堂吉訶德》第一部出版以後，他還只是個又老又窮的軍士和小鄉紳[43]。塞萬提斯曾假借堂吉訶德的話說：「這個世界專壓抑才子和傑作。」[44]他在《巴拿索神山瞻禮記》裡寫詩神阿波羅為每個詩人備有座位，單單塞萬提斯沒有，只好站著。詩神叫他把大衣疊起，坐在上面。塞萬提斯回答說：「您大概沒注意，我沒有大衣。」[45]他不但沒有座位，連大衣都沒有一件。這正是海涅說的：「詩人在作品裡吐露了隱衷。」[46]塞萬提斯或許覺得自己一生追求理想，原來只是堂吉訶德式的幻想；他滿腔熱忱，原來只是堂吉訶德一般的瘋狂。堂吉訶德從不喪氣，可是到頭來只得自認失敗，他那時的失望和傷感，恐怕只有像堂吉訶德一般受盡挫折的塞萬提斯才能為他描摹。

堂吉訶德的侍從桑丘，也是逐漸充實的。我們最初只看到他傻，漸漸看出他痴中有黠。可是他受到主人的恩惠感激不忘，明知跟著個瘋子不免吃虧倒楣，還是一片忠心，不肯背離主人。我們通常把桑丘說成堂吉訶德的陪襯，其實桑丘不僅陪，不僅襯，他是堂吉訶德的對照，好比兩鏡相對，彼此交映出無限深度。堂吉訶德抱著偉大的理想，一心想濟世救人，一眼只望著遙遠的過去和未來，竟看不見現實世界，也忘掉了自己是血肉之軀。桑丘念念只在一身一家的溫飽，一切從經驗出發，壓根兒不懂什麼理想。這樣一個腳踏實地的人，只為貪圖做官發財，會給眼望雲天的幻想者所煽動，跟出去一同冒險。他們儘管日常相處而互相影響[47]，性格還是迥不相向。堂吉訶德從理想方面，桑丘從現實方面，兩兩相照，他們的言行，都增添了意義，平凡的事物就此變得新穎有趣。堂吉訶德的所作所為固然滑稽，卻不如他和桑丘主僕倆的對話奇妙逗趣而耐人尋味。

《堂吉訶德》裡歷次的冒險，無非叫我們在意想不到的境地，看到堂吉訶德一些新的品質，從他的行為舉動，尤其和桑丘的談論裡，表現出他的奇情異想，由此顯出他性格上意想不到的方面。我們對堂吉訶德已經認識漸深，他的勇敢、堅忍等等美德使人敬重，他的學識使人欽佩，他受到挫折也博得同情。作者在故事的第一部裡，有時把堂吉訶德捉弄得很粗暴，但他的嘲笑，隨著故事的進展，愈變愈溫和。

堂吉訶德究竟是可笑的瘋子，還是可悲的英雄呢？從他主觀出發，可說他是個悲劇的主角，但主觀上的悲劇主角，客觀上仍然可以是滑稽的鬧劇角色。塞萬提斯能設身處地，寫出他的可悲，同時又客觀地批判他，寫出他的可笑。堂吉訶德能逗人放懷大笑，但我們笑後回味，會嘗到眼淚的酸辛。作者嘲笑堂吉訶德，也彷彿在嘲笑自己。

---

42 下冊頁一四〇。
43 一六一五年西班牙大主教為皇室聯姻的事拜會法國大使，大使的幾位隨員向大主教手下的教士探問塞萬提斯的身世。聽說他「老了，是一位兵士，一位小紳士，很窮」。法國隨員很詫怪，感嘆這樣的人才，西班牙不用國庫的錢去供養他。其中一人說：「假如他是迫於窮困才寫作，那麼，願上帝一輩子別讓他富裕，因為他自己窮困，卻豐富了所有的人。」沃茨，〈塞萬提斯的生平和著作〉，頁一四八—一五〇。
44 下冊頁五二六。
45 第四章，行一—八六。
46 《文學研究集刊》第二冊，頁一六八。
47 參看馬達利亞加（Salvador de Madariaga），《《堂吉訶德》讀法》（*Guiadellector del Quijote*），一九七八年馬德里版，頁一三七—一五九。

作者已把堂吉訶德寫成有血有肉的活人。堂吉訶德確是個古怪的瘋子，可是我們會看到許多人和他同樣的瘋，或自己覺得和他有相像之處；正如桑丘是個少見的傻子，而我們會看到許多人和他同樣的傻，或自己承認和他有相像之處。堂吉訶德不是怪物，卻是典型人物；他的古怪只增進了他性格的鮮明生動。

我們看一個具體的活人，不易看得全，也不能看得死，更不能用簡單的公式來概括。對堂吉訶德正也如此。這也許說明為什麼《堂吉訶德》出版近四百年了，還不斷地有人在捉摸這部小說裡人物的性格。

楊絳　一九八五年十月

# 目次

# 堂吉訶德

上

塞萬提斯——著
楊絳——譯

*EL Ingenioso hidalgo DON Quixote de la mancha*

# 致貝哈爾公爵

吉布拉雷翁侯爵、貝那爾咖薩爾和巴尼阿瑞斯伯爵、阿爾戈塞爾城子爵、加比利亞、古利艾爾、布爾吉利歐斯等村鎮領主[1]。

您大人熱愛文藝，尤其喜歡造詣高雅、不降格趨時的作品，想來您對各種書籍都很重視，因此我冒昧把《奇情異想的紳士堂吉訶德・台・拉・曼卻》依托您鼎鼎大名的庇蔭出版。我懷著對您大人的無限崇敬，求您惠予保護。我這部書不像飽學的著作，沒有博雅的外表，要依仗您垂庇，才敢出頭露面，不怕一般無知妄作的批評家吹毛求疵，一筆抹殺。把這種小東西作為獻禮，實在不值掛齒；也許您大人明鑑我的一片愚誠，不致唾棄吧。

米蓋爾・台・塞萬提斯・薩阿維德拉

1 貝哈爾公爵名堂阿隆索・狄艾果・羅貝斯・台・蘇尼咖和索托馬姚（Don Alonso Diego López de Zuñiga y Sotomayor），是西班牙十七世紀一位有錢有勢的權貴。當時風氣，書籍出版一定要獻給一個有權勢的人，希望得到他的庇護。塞萬提斯顯然不大願意寫這篇獻辭，他大部分抄襲了費南鐸・台・艾爾瑞拉（Fernando de Herrera）二十五年前給另一位貴人的獻辭。貝哈爾公爵並沒有理會塞萬提斯的頌揚。塞萬提斯也沒有再提到這位公爵。

# 前言

清閒的讀者，這部書是我頭腦的產兒，我當然指望它說不盡的美好、漂亮、聰明。可是按自然界的規律，物生其類，我也不能例外。世上一切不方便的事、一切煩心刺耳的聲音，都聚集在監牢裡；那裡誕生的孩子，免不了皮肉乾瘦，脾氣古怪，心思彆扭。我無才無學，我頭腦裡構想的故事，也正相彷彿[1]。如果生活安閒，居處幽靜，面對清泉曠野，又值天氣晴和，心情舒泰，那麼，最艱於生育的文藝女神也會多產，而且生的孩子能使世人驚奇喜歡。有的爸爸溺愛不明，兒子又蠢又醜，他看來只覺韶秀聰明，津津向朋友們誇讚兒子的伶俐逗趣。我呢，雖然好像是《堂吉訶德》的爸爸，卻是個後爹。親愛的讀者，我不願隨從時下的風氣，像別人那樣，簡直含著眼淚，求你對我這個兒子大度包容，別揭他的短。你既不是親戚，又不是朋友；你有自己的靈魂；你也像頭等聰明人一樣有自由意志；你是在自己家裡，一切自主，好比帝王徵稅一樣；你也知道這句老話：「在自己的大衣掩蓋下，可以隨意殺死國王。」[2]所以你不受任何約束，也不擔

1 《堂吉訶德》第一部是否在監獄裡寫成，注釋者所見不同。有的以為這裡只是打個比喻，有的認為作者確是身在獄中（如馬林）。

2 西班牙諺語；又一說：「在自己的大衣掩蓋下，可以對國王發號施令。」

承任何義務。你對這個故事有什麼意見，不妨直說：說它不好，沒人會責怪；說它好，也不會得到酬謝。

我只想講個樸素的故事，不用前言和開卷例有的一大串十四行詩呀、俏皮短詩呀、讚詞呀等等裝點。我不妨告訴你，我寫這部書雖然費心，卻不像寫目前這篇前言這樣吃力。我好多次提起筆又放下，不知該寫什麼。一次我面前攤著紙，耳上夾著筆，胳膊支在書桌上，手托著腮，苦苦思索。忽然來了一位很有風趣、很有識見的朋友。他瞧我出神，問我想什麼呢。我直言不諱，說我得要為堂吉訶德的傳記寫一篇前言，正在動腦筋，覺得真是一樁苦事，簡直怕寫，甚至連這位大勇士的傳記也不想出版了。「我這個故事乾燥得像蘆葦，沒一點生發，文筆枯澀，思想貧薄，毫無學識，也不像別的書上那樣書頁的邊上有引證，書尾有注釋。我多少年來沒沒無聞，早已被人遺忘，現在年紀一大把，寫了這樣一部作品和大家見面；讀者從古以來是對作者制定法律的人，想到他們的議論，怎不慄慄畏懼呢？別的書儘管滿紙荒唐，卻處處引證亞里斯多德、柏拉圖和大夥的大哲學家，一看就知道作者是個博雅之士，令人肅然起敬。瞧他們引用《聖經》吧，誰不說他們可以跟聖托馬斯[3]一類的神學大家比美呢？他們非常巧妙，上一句寫情人如醉如痴，下一句就宣揚基督教的寶訓，絕不有傷風化，讀來聽來津津有味。我書上可什麼都沒有。書頁的邊上沒有引證，書尾沒有注釋。人家書上參考了哪些作者，卷首都有一個按字母排列的名表，從亞里斯多德起，直到塞諾封，以至索伊洛或塞歐克西斯為止，儘管一個是愛罵人的批評家，一個是畫家[4]。我壓根兒不知道自己參考了哪幾位作者，開不出這種名表。而且卷頭也沒有十四行詩；至少沒有公爵、侯爵、伯爵、主教、貴夫人或著名詩人為我作詩。其實我有兩三個朋友還是行家呢，如果我向他們求詩，他們準會答應，他們的詩絕不輸國內最著名的詩人。」我接著說：「總而言之，老哥啊，我決計還是讓堂吉訶德先生埋沒在拉・曼卻的文獻庫裡吧，等上天派人來把剛才講的種種點綴品一一補齊再說。我自己覺得才疏學淺，沒這個本事。而且我生性懶惰，為這麼幾首自己也能做的詩奔走求人，覺得大可不必[5]。所以我剛才直在發呆。你聽了我這番話，就知道我確有道理了。」

我的朋友聽我講完，在自己腦門上拍了一巴掌，哈哈大笑道：

「嗐，老哥啊，我認識你這麼久，一直沒看清你，今天才開了眼睛。我向來以為你幹什麼事都聰明伶俐，現在看來，你跟我料想的真是天懸地隔。你這麼一副圓活的頭腦，困難再大，你也能應付自如；這一點點不足道的細事，很容易辦，怎麼竟會把你難倒，弄得束手無策呢？說老實話，不是你沒有本事，你太懶，太不動腦筋了。我這話也許你還不信吧？那麼，你留心聽我說。著名的堂吉訶德是游俠騎士的光輝和榜樣，你寫了他的故事卻顧慮重重，說有許多缺點，竟不敢出版。可是你瞧吧，我一眨眼可以把你那些顧慮一掃而空，把你說的缺陷全補救過來。」

我說：「你講吧，你打算怎樣彌補那些缺陷，掃除我的顧慮呢？」

他說：

「第一，你那部書的開頭不是欠些十四行詩、俏皮短詩和讚詞嗎？作者不又得是達官貴人

3 指聖・托馬斯・阿奎那（一二二五—一二七四），基督教神學家。

4 亞里斯多德這個名字以第一個字母A起首。塞諾封是古希臘哲學家蘇格拉底的學生：索伊洛是古希臘的批評家，以愛挑剔責罵著名：塞歐克西斯是古希臘畫家，後二人的名字是以最後字母z起首。

5 塞萬提斯以上一席話譏刺他同時的作家，尤其針對洛貝・台・維咖（Lopé de Vega）。

嗎？這事好辦。你只需費點兒心自己做幾首，隨意捏造個作者的名字，假借印度胡安長老[6]也行，假借特拉比松達[7]的皇帝也行；我聽說他們都是有名的詩人。就算不是，有些學究或學士背後攻擊，說你搗鬼，你可以只當耳邊風。他們證明了你寫的是謊話，也不能剁掉你寫下這句謊話的手呀。

「至於引文並在書頁邊上注明出處，那也容易。你總記得些拉丁文的片言隻語，反正書上一查就有，費不了多少事，你只要在適當的地方引上就行。比如你講到自由和奴役，就可以引

為黃金出賣自由，並非好事。[8]

然後在書頁的邊上注明這是霍拉斯或什麼人的話。如果你講到死神的權力就可以引

死神踐踏平民的茅屋，
照樣也踐踏帝王的城堡。[9]

如果講到上帝命令我們對敵人也該友愛，你馬上借重《聖經》，一翻就能找到上帝的金口聖旨供你引用：『我告訴你們，要愛你們的仇敵。』[10]如果你講到惡念，就引用〈福音〉『從心裡發出來的惡念。』[11]如果講到朋友不可靠，那麼加東的對句詩是現成的：

你交運的時候，總有許多朋友；

一旦天氣陰霾，你就孤獨了。[12]

你用了這類零星的拉丁詩文，人家至少也把你看成精通古典的學者。這個年頭兒，做個精通古典的學者大可名利雙收呢！

「至於書尾的注釋，也有千穩萬妥的辦法。如果你書上講到什麼巨人，就說他是巨人歌理亞斯。這本來並不費事，可是借此就能有一大篇注釋。你可以說：『據〈列王紀〉，巨人歌理亞斯或歌里亞脫是斐利斯人，他是牧人大衛在泰瑞賓托山谷狠狠地擲了一枚石子打死的。』你查查出

---

6 胡安長老（Preste Juan），中世紀傳說裡的人物。一說是土耳其東部一位信奉基督教的君王；一說是蒙古王；一說是阿比西尼亞王，古代阿比西尼亞王同時也是教會裡的長老。

7 特拉比松達（Trapisonda），一二二〇年古希臘帝國分裂為四個帝國，其中一個是特拉比松達帝國，京城臨黑海口岸，亦名特拉比松達。這個帝國亡於一二六一年。騎士小說裡常提到這個帝國和京城。

8 原文是拉丁文。出於《伊索寓言》的〈狼和狗的故事〉。

9 原文是拉丁文。出於霍拉斯，《頌歌集》第一卷第四首頌詩。

10 原文是拉丁文。見《新約》的〈馬太福音〉，第五章第四十四節。

11 原文是拉丁文。見《新約》的〈馬太福音〉，第十五章第十九節。

12 原文是拉丁文。見奧維德（Ovidio）的《愁怨集》（*Los Tristes*）第一卷第六首。加東指古羅馬西元前二、三世紀的政治家加東。中世紀學校通用的教本《加東格言集》（*Catonis Disticha*）嫁名於他。但這兩句詩不出《加東格言集》。

於哪一章，就注上[13]。

「你如要賣弄自己精通古典文學和世界地理，可以變著法兒在故事裡提到塔霍河，你馬上又有了呱呱叫的注解。你可以說：『塔霍河以西班牙的一位國王得名，發源某處，沿著里斯本名城的城牆，流入海洋，相傳河底有金沙』[14]等等。如果你講到竊賊，我熟悉加戈[15]的故事，可以講給你聽。如果你講到妓女，咱們這裡有個蒙鐸涅都主教，他可以把拉米亞、拉依達和茀蘿拉借給你[16]，為你的注解生色不少。如果你講到狠心的女人，奧維德詩裡有個美狄亞[17]可用；如果講到女魔法師和女巫，荷馬有咖里普索[18]，維吉爾有西爾塞[19]；如果講到英勇的將領，胡琉・凱撒在《戈爾之戰和內戰史的注釋》[20]裡，把他自己供你引用了，普魯塔克[21]的書上還有上千個亞歷山大呢。如果講到愛情，你只需略懂土司咖納語，可以參考雷翁・艾布雷歐[22]隨你要多少注釋，他都能供應。如果你不願到國外去找，那麼國內馮塞咖《對上帝的愛》[23]，已把這方面的資料削繁提要，供你和其他大才子利用。反正你只要在故事裡提到這些名字，或牽涉到剛才講的那些事情，注釋和引文不妨都歸我包辦。我向上帝發誓，一定把你書頁邊上的空白全都填滿，書的末尾還要費掉四大張紙為你注釋呢。

「咱們再瞧瞧人家有而你沒有的那份作家姓名表吧。彌補這點缺陷很容易。你只要找一份詳細的作家姓名表，像你說的那樣按字母次序排列的。你就照單全抄。儘管你分明是故弄玄虛，因為你無須參考那麼多作者，可是你不必顧慮，說不定有人死心眼，真以為你這部樸質無文的故事裡繁徵博引了所有的作家呢。這一大張姓名表即使沒有別的用，至少平白為你的書增添意想不到的聲望。況且你究竟是否參考了這些作者，不干別人的事，誰也不會費心去考證，還有一層，你認為自己書上欠缺的種種點綴品，照我看來，全都沒有必要。你這部書是攻擊騎士小說的；這種小說，亞里斯多德沒想到。聖巴西琉也沒說起，西賽羅也不懂得[24]。你這部奇情異想的故事，不用精確的核實，不用天文學的觀測，不用幾何學的證明，不用修辭學的辯護，也不準備向誰說

---

13 見《舊約》的〈撒母耳記上〉，第十七章。泰瑞賓托山谷應是伊拉山谷。

14 據弗羅利安・台・歐岡博（Florian de Ocampo），《西班牙編年史》（*Crónica de España*），西元前十八世紀有個傳說的塔霍王，塔霍河由他得名，塞萬提斯這裡是諷刺洛貝・台・維咖。洛貝《福地》（*Arcadia*）的專門名詞索引裡有這樣一段注釋。

15 希臘神話裡火神的兒子，有名的竊賊。

16 蒙鐸涅都主教名堂安東尼歐・台・圭瓦拉（Don Antonio Guevara），他的《書信集》（*Epístolas Familiares*）裡有聲有色地講這三個妓女的事。塞萬提斯這裡是譏刺他。

17 希臘神話裡的女巫，因被丈夫遺棄，烹食自己的子女向丈夫報復。見奧維德，《變形記》卷七。

18 希臘神話裡的女巫，曾把奧德修斯扣留了七年，答應保他長生不老。見荷馬，《奧德賽》卷一〇。

19 希臘神話裡的女巫，能把人變作豬。見維吉爾，《伊尼德》卷七。

20 古羅馬凱撒大帝的著作。

21 古希臘歷史家，著有《希臘羅馬名人傳》。

22 雷翁・艾布雷歐（León Hebreo）是葡萄牙猶太人，新柏拉圖派的理論家，用義大利語——即土司咖納語著《戀愛對話》，一五三五年出版。塞萬提斯作此序時，已有三個西班牙文譯本，分別於一五六八、一五八四、一五九〇年出版。

23 馮塞咖（Cristóbal de Fonseca）的這部書於一五九四年出版。

24 巴西琉是第四世紀希臘教會的神學家。亞里斯多德、巴西琉、西賽羅這三個名字，就是按字首的A、B、C舉出的。

教，把文學和神學攪和在一起——一切虔信基督教的人都不該採用這種雜拌兒文體來表達思想。你只需做到一點：描寫的時候模仿真實；模仿得愈親切，作品就愈好。你這部作品的宗旨不是要消除騎士小說在社會上、在群眾之間的聲望和影響嗎？那麼，你不必借用哲學家的格言、《聖經》的教訓、詩人捏造的故事、修辭學的演說、聖人的奇蹟等等。你乾脆只求一句句話說得響亮，說得有趣，文字要生動，要合適，要連綴得好；盡你的才力，把要講的話講出來，把自己的思想表達清楚，不亂不澀。你還須設法叫人家讀了你的故事，能解悶開心，快樂的人愈加快樂，愚笨的不覺厭倦，聰明的愛它新奇，正經的不認為無聊，謹小慎微的也不吝稱讚。總而言之，你只管抱定宗旨，把騎士小說的那一套掃除乾淨。那種小說並沒有什麼基礎，可是厭惡的人雖多，喜歡的人更多呢。你如能貫徹自己的宗旨，功勞就不小了。」

我悄悄兒聽著，他的議論句句中聽，我一無爭辯，完全贊成，決計照他的話來寫前言。和藹的讀者，你從這篇前言裡，可以看到我這位朋友多麼聰明；我束手無策的時候，恰好找到這位軍師，運氣多好；你能讀到這樣一部直筆的信史，也大可慶幸。據蒙帖艾爾郊原的居民傳說，鼎鼎大名的堂吉訶德・台・拉・曼卻是多年來當地最純潔的情人、最勇敢的騎士。可是我覺得他那位侍從桑丘・潘沙，把無聊的騎士小說裡各個侍從的滑稽都會集在一身了。我向你介紹了那位超越凡俗、可敬可慕的騎士倒不想賣功，只希望你感謝我介紹了這位呱呱叫的侍從。我的話完了。希望上帝保佑你健康，也不忘了照顧我。再會吧！

# 第一章

## 著名紳士堂吉訶德·台·拉·曼卻的性格和日常生活。

不久以前，有位紳士[1]住在拉·曼卻的一個村上，村名我不想提了。他那類紳士，一般都有一支長槍插在槍架上，有一面古老的盾牌、一匹瘦馬和一隻獵狗。他日常吃的砂鍋雜燴裡，牛肉比羊肉多些[2]，晚餐往往是剩肉涼拌蔥頭，星期六吃煎醃肉和攤雞蛋[3]；星期五吃扁豆[4]；星期日添隻小鴿子：這就花了他一年四分之三的收入。他在節日穿黑色細呢子的大氅、絲絨褲、絲絨鞋，平時穿一套上好的本色粗呢子衣服，這就把餘錢花光。他家裡有一個四十多歲的管家媽，一

1 原文hidalgo，指紳士地主。他們沒有爵位，還算不上貴族，是平民與貴族之間的階級，他們世代信奉基督教，是純粹西班牙血統，不混雜摩爾人或猶太人的血。

2 西班牙那時期的羊肉比牛肉貴。

3 原文duelos y quebrantos，星期六在西班牙是吃小齋的日子，不吃肉，可是准許吃牲畜的頭、尾、腳爪、心、肝、腸、胃等雜碎，稱為duelos y quebrantos。但各地區、各時期習俗不同，在塞萬提斯的時代，在拉·曼卻地區，這個菜就是煎醃肉和攤雞蛋。

4 星期五是天主教的齋日，不吃肉。

個不到二十歲的外甥女，還有一個能下地也能上街的小伙子，替他套馬、除草。我們這位紳士快五十歲了，體格很強健。他身材瘦削，面貌清癯，每天很早起身，喜歡打獵。據說他姓吉哈達，又一說是吉沙達，記載不一，推考起來，大概是吉哈那。不過這點在本書無關緊要，咱們只要講來不失故事的真相就行。

且說這位紳士，一年到頭閒的時候居多，閒來無事就埋頭看騎士小說，看得愛不釋手，津津有味，簡直把打獵呀、甚至管理家產呀都忘個一乾二淨。他好奇心切，而且入迷很深，竟變賣了好幾畝田去買書看，把能弄到手的騎士小說全搬回家。他最稱賞名作家斐利西阿諾・台・西爾巴[5]的作品，因為文筆講究，會繞著彎兒打比方；他簡直視為至寶，尤其是經常讀到的那些求情和怨望的書信，例如：「你以無理對待我的有理，這個所以然之理，使我有理也理虧氣短；因此我埋怨你美，確是有理。」又如：「……崇高的天用神聖的手法，把星辰來增飾了你的神聖，使你能值當你的偉大所當值的價值。」

可憐的紳士給這些話迷了心竅，夜裡還眼睜睜醒著，要理解這些句子，探索其中的意義。其實，即使亞里斯多德特地為此還魂再生，也探索不出，也不會理解。這位紳士對於堂貝利阿尼斯[6]打傷了人自己也受到的創傷，總覺得不大放心，因為照他設想，儘管外科醫生手段高明，傷口治好了也不免留下渾身滿臉的瘢疤。不過話又說回來，作者在結尾聲明故事還未完待續，這點他很贊成。他屢次手癢癢地要動筆，真去把故事補完。只因為他時時刻刻盤算著更重要的事，才

5　塞萬提斯同時代的騎士小說作家。

6　騎士小說裡的英雄，下面舉的都是騎士小說裡的人物，本書第六章一一提到那些小說。

沒有這麼辦，否則他一定會動筆去寫，而且真會寫出來。他常常和本村的一位神父（西宛沙大學[7]畢業的一位博學之士）爭論騎士裡誰最傑出：是巴爾梅林・台・英格拉泰拉呢，還是阿馬狄斯・台・咖烏拉。可是本村的理髮師尼古拉斯師傅認為他們都比不上太陽騎士，能和太陽騎士比美的只有阿馬狄斯・台・咖烏拉的弟弟堂咖拉奧爾，因為他能屈能伸，不是個僅小慎微的騎士，也不像他哥哥那麼愛哭；論勇敢，也一點不輸他哥哥。

長話短說，他沉浸在書裡，每夜從黃昏讀到黎明，每天從黎明讀到黃昏。這樣少睡覺，多讀書，他腦汁枯竭，失去了理性。他滿腦袋盡是書上讀到的什麼魔法呀、比武呀、打仗呀、挑戰呀、創傷呀、調情呀、戀愛呀、痛苦呀等等荒誕無稽的事。他固執成見，深信他所讀的那些荒唐故事都千真萬確，是世界上最真實的信史。他常說：熙德・如怡・狄亞斯[8]是一位了不起的騎士，但是比不上火劍騎士；火劍騎士只消把劍反手一揮，就把一對凶魔惡煞也似的巨人都劈成兩半。他尤其佩服貝那爾都・台爾・咖比歐，因為他仿照海克力士[9]兩臂扼殺地神之子安泰的辦法，在隆塞斯巴列斯殺死了有魔法護身的羅爾丹。他很稱讚巨人莫岡德，因為他那一族都是些傲慢無禮的巨人，唯獨他溫文有禮。不過他最喜歡的是瑞那爾多斯・台・蒙達爾班，尤其喜歡他衝出自己的城堡，逢人搶劫，又到海外把傳說是全身金鑄的穆罕默德的像盜來。他還要把出賣同夥的奸賊咖拉隆狠狠地踢一頓，情願賠掉一個管家媽，甚至再貼上一個外甥女作為代價。

總之，他已經完全失去理性，天下瘋子從沒有像他那樣想入非非的。他要去做個游俠騎士，披上盔甲，拿起兵器，騎馬漫遊世界，到各處去獵奇冒險，把書裡那些游俠騎士的行事一一照辦；他要消滅一切暴行，承當種種艱險，將來功成業就，就可以名傳千古。他覺得一方面為自己揚名，一方面為國家效勞，這是美事，也是非做不可的事。這可憐傢伙夢想憑雙臂之力，顯身成名，少說也做到個特拉比松達[10]的皇帝。他打著如意算盤自得其樂，急要把心願見諸實行。他頭一件事就是去擦洗他曾祖傳下的一套盔甲。這套盔甲長年累月堆在一個角落裡沒人理會，已經生鏽發霉。他用盡方法去擦洗收拾，可是發現一個大缺陷，這裡面沒有掩護整個頭臉的全盔，光有一頂不帶面甲的頂盔。他巧出心裁，設法彌補，用硬紙做成個面甲，裝在頂盔上，就彷彿是一頂完整的頭盔。他拔劍把它剁兩下，試試是否結實而禁得起刀劍，可是一劍砍下，把一星期的成績都斷送了。他瞧自己的手工一碰就碎，大為掃興。他防再有這種危險，用幾條鐵皮襯著重新做了一個，自以為夠結實了，不肯再檢驗，就當它是堅牢的、帶面甲的頭盔。

他接著想到自己的馬。這匹馬，蹄子上的裂紋比一個瑞爾所兌換的銅錢還多幾文[11]；牠比郭內拉那隻皮包瘦骨的馬還毛病百出[12]。可是在我們這位紳士看來，亞歷山大的布賽法洛[13]、熙德的巴比艾咖[14]都比不上。他費了四天工夫給牠取名字，心想：牠主人是大名鼎鼎的騎士，牠本身

7　一所小規模的大學，這類大學是當時人經常嘲笑的。

8　熙德·如怡·狄亞斯（Cid Ruy Diaz）是十一世紀的西班牙民族英雄。

9　希臘神話裡的大力士。

10　據騎士小說，勇敢的騎士瑞那爾多做了這地方的皇帝。參看〈前言〉，注7。

11　原文cuarto有雙關的意義：一指牲畜蹄上的裂紋，一是貨幣名，一個瑞爾可兌八文。原文說：蹄上的夸阿多，比一個瑞爾里的夸阿多還要多。

12　郭內拉（Gonela），十五世紀義大利君主斐拉瑞（Ferrara）宮裡的滑稽家，他那匹瘦馬往往充他取笑的資料。

13　亞歷山大所騎的駿馬。

14　熙德所騎的駿馬。

又是好一匹駿馬，沒有出色的名字說不過去。他要想個名字，既能表明牠在主人成為游俠騎士之前的聲價，又能表明牠現在的聲價：牠主人今非昔比了，牠當然也該另取個又顯赫又響亮的名字才配得過牠主人的新聲價和新職業。他心裡打著稿子，擬出了好些名字，又撇開不要，又添擬，又取消，又重擬。最後他決定為牠取名「駑騂難得」，覺得這個名字高貴、響亮，而且表明牠從前是一匹駑馬，現在卻稀世難得[15]。

他為自己的馬取了這樣中意的名字，也要給自己取一個，想了八天，決定自稱堂吉訶德。大概就是根據這一點，上文說起這部真實傳記的作者斷定他姓吉哈達，而不是別人主張的吉沙達[16]。可是他想到英勇的阿馬狄斯認為單以阿馬狄斯為姓還不夠，他要為國增光，把國名附加在姓上，自稱阿馬狄斯・台・咖烏拉。我們這位紳士因為要充道地的騎士，決定也把自己家鄉的地名附加在姓上，自稱堂吉訶德・台・拉・曼卻。他覺得這來可以標明自己的籍貫，而且以地名為姓，可以替本鄉增光。

他的盔甲已經收拾乾淨，頂盔已經改成頭盔，馬已經取了名字，自己也已經定了名稱，可是覺得美中不足，他還得找個意中人。因為游俠騎士沒有意中人，好比樹沒有葉子和果子，軀殼沒有靈魂。他想：「游俠騎士常會碰到巨人。假如我是罪有應得而倒了楣，或是交上了好運，也碰到個把巨人，我和他交手，把他打倒或劈作兩半，一句話，我把他打敗，降伏了他，那麼，我可以命令他去拜見個人兒，叫他進門去雙膝跪倒在我那可愛的小姐面前，低聲下氣地說：『小姐，我是巨人卡拉庫良布洛，是馬林德拉尼亞島的大王。有一位讚不勝讚的騎士堂吉訶德・台・拉・曼卻和我決鬥，把我打敗了，命我到您小姐面前來，聽您差遣。』那可多好啊！」啊！我們這位紳士想出了這段道白，尤其是給自己意中人選定了名字之後，真是興高采烈。原來，據人家說，他曾經愛上附近村子上一個很漂亮的農村姑娘，不過那姑娘看來對這事毫無所知，也滿不在乎。她名叫阿爾東沙・羅任索；他認為她可以稱為自己的意中人。他想給她取個名字，既要跟原名相彷彿，又要帶些公主貴人的意味，最後決定稱她為「杜爾西內婭[17]・台爾・托波索」，因為她是托波索村上的人。他覺得這個名字就像他為自己以及自己一切東西所取的名字一樣，悅耳、別致，而且很有意思。

15 原文Rocinante，分析開來，rocin指駑馬，ante是antes的古寫，指「以前」，也指「在前列」，「第一」。
16 吉哈達和吉訶德聲音相近。
17 杜爾西內婭（Dulcinea）是從dulce（甜蜜或溫柔）這字化出來的。

# 第二章

## 奇情異想的堂吉訶德第一次離鄉出行。

他做好種種準備，急不及待，就要去實行自己的計畫。因為他想到自己該去掃除的暴行、伸雪的冤屈、補救的錯失、改革的弊端以及履行的義務，覺得遲遲不行對不起世人。炎炎七月的一天早上，天還沒亮，他渾身披掛，騎上駑騂難得，戴上拼湊的頭盔，挎上盾牌，拿起長槍，從院子的後門出去，到了郊外。他沒把心上的打算向任何人洩漏，也沒讓一個人看見。他瞧自己的大志初步行來竟這麼順利，非常得意。可是他剛到郊外，忽然想起一樁非同小可的事，差點兒使他放棄剛開始的事業。原來他想到了自己並沒有封授為騎士。按騎士道的規則，他沒有資格和任何騎士交戰，即使得了封授，新騎士只能穿素白的盔甲，拿的盾牌上也沒有徽章；徽章得憑自己的力氣去掙。他想到這些，沒了主意。可是他的瘋狂壓倒了其他一切道理。他打算一碰到個什麼人，就請他把自己封為騎士。在那些使他神魂顛倒的書本上，這類事他讀到不少，都可作為先例。至於素白的盔甲，他打算等幾時有空，把身上的一套擦得比銀鼠皮還白。他這麼一想，放了心繼續趕路。這無非是信馬而行，他認為這樣碰到的事才是真正的奇遇。

我們這位新簇簇的冒險家一邊走一邊自言自語：「記載我豐功偉績的真史，將來會傳播於世；那位執筆的博學之士寫到我大清早的第一次出行，安知不是用這樣的文詞呢！——金紅色的太陽神剛把他美麗的金髮撒上廣闊的地面，毛羽燦爛的小鳥剛掉弄著丫叉的舌頭，啼聲宛轉，迎接玫瑰色的黎明女神；她呀，離開了醋罐子丈夫的軟床，正在拉·曼卻地平線上的一個個門口、一個個陽台上和世人相見；這時候，著名的騎士堂吉訶德·台·拉·曼卻已經拋開懶人的鴨絨被褥，騎上他的名馬駑騂難得，走上古老的、舉世聞名的蒙帖艾爾郊原[1]。」他確實是往那裡走。他接著說：「我的豐功偉績值得鏤在青銅上，刻在大理石上，畫在木板上，萬古流芳；幾時這些事蹟留傳於世，那真是幸福的年代、幸福的世紀了。哎，這部奇史的作者、博學的魔法師啊[2]，不論你是誰，請不要忘記我的好馬駑騂難得，我道路上寸步不離的伴侶。」他接著又彷彿真是痴情顛倒似的說：「哎，杜爾西內婭公主，束縛著我這顆心的主子！你嚴詞命我不得瞻仰芳容，你這樣驅逐我，呵斥我，真是對我太殘酷了！小姐啊，我聽憑你轄治的這顆心，只為一片痴情，受盡折磨，請你別把它忘掉啊！」

他還一連串說了好些胡話，都是書上學來的一套，字眼兒也盡量模仿。他一面自言自語，走得很慢，太陽卻上升得很快，而且炎熱得可以把他的腦子融化掉，如果他有些腦子的話。

他幾乎走了一整天，沒碰到什麼可記載的事。這來他很失望，因為他巴不得馬上碰到個人，可以施展自己兩臂的力量，彼此較量一下。據有些傳說，他第一次遭遇的是拉比塞峽口之險，有

1 有名的戰場：一三六九年西班牙的「暴君彼得」在這裡被他弟弟打敗。

2 騎士小說往往假托為魔法師或博學之士的記載。古代魔法和科學混淆不分，魔法師指探索天地間的玄奧，能操縱自然界的博學之士。

說是風車之險，但是據我考證，並且據拉・曼卻地方誌的記載，他只是跑了一整天，到傍晚，人馬都筋疲力盡，餓得要死。他四面張望，想找個堡壘或牧人的茅屋去借宿，並解救一下目前的窘急；只見離大路不遠有個客店。這在他彷彿看見了指引的明星，他不僅救急有門，也有了可供蘇息的居處。他急忙趕路，到那裡已經暮色蒼茫。

恰巧客店門口站著兩個年輕女人，所謂跑碼頭的娘們。她們是跟當夜在店裡投宿的幾個騾夫一起到塞維亞去的。我們這位冒險家所思、所見、所想像的事物，無一不和他書上讀到的一模一樣，所以這個客店到他眼裡馬上成為一座堡壘，周圍四座塔，一個個塔尖都是銀光閃閃的；凡是書上寫的吊橋、濠溝等等，這裡應有盡有。他向心目中當作堡壘的客店走去，還差幾步路，先勒住駑騂難得的韁繩，等待個侏儒在城堞之間吹起號角，傳報有騎士來臨。可是遲遲不見動靜，駑騂難得又急要到馬房去，他就跑往客店門口。他看見那裡的兩個妓女，以為是兩位美貌的小姐或高貴的命婦在堡壘門口閒眺。恰好有個牧豬奴要從割掉莊稼的田裡召回一群豬（我冒昧直呼其名了）[3]，吹起召集豬群的號角。堂吉訶德這可稱了心願，認為是侏儒見他到來而發的信號。他得意洋洋，跑到客店門口的那兩個女人面前。她們看見這個全身披掛、拿長槍挎盾牌的人，吃一大驚，待要躲進店裡去。堂吉訶德瞧她們躲避，料想是害怕，就掀起硬紙做成的護眼罩[4]，露出一張又乾又瘦、沾滿塵土的臉，斯文和悅地說：

「兩位小姐不用躲避，也不用怕我粗野。按照我信奉的騎士道，對誰都不行非禮，何況您兩位一望而知是名門閨秀，更不用說了。」

兩個姑娘正在端詳他，盡力張望那拼湊的護眼罩遮掩的嘴臉。她們聽到「閨秀」這個稱呼，覺得跟自己的行業太不相稱，忍不住哈哈大笑，笑得堂吉訶德都生氣了。他說：

「美人應該舉止安詳，況且為小事大笑也很愚蠢。我這話並不是存心冒犯，也不是發脾氣，我一片心只是為您兩位的好。」

兩個女人聽了這套話莫名其妙，又瞧他模樣古怪，越發笑得打跌；我們這位騎士也越發生氣了。這時候要不是店主人出場，說不定會鬧出事故來。店主人是個大胖子；胖人都性情和平。他瞧這人蒙著個臉，配備的韁繩、長槍、盾牌、盔甲等等又都不倫不類，差點兒也跟著兩個女人笑起來。可是他畢竟給那一整套兵器嚇倒了，覺得說話和氣為妙，就說：

「紳士先生，您如果要借宿，我們店裡就只沒有床，別的都多的是。」

堂吉訶德把店主當作堡壘長官，看他這樣賠小心，就回答說：

「加斯底利亞諾[5]先生，我不拘怎麼樣都行，因為『我的服裝是甲冑，我的休息是鬥爭……』[6]。」

店主人以為他把自己看作加斯底利亞的良民[7]，所以這麼稱呼。其實他是安達魯西亞人，聖

---

3 當時西班牙的習慣，說到骯髒或卑鄙的東西須道歉，豬是那時代認為最骯髒的東西。

4 面甲分上下二部分，扣合在一起：上部護眼，形如帽簷；下部護口鼻，略似口罩；護眼的部分可隨意抬起或合下。

5 原文castellano指城堡長官，亦指加斯底利亞人。

6 堂吉訶德引用的是十四世紀的西班牙歌謠：我的服裝是甲冑，我的休息是鬥爭，我的床是硬石頭，我睡眠是長夜清醒。

7 原文Sanus de Castilla，即加斯底利亞的良民：按賊幫的黑話，則指「狡猾的竊賊」。

路加碼頭生長的：他和加戈[8]一樣的賊皮賊骨，和學生、小僮兒一樣的調皮促狹。他回答說：「照這麼說，您的床應該是『硬石頭』，您的睡眠是『長夜清醒』。您不妨下馬吧，我這小店裡穩可以叫您整年不睡，別說一夜。」

他說著就上來給堂吉訶德扶住鞍鐙。堂吉訶德很困難、很吃力地下了馬，因為他從早起還沒吃一口東西呢。

他隨就吩咐店主加意照料他的馬匹，說天下一切吃草料的牲口裡數牠最好。店主把馬匹端詳一番，覺得並不像堂吉訶德說的那麼好，打個對折還嫌過分。他把馬安頓在馬房裡，然後回來聽客人的吩咐。兩個姑娘已經和這位客人言歸於好，正在替他脫卸盔甲。她們脫下護胸和護背的甲，卻脫不下護脖子的部分和那頂仿造的頭盔；那是用綠帶子繫住的，一個個結子無法解開，只好割斷。可是他死也不答應，因此頭盔整夜就戴在腦袋上，那滑稽古怪的模樣簡直難以想像。他把替他脫卸盔甲的兩個跑碼頭妓女當作堡壘裡的高貴女眷，所以她們替他脫卸盔甲的時候，他很客氣地說：

從來女眷們款待騎士，
哪像這一次的殷勤周至！
她們是款待堂吉訶德，
他呀剛從家鄉到此。
公主照料他的馬匹，
他自己有小姐伏侍。[9]

「兩位小姐，我的馬叫做駑騂難得，我自己的名字是堂吉訶德・台・拉・曼卻。我本來不想自報姓名，要等我為兩位效勞而立下的功績來表明我是誰。可是我忍不住要把古代這首蘭斯洛特的歌謠改來應景，就預先把姓名奉告了。不過我聽候兩位小姐差喚的日子還有的是，到時且看我用力之猛，就可以知道我為兩位效勞何等熱心。」

兩個姑娘沒聽慣這種辭令，無言可對，只問他要不要吃些什麼東西。

堂吉訶德回答說：「我不拘什麼都吃，因為我覺得很該吃些東西了。」

那天偏偏是個星期五[10]，客店裡只有幾份魚。那種魚，加斯底利亞人稱為鰲魚，安達魯西亞人稱為鱈魚，有些地方稱為長鱈魚，又有些地方稱為小鱒魚。他們問他要不要吃小鱒魚，因為沒別的魚給他吃。

堂吉訶德說：「多幾條小鱒魚就抵得一條大鱒魚，比如給我價值八個銀瑞爾的銅錢，或者一

8 Caco，神話裡極狡猾的竊賊，曾偷竊海克力士的牛，因此被海克力士掐死。

9 這是模仿《蘭斯洛特之歌》，原歌如下：

從來女眷們款待騎士，哪像這次的殷勤周至！
她們是款待蘭斯洛特，他呀，剛從不列顛到此。
小姐照料他的馬匹，他自己有傅姆服侍。
蘭斯洛特是英國亞瑟王的圓桌騎士之一。

10 天主教徒的齋日，不吃肉，可吃魚。

個當八的大銀瑞爾[11]，都是一樣。還有一層，說不定小鱒魚反倒好。比如小牛肉比牛肉好，小羊肉比羊肉好。反正不管什麼，趕快做上來！背著這一身盔甲很累很沉，空心餓肚子撐不住。」

店家把桌子擺在門口，取那兒涼快。店主送上一份醃鱉魚，沒泡掉鹽，烹調也很糟；外加一個麵包，和他的盔甲一樣又黑又發霉。他吃東西的樣子實在令人發笑。他戴著頭盔，掀起護眼罩，拿了東西吃不到嘴，得別人把東西送進他嘴裡去。一個姑娘就在幹這件事。可是要餵他喝卻沒辦法。這還多虧店主，他通了一根蘆葦，把一頭插在他嘴裡，從另一頭灌酒進去。種種麻煩他都耐心忍受，只要不割斷他繫住頭盔的帶子。正好這時候客店裡來了個閹豬的人；他一進門就把蘆笛吹弄了四五聲。堂吉訶德聽了心上愈加踏實了；他的確是在一個有名的城堡裡，主人家正在奏樂款待他；小鱒魚是大鱒魚，麵包是上好白麵做的，兩個妓女是貴婦人，店主是城堡的長官，因此他覺得自己打的主意不錯，這番出行大有好處。不過他有一樁心事未了，他還沒有封授騎士；沒這個稱號從事冒險是名不正、言不順的。

11　瑞爾，西班牙幣名。一個銀瑞爾可兌三十四文小錢（maravedi）；當八的大銀瑞爾（real de a ocho）重一兩銀子，可兌八個銀瑞爾。

# 第三章

## 堂吉訶德自封騎士的趣事。

他心上有事，草草吃下那餐簡陋的客飯，就把店主叫到馬房裡，關上門，對他雙膝跪下說：「英勇的騎士，我求您一件事：這事會增長您的名譽，也是為人類造福，請您惠然垂允；要不，我就跪在這兒一輩子不起來。」

店主看到腳邊跪著的客人，又聽到他這套話，瞪著眼不知所措，拉他又不肯起來，只好答應；他這才起身。

堂吉訶德對店主說：「我的先生，我知道您頂爽氣；您既已答應，我就告訴您吧。我是個游俠騎士，一心要去周遊世界，獵奇冒險，拯救苦難的人，盡我騎士的本分。我急要有個騎士的頭銜，幹這些事才名正言順。所以我求您明天封授我騎士的名號，多承您已經答應了。今晚我在您堡壘的小禮拜堂守夜，看護我的盔甲[1]，明早呢，我已經說過，您就可以封我。」

上文已經說過，店主相當狡猾，早疑心這位客人腦筋有病；他聽了這番話心裡越發了然，決

1 待封的騎士在舉行封授儀式的前夕，須徹夜在禮拜堂裡守著自己的盔甲禱告。

計迎合他，借此晚上可以逗笑取樂。店主就對堂吉訶德說，他的願望和要求都很合理，他這樣相貌堂堂，風度文雅，一望而知是很高貴的紳士；這麼高貴的紳士理該抱有這樣的心願，店主還說自己年輕時候也曾幹過這個光榮事業，到各地去獵奇冒險，像瑪拉咖的晾魚場呀，利阿朗的「列島」呀，塞維亞的管轄區呀，賽果比亞的小市場呀，瓦倫西亞的橄欖林廣場呀，格拉那達的環行路呀，聖路加碼頭呀，果都巴的石馬區呀，托雷多的小酒店呀[2]等等，他都到過，憑他腳輕手巧，幹下不少壞事，引誘過許多寡婦，糟蹋過幾個姑娘，也欺騙過幾個孤兒，反正西班牙國內所有的衙門、法院，都知道他的名字。後來他退隱在這座城堡裡，靠自己和別人的財產過日子，凡是游俠騎士，不論什麼等級、什麼地位的他都招待，這無非因為對他們情誼深厚，並且指望他們分出些財物來，作為酬謝。他又說，他堡壘裡沒有小禮拜堂供客人看守盔甲；小禮拜堂已經拆掉，準備重蓋新的呢；不過據他所知，不得已的時候，隨便哪裡都可以看守盔甲，今晚堂吉訶德不妨在堡壘的院子裡看守，明天早上只要天公作美，就可以舉行封授儀式，叫堂吉訶德成為全世界最貨真價實的騎士。

他問堂吉訶德帶錢沒有。堂吉訶德說，一個子兒也沒帶，他在游俠騎士的傳記裡從沒讀到騎士帶錢。店主說這不對，隨身帶些錢和乾淨襯衣分明是少不了的，這種事不言而喻；儘管書上不寫，不能就以為游俠騎士不帶。他拿定那麼許多書上寫的游俠騎士，個個都帶著飽滿的錢袋做盤纏，還帶乾淨襯衣，還帶一滿盒油膏，受了傷可以用來治療。他們在荒郊野地裡跟人家決鬥，受了傷誰給治療呀？如有要好的魔法師，就馬上會去救護，叫個小姑娘呀、侏儒呀帶一瓶仙水，乘一朵雲從天上飛去；受傷的騎士喝下一滴仙水，傷口立刻平復，好像沒受傷一樣。如果沒這種方便，從前的騎士總叫自己的侍從隨身帶著些錢和少不了的東西，像醫療用的軟布油膏之類。不帶侍從的騎士是很少的，他們就把東西裝在精緻的褡褳袋[3]裡親自帶著。這種褡褳袋看不出來，搭在馬鞍後面好像是別的什麼貴重東西；因為游俠騎士如果不為剛才講的那緣故，帶著個褡褳袋究竟不成體統。店主人還說，他一會兒就要做堂吉訶德的教父了，教父可以命令教子，但他只勸告堂吉訶德，以後出門一定要帶錢，還得置備剛才講的那些東西，碰到意外就知道多麼應急有用。

堂吉訶德答應一一聽從店主的勸告，就照當時的安排到客店旁邊一個大院裡去看守盔甲。他把盔甲一件件堆在井邊水槽裡，自己挎著盾牌，綽起長槍，神氣十足地在水槽前面來回巡行。這時天已漸漸昏黑。

店主把這位客人的瘋病告訴了所有的旅客，又講他要看守盔甲，等待那封授騎士的典禮。大家想不到他瘋得那麼別致，都趕出來遠遠觀望。只見他一會兒專心一志地來回巡行，一會兒靠著長槍站定，好半天目不轉睛地看著自己的盔甲。夜漸深，可是月光皎潔，照耀得如同白晝，這位新騎士的一舉一動大家都看得清清楚楚。當時住店的一個騾夫想起要打水飲他的一群騾子，他得把堂吉訶德堆在水槽裡的盔甲挪開。這位騎士瞧他跑近來就大聲喝道：

「嘿！莽撞的騎士！這副盔甲的主人是帶劍的騎士裡最勇敢的，你想來碰他的盔甲嗎？不論你是誰，瞧著點兒，別來碰！要是大膽胡鬧，準備著拿性命賠償！」

騾夫聽了這番話要是小心在意，就安全無事了；可是他滿不理會，抓著盔甲上的皮帶，把盔甲扔得老遠。堂吉訶德看見了就抬眼望天，好像是和他的意中人杜爾西內婭通誠的樣兒，說道：

2 這都是流氓小偷活躍的地方。

3 西班牙人出門攜帶的旅行袋，往往用色彩鮮明的毛織品製成，中間開口，兩頭縫死，搭在牲口背上。

「我的小姐啊！我這顆向你歸順的心第一次受到侮辱了，我求你救援！這是我第一個緊急關頭，請不要吝惜你的保佑啊！」

他一面說，一面放下盾牌，雙手舉起長槍，對準騾夫的腦袋狠狠打了一下。騾夫重傷倒地，假如再挨那麼一下，就不用請教外科醫生了。堂吉訶德打倒了騾夫，把盔甲仍舊堆好，還照原先那樣專心一志地來回巡行。過一會兒，又一個騾夫跑來，也是要打水飲他的一群騾子。他沒知道剛才的事，因為第一個騾夫還沒甦醒。他正想把水槽裡的盔甲挪開，堂吉訶德更不答話，也不求哪位保佑，重又放下盾牌，拿起長槍。他沒把長槍打斷，只把第二個騾夫的腦袋打得四分五裂。客店裡的人都聞聲趕來，店主也在內。堂吉訶德一見就挎上盾牌，按劍喊道：

「美麗的小姐呀！我軟弱心腸靠了你才有勇氣和力量！為你顛倒的騎士正有大難臨頭，現在是請求你小姐垂念的時候了！」

他這麼一喊，覺得勇氣百倍，即使全世界的騾夫都向他衝來，他也絕不退卻一步。別的騾夫看見同夥受傷，就在遠處撿起石子，雨點也似的向堂吉訶德擲來。堂吉訶德盡力用盾牌抵禦，卻不敢離開水槽，因為要守護盔甲。客店主大聲叫騾夫別惹堂吉訶德，說已經告訴他們這人是瘋子，即使把他們一個個都打死，也不能依法判罪。堂吉訶德也在叫嚷，嚷得比店主還響。他罵那夥人兩面三刀，不講信義，堡壘長官縱容他們這樣，可見也是混蛋，不是好人，他堂吉訶德要是已經封授騎士的稱號，對他絕不輕饒。「至於你們這夥下賤小人，我不跟你們計較。你們擲吧！向前吧！來吧！盡量跟我作對吧！回頭你們自己瞧瞧，你們這樣愚蠢粗暴，對自己有什麼好處！」

他講得非常理直氣壯，擲石子的那夥人不由得害怕了。他們一半為此，一半也因為店主勸阻，就住手不擲。堂吉訶德讓他們把兩個受傷的騾夫抬走，照舊看守盔甲，和原先一樣沉著、鎮靜。

店主受不了這位客人的胡鬧，決計直截了當，馬上把那倒楣的騎士封號授與他，免得再出亂子。他找了堂吉訶德，為自己辯解說，一點沒知道那夥蠢人冒犯他；他們膽大妄為，反正已經狠狠地受了懲罰。他又說，他早已聲明堡壘裡沒有小禮拜堂，封授騎士可以不用儀式。他知道這種儀式的關鍵只在用手掌拍一下頸窩，再用劍拍一下肩膀，郊野裡也可以舉行；看守盔甲也只消兩個鐘頭，堂吉訶德已經看守了四個多鐘頭，可算是格外道地了。堂吉訶德句句信以為真，表示一切聽命，只求盡快完事；等他封授了騎士稱號，如果再受攻擊，準把全堡壘的人殺個一乾二淨，除非堡壘長官特別關照的，才賣面子手下留情。

這位堡壘長官聽了他的話提心吊膽，忙去拿一本供給騾夫草料的帳簿，叫一個男孩子舉著個蠟燭頭跟著，還帶著上文說起的兩個姑娘，同到堂吉訶德跟前，叫他跪下。店主彷彿念經似的對著帳簿念念有詞，一面舉手在堂吉訶德頸窩上狠狠打一掌，接著又用堂吉訶德自己的劍在他肩膀上使勁拍一下，齒縫裡嘟嘟囔囔，好像在念經；然後命令一個姑娘替堂吉訶德掛劍。她幹事非常利索，也很沉著；不然的話，舉行這套儀式隨時都保不住失聲大笑的，可是兩個姑娘領教過這位新騎士的本領，忍住沒笑。這位貴小姐替他掛劍的時候說：

「但願上帝保佑您做個福將，百戰百勝。」

堂吉訶德問她叫什麼名字，讓他知道自己是受了誰的恩，將來憑力氣贏得榮譽，可以分一份給她。她很謙虛地說，她名叫托蘿沙，父親是托雷多的鞋匠，住在桑丘・卡那牙[4]那些小店附

4　托雷多的菜場。

近；還說她無論在哪裡，都願意伺候他，把他奉為主顧。堂吉訶德說，請她賞臉以後用「堂」的尊號，自稱堂娜托蘿沙。她一口答應。另一個姑娘替他套上踢馬刺，他也照樣答謝，問她的名字。她說叫莫利內拉，父親是安德蓋拉有身分的磨坊主人。堂吉訶德也請她用「堂」的尊號，自稱堂娜莫利內拉，照樣說以後要為她效勞，給她好處。

這一套破天荒的儀式飛快舉行完畢，堂吉訶德急不可待，就要騎馬出去獵奇冒險。他立即為駑騂難得套上鞍轡，騎上馬，擁抱了店主，謝他封授騎士稱號的恩典；他那套話異想天開，簡直無法轉述。店主巴不得他出門，答辭雖然風格相似，卻簡潔得多。他連住店的錢都沒要，就歡送客人走了。

# 第四章

## 我們這位騎士離開客店以後的遭遇。

堂吉訶德走出客店，天都快亮了。他想到自己已經封授騎士，說不盡的滿意、得意、快意，鼓鼓的一肚子歡欣，險得把坐騎的肚帶都迸斷了[1]。可是他記起店主的勸告，決計回家一趟，置辦些出門必備的東西，尤其是錢和襯衣。他還要帶個侍從，打算就雇用街坊上的一個老農。這人很窮，又有孩子，可是做騎士的侍從卻很合適。他心上那麼盤算，就帶轉駑騂難得回家。這匹馬彷彿嗅到了自己馬房的氣味，跑得腳不沾地，十分起勁。

他沒走多遠，忽聽得右邊樹林深處隱隱有哭喊的聲音。他立刻說：

「感謝上天照應，叫我馬上有機會盡盡本分，實現自己的雄心壯志。準有男人或女人遭了難在叫喊，要我去援救呢。」

他掉轉轡頭，尋聲跑去，進樹林才走了幾步，就看見一棵橡樹上拴著一匹母馬，另一棵橡樹上綁著個十五歲左右的男孩子，上身脫得精光；正是他在哭喊。原來一個粗壯的農夫正拿著一條

1 西班牙諺語。

皮腰帶狠狠地抽他，一下下抽，一聲聲訓斥。他說：

「少說話！多留神！」

那孩子說：

「我的主人啊，我下次不了，我對上帝發誓，下次一定改過，保證以後看羊多多留心。」

堂吉訶德看見了怒聲喝道：

「你這騎士不講理！怎麼虐待一個不能自衛的人啊！太不像話了！你騎上馬，拿起長槍，」——原來那人也有一支長槍倚在拴馬的橡樹上——「你這樣卑劣，我要好好兒教訓你呢！」

農夫忽見一個渾身披掛的人舉槍在他頭上揮舞，怕性命難保，忙陪小心說：

「紳士先生，我懲罰的這小子是我傭人，在附近給我看羊的。他心不在肝兒上，每天丟一隻羊，也許是不小心，也許竟是不老實；我懲罰他，他卻說我摳門兒，要借此賴掉欠他的工錢。我憑上帝、憑自己的靈魂發誓，他撒謊呢！」

堂吉訶德道：「你這下流東西，竟在我面前說『他撒謊』[2]！我憑照耀咱們的太陽發誓，我要用這支長槍戳你個透明窟窿！不准分辯，快把工錢付給他！你要道個『不』字，我憑主宰咱們的上帝告訴你我此時此刻就斷送了你！快把他解下來！」

農夫一言不發，低頭解下了他的傭人。堂吉訶德就問那孩子，主人欠了他多少錢。他說：九個月的工錢，每月七個瑞爾。堂吉訶德一算，共計六十三個瑞爾，就對農夫說：如果不想送命，馬上掏出錢來。農夫嚇得戰戰兢兢，說沒欠那麼多錢，因為曾經給他傭人三雙皮鞋，傭人生病還放過兩次血，花了他一個瑞爾，這些費用都該一一扣還；他生死關頭，絕不敢胡說，況且這是他發誓保證的——其實他並沒有發誓。

堂吉訶德答道：「好，可是他平白挨了你這頓鞭打，皮鞋和放血的帳就此抵消了。他雖然穿破了你那幾雙皮鞋的皮，你也打破了他身上的皮；他生了病，你雖然叫理髮師給他放血，他這會兒身體好好的，卻給你打得出血。所以舊帳一筆勾銷了。」

「紳士先生，糟的是我沒帶錢。讓安德瑞斯跟我家去，我一定把工錢如數付給，一個瑞爾也不短他的。」

那孩子說：「我還跟他家去嗎？那真是倒楣了！先生，我怎麼也不去的！他背著人，準把我像聖巴多羅美[3]那樣活剝了皮呢。」

堂吉訶德道：「那不會。我怎麼命令，他就得照辦。如果他憑自己封授的騎士稱號起個誓，我就放他走，保證他把錢付給你。」

那孩子說：「先生，請您還仔細想想，我主人不是騎士，也從沒有封授過什麼騎士的稱號。他是居住金達拿爾的財主胡安・阿爾杜多。」

堂吉訶德說：「這不相干，阿爾杜多族裡也會有騎士；況且『幹什麼事，就成什麼人』[4]。」

安德瑞斯說：「不錯呀，可是我這個主人賴掉我的工錢，白叫我辛苦勞累，他幹的是什麼事，他該是什麼人呢？」

農夫說：「安德瑞斯小兄弟，我沒有賴。請你跟我回去，我憑騎士的一切稱號發誓，一定把

2　按西班牙古老的規矩，在尊長面前說別人撒謊是嚴重的失禮，平輩間如果說到別人撒謊也得先道歉一聲。

3　耶穌十二門徒之一，他是給人活剝了皮倒釘在十字架上死的。

4　西班牙諺語。

工錢付給你，像我剛才說的那樣，一個瑞爾不短你的；甚至還要給你添上點兒油水呢。」

堂吉訶德說：「油水我就免了你，只要你把瑞爾照數付給他就行。記著，你發了誓務必做到，不然的話，我憑你剛才的誓也發個誓，我一定回來找了你痛打一頓，你即使比壁虎還藏得嚴，我也能找你出來。假如你要知道了誰命令你才死心塌地服從，那麼，你聽著，我是專打不平的勇士堂吉訶德・台・拉・曼卻。再見吧，你要是不想挨我剛才說的那頓打，別忘了你許的願和發的誓。」

他說完踢動駑騂難得一陣風似的跑了。農夫目送他出了樹林，不見影蹤，就轉身對他傭人安德瑞斯說：

「過來，我的孩子，我聽從那位專打不平的俠士下的命令，要把欠你的都還你呢。」

安德瑞斯說：「您非還不可！您得聽那位好騎士的話。我祝願他長命百歲！他真勇敢！真是個公正的判官！您要是不還，他一定回來，怎麼說就怎麼幹。」

農夫說：「我也一定怎麼說就怎麼幹。只為我愛你深，所以要多欠點兒你的，好多多還你。」他抓住孩子的胳膊，重又把他綁在橡樹上，把他狠狠地抽了一頓，抽得他九死一生。

那農夫說：「安德瑞斯少爺啊，你現在把那位專打不平的傢伙叫來吧！瞧他再有什麼辦法打不平！不過我還是手下留情了；你慮得不錯，我恨不得活剝了你呢！」

農夫終究把孩子解下，隨他去找他那位判官來怎麼說、怎麼幹。安德瑞斯垂頭喪氣地走了，發誓要去找英勇的堂吉訶德・台・拉・曼卻，把方才的事一一報告，叫他主人加幾倍還帳。儘管這麼說，他是哭著走的，他主人卻在那裡笑。勇士堂吉訶德的打不平，原來是這麼回事。他卻為此得意非凡，覺得自己在騎士的道路上邁出了可喜可傲的第一步，歡歡喜喜騎馬回村，一面低聲自言自語：

「絕世美人杜爾西內婭‧台爾‧托波索啊，你真是現在世界上最有福的人！英名冠絕古今的堂吉訶德‧台‧拉‧曼卻，注定是向你拜倒、隨你使喚的！誰不知道他昨天剛封授騎士，今天已經消除了窮凶極惡的暴行呢！殘忍的敵人剛才無故鞭打一個嬌弱的孩子，他把那傢伙手裡的鞭子奪掉了。」

這時他走到一個十字路口，立刻想到這是游俠騎士停馬選擇道路的地方；他要學樣，也停下來。往哪條路上走呢？他仔細想了一回，就撂下轡繩，讓駑騂難得自己作主。這匹馬隨著牠第一個心願，奔向自己的馬房去。堂吉訶德走了約莫兩個米里亞[5]路，忽見一大隊人馬。原來那是到穆爾西亞去買絲的一夥托雷多商人。他們一行六人，都打著陽傘，四個傭人騎馬跟隨，還有三個步行的騾夫。堂吉訶德遠遠望見，立刻認為碰上奇遇了。他正要盡量模仿書上讀到的行徑，覺得這來真是天賜其便，可以照書行事。他雄赳赳地在鞍鐙上坐穩了，緊握長槍，把盾牌遮在胸前，在路中心勒住馬，等候他心目中的那隊游俠騎士。他們走向前來，到可以見面打話的遠近，他就提高嗓門，傲然說：

「你們大家都得承認，普天下的美女，都比不上拉‧曼卻的女王，獨一無二的杜爾西內婭‧台爾‧托波索！誰不承認，休想過去！」

一群商人聽了都停步端詳這打話的人，瞧他模樣古怪，又加上剛才那番話，馬上知道這人是瘋子。可是他們還想從容追究一下那句話的用意。其中一人愛開玩笑、也很風趣，就說：

5 一米里亞合一‧六公里。

「紳士先生，我們不知道您剛才說的那位美人兒是誰，您且讓我們瞧瞧吧。如果她真像您說的那麼美，您要我們承認的就是事實，我們不用強迫，都甘心承認。」

堂吉訶德答道：「我要是讓你們瞧見了，我說的就是明擺著的事，你們承認了有什麼稀罕呢？關鍵是要沒看見就相信，死心塌地的奉為真理，堅持衛護。你們不這樣，就是狂妄自大，得和我交交手見個高下。你們或者按騎士道的規則，一個一個上來；或者照你們這夥人的下流習慣，一擁齊上。我在這兒等著你們。正義在我的一面，我是有信心的。」

那商人說：「騎士先生，我替在場幾位王子向您求情。我們沒有耳聞目見的事，承認了於心不安；況且這話對阿爾咖利亞和埃斯特瑞瑪杜拉[6]的那些女皇和王后很不公平。您別叫我們心上不安，把那位小姐的相片兒給我們瞧瞧吧，哪怕只有麥粒兒大小的也行，因為『拿到了線頭兒，就抽開了線球兒』[7]。這樣我們才心安，您也可以滿意。而且我覺得我們已經非常嚮往那位小姐，即使相片上她一眼瞎、一眼流朱砂和硫磺，我們為了討您的好，隨您要怎麼恭維我們就怎麼恭維。」

堂吉訶德勃然大怒，喝道：「無恥的混蛋！她眼睛裡不流那些東西！不流你說的那些東西！流的是龍涎香和裹在棉花裡的麝香[8]！她不是獨眼，也不是駝背，她身子比瓜達拉瑪的紡車軸兒還直[9]。你信口褻瀆我那位絕世美人，我絕不白饒你！」

他說罷斜托著長槍，怒氣沖天，直奔那個商人。要不是僥天之幸駑騂難得半道絆倒，那冒昧的商人就遭殃了。駑騂難得一交跌倒。牠主人摔在野地裡滾得老遠，想爬起來，卻給長槍呀、盾牌呀、踢馬刺呀、頭盔呀，再加上那套骨董鎧甲的分量礙著手腳，怎麼也爬不起來。他一面掙扎，一面喊道：

「膽小鬼，不要跑！奴才，等著我！我的馬把我摔了，不是我的錯。」

他們中間有個趕騾的小伙子脾氣不大好，聽這個倒楣貨躺在地上口出狂言，忍不住要回敬他一頓好打。他走上來奪過長槍，折作幾段，隨手拿起一段，把堂吉訶德結結實實地揍了一頓。堂吉訶德雖然披著一身鎧甲，也打得像碾過的麥子一樣。騾夫的東家都大聲喝住他，那小子卻打上火來，定要打個暢快才罷。他撿起其餘的斷柄，一古腦兒全撒在那摔倒的可憐蟲身上。堂吉訶德雖然著了暴雨似的一頓棍子，嘴卻沒有閉一閉，直在呵天喝地，又恫嚇他心目中的這一幫強盜。

那小子打累了，一隊商人又都上路；一路上只顧談論這挨揍的倒楣蛋。堂吉訶德一看只剩自己一人了，又試圖爬起來。可是方才身體好好兒的都爬不起，這會子揍得七死八活，哪裡還行呢？他倒是私自慶幸，覺得這種災殃是游俠騎士份內應有的，都怪他那匹馬不好。可是他渾身疼痛，要自己起來真是休想了。

---

6 阿爾咖利亞是當時西班牙人口最稀少的地區，埃斯特瑞瑪杜拉是當時西班牙最落後的省份。那個商人跟瘋子開玩笑，故意把這兩個不足道的地方說得彷彿是兩個國家。

7 西班牙諺語。意思是有了線索，便知底蘊。

8 當時西班牙的麝香是用棉花包裹著由國外輸入的。

9 瓜達拉瑪山裡出木材，紡車軸兒是當地名產。西班牙文 tuerto(a) 指「獨眼」，也解作「歪斜不正」，所以堂吉訶德說這番話。

# 第五章

## 我們這位騎士的災殃。

他瞧自己實在動彈不得，就應用慣技，默想他讀過的書上那些情節。他瘋癲的頭腦立刻想起巴爾多維諾斯在山裡給卡洛多打傷後碰到曼圖阿侯爵的事[1]。這段故事小孩子都熟悉，青年人也知道，老年人不僅讚賞，還信以為真實——當然，這只是像穆罕默德的奇蹟一樣真實。他覺得那情節和自己的處境恰好相似，就在地上打滾，好像疼痛得厲害，一邊有氣無力地背誦那位綠林騎士[2]受傷後的話；相傳是這麼說的：

1 這是歐洲古代歌謠裡的故事，見一五五五年在安貝瑞斯出版《歌謠集》（*Cancionero de Amberes*）。這段故事講查理曼大帝的兒子卡洛多愛上了巴爾多維諾斯的妻子，想殺掉巴爾多維諾斯而占有他的妻子。巴爾多維諾斯受傷後碰到他的舅父曼圖阿侯爵，救得性命。

2 巴爾多維諾斯的別號。

你在哪裡啊？我的夫人，
怎麼對我的痛苦毫無憐憫？
夫人啊，你大概不知道吧？
不然就是已經失節變心。

他一句句往下背誦，直背到下面兩行：

啊，尊貴的曼圖阿侯爵！
我的舅舅，我的骨肉至親！

無巧不巧，他剛背到這裡，他街坊上一個老鄉運了麥子上磨坊，回來恰好路過，看見躺著個人，就來問是誰，害了什麼病哼得這麼慘痛。堂吉訶德拿定他是自己的舅父曼圖阿侯爵，所以並不答話，只照著歌謠往下背誦，敘說自己怎麼遭禍，自己的老婆怎麼和大皇帝的兒子戀愛，講的全是歌謠裡講的那一套。

老鄉聽了這一派胡言，莫名其妙。堂吉訶德的護眼罩已經砸碎，老鄉揭開了，拭去滿臉塵土，一看原來認識，就說：

「吉哈那先生，」——他沒有發瘋變為游俠騎士之前，還安安閒閒當紳士的時候，想必就叫這個名字——「誰把您弄成這副模樣呀？」

隨人家問什麼，他只顧把那歌謠背下去。老鄉沒奈何，只好盡力把他胸前背後的鎧甲除下，看受傷沒有，可是未見流血，也找不到傷痕。他設法把這位街坊扶起來，費了好大勁，抱上了自己的騾子，因為覺得還是這頭騾安穩。他把許多兵器和長槍的斷柄捆成一堆，叫駑騂難得馱著，自己拉著一馬一騾的轡繩，取道回村，一路上想著堂吉訶德說的那些胡話，老大不放心。堂吉訶德心上也一樣沉重，他挨了好一頓揍，騾背上搖兀不穩，不時大口嘆氣，響徹雲霄。老鄉不免又問他哪裡疼痛。準是魔鬼在提示他對景的故事，他這會兒把巴爾多維諾斯忘了，卻記起了摩爾人阿賓德來被安德蓋拉總督羅德利戈·台·那爾巴艾斯捉住，押送到總督署去的事。這是他在霍爾黑·蒙台瑪姚的傳奇《黛安娜》裡讀到的；他就把書上阿賓德來被俘後回答羅德利戈·台·那爾巴艾斯的話，逐字逐句照搬著回答。他應用得很對景，老鄉聽著那一派胡言，只好自認晦氣；由此知道這位街坊是瘋了，就趕緊回村，免得聽他沒完沒了的背誦不耐煩。堂吉訶德背到末了說：

「您知道嗎？羅德利戈·台·那爾巴艾斯先生，我剛才說的哈麗法美人，就是現在那位漂亮的杜爾西內婭·台爾·托波索。我曾經為她立下些騎士的功績，都赫赫有名，而且空前絕後，當世無雙；今後呢，我還要照樣幹下去。」[3]

農夫聽了這話，答道：

「先生，您瞧瞧，我區區不是羅德利戈·台·那爾巴艾斯，也不是曼圖阿侯爵，我是您的街坊貝德羅·阿朗索；您既不是巴爾多維諾斯，也不是阿賓德來，您是有體面的紳士吉哈那先生。」

堂吉訶德說：「我知道自己是誰，也知道自己不但可做剛才說的那兩人，還可以做法蘭西十

3 霍爾黑·蒙台瑪姚的《黛安娜》第四卷裡，講摩爾人阿賓德來和哈麗法美人的戀愛。

二武士[4]，甚至世界九大豪傑[5]。他們的功績，不論各歸各或一古腦兒總在一起，都比不上我的偉大。」

他們說著話，到村已經夜色四合。老鄉要等天黑進村，免得人家看見這位挨打的紳士騎著這麼下賤的牲口。他看著是時候了，就進村到堂吉訶德家，只聽得裡面鬧嚷嚷的。本村的神父和理髮師是堂吉訶德的好朋友，兩人都在那裡，管家媽正提高嗓子跟他們說話呢。

「貝羅・貝瑞斯碩士先生，」──這是神父的名字──「您瞧我們先生是遭了什麼禍吧？三天沒見他的影兒了，他的馬呀、盾牌呀、長槍呀、盔甲呀都不見了。真糟糕！他收藏了那些倒楣的騎士小說，成天成夜的讀，我瞧他準是讀得頭腦顛倒了。這好比一個人有生就有死一樣千真萬確。我現在想起來，我有好幾回聽見他自言自語，說要做游俠騎士，走遍世界去獵奇冒險。那種書斷送了拉・曼卻最精明的頭腦，我真恨不得一古腦兒都交給地獄裡的魔鬼去！」

那外甥女也這麼說，還說得多些：

「尼古拉斯師傅，」──這是理髮師的名字，──「您可知道，我舅舅往往一口氣把那種胡說亂道的混帳小說連看兩日兩夜，看完把書一撩，拔劍對著牆亂斫，斫得筋疲力盡，就說自己殺了高塔似的四個巨人；他累得渾身大汗，就說那是打仗受傷流的鮮血。他喝下一大壺涼水，定下神，就說那是他朋友大法師艾斯忌諱博士[6]送來的仙水。都怪我不好，沒把我舅舅這些瘋瘋癲癲的事告訴您兩位，讓您們趁早防止，並且把那些害人書燒光。他有好多書就像邪說異端一樣，該一把火燒掉。」

神父道：「我也這麼說。明天一定要對他的書公審一番，判處火刑，免得人家讀了也像我這位好朋友一樣行徑。」

裡面說話，外面都聽見。那老鄉才明白他這位街坊的病情，就高聲喊道：

「請開門啊！重傷的巴爾多維諾斯先生由曼圖阿侯爵送回來了！摩爾人阿賓德來先生給英勇的安德蓋拉總督羅德利戈・台・那爾巴艾斯活捉了押回來了！」

大家聞聲趕到門口，朋友上來認朋友，管家媽上來接東家，外甥女上來迎舅父。堂吉訶德沒有下騾，因為沒力氣了。大家跑來擁抱他，他說：

「你們都別亂，我這匹馬不好，害我受了重傷回來。你們抬我上床，想辦法請女法師烏爾干達[7]來給我治傷吧。」

管家媽道：「瞧！真倒楣！我早看透我們東家瘸了哪一條腿！您好好兒上樓吧，不用請什麼烏爾疙瘩，我們這裡會給您治療。唷！我真要千遍萬遍咒罵那些騎士小說，把您害到這個地步！」

他們隨即抬他上床，檢點他身上的傷痕，可是一點沒找著。他自己說都是暗傷；他正和十個高大無比、凶猛絕倫的巨人打架，他坐下的駑騂難得把他摔了一大跤。

神父說：「啊哈！這裡面還有巨人呢！我憑聖十字架發誓，明天不到天黑，準把那些小說燒個乾淨。」

---

4　指扈從查理曼大帝的十二勇將，如奧利維羅斯、羅爾丹、瑞那爾多斯・台・蒙答爾班等。

5　指約書亞、大衛、猶太・馬加利歐三猶太人；亞歷山大大帝、赫克忒爾、凱撒大帝三異教徒；阿塞王、查理大帝、戈都弗瑞多・台・布利盎三基督徒；共九人。

6　騎士小說裡常提到一位大法師，名阿爾基菲（Alguife），這位外甥女把他的名字叫錯了。

7　烏爾干達（Urganda）是阿爾基菲的妻子，下文管家媽也把她的名字叫錯了。

他們問堂吉訶德許多話，他一句不答，只要求給點兒東西吃，讓他睡覺；那是他最迫切的需要。他們照辦了。神父就細細盤問老鄉怎樣找到了堂吉訶德。老鄉源源本本講了一遍；堂吉訶德躺在地上和一路上說的那些瘋話也沒漏掉。這位碩士[8]聽了越發覺得自己想辦的事得趕緊下手，第二天就邀了他朋友尼古拉斯理髮師同到堂吉訶德家來。

8 指神父；神父必須是研究神學、獲有學位的人。

# 第六章

## 神父和理髮師到我們這位奇情異想的紳士家，在他書房裡舉行有趣的大檢查。

堂吉訶德還直在睡覺。他那些害人的書都在書房裡；神父問主人家的外甥女要那書房的鑰匙，她欣然交出。大家進去，管家媽也跟著；只見裡面有一百多部精裝的大書，還有些小本子[1]。管家媽一看見這些書，忙出去拿了一盆聖水和一柄灑經水的帚子進來說：「碩士先生，請您屋裡灑上聖水吧。咱們要把書裡那許多魔法師趕出人世呢，別留下個把在這裡興妖作怪，對咱們報復。」

碩士瞧管家媽那麼實心眼，忍不住笑了。他叫理髮師把書一本一本遞給他，看裡面講些什麼，也許有幾本可以免於火刑。

外甥女說：「不行，對哪一本書都不能開恩，因為都有罪。最好把書從窗口扔到天井裡去，做一堆燒掉；或者搬到後院去大堆焚燒，免得煙氣熏人[2]。」

---

1 西班牙的騎士小說一般都是對開本的大書；詩歌和牧歌體傳奇往往用小四開或十二開本印行。

2 因為天井（Patio）狹小，四周有樓房擋住，煙氣不散；後院（Corral）寬敞，圍牆也很矮。

管家媽也那麼說，他們倆都一心要把那些無辜的東西處死。可是神父不答應，他至少先要看看書名再說。尼古拉斯師傅遞給他的第一部書是《阿馬狄斯·台·咖烏拉四卷》。神父說：「看來這是當時應運而生的東西。我聽說這是西班牙出版最早的騎士小說，是其他一切騎士小說的祖宗[3]。就為它創立了這樣為壞的流派，我覺得應當毫不寬恕，判它火裡燒死。」

理髮師說：「先生，這話不對。我聽說它是騎士小說裡寫得最好的。它是部傑作，應該赦它無罪。」

神父說：「這也對；憑這點，暫且緩刑。咱們且瞧瞧它旁邊的那部書吧。」

理髮師說：「那是《艾斯普蘭狄安的豐功偉績》，它是阿馬狄斯·台·咖烏拉的嫡親兒子。」

神父說：「平心而論，父親的長處不能歸功於兒子。管家太太，你把它拿下！打開這扇窗子，扔它後院去！咱們要堆個大堆生火呢，叫它去墊底吧。」

管家媽欣然照辦，這位艾斯普蘭狄安就給拋入後院，耐心等待火焰燒身。

神父說：「下一部。」

理髮師說：「下一部是《希臘的阿馬狄斯》。照我看，這一邊全是阿馬狄斯的子子孫孫。」

神父說：「那麼請他們全夥兒都到後院去。裡面的賓底基內斯特拉皇后呀，達利耐爾牧童呀，加上他們的牧歌呀，再加那扭扭捏捏、令人作嘔的文章呀，都非燒掉不可。假如我的親爸爸扮作游俠騎士在外漫遊，寧可連累他一起遭殃，也不能放過那些傢伙。」

---

3《阿馬狄斯·台·咖烏拉》（*Amadís de Gaula*）一五〇八年出版，是西班牙騎士小說的鼻祖，但不是最早的一部。下文提到的《著名的白騎士悌朗德傳》一四九〇年就出版了。

理髮師說：「我也是這個意思。」

外甥女兒說：「我也是。」

管家媽說：「那麼全夥兒都到後院去！」

他們就把書交給她，好大一堆書，她省得下樓，都從窗口扔下去。

神父說：「那大件兒的是什麼？」

理髮師說：「那是《堂奧利房德·台·勞拉》。」

神父說：「這部書就是《群芳圃》的作者寫的。我實在不知道這兩部書裡哪一部真話多些，或者乾脆說，哪一部謊話少些。我只能說，它很荒謬，應該到後院去。」

理髮師說：「下一部是《弗羅利斯瑪德·台·伊爾加尼亞》。」

神父答道：「弗羅利斯瑪德先生在這兒嗎？哼哼！儘管他身世離奇，經歷怪誕，單為文筆枯燥，也該到後院去！管家太太，送它上後院！那一部也一起去。」

她說：「好得很啊！」她歡天喜地去執行命令。

理髮師說：「這一部是《普拉底爾騎士》。」

神父說：「這是一部古書，裡面也找不出可以贖罪獲赦的東西。乾脆叫它和別的書作伴兒去。」

這件事照辦了。他又翻開一本，只見書題是《十字架騎士》。

「這部書標題這麼神怪，內容荒謬可以不計較了吧。可是常言道：『魔鬼就躲在十字架後面』，送它火裡去！」

理髮師又拿起一本書說：

「這是《騎士寶鑑》。」

神父說：「這部大作我讀得很熟。裡面有瑞那爾多斯・台・蒙答爾班先生和他的朋友夥伴們，都是賽過加戈的大賊；還有十二武士和實事求是的史家杜爾賓[4]。這些人物對名詩人瑪德歐・博雅鐸[5]的作品有貢獻；基督教詩人盧鐸維戈・阿利奧斯陀[6]又從博雅鐸取材。平心說，單為這一點，我對這部小說裡的人物判個終身流放的罪也就罷了。至於阿利奧斯陀，如果他跑來不說本國話，我對他並不佩服；如果他說本國話，我對他頂禮膜拜[7]。」

理髮師說：「我藏的一部倒是義大利文的，只是看不懂。」

神父答道：「你看懂了也沒什麼好處。那位上尉先生不該把它帶到西班牙，叫它入籍歸化；它就此大為減色了；翻譯詩都有這毛病；不論功夫多深，技巧多精，總不能像原詩一樣美好。我說呀，以後再有講法蘭西故事的書[8]，都該和這本一起扔到乾爽的地窖裡去存著，等仔細查審了再決定怎麼處置。不過有兩本書是例外：一是《貝那爾都・台爾・咖比歐》，這裡準有它；一是《隆塞斯巴列斯》。這兩本書一到我手裡，那就毫無寬容，馬上得交給管家媽，由她扔到火裡去。」

---

4 這是塞萬提斯的反筆。杜爾賓（Juan Turpin）死於八〇〇年左右，是萊姆斯（Reims）大主教，死後兩百年，有人假借他的名字出了一部滿紙荒唐的《查理曼大帝傳》，杜爾賓從此以善於撒謊著稱。

5 博雅鐸（Mateo Boyardo）是十五世紀義大利詩人，著有《奧蘭多的戀愛》。

6 阿利奧斯陀（Ludovico Ariosto）是十五、十六世紀義大利詩人，著有《奧蘭多的瘋狂》。

7 烏瑞阿上尉（Jerónimo de Urrea）把《奧蘭多的瘋狂》譯成西班牙文，譯文生硬乏味，也很不忠實。

8 指有關查理大帝及其武士的傳奇。

理髮師一一贊成，認為這樣處置很恰當。他知道神父是好基督徒，堅信正道，不合理的話是絕不出口的。他又翻開一本書，一看是《巴爾梅林・台・奧利巴》；旁邊一本是《巴爾梅林・台・英格拉泰拉》。那位碩士看見了說：

「奧利巴該劈碎了燒得灰也不剩。這個巴爾梅林・台・英格拉泰拉該當作稀世的珍品，好好保藏。從前亞歷山大大帝征服了達利歐大帝，從戰利品裡獲得一個匣子[9]，他專用來貯藏詩人荷馬的著作；咱們也該做那麼一個匣子貯藏這部書。老哥啊，這部書有兩點可貴：一是作品本身好；二是相傳作者是一位賢明的葡萄牙國王[10]。書裡講米拉瓜達堡壘裡的種種冒險，都妙不可言，筆下很有功夫，對話又文雅，又流利，貼切人物的身分，並且很入情入理。所以我說呀，尼古拉斯師傅，這部書和阿馬狄斯・台・咖烏拉就留下不燒，別的書不用再審查，一律處死吧，你說怎麼樣？」

理髮師說：「那不行，老哥，我手裡這本是有名的《堂貝利阿尼斯》。」

神父說：「這本書的第二、第三、第四部都火氣太旺，得吃些大黃清瀉一下。裡面寫『光榮堡』的一段，還有些更荒謬的部分都得刪掉。咱們不妨寬限一下，瞧它悔改的情形，再酌定從寬發落還是依法裁判。目前就寄放在你家裡吧，老哥，可是誰都不許看。」

理髮師說：「好得很！」

神父懶得再費心審查，吩咐管家媽揀大本子的都扔到後院去。管家媽只想燒書，即使織了一匹幅面最寬、質地最細的布，也不如這件事快意稱心。她不傻不聾，聽了吩咐，一下子抱著七八本往窗外扔。她拿得太多，有一本掉在理髮師腳邊。他想瞧瞧是誰的作品，一看原來是《著名的白騎士悌朗德傳》。

神父嚷道：「啊呀！白騎士悌朗德原來在這裡！老哥，拿來給我。我覺得這部書趣味無窮，很可解悶。裡面講到英勇的騎士堂吉利艾雷宋·台·蒙達爾班，他的兄弟托馬斯·台·蒙達爾班和封塞咖騎士；還講到勇敢的悌朗德和惡狗打架，少女『歡樂姑娘』口角玲瓏，寡婦『嫻靜夫人』談情說愛、弄虛作假，還有皇后娘娘愛上了她的侍從伊博利多。老哥，你聽我說句平心話，照它的文筆來說，這是世界上第一部好書。書裡的騎士也吃飯，也在床上睡覺，並且死在床上，臨死還立遺囑，還幹些別的事，都是其他騎士小說裡所沒有的。可是，話又說回來，作者故意揑造這麼許多荒唐無稽的事，應該發送到海船上去，罰做一輩子苦役。你拿回家去看看，就知道我說的都千真萬確。」

理髮師說：「那準是不錯的。可是這裡還剩些小本子的書，咱們怎麼辦啊？」

神父說：「那些想必是詩歌之類，不是騎士小說。」

他翻開一本，一看是霍爾黑·蒙台瑪姚的《黛安娜》[11]，料想其餘都是一類的，就說：「這種書不比騎士小說，向來不那麼害人，讀了增長知識，無害於人，不用燒毀。」

外甥女說：「哎，碩士先生，您還是送出去一起燒掉吧。等我舅舅養好了騎士病，一讀這種書，保不定又想當牧羊人，跑到樹林和田野裡去唱歌奏樂；或者又想做詩人，那就更糟了，據說想做詩的那種病是治不好的，而且還傳染呢。」

---

9 據普魯塔克（Plutarco）和普列尼（Plinio）的記載，這個匣子鑲金嵌寶，製作非常精美。

10 近來據文森特·薩爾巴（Vincente Salvá）發現，這部書的作者是西班牙人魯伊斯·烏爾塔多（Luis Hurtado）。

11 這是牧歌夾雜散文的傳奇。

神父說：「這位姑娘說得不錯。咱們朋友前途的魔障還是及早除掉為妙。咱們就從蒙台瑪姚的《黛安娜》開頭。我想這麼辦：不要燒，可是得把有關女巫費麗西亞和仙水的部分全刪掉，長詩也一概刪掉；只保留散文的部分，就不失為這類作品裡最出色的一本。」

理髮師說：「下一本是所謂《薩拉曼咖人的〈黛安娜〉續集》，另一本是希爾・波羅寫的《黛安娜》。」

神父說：「薩拉曼咖人的那本，送到後院那夥罪犯裡去充數；希爾・波羅的一本，應該當作阿波羅[12]的著作那樣保藏起來。老哥，看下去吧，咱們得趕緊，時候不早了。」

理髮師又翻開一本說：「這是《愛情的運道十卷》，作者是薩狄尼亞詩人安東尼歐・台・羅弗拉索。」

神父說：「我憑自己的職位發誓，自有阿波羅、繆司[13]和詩人以來，還沒有誰寫過這樣離奇有趣的書；就書論書，也是這類作品裡最拔尖兒的。沒讀過這本趣味橫生的書，就是沒開眼界。老哥啊，給我吧。我找到這本書，比得了弗羅倫西亞嗶嘰的道袍還稀罕[14]。」

他喜孜孜地把這本書放在一邊。理髮師接著說：

「以下是《伊貝利亞的牧羊人》、《艾那瑞斯的仙女》和《療妒篇》。」

神父說：「這些呀，只好交給管家媽去依法處理了。別問我為什麼，省得說個沒完。」

「這一本是《費利達的牧羊人》[15]。」

神父說：「這不是牧羊人，是個很有風趣的朝臣，該把它當作珍品收藏。」

理髮師說：「這個大本子標題叫做《詩庫》[16]。」

神父說：「假如詩不那麼多，就更好了。該把夾雜在裡面的壞詩都刪掉。作者是我的朋友，他還寫過些氣魄大、格調高的作品呢；這本書收起來吧。」

理髮師接著說：「這是《羅貝斯・馬爾多那多詩歌集》[17]。」

神父說：「這本書的作者也是我的好朋友。他親口朗誦起來聲調悠揚，簡直迷人，誰聽了都傾倒。他寫的牧歌稍微長些，不過好東西不會嫌長。這本書可以和剛才挑出來的幾本藏在一起。它旁邊的那本是什麼呀？」

理髮師說：「米蓋爾・台・塞萬提斯的《咖拉泰》[18]。」

「這個塞萬提斯是和我有深交的老友。我看他與其說多才，不如說多災。這本書裡有些新奇的想像，開頭不錯，結局還懸著呢，該等著讀他預告的第二部。現在有些作者求全責備，修改了也許大家都會寬容。且把它監禁在你家，等將來再瞧吧。」

理髮師說：「好極了，老哥。這裡一起又有三本：堂阿隆索・台・艾爾西利亞的《阿鐃咖

---

12 太陽神，也是詩神。

13 文藝女神，共有九位。

14 弗羅倫西亞出產的嗶嘰非常名貴。

15 一五八二年出版，作者蒙答爾佛（Luis Gálvez de Montalvo）是塞萬提斯的朋友。

16 一五八〇年出版，作者巴狄利亞（Pedro de Padilla）是塞萬提斯的朋友。

17 一五八六年出版，作者是塞萬提斯所賞識的。

18 這是塞萬提斯早年所作的牧歌體傳奇，第一部於一五八五年出版，這個傳奇始終沒寫完。

那》[19]，果都巴法官胡安，儒富的《奧斯特利阿達》[20]，瓦倫西亞詩人克利斯多巴爾・台・比魯艾斯的《蒙塞拉德》[21]。」

神父說：「這三本書都是加斯底利亞語的史詩傑作，可以跟鼎鼎大名的義大利史詩比美；應該當作西班牙詩歌裡的無上珍寶，好好保藏。」

神父沒心思多看，不問情由，要把其餘的一概燒毀。可是理髮師已經翻開了一本，叫做《安杰麗加的眼淚》[22]。

神父聽到這個題目說：「要是把這樣的書送出去燒掉，我也要掉眼淚呢。作者全世界聞名，不僅在西班牙。他翻譯過奧維德的幾個故事，譯筆也好得很。」

19《阿鐃咖那》（*La Araucana*）敘述阿鐃咖之戰，作者艾爾西利亞（Alonso de Ercilla）是參與這場戰役的戰士，白天奮勇打仗，晚上寫詩記述日間的戰事。這部優秀的史詩分別於一五六九、一五七八、一五九〇年出版。

20 一五八四年出版，敘述奧大利堂亞胡安的功績。

21 一五八八年出版，敘述一個修士的故事。

22 一五八六年出版，作者索托（Luis Barahona de Soto）是塞萬提斯的朋友。

# 第七章

## 我們這位好騎士堂吉訶德・台・拉・曼卻第二次出行。

這時堂吉訶德忽大叫大嚷，喊道：

「來啊！來啊！英勇的騎士，該來顯顯身手了！這場比武都讓朝廷上的騎士占了上風！」

他們聽見叫嚷忙趕去，其餘的書就沒再檢查。所以《咖羅雷阿》[1]、《西班牙的獅子》[2]和堂魯伊斯・台・阿比拉的《大皇帝的功業》[3]這幾本書，大概未經審查，就送進火裡去了。它們一定是在剩下的那堆書裡。神父要是看見，也許不會判它們那樣的酷刑。

1《咖羅雷阿》（*La Carolea*），黑隆尼莫・塞姆貝瑞（Jerónimo Sempere）著，歌頌查理五世的戰績。一五六〇年出版。

2《西班牙的獅子》（*El León de España*），費西利亞・加斯德利亞諾（Vecilla Castellanos）著，歌頌雷翁古國的英雄。一五八六年出版。

3 西班牙文學史上沒有這本書，塞萬提斯大約指魯伊斯・薩巴塔（Luis Zapata）的《威名顯赫的卡爾洛》（*Carlo famoso*）。這部書歌頌卡爾洛和德國新教徒的戰爭。一五六六年出版。

他們趕去，堂吉訶德已經起床，嘴裡亂嚷，手裡揮劍四面亂剁亂斫。他非常清醒，沒一點睡起朦朧的樣子。他們抱住他，硬把他又送上床。他安靜了一些，對神父說：「杜爾賓大主教大人啊，這番比武，我們自稱十二武士的沒當作一回事，竟讓朝廷上的騎士得勝，真是奇恥大辱。過去三天都還是我們這班有衝勁的騎士贏得了錦標呢。」

神父說：「老哥啊，您安靜著點兒，也許天照應您就要轉運了。『今天失掉的，明天會到手』[4]。目前您且養好身體，我瞧您儘管沒有受重傷，一定也疲勞過度了。」

堂吉訶德說：「受傷倒沒有，揍得渾身痠痛是千真萬確的。羅爾丹那混蛋用整棵的橡樹幹揍了我一頓。他無非為了嫉妒，因為知道只有我一人能賽得過他的英勇。不過隨他魔法多高，等我起床，不還他個厲害，我不叫瑞那爾多斯・台・蒙答爾班！現在給我吃點東西吧，我覺得這是當前最緊急的，至於報仇，我自會等待時機。」

他們給他吃了些東西，他又睡著了。大家瞧他瘋成這樣，不勝驚訝。

當晚管家媽把扔在後院的家裡所有的書全部燒掉。有些是值得保藏的，大概也燒了。它們命該如此，又加審查人懶得挑揀，就此同歸於盡。這就應了一句老話：「有時候好人替壞人受罪[5]。」

神父和理髮師設法醫治他們朋友的病。一個辦法是把那間書房的門砌上磚堵死，叫他起床後無從找他那些書。說不定鏟掉病根，病症也會消失。他們可以說：有個魔法師把他那些書連帶書房一起攫走了。他們馬上著手辦這件事。過兩天堂吉訶德一起床就去看他的書。他不見藏書的屋子，就滿處尋找。他跑到原先有門的地方，用手去摸索，東看西望，一言不發。過了好一會，他去問管家媽他的書房在哪裡。管家媽早知道該怎麼回答，她說：

「您還找什麼書房，什麼沒影兒的東西呀？現在這座房子裡沒有書房也沒有書了，魔鬼親自出馬把這些書都攫走了。」

外甥女說：「不是魔鬼，是個魔法師，您出門以後一個晚上騰雲而來的。他騎著一條蛇，一下地就走進書房去，我也不知他在裡面幹些什麼，只見他過一會兒穿出屋頂飛走了，留下了滿屋子的煙。等我們去瞧瞧他幹下了什麼事，一看，書呀、書房呀，全都沒有了。有一件事我和管家太太記得很清楚。那老混蛋臨走大聲說，他和這些書和書房的主人有私仇，所以到這兒搗亂來了；他幹的事一會兒就有分曉。他還說，他名叫穆尼阿冬博士。」

堂吉訶德說：「大概說的是弗瑞斯冬[6]。」

管家媽接口說：「我也攪不清他叫弗瑞斯冬還是弗利冬，只知道名字末了一個字是『冬』。」

堂吉訶德說：「對啊。這人是個博學的魔法師，是我的死冤家，他恨我，因為他精通法術，預知他庇護的一位騎士將來要跟我決鬥，輸在我手裡；他卻沒法兒阻擋，所以他拚命跟我作對。叫他瞧著吧，上天注定的事，他不能違拗，也躲避不了。」

外甥女說：「這還用說！可是舅舅，誰叫您去干預這些吵架的事呀？安安靜靜待在家裡，不是頂好嗎？『吃了人間最上好的白麵包還嫌不好，硬要走遍天下去找更上好的』[7]，這又是何苦

---

4 西班牙諺語。
5 西班牙諺語。
6 博學的魔法師。據說《希臘的貝利阿尼斯》是他的著作。
7 西班牙諺語，指尋求不到的東西。

呢？您也不計較計較，『出去剪羊毛，自己給剃成禿瓢』[8]。」

堂吉訶德答道：「哎，我的外甥女兒，你計較錯了。我才不讓人家剃我的毛呢！誰要想碰我一根頭髮梢兒，我先就把他的鬍子揪光拔淨！」

她們倆瞧他發火，就不敢再開口。

他以後在家安安靜靜待了十五天，好像一點沒有再想出門胡鬧的意思。這些日子，他跟神父和理髮師兩個老朋友談論得非常有趣。他認為世上最迫切需要的是游俠騎士，而游俠騎士道的復興，全靠他一人。神父有時反駁，有時附和，因為不用這種手段不能勸服他。

堂吉訶德乘這時候，遊說他街坊上的一個老鄉。假如窮苦人也可以稱為「好人」，那麼這人該說是個好人，不過他腦袋裡沒什麼腦子。反正堂吉訶德說得天花亂墜，又是勸誘，又是許願，這可憐的老鄉就決心跟他出門，做他的侍從。堂吉訶德叫他儘管放心跟自己出門，因為可能來個意外奇遇，一眨眼征服了個把海島，就讓他做島上的總督。這農夫名叫桑丘・潘沙，他聽了這話，又加許他的其他種種好處，就拋下老婆孩子去充當他街坊的侍從。

堂吉訶德馬上去籌錢，或賣或當，出脫了些東西，反正都是吃虧的交易；這樣居然籌到小小一筆款子。他又弄到一面圓盾牌；是向朋友商借的；又千方百計把破碎的頭盔修補完善。他就把上路的日期和時間通知他的侍從桑丘，讓他收拾些隨身必需的東西，還特別囑咐他帶一只褡褳袋。桑丘說一定帶，還說他有一頭很好的驢子，也想騎著走，因為他不慣長途步行。堂吉訶德為這頭驢的問題躊躇了一下。他搜索滿腹書史，尋思有沒有哪個游俠騎士帶著騎驢的侍從。他記不起任何先例，可是決計讓桑丘帶著他的驢子，等有機會再為他換上比較體面的坐騎；也許路上碰到個無禮的騎士，就可以把他的馬搶抵換驢子。他按照客店主人的勸告，盡力置備了襯衣和其他東西。一切齊備，桑丘沒向老婆和孩子告辭，堂吉訶德也沒向管家媽和外甥女告辭，兩人在夜晚離開了村子，沒讓任何人看見。他們一夜走了老遠的路，到第二天早上放定了心，家裡人即使找他們也找不到了。

桑丘一路上騎著驢，像一位大主教[9]，他帶著褡褳袋和皮酒袋，滿心想東家許他的海島總督。堂吉訶德恰好又走了前番的道路，向蒙帖艾爾郊原跑去。他這回不像上回那麼受罪，因為是清早，太陽光斜照著他們，不那麼叫人疲勞。桑丘・潘沙這時對他主人說：

「游俠騎士先生，您記著點兒，別忘了您許我的海島；不論它有多麼大，我是會管理的。」

堂吉訶德答道：「桑丘・潘沙朋友，你該知道，古時候游俠騎士征服了海島或者王國，總把自己的侍從封做那些地方的總督，那是個通常的習慣。我絕不讓這個好規矩壞在我手裡，還打算做得更漂亮些呢。那些騎士往往要等自己的侍從上了年紀，厭倦了白天受累、夜晚吃苦的當差，才封他們在或大或小的縣裡、省裡，做個伯爵或至多做個侯爵。可是只要你我都留著性命。很可能六天之內，我就會征服一個連帶有幾個附庸國的王國，那就現成可以封你做一個附庸國的國王。你別以為這有什麼稀奇。游俠騎士的遭遇，好些是從古未有而且意想不到的，所以我給你的報酬即使比我答應的還多，我也綽有餘力。」

桑丘・潘沙答道：「假如我憑您說的什麼奇蹟做了國王，那就連我的老伴兒華娜・谷帖瑞斯也成了王后了，我的兒子也成了王子了。」

8 西班牙諺語。

9 耶穌基督騎驢進耶路撒冷，天主教會的首腦如教宗和大主教都騎驢。

堂吉訶德道：「那還用說嗎？」

桑丘・潘沙說：「我就不信。我自己肚裡有個計較，即使老天爺讓王國像雨點似的落下地來，一個也不會穩穩地合在瑪麗・谷帖瑞斯[10]頭上。先生，我跟您說吧，她不是王后的料，當伯爵夫人還湊合，那也得老天爺幫忙呢。」

堂吉訶德說：「那你就聽憑老天爺安排吧，他自會給她最合適的賞賜。可是你至少也得做個總督才行，別太沒志氣。」

桑丘回答：「我的先生，我不會的。況且我還有您這麼尊貴的主人呢，只要對我合適、我又擔當得起，您什麼職位都會給我。」

---

10 塞萬提斯給桑丘老婆的姓名時有變換，上文她叫華娜，這裡又叫瑪麗，下文又稱她泰瑞薩，又一處說她娘家姓夾石夾核。

# 第八章

## 駭人的風車奇險；堂吉訶德的英雄身手；以及其他值得大書特書的事情。

這時候，他們遠遠望見郊野裡有三四十架風車。堂吉訶德一見就對他的侍從說：「運道的安排，比咱們要求的還好。你瞧，桑丘・潘沙朋友，那邊出現了三十多個大得出奇的巨人。我打算去跟他們交手，把他們一個個殺死，咱們得了戰利品，可以發財。這是正義的戰爭，消滅地球上這種壞東西是為上帝立大功。」

桑丘・潘沙道：「什麼巨人呀？」

他主人說：「那些長胳膊的，你沒看見嗎？有些巨人的胳膊差不多二哩瓦[1]長呢。」

桑丘說：「您仔細瞧瞧，那不是巨人，是風車；上面胳膊似的東西是風車的翅膀，給風吹動了就能推轉石磨。」

堂吉訶德道：「你真是外行，不懂冒險。他們確是貨真價實的巨人。你要是害怕，就走開些，做你的禱告去，我一人單幹，跟他們大夥兒拚命。」

1　一哩瓦合六・四公里。

他一面說，一面踢著坐騎衝出去。他侍從桑丘大喊說，他前去衝殺的明明是風車，不是巨人；他滿不理會，橫著念頭那是巨人，既沒聽見桑丘叫喊，跑近了也沒看清是什麼東西，只顧往前衝，嘴裡嚷道：

「你們這夥沒膽量的下流東西！不要跑！來跟你們廝殺的只是個單槍匹馬的騎士！」

這時微微颳起一陣風，轉動了那些龐大的翅翼。堂吉訶德見了說：

「即使你們揮舞的胳膊比巨人布利亞瑞歐[2]的還多，我也要和你們見個高下！」

他說罷一片虔誠向他那位杜爾西內婭小姐禱告一番，求她在這個緊要關頭保佑自己，然後把盾牌遮穩身體，托定長槍飛馬向第一架風車衝殺上去。他一槍刺中了風車的翅膀；翅膀在風裡轉得正猛，把長槍迸作幾段，一股勁把堂吉訶德連人帶馬直掃出去；堂吉訶德滾翻在地，狼狽不堪。桑丘・潘沙趲驢來救，跑近一看，他已經不能動彈，駑騂難得把他摔得太厲害了。

桑丘說：「天啊！我不是跟您說了嗎，仔細著點兒，那不過是風車。除非自己的腦袋裡有風車打轉兒，誰還不知道這是風車呢？」

堂吉訶德答道：「甭說了，桑丘朋友，打仗的勝敗最拿不穩。看來把我的書連帶書房一起搶走的弗瑞斯冬法師對我冤仇很深，一定是他把巨人變成風車，來剝奪我勝利的光榮。可是到頭來，他的邪法畢竟敵不過我這把劍的鋒芒。」

桑丘說：「這就要瞧老天爺怎麼安排了。」

桑丘扶起堂吉訶德；他重又騎上幾乎跌歪了肩膀的駑騂難得。他們談論著方才的險遇，順著

2 希臘神話裡和神道作戰的巨人，有一百條手臂。

往拉比塞峽口的大道前去，因為據堂吉訶德說，那地方來往人多[3]，必定會碰到許多形形色色的奇事。可是他折斷了長槍心上老大不痛快，和他的侍從計議說：

「我記得在書上讀到一位西班牙騎士名叫狄艾果・貝瑞斯・台・巴爾加斯，他一次打仗把劍斫斷了，就從橡樹上劈下一根粗壯的樹枝，憑那根樹枝，那一天幹下了許多了不起的事，打悶不知道多少摩爾人，因此得到個綽號，叫做『大棍子』。後來他本人和子孫都稱為『大棍子』巴爾加斯。我跟你講這番話有個計較：我一路上見到橡樹，料想他那根樹枝有多粗多壯，照樣也折它一枝。我要憑這根樹枝大顯身手，你親眼看見了種種說來也不可信的奇事，才會知道跟了我多麼運氣。」

桑丘說：「這都聽憑老天爺安排吧。您說的話我全相信；可是您把身子挪正中些，您好像閃到一邊去了，準是摔得身上疼呢。」

堂吉訶德說：「是啊，我吃了痛沒作聲，因為游俠騎士受了傷，儘管腸子從傷口掉出來，也不行得哼痛[4]。」

桑丘說：「要那樣的話，我就沒什麼說的了。不過天曉得，我寧願您有痛就哼。我自己呢，說老實話，我要有一丁丁點兒疼就得哼哼，除非游俠騎士的侍從也得遵守這個規矩，不許哼痛。」

堂吉訶德瞧他侍從這麼傻，忍不住笑了。他聲明說：不論桑丘喜歡怎麼哼、或什麼時候哼，不論他是忍不住要哼、或不哼也可，反正他儘管哼好了，因為他還沒讀到什麼游俠騎士的規則不准侍從哼痛。桑丘提醒主人說，該是吃飯的時候了。他東家說這會子還不想吃。桑丘什麼時候想吃就可以吃。桑丘得了這個准許，就在驢背上盡量坐舒服了，把褡褳袋裡的東西取出來，慢慢跟在主人後面一邊走一邊吃，還頻頻抱起酒袋來喝酒，喝得津津有味，瑪拉咖最享口福的酒館主人見了都會羨慕[5]。他這樣喝著酒一路走去，早把東家對他許的願拋在九霄雲外，覺得四出冒險儘管擔涼受怕，也不是什麼苦差，倒是很愜意的。

長話短說，他們當夜在樹林裡過了一宿。堂吉訶德折了一根可充槍柄的枯枝，換去斷柄把槍頭移上。他曾經讀到騎士們在窗林荒野裡過夜，想念自己的意中人，好幾夜都不睡覺。他要學樣，當晚徹夜沒睡，只顧想念他的意中人杜爾西內婭。桑丘・潘沙卻另是一樣。他肚子填得滿滿，又沒喝什麼提神醒睡的飲料，倒頭一覺，直睡到大天亮。陽光照射到他臉上，鳥聲嘈雜，歡迎又一天來臨，他都不理會，要不是東家叫喚，他還沉睡不醒呢。他起身就去撫摸一下酒袋，覺得比昨晚越發萎癟了，不免心上煩惱，因為照他看來，在他們這條路上，沒法立刻彌補上這項虧空。堂吉訶德還是不肯開齋，上文已經說過，他決計靠甜蜜的相思來滋養自己。他們又走上前往拉比塞峽口的道路；約莫下午三點，山峽已經在望。

堂吉訶德望見山峽，就說：「桑丘・潘沙兄弟啊，這裡的險境和奇事多得應接不暇，可是你記著，儘管瞧我遭了天大的危險，也不可以拔劍保護我。如果我對手是下等人，你可以幫忙；如果對手是騎士，按騎士道的規則，你怎麼也不可以幫我，那是違法的。你要幫打，得封授了騎士的稱號才行。」

3 因為在馬德里到塞維亞的大道上。
4 騎士規則第九條：「騎士不論受了什麼傷，不得哼痛。」
5 瑪拉咖的酒是著名的。

桑丘答道：「先生，我全都聽您的，絕沒有錯兒。我生來性情和平，最不愛爭吵。當然，我如要保護自己身體，就講究不了這些規則。無論天定的規則，人定的規則，總容許動手自衛。」

堂吉訶德說：「這話我完全同意，不過你要幫我跟騎士打架，那你得捺下火氣，不能使性。」

桑丘答道：「我一定聽命，把您這條誡律當禮拜日的安息誡一樣認真遵守。」

他們正說著話，路上來了兩個聖貝尼多教會的修士。他們好像騎著兩匹駱駝似的，因為那兩頭騾子簡直有駱駝那麼高大。兩人都戴著面罩[6]，撐著陽傘。隨後來一輛馬車，有四五騎人馬和兩個步行的騾夫跟從。原來車上是一位到塞維亞去的比斯開貴夫人；她丈夫得了美洲的一個很體面的官職要去上任，正在塞維亞等待出發。兩個修士雖然和她同路，並不是一夥。可是堂吉訶德一看見他們，就對自己的侍從說：

「要是我料得不錯，咱們碰上破天荒的奇遇了。前面這幾個黑魆魆的傢伙想必是魔法師——沒什麼說的，一定是魔法師；他們用這輛車劫走了一位公主。我得盡力除暴懲凶。」

桑丘說：「這就比風車的事更糟糕了。您瞧啊，先生，那些人是聖貝尼多教會的修士，那輛馬車準是過往客人的。您小心，我跟您說，您幹事要多多小心，別上了魔鬼的當。」

堂吉訶德說：「我早跟你說過，桑丘，你不懂冒險的事。我剛才的話是千真萬確的，你這會兒瞧吧。」

他說罷往前幾步，迎著兩個修士當路站定，等他們走近，估計能聽見他打話了，就高聲喊道：

「你們這群妖魔鬼怪！快把你們車上搶走的幾位貴公主留下！要不，就叫你們當場送命；幹了壞事，得受懲罰！」

兩個修士帶住騾子，對堂吉訶德那副模樣和那套話都很驚訝，他們回答說：

「紳士先生，我們不是妖魔，也並非鬼怪。我們倆是趕路的聖貝尼多會修士。這輛車是不是劫走了公主，我們也不知道。」

堂吉訶德喝道：「我不吃這套花言巧語！我看破你們是撒謊的混蛋！」

他不等人家答話，踢動駑騂難得，斜綽著長槍，向前面一個修士直衝上去。他來勢非常兇猛，那修士要不是自己滾下騾子，準被撞下地去，不跌死也得身受重傷。第二個修士看見夥伴遭殃，忙踢著他那匹高大的好騾子落荒而走，跑得比風還快。

桑丘瞧修士倒在地上，就迅速下騾，搶到他身邊，動手去剝他的衣服。恰好修士的兩個騾夫跑來，問他為什麼脫人家衣服。桑丘說，這衣服是他東家堂吉訶德打了勝仗贏來的戰利品，按理是他份裡的。兩個騾夫不懂得說笑話，也不懂得什麼戰利品、什麼打仗，他們瞧堂吉訶德已經走遠，正和車上的人說話呢，就衝上去推倒桑丘，把他的鬍子拔得一根不剩，又踢了他一頓，撇他直挺挺的躺在地上，氣都沒了，人也暈過去了。跌倒的修士心驚膽戰，面無人色，急忙上騾，踢著牠向同伴那裡跑；逃走的紳士正在老遠等著，看這番襲擊怎麼下場。他們不等事情結束，馬上就走了，一面只顧在胸前畫十字；即使背後有魔鬼追趕，也不必畫那麼多十字。

上文已經說了，堂吉訶德正在和車上那位夫人談話呢。他說：

「美麗的夫人啊，您可以隨意行動了，我憑這條鐵臂，已經把搶劫您的強盜打得威風掃地。您不用打聽誰救了您；我省您的事，自己報名吧。我是個冒險的游俠騎士，名叫堂吉訶德・台・

---

6　西班牙人旅行用的面罩，上面安著護眼的玻璃，防塵土入目，也防太陽曬臉。

拉・曼卻；我傾倒的美人是絕世無雙的堂娜杜爾西內婭・台爾・托波索。您受了恩不用別的報酬，只須回到托波索去代我拜見那位小姐，把我救您的事告訴她。」

有個隨車伴送的侍從是比斯開人，聽了堂吉訶德的話，瞧他不讓車輛前行，卻要他們馬上回托波索去，就衝到他面前，一把扭住他的長槍跟他理論，一口話既算不得西班牙語，更算不得比斯開語，似通非通的說：

「走哇！騎士倒楣的！我憑上帝創造我的起誓：不讓車走啊你，我比斯開人殺死你是真！好比你身在此地一樣是真[7]！」

這話堂吉訶德全聽得懂。他很鎮靜地答道：

「你呀，不是個騎士；你要是個騎士，這樣糊塗放肆，我早就懲罰你了，你這奴才！」

比斯開人道：

「我不紳士[8]？對上帝我發誓：你很撒謊！好比我很基督徒一樣！如果你長槍放下，拔出來劍，馬上可以你瞧瞧，你是把水送到貓兒旁邊去呢[9]！陣地上比斯開人，海上也紳士！哪裡都紳士[10]！你道個不字，哼，撒謊你就是！」

堂吉訶德答道：「阿格拉黑斯說的：『你這會兒瞧吧。』[11]」

他把長槍往地上一扔，拔出劍，挎著盾牌，直取那比斯開人，一心要結果他的性命。比斯開人因為自己的坐騎是雇來的劣騾子，靠不住，他想要下地，可是瞧堂吉訶德這般來勢，什麼也顧不及，只有拔劍的功夫，幸虧正在馬車旁邊，就從車上搶了個墊子，權當盾牌使用，兩人就像不共戴天的冤家那樣打起來。旁人想勸解，可是不行，比斯開人用他那種支離破碎的話向大家聲明：他們要是不讓他把這一仗打到底，他就親手把女主人殺掉，把所有阻擋他的人都殺掉。車上那位太太看到這樣情況，又驚又怕，忙叫車夫把車牽遠些，就在那邊遙遙觀看這場惡戰。當時比斯開人伸手越過堂吉訶德的盾牌，在他肩上狠狠劈了一劍；要不是他身披鎧甲，腰以上早劈做兩半了。這一劍好不凶猛，堂吉訶德覺得分量不輕，大喊道：

「啊！我心上的主子、美人的典範杜爾西內婭！你的騎士為了不負你的十全十美，招得大難臨頭了！請你快來幫忙呀！」

他說著話，一手握劍，一手用盾牌護嚴身子，直向比斯開人衝去。說時遲，那時快，他一股猛勁，要一劍劈去立見輸贏。

比斯開人瞧堂吉訶德這股衝勁，看出對手的勇猛，決計照樣跟他拚一拚；可是座下的騾子已經疲乏不堪，況且天生也不是幹這種玩意兒的，所以一步也挪移不動，左旋右轉都不聽使喚，他只好把坐墊護嚴身子，站定了等候。上文說過，堂吉訶德舉劍直取這機警的比斯開人，一心要把他劈做兩半；比斯開人也舉著劍，把坐墊擋著身子迎候；旁人不知道這兩把惡狠狠的劍下會生出

---

7 關於比斯開人這句話的意義，注釋家眾說紛紜，這裡是根據馬林（Francisco Rodríguez Marín）注本的解釋翻譯的。

8 原文雙關，又指騎士，又指紳士。堂吉訶德指的是騎士，比斯開人指的是紳士。

9 西班牙諺語：「送貓兒下水」，指一樁非常難辦的事，因為貓兒是不肯下水的。比斯開人惱怒中把成語說顛倒了。

10 西班牙人只要是比斯開世家子弟，就是貴族。

11 阿格拉黑斯是《阿馬狄斯・台・咖烏拉》裡的人物。每當他拔劍在手，總說：「你這會兒瞧吧。」這句話變了成語。

什麼事來，惴惴不安地等待著；車上那位太太和幾個侍女只顧向西班牙所有的神像和禮拜堂千遍萬遍的許願，求上帝保佑這侍從和她們自己逃脫當前這場大難。可是偏偏在這個緊要關頭，作者把一場廝殺半中間截斷了，推說堂吉訶德生平事蹟的記載只有這麼一點。當然，這部故事的第二位作者絕不信這樣一部奇書會被人遺忘，也不信拉・曼卻的文人對這位著名騎士的文獻會漠不關懷，讓它散失。因此他並不死心，還想找到這部趣史的結局。靠天保佑，他居然找到了。如要知道怎麼找到的，請看本書第二部[12]。

12　一般騎士小說往往在故事的緊要關頭截住，叫讀者等「下回分解」。塞萬提斯故意模仿這種手法。他原先把上冊分作四卷，但後來改變了這種分法。

# 第九章

## 大膽的比斯開人和英勇的曼卻人一場惡戰如何結束。

這個故事第一部分的結尾，講到驍勇的比斯開人和威名赫赫的堂吉訶德都舉著明晃晃的劍，待要狠命地往下劈；如果這兩把劍不偏不倚地劈下去，那就至少各把對手從上到下分作兩半，像裂開的石榴一樣。正在這千鈞一髮的當口，這麼有趣的故事忽然中斷了，作者也沒交代散失的部分有何下落。

這使我非常懊喪。依我看，這個趣味無窮的事大部分是散失了。我想到散失的大部分無從尋覓，才讀了那一小段反惹得心癢難搔。那樣一位好騎士，卻沒個博學者負責把他的豐功偉績記錄下來，我認為事理和情理上都說不過去。凡是游俠騎士，所謂漫遊冒險的人物，從來少不了有搖筆桿子的為他們寫傳作記。他們都有一兩個好像是專為他們用的博學大師，不僅把他們的功業記載下來，就連他們瑣碎無聊的心思，不論多麼隱祕，都一一描繪。像普拉底爾那一流的騎士，還有很多博士為他們作傳呢，我們這麼一位卓越的騎士絕不會倒楣得無人過問。所以我不信他那麼有趣的故事會殘缺不全；我只歸罪於時間的惡意搗亂，它磨滅一切東西，把這篇故事埋沒或吃掉了。

但是我又轉念：堂吉訶德所藏的書裡既有《嫉妒篇》、《艾瑞那斯的仙女和牧羊人》這類近代作品，他本人的傳記當然也是近代的了；或許還沒寫成文字呢，可是他本鄉和附近的人一定還記得他的事情。我這麼一想，就像熱鍋上的螞蟻也似，急要把我們這位西班牙名人堂吉訶德・台・拉・曼卻的生平奇蹟考察確實。他是曼卻騎士道的光輝和典範；在我們這個年代，在這樣多災多難的時世，他第一個投身於游俠事業，去消滅強暴，援助寡婦並保護童女。古時候確有那種執鞭騎馬的童女，帶著她們的貞操，在山嶺和田野裡來來往往；若沒有惡棍或手拿斧頭、頭戴兜帽的村夫，或魁偉的巨人對她們橫施強暴，她們儘管活到八十歲沒有在屋裡睡過一宵，進墳墓依然還是清白無玷的閨女，像生她的媽媽一樣[1]。反正為了以上種種緣故，咱們這位豪俠的堂吉訶德值得萬世頌讚；我費了心力去訪求這個趣史的下文，我區區也應得表揚。諸位如果專心閱讀，整個故事大約可供兩小時的消遣和享受[2]；我深信若不是靠天、靠機會、靠運氣，這點消遣和享樂是得不到的。現在我且講講找到這部趣事的經過。

有一天，我正在托雷多的阿爾咖那市場。有個孩子跑來，拿著些舊抄本和舊手稿向一個絲綢商人兜售。我愛看書，連街上的破字紙都不放過。因此我從那孩子出賣的故紙堆裡抽一本看看，認出上面寫的是阿拉伯文。我雖然認得出，卻看不懂；所以想就近找一個通曉西班牙文的摩爾人來替我譯讀。要找這種翻譯並不困難，即使要翻譯更好的、更古的文字[3]也找得到人。我可巧找到一個。我講明自己的要求，把本子交給他手。他從半中間翻開，讀了一段就笑起來。我問他笑什麼，他說：笑旁邊加的一個批語。我叫他講給我聽；他一面笑一面說：

「書頁邊上有這麼一句批語：『據說，故事裡時常提起這個杜爾西內婭・台爾・托波索是醃豬肉的第一把手，村子裡的女人沒一個及得她。』」

我聽他提起杜爾西內婭．台爾．托波索這個名字，不勝驚訝；立刻猜測到這些抄本裡有堂吉訶德的故事。我心上這麼想，就直催他把開頭一段翻給我聽。他依言把阿拉伯文隨口譯成西班牙文，說這是《堂吉訶德．台．拉．曼卻傳》，作者是阿拉伯歷史家熙德．阿默德．貝南黑利。我聽到這個書名，真是十二分的乖覺才沒把快活露在臉上。我從絲綢商人手裡搶下這筆買賣，花半個瑞爾收買了那孩子的全部手稿和抄本。如果他是個機靈的小子，看透我多麼急切，為這筆交易盡可以討價六瑞爾以上，穩穩的可以成交。我馬上帶著摩爾人出了市場，跑到大教堂的走廊裡。我請他把抄本裡講到堂吉訶德的部分全翻成西班牙文，不得增刪；隨他要多少代價我都願意。他要兩個阿羅巴[4]的葡萄乾，兩個法內加[5]的小麥，答應一定翻得又好、又忠實、又迅速。我為了工作方便，又要把這麼名貴的稿本留在手邊，就把他請到家裡。一個半月以後，他全部翻完。以下都是他的譯文。

抄本的第一冊有一幅堂吉訶德和比斯開人交戰的圖，畫得栩栩如生。兩人的姿態就像故事裡講的那樣，都舉著劍，一個用盾牌護身，一個用墊子招架。比斯開人的騾子畫得尤其得神，遠在一箭之地以外就看得出是一頭雇騾。比斯開人腳下有個標籤，寫著「堂桑丘．台．阿斯貝悌

1　塞萬提斯不止一次用這種話來挖苦流行的騎士小說不合實際。
2　可見塞萬提斯當時並沒打算把這部作品寫得很長。
3　指希伯來文，當時認為是最古老的文字。
4　一阿羅巴合二十五磅（西班牙），合十一．五公斤。
5　一法內加合五十五．五公升。

亞」，這一定就是他的名字。駑騂難得畫得妙極了，牠又長又細溜，又瘸又瘦，背脊上骨骼嶙峋，彷彿害了極重的癆病，稱牠駑騂難得顯然是名副其實，恰配身分。旁邊是桑丘．潘沙牽著他驢子的韁繩，驢子腳下也有個標籤，寫著「桑丘．桑伽斯」。照那幅畫上看來，他是個大肚子，矮個子，兩條小腿卻很長，大概因此稱為「潘沙」，又稱「桑伽斯」，故事裡往往用這兩個名字稱呼他[6]。此外還看到些枝枝節節，不過都無關緊要；故事只要真實就好，那些末節是無足輕重的。

假如有人批評這個故事不真實，那無非因為作者是阿拉伯人，這個民族是撒謊成性的。不過他們既然跟我們冤仇很深，想來是只講得減色貶低，不增光誇大。我就是這麼想，因為有時候該筆酣墨飽，把這位好騎士稱揚一番，作者卻故意不讚一辭。這種行為不好，居心更是可惡。歷史家的職責是要確切、真實、不感情用事；無論利誘威脅，無論憎恨愛好，都不能使他們背離真實。歷史孕育了真理；它能和時間抗衡，把遺聞舊事保藏下來；它是往古的跡象，當代的鑑戒，後世的教訓。我知道這部歷史以最有趣的方式，具備了一切應有的條件。如果有什麼美中不足，我認為都是那混蛋作者的過錯，絕不是題材的毛病。閒話少說，按照譯文，以下是第二卷的開頭。

兩位勇猛而憤怒的戰士都高舉著鋒利的劍，彷彿是向上天下土和地獄示威，他們的勇敢和神氣真是不可一世。暴怒的比斯開人先一劍劈下，非常凶猛，要不是劈歪了些，單這一下子就足以結束這場惡戰，咱們這位騎士畢生的冒險也都完了。可是運命還要保全著他，有更偉大的事業要他幹呢，所以他冤家的劍鋒偏了方向；那一劍雖然斫在他左肩上，只斫掉整半邊鎧甲連帶一大塊頭盔和半隻耳朵。這些東西零落滿地，我們這位騎士狼狽不堪。

這曼卻人瞧自己遭了毒手，心頭冒火。天啊！誰能描摹他當時的情景呢！這裡只能說，他在鞍鐙上重又挺直身子，兩手更加使勁地捧住劍，惡狠狠地向比斯開人砍下去。這一劍隔著墊子在他腦袋上斫個正著，比斯開人儘管有那麼好的防身之具，頂門上彷彿塌下了一座大山；他的鼻孔裡、嘴裡、耳朵裡鮮血直冒，看樣子就要栽下地去，要不是抱住牲口的脖子，一定摔倒了。那頭騾子給那狠狠的一劍震驚得落荒逃跑，顛幾顛就把牠主人掀在地上。

堂吉訶德冷眼瞧著，看見比斯開人落地，就跳下馬，三腳兩步搶上來，把劍鋒直指到他眼前，叫他投降，不然就斫下他的腦袋。比斯開人嚇呆了，一句話也答不上來。堂吉訶德火頭上什麼都不顧，照那樣子，比斯開人準得送命。車上幾個女眷一直在哆哆嗦嗦看打架，這會兒虧得她們趕來，懇求堂吉訶德寬宏大量，手下留情，饒了她們這位侍從的性命。堂吉訶德大咧咧地正色回答說：

「行啊，諸位美人，我願意遵命，不過有一個條件，一點默契：這位騎士得答應我到托波索村上去走一遭，代我拜見那位絕世無雙的堂娜杜爾西內婭，由她去發落。」

幾個女人驚慌失措，也沒有考慮堂吉訶德的要求，也沒有探問杜爾西內婭是誰，滿口答應說，她們的侍從必定一一照辦。堂吉訶德說：

「我認為他該受我狠狠的收拾，不過既有你們擔保，我就不難為他了。」

---

6 潘沙（Panza）的意思是「肚子」，桑伽斯（Zancas）的意思是「小腿」。但下文只用了「潘沙」一個名字。

# 第十章

## 堂吉訶德和他侍從桑丘・潘沙的趣談。

桑丘・潘沙挨了修士的騾夫一頓收拾，這時已經爬起來，看他主人堂吉訶德打架。他心裡暗暗禱求上帝保佑主人打個勝仗，贏得個把海島，可以踐諾封自己做島上的總督。他瞧這一架已經打完，他主人又要上馬，就去扶住鞍鐙，在他上馬之前雙膝跪倒，抓住他的手，親吻一下說道：

「我的堂吉訶德先生啊，您這場苦戰贏來的海島，求您賞我管轄吧；不論它多麼大，我覺得自己有本領管轄；別處島上的總督怎麼管，我也怎麼管，人家能管得多好，我也能管得多好。」

堂吉訶德回答說：

「我告訴你，桑丘兄弟，今天的事和所有這一類的事，都是四岔路口碰上的，不是什麼贏取海島的奇遇；從這種廝殺裡得不到什麼，除非砸破個腦袋，或者賠掉一隻耳朵。你且耐著點兒心，將來還會有別的奇遇，我不但能照應你做總督，還做到比總督更大的呢。」

桑丘對他謝了又謝，再吻一下他的手，又吻他鎧甲的邊緣。他扶主人騎上駑騂難得，自己也騎上驢子，跟著他一同上路。堂吉訶德沒向車上的女人辭行，也沒跟她們再說什麼話，就縱馬跑進附近的樹林。桑丘跟在後面，讓驢子撒著腿追趕。可是駑騂難得跑得太快，他瞧自己落在後

NARRO 51

面，只得大聲喊他主人等他一下。堂吉訶德依他勒住駑騂難得，等待這個疲乏的侍從趕上來。桑丘到了他跟前說：

「先生，我瞧咱們還是到哪個教堂裡去躲一躲妥當[1]。剛才那傢伙跟您交手吃了那麼大虧，說不定會去報告神聖友愛團[2]來抓咱們。說實話，咱們要是給抓去，得尾巴尖兒上都冒了汗才得脫身呢。」

堂吉訶德說：「住嘴吧。游俠騎士可以殺人累累，哪有抓進法院的！你見過或讀到過嗎？」

桑丘答道：「我不懂得什麼『殺人類』[3]，我對誰也沒幹過這種事。我只知道神聖友愛團專管野外打架；至於您說的那話兒，反正與我無關。」

堂吉訶德說：「那你就放心吧，朋友，你即使落在迦勒底亞人[4]手裡，我也能救你出來，別說神聖友愛團。不過你老實告訴我，你瞧全世界還有比我勇敢的騎士嗎？我既能猛衝，又能苦戰。有本領把對手殺得馬仰人翻，你在傳記上讀到的古今騎士，有誰勝如我的嗎？」

桑丘回答說：「老實告訴您，我從來沒讀過什麼傳記？因為我不會看書，也不會寫字。不過我可以打賭，我這一輩子從來沒伺候過比您勇敢的主人。但願天保佑，您別勇敢出了亂子，落到我剛說的那地方去。您讓我給您包紮一下傷口吧，您這隻耳朵直流血；我這褡褳袋裡現帶著軟布和白油膏呢。」

堂吉訶德說：「我要是早想到做一瓶子大力士的神油[5]，你那些東西都用不著，只要搽上一滴，馬上藥到病除。」

桑丘・潘沙問道：「那是什麼瓶子、什麼油呀？」

堂吉訶德答道：「是治傷的油，我記得炮製的方子。有了這種油就不會死，受了重傷不愁送命。等我幾時做了給你。你要是看見我打仗給人家齊腰斬成兩段（這是常有的事），你乘血沒凝結，輕巧地把掉下地的半截身子好好兒合在鞍子上那半截身子上，要扣得嚴絲合縫；然後你只消給我喝兩口油，我馬上就完好無恙，比個蘋果還完好。」

潘沙道：「照這麼說，我以後不想做您許我的海島總督了。您只要傳授我神油的方子，就能酬報我的種種效勞。我估計一兩油至少值兩瑞爾，哪裡都賣得出，單靠這種油就夠我下半輩子過得又體面又舒服的了。不過我先得問問，這東西的成本貴不貴？」

堂吉訶德答道：「花不了三瑞爾就可以做三阿松布瑞[6]的油。」

桑丘說：「噯呀！那麼您還要等怎麼著才動手去做呀？您幾時才教給我呀？」

堂吉訶德說：「別著急，朋友。我還打算教你更了不起的奧妙、給你更大的好處呢。咱們這

1 歐洲中世紀，教堂有治外法權；罪人避入教堂，法院不得入內追捕。

2 神聖友愛團（Santa Hermandad），西班牙十三世紀建立的一種司法機構，由紳士、地主等有身分的人組成，負責保護郊野和大道上的治安；「神聖友愛團」有權判處死刑，被判的罪犯無上訴權。

3 即堂吉訶德所說的「殺人累累」。桑丘把堂吉訶德的話聽錯了。

4 迦勒底亞（Caldea）為巴比倫的一部分。西元前五三六年猶太人被咖勒底亞人俘虜，做了七十年奴隸，波斯王居魯士征服了這個國，才把猶太人釋放。

5 大力士（Fierabrás）是查理大帝手下的武士，身軀魁梧，力大無比，曾憑他的武力贏得耶穌就難時戴的荊棘冠和塗澤耶穌屍體的香油。據傳說，這種油一滴能除萬病，一切創傷，敷上立即痊癒。參看尼古拉斯・台・比阿蒙德（Nicolás de Piamonte）的《查理大地及其武士傳》（*Historia Caballersca de Carlomagno*）第十七章。

6 阿松布瑞，容量名，約合二公升。

會子且包紮傷口吧，我這隻耳朵疼得不好受。」

桑丘從褡褳袋裡取出些軟布和油膏。可是堂吉訶德一看到自己的頭盔，差點兒發瘋。他一手按劍，抬眼望著天，說道：

「偉大的曼圖阿侯爵曾經發誓：他沒有為他外甥巴爾多比諾斯報得殺身之仇，就不攤著桌布吃飯，不和妻子親近，還有其他等等，我一時記不起了。現在我憑天地萬物的創造者和全套四部福音[7]起誓：我沒有對侮辱我的人報仇，就完全照曼圖阿侯爵發誓說的那樣過日子；就連我記不起的事，也權當我聲明了一樣，都得一一照做。」

桑丘聽了這話，對他說：

「堂吉訶德先生，您可別忘記，那位騎士要是聽您吩咐跑去見了咱們的杜爾西內婭・台爾・托波索小姐，他的事情就完了；他要是沒幹別的壞事，就不該再受懲罰。」

堂吉訶德答道：「你這話很對，也說在骨節上。所以報仇的誓言就此作廢了。可是我重新發誓聲明：我一定要從不論哪個騎士頭上搶過一只頭盔來，要和我這只相仿，而且一樣好；這件事沒做到，我就永遠照我剛才說的那樣過日子。桑丘，你別以為我隨口亂說，我是確有依據的。從前為了曼布利諾的頭盔出過一模一樣的事，薩克利邦泰就為它吃了大虧[8]。」

桑丘說：「我的先生，發這種誓既害身體，又壞良心，我勸您把這些都送給魔鬼吧。要不，我請問您，假如連著幾天碰不到一個戴頭盔的人，咱們怎麼辦？您現在重申了那個曼圖阿老瘋子的誓言，什麼不脫衣服睡覺呀，在荒野裡過夜呀，還有千千萬萬吃苦贖罪的勾當，你就不管多麼不方便、不舒服，當真要一一照辦嗎？您留神瞧瞧，這一路上來往的，並沒個披戴盔甲的人，只有騾夫和趕車的，他們非但不戴頭盔，只怕連頭盔這個名字都一輩子沒聽見過呢。」

堂吉訶德說：「這來你錯了。咱們在這四岔路口待不了兩個鐘頭，就能看到很多披甲戴盔的武士，比起到阿爾布拉卡去奪取美人安杰麗加的還多[9]。」

桑丘說：「得了，但願如此吧。我求上天保佑咱們走好運，累我賠好大本錢的海島能早早到手，我就死也閉眼了。」

「我跟你說過，桑丘，你不用為這個擔心。要是沒有海島，有的是丹麥王國，或者索布拉狄薩王國[10]，給了你就彷彿戒指戴在指頭上那麼合適；而且你是在大陸上，一定更加享福。不過這些事將來再說吧，你且瞧瞧褡褳袋裡有什麼可吃的。然後咱們得找個城堡過夜，還得做些我剛說的那種油。老實告訴你，我這隻耳朵痛得厲害。」

桑丘說：「我這裡帶著一個蔥頭，一點乾奶酪，還有幾塊擘剩的麵包。不過像您這樣一位英勇的騎士，不是吃這種東西的。」

堂吉訶德答道：「你太外行了。我告訴你，桑丘，游俠騎士整個月不吃東西是光榮；即使吃東西，也是有什麼吃什麼。你要是像我讀過那麼多的傳記，就知道這是千真萬確的。我讀得真不

---

7 《新約》的〈馬太福音〉、〈馬可福音〉、〈路加福音〉、〈約翰福音〉稱為「四大福音」。

8 據博雅鐸《奧蘭多的戀愛》，摩爾王曼布利諾有一只具有魔力的頭盔，後來給瑞那爾多斯搶去。據阿利奧斯陀《奧蘭多的瘋狂》，為這只頭盔吃了大虧的是達狄耐爾・台・阿爾蒙德（Dardinel de Almonte），不是薩克利邦泰。

9 安杰麗加是契丹公主，阿爾布拉卡是契丹皇帝的城堡。據博雅鐸《奧蘭多的戀愛》，有二百萬武士攻打那座城堡，為了要奪取那位美麗的公主。

10《阿馬狄斯・台・咖烏拉》裡一個虛構的國家。

少，可是沒一本書上講到游俠騎士吃東西，除非偶然提起，或者在款待他們的大宴會上才吃；其他日子他們過得很清苦。當然，他們究竟是跟咱們一樣的人，一定得吃東西，還得得幹些人身罷不得的事；不過他們一輩子老在樹林荒野裡奔走，又不帶廚師，經常吃的當然也就是你這會兒給我吃的這種簡樸的東西了。所以，桑丘朋友，你別為我甘心的事擔憂，別另出花樣，也別去改革游俠騎士道的常規。」

桑丘說：「我請您原諒我，我才說了我不會看書寫字，游俠騎士的規矩我也不懂，也不熟悉。以後我就在褡褳袋裡給您裝上各種乾果子，因為您是一位騎士；我呢，不是騎士，我就給自己另外置備些雞鴨之類和較有營養的東西。」

堂吉訶德答道：「桑丘，我並不是說，游俠騎士只許吃你說的那些果子；我只說，他們經常吃的想必是那些東西和一些野菜。我和他們一樣，都能辨識野菜。」

桑丘說：「能辨識野菜是好事，因為照我看來，恐怕有一天得要用到這門學問呢。」

他一面把帶的乾糧拿出來，兩人吃得很親熱。可是他們急要找個地方過夜，草草吃罷，立即各上坐騎忙忙趕路，乘天還沒黑想找個村落。太陽下去，他們的希望落了空。附近有幾間牧羊人的茅屋，他們決計到那裡去投宿。桑丘因為趕不上宿頭非常懊喪，他主人卻因為要在露天過夜不勝欣喜，因為覺得露宿一次就是修煉一番騎士道的功行。

# 第十一章

## 堂吉訶德和幾個牧羊人的事。

堂吉訶德受到牧羊人殷勤接待。當時他們火上燉的一鍋醃羊肉正在沸滾，香味四溢。桑丘盡力安頓好駑騂難得和自己的驢，聞香趕來，恨不得馬上嘗嘗鍋裡的東西熟了沒有。可是不用他多事，牧羊人已經把鍋子端下，他們把幾張羊皮鋪在地上，一轉眼就擺上了樸素的便飯，誠誠懇懇邀請兩位客人吃飯。茅屋裡住著一夥六人；他們把木盆反過來，用村野的禮數請堂吉訶德坐，自己就團團圍坐在羊皮上。堂吉訶德坐下；桑丘站在旁邊拿著羊角杯要給他斟酒。這位東家瞧桑丘站著，就對他說：

「桑丘，我要你和他們幾位同席，坐在我旁邊，和自己的主子不分彼此，同在一個盤兒裡吃，一個杯子裡喝。據說戀愛『使一切平等』，這句話對游俠騎士道也照樣適用。你由此可以看到游俠騎士道的好處，誰為它服務，不論職位，馬上受到大家尊重。」

桑丘說：「多謝您了。不過我告訴您吧，我只要有好吃的，自己一人站著吃，不輸坐在皇帝身邊吃，還吃得更香呢。而且，說老實話，如果得嚼得慢，喝得少，時刻擦嘴，要打噴嚏咳嗽都不行，自己一人可以放肆的事都幹不得，那麼，即使坐酒席、吃火雞，還不如自己角落裡，不裝斯文、不講禮數，吃些麵包蔥頭香得多呢。我的先生啊，我當了侍從為游俠騎士道服務，您不是要給我種種體面嗎？我請您折換些更實惠的東西賞給我吧。您給的這些體面，我很領情，可是我從現在起直到世界末日也用不著啊。」

「可是你還是得坐下，因為上帝抬舉卑遜的人。」

堂吉訶德抓住桑丘的胳膊，硬拉他在自己身邊坐下。

那些牧羊人不懂得什麼侍從呀、游俠騎士呀那一套話，他們不聲不響地只顧吃，一面愣著眼看那兩位客人。他們倆很自在，胃口也很好，拳頭大的醃羊肉整塊往肚裡吞。羊肉吃完了，牧羊人又把許多乾橡樹子堆在羊皮上，旁邊還擺上半個比灰泥餅子還硬的乾奶酪。當時那只羊角杯一刻不停地在各人手裡傳來遞去，一會兒滿，一會兒空，像水車上的吊桶；面前兩皮袋酒轉眼就空了一只。堂吉訶德吃飽了，就抓一把橡樹子凝神細看，大發議論道：

「古人所謂黃金時代真是幸福的年代、幸福的世紀！這不是因為我們黑鐵時代視為至寶的黃金，在那個幸運的時代能不勞而獲；只為那時候的人還不懂『你的』和『我的』之分。在那個太古盛世，東西全歸公有。茁壯的橡樹上，甜熟的果實累累滿樹，要吃飽肚子不用操勞，伸手採來吃就行。泉源和活水河裡，清冽的水滔滔不盡，供人飲用。勤勞智慧的蜜蜂在石縫和樹洞裡建立了共和國，牠們無比甜蜜的工作收穫豐富，隨大家分享，毫不計較利息。高大的軟木樹自己脫下很輕的大片樹皮，不用費力去剝，就可以撿來蓋在樸實的梁柱上，造成可蔽風雨的房子。那時一片和平友愛，到處融融洽洽。彎頭的犁還沒敢用它笨重的犁刀去開挖大地媽媽仁厚的臟腑；她不用強迫，她那豐厚寬闊的胸膛，處處貢獻出東西來，使她的兒女能吃飽喝足，生存享樂；現在這群兒女做了媽媽的主人了。那時候，天真美麗的牧羊姑娘在田野山林裡來來往往，披散著頭髮，

NARRO 51

不穿衣服，只把人身上為遮羞而歷來掩蓋的部分，規規矩矩地遮上；這點遮飾，不用狄羅紫色[1]的綾羅巧加剪裁，而是用碧綠的羊蹄葉和蔦蘿編成的。她們這樣打扮非常鮮豔美麗，不輸朝廷命婦穿了趕時髦的奇裝異服。那時候，表達愛情的語言簡單樸素，心上怎麼想，就怎麼說，不用花言巧語，拐彎抹角。真誠還沒和詐欺刁惡攙雜一起。公正還有它自己的領域；私心雜念不像現在這樣，公然敢干擾侵犯。法官心目裡還沒有任意裁判的觀念，因為壓根兒沒有案件和當事人要他裁判。貞潔的年輕姑娘就像我剛才說的，儘管單身滿處跑，不怕遭受輕薄或強暴，她要是失身是自己心甘情願的。我們這個可惡的年代，沒一個女人是安全的了。即使再蓋一所克里特的迷宮[2]，把女人關在裡面也沒用。愛情的瘟疫憑它那股子該死的鑽勁兒，會從隙縫裡、空氣裡傳透進去，她們儘管藏得嚴嚴密密，也會失身喪節。世道人心，一年不如一年了。建立騎士道就是為了保障女人的安全，保護童女，扶助寡婦，救濟孤兒和窮人。各位牧羊的老哥啊，我就是幹這一行的。我和我的侍從多承你們殷勤款待，我謹向你們道謝。儘管照顧游俠騎士人人有責，我知道你們並不懂這項義務，卻殷勤留宿款待，所以我一片志誠，感謝你們的美意。」

這個長篇大論大可不發。我們這位騎士因為看到牧羊人給他吃的橡樹子，想起黃金時代，所以異想天開，對他們說了這一套廢話。那群牧羊人莫名其妙，一言不答，只聽他講，桑丘不聲不響地咀嚼著橡樹子，又頻頻光顧晾在軟木樹上的第二只酒袋。

堂吉訶德早已吃完，只是話講得長。一個牧羊人等他講完說道：

「游俠騎士先生，一會兒我們有個夥伴要來。那小伙子很聰明，很多情，還會看書寫字，三弦琴彈得好極了。我們要叫他唱個歌給您解悶，略盡我們的心意，別太虛負了您剛才的誇獎。」

他剛說完，就聽得三弦琴聲；一會兒彈琴的人也到了。他是個將近二十二歲左右的小伙子，相貌非常漂亮。他的夥伴問他吃過晚飯沒有，他說吃過了。建議要他唱歌的人說：

「那麼，安東尼歐，你賞臉給我們唱個歌吧，讓我們這位貴客知道，山林裡也有懂得音樂的人。我們已經對他誇過你的本領，希望你拿點兒出來，證明我們不是吹牛。你請坐下；你那位領教會薪俸的叔叔不是把你的戀愛故事編成了歌嗎，咱們村裡大家都很欣賞，你就把那歌兒唱一遍吧。」

那小伙子說：「好！」

他不等人家三邀四請，就坐在一棵斫倒的橡樹上，調準三弦琴，很動聽地唱了下面的歌。

**安東尼歐的歌**

我知道你愛我，歐拉麗亞，
儘管你嘴裡不說，你眼睛
——傳達愛情的啞默的舌頭
也並沒有向我道出衷情。

但我知道你已經看透我，

1 狄羅（Tiro）是地中海沿岸古都，那裡染的紫顏色是當時盛行的。
2 希臘神話，克里特（Creta）島的國王造了一座迷宮，把牛頭怪人禁閉在內。

因此深信你會憐我情痴；
痴情一旦被心上人識破，
就不是沒指望的單相思。

確實也有時候，歐拉麗亞，
你對我流露出一些跡象；
你的靈魂似是青銅鑄成，
雪白的胸膛是石頭一樣。

可是隨你把我責備埋怨，
你無限端重中對我冷淡，
希望的女神並沒有離去，
我時時瞥見她飛動的裙緣。

我的信心是一往直前地
投止在它信賴的人身上，
受到冷淡它並不消滅，
受到青睞也不能再增長。

假如和顏悅色表示有情，
那麼你的容色使我揣想；
我靈魂中纏綿思量的事，
也許有一天能如願以償。

假如一片殷勤地趨奉獻好，
能博取意中人的喜愛憐憫，
那麼我取悅於你的一些事，
也許能贏得你幾分歡心。

假如你曾留意到那些事，
你會看出我在刻意修飾，
會看到我屢次在星期一
還打扮講究得像星期日。

因為愛情常和鮮衣美服
並肩聯步走在一條路上，
我願意自己在你眼睛裡
永遠顯得整潔、優雅、漂亮。

我甭說供你娛樂的舞蹈，
甭說為你演奏的樂章——
你往往欣賞傾聽到半夜，
有時到清曉第一聲雞唱。

我也不提我對你的稱譽，
說你的容貌是怎樣美麗，
我的話雖然沒一句虛假，
卻招到其他女人的嫌忌。

山邊那位德瑞薩姑娘
聽到我正在誇耀你美好，
就說：「你以為愛上了天使，
你其實是對猴精傾倒。」

「她是憑藉了假髮的豐軟，
她是憑藉了寶石的光豔，
她是憑藉了矯飾的矯媚，
竟使戀愛神也心迷目眩。」

我說她誹謗，她怫然嗔怒，
她表兄還對她一味偏袒，
竟向我挑戰，以後我怎樣、
他又怎樣，反正你都了然。

我對你的愛並不同等閒，
我沒一點苟且非分之想，
我所以追求你、為你效勞，
是為滿足我更高的願望。

教堂裡備有柔韌的絲繩，
牢牢拴縛住同軛的兩人。
你如肯俯首在軛下就縛，
你瞧吧，我更是多麼甘心！

不然的話，大家都請聽著
我憑德行最高的怪人起誓：
我從今隱遁在這座山裡，
要下山呢，除非去做修士。

牧羊人唱完了，堂吉訶德請他再唱。桑丘卻不贊成，因為他急要睡覺，不耐煩聽唱歌了。他對東家說：

「您今夜在哪兒歇，這會就去躺下吧。幾位老哥辛苦了一天，不能整夜唱歌。」

堂吉訶德答道：「桑丘啊，我懂你的意思，我心裡透亮，你幾次三番光顧那只酒袋，這會得用睡覺來還帳了，音樂是不能抵帳的。」

桑丘說：「謝天，我們大家都喝得樂陶陶的。」

堂吉訶德說：「這也是真的。你愛哪兒歇就歇著去吧；幹我們這一行的，總覺得睡覺不如守夜好。不過桑丘，我這隻耳朵實在疼得厲害，你得替我重新包紮一下。」

桑丘奉命替堂吉訶德包紮耳朵。一個牧羊人看見傷處，叫堂吉訶德放心，他有藥敷上就好。那地方多的是迷迭香，他摘下些葉子，嚼爛了調上些鹽，給他敷在耳上，包紮妥貼，告訴他說這就不用別的藥了。他的話果然不錯。

# 第十二章

## 牧羊人向堂吉訶德等人講的故事。

這時有幾個小伙子從村上運了些糧食來，一個說：

「夥伴兒們，你們知道村上出的事嗎？」

一個牧羊人回答說：「我們怎麼會知道呢？」

那小伙子道：「那麼，聽我講吧。今天早上，有名的牧羊學士格利索斯托莫死了，人家說是因為愛上了富翁基列爾摩的女兒、瑪賽媩那害人精。她扮成牧羊姑娘，常在這兒附近來來往往。」

一個牧羊人說：「你說是為了瑪賽媩嗎？」

那牧羊人答道：「是啊。妙的是他遺囑上要求像摩爾人那樣葬在野地裡，墓穴選在軟木樹下泉水旁邊的岩石腳下。據說他自己告訴人家，他在那裡第一次碰見那位姑娘。他還有些別的囑咐，村上神父都說有異教的嫌疑，不便照辦。他的好朋友安布羅修學士——和他一起牧羊的，堅持不折不扣地執行遺囑。為這件事村子上鬧得沸沸揚揚。據說後來還是按照安布羅修和他那些牧羊夥伴的主張辦事。明天他們要在我說的那地方舉行別致的葬禮，想必很好看，反正我一定去，即使當天回不了村子也要去瞧瞧。」

那群牧羊人說：「咱們都去瞧熱鬧吧。誰留下給大家看羊，咱們拈個鬮。」

一個牧羊人說：「貝德羅，你說得對，可是不用拈鬮，我留下替你們大家得了。我倒不是做好人，或者沒興趣；只為那天腳上扎了個刺，走不得路。」

貝德羅說：「我們還是感謝你幫忙。」

堂吉訶德探問貝德羅：死者是誰，牧羊姑娘又是誰。貝德羅說：據他所知，死者是附近山村裡的一個有錢公子，在薩拉曼咖上了好多年大學又回村的，盛傳他什麼都懂，學問好得很，尤其精通星星的科學，知道太陽和月亮在天上的情況，能說準那一天太陽和月亮給吃掉。

堂吉訶德說：「朋友啊，太陽星和太陰星的晦暗叫做『蝕』，不是『吃』。」

可是貝德羅顧不得這些瑣碎，他接著說：

「他還能預言哪年是豐年或是謊年。」

堂吉訶德說：「朋友，你大概是說『荒年』吧？」

貝德羅說：「荒年、謊年，都是一回事。我告訴你，他父親和朋友們相信他，靠他發了大財。他經常給他們出主意：『今年種大麥，別種小麥；或今年種小豆，別種大麥；明年橄欖油大豐產，以後三年一滴油也不收。』他們全聽他的。」

堂吉訶德說：「這種學問叫做占星學。」

貝德羅說：「我也不知道這叫什麼名堂，反正他都懂，還不光是這些事。乾脆說吧，他從薩拉曼咖回來不多幾個月，忽然有一天他脫下學士的長袍，拿起牧羊人的杖，披上羊皮襖，扮成了牧羊人。他的同學好友安布羅修也跟他一起換上牧羊人的裝束。我還忘了說，死者格利索斯托莫作詩很有一手，能寫聖誕夜唱的頌歌，還能編寫耶穌聖體節演的聖經故事戲，給村上小伙子們扮演；據說都寫得好極了。村上的人看見這兩位學士忽然改扮成牧羊人，非常詫怪，猜不透他們究竟什麼緣故突然來這番改裝。正在那時候，格利索斯托莫的父親已經去世，格利索斯托莫得了好大一份遺產：貨物呀，田地呀，大群的牛羊呀，大注的現錢呀，都由這小伙子繼承了。他確實也配，因為他是個很好的夥伴，心腸熱和，專跟好人做朋友，生得臉蛋兒也討人喜歡。後來大家知道他改裝是要在曠野裡追隨那個牧羊姑娘瑪賽娍，可憐的死者愛上她了。現在我告訴你那姑娘是誰吧，你真該聽聽。你即使比薩納[1]還長壽，說不定——或者竟可以斷定——你一輩子沒聽到過這種事。」

堂吉訶德聽不慣牧羊人的別字，就說：「該是『薩娍』吧。」

貝德羅回答說：「薩納夠長壽的。先生，你要是每句話都挑我的錯，咱們說一年也沒個完。」

堂吉訶德說：「別見怪，朋友，我只為薩納和薩娍大不相同，所以告訴你一聲。不過你說得很對，薩納比薩娍長壽。你講下去吧，我再也不打岔了。」

那牧羊人說：「那麼你聽我講，我的好先生，我們村裡有個老鄉叫基列爾摩，比格利索斯托莫的父親還富裕；上帝賞賜了他大宗財富不算，還賞賜他一個女兒。這孩子出世就斷送了她媽。她媽是村上最受尊重的女人，這會兒好像就在我眼前，那張臉彷彿上邊有個太陽，下邊有個月亮

1 薩娍（Sarra）是《舊約》裡亞伯拉罕的妻子，活到一百二十七歲，所以薩娍就指長壽的人。薩納（sarna）是頑癬。西班牙有句成語：「比頑癬還老。」堂吉訶德以為牧羊人所說的薩納是薩娍之誤。

似的[2]，而且做事勤快，熱心幫助窮人。所以我相信她的靈魂正在極樂世界享福呢。她丈夫基列爾摩失去了這樣的好妻子，傷心得不久也死了，把個富豪的年輕女兒瑪賽妶拋給她叔叔撫養。這叔叔是修士，就是本村的神父。小姑娘漸漸長大，出落得非常漂亮，叫人想起她媽媽的相貌。她媽媽很美，可是大家覺得還比不過女兒。這姑娘長到十四五歲，人人見了都頌讚上帝把她長得這麼美，多半人愛上了她，為她失魂落魄。她叔叔把她管得很緊，藏得很嚴。饒是這樣，她的美名還是傳揚開了。再加她還有好大一份家產，我們村上和周圍好幾哩瓦內那些富貴人家的公子哥兒，都纏著她叔叔求婚。這位叔叔是個方正的好基督徒，瞧侄女已到婚嫁的年齡，很想馬上為她成家，可是一定要徵得她本人同意。他雖然保管著侄女的財產，並不想拖延她的婚事借此沾便宜。村子上三三兩兩地講起來，都稱讚這位好神父。我告訴你吧，游俠先生，這種小地方，一舉一動大家都要議論。你不妨信我的話，一個神父準是好得出奇，他那教區的人才會稱讚，尤其在村子裡。」

堂吉訶德說：「這話不錯。你講下去吧，這件事很有趣，而且，貝德羅老哥，你講得也很厚道。」

貝德羅說：「但願上帝也對我厚道，這是最要緊的。你請聽下文吧。她叔叔把一個個求婚人的情況都告訴她，勸她挑個中意的。她只說自己年紀還小，覺得沒本事撐起門戶當家，目前還不想結婚呢。她的推託說來也有道理，所以她叔叔不再勉強，等她年紀稍大，自己能選擇稱意的男人。他說得好：做長輩的不能強迫兒女成家。可是，嗨！意想不到，這個拘謹的瑪賽妶忽然一天變成了牧羊姑娘。她叔叔和村上人都不贊成，勸她別那樣，可是她滿不理會，跟著村上的牧羊姑娘們跑到山野裡去看守自己的羊群了。她這麼一露面，大家看見了她的美貌，我也說不清多少青年公子和富農家的小伙子換上牧羊人的裝束，到山野裡去追著她求婚。格利索斯托莫也是其中一個。據說他不是什麼愛她，乾脆是崇拜她。瑪賽婭過著這種無拘無束的生活，在家的日子很少，簡直不待在家裡了。可是你別就此以為她有什麼不規矩或不像樣的事。她品行非常端重，追求她的許多人誰也沒誇口說她給了自己半點兒如願的希望，他們憑什麼也不能這樣誇口的。牧羊人去找她作伴，跟她談話，她並不逃跑，也不躲避，總和和氣氣、以禮相待。誰要向她談情，儘管是正經純潔地求婚，她就像彈弓似的，把人家一下子彈得老遠；她生就這種性情，在村上的禍害比瘟疫還大。她溫柔美麗，和她相交就不由得傾心相愛；可是她瞧不起人，說話又直率，叫人沒法兒忍受。他們不知道怎樣才能說動她，只好大聲嘆怨，說她狠心無情；這種話用在她身上很恰當。先生，你要是在這裡多待幾時，你有一天會聽到山野裡一片聲都是追求絕望的人在怨恨嘆息。附近有二十多棵大櫸樹，每棵樹的光皮上都刻著瑪賽婭的名字；有的名字上還刻著一只王冠，表示瑪賽婭奪到了美人的王冠，全世界只有她配戴。那些牧羊人這裡嘆氣，那裡傷心；那邊是熱情的戀歌，這邊是絕望的哀唱。有的徹夜坐在橡樹或岩石腳下，一眼不閉地直流眼淚；早上太陽出來，他還在害相思失魂落魄。夏天有人中午在毒太陽底下，躺在滾燙的沙地上，連連嘆

2 西班牙民間常把太陽和月亮來形容女人的美，如民歌：

美人兒我也常見，
不如你那麼光鮮，
太陽在你臉上，
月亮在你胸前。

氣，向慈悲的上天訴苦。姣美的瑪賽娅把他們一個個都顛倒了，自己卻平平靜靜，無牽無掛。我們認識她的都想瞧瞧她驕傲一世，怎麼下場，不知哪個有福氣的男人能馴服這個厲害傢伙，消受她的絕世美貌。我講的都是實實在在的事，所以，我一聽說格利索斯托莫為她死了，就知道是可靠的。先生，明天的葬禮我勸你務必到場，一定很有看頭。格利索斯托莫朋友很多，他選定的葬地離這裡還不到半個哩瓦。」

堂吉訶德說：「我一定去，多謝你給我講這樣有趣的事，我聽得很有味道。」

牧羊人說：「哎，關於瑪賽娅那些情人的事，我知道的還不到一半呢。不過咱們明天也許路上碰到個牧羊人，會講給咱們聽。你這會兒還是到屋裡去睡吧；你的傷口敷上藥就不怕了，可是著了露水不好。」

桑丘・潘沙聽牧羊人那麼囉嗦，直在暗暗咒罵。他這時也勸主人到貝德羅屋裡去睡。堂吉訶德在那屋裡學著瑪賽娅那些情人的樣，徹夜思念他的杜爾西內婭小姐。桑丘・潘沙在駑騂難得和他的驢子中間找到個安身之處，酣呼大睡，不像失戀的情郎，只是個挨了踢打、渾身疼痛的漢子。

# 第十三章

## 牧羊姑娘瑪賽媩的故事敘完；又及其他事情。

太陽剛從東方露臉，六個牧羊人裡五個起來了。他們叫醒堂吉訶德說，如果他仍想去看格利索斯托莫的別致葬禮，可以一起走。堂吉訶德覺得再好沒有，起身叫桑丘立刻備好驢馬；桑丘趕緊照辦，大家立刻出發。他們走了不到四分之一哩瓦，在一個十字路口看見迎面來了六個牧羊人，都穿著黑羊皮襖，戴著松柏枝編成的冠，各拿一條粗壯的冬青木棍；一起還有兩個騎馬的漂亮人物，都穿著講究的旅行服，三個傭人步行跟隨。大家碰到一處，彼此敘過禮，一問才知都是送喪的。大家就併作一路走。

一個騎馬的客人跟他同伴說：

「比伐爾多先生，咱們耽誤了行程去瞧這場別致的葬禮，我想一定值得。據這幾位牧羊人的話，去世的牧羊人和害死人的牧羊姑娘行徑都非常古怪，這番葬禮一定不同尋常。」

比伐爾多答道：「我也這麼想。別說耽擱一天，耽擱四天，我也去看。」

堂吉訶德問他們聽到了什麼有關瑪賽媩和格利索斯托莫的事。一個客人說：他和他同伴今天清早碰到這幾位牧羊人，瞧他們穿著喪服，問起原因，據說有位牧羊姑娘名叫瑪賽媩，怎麼乖僻，怎麼美貌，許多求婚的人怎麼愛慕顛倒；接著講到格利索斯托莫的死，說他們都是去送喪的。一句話，他把貝德羅告訴堂吉訶德的話重複了一遍。

他們又談起別的事。那個名叫比伐爾多的問堂吉訶德，在這樣安靜的地方行走，幹麼渾身披掛。堂吉訶德回答說：

「幹了我們這一行，在外行走，只可以這樣打扮。安閒享福是嬌懶的朝臣所追求的；而辛勤勞苦、披堅執銳，只有世上所謂游俠騎士才當作自己的本分。慚愧得很，我就是一個微不足道的游俠騎士。」

他們一聽這話，知道他是瘋的，可是還想探問著實，並且要瞧瞧是怎樣的瘋，所以比伐爾多又請教他，什麼叫做游俠騎士。

堂吉訶德說：「你們各位沒讀過記載亞瑟王豐功偉績的英國史嗎？那亞瑟王咱們西班牙語歷來稱為阿圖斯王。據大不列顛王國流行的古老傳說，亞瑟王並沒有死，只是由魔法變成了一隻烏鴉，將來還要執政，恢復自己的王國和主權。所以直到現在，有哪個英國人殺死過一隻烏鴉嗎？歷史上找不到一點兒憑據呀。就在這位賢君當政的時代，建立了鼎鼎大名的圓桌騎士道。也是在這個時代，堂蘭斯洛特·台爾·拉戈愛上希內布拉王后，高貴的金塔尼歐娜傅姆[1]替他們倆牽線，充當了心腹。這件事如實地記載在歷史上，由此產生了咱們西班牙人傳誦的歌謠：

從來女眷們款待騎士，
哪像這次的殷勤周至！
她們是款待蘭斯洛特，

他呀，剛從不列顛到此。[2]

歌謠裡把他這段兒女英雄故事敘述得娓娓動聽。從此騎士道逐漸推廣到世界各地，許多人獻身此道，個個立下大功，享到威名。例如驍勇的阿馬狄斯・台・咖烏拉和他五代的子子孫孫，豪俠的費利克斯瑪德・台・伊爾加尼亞[3]；讚不勝讚的白騎士悌朗德。像堂貝利阿尼斯・台・格瑞西亞那樣英勇無敵的騎士，我們如今還彷彿能看見他、和他交往、聽到他說話。各位先生，像他們那樣的就叫做游俠騎士，我講的就是他們的騎士道。我方才說過，我雖然罪過多端，卻已經獻身騎士道；那些騎士畢生致力的事業，就是我的事業。因此我跑到這個荒野的地方來獵奇冒險，決心在最險惡的境地，捨身盡力，幫助弱小窮困的人。」

兩個旅客聽了這番議論，斷定堂吉訶德確是瘋子，也看明他是哪一路的瘋。他們和別人一樣，初見他發瘋非常驚訝。比伐爾多很俏皮，喜歡說笑。他聽說到達山裡的葬地還有一小段路，就故意慫恿堂吉訶德再發些怪論路上解悶。他說：

「游俠騎士先生，我覺得您獻身的事業是天下最艱苦的，依我看，當苦修會的修士都沒那麼堅苦卓絕。」

我們這位堂吉訶德答道：「很可能一樣艱苦。不過是否一樣切合時代的需要呢，這一點我就

---

1　西班牙舊時代貴族夫人和小姐的女伴（dueña），地位在主人之下，僕婦之上，略似中國古代封建貴族家的傅姆。

2　參看第二章，注9。

3　即本書第六章提到的弗羅利斯瑪德。

不敢說了。老實講，執行命令的戰士，功勞不亞於發號施令的將帥。我認為教士們是平平安安地向上天祈求世人的福利，而我們戰士和騎士卻要實現他們的禱告，憑勇力和劍鋒來保衛世人的福利，而且這些事不是在室內，卻是在野外幹的，夏天要忍受毒太陽，冬天要忍受刺骨的冰霜。我們是上帝派到世上來的使者，是為上帝維持正義的胳臂。打仗和一切戰鬥的事，不出汗、不吃苦是不行的，所以把戰鬥當職業的，比平平安安求上帝扶弱濟貧的教士顯然來得辛苦。我不是說，游俠騎士和寺院裡的修士地位相當，我絕無此心。我只說，憑我親身經歷來看，游俠騎士分明比教士勞累，常常挨打，得忍飢耐渴，受種種困苦，而且穿得破爛，渾身虱子。古時候的游俠騎士，一生要忍受許多折磨，這是沒什麼說的。假如有幾個騎士憑勇力做到了帝王，他們流的血和汗也實在不少；要是沒有法師博士從旁幫忙，他們想升到那個地位就不免空有雄心，難以如願。」

那旅客說：「我也這麼想。不過我覺得游俠騎士幹的好些事很糟糕，別的不提，單說一樁吧。每當他們幹什麼凶險的事，在性命交關的時候，基督徒就該把自己交託上帝保佑，他們卻從不想到這點，只一片虔誠，把自己交給意中人庇護，好像她們就是上帝。我覺得這來有點異教的情味。」

堂吉訶德說：「先生，游俠騎士非如此不行啊，不這樣就失禮了。據騎士道的規矩：游俠騎士準備狠打一場的時候，心目中就見到了他的意中人，他應該脈脈含情，抬眼望著她的形象，彷彿用目光去懇求她危急關頭予以庇護；儘管沒人聽見，也該牙齒縫裡喃喃求告。這種例子歷史上多得數不清呢。別就此以為他們不向上帝祈禱，他們廝殺的時候盡來得及，盡有機會。」

那旅客說：「不過我還是有點想不通。我常讀到兩個游俠騎士一爭論動起火來，兩人各自掉轉馬頭，跑得老遠，然後又撥回馬頭，相向衝殺。他們衝上前去的路上就禱告意中人保佑。交鋒的結果，往往是一個給對手的長槍刺透，顛下馬去；那一個要不是抓住馬鬃毛，也不免翻身落地。事情來得這麼急迫，那個戳死的騎士哪還有工夫求上帝保佑呀。我看他還是把衝殺之前向心上人通誠的那點時間，幹些基督徒應盡的本分吧。況且游俠騎士不見得個個都在戀愛，如果沒有意中人，向誰去禱告呢？」

堂吉訶德說：「這話絕不可能。游俠騎士哪會沒有意中人呀！他們有意中人，就彷彿天上有星星，同是自然之理。歷史上絕找不到沒有意中人的游俠騎士；沒有意中人，就算不得正規騎士，只是個雜牌貨色，他沒從正門走進騎士的營壘，而是像強盜小偷一樣爬牆進去的。」

那旅客說：「不過我要是沒記錯，照片上看來，英勇的阿馬狄斯・台・咖烏拉的弟弟堂咖拉奧爾從沒有專一的意中人，叫他向誰禱告去？但是他並不因此低了名頭；他還是個很威武顯赫的騎士呀。」

我們這位堂吉訶德答道：

「先生，『單有一隻飛燕，還算不了夏天』[4]。況且我知道這位騎士底子裡是很情深的。至於他見一個惹眼的女人就愛上一個，那是不由自主的生性，算不得數。反正證據確鑿，他心中意中的人只有一個；時常偷偷兒向她禱告，因為他自詡是個深沉的騎士。」

那旅客說：「游俠騎士既然一定得戀愛，您是幹這一行的，想必也在戀愛呢。如果您不像堂咖拉奧爾那樣自詡深沉，我懇求您看在場諸君面上，也看區區薄面，把您那位意中人的姓名、籍貫、身分和她那美麗的相貌講給我們聽聽吧。要是人人知道像您這樣一位騎士為她顛倒、聽她使

4 西班牙諺語。

喚，她一定自己也覺得臉上增光。」

堂吉訶德聽了這話，深深嘆口氣說：

「我那位可愛的冤家是否願意大家知道我聽她使喚，我還摸不透呢。您既然彬彬有禮地問我，我只能一一奉告，她名叫杜爾西內婭；她的家鄉在托波索，那是拉·曼卻的一個村子；她的地位至少也該是一位公主，因為她是我的王后、我的主子。她的美貌是人間沒有的，詩人讚美意中人的許多異想天開的形容辭，一一體現在她的身上。她頭髮是黃金，腦門子是極樂淨土，眉毛是虹，眼睛是太陽，臉頰是玫瑰，嘴唇是珊瑚，牙齒是珍珠，脖子是雪花石膏，胸脯是大理石，手是象牙，皮膚是皎潔的白雪；至於害羞而遮掩的部分，依我愚見，守禮的正人只能極口稱嘆，不能用事物比方。」

比伐爾多說：「我們還想問問，她是什麼血統，什麼氏族，什麼門第？」

堂吉訶德說：「她不是羅馬古代的古爾修氏、咖由氏、西比翁氏，或近代的郭羅那氏、烏西諾氏；不是加泰隆尼亞的蒙咖達氏、瑞蓋寒內氏；不是瓦倫西亞的瑞貝利亞氏、比良諾巴氏；不是阿拉貢的巴拉佛克塞氏、奴薩氏、羅咖貝爾悌氏、戈瑞利阿氏、盧那氏、阿拉高內氏、烏瑞亞氏、佛塞氏、古瑞阿氏；不是加斯底利亞的塞爾達氏、曼利蓋氏、曼都薩氏、古斯曼氏；不是葡萄牙的阿闌加斯特羅氏、巴利阿氏、梅內塞氏；她是拉·曼卻的托波索氏，雖然不是舊家，將來一定能光大門楣，成為數一數二的名門望族。從前塞爾比諾在懸掛奧蘭多兵器的紀念碑上題了這麼一句：

不是羅爾丹的匹敵，

不要動這些兵器。[5]

我也用同樣的條件，奉勸諸君不要回駁我剛才的話。」

那旅客說：「我儘管出於拉瑞都的咖丘比內氏[6]，卻不敢把自己的姓氏和拉・曼卻的托波索氏相比。不過說老實話，這個姓氏我還從沒聽到過呢。」

堂吉訶德說：「竟還沒有聽到過！」

旁人都全神貫注，聽著他們倆談話，連那些牧羊人都瞧透我們這位堂吉訶德瘋得厲害。只有桑丘・潘沙把他主人的話句句當真，因為這位主人是他熟悉的，而且從小認識。只是有關漂亮的杜爾西內婭・台爾・托波索的那段話他將信將疑；因為他家離托波索不遠，從未聽說過這個姓名和這樣一位公主。他們一邊走一邊談，忽見兩座高山的山坳裡下來二十來個牧羊人，都穿著黑羊皮襖，戴著冠子——近前來看出是松柏枝編的。他們中間有六人抬著個擔架，上面蓋著許多雜色的花朵和樹枝。一個牧羊人望見了說：

「這些人抬著格利索斯托莫的遺體來了，遺囑指定的葬地就在那座山腳下。」

他們就三腳兩步趕去；那些人剛把擔架放下，其中四人正拿了鋒利的鶴嘴鋤在岩石旁邊挖墳坑。

大家彼此敘過禮，堂吉訶德和同來的一夥人就去看那個擔架。只見屍體蓋在花底下，穿著牧

---

5 見《奧蘭多的瘋狂》，第二十四章第五十七行。羅爾丹即奧蘭多。塞爾比諾是蘇格蘭王子，羅爾丹曾對他有恩。

6 這個姓氏通常指西班牙人在美洲殖民地發財回國的暴發戶。

羊人的服裝，大約三十上下年紀；雖然死了，還看得出生前相貌漂亮，體格亭匀。屍體周圍放著幾本書，還有許多手稿，有的散著，有的捲疊著。這時瞻仰遺體的、挖坑的和其他等人都肅靜無聲。有一個抬屍體的對另一個說：

「安布羅修，你既要一絲不苟按格利索斯托莫的遺囑辦事，你且留心瞧瞧，這裡是不是他指定的地點。」

安布羅修答道：「正是這裡。我這位不幸的朋友曾有好幾次在這裡跟我講他的傷心史。據說，他第一次碰見那個害人精是在這裡；第一次很熱情、很純潔地向她訴說衷情也是在這裡；瑪賽娬最後一次斷然拒絕他，也是在這裡。他就此演了一幕悲劇，結束了煩惱的一生。他為了紀念這許多不幸的事，要求就在這裡安置他長眠。」

他又回身向堂吉訶德和幾位旅客說：

「各位先生，你們不忍看的遺體，寄寓過一個天賦深厚的靈魂。死者格利索斯托莫是最傑出的天才，最有禮貌、最溫文、最篤於友誼，也最豪爽慷慨；他嚴肅不帶驕矜，和悅不流庸俗；總而言之，他品德的美好是天下第一，遭遇的不幸也是世間無雙。他一往情深卻受到嫌惡，傾心愛慕只受到鄙棄；他彷彿是向猛獸央告，向頑石懇求，和飆風賽跑，在無人的荒野裡呼籲；他伺候了不知感激的女人，到頭來，只落得年紀輕輕的送了性命。斷送他的是一個牧羊姑娘。你們看見的這些手稿，他囑咐我埋了他就一把火燒掉；要不是他這麼囑咐，你們讀了就會知道，他要使這位姑娘萬代傳名呢。」

比伐爾多說：「你要是這樣處理遺稿，就比作者更殘酷了。囑咐不合情理，就不該依從。奧古斯陀大帝假如讓人執行曼圖阿詩聖的遺囑[7]，他就錯了。所以，安布羅修先生，你只管把令友的遺體安葬，可別把他的遺稿燒毀。那是傷心人的囑咐，你不該冒冒失失地照辦。我勸你倒是留著這些稿子，讓後世見到瑪賽婭的殘酷有所鑑戒，免得一失足遺恨千古。你這位痴情朋友的身世、你們倆的友誼、他致死之由和臨終的囑咐，我們同來的全都知道。我們從這段慘史看到瑪賽婭多麼無情，格利索斯托莫多麼痴心，你的友誼多麼誠摯，而一個人一納頭走上愛情的迷途，會落到什麼下場。我們昨晚聽到格利索斯托莫的死訊，知道要在這裡下葬；他那些事我們聽了非常惋惜。我們出於好奇和同情，不辭繞道決計親眼來瞧瞧。安布羅修啊，你是個明白人，我們——至少我以個人名義，求你顧念我們不僅同情，還願意盡量為他效力呢，你就別燒毀這些稿子，讓我帶走幾份吧。」

他不等回答，伸手就把手邊的稿子拿了幾卷。安布羅修見了說道：

「先生，我出於禮貌，你拿去的也就算了，要我不燒其餘的稿子可辦不到。」

比伐爾多要瞧瞧稿子上說些什麼，馬上打開一卷，看見標題是《絕望之歌》。安布羅修聽到這個題目就說：

「這是那可憐人的絕筆。先生，你念給大家聽吧；可見他失意傷心到什麼地步。墳壙還沒有挖好呢，你有的是時候。」

比伐爾多說：「好！我就念。」

在場的人都圍上來聽。以下是他朗誦的詩。

---

7 曼圖阿詩聖指維吉爾（Virgilio），因為他是曼圖阿人，他遺命把他的史詩《伊尼德》燒毀，凱撒大帝不予執行。

# 第十四章

## 格利索斯托莫的傷心詩篇，旁及一些意外的事。

### 格利索斯托莫的歌

狠心的姑娘，你既要眾口宣揚
你堅如鐵石又冷若冰霜，
我得把地獄裡慘叫的聲音
裝入我幽抑苦悶的胸膛，
換去我日常言談的腔吻，
用那種可怕的聲調叫嚷，
才能痛痛快快、稱心數說
你的作為和我受的創傷。
我要負痛在呼號中嘔出
我的點點熱血、寸寸斷腸。

聽吧，這不是和諧的歌聲，
卻是慘厲不堪入耳的哀唱，
出自我辛酸的胸膛深處，
發於壓不下的怨慕悽愴，
憑此舒瀉我心頭的鬱結，
或許也能觸動你的惆悵。

獅子的怒吼，豺狼的狂嗥，
鱗甲斑斕的毒蛇嘶嘶長嘯，
山魈海怪陰森森的呼喊，
預示凶兆的烏鴉呱呱鳴噪，
壓不服的狂風和天地爭抗，
捲起大海裡洶洶滾滾的波濤，
鬥敗的公牛餘怒未息，
氣咻咻不住聲地咆哮，
失侶的鵪鴣宛轉悲啼，
遭忌的鴟梟[1]淒聲怪叫，

1 西歐傳說，鳥類中只有鴟梟親眼看見耶穌釘在十字架上，因此遭群鳥之忌，不敢白日出現。

配上地獄裡的呦呦鬼哭，
合成鬧嚷嚷一片喧囂，
蘊涵著複雜錯綜的情感，
齊聲助我發洩胸中的苦惱。
要道出我深入骨髓的是悲痛，
必須用不同尋常的音調。
塔霍大河底的金沙璨璨，
貝底斯兩岸成林的橄欖
聽不到這一片悲慘的回響；
我只向僻遠的幽谷深山，
或寂寞淒清的窮郊僻野，
或人跡全無的荒涼海灘，
或陽光照臨不到的地域，
或向利比亞的尼羅河畔
那許多成群的毒蟲猛獸
傾訴我怎樣心碎腸斷，
調動我臨死僵硬的舌頭
說出那不可磨滅的語言。
我數落你無情，哀歌斷續

只繚繞著這荒寒的高原；
但為了補償我此生短促，
這嘶聲的歌曲將舉世流傳。
鄙夷能殺人；猜疑消蝕耐心，
不論猜疑得有因無因；
妒嫉更是殘酷的軟刀子，
無盡期的離別黯然銷魂；
惶惑不安地怕遭人嫌棄
摧毀了期待好運的信心。
這些苦惱每樁都能致死，
然而我啊，真是曠古無倫，
我妒嫉、猜疑，備受鄙夷，
別離多時還依然生存，
久遭嫌棄仍熱情不減；
受盡了折磨、嘗遍了苦辛，
希望的女神從未露蹤跡，
我意懶心灰並不追尋；
卻寧願流盡悲傷的血淚，
拋棄希望拚著抱恨終身。

希望和憂懼是否相容？
憂懼而存希望，豈非愚蒙？
該嫉妒的事分明在面前，
閉上兩眼不瞧有什麼用？
我心上的傷口個個是眼，
我心上開裂著百竅千孔。
自知受鄙夷，並且親見到
十拿九穩的事竟會落空，
猜疑的事卻都證實，到此
怎麼能使憂懼不闖入心胸？
嫉妒，你為我套上手銬吧，
在戀愛的領域內由你稱雄！
鄙夷啊，拿出你的繩索，
我俯首貼耳甘受絡籠！
可是她在我心上的影像
也終於埋沒在痛苦之中。
我將與世長辭；我死我生
都不指望有絲毫僥倖。
我只願抱住自己的幻想，

以為有情人該堅負有恆；
對專制的愛神矢忠不二，
束縛的靈魂才別無牽縈；
我認為和我作對的冤家
內心和外貌都美好絕頂；
我遭她嫌棄是咎由自取，
磨折我是愛神施行專政。
我既已執迷於這種痴想，
又加身心已被牢牢縛定，
你的鄙夷對我指示了道路，
我只能斬斷這苦惱的生命，
讓軀殼和靈魂隨風消散，
幸福和光榮都為泡影。

你的偏見造成我的短見，
我厭棄此生是理所當然；
如今我心上深重的創傷
能對你表白得十分明顯：
只因你對我刺骨地冷酷，

我為你犧牲，死而無怨。
如果你昏暗了天藍的美目，
因為覺得我還值得你懷念，
請你切勿為我流淚；因為
我把靈魂向征服者奉獻
並沒有希冀任何代價，
我只願你能歡笑開顏，
表示我的末日是你的節日。
但我這勸告真愚呆可憐！
因為我知道，我的死亡
正可以資你誇耀自炫。

永遠不得解渴的坦塔婁[2]
從地獄裡來吧，這恰是時候；
薛西弗斯也掮著巨石來吧；[3]
悌修帶著不離身的鷹鷲，[4]
縛在輪上團團旋轉的艾雄，[5]
苦役的姊妹們勞碌無休，[6]
都來向我這個胸懷裡傾注

你們各自的苦惱和煩愁；
假如傷心人值得悼念，
對我這不配入殮的屍首，
請你們低唱淒切的輓歌；
守衛地獄門口的三頭狗
和成千上萬的鬼怪妖魔
都來參與這哀傷的歌謳；
因為對一個情死的痴人，
這樣埋葬正是禮儀優厚。
離開了我這個不幸的人，

2 希臘神話，坦塔婁（Tantalo）是宙斯的兒子，因為向人類洩漏了神的祕密，罰他永遠解不得渴，身子浸在地獄的河裡但喝不到水，各色鮮果直垂到他頭頂上但吃不到嘴。

3 希臘神話，薛西弗斯（Sisifo）是科林斯王，以殘暴著稱，死後罰入地獄苦役，要他把巨石滾上山頭，石頭滾上山頂又掉下來，他永遠勞而無功。

4 希臘神話，悌修（Ticio）是巨人，他要強姦太陽神阿波羅的母親，被阿波羅投入地獄，叫大鵰啄食他的肝，吃了立刻又長出來，他的痛苦沒有完的時候。

5 希臘神話，艾雄（Egion）是拉比德王，因褻瀆宙斯之妻，罰入地獄，縛在旋轉不息的火輪上。

6 希臘神話阿果斯（Argos）王達惱斯（Danaus）有五十個女兒，嫁給伊吉普托斯（Aegyptus）的五十個兒子。四十九個女兒聽了父親的吩咐，在新婚之夜殺死了自己的丈夫。她們死後罰在地獄裡用篩子從深井汲水。

絕望的歌啊，也該收住餘音：
既然使我絕望的姑娘
越是我苦惱她越舒暢，
那麼，在我墳上也不要悲傷。

大家聽了格利索斯托莫的歌很讚賞，可是朗誦的這位先生卻說，詩裡講的好像和傳聞不符。他聽說瑪賽婭很規矩，格利索斯托莫的詩裡卻抱怨什麼妒嫉呀、猜疑呀、遺棄呀等等，這些話都有玷瑪賽婭的清名。安布羅修深知他朋友的隱衷，他回答說：

「先生，你聽我講幾句話就會明白。這可憐人做詩的時候已經離開了瑪賽婭；他是故意走開的。因為要瞧瞧所謂『眼不見，心不想』的規律，對自己是否有用。情人分散了什麼事都放不下心，格利索斯托莫把猜疑的事都當了真。瑪賽婭的清名和她的美德完全相稱：她是冷心冷面，有點驕傲，很瞧不起人；除此之外，即使存心嫉妒也無從指責她。」

比伐爾多說：「這話很對。」

他想從抽出的手稿裡另拿一份來讀，可是沒來得及。因為忽然出現一個光豔照人的神仙——她真像個神仙。原來牧羊姑娘瑪賽婭在墓旁岩石頂上露臉了。她相貌比傳說的還美。沒見過她的都凝望著她默默讚嘆，見過的也驚詫無言。可是安布羅修一見就氣憤憤地對她說：

「山裡的妖精啊！你難道還要來瞧瞧，給你虐待死的可憐人當了你的面，傷口裡是否會冒出血來[7]嗎？或是幹下了狠心事兒自鳴得意嗎？或是要像個全無心肝的尼祿，居高臨下地觀賞燒剩的羅馬[8]嗎？或是要像達吉諾的忤逆女兒踐踏父親的屍首那樣[9]，凶悍地來踐踏這倒楣人的遺體嗎？你來幹什麼？你要怎麼樣才稱心？快說！我知道格利索斯托莫生前對你唯命是聽，儘管他死了，我也叫和他友好的人全都聽你吩咐。」

瑪賽妵答道：「哎，安布羅修，你說的全不對，我是為自己辯護來的。有人把自己的煩惱和格利索斯托莫的死都怪在我身上，我要說說明白他們這來太沒道理。各位請聽吧：反正跟明白人講理，只要一會兒工夫，幾句話就行。照你們說：我天生很美，害你們不由自主地愛我；因為你們愛我，我就應該也愛你們。你們是這麼說、甚至這麼要求我的。我憑上帝給我的頭腦，知道美的東西都可愛。可是不能就說：因為他愛你美，你就也得愛他。也許愛人家美的，自己卻生得醜；醜是討厭的。假如說，因為我愛你美，所以我雖醜你也該愛我，這話就講不通了。就算雙方一樣美，也不能因此有一樣的感情。美人並不個個可愛；有些只是悅目而不醉心。假如見到一個美人就痴情顛倒，這顆心就亂了，永遠定不下來；因為美人多得數不盡，他的愛情就茫無歸宿了。我聽說真正的愛情是專一的，並且應當出於自願，不能強迫。我相信這是對的。那麼，憑什麼只因為你說很愛我，我就該勉強自己來愛你呢？假如天沒有把我生成美人，卻生得我很醜，請問，我有理由埋怨你們不愛我嗎？況且你們該想想，美不是自己找的，我有幾分美都是上帝的賞賜，我沒有要求，也沒有選擇。譬如毒蛇雖然殺人，牠有毒不是牠的罪過，因為是天生的。我長

7　據中世紀的迷信：殺人凶手當前，被殺者屍體的傷口會冒出血來。

8　羅馬暴君尼祿（五四—六八在位），因為要知道特羅亞城失陷焚燒時是何景象，就縱火焚燒了羅馬城。

9　達吉諾（Tarquino）是古羅馬王室的姓氏。據傳說，達吉諾弒岳父篡得王位。他的妻子要為丈夫奪取王位，攛掇她丈夫殺死她父親。塞萬提斯據西班牙歌謠，說成達吉諾的女兒弒父。

得美也照樣怪不得我。一個規矩女人的美貌好比遠處的火焰，也好比銳利的劍鋒；如果不挨近去，火燒不到身上，劍也不會傷人。貞潔端重是內心的美，沒有這種美，肉體不論多美也算不得美。有人只圖自己快活，費盡心力想剝奪意中人的貞操。貞操是身心最美的德行，一個美女難道因為男人愛她美，就該遂了他的心願，不顧自己的貞操嗎？我是個自由的人，我要優游自在，所以選中了田野的清幽生活。山裡的綠樹是我的伴侶，清泉是我的鏡子；綠樹知道我的心情，清泉照見我的容貌。我是遠處的火，不在身邊的劍。見了我的相貌對我有痴心的，聽了我的話就該死心。我對格利索斯托莫或其他人——反正我對他們每個人都沒有假以辭色，誰都沒有理由痴心妄想。該是他執迷不悟害死了自己，不是我什麼狠心。如說他要求正當，我該答應，那麼我也有回答。他在挖墳坑的這裡對我傾訴正當的願望，我就對他說：我願意一輩子獨身，把我貞潔美麗的軀殼留給大地消受。我講得這樣明白，他還不死心，偏要逆水行船，他掉進地獄去有什麼說的呢？假如我敷衍他，就是我虛偽了；假如我答應他，就違背了我高潔的心願。我已經對他講得透亮，他硬是不明白；我並沒嫌惡他，他自己傷心絕望。你們說吧，憑什麼理把他的苦痛怪在我身上呢？他受了騙，才可以埋怨；我答應了他又賴，他才會失望；我勾引了他，他才可以空歡喜；我迎合了他，他才可以得意。他沒得到我的許諾，沒受我欺騙、勾引、迎合，怎麼能罵我狠心殺人呢？老天爺至今沒叫我愛上人，要我自投情網是妄想。但願我這番表白對每個追我的人都有好處。大家請聽吧：從今以後，如果誰為我死了，那就不是因為妒忌或遭受了鄙棄。一個人如果誰也不愛，不會引起妒忌；把話說得直捷爽快，也算不得鄙棄。稱我猛獸和妖精的，不妨把我當作害人的壞東西，別來理我；說我無情的別來奉承我，說我古怪的別來結交我，說我殘酷的別來追求我。我這個猛獸、妖精、無情殘酷的怪物，既不找你們、奉承你們、結交你們，也不用任何花樣來追求你們。格利索斯托莫急躁狂妄，害死了自己，我幽嫻貞靜有什麼罪呢？有人要我在男人中間保持清白，可是為什麼不容我在山林裡潔身自好呢？你們都知道，我自己有財產，不貪圖別人的錢。我生性自由散漫，不喜歡拘束。我誰也不愛，誰也不恨。我沒有欺騙這個、追求那個；沒有把這個取笑，那個玩弄。我有自己的消遣：我和附近村上的牧羊姑娘們規規矩矩地來往，還要看管自己的羊群。我的心思只盤旋在這一帶山裡，如果超出這些山嶺，那只是為了領略天空的美，引導自己的靈魂回老家去。」

她說完不等誰回答，轉身就走進附近樹林深處去了。大家覺得她的慧心不亞於她的美貌，都傾倒不已。有些人給她美目的光芒奪去魂魄，儘管聽了她一番表白也沒用，還想去追她。堂吉訶德看到這個情況，覺得正需要他的騎士道來保護落難女子了，他按劍朗朗地說：

「不論你們什麼地位、什麼身分，都別去追美麗的瑪賽婭；誰膽敢去追，別怪我惱火！她已經把話講得一清二楚：格利索斯托莫的死怪不得她，她並沒有錯。誰求婚她也不會答應。像她這樣潔身自好的，全世界獨一無二；所有的好人都該敬重她，不該追她、逼她。」

那群牧羊人一個都沒走開；也許因為聽了堂吉訶德的威脅，也許因為安布羅修要他們完成對死友的責任。墳坑掘好，格利索斯托莫的遺稿燒掉，他們就把屍體埋葬了；一面還灑了不少眼淚。他們暫用一塊大石頭蓋上墓穴，因為墓碑還沒有鑿好；據安布羅修說，他打算墓碑上刻這樣幾句墓銘：

這裡長眠的情痴，
可憐遺體已僵，

他曾在這裡牧羊，
遭人鄙棄而死。

美人無情的譏嗤
給了他致命創傷；
愛情借她的力量
增強了自己的權勢。

大家在墓上撒了許多花朵和樹枝，又向死者的朋友安布羅修弔唁了一番，就紛紛告辭。比伐爾多和他的同伴也如此；堂吉訶德又辭別了款待他的牧羊人和兩位旅客。那兩人勸他一起到塞維亞去，因為那裡最宜冒險，每條街、每個拐彎上都會發生奇事。堂吉訶德對他們的勸告和美意表示感謝，可是他傳聞這一帶山裡盡是盜賊，得去掃除乾淨，目前不想到塞維亞去，也不該去呢。他們瞧他有這雄心，不再相強，說聲再見就撇下他走了；路上談談瑪賽啦和格利索斯托莫的故事，或堂吉訶德的瘋傻，頗不寂寞。堂吉訶德決計去找牧羊姑娘瑪賽啦，全心全力為她效勞。可是據這部信史的記載，以後的事完全出他意外。故事的第二部分就此結束。

# 第十五章

## 堂吉訶德碰到幾個凶暴的楊維斯人，大吃苦頭。

據熙德・阿默德・貝南黑利博士的記載，堂吉訶德辭別了款待他的牧羊人和參與格利索斯托莫葬禮的來客，就帶著他的侍從，走入剛才牧羊姑娘瑪賽妭進去的那座樹林。他們在裡面走了兩個多鐘頭，到處尋找，不見她的蹤跡。後來他們走到一片碧油油的草地上，旁邊有一條平靜清澈的溪水；當時正是酷熱的中午，這地方引逗得他們身不自主，要歇下睡個午覺。兩人下了牲口，隨驢子和駑騂難得在茂盛的草地上啃青。他們搜刮了褡褳袋裡的乾糧，主僕倆不拘禮節，親親熱熱地同吃了一餐。

桑丘忘了拴上駑騂難得的前腿。他知道這匹馬非常馴良，非常道學，拿定牠見了果都巴牧場上所有的母馬都不會起淫心。可是命運自有安排，魔鬼也不是常在睡覺的。有些楊維斯搬運夫常帶著大群馬匹在水草肥饒的地方歇午；堂吉訶德停留的地方恰是他們選中的，他們的一群加利斯小母馬正在這片草原上啃吃青草。可巧駑騂難得偶然情動，要和那幾位馬姑娘玩耍一番。牠是聞到她們的氣味，改了常態，也不問主人許可，撒腿就奔向她們那邊去訴說衷腸。可是她們呢，看來準是覺得吃草比別的事更有滋味，所以著實地回敬了牠一頓蹄子和牙齒，弄得牠一霎眼肚帶迸斷，鞍子落地，身上赤條條一絲不掛。可是牠還有更難堪的呢：那群搬運夫看見牠要對母馬強行非禮，拿著木樁子[1]趕來，把牠一頓痛打，打得遍體創傷，躺倒在地。

堂吉訶德和桑丘看見駑騂難得挨揍，氣喘吁吁地趕去。堂吉訶德對桑丘說：

「桑丘朋友，照我看，那些人不是騎士，只是卑賤的下等人。我這話是要讓你知道，你盡可以幫我一手；咱們眼看駑騂難得受了侮辱，該替牠報仇。」

桑丘答道：「報他媽的仇！他們有二十多人呢，咱們才兩人，也許還不到兩個，只有一個半。」

堂吉訶德說：「我一人就當得一百個！」

他不再多說，拔劍向那群楊維斯人衝去。桑丘見了主人的榜樣，也發憤跟上去廝打。堂吉訶德一劍就斫中一個楊維斯人，把他身上的短皮襖斫破，還帶下一大片肩膀。

楊維斯人為數不少，他們瞧自己在區區兩人手裡吃了虧，忙拿起木樁，圍著他們倆惡狠狠地擂打。桑丘是挨了第二下就倒了。堂吉訶德儘管有超人本領、勇氣沖天，也沒用處，一般也給他們打倒；他恰倒在躺著的駑騂難得腳邊。由此可見憤怒的村夫搶起木樁來多麼凶猛。兩個冒險者給打得渾身疼痛，滿心氣苦。楊維斯人瞧自己闖了禍，趕緊把貨物裝上牲口，撇下兩人走了。桑丘．潘沙先甦醒，看見他主人在旁，就有氣無力地負痛說：

「堂吉訶德先生，哎，堂吉訶德先生啊！」

堂吉訶德也一絲沒兩氣地含痛答道：

「桑丘老弟，你要什麼？」

桑丘．潘沙說：「您手邊要是有那『大力氣』[2]的藥水，給我喝兩口行嗎？它能治外傷，斷了骨頭大概也能治。」

堂吉訶德答道：「我真倒楣！我這會兒要是有這種藥水，咱們就好了。可是，桑丘・潘沙，我憑游俠騎士的信義對你發誓，如果命運沒另作安排，不出兩天，我一定把這種藥水配製出來，除非我這雙手是不中用了。」

桑丘・潘沙說：「可是咱們這雙腳照您看還得多少天才中用呀？」

挨了痛打的騎士堂吉訶德說：「據我看，不知道還得多少日子呢。不過都怪我不好。那群人不像我有騎士的封號，我不該拔劍跟他們交手。準是因為我違犯了騎士道的規則，戰神就叫我受這場懲罰。桑丘・潘沙啊，我現在吩咐你一句話，你好好記著，因為對咱們倆的禍福大有關係。以後如有這種下等人冒犯咱們，別等我對他們拔劍，我絕不再幹這種事；你倒是該拔劍痛痛快快收拾他們一頓。如有騎士來衛護他們，我也會衛護你，並且出死力跟他們拚去。這種事，你親眼見過成千上百次了，該知道我這條鐵臂多麼有勁。」

這位可憐的先生戰勝了勇猛的比斯開人，自大得不可一世。可是桑丘・潘沙聽了主人的吩咐並不以為然，答道：

「先生，我是個溫和平靜的人，不管受到什麼冒犯都能容忍，因為我有老婆兒女要我撫養呢。我不能吩咐您，可是我也跟您講明白：人家是鄉下佬也罷，騎士也罷，反正我絕不拔出劍來，從現在起直到我見上帝的日子，不管上等人、下等人、富人、窮人、紳士、貧民，隨他是什

1　搬運夫在馬背上裝貨時，用木樁頂住馱鞍，不使偏墜。

2　指本書第十章的「大力士」，桑丘把名字說錯了。

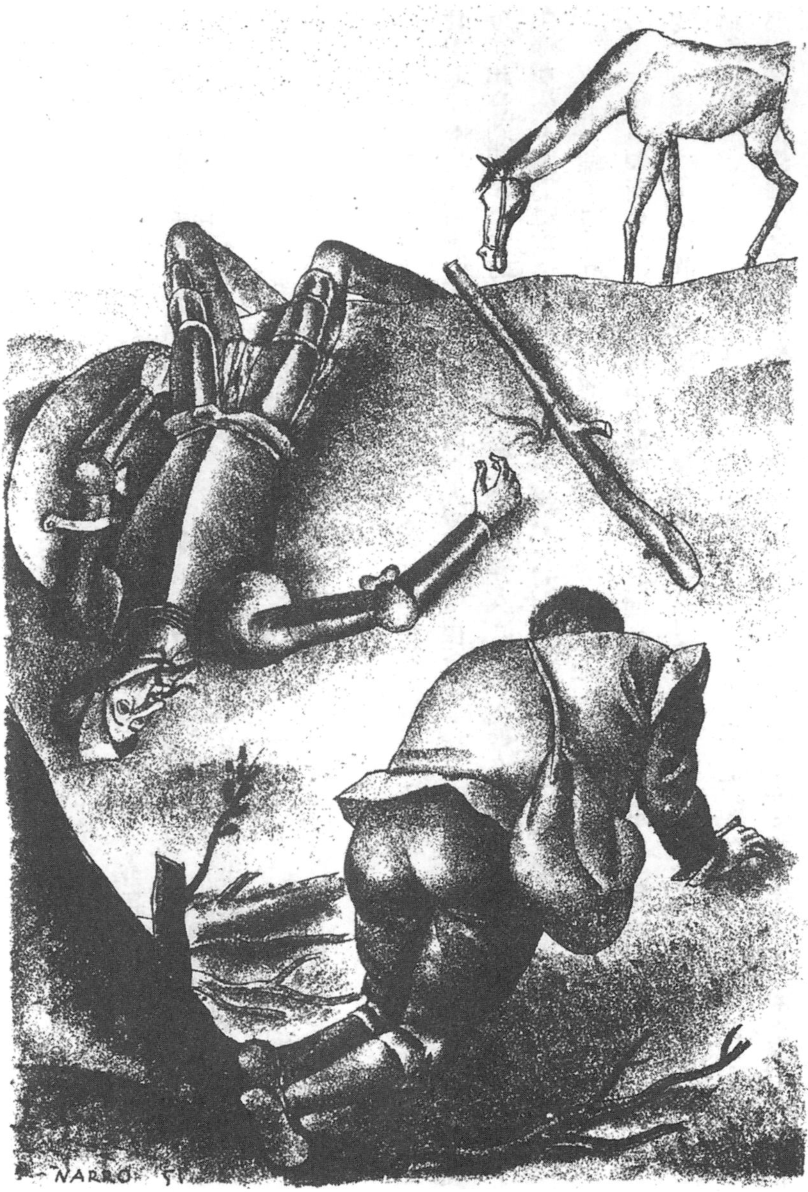

麼地位、什麼身分，如果冒犯了我，或者想冒犯我，我不管是過去、現在、將來，反正全都原諒。」

他主人聽了這一席話，答道：

「我但願能夠舒口氣，講話不那麼吃力，但願我這邊肋上痛得不那麼厲害，好讓我跟你講講明白。潘沙，你的見解是錯誤的。你聽我說，你這可憐傢伙：咱們一向是走背運，如果時來運轉，咱們一帆風順，安然無阻地進了一個海島的港口——我不是說要給你一個海島嗎？如果我征服了那個島，封你做了島上的總督，你怎麼辦呢？你不是騎士，又不想做騎士，也沒有勇氣和志氣抵禦敵人入侵，保衛自己的主權，你做總督簡直就不行啊。你該知道，在新征服的國家或地方，民情還沒有十分歸順，對新的領主不會死心塌地，保不定有人興風作浪，想改天換日，或所謂碰碰運氣。所以一個新領主必須有識見，能治國安民，也必須有膽量，無論在什麼境地都能夠抗敵自衛。」

桑丘說：「就在咱們當前的境地，我也但願有您說的那分識見和膽量呢。可是我憑窮人的信義發誓，我這會子最需要的是幾張膏藥[3]，不是什麼訓話。您瞧瞧能不能爬起來，咱們把駑騂難得扶一把吧；儘管牠害咱們吃了這頓打，不配咱們幫助。我再也想不到駑騂難得會這樣，我老以為牠很規矩，像我一樣穩重呢。真是老話說得好：『日久見人心』；又說是『世事無常』。您剛把那個倒楣的游俠騎士狠狠地斫了幾劍，誰料隨後就會有雹子和雨點一般的木椿子落在咱們肩膀上呢？」

3 這是用藥膏攤在軟布上做成的。

堂吉訶德說：「可是，桑丘，你的肩膀一定慣受這種風吹雨打，我的肩膀卻是裹著軟布細紗嬌養慣的，這番遭了殃，痛得就更厲害。我猜想——說什麼猜想呢？我確實知道，這種種艱苦都是和披甲拿槍的行為分不開的，不然的話，我就倒在這裡活活地氣死了。」

這位侍從說：

「先生，原來這種倒楣事都是騎士道的收成。那麼請問您，這種事是不是常有的？出這種事有沒有一定的季節？因為我覺得咱們有了兩次收成，再來第三次可吃不消了，除非老天爺大慈大悲，給咱們點兒幫助呢。」

堂吉訶德說：「我告訴你，桑丘朋友，游俠騎士一生要遭遇千百次的危險和苦難，可是他們也有千百個機會，可以馬上稱王稱帝。你只要看看，各色各樣的騎士都有這種經歷，他們的傳記我全熟悉。我要不是痛得喘不過氣，這會子就可以講給你聽。有些騎士靠勇力升到很高的地位，而他們在成功的前後，總受到種種艱苦。譬如勇敢的阿馬狄斯・台・咖烏拉曾經落在他的死冤家阿爾咖拉烏斯魔法師手裡。這個魔法師把阿馬狄斯捉去，縛在院子裡一根樁子上，用馬韁繩抽了他二百多下。這是千真萬確的事[4]。還有個不大出名的作家，可是聲望也不小，據他說，太陽騎士曾經有一次落了圈套：他在一個堡壘裡，忽然腳底下裂出個大窟窿，他就掉進很深的地阱，手腳都給捆住，人家用雪水和著泥沙給他灌腸，害得他差點兒送命。要不是跟他交情很深的一位法師在他奄奄一息的時候解救了他，這可憐的騎士就遭殃了。我能和這些大人物並列，也就夠體面了，而他們受的侮辱比咱們剛才受的還大呢。因為，桑丘，你得明白，要是人家偶然拿著什麼傢伙打傷了你，算不得侮辱；這是決鬥章程上明文規定的。譬如一個鞋匠拿手裡的鞋楦打人，楦子固然是塊木片，不能因此就說挨打的人吃了一頓板子。我跟你講這些話，免得你以為咱們這番挨揍是受了侮辱；因為那些人隨手用來揍咱們的傢伙，不過是他們的樁子，據我回憶，他們中間沒一個是帶著長劍或短劍或匕首的[5]。」

桑丘說：「我沒工夫看得那麼仔細，因為我還沒來得及拔劍，他們的松木樁子已經橫七豎八地打在我肩膀上了，打得我眼前發黑，腳裡發軟，一挫身就栽在這裡了。至於挨了這頓樁子算不算侮辱，我是滿不在乎的；苦的是給揍得疼痛，肩膀上、心眼裡都痛得撇不開。」

堂吉訶德說：「可是潘沙老弟啊，你聽我說：心眼裡的事，日子久了會消掉；不論什麼痛苦，一死就完了。」

潘沙說：「要等日子久了才消，到死才完，那不是苦惱透頂的事嗎？咱們遭了殃要是貼兩個膏藥會好，就沒什麼大不了的；可是我現在看來，要醫好咱們呀，把醫院裡所有的膏藥都貼上還不夠呢。」

堂吉訶德說：「桑丘，別這麼說，該從疲軟裡提煉出勁兒來；我也要這麼辦呢。咱們且瞧瞧駑騂難得怎麼了。照我看來，這可憐的傢伙這番吃的苦頭不小。」

桑丘說：「這沒什麼稀奇的，因為牠也是個游俠騎士呀。我只奇怪這頭毛驢兒卻一點沒事，倒是咱們倆落得腰癱背折。」

堂吉訶德說：「運道往往在不幸的地方開著一扇門，讓壞事有個補救。我說這話有個道理。

4 阿馬狄斯的傳記裡只說他兩次受困於阿爾咖拉烏斯，但並沒有說他挨馬韁繩鞭打。

5 歐洲封建時代的風俗習慣：貴族用比劍的方式解決彼此間的爭端；平民間用棍或棒打架；貴族欺負平民則用鞭子抽或板子打。因此挨一頓鞭子或吃一頓板子是受侮辱。

這頭驢可以頂駑騂難得的缺，把我馱到個城堡裡去治療創傷。而且我認為騎這種牲口也無損體面。我記得書上說，笑神的師傅昔雷諾老頭兒[6]就是得意洋洋地騎著一匹很漂亮的驢子跑進『百門城』的[7]。」

桑丘說：「那老頭兒也許真是像您說的那樣騎驢去的，不過，是騎跨在驢背上，還是像一口袋肥料似的橫搭在驢背上，那可遠不是一回事啊。」

堂吉訶德答道：「打仗受了傷只有體面，並不丟臉。所以，潘沙朋友，別多說了，你還是照我的話，掙扎著起來，隨你怎麼樣把我放在你的驢上，咱們快離了這兒吧，別等一下子天黑了，咱們還落在這個荒野裡。」

潘沙說：「可是我聽您說過，游俠騎士一年裡該有大半年睡在荒山野地裡，還覺得那樣很幸福呢。」

堂吉訶德說：「那是指迫不得已或正逢戀愛的時候，確是千真萬確的；有的騎士瞞著意中人，不顧天陰天晴，嚴寒酷暑，在岩石上露宿了整兩年。『憂鬱的美男子』阿馬狄斯就是這樣，他在『荒岩』上住了不知是八年還是八個月——我記不清了。反正他是在那裡悔過贖罪，因為我不知他怎麼得罪了他的奧莉安娜公主。可是閒話少說，桑丘，上勁吧，別讓這頭驢也像駑騂難得那樣出了事。」

桑丘說：「那就一定是魔鬼和咱們搗蛋了。」

他喊了三十聲「哎唷」，嘆了六十口氣，把引他到這裡來的人咒詛了一百二十遍，才從地下爬起來，像一張土耳其弓似的傴著腰站在當道，直不起身子來。他雖然渾身疼痛，居然給他的驢備上鞍轡——那驢逍遙了一天，也是幹了些放蕩勾當的。他隨就扶起駑騂難得。這匹馬要是會叫苦，牠叫的苦絕不輸於桑丘和他的主人。長話短說，桑丘把堂吉訶德安放在驢上，把駑騂難得繫在驢後，拉住驢子的轡繩，摸索著方向往大路上走去。他們的運氣漸漸好轉，沒走得一哩瓦路，大道已經在望，道旁還有個客店。堂吉訶德不由桑丘分說，隨著心硬說是一座堡壘。桑丘堅持那是客店；他主人說不是，那是堡壘。兩人爭論不已，一路到了那裡還沒爭完。桑丘不再斤斤聲辯，領著一行人畜進了大門。

6 希臘神話，昔雷諾（Sileno）是酒神的伴侶（一說是養父），性愛音樂，是個貪酒縱慾、愛尋快樂的禿頭老人。

7 這裡指的是希臘忒巴斯（Tebas）城，但所謂「百門城」是埃及的忒巴斯城。塞萬提斯把二者混淆了。

# 第十六章

## 這位異想天開的紳士在他認為堡壘的客店裡有何遭遇。

客店主人看見堂吉訶德橫臥在驢背上，就問桑丘這人害了什麼病。桑丘說他什麼病都不害，只是從山上栽下來，肋上受了些傷。店主有個老婆，性情和一般客店主婦不同；她生性厚道，關心旁人的疾苦。她忙來替堂吉訶德治療，還把她的年輕漂亮的閨女也叫來幫著照料。客店裡還有個幫傭的阿斯杜利亞姑娘，她寬臉盤、扁腦勺、塌鼻子，瞎了一隻眼，另一隻眼也有毛病。不過她體態風流，足以彌補她的缺陷；她從頭到腳不滿七拃[1]，背有點兒駝，所以不由自主老是眼望著地。這位好姑娘幫著客店小姐在頂樓上給堂吉訶德鋪了一張破陋的床。這個頂樓分明是多年堆草料的，裡面還住著個騾夫，床鋪和堂吉訶德的相去不遠。他那床鋪雖然是用騾子的馱鞍和披蓋湊成的，卻比堂吉訶德的強多了。堂吉訶德的床只是四塊粗糙的木板架著高低不平的兩只板凳；褥子薄得像床單，裡面盡是疙瘩，要不是窟窿眼裡露著羊毛，摸來硬綳綳的疙瘩就像石子；兩條床單好像盾牌上的皮革；一條毯子上經緯的線縷分明，誰要是有興數一數，準可以一根不漏。

堂吉訶德躺上這張破陋的床，店主婦和她女兒馬上替他從頭到腳敷上膏藥，阿斯杜利亞姑娘瑪麗托內斯在旁舉火照著。店主婦一面敷藥，看見堂吉訶德身上一道道青紫，就說這看來不像摔的，倒像揍出來的。

桑丘說：「不是揍的。石頭上高高低低全是尖角，一個尖角就撞出一塊青紫。」他又說：

「太太，您的軟布省著點兒使，保不定還有人要用；我腰裡就有點疼呢。」

店主婦說：「那麼你一定也摔跤了。」

桑丘・潘沙說：「我沒摔；不過看見我主人摔跤，嚇一大跳；就此渾身疼痛，彷彿著了一千下棍子似的。」

那小姑娘說：「真會有這種事。我常做夢從塔上摔下來，老摔不到地；一覺醒來，就覺得渾身痠痛，好像真摔了似的。」

桑丘・潘沙答道：「小姐，奇怪的是我當時並沒有做夢，比這會子還清醒呢，可是我身上一道道的青紫簡直跟我主人堂吉訶德的一樣多。」

阿斯杜利亞姑娘瑪麗托內斯問道：「那位紳士叫什麼名字？」

桑丘・潘沙說：「他叫堂吉訶德・台・拉・曼卻，是冒險的騎士；從古以來天下最出眾最勇敢的騎士裡就數得到他。」

那丫頭說：「什麼是冒險的騎士呀？」

桑丘・潘沙說：「你太不懂事了，連這個都不知道嗎？我告訴你，我的小妹，冒險的騎士是怎麼回事呢，就是一會兒挨揍、一會兒做皇帝；今天是天下最倒楣、最窮困的人，明天手裡就會

1 這是張開了手，從大拇指到小手指的距離。

有兩三個王冠可以賞他的侍從。」

店主婦說：「你既然跟了這樣一位好主人，怎麼看來連個伯爵也沒掙上呀？」

桑丘說：「還早著呢。我們出門冒險，才一個來月，到今還沒有碰到一遭真正的奇遇。有時候找這樣東西，偏出現了那樣。不過老實說，我主人堂吉訶德這回受了傷，或摔了跤，如果能養好，我自己也沒成殘廢，那麼，即使把西班牙最高的爵位封我，也還不稱我的心呢。」

他們講的話堂吉訶德句句聽在耳朵裡，他硬撐著在床上坐起來，握著店主婦的手，說道：「美麗的夫人，請聽我說，我在你這座堡壘裡留宿，可算是你的榮幸。像我這樣的人，不便自稱自讚，因為老話說得好，『自稱自讚，適見其反』；不過我的侍從會告訴你我是誰。我只跟你說，有勞你服侍，我銘刻在心，一輩子感激。我現在給愛情約束得服服貼貼，我齒縫裡喃喃念誦著的那位狠心美人，一雙眼直看管著我，不然的話，我就甘心為你這位漂亮女兒顛倒，專瞧她的眼色行事了。」

客店主婦、她的女兒和實心眼的瑪麗托內斯聽了這位游俠騎士的話莫名其妙，彷彿講的是希臘語；不過也知道這一套無非是討好奉承。她們沒聽慣，直瞪著他發愣，覺得他與眾不同。她們用客店裡的套語答謝一番，隨他去躺著。阿斯杜利亞姑娘瑪麗托內斯就去治療桑丘的傷；他也亟待治療呢。

騾夫和瑪麗托內斯約定當晚歡會，她答應等人靜後主人都睡了，就來找他，讓他趁願。據說這好姑娘只要答應了人家，儘管在深山曠野裡沒人在旁作證，她也守信赴約，表示自己是個一諾千金的貴婦人。她在客店幫傭並不以為恥，只說是倒楣走了背運，落到這個地步。那間透漏星光的破屋裡，前面當中是堂吉訶德那張又硬、又狹、又陋、又不平穩的床。緊挨著就是桑丘的鋪。

那不過是一領草席和一條毯子；毯子不像羊毛的，倒像破爛的帆布。這兩個床鋪後面是騾夫的床鋪；上文已經說過，那是用他兩匹頭等好騾子的馱鞍和全副披蓋拼湊成的。他總共有十二匹騾子，都膘肥毛潤，精精壯壯。據這部傳記的作者說，他在阿瑞巴洛的騾夫裡是頭等富裕的。作者深知他的底細，所以特筆寫他；據說他們倆還有幾分親戚關係呢[2]。再加熙德・阿默德・貝南黑利這位歷史家對什麼事都追根究柢，而且很精確，只要看上文的敘述，就知道他對瑣碎不足道的事也一點不漏，一絲不苟。嚴肅的史家都可以學他的樣。他們敘事太簡略，讀來索然無味。他們或是粗心，或是惡意，或是疏陋無知，把作品最重要的部分都沉澱在墨水瓶底裡了。《塔布朗德・台・黎加蒙德》的作者和佗米利阿斯伯爵生平事蹟的作者，把一樁樁情節描摹得多麼細緻啊[3]，真該千遍萬遍的祝福他們！閒話少敘，且說騾夫照看了他的牲口，餵過第二遍草料，就躺在馱鞍上，等待那位絕頂守信的瑪麗托內斯。桑丘這會兒已經敷上膏藥躺下了；他竭力想睡，可是脅上作痛，總睡不著。堂吉訶德也痛得像兔子似的，大睜著眼睛。客店裡已經寂無人聲，一片漆黑，只有掛在大門口正中的一盞燈籠還放著光亮。

我們這位騎士看書中了毒，老想著書上經常講的一些情節。當時店裡非常靜寂，他就想入非非。上文已經說過，他把自己投宿的客店都當作堡壘；這時就想自己是在一個有名的堡壘裡，店主的女兒是堡壘長官的小姐，她愛上自己風度高雅，答應當夜瞞著父母來陪他睡覺。他既把自己的虛

2 在塞萬提斯的時代，尤其在阿瑞巴洛那個地方，騾夫和搬運夫多半是摩爾人。假托為本書作者的熙德・阿默德・貝南黑利也是摩爾人。

3 塞萬提斯這番稱讚是挖苦，這兩位作者的騎士小說最不出色，也最沒銷路。

構幻想當作真情實事，就惶恐不安，覺得自己端方的品節要靠不住了。他暗暗拿定主意，即使希內布拉王后帶著她的金塔尼歐娜夫人前來親熱，他也絕不虧負他的杜爾西內婭・台爾・托波索小姐。

他正在胡思亂想，合是他倒楣，阿斯杜利亞姑娘恰來赴約。她穿一件襯衣，光著腳，用粗布頭巾裹住頭髮，輕輕躡腳走進他們三人合住的屋子來找騾夫。可是她剛進門，堂吉訶德就知覺了。他雖然敷著膏藥，而且腰脅作痛，卻從床上坐起，張開兩臂來迎接他的美人。阿斯杜利亞姑娘哈著腰、縮著脖子，屏息斂氣地走來，一面伸著雙手摸索她的情人。她恰恰碰著堂吉訶德的胳膊，堂吉訶德就緊緊抓住了她的手腕；當時她不敢聲張，被他一把拉到身邊，強按著坐在床上。他就去撫摸她的襯衣。那是粗麻布的，他卻覺得是最細軟的紗羅。她兩腕籠著些玻璃珠串，他卻看到了東方的珍珠光彩瑩瑩。她頭髮和馬鬃毛一樣，他卻以為是燦爛無比的阿拉伯金絲，襯得太陽都黯然無光。她的氣息確是氤氳著隔宿的冷雜拌味道，他卻覺得她吐氣芬芳。他曾經讀到一位公主情不自禁，去探望一位重傷的騎士。他這時想像的種種，就和那位公主當時的打扮一一相仿；反正他心目中描繪的這位美人，相貌體態和那位公主完全一樣。可憐的紳士迷了心竅，儘管他摸到的、聞到的，以及這位好姑娘身上的其他等等，除了騾夫誰都要作嘔，卻沒有使他醒悟。他只覺得抱在懷裡的是美麗之神。他緊緊摟著，含情低語道：

「尊貴美麗的小姐，承你惠然光降，讓我瞻仰你的天姿國色，我但願能夠不負你的恩情。可是慣愛捉弄好人的造化小兒，叫我渾身瘀傷、筋疼骨痛地倒在這張床上，即使有意要遂你的心願，也無可奈何。而且，我還有更深一層的無可奈何。我已經對絕世無雙的杜爾西內婭・台爾・托波索矢忠不二，她是我心窩裡唯一的意中人。不然的話，承你一片深情給我這個好機會，我哪會白白放過呢，我不是那麼個呆騎士呀。」

瑪麗托內斯給堂吉訶德緊緊抱住，焦躁萬分，身上直冒汗。她聽不懂人家對她說的話，也沒心思聽，只悶聲不響地掙扎著想脫身。騾夫那好傢伙正滿腔邪念，睡不著覺。他的情婦一進門他就知覺了；堂吉訶德講的話他句句都留心聽著，以為阿斯杜利亞姑娘為了別人對他失信了，不免浸著一缸醋。他挨近堂吉訶德床邊，站定了瞧他那套怪話怎麼收場。可是他一見那丫頭掙扎著想脫身，堂吉訶德卻竭力拉住不放，覺得搗亂得太不像樣，就舉臂下死勁一掌打在這位多情騎士的瘦臉上，打得他滿口鮮血。他還不心足，竟跳到堂吉訶德身上，用跑馬步伐，從他第一根肋骨踩到末一根。那張床本來不大結實，又不平穩，禁不起再壓下個騾夫的重量，豁琅一聲塌下地去。店主給這一聲鬧醒，他高聲喊瑪麗托內斯，沒聽到回答，就料定是她鬧的亂子；心上這麼猜想，忙起來點了一盞油燈尋聲找去。那丫頭瞧脾氣暴躁的主人來了，嚇得慌了手腳，直往桑丘·潘沙的床上躲；桑丘睡得正熟，她就鑽進他的被窩，蜷縮成一團。客店主一面進屋來，一面嚷道：

「婊子！你在哪裡？準是你鬧的事！」

這時桑丘醒來，覺得一團東西簡直就壓在身上。他以為是魔鬼，就揮拳四下亂打，瑪麗托內斯身上著了不知多少下。她負痛顧不得體面，就動手還打，打得桑丘只好從夢裡醒來。他發現有人打他，卻不知是誰，就掙扎起身，揪住瑪麗托內斯對打；兩個都不要命了，打得煞是好看。騾夫在店主人的燈光下瞥見他情婦的景況，忙撇下堂吉訶德來救她。店主人也來幫一手；不過他另有用意，他拿定這番大合奏都由那丫頭而起，所以要收拾她一頓。這就好像經常說的「貓兒追耗子，耗子追繩子，繩子追棍子」[4]；騾夫打桑丘，桑丘打丫頭，丫頭打他，店主打丫頭，一個個

4　西班牙童話裡講的。

忙得手不停留。妙的是店主那盞油燈忽然滅了，大家在黑地裡惡狠狠地亂打，扭成一團，拳頭落處，沒一塊完好的皮肉。

那夜上恰巧有個所謂托雷多舊神聖友愛團[5]的巡邏隊長在客店過夜。他聽到打架吵鬧，就拿起行使職權的短杖[6]和藏置官銜的鐵皮盒，摸著黑跑進屋來，一面喊道：

「大家住手，服從法律的命令！大家住手，服從神聖友愛團的命令！」

他進來先碰上吃飽拳頭的堂吉訶德，這時人事不知，臉朝天挺在那張倒塌的床上。他可巧揪著堂吉訶德的鬍子，一面還只在喊：「大家協助執行法律！」可是他覺是揪住的人並不動彈，就以為是死了，並且以為屋裡那些人都是凶手。他動了這個疑心忙高叫：

「關上店門，一個別放走！這裡殺了人了！」

大家聽到這聲喊，嚇一大跳，馬上一個個撒手溜了。店主人回到自己屋裡，騾夫回去躺在自己的馱鞍上，那丫頭也回到她的破屋裡去，只有倒楣的堂吉訶德和桑丘還在原處。巡邏隊長這時撒開堂吉訶德的鬍子，跑出去取火，打算尋找犯人，把他們逮捕。可是他沒處取火，原來店主乘回屋的時候，故意把燈籠也滅了。他只好到灶上去想辦法，煞費一番手腳，也費了好大工夫，才點著一盞油燈。

5 指十三世紀在托雷多建立的神聖友愛團（參看本書第十章，注2）。到十五世紀，這個組織重經整頓，稱為新的神聖友愛團。

6 西班牙職位低的官員只有短杖，職位高的官員才手執長杖，神聖友愛團巡邏隊長的杖是綠色的短杖。

# 第十七章

## 續敘英勇的堂吉訶德倒了楣把客店當作堡壘，和他的好侍從桑丘・潘沙在那裡遭到種種災難。

堂吉訶德已經甦醒，他用前一天躺在「那木樁子的平原上」[1]呼喚他侍從的那個聲調說：「桑丘朋友，你睡著了嗎？你睡著了嗎，桑丘朋友？」

桑丘滿肚子氣惱，回答說：「倒楣！我哪能睡啊！所有的魔鬼今晚都纏著我呢。」

堂吉訶德說：「大概真是這麼回事，沒什麼說的。我瞧這座堡壘準是魔法籠罩著的；要不，我就太沒識見了。我告訴你——不過我這會兒告訴你的話，你得發誓保密，等我死了才可以說出去。」

桑丘說：「我發誓保密。」

堂吉訶德說：「我這話是因為不願意敗壞人家的名譽。」

桑丘重複說：「我說了呀，我發誓把這祕密直保到您百年以後。不過我但願上帝讓我明天就

1　這是引用古代有關熙德的民謠，開頭一句：「在那木樁子的平原上」，指他們挨楊維斯人用木樁子捶打的草原。

可以說出去。」

堂吉訶德說：「桑丘，我怎麼麼虧待了你，竟要我馬上就死啊？」

桑丘說：「不是這個緣故；只因為我最恨把東西老藏著，我不喜歡東西悶著發霉。」

堂吉訶德說：「不管怎麼樣吧，憑你對我的情分和尊敬，我還是信得過你的。我告訴你，今夜我碰到一樁沒法形容的奇事妙事。我乾脆講吧。剛才這裡堡壘長官的女兒跑來看我。她的風度和相貌都美極了，簡直絕世無雙。我真不知道怎樣來形容她那模樣的俏麗，心眼的靈巧；至於她那些遮掩著的美妙之處，我因為忠於我的杜爾西內婭・台爾・托波索小姐，就避而不談了。我只是要告訴你，我交運有這等豔福，也許惹了老天爺的嫉妒；也許我剛才說得不錯，這座堡壘真是魔法籠罩著的；反正為這些緣故吧，我跟她正談得最甜蜜、最親熱的時候，我沒看清，不知打哪兒伸來一隻巨靈神的大手，在我下巴頦上揍了一拳，揍得我鮮血直流；接著又把我毒打一頓。昨天那些搬運夫為了駑騂難得的過失給咱們的一頓打，你是知道的；我今天挨的比昨天的還凶。所以我想，準有個魔法禁咒著的摩爾人守護著這位小姐，不讓我消受她的美色。」

桑丘說：「也不讓我消受，因為足有四百多摩爾人把我狠狠地揍；我挨的那頓椿子，比起來只算小點心罷了。可是先生，我請問您：剛才的事把咱們害到這步田地，您怎麼說是奇事妙事呢？您還好些，因為還摟到一個據您說是絕世美人；我呢，除了挨一頓從沒挨過的毒打，還有什麼呢？我和生我的媽媽真倒楣呀！我又不是游俠騎士，一輩子也不想做游俠騎士，可是所有的災殃大半卻落在我身上！」

堂吉訶德說：「原來你也挨打了？」

桑丘說：「我不是跟您說，我挨了打嗎？真是倒了祖宗十八代的楣！」

堂吉訶德說：「朋友，不要煩惱，我現在就來做那種寶貴的治傷油，咱們喝下，一眨眼就病痛全沒了。」

這時巡邏隊長點上油燈，進屋來瞧他心目中的死人。桑丘看著他進來，身上穿件襯衣，頭上裹塊布，手裡拿個油盞子，一張臉猙獰可怕，就問他主人說：

「先生，說不定這就是受魔法禁咒的摩爾人吧？他大概有事未了，又來收拾咱們。」

堂吉訶德說：「不會是那個摩爾人，因為受魔法支使的，肉眼看不見。」

桑丘說：「肉眼看不見，可是肉體感覺得到；不信，問我的肩膀。」

堂吉訶德說：「也可以問我的肩膀。不過這還不能證明這就是魔法禁咒著的摩爾人。」

巡邏隊長進來，看見他們倆安靜地說著話，不禁呆住了。堂吉訶德因為渾身傷損，又貼滿膏藥，所以還臉朝天挺著，動彈不得。巡邏隊長走到他跟前說：

「老哥，你怎麼了？」

堂吉訶德說：「我做了你，說話還得講究些禮貌。你們這裡對游俠騎士說話，行得這樣嗎？你這蠢東西！」

巡邏隊長瞧這麼狼狽的人對他盛氣相凌，哪裡受得了，就舉起油盞，連著滿滿一盞子油，對準堂吉訶德的腦袋砸下來，把頭皮砸傷好大一塊；他乘一片漆黑，三腳兩步走了。桑丘．潘沙說：

「沒什麼說的，先生，這一定是魔法禁咒的摩爾人。他準是為別人守護著寶貝，咱們份裡只是拳頭揍、油盞砸。」

堂吉訶德說：「是啊，而且著魔的事沒法認真，生氣發火也沒用，因為肉眼看不見，是變幻出來的；隨你用盡方法，也找不出對手來向他報復。桑丘，你要是掙得起身，你且起來，找這座堡壘的長官，替我問他要些配製治傷油的油、酒、鹽和迷迭香。老實說，我覺得這會很需要，因為那個鬼給我砸出來的傷口裡流血很多。」

桑丘渾身筋疼骨痛，掙著起來，摸黑去找店主人。巡邏隊長正在外面聽他的對手說些什麼話。桑丘碰到了他，說道：

「先生，不管您是誰，麻煩您行個方便，給我們些迷迭香，還要些油、鹽和酒；因為有個游俠騎士裡的頭號人物給店裡一個魔法禁咒著的摩爾人打得身受重傷，躺在那邊床上，要用這些東西治療呢。」

巡邏隊長聽了這番話，斷定這人是瘋子。當時天色已經透亮，他就打開店門，叫起店主，轉達了這位老兄的要求。店主把所要的東西都拿來，桑丘就去交給堂吉訶德。堂吉訶德給油盞砸得疼痛，正捧著腦袋在那裡哼哼。那一砸只砸出了兩個大鼓包；他以為直流血，其實只是給那場風險急出來的滿頭大汗。

長話短說，他把這些藥材和在一起，熬了好久，認為火候到家，這劑藥已經炮製成功，就討個瓶子來裝。客店裡沒有瓶子，店主送了他一個鐵皮的油罐子，他就用來裝藥。然後他對著這罐藥念了八十多遍〈天主經〉，又把〈聖母經〉、〈讚美歌唱和辭〉和〈信經〉也念了那麼多遍，念一個字就像祝福那樣畫一個十字。當時桑丘、客店主人和巡邏隊長在旁從頭直看到底；騾夫已經悄悄去料理他的牲口了。堂吉訶德製成了心目中的神油，就想親自試試它的效驗。熬藥的鍋裡還剩著些油罐裡裝不下的藥，他拿來喝了一升左右。可是他剛喝下就噁心，把肚裡的東西吐個罄淨，吐得搜腸抖肚。渾身大汗。他就叫人家給他蓋嚴了，讓他獨自躺著。他們遵命；他一覺睡了三個多鐘頭，醒來覺得身體舒泰，痛楚大減。自以為完全好了，並且深信自己製成了大力士的神油，有了這種藥，以後無論多麼危險的衝鋒陷陣都不怕了。

桑丘・潘沙瞧他主人身體大好，也以為是奇蹟。鍋裡剩下的藥還不少；桑丘求他主人都給他。堂吉訶德一口答應。桑丘信心百倍，決心千倍，捧著鍋子一口氣直往肚裡灌，喝下的量和他主人喝的不相上下。可憐的桑丘腸胃不像他主人那麼嬌，所以並不嘔吐，只是一陣陣肚痛、噁心、出虛汗、發暈，覺得馬上要死了；他痛苦不堪，只顧咒罵治傷油和給他喝油的混蛋。堂吉訶德瞧他這樣，就說：

「桑丘，你這麼難受，準是因為你沒有封騎士。依我看，沒封騎士的喝了這種藥不見效。」

桑丘答道：「您知道這個道理，幹麼還讓我喝呢？真是倒了我幾輩子的楣呀！」

這時桑丘喝下的湯藥藥性發作，可憐的侍從身上前後兩個渠道一起決口，直流猛瀉；他已經重行躺下，墊的草席和蓋的粗布氈子都弄得不能再使用了。他一身身虛汗，一次次昏厥，自以為要死了；大家也都這麼想。他身上的風浪遷延了將近兩個鐘頭方才平息。桑丘和他主人不同，事後只覺得渾身癱軟，連站都站不起來。可是堂吉訶德呢，上文已經說過，他覺得身輕體健，想立刻出門冒險去。他以為耽擱在這裡對不起這個世界和需他扶助的人；況且他有了治傷的油，越加膽大放心了。所以他急不可待，親自替駑騂難得套上鞍轡，替他侍從的驢安上馱鞍，還幫他侍從穿衣裳，扶他上牲口。然後他自己也騎上馬；客店的一個角落裡有一支短柄槍，他就拿在手裡，準備當長槍使用。

客店裡一起有二十多人，都站定了瞧他，店主的女兒也在內；他目不轉睛地望著她，還頻頻嘆氣，一聲聲都彷彿從心底抽出來的。大家只知道他是肋上作痛——至少昨晚看著他敷藥的人是這樣想。

他們倆都已經上了坐騎；堂吉訶德站在客店門口，喊了店主，板著臉一本正經說：「長官先生，我在你這座堡壘裡承盛情招待，我非常感激，一輩子也忘不了。假如有蠻橫無理的人得罪過你，我希望能替你出口氣，作為報答。我告訴你，我的職務無非是扶弱濟窮，伸雪無辜，懲罰不義。請你回想一下，如有這類的事要我效勞，只消說一聲，我憑封授的騎士職位向你保證，一定叫你稱心。」

店主也一本正經地回答說：

「騎士先生，我不用您替我出什麼氣；誰得罪了我，我自有手段對付。我只要您付清昨晚的各項花費：你們頭口的乾草、大麥，還有你們的晚飯和床鋪。」

堂吉訶德說：「那麼，這是個客店了？」

店主回答說：「是啊，而且是個很上等的客店。」

堂吉訶德說：「我一向弄錯了；不瞞你說，我以為這是一座堡壘，而且是一座很不錯的堡壘。既然這不是堡壘卻是客店，現在只好把這筆帳目勾銷了事。因為我不能違反騎士道的規則。我確實知道，游俠騎士住了客店從來不出房錢，也不付別的帳；我從沒看見哪本書上講到他們付錢。他們在外冒險，不分日夜和季節，或步行、或騎馬，耐著飢渴寒暑，衝風冒雨，受盡折磨；他們這樣辛苦，對他們不論多麼殷勤款待只是合法的報酬，並且也是合情合理的。」

店主說：「這個與我不相干。您且把欠我的錢付清，不用講這些閒話和騎士道。我不管別的，只管收我的錢。」

堂吉訶德說：「你就是個愚蠢卑鄙的客店主人。」

# 第十八章

## 桑丘・潘沙和他主人堂吉訶德的談話以及其他值得記述的奇事。

桑丘趕上他主人的時候，已經筋疲力竭，連催趲驢子的勁都沒有了。堂吉訶德瞧他那樣，就對他說：

「桑丘老弟啊，我現在確實相信那個堡壘或客店是魔法籠罩著的。把你惡作劇的那群傢伙要不是鬼怪或另一個世界上的東西，是什麼呢？我留心到一件事，證實了我這看法。剛才我在後院圍牆外看著你那齣倒楣戲，我竟爬不上牆頭，連下馬都不能，可見我一定是著了魔法的道兒。我憑自己的身分對你發誓：我要是爬得上牆，或下得來馬，一定替你狠狠報仇，叫那起流氓惡棍一輩子忘不了他們那場胡鬧。當然我知道這一來違反騎士道的規則，因為我說過多少回了，騎士除非保衛自己的身體性命，情勢緊急，萬不得已，照例是不准和沒封騎士的人交手的。」

「我要是辦得到，不管自己封不封騎士，也會替自己報復，只是辦不到啊。不過我覺得捉弄我的那夥人不是您說的鬼怪，也不是魔法支使的，他們和咱們一樣是有皮肉筋骨的人，而且都有名字，因為我聽見他們在拋弄我的時候彼此稱呼的。一個叫貝德羅・馬丁內斯，一個叫德諾留・艾南代斯；我聽他們管店主叫左撇子胡安・巴洛梅給。所以，先生啊，您爬不上牆、下不來馬另有緣故，不是著了魔法的道兒。我現在明白了一個道理：咱們四處冒險，無非落得吃盡苦頭，連自己的左右腳都分辨不出。依我淺見，現在正是收穫的季節，最好還是回村料理咱們的田地去，別像老話說的『東奔西走，亂撞亂投』[1]。」

堂吉訶德說：「桑丘，你全不懂騎士道的事。你別鬧，也別著急，總有一天你會親眼看到幹這一行多麼光榮。你倒說說，天下還有什麼事比打勝仗、降伏敵人更快意的嗎？沒有了！這是沒什麼說的。」

桑丘說：「您這話想必是對的，不過我也不懂。我只知道自從咱們做了游俠騎士——或者自從您做了游俠騎士（因為那麼體面的人物裡憑什麼也數不上我），咱們沒打過勝仗，只有跟比斯開人交手的那一次。您就在那次還賠掉半隻耳朵和半個頭盔呢。以後咱們總是挨一頓棍子，又一頓棍子，吃一頓拳頭，又一頓拳頭；我額外還給人家兜在毯子裡拋擲了一頓。而且他們是魔法支使的人，我不能報復，您說的降伏了敵人的快意，我就沒法領會。」

堂吉訶德答道：「桑丘啊，我的苦惱正在這裡，想必也是你的苦惱。可是我以後要想法子弄到一柄降魔的神劍，帶在身上能破除一切魔法。說不定我時來運轉，火劍騎士阿馬狄斯的劍[2]會落在我手裡呢。那是全世界騎士的寶劍裡數一數二的，不但有剛才說的那點功用，而且還像剃刀一樣銳利，鎧甲儘管堅厚，或有魔法呵護，它都斬得透。」

1　西班牙諺語。

2　這裡指的是希臘的阿馬狄斯，不是阿馬狄斯・台・咖烏拉。所謂火劍，是胸膛上顯現的一個紅色劍印，堂吉訶德誤以為是一柄可以使用的劍了。

桑丘說：「我反正夠倒運的，即使您真找到這麼一把劍，也就像治傷油似的，只對封上騎士的才有用；至於侍從呢，隨他們去吃苦罷了。」

堂吉訶德說：「這個你不用愁，桑丘，老天爺會對你開恩的。」

堂吉訶德和他侍從一邊走、一邊說著話，忽見前途大陣塵土滾滾而來，就對桑丘說：

「桑丘啊，今天是我命裡注定要交好運的日子！我告訴你，今天不比往日，我要大顯身手呢，我今天的一番作為是要青史留傳，永垂不朽的。桑丘，你瞧見前面捲起了一片塵土嗎？數不清的民族組成了浩浩蕩蕩的一支大軍，正向這裡開發；這陣塵土就是他們翻騰起來的。」

桑丘說：「照這麼說，該有兩支軍隊呢，因為對面照樣也起了這麼一陣塵土。」

堂吉訶德回頭一看，果然不錯，喜得心花怒放；他拿定這是兩支軍隊，開到這片曠野裡來交鋒打仗的。原來他腦筋裡時刻想著游俠小說裡講的那些打仗呀、魔法呀、冒險呀、奇蹟呀、戀愛呀、決鬥呀等等，他說的、想的、幹的全都是這一路的事。其實他看見的塵土是道路兩頭趕來的兩大群羊掀起的；羊給塵土遮掩了，沒到近前還看不清楚。堂吉訶德一口咬定是兩支軍隊，桑丘也就信以為真，說道：

「先生啊，那咱們怎麼辦呢？」

堂吉訶德說：「怎麼辦？扶弱鋤強啊！我告訴你，桑丘，迎面來的軍隊是大皇帝阿利芳法隆率領的，他的領土是廣大的忒拉玻巴納島[3]；我背後來的是他仇敵咖拉曼塔斯國王的軍隊，他名叫捲袖的潘塔坡林，因為他跟人家打架的時候常露著一條右胳膊。」

桑丘問道：「那麼，兩位國王幹麼結下這等深仇呢？」

堂吉訶德說：「他們結仇有個緣故。阿利芳法隆是凶狠的異教徒，他愛上了潘塔坡林的女兒。那位公主很美，而且很文雅，她是基督徒；她父親不願意把她嫁給異教的國王，除非他背棄了偽教主穆罕默德，改信基督教。」

桑丘說：「我憑自己的鬍子發誓，潘塔坡林很有道理呀！我得盡力幫他的忙。」

堂吉訶德說：「你這樣就是盡本分了，桑丘，不封騎士，也能參與這種打仗。」

桑丘答道：「這個我也懂得。可是咱們把這頭毛驢寄在什麼地方，打完仗才穩穩地找得到呢？騎著這種牲口去打仗，只怕從來沒這個規矩。」

堂吉訶德說：「這話不錯。你最好還是隨它去，走失不走失瞧它的運氣。咱們打了勝仗，可以到手不知多少馬匹，就連駑騂難得也保不定要換掉呢。我現在要把兩支軍隊裡的主將向你介紹一番，你留心聽著，也留心瞧著。那邊山坡上一定看得見這兩支軍隊，咱們退到那裡去，你可以觀察得更仔細些。」

他們過去站在一個小山頭上，堂吉訶德當作軍隊的兩群羊要是沒有給掀起的塵霧遮蓋住，山頭上看得很清楚。可是那些看不見而且並不存在的東西在堂吉訶德想像裡卻歷歷如睹。他高聲說：

「那邊一位騎士穿一身火黃鎧甲，盾牌上畫著一隻戴王冠的獅子蹲伏在一位小姐腳邊，那是英勇的銀橋大王拉烏爾咖爾果。那一位鎧甲上有一朵朵金花，盾牌是天藍色的底子，上面有三只銀製的王冠；那是吉羅夏的大公，威武的米果果蘭博。他右邊那個彪形大漢是天不怕、地不怕的布朗達巴巴朗・台・博利契，阿拉伯的三個部屬都歸他管轄。他披一張蛇皮當鎧甲，舉一扇大門

3　亦稱達普羅巴那，即錫蘭的舊名，現在的斯里蘭卡。

當盾牌；據傳說，那扇門就是參孫拚掉性命報仇的時候毀了大教堂拆下來的[4]。你再回頭瞧瞧那一邊吧。軍隊前面打頭的是常勝無敵的悌蒙內爾·台·咖爾咖宏納。他是新比斯開的王子。他軍器上的徽章分成四格，是藍、綠、白、黃四色；盾牌是褐色的底子，上面畫一隻金貓，標著一個『喵』字，是他情人芳名的第一個字，據說她是阿爾費尼根·台爾·阿爾咖爾貝公爵的女兒、舉世無雙的苗麗娜。旁邊那一位沉甸甸壓在一匹高頭大馬的背上，穿一身雪白的鎧甲，盾牌也是白的，沒一點紋章；他是個新騎士，法國人，名叫底艾瑞斯·巴賓，是封在烏忒利蓋的男爵。還有一位騎一匹輕快的花條兒斑馬，腳跟上套著馬刺，直在踢那馬肚子，他徽章是一排排銀鈴交錯著一排排藍鈴的圖案，他是勇猛的奈爾比亞公爵艾斯帕塔費拉多·台爾·博斯蓋，他盾牌上畫著一畦蘆筍，有一句加斯底利亞的標語：『我的命運貼著地面追尋前途』[5]。」

他就這樣隨著自己的奇情異想，把臆造的兩軍將領一一舉出姓名，還順口謅出各人的鎧甲、顏色、徽章和標語。他滔滔不絕地說：

「前面的這支軍隊是由許多民族組成的。有喝著名的頊托河甜水的人；有瑪西琉山地上來來往往的人；有阿拉伯樂土篩取金沙的人；有在清澈的泰莫東泰河兩岸著名的清涼勝地享福的人；有開鑿了種種渠道來排引含蘊黃金的巴克多洛河水的人；還有說了話不當話的奴米狄亞人；射箭出名的波斯人；一面逃跑一面戰鬥的巴爾提亞人和梅狄亞人；游牧的阿拉伯人；性情極殘酷、皮膚極白淨的西塔人；嘴唇上穿窟窿的衣索比亞人；還有數不清的其他民族，他們的面貌我都認得出，只是記不起名字了。那一支軍隊裡；有的民族喝灌溉橄欖的貝底斯河的清水；有的用金黃燦爛的塔霍河水擦面洗臉；有的居住在聖潔的黑尼爾河流域，享用那賜福的河水；有的在牧草豐茂的塔西達平原來往；有的在享福的黑瑞斯草原上逍遙；有富庶的曼卻人，戴著金黃色稻穗編的冠兒；有古老的哥德族遺民，穿著鐵甲；有的是在畢蘇艾咖河裡沐浴的，那條河以水勢悠緩聞名；有的是在瓜狄亞納河兩岸大片牧場上放牧的，那條曲曲彎彎的河以潛伏地下的暗流聞名；還有些耐寒的民族，有的住在森林蒼翠的畢利內歐山頭，有的居住在白雲堆積的阿貝尼諾高原；總而言之，歐洲所有的民族全在那個隊裡。」

天啊！他說了那麼多的地名，舉出了那麼多的民族！還一口氣順順溜溜把各民族特色都說出來。原來他讀了那些謊話連篇的書，整個人都浸透在裡面了。桑丘・潘沙眼睜睜地聽著，一聲不言語，有時東張張、西望望，看有沒有他主人指名道姓的騎士和巨人，他什麼也沒瞧見，就說：

「先生，您講的什麼騎士、什麼巨人，真是活見鬼，一個都沒有啊——至少我沒看見啊；大概就像那晚上的鬼一樣，都是魔法變出來的。」

堂吉訶德說：「你怎麼說這話呀！你沒聽見蕭蕭馬嘶、悠悠角聲、咚咚鼓響嗎？」

桑丘答道：「我只聽得公羊母羊的叫聲，沒聽見別的。」

這倒是真的，因為那兩群羊已經走近來了。

堂吉訶德說：「桑丘，你心上害怕，所以看不準，也聽不準。怕懼的一個效果就是叫你感覺錯亂，覺察不到事物的真相。你要是害怕得緊，你就躲過一邊去，撇我一人在這裡吧；單我一個人，就可以左右兩軍的勝負。」

---

4 參孫（Sansón），古猶太的大力士，見《舊約》的〈士師記〉，第十三至十六章。

5 原文 Rastea mi suerte, rastrear 指用耙來耙地，或指隨著足跡尋找，或指掠地低飛。許多譯者對這一句解釋不同，但都不能結合「一畦蘆筍」的意義。一說，蘆筍的根像耙齒；一說，蘆筍是貼地生長的。

他一面說，一面踢動駑騂難得，托定長搶，一道電光似的直衝下山坡去。

桑丘大聲喊住他，叫嚷說：

「堂吉訶德先生，您回來！我對天發誓，您衝殺到羊群裡去了！您回來！我的親爸爸都倒足了楣呀！您這是發什麼瘋啊？您瞧瞧，這裡沒有巨人，沒有騎士，沒有貓，沒有徽章，沒有雜色或一色的盾牌，也沒有圖案上的銀鈴、藍鈴和見鬼的鈴。我真倒楣呀！您這是幹什麼呀？」

堂吉訶德並不回馬，只高聲叫道：

「嗆！騎士們！誰投在捲袖的潘塔坡林大帝旗下作戰的，都跟我來！你們可以瞧瞧，我毫不費力，就能降伏他的敵人阿利芳法隆・台・拉・忒拉坡巴納。」

他一面說，一面衝進羊群，舉槍亂刺，那股猛勁兒，好像真在刺殺他的宿世冤家呢。看羊的牧人大聲喝住他，可是看來喝不住，就解下彈弓，把拳頭大的石子向他耳邊彈來。堂吉訶德並不理會這些石子，卻左衝右突，嘴裡喊道：

「不可一世的阿利芳法隆，你在哪裡？你跑來！我是單槍匹馬的騎士，只為你欺負了英勇的潘塔坡林・咖拉曼塔，我要懲罰你，跟你一對一地較量武力，送你的性命呢！」

正說著，一顆石子飛來打在他肋上，把兩根肋骨打得陷進肉裡去。他遭了毒手，斷定自己不送命也受了重傷。他記起治傷油，忙取出油罐子，湊到嘴邊，倒了些下肚。可是沒喝上他認為足夠的量，又一顆石子彈來，恰恰打在他的手和油罐上，把油罐迸碎，還連帶磕了他嘴裡三四只板牙和盤牙，把他兩個手指砸得疼痛不堪。第一顆石子來勢凶猛，第二顆也不弱，可憐的騎士不由自主，從馬上倒栽下來。牧羊人趕到他身邊，以為他已經打死。他們趕忙集合了羊群，把七八隻死羊掮在肩上，不管三七二十一就急急走了。

桑丘一直站在山頭上，看著他主人發瘋，一面只顧揪自己的鬍子，咒罵命裡的倒楣時刻，叫他認識了這位主人。他瞧主人跌倒在地，一群牧羊人都走了，就下山跑到主人那裡；看見他面無人色，卻還有知覺。桑丘就說：

「堂吉訶德先生，我不是跟您說的嗎：回來！您衝殺的不是軍隊，只是兩群羊！」

「跟我作對的混蛋魔法師會這樣變來變去的。我告訴你，桑丘，那些傢伙要咱們變什麼樣就是什麼樣，非常容易。盯著我搗亂的那個惡人瞧我這番一定得勝，心上嫉妒，就把敵對的兩隊變作兩群羊。你要是不信啊，桑丘，你瞧我面上幹一件事，就會恍然大悟，知道我說的都千真萬確。你騎上驢，悄悄地跟著他們去，你走不多遠就會瞧見他們恢復原形，不是羊，卻是一絲不假的人，正像我剛才對你形容的一樣。不過你現在且別走，我要你照看呢。你過來，瞧瞧我掉了幾個盤牙、幾個板牙，我覺得嘴裡一個都不剩了。」

桑丘走到貼近，把眼睛簡直湊到他嘴邊。堂吉訶德喝下的治傷油這時藥性發作，桑丘正向他嘴裡細看，油汁衝口而出，比火槍裡射出來的還猛，全噴在這位好心侍從的臉上。

桑丘說：「聖瑪利亞！這是怎麼回事呀？這可憐人嘴裡噴出血來，一定受了致命傷了。」

可是他再仔細檢查，憑顏色和氣味，知道那不是血，只是他剛才瞧見主人喝的治傷油。他噁心得很，一陣反胃，把肚裡的東西全吐在他主人身上；兩個人都淋漓盡致。桑丘找到了他的驢，想從褡褳袋裡拿些東西自己擦擦乾淨，並且替他主人治療一番。他發現褡褳袋丟了，差點發瘋。他反覆咒罵自己，心裡暗打主意，想撇下他主人回老家去；儘管辛苦一場，工資白丟，主人家許他的海島總督也只好落空，他都顧不得了。

駑騂難得非常忠良，一步沒離開主人。堂吉訶德這會兒爬起身，左手捫著嘴，防一口牙齒全掉出來，右手牽著這匹馬，跑到他侍從那裡。這位侍從正胸脯靠著驢背，手托著腮，滿面愁容。堂吉訶德瞧了他那副沮喪的樣兒，就說：

「桑丘，你聽我說：『不幹超人之事，不成出眾之人。』[6]咱們經過的那些狂風暴雨，都是馬上要天晴風定的徵兆，表示時勢就要好轉。因為無論好運壞運，絕不能老不轉變；由此可見，壞運交了很久，好運就在眼前了。所以你不必為我倒楣而煩惱，我那些事都和你不相干。」

桑丘說：「怎麼不相干啊？難道昨天給人家兜在毯子裡拋著耍弄的不是我老子的兒子？今天丟掉的褡褳袋和我的全部家當都不是我的東西？」

堂吉訶德說：「桑丘，褡褳袋丟了？」

桑丘回答說：「可不是丟了嗎！」

堂吉訶德說：「那麼，咱們今天就沒什麼吃的了。」

桑丘說：「據您說，您能辨識野菜；您這種倒楣的游俠騎士沒東西吃就可以救飢。這片草原上如果沒有這些野菜，咱們就沒什麼吃的了。」

堂吉訶德答道：「可是我寧願吃個兩斤或四斤重的麵包，加上兩頭沙丁魚呢；至於狄歐斯戈利台斯描寫的那些野菜，儘管拉古那醫生還附上圖解[7]，我卻並不稀罕。不過這都不去管它，桑丘老弟，你且上驢跟我走吧。上帝養活著天下萬物，連天空的蛾蠓、地下的蛆蟲、水裡的蝌蚪都有它們的口糧；而且上帝慈悲無量，叫陽光普照好人壞人，雨水普及正人邪人，他絕不會短了咱們的，何況你我還滿處奔波著為他效勞呢。」

桑丘說：「您做說教的教士，比做游俠騎士還強。」

堂吉訶德說：「桑丘，游俠騎士件件都能，也必須件件都能；古時候有些游俠騎士，隨時能在戰地上像巴黎大學的學生那樣說教或講學。可見『槍頭禿不了筆尖，筆尖也鈍不了槍尖』[8]。」

桑丘說：「好吧，您講的敢情都對。這會兒咱們且離了這裡，找個地方過夜去。但願上帝保佑，那兒沒有毯子，也沒有用毯子拋人的傢伙，也沒有鬼怪，也沒有魔法支使的摩爾人；不然的話，我就要把包袱和掛包袱的鉤子一古腦兒都交給魔鬼去了。」

堂吉訶德說：「兒子啊，你把這話向上帝禱告吧。你愛到哪裡，隨你領路，這回讓你來挑選過夜的地方。可是你伸手給我摸摸我右上顎缺了幾個牙，我這邊覺得痛呢。」

桑丘伸進指頭，一面摸索，一面問道：

「您這邊原先有幾個盤牙？」

堂吉訶德說：「犬牙不算，有四個，個個都完好？」

桑丘說：「先生？您再仔細想想。」

堂吉訶德答道：「我說是四個呀，要不，就是五個。我這一輩子，不論盤牙板牙，一個都沒有拔掉，也沒有落掉，也沒有因為蟲蛀或風濕病而壞掉。」

桑丘說：「那麼，您底下這邊只有兩個半盤牙；上面這一排半個都沒有，什麼都沒有，整片光溜溜的像手掌一樣。」

---

6 西班牙諺語。

7 拉古那（Andres Laguna），西班牙十六世紀的名醫和植物學家，曾把古希臘名醫狄歐斯戈利台斯（Dioscórides）的著作譯成西班牙文，加上精詳的圖解。

8 西班牙諺語。

堂吉訶德聽了這個傷心的消息，說道：「我真倒楣啊！我寧可丟掉一隻胳膊，只要不是拿劍的一隻。我告訴你，桑丘，嘴裡沒有牙齒，就彷彿磨坊裡沒有磨石；一顆牙齒比一顆金鋼鑽寶貴得多。不過幹了這行艱辛的騎士道，這種苦頭都得忍受。朋友，騎上驢帶頭走吧；快慢由你，我跟著你走。」

桑丘奉命，料想哪裡能找到宿頭就朝那方向走，總是不離開那條平直的大道。

他們走得很慢，因為堂吉訶德牙床痛得心神不寧，不便趕路。桑丘想和他閒談消遣，讓他忘掉些疼痛；桑丘的話詳見下章。

# 第十九章

## 桑丘和主人的妙談；以及他主人碰到死屍等奇事。

「我的先生啊，咱們這幾天連連倒楣，我看一定是因為您違反了騎士道，犯了罪，所以受罰了。您發誓要把那個摩爾人——叫什麼馬郎得利諾的那頂頭盔[1]搶到手，不然，您就不攤著桌布吃麵包，不跟王后睡覺，還有一連串發誓要做的事，可是您都沒做到呀。」

堂吉訶德說：「桑丘，你這話很對。不瞞你說，我把那個誓忘得一乾二淨了。你不及時提醒我，也準是犯了過錯，所以給人家兜在毯子裡拋滾。不過我決計補過贖罪；照騎士道的規則，什麼事都可以挽救。」

桑丘說：「我難道發過什麼誓嗎？」

堂吉訶德說：「你沒發誓也不相干，反正照我看來，你保不住是個從犯。不管怎樣，咱們設法補救總是不錯的。」

桑丘答道：「照這麼說，您可留心，別再把這句話也像您發的誓那樣忘了，也許那群妖魔鬼

1　見第十章，注8，指曼布利諾的頭盔。

怪又要來耍弄我；他們瞧您屢犯不改，連您都要耍弄呢。」

兩人路上說著話，天已經黑了，沒趕上宿頭，也看不見那裡可以投宿。這來苦的是餓得要死，因為丟了褡褳袋，沒東西吃了。禍不單行，他們又遭了意外。這倒絕不是幻想，看來確是一樁奇事。當時暮色蒼茫，他們還只顧趕路。桑丘因為這條路是官道，拿定再走上一、二哩瓦，自然會找到客店。他們走著走著，已經是黑夜了，侍從正餓得慌，主人也在想吃東西；忽見前面路上一大簇點點的光亮，好像一團流動的星星，向他們迎面而來。桑丘一見嚇得心驚膽戰，堂吉訶德也不能鎮靜自在；一個扯緊驢轡，一個勒住馬，都站定了留心觀看究竟。這一簇光漸漸逼近他們，愈近愈亮。桑丘見到這個景象，就像中了水銀的毒[2]，渾身索索亂抖；堂吉訶德一腦袋頭髮森然倒豎起來。他勉強振作精神，說道：

「桑丘啊，沒什麼說的，這番准碰到了最艱巨、最凶險的事，我得把全身的勇氣和力量都使出來才行。」

桑丘答道：「我真倒楣啊！我看這是和妖魔鬼怪打交道的事；如果真是的，我怎麼受得了啊？」

堂吉訶德說：「儘管是十足的妖魔鬼怪，我也絕不讓他們碰到你衣服上一絲絨毛。上次我是因為爬不上那後院的圍牆，才讓他們耍弄了你。這會兒咱們在開曠的野地裡，我可以揮使我這把劍。」

桑丘說：「要是他們又像上次那樣對您使魔法，叫您手腳癱軟在曠野裡又有什麼好處呢？」

堂吉訶德說：「管它怎麼樣，桑丘，我勸你壯起膽來；你親眼瞧瞧，就知道我的膽量了。」

桑丘答道：「只要天從人願，我是要壯起膽來呀。」

兩人退到大路邊，再仔細觀察那簇移動的光。不一會，他們看見許多穿白衣的人[3]。這景象嚇得桑丘洩盡勇氣；彷彿害了瘧疾正在發冷，一個個牙齒都捉對兒廝打起來。他漸漸看清究竟，他的牙齒越加打顫得厲害。那些穿白衣的有二十來個，都騎著牲口，拿著亮煌煌的火把。隨後來一架蓋著黑布的抬床，另有六人騎著牲口伴送。他們連人帶畜披著喪服[4]，只露出騾子的腳——因為走得很慢，分明不是馬。那些穿白衣的一面走，一面喃喃念誦，音調淒沉。黑夜裡又在那麼荒涼的地方，看到這種奇事，怪不得桑丘害怕；他主人若不是堂吉訶德，換了別人，也會害怕的。桑丘已經嚇成一團，堂吉訶德卻一點不怕；他的幻想立刻活靈活現地把這件事構成他書上講的那種奇遇。

他以為那抬床是擔架，擔著個騎士；這騎士受了重傷，或者已經死了，專等他堂吉訶德代為報仇的。他更不打話，托定長槍，馬鞍上坐穩身子，雄赳赳氣昂昂地站在那群白衣人要經過的路當中，瞧他們漸漸走進，就高聲叫道：

「騎士們！或者隨你們是什麼人吧，站住！快快交代：你們是誰，打哪裡來，往哪裡去，這擔架上抬著的又是誰。瞧這光景，不是你們傷害了人，就是受了人家傷害；我該問問明白，或者懲罰你們的罪行，或者為你們報仇雪恨。」

2　西班牙有很多水銀礦，開採的工人中了水銀的毒會渾身發抖。

3　穿白衣的人（encamisados）指穿白襯衣的人。那時候，西班牙戰士夜出襲擊摩爾人，鎧甲上罩白襯衫以為識別；又節日晚上化裝跳舞的人也罩著白襯衣，騎馬舉著火把遊行。

4　他們的喪服是黑色的。

他連忙大聲喊桑丘過來，可是桑丘不願意。原來那些有身分的先生們帶著一匹馱騾，滿載著吃的東西，桑丘正在那裡卸貨呢。他把自己的外衣做成個口袋，盡量地塞滿了東西，裝在自己的驢背上，然後才聽命跑來，幫他主人從騾子身下拉出學士先生，扶他騎上騾，又撿了火把交給他。堂吉訶德叫這位學士去找同夥，並代向他們道歉說，方才冒犯他們是事不由己。桑丘插嘴道：

「假如那幾位先生要知道冒犯他們的勇士是誰，請告訴他們，那是鼎鼎大名的堂吉訶德·台·拉·曼卻，又稱『哭喪著臉的騎士』[5]。」

學士騎騾走了。堂吉訶德問桑丘為什麼這會兒忽然稱他「哭喪著臉的騎士」。

桑丘答道：「我告訴您吧，我在那倒楣人的火把底下瞧了您一會，您剛才也許是因為廝殺得疲勞或掉了牙齒，真是哭喪著臉，沒那麼樣兒的狼狽相。」

堂吉訶德說：「不是那麼回事兒。從前騎士都有綽號：一個叫『火劍騎士』，一個叫『麒麟騎士』，這個叫『姑娘們的騎士』，那個叫『鳳鳥騎士』，另外還有『飛獅騎士』、『骷髏騎士』等等；他們憑這些綽號和標識名聞天下。專管記述我生平事蹟的那位博士一定覺得我也該像他們那樣取個綽號。我說呀，準是那位博士把『哭喪著臉的騎士』放在你的舌頭上和心眼裡了，叫你這會兒脫口就叫出這個綽號來。我打算以後就採用這個稱號，將來有機會，一定請人在我盾牌上畫一個哭喪著臉的像，這個諢名就更顯得恰當了。」

桑丘說：「不必費工夫花錢去畫這幅像；您只消露出臉來，讓人家照照面，不用什麼畫像和盾牌，人家馬上會叫您『哭喪著臉的人』。沒錯兒，真是這麼回事；因為我老實跟您講，先生啊，（我說句笑話）您挨了餓，掉了牙，一幅倒楣相，我剛才說了，哭喪著臉的畫像很可以省掉的。」

堂吉訶德聽了桑丘的趣談呵呵地笑了。不過他還是打算採用這個綽號，照自己的設想去畫他的盾牌。他對桑丘說[6]：

「桑丘啊，我想剛才我是對神聖的東西動手行凶了；按『據此，凡受魔鬼引誘者……』那個條款[7]，我就要被驅逐出教會。可是我確實知道自己並沒有動手，只動用了這支槍，而且當時沒想到是冒犯了教士或教會的什麼東西。我這麼個虔誠的基督教徒，對教會當然是尊崇的，我只以為那是另一個世界的妖魔鬼怪。如果要把我開除出教會，我就記起了熙德・如怡・狄亞斯的事：他當著教宗陛下把一位國王使節的椅子砸了，因此給驅逐出教會[8]；可是照羅德利戈・台・比伐爾那天的行徑，他實在是一個很有體面、很勇敢的騎士！」

5 原文Caballero de la Triste Figura，據馬林注釋，這裡的Triste不作憂愁解，西班牙三百年前所謂triste figura指衣服不整潔，不體面，邋邋遢遢，或形容狼狽。上文桑丘自己解釋為什麼如此稱呼，說是因為堂吉訶德臉容十分mala——就是說：形容狼狽，一副倒楣相。所以這裡譯為「哭喪著臉的騎士」。

6 按馬德里第一版的原文，以下的話是桑丘說的。這就完全不合桑丘的身分，因此引起許多不同的修改。馬林認為不該妄自修改；他按作者本人修改過的第二、三版，改為堂吉訶德的話。

7 堂吉訶德引的是拉丁文，這是一五四五—六三年特倫德（Trento）會議所定的法令的第一句。

8 據《熙德的歌謠》（*Romancero del Cid*），熙德（即西班牙民族英雄羅德利戈・狄阿斯・台・比伐爾）發現聖彼得大教堂裡法蘭西國王的座位設在西班牙國王的上首，就把法蘭西國王的象牙椅子一腳踢翻，椅子碎成四塊。

上文已經說過，那位學士聽了這番話一句不答理，只顧走了[9]。堂吉訶德想瞧瞧抬床上的屍骸是否只剩了骨頭，可是桑丘不答應，說道：

「先生，我看見您冒過多次險，只有這一遭最得手。那些人雖然敗退，也許想到了打敗他們的只是單獨一人，就會又羞又惱，等喘過一口氣，又要來找咱們，給咱們個厲害瞧。這頭驢已經裝備停當，附近就是山，咱們都餓得慌，現在咱們只消開步走就得了。常言道：『死人進墳墓吧，活人且吃麵包。』」

他趕著驢，請主人跟著走。堂吉訶德覺得桑丘說得有理，不再多話，跟著就走。他們在兩座小山中間走了一段路，來到一個寬敞幽靜的山谷裡。兩人下了牲口，桑丘卸下了驢背上的東西；他們餓得胃口正好，就躺在草地上把早飯、午飯、點心、晚飯都併作一頓吃。教士先生們向來不難為自己的肚子，這次伴送屍首，馱騾上帶了好幾簍子熟肉，主僕倆吃了不止一簍，填滿了空肚子。可是他們又遭到一件不如意的事，桑丘認為這事比什麼都糟。原來他們沒有酒喝，連一口白水都不能到嘴。兩人口渴難熬；桑丘看著滿地碧油油的細草，說出一番話，詳見下章。

9 上文學士沒聽這番話就騎騾走了，這是作者失於照顧的地方。

# 第二十章

英勇的堂吉訶德．台．拉．曼卻經歷了破天荒的奇事，卻毫無危險；世上著名的騎士從未有像他這樣安然脫身的。

「我的先生，憑這片草地，可以斷定附近有泉水或河流潤濕了地脈；咱們最好往前走走，也許會找到可以解渴的地方。這會兒渴得厲害，實在比餓肚子還苦。」

堂吉訶德覺得主意不錯，他牽著駑騂難得，桑丘把晚飯吃剩的東西裝上驢背，也牽著驢子，兩人就在草地上摸索著往前走；因為夜色昏黑，什麼都看不見。可是他們沒走得二百步，忽聽得水聲震耳，好像有一股瀑布從懸崖峭壁裡沖瀉下來。他們大為高興，停步傾聽究竟是哪方傳來的；忽然又聽到另一種響聲，攪擾了水聲入耳的快意。桑丘天生懦怯膽小，聽了尤其沮喪。那是有節奏的敲打聲，夾雜著鐵片和鐵鏈的碰擦聲，再加上洶湧的水聲。除了堂吉訶德，誰聽了都會害怕的。上文已經說過，當時夜色昏黑，周圍又都是大樹，輕風吹動樹葉，窸窣作響，陰森可怕。孤零零落在那麼個地方，一片漆黑，只聽得水聲和颼颼的樹葉聲，再加擊拍聲不停，風聲不息，長夜漫漫，又不知身在何處，都叫人心驚膽戰。可是堂吉訶德懷著大無畏的心，跳上駑騂難得，挎著盾牌，挺著長槍，說道：

「桑丘朋友，你該知道，天叫我生在這個鐵的時代，是要我恢復金子的時代，一般人所謂黃金時代。各種奇事險遇、豐功偉績，都是特地留給我的。我再跟你說一遍，我是有使命的。我要光復圓桌騎士、法蘭西十二武士、世界九大英豪的事業。那些普拉底爾呀、塔布朗德呀、奧利房德呀、悌朗德呀、斐伯呀、貝利阿尼斯呀，以及前代著名的全夥游俠騎士，都要給我比下去。因為我要在當今之世，幹大事，立大功，拿出驚人的武力，襯得他們最輝煌的成就都黯然無色。忠誠的待從啊，你可注意，今夜這一團漆黑，這樣寂無人聲、樹林裡這些低沉嘈雜的聲息、咱們跑來尋找的水源發出這樣可怕的響聲、好像是從月亮的高山上沖瀉下來的，再加這一片擊拍不停的刺耳聲——種種湊合一起，或單獨的每一樁，都可以使戰神也心驚膽落，何況沒慣經這類驚險的人呢。可是這種種只激發了我的勇氣，使我一顆心按捺不住，不論多麼危險，也要嘗試一番。所以，你把駑騂難得的肚帶緊一緊，咱們分手吧。你在這裡等我三天，不用多，到時我不回來，你就可以回家。你回家以後，為了照應我和幫助我[1]，請到托波索去走一遭，通知我那位絕世無雙的杜爾西內婭小姐：她所顛倒的騎士為了不辱沒她，要幹些事業、爭些體面，就此送命了。」

桑丘聽了主人的話傷心痛哭道：

「先生，我不懂您為什麼要去冒這種凶險。現在正是黑夜，這裡又沒人看見，咱們盡可以繞道避開，哪怕三天不喝水也使得。既然沒人看見，更不會有誰說咱們膽怯。還有一層，咱們村上的神父您是很熟的，我聽他講道說：『尋找危險的人，危險裡送命。』[2]所以咱們不應當幹這種驚人的大事去招惹上帝；這種事一旦遭到了，只有靠奇蹟才脫得難。老天爺已經保全了您，沒像我那樣給人家兜在毯子裡耍弄；您和伴送屍體的一大群人打架，又讓您占了上風，平安無事，老天爺為您顯的奇蹟已經夠多的了。況且您一離開這裡，不管誰來搶我的靈魂，我準嚇得馬上送掉；假如我剛才的話感化不了您的硬心腸，您就顧念這一點，回心轉意吧。我離了家鄉，拋下老婆孩子來伺候您，滿以為是上算的，不是吃虧的。可是，『貪心撐破了口袋』[3]，貪心照樣也打破了我的盼望；我對您多次許我的倒楣海島正盼望得緊，以為馬上可以到手，誰知道海島不給我，現在卻要把我撇在這麼個人跡不到的地方。我的先生，您瞧上帝份上，別對我這麼不講理呀。您一定要幹這件事，不肯罷休，那麼至少也等天亮再說。據我牧羊的時候學到的竅門，再等三個鐘頭天就亮了，因為小熊星的嘴巴正在頭頂上，它跟左胳膊成一直線的時候恰是半夜。」

堂吉訶德說：「桑丘，今夜一片漆黑，天上一顆星都不見，你說的成一直線呀、嘴巴呀、腦袋呀，你怎麼瞧出來的？」

桑丘說：「您說得不錯。可是怕懼有許多眼睛，地層底下的東西都看得見，天上的更不用說。況且想情度理，分明是不一會兒就要天亮了。」

堂吉訶德說：「管他一會兒、不一會兒，反正不論現在或任何別的時候，總不能說我因為人家哭呀、求呀，就放棄了騎士應盡的責任。所以，桑丘，你甭再多說。上帝這會兒既然要我立志冒這個破天荒的奇險，自然會保護我平安，叫你寬心。你只需把駑騂難得的肚帶束緊，在這裡等著我。我活也罷、死也罷，趕緊就要回來的。」

桑丘瞧他主人拿定主意，滿不理會自己的勸告哭求，就決計憑搗鬼來強迫他等待天亮。他在

---

1　遺囑和公文上的套話。
2　西班牙諺語。
3　西班牙諺語。

束緊馬肚帶的時候，悄悄兒人不知鬼不覺地用驢子的韁繩拴住駑騂難得的前腿。堂吉訶德要動身卻動身不得，因為那匹馬不會跑只會跳了。桑丘・潘沙瞧自己的詭計有效，就說：

「哎！先生，老天爺瞧我流淚央求動了慈悲，叫駑騂難得不能跑了。您如果還要固執，只顧踢牠，硬要牠走，就會觸犯造化之神，就是老話說的『向釘子上硬碰』。」

堂吉訶德很著急，越使勁踢馬，總不能叫牠走動。他想不到馬腿會拴住，覺得還是捺定性子等天亮，或者等駑騂難得能夠走路再說。他沒料到桑丘搗鬼，以為另有緣故，所以他說：

「桑丘，既然駑騂難得不能行走，我只好等待黎明開顏微笑了。可是她遲遲不來，我是哭著等待呢。」

桑丘答道：「不用哭啊，我可以給您講故事消遣，等著天亮。不過您也許要照游俠騎士的習慣，下馬在青草地上睡一會；這樣呢天亮以後，到您要去冒眼前這番奇險的時候，就越發精神抖擻了。」

堂吉訶德道：「還說什麼下馬、什麼睡覺呀？難道我是那種臨危偷安的騎士嗎？你生來是貪睡的人，你睡你的，你要幹什麼隨你去。我可有和自己志趣相稱的事要幹呢。」

桑丘答道：「我的先生，您別生氣，我說的不是那意思。」

他挨到堂吉訶德身邊，一手在馬鞍前，一手在馬鞍後，抱住了他主人的左腿，一步不敢分離；他實在是給那不停的、有節奏的敲打聲嚇壞了。他剛才說要講個故事給主人消遣，堂吉訶德就叫他講。桑丘回答說，要不是聽著那個聲音心慌，他確是要講的。

「不過我還是勉強講一個吧。我要是能講到底，沒人打攪，那是個很妙的故事。您請留心聽著，我這就講了。往事已成過去，將來的好事但願人人有份；壞事呢，留給尋求壞事的人……[4]。我的先生，我告訴您，古人講故事，開場白不是隨口亂說的，這是羅馬檢查官加東的一句名言，說是『壞事呢，給尋求壞事的人』。這句話恰好當景，好比指頭上套個戒指那麼合適。這就是叫您待在這裡，哪兒都不要去尋求壞事。那條路既然這麼可怕，沒人逼著咱們，咱們還是走別的路吧。」

堂吉訶德說：「桑丘，把你那故事講下去，咱們該走哪條路由我作主。」

桑丘接下說：「那麼，我講。埃斯特瑞瑪杜拉一個村子裡有一個牧羊人，就是說啊，一個看羊的。據我這故事裡說，這個牧羊人或是看羊的名叫羅貝・汝伊斯。這個羅貝・汝伊斯愛上了一個牧羊姑娘，她叫托拉爾巴。這個牧羊姑娘托拉爾巴的爸爸是個有錢的牧戶。這個有錢的牧戶……」

堂吉訶德說：「桑丘，照你這個講法，每句話都重複兩遍，你這故事說兩天也沒個完。你該像有頭腦的人那樣連連貫貫地講啊，不然就別講了。」

桑丘說：「我們村裡講故事都像我這樣，我沒有別的講法，您也不該叫我另改新樣兒。」

堂吉訶德說：「隨你怎麼樣講，反正我命裡注定只好聽你的，你講下去吧。」

桑丘接著說：「那麼，我的親愛的先生啊，我剛才是這麼講的，這牧羊人愛上了牧羊姑娘托拉爾巴。她是個又胖又野的姑娘，帶點兒男人相，因為她有些些鬍子。她現在彷彿就在我眼前呢。」

堂吉訶德說：「原來你認識她？」

4 西班牙民間講故事，往往用這種方式開場。

桑丘答道：「我不認識她。不過跟我講這故事的人說，事情千真萬確，轉講給別人聽的時候，盡可以一口咬定，並且發誓說都是親眼看見的。且說，一天去，一天來，魔鬼是不睡覺的，什麼事都搗亂；他挑撥一番，把牧羊人對牧羊姑娘的愛情變成厭恨。緣故呢，據人家的貧嘴惡舌，說是這位姑娘害他吃了點醋，她的行為出了格，犯了規。牧羊人從此對她厭惡入骨，情願離開家鄉，跑到永遠見不到她的地方去，免得跟她照面。托拉爾巴雖然從來不愛羅貝，這會子瞧羅貝嫌棄她，馬上就愛得他不得了。」

堂吉訶德說：「這是女人的常態：誰愛她呢，她瞧不起；誰嫌她呢，她就愛。講下去吧，桑丘。」

桑丘說：「後來牧羊人打定主意，並且想到就做到。他趕著自己的一群羊，經過埃斯特瑞瑪杜拉郊原，打算進葡萄牙國境。托拉爾巴知道了就去追他。她赤腳步行，遠遠地跟在後面，手裡拿一支杖，脖子上搭一只褡褳袋，據說裡面帶著一面鏡子、一把梳子，還有一瓶搽臉的不知什麼油膏。且不去管她帶些什麼東西吧，我這會兒懶得追根究柢了。我只說，據這個故事，牧羊人帶著一群羊要渡過瓜狄亞納河。那時候正是水漲，差點就要漫上岸來。他到了河邊，附近沒一艘船，沒一艘小艇，也沒有擺渡的人把他和一群羊渡到對岸去。他非常著急，因為眼看托拉爾巴已經快追上他了，她準要哀求痛哭，糾纏個不休。他四下裡極力尋找，居然找到一個漁夫，旁邊有艘小船。船小得很，只容得一個人和一隻羊。他顧不得許多，跑去情商，講定由這個漁夫把他和他的三百隻羊擺渡過河。漁夫上船把一隻羊渡過河去，回來又把一隻羊渡過去，又回來又把一隻羊渡過去。漁夫擺渡幾隻羊，您可記清楚了，要是漏掉一隻，故事就完了，一句也講不下去了。我連著講吧，且說對岸下船的地方都是爛泥，滑得很，漁夫一去一回要耽擱很久。可是他回來又擺渡一隻，又一隻，又一隻。」

堂吉訶德說：「你就算全都過去了吧，別這樣去一趟、來一趟的，說一年也擺渡不完。」

桑丘說：「這會已經擺渡幾隻羊了？」

堂吉訶德說：「我哪裡知道。」

「我早說過，您得記清楚了；現在，天曉得，這故事就此完了，講不下去了。」

堂吉訶德說：「哪有這種事？擺渡幾隻羊的數字何關緊要，數錯一隻故事就講不下去了？」

桑丘答道：「講不下去了，先生，怎麼也講不下去了。因為我問您渡了幾隻羊，您說不知道，就在這個當兒，底下的事都從我腦筋裡跑了；底下的事實在是很有意思、也很有趣味呢。」

堂吉訶德說：「照這麼說，故事就是完了？」

桑丘說：「跟我媽媽一樣的完了。」

堂吉訶德說：「老實告訴你，你這個寓言或故事或歷史新鮮極了，誰都想不出來；你這種講法和這種結尾法是從來沒有的[5]。當然，我沒指望你這副好頭腦想得出別種故事。我並不奇怪，那敲打不停的聲音大概攪得你頭腦糊塗了。」

桑丘說：「您怎麼解釋都行，反正我就知道我這故事沒法再講下去；擺渡了幾隻羊的數目一錯，故事到那裡就完了。」

堂吉訶德說：「隨它愛哪裡完就哪裡完吧。咱們且瞧瞧駑騂難得能不能走路了。」

他又去踢馬，馬又跳了幾下，還停留在原處；牠的兩腿拴得非常牢固。

5 這個故事很古老，從十二世紀以來在西班牙就流行。

這時候快要天亮了，桑丘不知是著了清早的涼氣，還是晚飯吃了滑腸的東西，更可能是因為自然之理，他急要幹一件別人替代不了的事。可是他膽小得要命，連手指甲的黑邊緣那麼寬的幾分幾毫都不敢離開他主人。他的水火事不幹又不行。他就用個折衷辦法，放開搭在鞍後的右手，輕輕解開褲帶上的活扣。他的褲子全靠這條帶子繫住，帶子一解，褲子馬上掉下來，像腳鐐似的套在腳上。然後他高高掀起上衣，露出兩瓣不很小的屁股。他滿以為到此已經過了難關，不料難的還在後面：他方便的時候要不出聲響實在辦不到。他咬緊牙根，縮攏肩膀，狠命屏住氣。可是不幸得很，白費了許多力，終究還是走漏了一點聲音，和嚇得他膽戰心驚的那個聲音大不相同。堂吉訶德聽見了，說道：

「桑丘，這是什麼響？」

他回答：「不知道啊，先生，準是出了什麼新的亂子；險事和倒楣事總是大夥一起來的。」

他再碰碰運氣，居然很順利，沒像前番那樣；他沒再出聲，沒再折騰，就把憋在肚裡的那堆東西出脫乾淨。可是堂吉訶德的嗅覺和聽覺同樣靈敏，桑丘和他又是緊緊挨在一起的，一陣陣氣味直往上冒，不免向堂吉訶德的鼻孔裡鑽進一些去。他趕緊捂住鼻子，用兩指緊緊捏住，齉著鼻子說：

「我瞧啊，桑丘，你是嚇壞了。」

桑丘說：「對呀，可是您怎麼這會兒忽然知道了呢？」

堂吉訶德說：「因為你這會兒身上的味道比往常濃郁了，而且不是龍涎香的味道。」

桑丘說：「很可能。不過這怪不得我，卻要怪您半夜裡帶我到這種荒僻的地方來。」

堂吉訶德兩個指頭還捏著鼻子，說道：「朋友，你走開幾步吧。以後對自己一身多檢點些，對我也該有個分寸。我把你慣壞了，你就這樣不拘禮貌。」

桑丘說：「我可以打賭，您準以為我方便一下是放肆了。」

堂吉訶德答道：「桑丘朋友啊，『還是少攪拌為妙』[6]。」

主僕倆說著話，過了一夜。桑丘瞧天快要亮了，就輕輕解開駑騂難得的束縛，自己也繫上褲子。這匹馬生來好性子，可是這會兒一恢復自由，就發脾氣似的只顧用前蹄撲地——因為不是小看牠，牠實在不會蹦跳。堂吉訶德瞧駑騂難得能活動了，認為是好兆，他相信這就是敦促他去冒險。這時已經天亮，東西都看得清楚。堂吉訶德發現四周都是很高的栗樹，遮得陽光不透。他聽那敲打的聲音還是不停，卻不知從哪裡來的。他不再猶豫，踢動駑騂難得準備出發，臨行再次向桑丘告別，叫桑丘在這裡至多等待三天，照他上次的話，過了三天他如果不回來，那就是上帝的意旨叫他在這番冒險裡送命了。他又講到託桑丘向杜爾西內婭傳送的口信。至於桑丘的工錢，他說不用著急，他離鄉前已經立下遺囑，寫明按桑丘當差多久，該多少工錢如數照付；不過如果上帝保佑他安然脫險，一無損傷，那麼，答應給的桑丘海島可以千拿萬穩。桑丘聽他的好主人又說這套叫人傷心的話，又哭起來；他打定主意，他主人這件事情沒有完結，他絕不離開。

本傳作者憑桑丘・潘沙的眼淚和高尚的決心，斷定他是好出身，至少是老基督徒。堂吉訶德看到他侍從的情意，有點心軟，不過還不至於流露出來，只裝得聲色不動，尋著水聲和拍打聲一路跑去。桑丘步行跟隨，照例牽著他的驢；他交運也罷，倒運也罷，和這頭毛驢總是形影不離的。他們在綠蔭沉沉的栗樹底下走了好一段路，忽見高山下面一片草地，一股洶湧的瀑布從岩石

---

6 西班牙諺語，指煮米將熟，不宜攪拌，攪拌就壞了。

裡沖瀉下來；山腳下有幾間破屋，看樣兒不像房子，卻像倒塌的房基。他們發現還直在拍打不停的響聲就是從這裡出來的。駑騂難得聽了水聲和拍打聲很害怕，堂吉訶德安撫著牠，一步步向那幾間屋子跑去，一面向他的意中人虔誠禱告，他遭到了危險，求她保佑；順便也禱告上帝照應，不要拋棄他。桑丘緊緊跟在後面，拚命伸著脖子，突出眼珠兒，在駑騂難得腿縫裡張望，想瞧瞧究竟什麼東西嚇得自己這樣心驚肉跳。他們又走了一百步左右，在一個轉角處，赫然真相大明，疑團盡消。他們聽來陰森可怕的聲音，一夜來攪得他們提心吊膽的事，（讀者請勿見怪）原來是壓布機上六個大槌子交替著拍打，造成的一片喧響。

堂吉訶德一看原來如此，瞪著眼直發愣，一句話都說不出來。桑丘瞥了他一眼，只見他把腦袋直垂到胸前，滿面羞慚。堂吉訶德也瞧了桑丘一眼，見他鼓著兩個腮幫子，含著滿嘴的笑，分明就要憋不住了。他儘管心裡懊惱，看到桑丘這副模樣也不禁笑起來。桑丘瞧他主人先開了頭，就放肆了，他笑得只好兩手捧著腰，免得笑破肚皮。他忍住四次，可是忍住了又笑起來，笑得跟原先一樣厲害。堂吉訶德瞧他這樣，已經冒上火來，禁不起他又連譏帶諷，學著自己的腔吻說：「桑丘朋友，你該知道，天叫我生在這個鐵的時代，是要我恢復黃金時代或金子的時代，各種奇事險遇、豐功偉績，都是特地留給我的。」當初堂吉訶德聽了這可怕的敲打聲，說了一席話，這時桑丘差不多照樣學了一遍。

堂吉訶德瞧桑丘拿他挖苦取笑，惱羞成怒，舉槍把他打了兩下。這兩下要不是打在背上而打在頭上，他就從此不用付工錢了，除非付給桑丘的繼承人。桑丘開了玩笑大討沒趣，怕他主人還不罷休，忙賠著小心說：

「您別生氣，天曉得，我是開玩笑。」

生的主子來頌讚。」

堂吉訶德說：「你要這樣，就能在這個世界上生存了[9]。尊敬父母是第一要緊，其次就是把主人也當父母那樣尊敬。」

9 西班牙諺語：馴良、和善、懦弱的人，將在這個世界上生存。

# 第二十一章

## 我們這位無敵騎士贏得曼布利諾頭盔的大冒險和大收穫，以及其他遭遇。

這時下起小雨來了。桑丘想和他主人到壓布機的機房裡去躲躲，可是堂吉訶德為了那場惹氣的笑話，對壓布機深惡痛絕，怎麼也不肯進去。他們就往右一拐，走上一條昨天沒經過的路。走了一程，堂吉訶德看見一個人，騎著馬，頭上戴著個閃閃發亮的東西，好像是金的。他一見立刻轉身對桑丘說：

「照我看來，桑丘，老話沒一句不真，因為都是從經驗來的，而經驗是一切學問之母。老話說：『這扇門關了，那扇門就開』[1]，這是尤其千真萬確的。我這樣說有個緣故。昨晚運道也許用壓布機欺騙咱們，關上了咱們尋找奇事的門，今天卻給咱們大大地敞開了另一扇門，讓咱們去找更美好、更確實的奇事。我要不及時趕進這扇門，就得自己認錯，不能再說是對壓布機少見多怪或者黑夜裡看不真。為什麼呢？我要是沒看錯，有人朝咱們這邊來，頭上就戴著曼布利諾的頭盔呢。我為這只頭盔發的誓，你是知道的。」

1 西班牙諺語。在安達魯西亞另有個說法：「如果關上一扇門，另會開出一百扇門。」

桑丘說：「您說話得仔細，幹事更得仔細啊。我但願別又是捶打得咱們昏頭昏腦的壓布機之類。」

堂吉訶德說：「你這該死的傢伙！頭盔跟壓布機又有什麼相干呀？」

桑丘答道：「我不知道。不過，老實講，我要是能像往常那樣多話，我也許能說出一番道理，說明您這話是錯了。」

堂吉訶德說：「你這顧慮重重的混蛋！我剛才的話怎麼錯了？你倒說說。你就沒瞧見對面來了一位騎士，騎著一匹花點子的灰馬，頭上戴著一只金子的頭盔嗎？」

桑丘說：「我只瞧見一個人騎一頭驢，——像我這驢似的一頭灰驢，他頭上戴著個閃亮閃亮的東西。」

堂吉訶德說：「那就是曼布利諾的頭盔呀！你走開，單讓我來對付他。你可以瞧瞧，我一句話不用說，馬上就能完事，把我一心想望的頭盔弄到手。」

桑丘說：「我會小心躲開，不過，我再說一遍，但願天保佑，這是香菜[2]，不是壓布機。」

堂吉訶德說：「老哥，我跟你說過了，再別提壓布機的話，連影兒都別提，我發誓……我不多說[3]，我會打得你靈魂出竅呢！」

桑丘不再作聲，生怕他把張成圓形的嘴裡發的那個誓[4]，當真幹出來。

且說堂吉訶德看見的頭盔呀、馬呀、騎士呀，是怎麼回事。那裡附近有兩個村子：一個村子很小，村上既沒有藥劑師的鋪子，也沒有理髮師[5]；和這個村子接境的另一個村子上卻都有。所以大村子裡的理髮師也為小村子服務。這小村子裡有個病人要放血，又有個人要剃鬍子，理髮師就帶著銅盆到小村子裡去。他去的時候恰巧下雨，他的帽子大概是新的，怕沾濕，所以把盆頂在頭上。那盆擦得很乾淨，半哩瓦以外都閃閃發亮。他騎的驢就像桑丘說的，是一頭灰驢。堂吉訶德眼裡就看成了花點子的灰馬呀、騎士呀和金子的頭盔。因為他按照自己那套瘋狂的騎士道想入非非，把所見的東西一下子都改變了。他心目中的那位倒了楣的騎士走近前來，他更不打話，縱馬挺槍，直向那人刺去，一心要把他刺個對穿。他和那人劈面相迎，並不勒住馬，只喊道：

「奴才！動手自衛！要不，就把我份裡的東西雙手獻出來！」

理髮師做夢也沒想到或防到這種事，看見這個怪東西迎面衝來，只好滾鞍下驢，躲過他的長槍。他比雄鹿還矯捷，身子剛著地，立刻跳起來往曠野裡飛跑，風都追他不及。他把盆兒丟在地上；堂吉訶德見了很得意，說道：「海獺看見獵人追趕，憑本能知道是要牠身上的一件東西，就用牙把那件東西咬下來；這個異教徒很乖，也學了海獺的樣。」他吩咐桑丘把頭盔撿起來。桑丘雙手撿起，說道：

「啊呀，這盆兒真不錯！要說值錢的話，至少也值一個當八的銀瑞爾！」

他把盆交給他主人。堂吉訶德拿來立刻戴在頭上，轉過來，轉過去，想找面盔的部分，可是

2 西班牙諺語：「但願上帝保佑，這是香菜（orégano），不是草（alcarabea—類似芫荽的草）。」又一說：「別以為滿山都是香菜。」桑丘只說了諺語的上半句。

3 發誓是憑神明來證明自己的真誠，但後來變成罵人或洩怒之辭。呼上帝之名罵人洩忿是褻瀆神明，紳士和騎士不行得那樣。所以堂吉訶德發的誓只用三個點子和「我不多說」來包含。

4 原文是「圓球似的誓」，因為發誓（voto á Dios）時嘴是圓的。

5 那時歐洲的風俗，理髮師以醫療為副業。

找不到。他說：

「這只有名的頭盔當初是配著一個異教徒的頭形鑄造的，那人的腦袋一定大得很。可惜這東西缺了一半。」

桑丘聽他把盆兒叫做頭盔，忍不住好笑；可是想到他主人的火氣，笑了一半忙又忍住。

堂吉訶德說：「桑丘，你笑什麼？」

他說：「我是想到那位異教徒原主的腦袋那麼大，這只頭盔完全像一只理髮師的盆兒了。」

「桑丘，我告訴你我是怎麼想的。這只有名的神盔，大概是由意外事故，落在一個外行人的手裡，那人不識貨，不知道它的價值，瞧是純金鑄成的，一定就糊裡糊塗把那一半熔化賣錢了，把剩下的一半做成這麼個東西，看著就像你說的理髮師的盆兒。不過，隨它是怎麼回事，反正我識貨，不在乎它變樣。回頭哪個村子裡有金匠，我叫他修理一下，要修得像鍛神替戰神打造的東西一樣好[6]，甚至更好。目前我就湊合戴上，總比沒有頭盔好；如果有石子打來，就可以抵擋。」

桑丘說：「可以呀，只要人家不用彈弓來彈你。上次那兩支軍隊混戰的時候，他們用彈弓打的石子，打折了您幾個大牙，把害我嘔掉腸子的萬應神油的罐兒也砸破了。」

堂吉訶德說：「損失那些油我並不心疼，因為你知道，桑丘，那個藥方我記在心上呢。」

桑丘答道：「我也記得呀。可是我這一輩子如果去按方配製，或者再喝點試試，天叫我馬上就死！而且我打算動用身上的五官一起護著自己，既不受傷，也不傷人，壓根兒用不著這種藥。至於再給人兜在毯子裡拋呢，這話我不提，因為這種倒楣事沒法預防，碰到了只好縮著肩、屏住氣、閉上眼，聽憑命運和毯子拋送。」

堂吉訶德聽了這話，說道：「桑丘啊，你這個基督徒很糟糕，吃了人家一次虧，老也不忘記。你該知道，偉大的心胸不計較細事。你難道折了腿、斷了肋骨、破了腦袋嗎？你就念念不忘記那番玩笑呀？仔細想來，那是捉弄你，鬧著玩兒的。我如果沒看明這點，早回去為你報仇了；我要為你幹的事，準壓倒希臘人為拐走海倫而造成的浩劫[7]。其實那位海倫如果活在現代，或者我的杜爾西內婭活在那個時代，可以拿穩了說，海倫的美貌不會有那麼大的名氣。」

他說到這裡，長嘆一聲，把嘆息送上雲霄。桑丘說：

「就算是開玩笑吧，反正也不能認真報仇。隨它是認真、是玩笑，反正我嘗到那個滋味了，也知道那是我身上抹不掉、心上忘不了的。這些都不去說它，我請問您，您把那個曼低諾[8]打倒了，他那匹看來像灰驢的灰點子花馬，撇在這裡沒著沒落，咱們把牠怎麼辦？照那個人拔腿飛跑的樣子，不見得再會回來找牠。天啊！好一匹灰驢啊！」

堂吉訶德說：「我向例不剝奪我手中敗將的東西。按騎士道的規則，也不准剝奪他們的馬匹，叫他們步行。除非打仗的時候，勝者損失了坐騎，才可以奪取敗者的馬作為合法的俘獲。所以，桑丘，這匹馬呀、驢呀，不管你當牠什麼東西吧，你隨牠去；牠主人等咱們走了會回來找牠的。」

桑丘說：「我真恨不得牽了走呢！至少把自己的驢和牠對換也好，我覺得我的驢沒牠那麼

6　堂吉訶德記錯了，鍛冶之神並沒有替戰神鑄造過兵器，他為了捉拿自己的妻子（愛神維納斯）和戰神的私情，鑄造了一個精巧的網，把他們倆一起罩在網裡。

7　引用特洛伊王子劫走希臘美人海倫，希臘聯軍攻破特洛伊城的典故。

8　桑丘想說曼布利諾，但是說錯了。

棒。騎士道的規矩實在是嚴厲，連換掉一頭毛驢兒都不准。我請問您，驢子身上配備的東西，總可以掉換吧？」

堂吉訶德答道：「這個我可不大清楚，我拿不定，還得仔細研究呢；你如果急切需要，暫且讓你換吧。」

桑丘說：「急切得很，即使是我自己身上穿的戴的，也沒那麼急迫的需要。」

他得到許可，馬上舉行換帽禮[9]，把自己的毛驢裝扮一新，比原先漂亮好幾倍。然後他們吃了些馱驢上抄來的乾糧，又喝了些推動壓布機的溪水；只是背著臉不看那些壓布機。他們受了驚嚇，對那些東西深惡痛絕。

他們飢火已平，氣惱也消了，兩人騎上牲口，不擇道路，隨駑騂難得任意而行；因為這樣才是游俠騎士的本色。馬的主人隨著馬的意向，就連那頭毛驢也那樣，總是又親熱又和順地跟著那匹馬；馬到那裡，驢就跟到那裡。他們終究又回到大路上，毫無定向，只順著大路隨便跑。

他們一路走，桑丘對主人說：

「先生，您許我跟您說一兩句話嗎？自從您下了那道嚴厲的命令不讓我說話，我肚子裡好些東西都悶得發霉了。這會兒我舌頭尖上有句話要說，我不願意憋壞了它。」

堂吉訶德說：「你說吧。話要簡短，囉哩囉嗦就沒趣。」

桑丘說：「那麼，先生，我就說了。這幾天我老在想；您在荒野裡和四岔路口來回冒險，到手的好處實在是太少了；即使克服了天大的凶險，成了大功，也沒人看見，沒人知道，當然也永遠埋沒了，這就虧負了您的心願和您的一番事業。所以我想，除非您有更好的主意，咱們最好還是去投奔一個正在打仗的皇帝或國王，您替他效勞，可以顯顯您的身手、您了不起的力氣和更了不起的頭腦。咱們投奔的主子看到了這種種，一定按咱們各自的功勞酬報咱們；他那裡一定也有人把您的事蹟寫下來，一代代流傳下去。我幹的事就不提吧，因為不過是侍從的事罷了。如果按騎士道的規則，侍從幹的事也行得記下來，那麼我敢說，我的事不該隻字不提。」

堂吉訶德答道：「桑丘，你說得不錯。但是一個騎士要達到這個地步，先得四面八方去冒險，經受考驗；等功成名就，一旦到了哪一國的京城，那裡已經久聞他的大名了。他進了城，小孩子一見立刻跟上來圍住他，大喊：『這是太陽騎士呀！』『蛇騎士呀』，或者其他徽號的騎士，反正他是在那個徽號下幹了大事業的。他們會說：『這是單槍匹馬戰勝大力巨人布洛咖布魯諾的騎士呀！禁咒了將近九百年的波斯國瑪梅魯戈大帝，靠這位騎士破了魔法的呀！』他的事蹟就這麼一傳十、十傳百地播開了。後來國王在宮殿裡聽到小孩子和許多別人的嚷嚷，趕到宮殿窗口，一看見這位騎士，憑鎧甲或盾牌上的徽章認出他是誰，就不由自主地喊道：『啊呀，騎士道的模範來了！我滿朝的騎士們快出去迎接呀！』大家奉旨趕出去，國王親自跑到半樓梯，緊緊擁抱了這位騎士，和他行吻面禮，然後攙手帶他到後宮，會見了王后和公主。這位公主的才貌反正是當代第一、舉世無雙。她立刻凝目注視著騎士，騎士也盯著公主看，都覺得對方像天神一般，不是凡人。他們不知怎麼的給撩撥不開的情網套住了，卻不知怎樣表達愛慕的情意，心上非常痛苦。隨後准有人把騎士送到陳設富麗的房間裡，替他卸下盔甲，又拿一件華麗的紅袍給他穿上。他披戴著盔甲就夠漂亮的，換上便服越顯得風度翩翩。當晚他和國王、王后和公主同進晚餐。他兩眼離不開公主，只顧偷偷看她；她也乖覺地偷眼看騎士，因為據我剛才的話，她是一位很慎重的姑

9　換帽禮（mutatio caparum），天主教的儀節：復活節日，大主教和教長脫掉冬天的衣帽，換上春天的衣帽。

娘。飯罷，忽有個又醜又小的侏儒進餐廳來，後面跟著一位漂亮的傅姆，兩個巨人陪在她左右。她提出了一件艱險的事，是古代一個法師造成的，誰能完成這事，就公認他是天下最好的騎士。」

「國王命令在場的騎士都嘗試一下，大家都不行，成功的只有這位作客的騎士，這就越發增長了他的名望。公主快活極了，她愛上這樣傑出的人物，更覺得心滿意足。無巧不巧，這位國王、或王子、或隨他是什麼，正和一個勢均力敵的敵人苦戰。作客的騎士在宮裡住了幾天，要求參戰，為國王效勞。國王一口應允，騎士恭恭敬敬地對國王吻手謝恩。這天晚上，他去向公主告別。公主臥房的窗對著花園，她曾經隔著窗子的柵欄和騎士談過好幾次話；她的心腹侍女替她傳遞消息。當時騎士長吁短嘆，公主昏厥過去，侍女忙去舀涼水；侍女很著急，因為天快亮了，怕私情洩漏，壞了公主的名譽。後來公主醒過來了，她把一雙白手從柵欄裡伸給騎士；騎士就千遍萬遍地親吻，把眼淚沖洗這雙玉手。兩人約定怎麼樣互通或好或壞的消息。公主要求他盡早回來；他連連發誓允諾。他再次吻了公主的手和她告別，心上說不盡的難受，簡直要活不下去了，回屋倒在床上，滿腔離愁，一夜沒睡。他大清早起來，向國王、王后和公主辭行；可是只見到國王和王后，聽說公主不舒服，不能見他了。騎士知道她是為了離別悲傷，只覺得萬箭攢心，差點兒臉上流露出來。牽線的侍女當時在場，都看在眼裡，回去告訴公主，公主聽了不禁流下淚來。她說，她最苦惱的是不知這位騎士什麼出身，是否帝王的後代。侍女一口保證說，他如果不是帝王公侯的子孫，絕不會這麼高貴、溫文、勇敢；這話安了公主的心。她極力自己寬慰，免得父母看出她的心病。過兩天，她也就在公共場所露面了。這位騎士早走了；他投入戰爭，征服了國王的敵人，奪得許多城池，打了好幾次勝仗。他回宮和公主在經常相會的地方見了面，約定由他去要求國王酬報他的功勳，把公主嫁給他。國王不答應，因為不知道他的出身。可是，他和公主兩人私奔了，或者別有什麼辦法，公主終究做了他的妻子。國王對這樁婚事很滿意，因為後來發現騎士的父親原來是一位英勇的國王。我不知道他的國土在哪裡，因為我想地圖上是不會有的。父王去世，公主繼承，這位騎士轉眼做了國王。這就該論功行賞了；侍從和所有幫他登上寶座的人都有賞賜。新王把公主的一個侍女配給侍從——不用說，她就是那個牽線的侍女，她父親是一位很顯赫的公爵。」

桑丘說：「正合了我的心願；這得實實在在，沒有虛假。我就是這樣指望的，事情準會像您剛才講的那樣，一一應在您這位哭喪著臉的騎士身上。」

堂吉訶德答道：「桑丘，這還用說嗎？從前游俠騎士做到帝王就是這樣一步步上去的。現在只要看哪個基督教或異教的國王正在打仗，又有美貌的女兒。不過現在還顧不到這點，因為我已經說過，上朝之前，先得在別處顯身手，揚名氣。況且我還有個缺陷：假如有國王正在打仗，他又有美貌的女兒，而我已經名滿天下，我卻不知道怎麼能發現自己是帝王的子孫，就連叔伯的親戚也攀不上。國王要是這方面拿不穩，即使我功勳顯赫，盡配得過公主，他也不肯把公主嫁我呀。所以我只怕就為這一點缺陷，白費了力氣，還是一場空。當然，我出身舊家，有財產，還有權利要求五百蘇艾爾多的罰金[10]，說不定將來為我寫傳的博士會把我的祖宗考查清楚，發現我原來是什麼國王的第五、六世孫。我告訴你，桑丘，世界上有兩種家世：一種是從帝王傳下來的，

10 蘇艾爾多（sueldo），幣名，約值半個瑞爾。按西班牙中世紀的法律，貴族如人身受到侵犯，可要求五百蘇艾爾多的賠償。

一代代衰落，到末了只剩了一個點，像個底在上、尖在下的金字塔；另一種是從平民開始，步步高升，直升到公侯。兩種家世不同：一種喪失了過去的地位；一種取得了過去未有的地位。我的家世大概是前一種。據考證，我也許是名門望族出身，將來做我丈人的國王準會滿意。即使他不滿意，公主對我準是一片痴情，明知我是挑水夫的兒子，也會不顧父命，把我認作家主和丈夫。不然的話，我就搶了她，隨意把她帶到別處去，等過些時候，或者等她父母身死，他們的氣惱也就完了。」

桑丘說：「這裡正用得上一句混蛋的話：『硬搶也能到手，何必向人乞求。』不過還有句話更當景：『實心眼兒求人，不如一走脫身。』我說這話有個緣故。做您老丈的國王陛下如果不肯回心轉意，把公主小姐嫁給您，那就別無辦法，除非像您說的，搶了她帶到別處去。不過這樣也不妥；您還沒跟他們講和，還沒安安頓頓做上國王呢，這個時候，可憐的侍從對他那份賞賜，還得瞪著眼乾等吧？除非將來做他老婆的心腹侍女跟著公主一起逃出來，和他同過苦日子，等老天爺另作安排——因為我相信他主人一定馬上把侍女賞他做正室夫人了。」

堂吉訶德說：「這是誰也不能阻擋的。」

桑丘說：「那麼咱們只消靠上帝保佑，隨命運去安排了。」

堂吉訶德說：「桑丘啊，隨上帝照我的願望和你的需要去安排；『誰自卑自賤，就是卑賤的人』[11]。」

桑丘說：「隨老天爺安排吧。我是個老基督徒，我能做到伯爵就足夠了。」

堂吉訶德說：「還不止呢。即使你做不到伯爵也不要緊，因為我既然是國王，就可以封你爵位，不用你花錢買，也不用你格外效勞。我封你做了伯爵，你馬上就是紳士了，人家愛怎麼說，隨他們說去；儘管他們不願意，也少不得稱你一聲『閣下』。」

桑丘說：「好哇！我可會賣我的官眼兒。」

他主人說：「該說『官銜』，不是『官眼兒』。」

桑丘說：「就算官銜。我說呀，我是很會做官的。講老實話，我從前當過教會的庭丁；我穿上庭丁的袍兒，神氣極了，大家都說，憑我的氣概，可以做教會的總務員呢。如果我披上公爵的袍兒，或者像外國伯爵的派頭，渾身戴著黃金珠寶，那可多麼體面啊！保管一百哩瓦以外的人都要趕來看我了。」

堂吉訶德說：「你一定很漂亮。可是你得經常剃鬍子。像你這種又濃又粗又亂的鬍子，至少每兩天剃一回；不然的話，大老遠就看得出你是什麼人。」

桑丘說：「那只消用個理髮的，把他雇在家裡，不就行了嗎？假如少他不得，可以叫他跟在我背後，像貴人的馬匹那樣。」

堂吉訶德問道：「你怎麼知道貴人有馬匹跟著呢？」

桑丘說：「我告訴您。幾年以前，我在京城裡待過一個月。我看見一位貴人在那裡散步；他個子很小，據說爵位很高。有個人騎馬來回跟著他跑，就像他的尾巴似的。我問人家這人幹麼老跟在那人背後，卻不跟著別人。人家說：這是他的馬匹，貴人照例有個馬匹跟著。從此我就知道了，一直沒忘記。」

堂吉訶德說：「對呀！所以你照樣也可以叫你的理髮師跟著你。風氣不是一下子興起來的，

---

11　西班牙諺語。

也不是一致同意了創造出來的。說不定你就是第一個背後帶著個理髮師的伯爵；而且剃鬍子比套馬更是貼身的事。」

桑丘說：「理髮師的事您留給我就行，您只管想法做國王，封我做伯爵。」

堂吉訶德說：「有那一天。」

他抬頭忽有所見，看見的是什麼東西，且待下一章敘述。

# 第二十二章

## 堂吉訶德釋放了一夥倒楣人，他們正被押送到不願去的地方去。

曼卻的阿拉伯作家熙德・阿默德・貝南黑利在這部正經、誇張、細緻、有趣而又異想天開的故事裡記述如下。在上文第二十一章末尾，著名的堂吉訶德・台・拉・曼卻和他的侍從桑丘・潘沙一番談話之後，堂吉訶德抬眼看見前面路上來了十一二個步行的人，一條大鐵鏈扣著他們一個個的脖子，把他們聯成念珠似的一串；他們都戴著手銬。一起還有兩人騎馬，兩人步行；騎馬的拿著新式火槍，步行的拿著標槍和劍。桑丘見了說：

「這隊人是國王強迫著送到海船上去划船的。」

堂吉訶德問道：「怎麼強迫？難道國王勒令強迫了誰嗎？」

桑丘說：「不是的，我只是說，這些人是犯了罪罰去划船，強迫他們為國王當苦役。」

堂吉訶德說：「不管是怎麼回事吧，這些人反正是硬押著走的，不是自願的。」

桑丘說：「對啊。」

他主人說：「照這麼說，恰好就是我的事了；鋤強救苦正是我的責任。」

桑丘說：「您小心啊，國王是最公道不過的；他對這些人用強力是因為他們犯了罪，懲罰他們。」

這時候，一串囚犯已經走近前來。堂吉訶德很客氣地請教押送的人，為什麼把一群人這樣押著走。一個騎馬的回答說：他們是到海船上去的苦工，是國王判了罪的犯人；此外沒什麼可說的，也沒什麼可問的。

堂吉訶德說：「可是我還想問問每個人招禍的緣由呢。」

他還說了許多好話央求，另一個騎馬的就說：

「我們攜帶著這些混蛋犯罪的案卷呢，只是現在不便停下來找給您看。您去問他們本人吧。他們要是高興，會跟您講；這種人幹壞事和講壞事都有興味，一定樂意。」

其實堂吉訶德即使得不到准許，也會自作主張去問。他既然得到准許，就跑向那串囚犯，問打頭第一人犯了什麼罪，落得這樣狼狽。那人說是為了戀愛。

堂吉訶德說：「就為了戀愛嗎？如果為了戀愛得押上海船，我早該在那兒划船了。」

那囚犯說：「不是您心眼裡的戀愛；我是愛上一大筐漿洗好的襯衣，竟把它緊緊摟住了，要不是給法律的鐵手奪下，我到今也不會自願放手。我是當場拿住的，不用嚴刑逼供。審問完畢，我背上吃了一百鞭子，再饒三年『古拉八斯』[1]，事情就了結了。」

堂吉訶德問道：「什麼叫『古拉八斯』？」

囚犯說：「『古拉八斯』就是罰上海船做苦工。」

這人是個小伙子，二十四歲左右，據說是庇艾德拉依塔的居民。堂吉訶德照樣又去問第二個囚犯。那人愁眉苦臉，一言不發。第一個囚犯替他回答說：

「他呀，先生，因為他是金絲雀；就是說，是音樂家、歌唱家。」

堂吉訶德說：「什麼？音樂家和歌唱家也罰上海船做苦工嗎？」

囚徒說：「是啊，先生，吃了痛苦唱歌是最糟糕的事。」

堂吉訶德道：「我倒是聽說：『唱歌能驅愁解悶。』[2]」

囚徒道：「該反過來說：『唱歌一次，哭一輩子。』」

堂吉訶德說：「這話我可不懂了。」

一個押送的公人說：

「紳士先生，吃了痛苦唱歌，按這幫無賴的黑話，就是上了刑招供。這個犯人上了刑就認罪了，供出自己是『夸特來羅』[3]，就是偷牲口的賊。他既然招了，就判了六年划船的苦役，背上還吃了二百鞭。他老是愁眉苦臉地，因為和他一起的匪徒——那邊牢裡和這邊同路的，瞧他自己招供，不能咬著牙抵賴，都瞧不起他，把他欺侮捉弄。他們說：自稱『無罪』或『有罪』一樣都是兩個字，一個人犯了罪如果人證、物證都沒有，死活全憑自己的舌頭作主，那就算運氣夠好的了。我覺得這話也有道理。」

堂吉訶德說：「確是不錯的。」

他照樣又去問第三個囚犯。這囚犯滿不在乎地立刻回答說：

「我因為短了十個杜加，得要到古拉八斯夫人家去待五年。」

1 原文 gurapas。
2 西班牙諺語。
3 原文 cuatrero。

堂吉訶德說：「我願意出二十杜加，讓你脫難。」

那囚徒說：「我看這就好比身在海上，餓得要死，儘管有錢卻沒處買需要的東西。您要給我的二十杜加，如果來得及時，我可以用來潤潤書記官的筆，活活辯護律師的心思，那麼，我今天準還在托雷多的索果多維爾市場上逛呢，不會像狗似的牽著在這條路上走。不過上帝是偉大的，忍耐吧，不用多說了。」

第四個犯人道貌岸然，一部白鬍子直垂到胸前。堂吉訶德問他為什麼到那邊去，他聽了就哭起來，一句話也不說。第五個囚犯代他答道：

「這個體面人要到海船上去待四年；他臨走還穿上禮服，騎騾逛了大街。」

桑丘說：「照我看，那就是遊街示眾了。」

那犯人說：「是啊。他的罪名是做掮客，而且是皮肉交易的掮客；乾脆說吧，這位紳士是拉皮條的，也懂得幾分邪術。」

堂吉訶德說：「他如果沒有那幾分邪術，單為拉皮條，就不該罰去划海船，倒是可以指揮海船，做個艦隊司令。因為拉皮條的事談何容易，要通達世情的人才做得。在治理得當的國家，這是最少不了的職業，不是好出身都不配幹。這事該像別的職業那樣，要有監督和檢查，又該像交易所的經紀人那樣，得經過選派，限定人數。這就可以避免許多弊病。如果幹這一行的是笨人和糊塗蛋，譬如不很曉事的丫頭老媽子呀，年輕無識的小僮兒和騙子呀，那就弊病多了。在緊要關頭，必須有急智的時候，這些人往往拿著麵包不會往嘴邊送，自己的左右手都分辨不出。我還有許多話要說，還想講明幹這件國家大事的人為什麼應該精選，不過現在不是時候，將來有人負責改善這事，我再跟他談吧。目前我只說：他白鬍子一把，道貌岸然，為了拉皮條這樣受罪，我看了心上很難受；不過他既然又有邪術，我就不能同情了。當然，我並不像一些死心眼的人，以為邪術能夠轉移或克服人的意志；我確實知道世界上沒有這種邪術。我們的意志是自由的，不受藥草和符咒的強制。無識婦女和江湖騙子常配製些有害的藥來愚弄男人，說是能激起情慾。其實呢，我已經說了，意志是沒法強制的。」

那老頭兒說：「對呀。老實講，先生，我那邪術的罪是冤枉的；拉皮條的罪呢，我不能抵賴。不過我絕沒想到這是幹了壞事，因為我只求世上男女皆大歡喜，沒有爭吵，也沒有煩惱，安安靜靜過日子。但是我空有一片好心，免不了還是要到那邊去。我已經上了年紀，又加小便有病，一刻不得安頓；這一去，再沒有回來的希望了。」

他說罷又哭。桑丘覺得他很可憐，從懷裡掏出一個當四的銀瑞爾來周濟他。

堂吉訶德又前去問另一個囚徒犯了什麼罪。這人不像先前的一個，回答很爽利。他說：「我到那邊去是因為跟兩個表姊妹和兩個別人家的姊妹玩得太放肆了；我和她們隨意取樂，結果我的子女繁殖得亂七八糟，魔鬼也算不清這筆糊塗帳。我犯的事都證據確鑿；我既沒有靠山，又沒有錢，差點兒送掉了我的脖子[4]。我判了六年划船的苦役；行啊，我犯了罪，就自食其果呀。我年紀還輕呢，但願能活下去，留著性命，總有辦法。紳士先生，您要是有什麼東西周濟我們這些可憐蟲，將來上帝在天堂上會報答您，我們在世間念經的時候也會記著為您禱告，求上帝不辜負您這滿面慈祥，保佑您長壽綿綿，身體健康。」

這個囚徒是大學生裝束，據一個護送公人說，他很有口才，而且精通拉丁文。

4　指受絞刑。

這隊囚犯的末尾一人三十歲左右，相貌很好，不過兩個眼珠子是對接的。他的枷鎖和別人的不同：腳上拖一條很長的鐵鏈，纏住全身；脖子上套著兩個鐵圈，一個圈扣在鐵鏈上，另一個圈是所謂護身枷或叉形護身枷[5]上的。這個鐵圈底下有兩條鐵棍，到齊腰的地方裝一副手銬，把兩手套住，再用大鎖鎖上。這就使他不能把手舉到嘴邊，也不能把腦袋低到手邊。堂吉訶德問為什麼這人和別人不同，要這麼許多枷鎖。護送公人回答說：因為他一人犯的案，比所有別人的案總在一起還多；而且他非常膽大狡猾，就是這樣押著，還保不定會逃走。

堂吉訶德說：「如果他不過是罰去划船，他又能犯下什麼罪呢？」

護送公人說：「他判了十年苦役，這就相當於終身剝奪公權。咱們只要一句話就說明白了：這傢伙是大名鼎鼎的希內斯・台・巴薩蒙泰，諢名『強盜小壞子希內斯』。」

那囚犯接口道：「說話客氣點兒啊，差撥先生，這會兒可別給人家起諢名、扣綽號。我名叫希內斯；不是小希內斯；我姓巴薩蒙泰，不是什麼『強盜小壞子』。各人自己瞧瞧自己吧，這就夠了。」

那差撥說：「天字第一號的賊強盜，你如果不指望人家給你封上嘴巴，就別這麼標勁十足。」

那囚犯答道：「『人的行為得順從上帝的意旨』[6]，這是沒什麼說的。不過總有一天，人家會知道我是不是『強盜小壞子希內斯』。」

護送公人說：「你這撒謊的混蛋，他們不是這樣稱呼你嗎？」

希內斯說：「是這樣稱呼，可是我自有辦法叫他們不這樣稱呼，不然的話，我撏掉他們的毛！我甭說生在哪裡的毛！紳士先生，您要是有什麼東西給我們，快給了我們走吧。您只顧打聽人家的歷史，真叫人不耐煩。您如要問我的歷史，我告訴您，我是希內斯・台・巴薩蒙泰，我的歷史已經親手寫下來了。」

差撥說：「這是真的。他寫了自己的傳，寫得沒那麼樣兒的美。他在牢裡把那本自傳押了二百瑞爾。」

希內斯說：「即使押了二百杜加，我也要贖它回來。」

堂吉訶德說：「就那麼好嗎？」

希內斯說：「好得很呢！像《托美思河上的小癩子》[7]那類的書，不管是從前的、或將來的，比了我的自傳就一錢不值了。我可以告訴您，我這部自傳裡寫的全是事實；謊話絕不能編得那麼美妙的。」

堂吉訶德問道：「書名叫什麼呢？」

希內斯說：「《希內斯．台．巴薩蒙泰傳》。」

堂吉訶德問道：「寫完了嗎？」

他回答說：「我一生還沒有完，怎麼能寫完呢。我從自己出世寫起，到最近這次又罰去划船為止。」

堂吉訶德說：「那麼，你從前已經去划過船？」

5　護身枷或叉形護身枷（guardaamigo o pie de amigo），是一個有腳的鐵架，撐在犯人頷下，管住腦袋，鞭打時不能躲閃。

6　西班牙諺語。

7　西班牙十六世紀無名氏作，是流浪漢體小說的鼻祖。

希內斯答道：「我為上帝和國王當差去過一次，嘗過硬麵包和牛筋鞭子的味道。到海船上去我也不怕，那裡有機會續寫我的書。因為我還有許多事情要寫，西班牙的海船上多的是閒工夫。當然，我也用不了很多時間，因為心裡已經有稿子了。」

堂吉訶德說：「看來你很有才氣。」

希內斯說：「也很倒楣，因為高才總是走背運的。」

差撥說：「混蛋總走背運的。」

巴薩蒙泰說：「我跟你說過了，差撥先生，說話客氣點兒。上頭交給你這支差撥的棍子，叫你解送我們這班可憐人到國王陛下指定的地方去，不是叫你來糟蹋我們的。你要是不客氣，哼哼……我不用多說。『客店裡沾上的骯髒，說不定有一天會漂洗乾淨』[8]。大家別鬧，好好過日子，說話放和氣些。咱們耽擱得夠了，上路吧。」

差撥因為巴薩蒙泰出言不遜，舉起棍子要打他。可是堂吉訶德攔身擋住，求差撥別虐待這人，因為他一雙手已經鎖得那麼牢固，讓他舌頭放鬆點兒也就算了。他回到一串犯人那裡，對他們說：

「親愛的弟兄們，我聽了你們的話，事情都明白了。你們雖然是犯了罪受罰，卻不愛吃那苦頭。你們到海船上去是滿不情願，非常勉強的。看來你們有的是受刑的時候不夠堅定，有的是短了幾個錢，有的是沒有靠傍，一句話，都是法官裁判不當，斷送了你們，沒有讓你們得到公正的處置。老天爺特意叫我到這個世界上來，實施我信奉的騎士道，履行我扶弱鋤強的誓願。我聽了你們的事深受感動，義不容辭，要為你們實現上天的旨意。不過我也懂得，事情可以情商，就不要蠻做；這才是謹慎之道。所以我想要求押送的差撥先生們行個方便，放了你們，讓你們好好兒走吧。盡有別人為國王當差呢，不用這樣強迫的苦役。我認為人是天生自由的，把自由的人當奴隸未免殘酷。況且，押送的諸位先生，」堂吉訶德接著向他們說：「這群可憐人並沒有冒犯你們各位呀。咱們一旦離開了人世，有罪各自承當；上帝在天上呢，他不會忘了賞善罰惡。好人不該充當劊子手，這個行業和他們不沾邊。我現在平心靜氣向你們請求，你們答應呢，我自有報酬；如果好話不聽，那麼，我這支槍、這把劍、這條胳臂的力量，會叫你們聽話。」

差撥說：「笑話奇談！說了半天，說出這種荒唐的話來！要我們釋放國王的囚犯！竟好像我們有權力釋放，您也有權力命令我們！先生，您好好兒走您的路吧，把腦袋上的尿盆兒戴正了，『別找三隻腳的貓兒』[9]。」

堂吉訶德說：「你就是貓！就是耗子！就是混蛋[10]！」

他一面說，一面直衝上去。說時遲，那時快，對方措手不及，被他打下地，用長槍刺傷。恰是堂吉訶德的運氣，那人是帶火槍的一個。其他押送的人出乎意外，都驚惶失措。不過他們立刻定下神，騎馬的幾個[11]拔劍在手，步行的拿起標槍，一起來鬥堂吉訶德；堂吉訶德就不慌不忙地應戰。那隊囚犯一看有機脫身，就設法掙脫鎖住他們的鐵鏈，打算逃跑。這件事卻便宜了堂吉訶

---

8　西班牙諺語，和「鹼水裡什麼髒都洗得掉」意義相類。

9　西班牙諺語，又一說，「別在貓兒身上找五隻腳」，都指辦不到的事。

10　堂吉訶德發怒，罵對方是貓，同時聯想到兒童故事裡貓追耗子，耗子咬了繩子，繩子縛棍子……等等。

11　作者忘了本章開始說，押送囚犯的共有二人騎馬，都拿火槍，上文騎馬的一個已受傷倒地，應該只剩一個騎馬的了。

德。當時亂成一團，押送的人一面要追趕逃脫的囚犯，一面又要對付趕著他們廝打的堂吉訶德，弄得兩頭都顧不全。桑丘也出一分力，釋放了希內斯・台・巴薩蒙泰。這人第一個脫卻枷鎖，靈便地跳出來。他直取倒地的差撥，奪了劍和火槍，舉槍向這人瞄瞄，那人指指，儘管沒有開槍，卻把場上押送的人趕得無影無蹤；他們怕巴薩蒙泰的火槍，又加脫身的囚犯向他們投擲許多石子，所以都逃走了。桑丘為這件事很擔憂；他料想逃走的人一定會去報告神聖友愛團，團裡一打起警鐘，他們的巡邏隊馬上會出來追捕逃犯[12]。他把這話告訴主人，求他快快離了那裡，躲到附近山裡去。

堂吉訶德說：「好啊；不過目前該怎麼辦，我自有主張。」

當時一群囚犯正在起鬨，把差撥剝得只剩貼身的內衣。堂吉訶德叫他們過來；他們就圍上來聽他有何吩咐。堂吉訶德對大夥兒說：

「有教養的人受了恩惠知道感激；不知感激是上帝最不容恕的罪行。我說這話有個緣故。你們各位已經親身受到我的恩惠了；你們要報答，就該為我了卻一個心願。我要你們扛著脖子上解下的鐵鏈，立刻上路，到托波索城裡去拜見杜爾西內婭・台爾・托波索小姐，對她說，她的哭喪著臉的騎士叫你們去向她請安，還把我今天這樁了不起的事，從開頭直到我把你們釋放，一一告訴她。完了這個差使，就隨你們自便了。祝願你們前程美好。」

希內斯・台・巴薩蒙泰代表大家答道：

「我們的救命恩人先生啊，您吩咐的事是我們萬萬辦不到的。因為神聖友愛團一定會來搜捕我們；我們不能在大道上一起行走，得各自設法躲進地道去。您還是想法變通一下，把您向杜爾西內婭・台爾・托波索小姐的效勞和獻禮改作念經，我們可以為您念誦若干遍的〈聖母頌〉和

〈信經〉。這事不論日夜，不論逃跑或休息，打架不打架，都做得到。您如要我們這會子回到埃及的肉鍋旁邊去[13]，換句話說，要我們扛著這副鏈子到托波索的大道上去，那就等於說，目前不是上午十點，卻是夜晚；您要我們幹這件事就彷彿『要榆樹結梨』[14]。」

堂吉訶德勃然大怒道：「好吧，婊子養的先生！強盜小壞子希內斯，或者隨你叫什麼名字吧，我發誓，我要叫你單獨一人，夾著尾巴，背著整條鏈子到那邊去。」

巴薩蒙泰看到堂吉訶德荒謬絕倫，竟要釋放他們，早料到他頭腦不大清楚。他本來不是好惹的，這時受到辱罵，就向夥伴們丟個眼色，他們就退後幾步，撿起石子來打堂吉訶德。石子雨點似的打來，堂吉訶德拿著盾牌招架不住，可憐的駑騂難得又像銅鑄的一般，踢牠刺牠都不動。桑丘躲在驢子後面，避掉了向他們倆打來的一陣陣雹子。堂吉訶德的盾牌沒多大用處，石子來勢凶猛，他身上著了不知多少，竟打倒在地。他剛倒下，那大學生就撲上來，搶了他頭上的盆兒，在他背上打了三四下，又在地上摔三四下，險的把盆兒打碎。一群囚犯把他披在鎧甲上的袍兒搶去；他們還想剝他的襪子，幸虧有護膝壓住，沒有剝掉。桑丘的大氅也給他們剝去，只剩了貼身的衣褲。他們怕神聖友愛團，一心只想逃走，並不想扛著鐵鏈去拜見杜爾西內婭・台爾・托波索

---

12　按神聖友愛團的法令，哪裡出了事，就打起警鐘，神聖友愛團的巡邏隊聞聲立即趕出追捕罪犯，須追趕五哩瓦之遠，一路上每到一處就打警鐘，當地神聖友愛團的巡邏隊即聞聲出動，各追趕五個哩瓦。

13　《舊約》的〈出埃及記〉，第十六章第三節，記以色列人在曠野裡挨餓，埋怨說，寧願在埃及肉鍋邊吃得飽足時死去。「回到埃及的肉鍋邊去」，一般指戀念過去豐足的生活，這裡指辦不到的事。

14　西班牙諺語，指不可能的事。

NARRO

小姐，所以把搶來的東西大夥分了，就各自逃走。

曠野裡只剩了驢子和駑騂難得、桑丘和堂吉訶德。驢子低著腦袋默默沉思，時常把耳朵搧動一下，以為那陣石子雨還沒有停止，耳朵裡還聽到那個聲音呢。駑騂難得也給一陣石子打倒，躺在牠主人身邊。桑丘穿了一身襯衣褲，想著神聖友愛團栗栗自危。堂吉訶德對那群囚犯行了大好事，卻在他們手裡大受虐弄，氣得不可開交。

# 第二十三章

## 著名的堂吉訶德在黑山的遭遇——這部信史裡罕有的奇事。

堂吉訶德吃了大虧，對他的侍從說：

「桑丘，我常聽說：『對壞人行好事，就是往海裡倒水。』[1]我要是早聽了你的話，就免了這番氣惱。可是事情已經做下了，忍耐吧，從此學個乖。」

桑丘說：「您會學乖，就好比我會變土耳其人。可是您既然說，早聽了我的話不至於吃這個虧，那麼，您就聽我的話，免得再吃更大的虧吧。我告訴您，跟神聖友愛團講騎士道是不行的，他們把所有的騎士都看得一錢不值。我跟您說吧，這會子我耳朵裡就聽到他們的箭颼颼地響呢[2]。」

堂吉訶德說：「桑丘，你天生是個膽小鬼。可是我省得你說我固執、老不聽你的勸告，這一遭就聽你的話，避開你害怕的凶神。不過有個條件：你這一輩子，無論死呀活呀，都不准對人說我這次是害怕而逃避危險；你得說，我是聽從你的請求。如果說我害怕，你就是胡說。從現在直到將來，從將來回溯現在[3]，你如果有這個念頭或說這個話，我就要反駁你，聲明你是撒謊。別再多話了。你別以為我是要逃避危險；我這一遭沾著點害怕的嫌疑，尤其得講講明白。你只要有這種想頭，我就待著不走，一人在這裡等著，不僅等著你害怕的神聖友愛團，還等著以色列十二族的友愛團，瑪咖貝歐七兄弟的友愛團，加斯特和波魯克斯的友愛團[4]，和天下所有弟兄們的友愛團。」

桑丘說：「先生啊，迴避不是逃跑。凶險很大、出路很少的場合，死挺著算不得聰明。聰明人留著自己的身子等待來日，不在一天裡拚掉性命。我跟您說吧，我雖然是個鄉下土包子，還懂得幾分謹慎小心的道理。所以您聽我的話，絕不會後悔。您要是能上馬，上馬吧；要是不行，我扶您上去，您跟我走。我的腦袋告訴我，這會子咱們一雙腳比一雙手更有用處呢。」

堂吉訶德不再多說，他騎上馬，由桑丘騎驢領路，從一個山口走進附近的黑山。桑丘打算越過山嶺，從比索或阿爾莫多瓦・台爾・岡坡[5]出來；他們可以在深山裡躲幾天，如果神聖友愛團追捕他們，就尋找不到。他發現驢上的乾糧還在，那群囚犯窮搜亂搶，居然沒有拿走；他認為這是奇蹟，加添了上山的勁頭。

他們當晚到了黑山深處[6]。桑丘決計在那裡過夜，或許再多待擱幾天，反正瞧他們帶的乾糧能支持多久就待多久。他們在軟木樹林裡兩塊大石頭中間過夜。據愚昧的外教徒看來，一切事情

---

1　西班牙諺語。

2　神聖友愛團拿獲了現行犯，當場用箭射死。

3　古代西班牙公文裡的套語。

4　瑪珈貝歐七兄弟是西元前二世紀爭取猶太獨立的英雄。加斯特和波魯克斯是希臘神話裡宙斯的雙生子。

5　這兩個城都在拉・曼卻。雖說越過山嶺，並不是從山北的拉・曼卻到山南的安達魯西亞。

6　從這裡起到下文桑丘失驢痛哭、堂吉訶德答應賠他驢駒，中間四段，《堂吉訶德》馬德里一六〇五年第一版裡都沒有；一六〇五年第二版裡作者本人添上了這幾段。

都是命裡注定的。命運驅使那有名的騙子和強盜希內斯・台・巴薩蒙泰又和他們碰上了。希內斯靠堂吉訶德的發瘋仗義脫去了枷鎖，當然怕神聖友愛團追捕，決計到這座山裡來躲避。他像堂吉訶德和桑丘・潘沙那樣受了命運的擺布和怕懼的驅使，恰恰也到了他們倆寄宿的地方。他們倆剛剛睡著，希內斯憑當時的天色，還認得出他們是誰。壞人往往忘恩負義，而且一個人窘急的時候，不免幹些不應該的事，或顧了眼前的便宜，不顧將來的利害。希內斯原是個沒良心的，又不懷好意，就想偷桑丘・潘沙的驢。他並不理會駑騂難得，因為那頭劣馬既不能押錢，也賣不出去。桑丘・潘沙睡得正熟，希內斯偷了他的驢，天亮前早已跑得老遠，追尋不到了。

太陽出來，大地歡笑，卻苦了桑丘・潘沙。因為發現他的灰驢丟了。他不見了驢傷心痛哭，哭得那麼樣兒的悲切。堂吉訶德竟給他哭醒了，只聽得他在數說：

「哎，我腸子裡出來的兒子啊！我自己家裡養大的孩子啊！我孩子們騎著玩的伴侶啊！我老婆的開心丸子啊！叫我街坊眼紅的寶貝啊！我的負擔，靠你減輕！我的生活，一半也靠你支撐！因為你每天賺二十六文錢[7]，分擔了我飯食的半份兒開銷啊！」

堂吉訶德瞧他痛哭，問明緣故，就極力用好話安慰，叫他別著急，還答應給他出一張交換票據，憑票把家裡的五匹驢駒分三匹給他。

桑丘這才寬心；他擦乾眼淚，忍住抽噎，向堂吉訶德謝賞。堂吉訶德到了山裡，覺得這種地方正會碰到他指望的奇遇，心上很愉快。他追憶著從前游俠騎士在荒山僻野裡遭逢的事，邊走邊想，一心專注，把別的事全都忘了。桑丘認為已經到了安全的地方，憂慮全消，只想著奪來的乾糧還有剩餘，正好拿來填飽肚子。他馱著灰驢身上的東西，跟在主人背後[8]，把糧袋裡的乾糧掏出來往自己肚裡塞，且吃且走，滿不願意再遭逢別的奇遇。

他抬眼忽見他主人停著馬，想用槍頭挑起地上一堆不知什麼東西。桑丘想他也許需要幫忙，立刻趕上去。堂吉訶德剛用槍頭挑起一個鞍墊，上面繫著一只手提箱。箱子已經半爛——幾可說全破爛了，不過重得很，得桑丘下地去撿起來[9]。他主人叫他看看箱子裡是什麼東西；桑丘立刻遵命。箱上束著鏈子，還鎖著鎖，可是他從破爛的地方看見裡面有四件荷蘭細麻紗襯衫，還有些別的內衣，都是很精緻很乾淨的。他又發現一塊手絹裡包著一大堆金艾斯古多[10]。他看見了說道：

「謝天啊！這遭奇遇給我們發了利市了！」

他細細搜尋，又找出一冊裝潢很精緻的記事本。堂吉訶德問他要了這個本子，叫他把錢留下，那是賞給他的。桑丘吻了堂吉訶德的雙手謝賞，又把手提箱裡的內衣全掏出來，裝在盛乾糧的口袋裡。堂吉訶德在旁看著，說道：

「桑丘，據我想，準有個迷路的旅客在山裡碰到強盜，給他們殺了，搬到深山裡來埋了；一定是這麼回事。」

桑丘答道：「不見得；要是強盜，不會留下這筆錢。」

堂吉訶德說：「你說得不錯。究竟怎麼回事，我可猜不透也想不明白了。且慢，咱們瞧瞧這記事本上有沒有什麼線索，能幫咱們打開這個悶葫蘆。」

---

7 一文錢（maravedí），古西班牙幣名，一個瑞爾可兌三十四文錢。

8 第一版作「他像個女人似的橫坐在驢背上」。

9 這裡桑丘又好像是騎著驢子的。這是作者第二版修改時疏忽之處。

10 艾斯古多（escudo），幣名，金的值四十瑞爾，銀的值十瑞爾。

他打開本子，第一眼就瞧見一首十四行詩，看來還是初稿，字卻寫得很好。他高聲念出來，讓桑丘也聽聽。原詩如下：

或許是戀愛神的昏憒糊塗，
也可能他是異常的殘狠，
再不然就是對我責罰過甚，
慘酷折磨使我這樣痛楚。
但昏憒和神明名實不副，
戀愛神是無所不知的天神，
他絕不凶頑，卻無限悲憫，
那麼，是誰遣使我這樣受苦？
如說是你，茜麗，那是謬誤，
無瑕的美質絕不包蘊禍害，
也不可能是上天把我蹂躪。
反正我身死在即，這是定數，
如果查不出病因何在，
不靠奇蹟怎能妙手回春。

桑丘說：「詩裡看不出什麼線索，除非從您說的那個『線縷』上抽出個頭緒來[11]。」

堂吉訶德說：「哪有什麼『線縷』呀？」

桑丘說：「您不是在叫人家『線縷』嗎？」

堂吉訶德說：「我說的是『茜麗』。這首詩是對一位小姐訴苦的，『茜麗』一定就是她的名字。我瞧這首詩確是寫得不錯，要不，我就是個大外行了。」

桑丘說：「唷，您還會做詩呀？」

堂吉訶德說：「你想不到我做得多好呢。我明兒叫你送封信給我的杜爾西內婭．台爾．托波索小姐，通篇都是詩，你就知道我做詩多麼內行了。我告訴你吧，桑丘，古時候的游俠騎士，差不多個個都是了不起的抒情詩人和音樂家。作詩和奏樂這兩種本領——或者該說這兩種天賦的才能，和多情的游俠騎士是分不開的。不過古代騎士的詩熱情有餘，略欠雕琢。」

桑丘說：「您再念念那本子，也許會找到些關節。」

堂吉訶德翻過一頁，說道：

「這是散文，好像是封信。」

桑丘問道：「是公文信嗎？先生。」

堂吉訶德說：「看這封信的開頭，好像是情書。」

桑丘說：「那麼您大聲念吧，我最喜歡這種談情說愛的東西。」

堂吉訶德說：「好！」

他就高聲朗讀。信上說：

---

11 西班牙諺語：「拿到了線頭兒，就抽開了線球兒。」

了，國王就不向我追究了。」

堂吉訶德說：「桑丘，這來你錯了。咱們既然看準原主是誰，那人又近在眼前，那就義不容辭，得找到他，把東西還他。只要咱們看準他是原主，就等於知道原主是誰，咱們不找他是有罪的。所以，桑丘朋友，你別為了要找他就不樂意，我可要找到了他才樂意呢。」

他就踢動駑騂難得往前跑去；桑丘馱著東西步行跟隨[14]，這都是小希內斯‧巴薩蒙泰作成他的。他們在山路上跑了一轉，忽見山溝裡倒著一匹死騾子，鞍轡俱全，屍體給野狗和烏鴉吃得只剩一半了。他們一見，心上越發拿穩：飛躍而過的人準是騾子和鞍墊的主人。

他們正在看那頭死騾子，忽聽得一聲呼哨，好像是牧人趕羊的哨聲，隨後看見左邊跑出一大群山羊；羊群後面，在一個山頂上，出現一個趕羊的老牧人。堂吉訶德大聲請他下山到這邊來。老牧人高聲說：這裡簡直人跡不到，只有來往的羊群或出沒的豺狼等野獸；誰把他們帶到了這種地方來。桑丘請他下來了再跟他仔細講。那牧羊人就下山前來，說道：

「我可以打賭，你們是在看死在這條山溝裡的雇用騾子吧？說實在話，這頭騾子倒在那裡已經六個月了。請問，你們在附近碰見了那騾子的主人嗎？」

堂吉訶德說：「我們沒碰到誰，不過離這兒不遠看見一個鞍墊和一只手提箱。」

牧人說：「我也看見了，可是沒去撿，也沒走近去，怕沾了晦氣，也免得人家指控我做賊。因為魔鬼是狡猾的，他在你腳底下放些東西，叫你絆倒了還不知是怎麼回事。」

桑丘答道：「我就是這麼說呀。我也看見那些東西了，老遠就沒肯過去。東西原封不動的撇在那裡呢；『我不碰掛鈴鐺的狗』[15]。」

堂吉訶德說：「老哥，請問你，你可知道那些東西的主人是誰呢？」

牧人說：「我知道多少，都可以告訴您。大概六個月以前，有個漂亮斯文的年輕人到了三哩瓦以外的一個牧羊人的小屋裡來。他的坐騎就是死在這裡的騾子，他的鞍墊和手提箱也就是你們看見了沒碰的。他打聽我們這座山裡哪一處最荒僻。我們對他說，這裡就是。這是真話，因為你們如果再往山裡走半個哩瓦，也許連出來的路都找不到呢。我不懂你們怎麼會跑到這兒來，因為大路小路都不通的。且說那年輕人聽了我們的回答，掉轉轡頭，就往我們指點的地方跑。我們喜歡他長得漂亮，聽了他問的話，瞧他急急忙忙地回身往山裡跑，都覺得奇怪。我們從此沒有再看見他。直到幾天以前，他忽然半路上攔住我們的一個同夥，也不打話，就對他拳頭腳尖亂打亂踢，隨後跑到馱騾身邊，把馱帶的麵包和乳酪搶光，飛快地又躲進山裡去。我們幾個放羊的知道了這件事，就去找他，在山裡最荒僻的地方跑了差不多兩天，總算找著了；他在一棵大軟木樹的樹洞裡蹲著呢。他和和氣氣地迎出來，身上的衣服已經破爛，臉給太陽曬得又乾又黃，我們簡直不認得他了。不過我們記得他的衣服，還可以憑那破爛的衣服認出他是我們要找的人。他很有禮貌地跟我們招呼，說話不多，卻很誠懇。他說自己罪孽深重，他這種行徑是為了懺悔贖罪，請大家不要見怪。我們問他姓名，他卻怎麼也不回答。我們又對他說，不吃東西活不了命，他什麼時候需要糧食，請告訴我們他住在哪裡，我們對他很關切，馬上會給他送去；假如他不要我們送，至少可以出來問我們要來吃，不用搶。他感謝我們的好意，請原諒他前幾次的搶劫，還答應以後不再搶，只求看上帝面上給他些吃的。至於他的住處，他說並沒有一定，夜來碰到哪裡可住就住

14 第一版作「桑丘照常騎驢跟隨」，這是作者在第二版上修改的。

15 西班牙諺語，意思是：不要惹麻煩的東西。

下。他說完傷心痛哭。我們聽他哭得那麼悲切，想到初次看見他是什麼樣子，這次又是什麼樣子，真該是石頭人才能夠不陪眼淚呢。我已經說過，他是個和藹可親的青年人，說話很文雅，可見是有教養、懂禮貌的。他那樣斯文，我們在場的儘管是鄉下佬也看得出來。他正和我們說著話，忽然頓住了，好半晌，一雙眼直勾勾地看著地下。我們很驚訝，等著瞧他發完這陣呆又怎麼樣，看著都覺得可憐。他一會兒睜眼瞪著地，好些時候連睫毛都不動；一會兒又閉上眼，抿緊嘴唇，皺起眉頭。我們一看就知道他是發瘋了。果然，他倒下地，忽又怒沖沖地跳起來，拚著性命，咬牙切齒地撲到旁邊一人身上，我們要沒把那人拉開，準給他打死咬死。他一面嚷著說：『啊！費南鐸，你這奸賊！你害得我好苦！這會兒呀，這會兒呀，我可不饒你了！你的心是萬惡之窩，尤其是奸詐的巢穴；我非要親手挖出你這顆心才罷！』他說些話都是罵那個費南鐸的，還指責他背信棄義。我們費了好大勁才把我們的夥伴從他手裡拉開。他不再多說，撇下我們飛跑著躲到密密叢叢的荊棘裡去，我們都沒法追趕。我們由此猜想，他那瘋病是發一陣好一陣的。大概那個名叫費南鐸的幹了什麼對不起他的事；他會落到這個地步，想必受害不淺。我們的猜想都坐實了。他以後出來好幾回，有時候問放羊的要東西吃，有時候就搶。他發瘋的時候，儘管我們放羊的好意把東西送給他，他也不理，非要打幾拳搶走。他清醒的時候就客客氣氣求人家看上帝面上給他點東西吃；吃了還含著眼淚連聲道謝。」那牧羊人接著說：「我老實告訴你們兩位吧，我和另外四個看羊的——我的兩個幫工和兩個朋友——昨天打定了主意要找他出來；等找到了，不管他願意不願意，定要把他送往八哩瓦以外的阿爾莫多瓦爾城去。他的病要是能治，就在那兒治，或者趁他神志清楚，問明他姓甚名誰，有沒有親屬可由我們去報告他的苦難。兩位先生問的話，我知道的都說了。還有，你們找到的那些東西就是那人的；你們看見那飛跑的人，衣服露著肉的，也就是他。」——因為堂吉訶德已經告訴牧羊人，剛才看見一個人在山上飛跑。

堂吉訶德聽了牧羊人的話很驚訝，越發要知道那不幸的瘋子究竟是誰。他還抱定原先的主意，要在這座山裡滿處尋訪，每個角落、每個山洞都不放過，要找到了那人才罷。可是事情巧得出於意外。正在這個當兒，他要找的年輕人就在對面山溝裡出現了。他一面走過來，一面喃喃自語，說的話靠近了都聽不清，離遠了更不用說。他的衣服就像上文說的那樣，不過堂吉訶德在他走近的時候，看到他身上那件破爛的短襖是龍涎香皮子做的[16]。由此可知穿這種衣服的絕不是卑賤的人。

那年輕人近前來向他們打招呼，聲音帶些嘶啞，不過很客氣。堂吉訶德也很客氣地還禮，然後，他下了駑騂難得，斯斯文文地過去擁抱那人，好半晌把他緊緊抱在懷裡，彷彿是多年的老相識。我們把堂吉訶德稱為「哭喪著臉的騎士」；那一位呢，我們不妨稱為「晦氣臉的襤褸漢」。他讓堂吉訶德擁抱了一番，退後一步，雙手搭在堂吉訶德肩上，把他細細端詳，好像要認認是否相識。他看了堂吉訶德的神情相貌和渾身的鎧甲，大概和堂吉訶德見了他一樣驚奇。長話短說，兩人擁抱之後，那位「襤褸漢」先開口，說的一席話詳見下章。

16　硝皮時加上龍涎香，製成的皮子有香味，很名貴。

# 第二十四章

## 續敘黑山裡的奇遇。

據記載，堂吉訶德全神貫注地聽著襤褸的「山中紳士」說話。那人開言道：「先生，我雖然不認識你，不知道你是誰，我衷心感謝你對我表示的好意和禮貌。承你熱情擁抱，可見你對我的心意，我但願能夠報答你。可是我走了背運，力不從心，只好虛有此願了。」

堂吉訶德說：「我一心想幫助你，甚至打定主意，不找到你不出這座山嶺。你過著這樣古怪的生活，分明是心裡有煩惱；我想問問，你的煩惱有沒有辦法解除。要是有辦法，我一定千方百計去找。如果你的煩惱絕不能找到安慰，那麼我就陪你盡情號哭一場；遭了不幸能有人同情，總是個安慰。假如我懷著這番好心該有什麼酬報，那麼，先生，我有個請求。你是很有禮貌的；我請你為了禮貌，為了你生平最心愛的人，賞臉告訴我：你究竟是誰，為什麼跑到這種荒僻的地方來，和沒靈性的牲畜同樣生死；照你的衣服和你的模樣，你不是過這種日子的人。」堂吉訶德接著又說：「我雖然是個卑微的罪人，卻奉行了騎士道。我憑騎士道和游俠騎士的職業起誓，如果你答應我的請求，我一定懷著游俠騎士應有的熱忱，對你的不幸能補救就補救，不然就像我剛才說的，陪你痛哭一場。」

「樹林裡的紳士」[1]聽了哭喪著臉的騎士這麼說，只把他看了又看，再又從頭到腳地看。他看了個仔細，說道：

「你要是有東西給我吃，看老天爺面上給我些吧。等我吃了東西，你有什麼吩咐，我都聽命；我就這樣來答謝你表示的一番好意。」

桑丘馬上去掏他的糧袋，牧羊人也去掏他的口袋，他們拿出些乾糧給襤褸漢充飢。他拿來就吃，來不及一口一口嚥，卻直著脖子吞，像傻子似的吃得快極了。當時他和看吃的人都一言不發。他吃完了招呼大家跟他走。他們由他帶著繞過一塊岩石，到一片青草地上。他就躺下了；大家也躺下，誰都不開口。襤褸人躺舒服了，說道：

「各位先生，你們如要我把自己那些說不盡的苦惱一口氣講出來，就得答應我一件事：不要問我什麼話，也不要攪亂我這段傷心史的頭緒。因為一攪亂，故事就講不下去，只好懸在那兒了。」

襤褸漢這番話使堂吉訶德想起他侍從講的故事，渡河幾隻羊的數目忘了，故事就懸在那裡了。且說這位襤褸漢接著道：

「我把話說在前頭，為的是要把自己的糟心事快快講完；重溫舊事，不免勾起新的煩惱。你們問得越少，我就完得越快。不過我也不漏掉要緊的情節，凡是你們要知道的事我都會講。」

堂吉訶德代表大家答應了襤褸漢的要求，這人就源源本本講述如下：

1 就是上文的「襤褸人」和「山中紳士」。

「我名叫卡迪紐，家在安達魯西亞的一個大城市裡。我出身高貴，父母很有錢，可是我這樣的苦命準叫我父母痛哭，親屬慨嘆，有錢也抵贖不了；因為命由天定，錢財沒法補救。我那城裡有個天堂，愛神把我所追求的光明全安頓在那裡——陸莘達真美呀，她就是我的天堂。這位小姐和我一樣富貴，而比我福氣好，只是不夠堅貞，辜負了我對她的心願。我從小就對陸莘達愛慕崇拜，她也小姑娘家一片天真地誠心愛我。我們父母知道我們的心，可是並不擔憂，因為他們很明白，到我們愛情更深厚的時候，無非讓我們結婚就完了；彼此門戶相當，家道相稱，簡直就是天生的配偶。我們倆年歲漸長，情愛也越深。陸莘達的父親後來為了禮教的防範，不許我上門了。詩人樂於歌唱蒂斯貝的故事[2]，陸莘達的父親這來多少是模仿了蒂斯貝的父母。他的禁令使我們火上加火，情外添情。他們能管住我們的舌頭，卻管不住我們的筆頭，而要表達心裡話，筆頭總比舌頭靈便；因為當著情人的面，最堅決的主意也會游移，最勇敢的舌頭也會懦怯。哎，我的天！我寫給她多少情書啊！我收到她多少優雅有趣的回信啊！我編寫了許多歌辭和情詩，表達靈魂深處的感受，描摹埋藏在那裡的熱情，流連往事，想望前途。到後來我忍無可忍，憋不住要和她見面。我覺得若要稱心如願，最好是正式向她父親求婚。我決計照這辦法，一下子把事情解決。我想到做到。她父親回答說：承我瞧得起，要求和他家攀親，他很感謝；不過，我父親還在，應該由我父親出面求親才對，如果他老人家不很樂意，陸莘達不是可以偷娶偷嫁的女人。我謝了他好言回答，覺得這話有理，只要我向父親一開口，他準會同意的。因此我立刻去見父親，要把心上的事稟告他。我到他屋裡，看見他拿著一封拆開的信，沒等我開口，就把信遞給我說：『卡迪紐，你看看這封信，李卡多公爵有心要提拔你呢。』各位想必知道，這位李卡多公爵是西班牙的頭等貴人，他的采地是安達魯西亞最肥沃的部分。我接過信來讀了一遍，辭意非常懇切，假如我父親不答應他，我本人也會不以為然的。公爵要我馬上到他那裡去做他大公子的伴侶——不是僕人，他保證瞧我是怎樣的人才，安插我合適的位置。我讀了信啞口無言，尤其是聽到我父親說：『卡迪紐，你過兩天就動身，去聽候公爵的吩咐。你該感謝上天，送你走上這條路，從此可以不負我對你的期望了。』他還說了些類似的話來勉勵我。我動身的前夕把情形都去告訴陸莘達，也告訴了她的父親，求他等待幾天，把女兒的親事緩一緩，讓我先瞧瞧李卡多對我的安排。他一口答應。陸莘達連連發誓保證，又頻頻暈倒，我看她分明也是同意的。我到了李卡多公爵家，受到非常優厚的接待，甚至不久引起了旁人的嫉妒；例如那些老家人，他們覺得公爵另眼照顧我，就不免損害他們的利益。最歡迎我的是公爵的二公子。他名叫費南鐸，是一位慷慨多情的風流公子。沒幾天他和我就成了密友，招得大家盡說閒話。大公子雖然很喜歡我，也待我好，總不如費南鐸那麼親近。朋友彼此什麼祕密都談，這是常情。堂費南鐸對我的庇護已經變成友誼，他就把心事都告訴我，尤其是他不大隨心的一件私情事。他愛上一個農家姑娘。她父母很富裕，是公爵的佃農。這姑娘美麗、貞靜、聰明、善良，真是十全十美，熟悉她的人都說不出她哪方面更美好些。她的相貌品性使堂費南鐸熱情如火。他無法克服這位姑娘的堅貞，滿足自己的欲望，

2　蒂斯貝（Tisbe）是古代巴比倫的一個美貌的少女，她和與她相愛的青年比若莫（Píromo）是比鄰。兩家的父母不許他們見面，他們就從牆縫裡互通消息。一次他們約定在一棵白桑樹下相會。蒂斯貝看見一頭獅子撲來，急忙逃避，遺下一條面紗，被獅子抓破並染上血跡。比若莫見了以為蒂斯貝已被獅子吃掉，就自殺了。蒂斯貝回來見比若莫身死，也用佩刀自殺。相傳這對情人的血，使白桑椹從此染成紅色。他們的戀愛故事見奧維德《變形記》；莎士比亞《仲夏夜之夢》中也引用到這個故事。

只好下決心答應娶她。我出於友誼，告訴他這樣不妥，還舉了些活生生的例子，竭力勸他打消這個念頭。可是我看看阻擋不住，就決計把這事告訴他父親李卡多公爵。堂費南鐸是個機靈人，防到這一著。他知道我是個忠心的僕人，不能隱瞞這種有損主人家體面的事。他就哄我說：他要撇開一心眷戀的美人，最好走開幾個月，打算和我一起避到我父親家去；我家鄉出產全世界最出色的駿馬，他可以向公爵託詞，說那兒有幾匹好馬，他要去看了買下來。他的主意儘管不怎麼好，我為自己的愛情打算，一聽就滿口贊成，認為再好沒有，因為我覺得這是回去看望陸莘達的大好機會。我存著這個心，贊成他的主意，也附和他的建議。我催他趕緊走，說愛情不論多麼堅定，眼不見、心不想是自然之理。據我後來知道，他和我談這番話的時候，早已假借未婚夫的名義，享用了那個農家姑娘。他怕父親知道了他那樣胡鬧要難為他，打算等機會適當，再把事情抖摟出來。其實，年輕人的愛情多半不是真正的愛情，只是情欲。情欲只求取樂，歡樂之後，欲念消退，所謂愛情也就完了。這是天然的界線，不能逾越，只有真正的愛情才無限無量。我這話無非說，堂費南鐸把那姑娘騙上了手，欲念消了，愛情也冷了。他原先只說走開了眼不見、心不想，後來卻是存心躲避，免得履行婚約。公爵准許他出門，吩咐我陪他同走。我們到了我住的城裡，我父親按堂費南鐸的身分款待他，我就馬上去看陸莘達。儘管我愛她的心始終如一，沒有冷，也沒有呆鈍，可是一見了她，這顆心好像又獲得了新生。我不幸把自己的戀愛告訴了堂費南鐸。我覺得照他對我那麼友誼深摯，我什麼都不該瞞他。我對他誇讚陸莘達怎麼美，怎麼有風趣、有識見。我的誇讚動了他的心，想瞧瞧那麼美好的小姐。我不幸又隨順了他。一天晚上，陸莘達在經常和我會面的窗口，蠟燭光下我指給他看了。她已經卸妝；堂費南鐸一見她的容貌，馬上把生平所見的美人全撇在腦後了。他張口結舌，呆瞪瞪地，魂都掉了，反正他已經顛倒不能自主。你們聽了下文，就知道他入迷多深。他的愛情是瞞著我的，只有天知道。偏偏命運又助長了他的痴迷。有一天，他看見陸苹達給我的一封信，要求我去向她父親求婚，措辭很委婉，很合禮，又很熱情。他看了信對我說，天下女人多半才貌不能兼備，只有陸苹達才貌雙全。我現在不妨老實承認，我雖然知道他的稱讚很確當，可是出於他的口，我聽來很不入耳。我有點害怕擔心。因為他時時刻刻只想跟我談論陸苹達，總把話引到她身上去，儘管扯不上也硬扯上。這就惹起我一種說不出的妒忌。我不是怕陸苹達的信義靠不住，可是，她能叫我放心，命運卻使我放心不下。堂費南鐸常要求看我和陸苹達來往的信，只說我們兩人的妙筆，他讀來很有趣味。陸苹達很喜歡騎士小說，一次她向我借看《阿馬狄斯・台・咖烏拉》……」

堂吉訶德一聽他提到騎士小說，忙說：

「您要是一開頭就說陸苹達小姐愛讀騎士小說，不用您誇讚，我就知道她聰明絕頂。她假如對這樣有趣的書不感興味，我瞧她就不會像您形容的那麼好。對我呀，不用費那麼許多話來形容她怎麼美、怎麼好、怎麼聰明，我只要知道她有這點愛好，就拿穩她是天下最美麗、最聰明的姑娘。我只願您把《阿馬狄斯・台・咖烏拉》送給她的時候，把《堂儒亥爾・台・希臘》那部妙書也一起送去。我知道陸苹達小姐一定欣賞，比如書上講的達萊達和咖拉亞呀，達林耐爾牧童的俏皮話呀，他那些牧歌裡的佳句呀，而且他唱來多麼有趣，多麼傳神，多麼自然啊！這本書您將來可以補送，而且也不用等待多久，您只要跟我回鄉，我那兒可以供給您三百多本書，都是我解悶消閒的。且慢！我這會兒想起來了，有些惡毒忌刻的魔法師存心害我，弄得我一本書都沒有了。您請原諒，剛才答應不打斷您的話，這會兒又打岔了。我一聽到騎士道和游俠騎士這類事，要我不說話就辦不到，彷彿要太陽光不發熱、月光不發潮一樣。您該講下去了，請您原諒，您講下去吧。」

堂吉訶德說話的時候，卡迪紐低垂著腦袋，好像在沉思。堂吉訶德一再請他講下去，他也不抬頭，也不答理，過了好久，才仰起頭來說道：

「我心裡糾結著一個念頭，誰都沒法消除，也改變不了。我認為那個大壞蛋艾利沙巴師傅是瑪達西瑪王后的情人[3]。誰說不是，誰不信我這話，就是個大傻瓜！」

堂吉訶德一聽之下，怒氣沖天，像往常那樣發誓說：「我發誓！沒那事兒！這是惡意中傷，或者竟可以說是誹謗污蔑。瑪達西瑪王后是很高貴的公主，這樣高貴的王妃怎麼會和江湖醫生有私情呢？誰反駁我就是混蛋胡說！我不論步戰、馬戰，拿兵器或赤手空拳，黑夜或白天，隨他喜歡怎麼交手，一定要叫他認了錯才罷休。」

卡迪紐只顧眼睜睜地瞪著堂吉訶德。他已經瘋病發作，沒心情講自己的舊事了。堂吉訶德聽到有關瑪達西瑪的話很憤怒，也沒心情再聽他講。說也奇怪，堂吉訶德一心為瑪達西瑪辯護，彷彿她是自己的合法夫人；那些倒楣書竟把他迷惑到這步田地！且說卡迪紐已經瘋了，聽人家罵他胡說呀、混蛋呀等等，不由得也大怒。他從身邊撩起一塊大石子，對堂吉訶德胸口使勁擲來，把堂吉訶德打了個仰面朝天的大跟頭。桑丘・潘沙看見主人吃了虧，捏起拳頭就去打那瘋子。襤褸漢回手一拳，把桑丘打倒在地，然後跳在他身上，把他的肋骨踩了個暢快。牧羊人想衛護桑丘，一樣也挨了打。那瘋子把大家打倒打傷，就撇下他們，心平氣和地躲到山裡去了。桑丘覺得自己平白無辜受了一頓收拾，氣憤不過。他爬起身，找牧羊人出氣，怪他不早說這人會發瘋，讓他們有個防備。牧羊人說他早就說過，桑丘自己沒聽見，不能怪人。桑丘・潘沙還是不肯住嘴，牧羊人再又跟他分辯，兩人弄得互相揪著鬍子對打起來，虧得堂吉訶德排解，才沒打得皮破血流。桑丘緊緊揪住那牧羊人說：

「哭喪著臉的騎士先生，您別管我。這回他和我同是鄉下佬，不是有封號的騎士。他得罪了我，我盡可以像上等紳士那樣，跟他交交手，報復一下。」

堂吉訶德說：「話是對的，不過我知道剛才的事一點不能怪他。」

堂吉訶德平息了兩人的火，又問牧羊人有沒有辦法找到卡迪紐，因為他心癢難熬，要知道他那段故事怎麼結局呢。牧羊人還像原先那樣說，不知道卡迪紐究竟住在哪裡，不過他們如果在附近多跑跑，卡迪紐保不定瘋不瘋，反正會碰到。

3《阿馬狄斯．台．咖烏拉》裡的人物。這部小說裡共有三個瑪達西瑪，但都不是王后，都沒有和艾利沙巴發生關係。

# 第二十五章

## 英勇的曼卻騎士在黑山有何奇遇；他怎樣模仿「憂鬱的美少年」[1]吃苦贖罪。

堂吉訶德辭別了牧羊人，騎上駑騂難得，叫桑丘跟著走。桑丘滿不情願，只好騎驢[2]跟隨。他們漸漸走入山裡最險陡的去處。桑丘心癢癢地想跟主人說話，只希望他先開口，免得自己違背命令。可是他主人總不說話。他再也按捺不住，說道：

「堂吉訶德先生，請您祝福了我，打發我走吧。我想就此回家，找我的老婆孩子去了。我跟他們在一起，至少可以隨心如意地說說話。您要我跟著您日日夜夜在這種荒僻的地方奔走，想跟您說話又不能夠，這簡直是活埋了我。假如造化現在還讓牲口說話，像伊索的時代那樣，那還好些，我想講什麼，可以跟我的驢談談，我倒了楣也好受些。像這樣一輩子東奔西跑地找稀奇事兒，碰到的呢，不過是挨踢呀、給兜在毯子裡拋擲呀、石子砸呀、拳頭揍呀等等，這還不夠，還得封上嘴巴，心裡有話也不敢說，像啞巴似的，這實在是件苦事，叫人忍受不了。」

堂吉訶德答道：「桑丘，我懂你的意思；你煎熬不住，要求解除我對你舌頭的禁令。現在就算是開禁了，你想說什麼，說吧。不過有一個條件，開禁只限於咱們在這座山裡來往的時候。」

桑丘說：「好，現在就讓我說話吧，天知道以後怎麼樣呢，眼前我且享受這項特權。我說呀，您何必拚死命地衛護著那個什麼瑪吉瑪沙[3]王后呢？那個阿巴德[4]是不是她的情人又有什麼關係呢？這件事，您也沒法兒判斷。您如果不去管它，我相信那瘋子會把故事講下去，咱們也就免得給石子砸呀，給腳踩呀，再饒上那六七八個反手巴掌了。」

堂吉訶德說：「老實講，桑丘，你要是像我一樣，知道那位瑪達西瑪王后多麼規矩，多麼高貴，你一定會說我很有涵養，聽他說出那麼褻瀆的話，竟沒有打歪他那嘴巴。不論嘴裡說或心上想王后跟外科醫生有私情，都是莫大的褻瀆。根據那段故事的真情，那瘋子講的艾利沙巴師傅是很有頭腦、很有識見的人，他是王后的老師，也是她的醫生。可是把王后當作他的情婦就荒謬透頂，應當嚴加斥責的。你該知道，這話是卡迪紐神志昏迷的時候說的，可見他是信口胡扯。」

桑丘說：「我就是這麼說呀，瘋子的話，何必當真呢。您為那個倒楣的王后辯護，這虧得您運氣好，不然的話，要是石子不打在您胸口，卻打在腦袋上，咱們就夠瞧的了。至於卡迪紐呢，他是個瘋子，只好由他。」

「凡是游俠騎士，只要聽到女人的名譽受到誹謗，就該挺身出來辯護，不論是什麼女人，也不論誹謗的人瘋不瘋；何況事關瑪達西瑪那樣高貴的王后呢。我因為她品性高尚，特別敬愛她。她不僅相貌很美，頭腦也很清楚，而且她飽經憂患，深有修養。艾利沙巴師傅替她出出主意，陪

---

1　阿馬狄斯在「窮岩」苦行贖罪時的別名。
2　這又是第二版上作者沒有改正的句子。
3　桑丘記不真瑪達西瑪的名字，說錯了。
4　桑丘記不真艾利沙巴的名字，說錯了。

她做個伴兒，對她很有幫助，也是莫大的安慰；她就能夠小心而耐心地經受自己的苦難。因此那些識見全無、存心不良的俗物，就傳說或猜疑她是艾利沙巴的情婦了。我再重複一遍：他們是胡扯！誰這麼想、誰這麼說的，就是一百二百個胡扯！」

桑丘說：「我既不這麼說，也不這麼想。隨他們自食其果，隨他們和麵包一塊兒吃下去[5]。那王后和醫生是不是情人，他們自己會向上帝交代。『我從自己的葡萄園裡出來，什麼也不知道』[6]；我不愛管別人的事。『誰買了東西又抵賴，自己的錢包有數』[7]。況且『我光著身子出世，如今還是個光身，我沒吃虧，也沒占便宜』[8]。他們如果是情人，又與我什麼相干呢？『許多人以為這兒掛著鹹肉呢，其實連掛肉的鉤子都沒有』[9]。不過，『誰能在曠野裡安上大門呢』[10]？再說吧，『人家對上帝都會說閒話的』[11]。」

堂吉訶德說：「天哪！桑丘，你一連串說些什麼廢話呀？你把些成語連成一串，跟咱們講的又有什麼相干呢？對不住，桑丘，別說話了。從今以後，你只顧趕你的驢，不相干的事你別管。你運用自己的五官，認識清楚：我不論過去、現在、將來，我幹的事都是對的，也都合騎士道的規矩；我對這些規矩，比哪個騎士都熟悉。」

桑丘說：「先生，咱們在這個沒有路徑的山裡瞎跑著找個瘋子，找到了呢，他也許就要把他沒幹完的事幹完——不是講完他那故事，卻是把您的腦袋和我的肋骨一古腦兒砸碎完事。難道騎士道的好規矩要咱們這麼辦嗎？」

堂吉訶德說：「我再跟你說一遍，桑丘，你別再多話了。我告訴你：我到這裡來，不單是要找那瘋子，我還得在這座山裡幹一件事，我由此可以天下聞名，百世流芳；一個游俠騎士得幹下了這件事，才成為道地傑出的騎士。」

桑丘・潘沙問道：「這件事很危險嗎？」

哭喪著臉的騎士答道：「不危險。可是骰子轉出來的點子裡，說不定沒有彩頭，只有晦氣。不過這件事全靠你賣力。」

桑丘說：「靠我賣力？」

堂吉訶德說：「是啊。我要派你到一個地方去，你去了要是能早早回來，我的苦行就可以早早結束，我的光榮也就可以早早開始。你甭瞪著眼莫名其妙，桑丘，我告訴你吧，那位著名的阿馬狄斯・台・咖烏拉是第一流的、十全十美的游俠騎士；說他第一流還不對，他是當時代全世界騎士裡獨一無二的，是天字第一號人物，是超群出眾、帶頭領隊的。誰要是說堂貝利阿尼斯有些地方可以跟他比美，那麼，堂貝利阿尼斯和說這句話的人都是活見鬼！我可以千穩萬妥地發誓，他們都錯了。我還告訴你：一個畫家如果要靠繪畫的藝術出名，他就憑自己的知識，選擇最傑出的幾個畫家，盡力模仿他們的原作。凡是為國增光的事，多半離不了這個常規。一個人如要取得謹慎忍耐的美名，就得模仿尤利西斯。荷馬描寫了他的性格和經歷的苦難，從中活畫出一個聰明

5　西班牙諺語：「誰作了惡就自食其果；隨他和麵包一起吃下去，隨他自作自受。」
6　西班牙諺語，表示不願意為人做見證，推卸干係。
7　西班牙諺語，表示自己做的事，自己有數。
8　西班牙諺語。
9　西班牙諺語，指捕風捉影。
10　西班牙諺語，指堵不住眾人的嘴。
11　西班牙諺語，指閒話難免。

有能耐的人物。維吉爾描寫伊尼亞斯，也活生生地體現出這個孝順兒子如何剛毅、這個智勇兼備的領袖如何英明。他們描寫的不是真人真事，而是想像的當然必然的事物；描畫出來的種種美德就成了後世的典範。因此，勇敢多情的騎士可以把阿馬狄斯當作北極星、啟明星或太陽；凡是在愛情和騎士道的旗幟下戰鬥的，都應該模仿他。照這個道理，桑丘朋友，我覺得一個騎士愈是極力模仿他，就愈符合騎士道的典範。阿馬狄斯有一件事特別表現了他的謹慎、剛毅、勇敢、忍耐、堅貞、熱情。他受了奧莉安娜小姐的冷淡就退隱到『窮岩』[12]上去苦修贖罪，改名為『憂鬱的美少年』。他自己選擇了這種生活，取這個名字確是意味深長的，而且很合適。我模仿他這件事，就比劈殺巨人呀、斬斷蛇頭呀、宰掉毒龍呀、打敗軍隊呀、摧毀艦隊呀、破除魔法呀等等容易多了。在這個地方幹這件事，又是天造地設。既然機緣湊合，我就不應該錯過。」

桑丘說：「乾脆，您打算在這個荒僻的地方幹些什麼事呀？」

堂吉訶德說：「我不是跟你說了嗎？我要模仿阿馬狄斯，在這裡做傷心人，做瘋子，做狂人；同時也要模仿英勇的堂羅爾丹。羅爾丹在泉水旁邊發現些形跡，知道美人安杰麗加和梅朵羅幹下了醜事，就此氣得發瘋。他把樹木連根拔掉，攪渾清泉，殺死牧人，趕散羊群，燒掉茅屋，推倒房子，把一匹匹母馬倒拖著走，還幹了許多狂暴的事[13]，都值得記載史冊，一代代流傳下去。羅爾丹，或奧蘭多，或羅佗蘭多——這三個名字原是一個人——他發了瘋幹的、說的、想的種種事，我雖然不打算一樁樁照辦，我可以挑最重要的盡量模仿一個大概。也許我以後單模仿一個阿馬狄斯就夠了。他發瘋不闖禍，只是傷心流淚，照樣也成了最有名望的騎士。」

桑丘說：「我覺得幹這種事情的騎士都因為受了刺激，都有個緣故才這樣瘋瘋傻傻、吃苦修行。您可有什麼緣故要發瘋呢？哪一位小姐瞧不起您了嗎？還是您發現了什麼形跡，認為杜爾西內婭・台爾・托波索小姐和摩爾人或基督徒幹了什麼不規矩的事呢？」

堂吉訶德說：「這就是筋節所在，正是我幹這件事的妙處。一個游俠騎士有緣有故地發瘋，值不得什麼；關鍵是要無緣無故地發瘋，讓我那位小姐瞧瞧，虛的尚且如此，何況實的呢。還有一層，我念念在心的杜爾西內婭・台爾・托波索小姐已經多時不見，這就夠叫我發瘋的。就像前些時候那個牧羊人安布羅修說的：情人分散了，什麼事都放心不下。所以，桑丘朋友，你不用白費唇舌來阻擋我。我這番學著樣發瘋很奇很妙，而且是從來沒有的。我現在就發瘋，得一直瘋下去。我打算叫你送一封信給我那位杜爾西內婭小姐，我要等你捎了她的信回來再說呢。如果她的回信不負我一片忠貞，我的瘋病就會好，我的苦修懺悔也就結束。不然的話，我就要當真的發瘋了。既然是真的發瘋，就不會感覺苦惱。所以不管她怎樣回信，反正到你回來的時候，你臨走看見我忍受的痛苦煩惱都會解脫。我或是神志清楚，為你帶來了喜訊而快慰；或是瘋瘋癲癲，你帶來了噩耗我也漠無感覺。可是，桑丘，我問你，曼布利諾的頭盔你藏好了嗎？我看見你從地上撿起來了。那個壞心眼的傢伙想砸碎它，可是砸不碎，可見是精煉細製的東西。」

桑丘聽了這話，回答說：「我憑上帝老實跟您講，哭喪著臉的騎士先生，您說的有些話，我簡直受不了，也不耐煩聽。聽了您那些話，我就覺得您跟我講的騎士道呀，征服王國和帝國呀，拿海島賞人呀，給人家什麼恩典什麼爵位呀，所有這些游俠騎士照例規矩的一套，全都是空話騙人，都是『三孩經』或『山海經』或咱們說的什麼經。您把個理髮師的銅盆說成曼布利諾的頭

12　因為在那裡吃苦修行須過赤貧生活。

13　見阿利奧斯陀《奧蘭多的瘋狂》。梅朵羅是安杰麗加的情人，他是一個俊美的摩爾人。

盔，好多天了還硬不認錯，人家聽了該怎麼想呢？當然認為說這種話還自以為是，準是頭腦有毛病。盆兒我收在糧袋裡呢，全砸癟了。我帶在這裡有個打算：如果天可憐見，有朝一日讓我跟老婆孩子團聚，我到家把它修補一下，剃鬍子的時候好用。」

堂吉訶德說：「桑丘，你聽著，我也照你的樣兒發誓說：全世界古往今來的侍從裡，數你頭腦最簡單。游俠騎士的事，看起來都是虛幻的，荒唐無稽的，而且都是不順當的。你跟了我這麼多時候，難道還沒有注意到嗎？不過那都是假象。因為我們身邊老跟著一大群魔法師，凡是和我們有關的事物，他們都要變化，愛怎麼變就怎麼變，全看他們是存心幫我們還是害我們。所以你看來是一只理髮師的銅盆，我看來是曼布利諾的頭盔，在別人眼裡又可能是什麼別的東西。其實呢，那是曼布利諾的頭盔，衛護我的那位魔法師叫大家看作一只理髮師的銅盆，這是他特別照應我。因為那只頭盔是了不起的寶貝，人人都會追著我來搶我的。如果他們看著不過是一只理髮師的盆兒，就不想要了。剛才那人想砸碎它，扔在地上也沒撿，分明就是這個道理。他要是識貨，怎麼也不會撂下的。朋友，你好好兒收著吧，我目前沒有用處。如果我決計學羅爾丹而不學阿馬狄斯那樣苦修贖罪，我還得卸下全副盔甲，像剛出娘胎那樣光著身子呢。」

他們說著話，跑到一座高山腳下。這座山在周圍許多小山裡孤峰特峙，簡直像削出來的。山邊緩緩流著一條小溪，山坡上成片的草地，青蔥悅目。這裡的樹木自然成林，點綴些花草，更顯得境地幽靜。哭喪著臉的騎士選中了這塊地方來苦修贖罪；他一見就發了瘋似的大聲說：

「天啊！我就選中這塊地方來號哭自己的苦命了！我的淚水要漲滿這條小溪，我一聲聲的長嘆要把這片森林裡的樹葉吹拂得不得靜止，借此來表明我這個傷心人的悲痛。荒野裡諸位不知名的山神啊，我這個痴情的可憐蟲和意中人分離多時，疑神疑鬼地放不下心，只好到深山裡來哭訴那位絕世美人的冷酷，請你們聽我訴苦吧！樹林裡的諸位女神啊，善走而又好色的山羊怪追求你們，攪擾你們的清靜，你們害怕而躲到了這裡來；我求你們對我的苦惱灑一把同情之淚，至少不要聽著厭煩吧！杜爾西內婭．台爾．托波索啊！我黑暗中的光明！痛苦中的快樂！前途的北斗星！命運的主宰！我求天保佑你稱心如意！我離開了你，到了這種地方，落得這步田地，求你顧憐我，不要虧負我的一片忠貞！寂寞的樹木啊！以後你們就是我隱居的伴侶了，請你們輕輕擺動樹枝，表示不多嫌我吧！至於你啊，我的侍從，不論我走運背運，你總是我隨心的伴侶！我在這裡的一舉一動，都是為了我心上的人兒，你看了牢牢記著，好去向她報告。」

他一面說，一面下了駑騂難得，轉眼就卸下了牠的鞍轡。他在牠臀部拍一巴掌，說道：

「蓋世奇才而又倒楣透頂的馬兒啊，我這個不得自由的人，現在讓你自由了！你愛到哪裡去，就去吧！你腦門子上標著自己的價值呢。你的神速，阿斯托爾佛的飛馬都趕不上[14]，著名的駿馬弗隆悌諾也不如，儘管布拉達曼泰為牠付出了昂貴的代價[15]。」

桑丘瞧他這樣，就說：

「多虧那個好傢伙，免得咱們費手腳替我那灰毛兒[16]卸鞍轡了。老實說，我少不了也會拍弄牠幾下，稱讚幾句。不過灰毛兒要是還在這裡呢，我絕不讓人家卸牠的鞍轡。我從前靠天之福是

14　飛馬名伊波格里佛，阿斯托爾佛曾騎了這匹飛馬去尋訪奧蘭多。參看《奧蘭多的瘋狂》，第二十二章。

15　弗隆悌諾是汝希艾羅（Ruggiero）的名馬，他的情人布拉達曼泰曾代他豢養，所費不貲。參看《奧蘭多的瘋狂》，第二十三章，第二十七至二十八節。

16　桑丘指他的灰驢。按一六〇五年馬德里第一版，從這裡起，灰驢已經丢失。

牠的主人；我從來不戀愛，也從來不傷心絕望，牠也就和這種事情全不沾邊，不需要什麼自由，所以不用卸牠的鞍轡。其實，哭喪著臉的騎士先生，如果我當真的要走，您當真的要瘋，那麼，還是重新替駑騂難得備上鞍轡，讓牠頂灰毛兒的缺，我來去可以省些時候。我要是一步步走去送信，不知幾時走到，也不知幾時走回來呢；因為，乾脆說吧，我的腳力是不行的。」

堂吉訶德說：「好吧，桑丘，隨你怎麼辦都行，我覺得你的主意不錯。我看，三天以後你就可以動身。這幾天裡我要你瞧瞧我為她說些什麼話、幹些什麼事，好讓你一一向她報告。」

桑丘說：「我已經看見了，還有什麼要看的呢？」

堂吉訶德說：「你看見的算什麼呀！我現在還得把身上的衣服撕掉，把盔甲四面亂扔，把腦袋到石頭上去撞，還有這些類的事，叫你看了都吃驚呢。」

桑丘說：「您看上帝面上，把腦袋去撞石頭可得小心啊。說不定你撞的那塊石頭上有個尖角，一撞上去，您這套苦修贖罪的勾當就一古腦兒全完了。我說呀，您這一套反正都是假的、裝樣兒的、開玩笑的，假如您認為撞頭少不了，非撞不行，那麼，您把腦袋撞撞水面，或者撞撞棉花那類的軟東西，也就算了。您把事情全交給我，我會去跟咱們那位小姐說，您把腦袋在石頭角上撞，那石頭角比金剛鑽還硬。」

堂吉訶德回答說：「桑丘朋友，多謝你一番好意。可是我要跟你講明白，我幹的這些事都不是開玩笑，卻是很認真的。不然的話，我就違反了騎士道的規矩了。按那些規矩，我們什麼謊話都不准說，說了謊就要按叛徒的罪名處罰。幹了這件事而冒充那件事，就跟說謊一樣。所以我說撞頭，就得著實地使勁撞，不能帶一星半點的虛假。你還得留下些軟布給我裹傷，因為咱們倒了楣把治傷油丟了。」

桑丘說：「丟了驢更倒楣呢，因為軟布和這類東西一起都丟了。我請您別再提起那倒楣的油，我只要一聽到那話兒，不光是反胃，連我的靈魂都翻騰起來。我還求您一件事。您叫我再等三天瞧您發瘋，您只算那三天已經過去了吧。您發的瘋，我也只算已經親眼看見，證據確鑿了。我會去對咱們小姐講它個天花亂墜。您寫了信派我馬上動身吧，因為我急著要回來救您出這座煉獄呢。」

堂吉訶德說：「桑丘，你說這是煉獄嗎？該說地獄才對。假如還有不如地獄的去處，你就可以說這裡不如地獄。」

桑丘說：「據我聽說，『一個人進了地獄，就永被拘留』[17]。」

堂吉訶德說：「我不懂你講的什麼『拘留』。」

桑丘答道：「『拘留』就是說，一個人進了地獄，就永遠不出來了，也出不來了。您在這裡可不是這麼回事呀。您要是被拘留了，我這一雙腳儘管套上馬刺，狠命催著駑騂難得快跑也不中用。可是現在呢，我只消跑到托波索，見到咱們的杜爾西內婭小姐，我就會去對她形容您一直在幹些什麼瘋瘋傻傻的事——反正瘋呀傻呀都是一回事。儘管她一上來比軟木樹還硬，我也要叫她變得比手套還軟。然後我就帶著她甜蜜的回信，像魔法師似的乘著風直飛回來，救您出這座煉獄。您認為是地獄，其實不是，因為您有希望出來。我已經說了，一個人進了地獄就不能再有這個希望；我不信您對這句話還有什麼說的。」

---

17 拉丁成語：「進了地獄永遠不能贖罪」（In inferno nulla est redemptio），桑丘把 nulla est redemptio 說成 unla es retencio。

堂吉訶德說：「桑丘，我跟你說過多少回，你這人說話太多。你生成一副死腦筋，卻常常自作聰明。我給你講個小故事，叫你知道你是多麼傻、我是多麼有道理。有個寡婦年輕漂亮，無拘無束，又很有錢，尤其很放蕩風流。她愛上一個粗粗壯壯的年輕教士。這事給教士的上司知道了，有一天這位上司親切地規勸這位寡婦說：『夫人，像您這樣尊貴，這樣美貌，又這樣有錢，我們修道院裡多少大師、多少博士、多少神學家都可以像梨子似的由您挑選，由您說：「我要這個，不要那個」，您怎麼卻愛上像某人那麼卑賤、那麼低微、那麼愚蠢的傢伙呢？我很詫異，也怪不得我詫異呀。』寡婦的回答很俏皮，也很直爽。她說：『師傅啊，您儘管認為某人笨，但如果說我挑錯了人，那就是大錯，而且您的腦筋也太古板了。因為他在某一點上，比亞里斯多德還有學問；我愛他，就是為了他那一點。』我也照樣告訴你，桑丘，杜爾西內婭・台爾・托波索在某一點上，比世界上最尊貴的公主還尊貴；我愛她，就是為了那一點。老實說吧，詩人歌頌女人，無非隨意捏造個名字，並不都是真有那麼個意中人。書裡、歌謠裡、理髮店和戲院子的牆壁上滿是女人的名字，什麼阿瑪麗莉呀，斐麗呀，西爾維亞呀，黛安娜呀，伽拉泰呀，費莉達呀等等，你以為那些都是有血肉皮骨的女人嗎？古往今來歌頌她們的詩人真有那些意中人嗎？絕不是的。他們多半是捏造一個女人，找個題目來做詩，表示自己在戀愛，或者借此自高身價。所以我只要當真的認為阿爾東莎・洛蘭索姑娘美貌貞靜就行了，她的家世無關緊要；不用調查了家世給她什麼封號，她在我心眼裡就是世界上最尊貴的公主。你該知道，桑丘——也許你還不知道，最動人愛戀的只有兩件東西：相貌美，聲名好。這兩件東西在杜爾西內婭身上都是十全的。她的相貌世上無雙，她的聲名女中第一。總之，我認為我說的完全恰如其分，一點不多也一點不少。她的美貌和她的尊貴，都由我任意想像，不論海倫，或魯克瑞霞，或古時候希臘、回回、羅馬的任何有名的美人都比不上她。別人愛怎麼說，隨他們說去吧。也許愚昧無知的人會批評我，可是識見高明的人不會責備。」

桑丘答道：「我認為您的話都對，我是一頭驢罷了。不過我不知怎麼的又提起驢來，因為『在絞殺犯家裡，不該提到繩子』[20]。您且把信寫好，我就辭了您動身了。」

堂吉訶德拿出記事本子，走過一邊去，安安靜靜地寫信。他寫完把桑丘叫到跟前，說要念給他聽，讓他記在心上，防路上萬一丟失了信，因為照自己那麼倒楣，什麼事都保不定。桑丘聽了答道：

「您在本子上寫它兩遍三遍，交給我，我帶著小心在意就是。指望我記在心上可就荒唐了；我記性沒那麼樣兒的糟，常常連自己的名字都記不起來。不過，您還是給我念吧，聽聽準是很有趣的，一定寫得好極了。」

堂吉訶德說：「你聽著，信上這麼說：

**堂吉訶德給杜爾西內婭・台爾・托波索的信**

尊貴無比的小姐：

一別至今，肝腸寸斷。我身不安，心不寧，但願最甜蜜的杜爾西內婭・台爾・托波索身心

---

20 西班牙諺語，不觸犯忌諱的意思；因為他丟了驢正傷心。

安寧。如果你憑貌美而小看我，你仗高貴而鄙視我，你對我的輕蔑使我嘗遍了辛酸，我儘管有能耐，也受不起這樣的苦，因為苦得太厲害，也太長久了。哎，冷酷的美人，親愛的冤家啊！我為了你落到什麼田地，我的好侍從桑丘會一一告訴你。假如你願意救我，我就是你的人了，不然呢，也就隨你吧。反正我只要一死，就隨了你的狠心，也了了我的心願。

至死是你的，哭喪著臉的騎士。

桑丘聽他讀完信，說道：「我的爹呀！我一輩子沒聽見過這麼文雅的東西！我的天呀！怎麼您心上想說什麼，信上都會說出來！還安上『哭喪著臉的騎士』這麼個簽名，真是好極了！說真話，您簡直就是魔鬼變的，什麼都能。」

堂吉訶德說：「幹我們這一行就得件件都能。」

桑丘說：「哎，您現在把交換三匹驢駒子的單據寫在背面吧，把名字簽得清清楚楚，讓人家一看就認得出來。」

堂吉訶德說：「好啊。」

他寫完就照下面念道：

「外甥小姐：請您憑這張交換驢駒的單據，把家裡您照看的五匹驢駒裡取出三匹，交給我的侍從桑丘。我請您把這三匹驢駒來抵償我在這裡已經收到的三匹。憑此據並桑丘的收據，就可以把驢駒如數交割。本年八月二十二日於黑山深處立據。」

桑丘說：「寫得好！您簽上名吧。」

堂吉訶德說：「這不用簽名，我畫個花押就跟簽名一樣。別說為三頭驢駒子，就是三百頭，這也行了。」

桑丘回答說：「您的話準沒錯兒。讓我去給駑騂難得套上鞍轡，您就準備為我祝福吧，因為我打算馬上動身，您還得幹些什麼瘋瘋癲癲的事，我都不瞧了。我會對她說，我看見您幹了多少多少瘋傻的事，叫她聽不下去。」

「桑丘，你至少得依我一件事，因為這是罷不了的。我說呀，我要你瞧我脫光了衣服，耍一二十套瘋子的把戲，不用半個鐘頭就行。你親眼看見了，隨你加油加醬，也可以放心賭咒，說是真的。我一會兒要幹的事，保管你講都講不完。」

「我的先生，看上帝份上，別叫我瞧你光著身子，我瞧了心上難受，忍不住要哭的。我昨夜為那頭灰驢哭了一場，腦袋直發脹呢，今天不能再哭了。您如果一定要我瞧您耍些發瘋的把戲，您就穿著衣服，耍幾套簡單方便的吧。其實，我已經說過，您不用為我耍，省點兒時間，讓我早早回來。我帶回的消息一定是您指望的，也不虧負您的。不然的話，讓杜爾西內婭小姐瞧著點兒！她的回答要是不合道理，我一心至誠地向天起誓，我會拳打腳踢，從她肚子裡逼出個好的回答來。憑什麼讓您這樣一位大名鼎鼎的游俠騎士發了瘋呀？無緣無故的，為一個——那位小姐別叫我說出好的來！哼！我什麼都說得出！反正我豁出去了！我會耍這一手！她還不知道我呢，老實說吧，她如果知道，可得怕我！」

堂吉訶德說：「說老實話，桑丘，看來你和我瘋得正不相上下呢。」

桑丘答道：「我沒您那麼瘋，只是比您火氣大些。閒話少說，您在我回來之前，吃些什麼呢？您也得像卡迪紐那樣，到大路上去搶牧羊人的東西吃嗎？」

堂吉訶德說：「這個不用你操心。我只吃這片草地上的野菜和這些果樹上的果子，即使另有可吃的東西也絕不吃。我這件事的妙處，就在不吃東西，單吃這一類的苦頭。咱們再見吧。」

「可是您知道我發愁的是什麼？這個地方很隱僻，我這會子撇下您一走，只怕找不到原路回來。」

堂吉訶德說：「你認清這裡的標記。我絕不離開附近這一帶；我還要經常爬上最高的岩石，瞧能不能在你回來的時候望見你。還有個最妥當的辦法，免得你找不到我或迷失道路。這裡滿山都是灌木，你斫下些丫枝；回頭一路出去，走一程就撒下些，直到你走上平地為止。你回來找我的時候，那些灌木枝可以一路上指引你，彷彿引導悌修斯走出迷宮的那條線一樣[21]。」

桑丘．潘沙說：「好，我就照辦。」

他斫了些灌木枝，然後求他主人為他祝福；兩人不免還灑了好些眼淚，就此分手。堂吉訶德很鄭重地把駑騂難得託付給桑丘，叫他務必愛馬如己，盡心照顧。桑丘騎上馬，就向平原跑去，一路上照他主人教的辦法，隔幾步撒些灌木枝。堂吉訶德還直留他，叫他至少瞧自己耍那麼兩套發瘋的把戲，他卻不理會，只顧走了。可是他沒走得一百步，又跑回來，說道：

「我說呀，先生，您剛才的話很對。儘管您一人待在這山裡就是大發瘋，我至少還得看您發一次瘋，以後我發誓說看見您發瘋，就不致良心不安。」

堂吉訶德說：「我不是早跟你說了嗎？你等一等，桑丘，不到念一遍〈信經〉的工夫，我就瘋給你看。」

---

21 希臘神話，悌修斯牽著一條長線走入迷宮，殺掉牛頭怪人，又順著那條線走出迷宮。

他急急忙忙褪下褲子，脫得精光，只剩一件襯衫，然後啥也不顧，先踴身跳躍兩次，又兩番頭在下、腳在上倒豎蜻蜓。他露出了些東西，桑丘忙攬住馬韁回轉身，免得再看見第二眼。他覺得可以安心賭咒發誓，說看見他主人發瘋了。我們且隨他趕路去，他一會兒就要回來的。

# 第二十六章

## 續敘堂吉訶德為了愛情在黑山修煉。

且說哭喪著臉的騎士一個人在幹些什麼事吧。據史書記載，堂吉訶德下身精光，上身穿件襯衣，跳躍一番，又倒豎蜻蜓。他瞧桑丘不肯待著看他發瘋，已經走了，就爬到一塊大岩石頂上。他有一件事曾經反覆想過好多回，總沒有打定主意：羅爾丹瘋得癲狂，阿馬狄斯瘋得憂鬱，他究竟學哪個好？學哪個合適？他這會子在岩石頂上又細細思忖，嘴裡自言自語：「羅爾丹儘管名不虛傳，的確是個很好的騎士，也的確很勇敢，但是他並沒有什麼稀奇，因為他畢竟有魔法護身，誰也殺不了他，除非把個大釘子釘進他的腳跟，可是他腳上老穿著七層鐵底的鞋呢。不過一切法術難不倒貝爾那都・台爾・加比歐，他全識得破。他在隆塞巴列斯雙手把羅爾丹扼死了。羅爾丹的膽量且撇開不談，只說他怎麼會神志昏迷的。這事千真萬確，因為他在泉水旁邊發現些跡象，又聽到牧羊人傳說，安杰麗加跟梅朵羅睡過不止兩次午覺，那小子是個鬈頭髮的摩爾人，是阿格拉曼泰的侍僮。他既然認為他意中人確是虧負了他，那麼他發瘋也是理所當然。我呢，並沒有同樣的緣由，怎麼能照著他的樣發瘋呢？我可以打賭，我的杜爾西內婭・台爾・托波索一輩子也沒看見過一個穿摩爾服裝的道地摩爾人，她現在就像生她的媽媽一樣[1]，如果我對她多心，也像瘋狂的羅爾丹那樣發起瘋來，分明就是侮辱她了。至於那個阿馬狄斯・台・咖烏拉呢，他沒有神志昏迷，也沒有做出瘋瘋癲癲的事來，可是他享有多情之名，不輸世界上最多情的人。據傳記上說，他的意中人奧莉安娜吩咐他：不得她許可，不要去見她。他受了嫌棄，並沒有幹什麼事，只是跟一位修士結伴在『窮岩』隱居，在那兒盡情痛哭，求上帝保佑；直到後來他萬分苦惱的時候，老天爺援救了他。這都是實在的事。那麼，我這會子何必費事把衣服脫光呢？何必去損傷這些樹木呢？樹木又沒害了我什麼。我何苦把碧清的溪水攪混呢？等我口渴的時候可得喝水呀。真該把阿馬狄斯永遠記在心裡；堂吉訶德・台・拉・曼卻該盡量模仿他！據說他雖然沒有完成偉大的事業，卻為了試圖幹那些事業而獻身了；但願這話將來也能移用在我身上。我雖然並沒有遭到杜爾西內婭・台爾・托波索的嫌棄，但是我說過，離別了她就夠我受的。哎，好，說幹就幹！讓阿馬狄斯的事，一樁樁都到我腦裡來，啟示我應該從何學起吧。不過我知道，他幹的事多半是念經和禱告上帝保佑，我沒有念珠，可怎麼辦呢？」

這時他想出一個辦法。他把襯衫的下襬撕下一大條，挽了十一個結子，其中一個挽得特別大些。他在那裡一直就把這幾個結子當念珠用，念了幾千萬遍的〈聖母頌〉。苦的是當地找不到一個隱居的修士，可以請來聽他懺悔，給他安慰。他無可消遣，就在那裡一片草地上踱來踱去，做了許多詩，或寫在樹上，或刻在樹上，或畫在地面的沙上。那些詩都抒寫他心裡的憂鬱，也有幾首是讚美杜爾西內婭的。不過後來人家在那裡找到他的時候，發現只有下面幾首詩還完整，字跡也還清楚。

四周圍參天的高樹，
遍地碧油油的綠草
還有漫山叢生的灌木，
如果你們不笑我苦惱，
請傾聽我聖潔的哭訴。
願你們別為我悲淒，
雖然我心痛如剮；
為了向你們聊申謝意，
堂吉訶德在此哭哭啼啼，
思念遠方的杜爾西內婭•
　台爾•托波索。

最堅貞不二的情人
為了躲避他心愛的姑娘
跑到這個地方來藏身；
他弄成這副狼狽相

1 作者不止一次用這話來形容童貞女子（參看本書上冊，第九章），有的本子把這句話改為「就像她剛從媽媽肚裡生出來的時候一樣」，但這樣是改掉了原文。作者好像是故意這樣說的。

不知是為了什麼原因。
愛情太促狹暴戾，
總侮弄他、虐待他；
待要傾瀉滿腔的涕洟，
堂吉訶德在此哭哭啼啼，
思念遠方的杜爾西內婭・
台爾・托波索。

在崎嶇曲折的山徑上
尋找奇遇，不辭艱險，
咒詛著山石般堅硬的心腸，
但是亂石荒榛之間，
倒楣人只找到災殃。
愛情用鞭子當武器，
不用柔軟的帶子抽打；
因為鞭傷了後腦的頸皮，
堂吉訶德在此哭哭啼啼，
思念遠方的杜爾西內婭・
台爾・托波索。

他們看到上面幾首詩裡，杜爾西內婭的名字下面還附上「台爾・托波索」幾個字，都忍不住大笑。因為他們猜想，堂吉訶德準以為詩裡如果單提杜爾西內婭的名字，而不加上「台爾・托波索」幾個字的說明，人家就看不懂他的詩。據他自己承認，他果然是這個心思。他寫的詩不少，可是上文已經說過，除了這三首，其餘都字跡模糊，而且也不完整了。他就這樣做詩消遣，還只顧長吁短嘆，叫喚著當地森林裡的牧神、樹神、河溪裡的女神，以及含悲帶淚的「回聲」神，請他們回答他、安慰他、傾聽他的訴苦。他在等待桑丘回來的時候，找了些野菜充飢。假如桑丘不是耽擱三天而耽擱了三星期，哭喪著臉的騎士一定面貌全非，連他的生身媽媽都認不得他了。

我們讓他嘆氣做詩去吧。且說桑丘奉命出差，碰到了些什麼事。他走上大道，尋路往托波索去。第二天，他來到上次不幸遭人兜在毯子裡拋擲的客店。他一看見那客店，立刻覺得自己又在天空翻滾，就不肯進去了。其實他不妨進去，也應該進去，裡面正開飯，他好多天只吃冷食，很想吃些熱的呢。

他因此不由自主地在客店旁邊直打轉，拿不定主意究竟進去不進去。正在這個當兒，店裡出來兩個人。他們一眼就認識他，其中一個對另一個說：

「碩士先生，你瞧，那騎馬的不是桑丘嗎？據咱們那位冒險家的管家媽說，他當了她家主人的侍從，跟著一起出門的。」

那位碩士說：「是他呀！那匹馬也就是咱們那位堂吉訶德的馬呀！」

他們對桑丘熟悉得很，原來不是別人，正是桑丘本鄉的神父和理髮師，也就是檢查和處決那些書籍的兩個。他們認明是桑丘和駑騂難得，就想問問堂吉訶德的消息，忙迎上來。神父喊著桑丘的名字說：

呀、什麼苦惱。就這麼一順溜的下去，結尾說：『至死對你忠心的、哭喪著臉的騎士。』」

他們倆瞧桑丘這般好記性，不勝好笑，都把他的記性大大誇讚一番，還叫他把那封信再背兩遍，好讓他們也記在心上，等有工夫再寫下來。桑丘又重來復去背了三遍，每遍都不一樣，遍遍笑話百出。接著他把自己主人的其他些事情也講了。至於他不願光顧的這家客店裡曾把他兜在毯子裡拋擲，這事他卻一字不提。他還講，等他從杜爾西內婭・台爾・托波索小姐那兒帶了好消息回去，他主人就要設法謀做大皇帝，至少也做個國王。這是他們商量好了的事。憑他主人的人才和勇力，這是很容易辦到的。他主人成功之後，就要為他桑丘完婚。到那時候，他少不了已經成了鰥夫了。他主人就把伺候皇后的宮女配給他做老婆，那宮女還繼承了大片肥沃的田地，那是在大陸上的，不是什麼海島河島；海島他現在不稀罕了。桑丘一面講，一面只顧抹拭鼻子，他的神情是那麼正經，頭腦又是那麼簡單，更使神父和理髮師驚奇不已。他們想不到堂吉訶德瘋得這麼厲害，把這個可憐傢伙也拖帶得瘋了。他們懶得去糾正他，覺得反正於他的天良無損，還是隨他去為妙；況且聽他滿口荒唐，也怪有趣的。他們叫他求上帝保佑主人身體強健，很可能將來有一天，他主人真做了大皇帝，起碼也做了大主教之類的貴人。桑丘回答說：

「兩位先生，我這會兒想問問，假如命裡注定我主人不要做皇帝，倒要做大主教，那些游俠的大主教通常對侍從賞賜些什麼呢？」

神父說：「他們通常是賞個神職，有的領乾薪，有的帶管教區；或者賞個執事，給固定的薪俸，外加祭台上的外快。外快往往和薪俸不相上下呢。」

桑丘說：「那麼，侍從得是個獨身漢吧？至少得會幫做彌撒吧？這樣說來，我就糟糕了。我是有老婆的，而且連頭一個字母都不認得。要是我主人不照游俠騎士的老規矩去做大皇帝，卻要做大主教，我可怎麼辦呢？」

理髮師說：「桑丘朋友，別著急。我們會求他、勸他，甚至抬出良心來責備他，叫他做大皇帝，別做大主教。他做大皇帝還比較容易，因為他那好戰的心，壓倒了學道的心。」

桑丘答道：「我也這麼想。不過我敢說，他什麼都來得。我呢，打算禱告上帝，指引他做個事兒，對他自己最相宜，對我又最有利。」

神父說：「你講得對，你幹事也一定符合好基督徒的要求。可是據你說，你主人還在苦行修道呢，現在得想辦法叫他放棄這種沒有必要的苦修。這會兒正是吃飯的時候，咱們還是進客店去，一面想想咱們該怎麼辦，一面可以吃飯。」

桑丘說，他們倆儘管進去，他只在外邊等著，以後再告訴他們自己為什麼不進去、也不便進去；可是請他們為他弄些熱東西吃，再為駑騂難得要些麥子。他們倆就撇下桑丘進客店；過一會，理髮師給桑丘送來了飯食。當下神父和理髮師兩人細細商議。神父想出一個辦法，既配合堂吉訶德的脾胃，也能完成他們的計畫。他一一告訴了理髮師。他打算喬裝打扮成一個出門浪遊的少女，叫理髮師盡可能把自己扮成少女的侍從，然後兩人跑到堂吉訶德那裡去。少女假裝遭了苦難，向堂吉訶德求助，堂吉訶德既是勇敢的游俠騎士，少不得答應她。她提出要求，她到哪裡，也要堂吉訶德跟到哪裡，只說她受了一個壞騎士的侮辱，請堂吉訶德替她雪恥；還請他別要求她除下面罩，也別探問她的身世，等為她雪恥復仇之後再說。神父拿定堂吉訶德會吃這一套。這樣就可以哄他出山，把他帶回家鄉；到了家鄉，他們就可以設法醫治他那古怪的瘋病。

# 第二十七章

## 神父和理髮師怎樣按計而行；以及這部偉大歷史裡值得記載的事。

理髮師認為神父的計策不錯，而且很妙，所以他們馬上就按計行事。他們問客店主婦要了一條裙子和幾塊頭巾，把神父的道袍做抵押。店主人有一條灰褐色的牛尾巴，平時插梳子用的；理髮師拿來做成一部大鬍子。店主婦問他們這些東西要來幹什麼用。神父簡單地把堂吉訶德的瘋病告訴她聽，說他目前還在深山裡，他們想喬裝打扮了去哄他出山。店主夫婦恍然大悟，原來那瘋子正是炮製治傷油的那位客人，他的侍從也就是給人兜在毯子裡拋弄的傢伙。他們就把這瘋子在他們店裡的事全告訴了神父，連桑丘絕口不提的也都講出來。長話短說，店主婦把神父打扮得沒那麼樣兒的好看。他穿一條細呢裙子，裙上釘著一條條一拃寬的黑絲絨橫條，裙子從前到後都鑲嵌褶襉[1]；上衣是綠絲絨的短袖緊身，白緞子沿邊。這套衣裙準是萬巴王[2]時代做的呢。神父不肯戴女人頭巾，只戴上他的麻布睡帽。他把綁腿的黑綢帶子一條蒙在腦門上，一條當作面罩，遮住鬍子和臉頰。他戴上可充陽傘的寬簷大帽，又披上大氅，像女人那樣橫坐騾背。理髮師也騎騾；鬍子直垂到腰間，顏色是灰褐夾花白，上文說過，那是用灰褐色的牛尾巴做的。

他們辭別了店裡眾人，也辭別了那好丫頭瑪利托內斯。她雖然是有罪過的人，卻發願要念一串〈玫瑰經〉，求上帝保佑，讓他們把著手要幹的這樁慈心救人的大難事辦妥。神父剛出店門，忽又轉念，自己不該這樣打扮；一個做神父的扮成這般模樣，雖說是為了幹一件要事，究竟不成體統。他把這意思告訴了理髮師，要和他調換服裝，讓理髮師扮落難女子，自己扮侍從，這樣比較合適，不致掃盡神父的體面。他說，如果理髮師不依他，隨堂吉訶德給魔鬼抓去，他也絕不再往前一步。恰好桑丘跑來，看見他們倆這樣打扮，忍不住哈哈大笑。理髮師到底都依了神父的主張，兩人把原計畫變通了一下。神父教導理髮師該擺出什麼樣的身分，用什麼話去說動堂吉訶德，勸他跟他們一同回去，別為了無謂的苦修贖罪還待在他選中的那片荒山野地裡。理髮師說他不用教導，自己都會應付。他不肯馬上換裝，要跑近堂吉訶德所在的地方再換。所以他把衣服疊上，神父也把鬍子藏好，兩人跟著桑丘一同上路。桑丘把他和主人在山裡碰見瘋子的事講給他們聽了，只是沒說發現手提箱和箱子裡的東西。這傢伙傻雖傻卻有點貪心呢！

第二天，他們跑到一個地方，路上有桑丘標誌主人所在的灌木枝。桑丘認得那路標，就告訴神父和理髮師這是上山的入口，假如他們得喬裝打扮了救他主人出山，這裡可以化裝了。原來神父和理髮師已經和桑丘講明：如要免他主人自尋苦惱，他們不裝扮成那副模樣跑去是不行的。他們再三叮囑桑丘：別說破他們是誰，只算是不認識的；他主人必定會問，給杜爾西內婭的信捎去沒有，如果問到這話，就說，信送到了，她不識字，所以託他捎回口信，請堂吉訶德立刻去見

1　鑲嵌褶襇（acuchillado），把衣料裁出一條條裂縫，每個裂縫裡鑲上兩頭尖、中間大的瓜皮形長條，這往往是另一種料子、另一個顏色的；女人的裙子和衣袖，男人的上衣都行得這樣鑲嵌褶襇，使膨成圓形。

2　萬巴王（Rey Wamba），西班牙戈斯系的國王，西元六七二至六八〇年在位。萬巴王時代指很古的時代。

她，不去她要生氣的。他們說，這個口信對桑丘自己非常要緊，因為憑這麼一說，再加上他們打算說的一套，穩可以叫他主人不再那麼受罪，還可以勸他主人馬上設法去做大皇帝或國王——桑丘不用擔心，他主人不會去做大主教。桑丘聽了一一牢記在心，很感激他們存心勸他主人做大皇帝而不做大主教，因為照他估計，若要賞賜自己的侍從，大皇帝比游俠的大主教更有權力。他對神父和理髮師說：最好讓他先去找他主人，傳達那位小姐的口信；也許不用他們費多大事，單靠那個口信就可以叫他出山了。他們覺得這話有理，決計等他見了主人回來，聽了他的消息再說。

桑丘上山，把他們倆撇在山峽口上。從峽口流出一條平靜的小溪，溪邊的山石背後和樹木底下一片清蔭，怡人心目。那時正當是八月盛暑，往常是當地最熱的天，時間又是下午三點，那塊地方越顯得可愛；他們身不由己，就在那裡歇下等待桑丘。兩人正在樹蔭裡休息，忽聽得沒有樂器伴奏的唱誦聲，很悠揚悅耳。他們想不到這地方會有人唱得這麼好，非常驚訝。儘管人家常說，山林裡有些牧羊人嗓子非常好，那不過是詩人的誇張，不會真有其事。況且唱的不是牧羊人的山歌，卻是文雅的詩，他們聽了越發詫異。他們確沒聽錯，唱的是以下幾首詩：

是什麼使我的幸福渺茫難期？
　嫌棄。
什麼使我痛苦上增添痛苦？
　嫉妒。
什麼把我的耐心不斷熬煉？
　相思不見。

照這樣，任何藥石針砭
都不能解除困頓我的病痛，
因為使我灰心絕望的種種
是嫌棄、嫉妒和相思不見。

是什麼使我這樣苦悶悲哀？
　戀愛。
是什麼使我棄絕了上進之心？
　命運。
是誰坐視我痛苦纏綿？
　蒼天。
照這樣怎能怪我惴惴不安
怕這一場奇病會斷送了我，
因為他們勾結著把我折磨：
戀愛、命運和那蒼蒼者天。

改善我的命運憑何良方？
　死亡。
戀愛的歡樂怎樣可以追尋？

變心。

戀愛的苦惱怎樣得以避免？
瘋癲。

照這樣要指望我身癒病痊
除非是糊塗人事理不明，
因為如要治療我的痴情，
只能依靠死亡、變心、瘋癲。

那個時間、那個季節、那荒僻的地點、那個嗓子和那熟練的唱工，使聽的人又是詫異，又是嘆賞。他們悄悄地等那人再唱些別的，可是等了一會沒有聲音，就想去找那好嗓子的歌唱家。他們正要起身，聽得那人又唱了，忙停下來。唱的是下面一首十四行詩：

神聖的友愛，你憑矯健的翅膀
早已輕捷地飛身高入雲端，
單把自己的影子留在人間，
你卻和幸福的神靈逍遙天堂。
你只許世人隔著帷幕窺望，
正義的和平，他們欲見無緣；
罪惡蒙上了德行的假面，

隱隱現現透出誘惑的光芒。
友愛啊，求你別再高居天上，
讓虛偽穿上你家人的號衣，
毀滅了人間所有的真心誠意。
你如果不去揭破那些欺誑，
世界上眼看著就要紛爭不已，
又回復到混沌初闢的時期。

一聲長嘆結束了歌唱。兩人還傾耳靜聽，可是歌聲變成了哭泣和哀嘆。他們決計要去瞧瞧哪個傷心人唱得這麼好聽，又嘆息得這麼悽慘。他們沒走多遠，轉過一塊岩石，看見一個人，那相貌神情，就跟桑丘形容的卡迪紐相仿。這人見了他們並不吃驚，照舊低著頭，好像沉思的樣子，也不抬眼看他們，只在他們倆突然跑來的時候瞥了他們一眼。神父憑這人的一些特點已經料定他是誰，又聽說過這人的倒楣事，所以就迎上去。他很善於辭令，雖然說話不多，卻說得極委婉。他諄諄勸導，叫這人拋棄這種苦惱的生活，不然，萬一在這裡斷送了性命，那就更是不幸中之大不幸了。卡迪紐常發瘋，神志昏迷，可是這時候卻完全清醒。他看到兩人的裝束不像這一帶荒野裡來往的人，已經覺得詫異，聽他們講到自己的事彷彿都熟悉（因為照神父對他講的話，分明知道他的事），就越加驚奇，因此回答說：

「兩位先生，我雖然不認識你們，卻很明白你們兩位是上天派來解救我的。天保佑善人，連壞人也常蒙上天保佑。我何德何能，有勞兩位跑到這種與世隔絕的荒僻地方來。你們要勸我離開此地，另找好的去處，舉出了各種中肯的道理，叫我看到自己過這種生活多麼不合情理。可是我知道，假如我解脫了這個苦難，就要陷入更大的苦難。兩位不知道這個緣故，也許要把我當作一個頭腦不清的人，甚至頭腦完全糊塗的人。你們真要是這麼想，也不足怪。因為我自己明白，每當我想起自己那些不幸的事，覺得萬箭攢心，不能忍受，我就不由自主地變成石頭一樣，什麼知覺都沒有了。人家把我神志昏迷的時候幹的事告訴我聽，講得有憑有據，我才知道自己確是失去了知覺。我毫無辦法，只好空自悲嘆，咒詛命運，並且把自己發瘋的緣由向願意聽的人告訴一番，希望他們諒解。因為明白事理的人知道了緣由，對後果就不會詫怪；儘管無法補救，至少不會責備我，他們對我這個瘋子的嫌惡，會變成對我這個苦命人的憐憫。如果你們兩位像別人那樣存心，那麼，請你們且不要頭頭是道的勸說，還是聽聽我那數說不完的倒楣事吧。你們聽了也許就不再白費心思來安慰我了；我的苦惱是無可救藥的。」

他們倆正要聽他親口講講致病的根源，就請他講，並且答應絕不違反了他本人的意願去幫助或安慰他。這位倒楣的紳士就把自己的傷心史講給他們聽。他講的話和他的講法，都跟前兩天對堂吉訶德和牧羊人講的差不多。上文已經說過，堂吉訶德為了維護騎士道的尊嚴，對艾利沙巴師傅的事斤斤計較，因此故事沒有講完。這番運氣好，卡迪紐沒有發瘋，居然一直講到底。他講到堂費南鐸在《阿馬狄斯・台・咖烏拉》書裡找到一封信，他說他記得很清楚，原信如下：

陸莘達致卡迪紐：

你的品性之美，我每天都有所發現，我對你的器重與日俱增。這彷彿是我欠了你的債，不能抵賴。假如你要我完償這項債務而不傷我的體面，你很容易辦到。我父親知道你，他又很愛我。如果你真像自己說的和我想的那樣看重我，那麼，我父親不用勉強我就可以把應該屬於你的歸還你。

「我已經講過：我向陸莘達的父親求婚是受了這封信的鼓勵；堂費南鐸把陸莘達看作最聰明最有主意的女人，也由於這封信；使他蓄意不等我如願就毀了我，也正是這封信。我告訴堂費南鐸：陸莘達的父親一定要我父親出面求親，這一點他很在乎；而我怕父親不答應，還沒敢對他說。我不是怕我父親不知道陸莘達的高貴、善良、德貌雙全，她的門第人品足以替西班牙的任何世家增光，可是我看出他不願意我馬上結婚，先要瞧瞧李卡多公爵怎樣提拔我。總之，我告訴堂費南鐸，我為這點顧慮，不敢冒冒失失地就去跟我父親講；我另外還有些怕懼，自己也不知道怕什麼，只覺得一心盼望的事永遠不會實現。堂費南鐸聽我講了就一力承當，說要去見我父親，叫他找陸莘達的父親談談。哎，野心勃勃的瑪利歐啊！殘酷的卡悌利納啊！惡毒的西拉啊！奸詐的加拉隆啊！反叛的維利多啊！挾私報復的胡良啊！貪錢的猶大啊[3]！忍心害理、好將惡報的奸賊

3　瑪利歐（Mario）是羅馬大將，西元前十二世紀與西拉（Sila）爭權，激起內戰，互相殘殺。卡悌利納（Catilina，西元前一〇九—前六一）是個善於陰謀的羅馬政客，這個名字代表一切爭求個人名位、不惜犧牲國家的人。加拉隆（Galalón）是出賣羅蘭都的，這個名字代表一切叛徒和奸詐的人。維利多（Vellido）是熙德（Cid）傳說中的叛臣，於一〇七三年謀殺西班牙國王桑丘二世。

啊！我這個可憐蟲一片天真，把心裡的祕密向你和盤托出，我哪一件事對你不起了？我什麼地方得罪你了？我對你說的話、為你出的主意，哪一點不是為你的體面和利益？可是我這個倒楣人有什麼好埋怨的呢！災星帶來的晦氣，彷彿從天而降，來勢凶猛，地上沒力量抵擋，世人也無法防止，這是沒什麼說的。堂費南鐸是貴家公子，又明達事理，對我的效勞也還知感，而且他不管愛上誰，都能夠遂心如願的，誰想到他會像常言所說的天良滅盡，竟要奪我僅有的、還沒到手的一隻小羊羔呢[4]。不過這些話都不說了，說也沒用，我還是把沒講完的痛史講下去吧。且說堂費南鐸覺得我在旁邊礙著道兒，不便實行他那奸惡的計策，決計把我差遣到他哥哥那裡去，藉口要我去討一筆款子償付六匹馬價。其實他只為實行自己的惡計，要把我支使出去，故意在他答應找我父親談話的那一天買了六匹馬，叫我去討那筆錢。我怎會料到這是騙局呢？怎會起這個疑心呢？當然不會的。我卻覺得這幾匹馬買得很上算，非常高興，願意立刻動身。那天晚上我和陸苹達會面，就把我和堂費南鐸商量好的事告訴她，還說，我們正當的願望拿定可以滿足。她和我一樣，全沒提防到堂費南鐸的欺心，只叫我盡早回來，因為照她料想，只等我父親和她父親當面一講，我們倆馬上可以稱心如意。不知道是怎麼回事，她說完眼睛裡汪著淚，嗓子哽住了，好像還有許多話要說，卻一句也說不出口。這是從來沒有的奇事，使我很詫異。我們倆只要機會湊巧，或是我設法找到機會，見了面總很快活、很稱心。我們的談話裡摻不進什麼眼淚呀、嘆息呀、嫉妒呀、猜疑呀、憂慮呀等等。我總是誇耀自己幸運，承上天把她給我做了意中人。我讚她美，稱賞她的品德和識見。她有來有往；情人眼裡，看到我種種值得稱讚的好處，也滿口稱讚我。此外我們還談論有關街坊親友的許多家常瑣碎。我最放肆的行為是硬拉著她的纖纖玉手湊到嘴邊去親吻一下，可惜那道半截高的鐵欄柵擋在我們中間，而柵欄的縫眼又很窄。我動身的倒楣日子前夕，陸莘達一反常態，又是哭，又是長吁短嘆，然後回身走了。我看到她那壓抑不住的傷感和往日大不相同，心裡很吃驚，覺得惶惑不安；可是我並不喪氣，只以為是她對我情深摯，親密的人一旦分離，悲痛總是難免的。總之，我悽悽惶惶地離開了她，滿肚子猜疑，卻又不知道猜疑些什麼。這分明是預兆，暗示我就要遭到悲慘不幸的事了。

「我到了地頭，把信呈給堂費南鐸的哥哥。他接待得很殷勤，只是不馬上打發我走，卻要我耽擱八天，這使我很不樂意。他還叫我躲在李卡多公爵瞧不見我的地方，因為他弟弟信上囑咐他，捎這筆錢要瞞著他們父親。這都是奸賊堂費南鐸的計策；他哥哥有的是錢，盡可以馬上打發我。這種命令使我簡直不願意服從，因為覺得要離開陸莘達那麼多天，日子實在過不下去，尤其因為我剛才講的，我們分別的時候她非常傷心。不過我畢竟是個聽話的傭人，儘管知道這要損害自己的幸福，我還是服從了。可是我在那裡剛待了四天，忽有人找我，給我捎來一封信。我一看信面上的姓名地址，知道是陸莘達寫的，因為是她的筆跡。我拆著信戰戰兢兢，心想準是出了什麼大事，她才遠道寄信來，往常我們相近的時候，她很難得寫信的。我不及看信，先問來人：信是誰交給他的，在路上耽擱了多久。那人說，他有一天中午，偶爾在城裡一條街上走過，看見個很美的女人在窗口招他；她含著兩眶淚，情急慌忙地說：『朋友，你看來是個基督徒；你真是個

---

胡良（Julián），十一世紀西班牙叛臣，因報私仇，引阿拉伯人入侵。猶大（Judas）指出賣耶穌的叛徒。以上都是卡迪紐憤怒中列舉的，有些用在費南鐸身上並不恰當，如野心勃勃的瑪利歐、貪錢的猶大等等。

4 這是引用《舊約》的典故。大衛王害死烏利亞，娶了他的妻子拔示巴；拿單對大衛打了一個比喻，說他的行為好比富戶攫取窮人僅有的一隻羊羔（〈撒母耳記下〉，第十一、十二章）。

基督徒的話，我求你看上帝份上，立刻把這封信按封面上的姓名地址送去，人名地點都是大家知道的。這是為上帝幹一件大好事。我這個手巾包裡的東西請你收下，你辦事可以方便些。』她一面說，就從窗口扔出一個手巾包裹和我交給你的這封信，包裡有一百瑞爾和我這裡帶著的一只金戒指。她看見我撿起信和手巾包，打招呼表示遵命，就離開窗口，沒再等我回答。我想給你送信即使要費點事，我已經得了很好的報酬；又看到信面上的姓名原來是你，先生，我對你是很熟悉的；那位美人的眼淚也使我義不容辭：所以我決計不轉託別人，親自趕來送信。我自從拿了信一路趕來，總共費了十六小時。從那邊到這裡，道路的遠近你是知道的，有十八哩瓦呢。那位千恩萬謝的臨時信差講話，我全神貫注地聽著，兩腿簌簌地抖個不住，幾乎連站都站不住。後來我拆信讀了，信上說：

堂費南鐸答應去見你父親，勸他找我父親面談，他履行這句諾言的時候，只遂了自己的心願，沒顧到你的利益。我告訴你吧，先生，他已經向我父親求我為妻。我父親覺得堂費南鐸這門親壓倒了你這門親，所以一口應允，急不可待，再過兩天就要舉行婚禮了。這是很祕密的，很少幾人參加，見證只有上帝和幾名家人。我的情況，你可想而知。也請你瞧瞧，你是否該回來了。將來你看到這件事情的結局，會知道我是否真心愛你。但願上帝保佑，這封信到你手裡的時候，我還沒有被迫和那個背信棄義的人攜手成禮。

「總之，信上總之是這麼說的。我看了信，不再等東家打發，也不再等那筆款子，馬上就動身上路。我當時心裡明白，堂費南鐸差我到他哥哥那裡去，並非為了買馬，是別有用心的。我一方面痛恨堂費南鐸，一方面又怕失掉我憑多年真心誠意贏來的寶貝，因此我彷彿長了翅膀，飛也似的，第二天就趕回家鄉了。那時候正便於會見陸莘達。沒人看見我進城；我騎回去的騾子已經寄放在那個送信的熱心人家裡。運氣湊巧，我跑去正逢陸莘達在她窗口的柵欄前面——我們經常談情的地方。陸莘達立刻看見了我，我也立刻看見她了，不過彼此都不像往常一樣。世上有誰能把女人複雜的心思和多變的性情看透識破呢？誰都不敢誇這個口，這是千真萬確的。且說陸莘達見了我，就對我說：『卡迪紐，我已經穿上新娘的禮服，堂費南鐸那奸賊和我那貪心的爸爸、還有幾個見證正在廳堂上等著我。不過他們只會看到我死，不會看到我結婚。朋友，你別慌，你且設法來瞧瞧這場祭獻的典禮。我如果憑一張嘴阻止不了這件事，我還懷著一把短劍，再大的強暴也抵擋得住。我可以一劍結束自己的生命，借此表白我對你始終如一的心。』我怕沒時間細講，急急忙忙地說：『小姐，但願你說到做到。你既然懷著短劍，準備自保堅貞，我這裡帶著一把長劍，可以衛護你，如果咱們運命舛錯，我還可以自殺。』我想她大概沒來得及聽完，因為傳來一片催促聲，新郎等著她呢。當時我的悲苦像黑夜那樣籠罩著我，我的歡樂像落日那樣沉沒了。我眼前不見了光明，心裡失去了理智。我沒力氣到她家去，一步也挪不動。可是我考慮到自己如果在場，對事情的發展大有關係，就極力振奮精神，跑進她家。她家出入的道路我都熟悉，而且她家暗裡正忙著大事，所以誰也沒看見我。我潛身匿跡，偷入廳堂，躲在一個弧形窗的凹處。我前面有兩幅窗簾交掩著，人家看不見我，我從窗簾的縫裡卻看得見廳堂上的一舉一動。我在那裡等待的時候心慌意亂，思前想後，萬念交攻。現在誰能表達呢？那真是沒法說，也不說為妙。我只

5 上文是送信人轉述的話。下文是他講的話。

說新郎到了廳堂上來；他還是隨常衣服，毫無裝飾。儐相是陸苹達的一位堂兄，廳堂上沒外客，只有幾名家人。過了一會，陸苹達由她媽媽和兩個侍女陪著從內室出來。她的服飾恰配她的身分和美貌，又華貴，又時髦。我急急惶惶，她的服裝沒有心情細看，只見衣服是深紅和白色，頭紗和衣服上綴滿的珠寶鑽石燦燦放光，襯得那一頭黃金色的好頭髮特別美麗。寶石和廳堂上四支四芯[6]大蠟燭的光，都不如她的頭髮耀眼。記憶力啊！你和我抵死作對，不容我心地安寧！你現在何苦叫我看到自己傾倒的冤家這樣美貌無雙呢？殘酷的記憶，你不如叫我把她當時的行為追憶一下，重溫一遍吧；她那麼明顯地辜負我，如果不能促我報仇，至少也可以激我自殺。兩位先生，請你們聽了這些瑣瑣屑屑不要厭煩。因為我的苦惱不能三言兩語草草帶過，也不應該那樣；我自己覺得每個情節都值得詳細敘述。」

神父插嘴說，聽他講這些細節非但不覺厭煩，還很感興趣，因為都是不該忽略的，和重大事件同樣值得注意。

卡迪紐接著說：「大廳上大家到齊之後，教區神父就進來了。他按照結婚的儀式，拉著新郎新娘的手說：『陸苹達小姐，你是否願意按神聖教堂的規定，和這位堂費南鐸先生結為夫婦？』我等著陸苹達的一句話來判定自己的死生，從窗簾縫裡探出整個腦袋和脖子，全神貫注，心怦怦地聽她怎麼回答。唼！我當時但能有那膽量，攔出來大喊一聲說：『啊，陸苹達！陸苹達！你下一步得慎重啊！別忘了你對我的信義！記著你是我的未婚妻，不能再嫁別人！你該知道，你答應一聲「願意」，馬上可以斷送我的性命！哎，剝奪我體面、殺害我生命的奸賊堂費南鐸啊！你要怎麼著？你圖什麼？你該想想，你既是基督徒，就不能隨你的心，因為陸苹達是我的妻子，我是她的丈夫。』唼！我真是瘋了！現在離開了他們，也沒有危險，卻空說當時應該怎麼辦。我讓強盜搶了我的寶貝，只顧咒罵強盜，如果我這片怨命的情緒換作報仇的膽氣，我盡可以找那賊子雪恨呀。總而言之，我當時既然膽小糊塗，現在懺恨瘋狂而死，正是我活該的。

「神父等著陸莘達回答；她半晌不作聲。我還以為她要拔出短劍自明心跡，或吐露些有利於我的真情呢，卻聽得她有氣無力地說：『我願意』。堂費南鐸也答應一聲『願意』，給她戴上戒指，兩人就結下了解不開的親。新郎過來擁抱新娘，她卻一手按住胸口，倒在她媽媽懷裡暈過去了。現在且講講我當時的情況吧。我聽得她一聲『願意』，明白自己的希望是一場空，陸莘達的諾言是鬼話，這時失去的寶貝再也不能重獲。我不知所措，覺得老天爺唾棄了我，生長我的大地把我當作仇敵了。我呼吸堵塞得不能嘆息，眼睛枯澀得不能流淚，只有火氣旺盛，忿火妒火渾身燃燒著我。陸莘達一暈倒，大家都亂了手腳。她媽媽解開她胸口讓她回過氣來，發現她懷裡有一張封緘的字條。堂費南鐸立刻拿去就著燭光細看，看完了坐在椅上，手托著腮，很有心事的樣子，隨旁人去救護自己的新娘，也不插手幫忙。

「我瞧他們家一片混亂，就大著膽子跑了出來，不管人家看見不看見。我打定主意，如果給人看見，就大幹一場，懲罰奸詐的堂費南鐸，也不饒那昏迷未醒的水性女人，讓人人知道我滿懷氣憤是理直義正的。可是命運準是保留著我去承當更倒楣的事呢——假如還會有更倒楣的事。命裡注定我往後昏迷不清的頭腦，那時候格外清醒。我不願把怨恨向我的兩大冤家發洩，只想懲罰自己，把他們應得的痛苦，加在自己身上，甚至比他們應得的還變本加厲。我當時如果向他們倆報復，很容易辦到的，突然一死的痛苦是一下子就完的，而我糟蹋自己卻是長期緩慢的自殺，比

6 一支蠟燭有四個燭芯。

馬上送命更加痛苦。乾脆說吧，我離開了他們，跑到我寄放騾子的人家。我煩主人給騾子備上鞍轡，也不及向他告辭，就騎騾趕出城去，像羅德一樣，不敢回頭看[7]。我孤身在郊外，夜裡的一片漆黑遮蔽著我，四下裡的沉寂彷彿等著聽我訴苦。我沒什麼顧忌了，不怕人聽見，不怕人知道，就放開嗓子，解開舌頭，把陸苹達和堂費南鐸千百遍的咒罵，好像這樣就能抵消他們對我的辜負。我罵她殘酷、薄情、詐偽、負心，尤其罵她貪婪，被我仇人的財富迷了心竅，把對我的愛情轉移到幸運的富貴公子身上。我在任情咒罵的時候，卻又替她開脫。我說，一個姑娘在父母家閨房裡受到的薰陶教育，無非是服從父母；父母為她挑了這樣一個富貴漂亮的公子做丈夫，她當然樂於聽命，她要是不答應，人家就以為她是糊塗蛋，或是另有所歡了，這對她的聲名是很不好的。可是我馬上又把話說回來。她只要說已經和我訂有婚約，她父母覺得她挑選了我還算不錯，就會原諒她。因為在堂費南鐸向她家求親之前，他們如果沒有奢望，也不能找到比我更好的女婿。她在最後那個緊要關頭，不妨慢著和人家結婚，盡可以說已經和我私訂終身；隨她怎樣說，我都會坐實她的藉口。總之，我斷定她薄情淺見，又眼高心大，貪圖榮華顯赫，所以把自己的諾言全拋在腦後了；而我卻陶醉於自己抱定的希望和正當的愛情，把她的空話信以為真。

「我叫罵著失魂落魄地跑了一夜，天亮跑到了這座山的一個峽口。我上山不辨路徑，跑了三天，到一片草地上，不知那是山的哪一面。我問幾個牧羊人哪裡是山裡最荒僻的地方；他們說朝這邊走就是。我馬上就朝這邊走，打算到這裡來了卻我的餘生。我到了這一帶荒僻的地方。我的騾子因為又累又餓，我想牠更可能是要扔掉我這個毫無用處的負擔，竟倒地死了。我只好下地，當時筋疲力竭，餓得發慌，又沒處求救，而且也不想求救。我就這樣在地上躺了不知多久。我爬起來的時候已經不覺得餓，只見身邊有幾個牧羊人，想必是他們給了我吃的喝的，因為他們告訴我他們怎樣發現了我，還說我當時滿嘴胡言亂語，分明是神志昏迷的徵象。從此我自己覺得有時候腦筋不清，非常混亂糊塗。我竟會瘋瘋癲癲，或把衣服撕破，或在僻靜的地方大叫大喊，或咒罵自己的命運，或百無聊賴地反覆呼喚我負心人的芳名。我當時沒別的指望，只求呼號而死。等我清醒過來，就覺得渾身癱軟疼痛，動也不能動。

「我經常住在一棵軟木樹的窟窿裡，那窟窿容得下我這個苦命人的身體。這座山裡來往的牧牛牧羊的人可憐我，養活著我。他們把吃的東西放在路旁邊和石頭上，預料我會走過那裡，並且看見那些東西。我儘管心理昏亂，憑生理的需要，知道怎樣活命，看見了吃的東西會饞，就想拿來吃。他們在我清醒的時候告訴我說：我有幾回碰到牧羊人由村裡運糧到這邊草屋來，就攔路擋住，儘管他們願意給我吃，我卻要搶。我苦惱的殘生就是這樣過的，要等上天照應，讓我死了才罷；或者等我的記性死了，記不起陸苹達怎樣美，怎樣負心，記不起堂費南鐸怎樣欺侮我，如果天保佑有那一日，而我還活著，我才可以往好處著想。不然呢，我只可以求上天對我的靈魂無限慈悲吧。因為我甘心在這種痛苦生活裡沉淪，自己覺得沒有勇氣也沒有力量超拔出來。

「兩位先生啊，這是我遭遇不幸的傷心史。你們說吧，像這樣的事，我能講得比剛才還冷靜嗎？請不要白費唇舌，把你們按道理認為可以救人的方法來勸誡我，因為你們對我勸誡，好比名醫為不肯服藥的病人處方，都是沒用的。我沒有陸苹達就不要恢復健康。她本來是我的，或者應該是我的，她卻甘心跟了別人；那麼，我本來是能有幸福的，也就甘心做苦命人了。她願意憑她的反覆無常，置我於死地；我就願意毀了自己，讓她稱心。後世的人可以把我看作樣品，因為只

7 這是引用《聖經》的典故。羅德逃出所多瑪城，天使告誡他不得回頭看（《舊約》，〈創世記〉，第十九章）。

他的臉，因為他正低著頭在樹旁河溪裡洗腳呢。他們腳步很輕，那人沒有聽見，一門心思地洗腳，沒顧到旁的。溪水裡有許多石頭，他那一雙腳就像生在石頭堆裡的兩塊白玉。他們看見這雙腳又白又美，不勝驚奇，覺得這雙腳不配踩泥塊，也不配跟著犁和耕牛奔跑，和身上的裝束不相稱。神父走在頭裡，瞧那人還沒覺知，就做手勢叫他那兩個夥伴在附近岩石後面躲一躲。他們都躲起來，注視那小伙子在幹什麼。他穿一件兩側開衩的灰褐色短外衣，腰裡緊緊地束著一條白毛巾。他的褲子和綁腿也是灰褐色的，頭上戴一頂灰褐色的便帽；綁腿捲到小腿的半中間，那兩條腿真是雪花石膏也似的白。他洗完那雙纖美的腳，從便帽底下抽出一塊擦布，把腳擦乾。他抽出那塊擦布的時候，抬起臉來，那幾個注視他的人就此瞧見了他無比的美貌。卡迪紐不由得低聲對神父說：

「這人既不是陸苹達，就該是天上神仙了，不會是凡人。」

小伙子脫下便帽，腦袋左右一搖晃，把頭髮都披散下來，那頭髮真是叫太陽的光芒都要嫉妒的。他們這才知道看似農夫的小伙子原來是嬌弱女子，而且是絕世美人。他們三人裡，兩人生平沒見過這等美貌，卡迪紐如果不認識陸苹達，也就大開眼界了，因為據他後來說，只有陸苹達可以跟她比美。她那一頭金紅色的頭髮又長又多，不但遮沒肩背，連全身都罩沒，只露出一雙腳。她把兩手當梳子用。如果說她的腳在水裡像兩塊白玉，她的手在頭髮裡就像雪花捏出來的。三個注視著她的人看了越加驚奇、越加急切地要知道她究竟是誰。因此他們決計跑出來。他們起身的時候有些聲響，那美貌姑娘立刻抬起頭，兩手分開蒙在眼前的頭髮，看是什麼響。她一見他們，馬上站起來，不及穿鞋，也不及挽上頭髮，忙搶了身邊一捆東西——好像是衣裳，驚惶失措地想要逃走。可是她那雙柔嫩的腳受不了山石的稜角，沒走得五六步就跌倒了。那三人看見，就趕上去；神父第一個趕到，對她說道：

「姑娘，不問你是誰，勸你別跑了。我們這幾個人是存心來幫你的。你不用跑，跑也沒用，你這雙腳既跑不動，我們也不會讓你跑掉。」

她又驚又慌，聽了這番話只不作聲。其他兩人這時也跑來了，神父拉著她的手說：

「姑娘，你這套衣服把我們蒙住了，可是你的頭髮卻洩漏了真相。你分明是遭了什麼重大的事故，才用這樣不合適的衣服遮掩著自己的美貌，跑到這樣荒僻的地方來。幸喜我們在這裡找到了你，即使不能解救你的苦難，至少也能幫你出出主意。一個人不論遭了多麼大的苦難，不論多麼煩惱，只要還活著，就不至於連人家好心出的主意都不願意聽。所以，姑娘——或者先生，隨你喜歡怎麼稱呼都行，我勸你不要害怕；且把你或好或歹的遭遇告訴我們，我們全夥每個人都會同情你的不幸。」

神父說話的時候，那化裝的姑娘呆呆地看著大家，也不開口，也不出聲，活像村夫突然看見了從未見過的稀奇東西那樣。神父反覆勸說，她才長嘆一聲，打破沉默，說道：

「這片荒山既不容我藏身，我披散的頭髮又不容我冒充男人，我現在就不必再遮遮掩掩了；你們不說破我，也不過是出於禮貌罷了。事到如此，諸位先生，我只有感謝你們表示的一番好意，因此也不得不答應你們的要求。我只怕你們聽了我那些不幸的事，同情之外，還得陪上相當的煩惱；因為我的不幸沒辦法補救，也沒語言可以安慰。不過你們已經知道我是女人，瞧我年紀輕輕，孤單一人，又扮成這副模樣，這種種都可以使我聲名掃地的；免得你們懷疑我的貞操，我只好把一心要隱瞞不說的事告訴你們了。」

這位相貌姣好的姑娘一口氣說完。她口角玲瓏，聲調柔婉，使他們對她的才和貌都傾倒不已。他們又表示願意幫忙，請她把答應講的快講出來。她並不推辭，文文靜靜穿上鞋，挽起頭髮，在一塊石頭上坐定，讓那三人圍著她坐下。她極力忍住眼淚，沉著清楚地講述自己的身世[1]：

「安達魯西亞有個公爵的封邑，領主是西班牙第一等的大貴人。他有兩個兒子：大兒子是他家業的繼承人，也承襲了他那些好的品性；小兒子承襲了他什麼，我不知道，只知道他承襲了維利多的欺心，加拉隆的奸詐[2]。我的爹媽是屬於這位公爵管轄的農民，出身卑微，不過很有錢；假如他們的家世能和他們的財產相稱，那就十全十美，我也不至於遭到目前這種不幸了。因為我的薄命大概就由於他們不是貴族。當然，他們也並不下賤，不至於自慚家世；可是也不夠高貴，使我不免把自己的不幸都歸因於出身卑微。乾脆說吧，他們是莊稼人，是身家清白的平頭百姓，所謂世代相傳的基督教徒。他們家財萬貫，憑富裕和闊綽，已經漸漸攀上鄉紳的行列，甚至是起碼的貴族了。可是他們最得意的是我這麼一個寶貝女兒。他們沒有別的兒女，又很溺愛，所以我是歷來爹娘寵出來的最嬌慣的女兒。我是他們照鑑自己的鏡子，是他們老來的拐杖，是他們的一切願望，只要上天容許，都以我為主，全是為我好，和我本人的願望沒一點參差。我不僅是他們心靈的主人，也是他們財產的主人。家裡的傭人由我雇用，由我辭退。安排播種、登記收穫，都是我管的。家裡的油磨、酒榨、多少頭牛羊、多少箱蜜蜂，一句話，像我爹那麼一個富農應有盡有的，全歸我一手經營。我是大總管，也是女主人。我盡心竭力，他們也心滿意足。我每天給牧牛牧羊的頭兒、家裡的管事人和其他雇工們布置好的工作，有餘閒就做些姑娘家份裡的活兒來消遣，譬如針線、刺繡、紡織之類；有時候休養精神，扔下這些，讀讀宗教書籍，或者彈彈豎琴，因為我親身體會到，疲勞的時候，音樂能怡情養性。這是我在父母家的日常生活。我講得這麼仔細，不是賣弄，不是表示自己家裡有錢，只是要讓你們明白，我從這麼好的境地落進了當前的苦難，並不是自己的罪過。

「那時候我每天忙著許多事情，而且關在家裡，簡直像在修道院裡一樣。我想除了家裡的傭人，外人誰也見不到我，我上教堂望彌撒是在大清早，有我媽媽和女傭人們緊緊陪隨，我的臉遮得嚴嚴密密，我又非常拘謹，眼睛只望著下腳的地方。可是愛情的眼睛——也許該說遊蕩的眼睛比山貓的眼睛還尖；堂費南鐸——就是那位公爵的小兒子憑這雙眼睛東張西望，竟看見了我。」

她一提到堂費南鐸這個名字，卡迪紐立刻變了臉色，冷汗直冒，神情非常激動。神父和理髮師曾經聽說他的瘋病是常發的，這時瞧他那模樣，生怕他又要發瘋了。可是卡迪紐除了冒汗，倒還鎮定，他別無舉動，只眼睜睜地盯著那農家姑娘看，心上已經猜到她是誰了。她呢，並沒有注意到卡迪紐的激動；繼續講她的事：

「據他後來對我說：他一看見我，就顛倒得不由自主，從他的行為上都看得出來。他要對我表明自己的心，使了種種手段：他賄賂我們全家，他向我爹媽送禮，給他們種種優待；我們那條街上每天都像過節或慶祝什麼喜事似的，每晚演奏音樂，鬧得誰也不得睡覺。數不清的情書，不知怎麼的會送到我手裡，信上滿紙訴衷情獻殷勤的話，許的願和發的誓比信上的字數還多。這些事我不細說了，因為要把我那數說不完的傷心事快快講完了罷休。他種種討好非但沒使我心軟，反叫我橫下了心，好像他是我的死冤家，好像他要贏我歡心的事，都是來惹我生氣的。我並不是

1 這個穿插的故事是根據真人真事的。故事裡的堂費南鐸是奧蘇那公爵的二兒子堂貝德羅·希容，但受騙的女子沒有像故事裡那樣和他結婚。

2 參看本書第二十七章，注3。

看不上堂費南鐸的高貴氣派，也不是多嫌他對我用情。我看到這樣一位貴公子對我傾心愛慕，心上說不出的喜歡。我看了他信上恭維我的話也並不膩味。我覺得我們女人不論多麼醜，聽到稱讚自己美，總是樂意的。可是我自己的操守和我爹媽經常的勸告，都不容我接受他的殷勤。我爹媽已經看透堂費南鐸的用心；因為他早拚著給人人看破，滿不在乎。我爹媽對我說，他們全靠我的貞潔來保全他們的聲名體面；他們叫我別忘記自己和堂費南鐸的門第太不相稱，只要明白了這一點，就能看出他儘管嘴裡說得天花亂墜，心上是只圖尋歡取樂，並沒有顧到我的幸福。他們說，如果我願意給他點兒什麼阻撓，好叫他打消妄想，他們可以馬上叫我嫁個合意的人，不論本城或附近地區的貴家子弟由我挑選，因為憑他們的家產和我的名聲，這都是好辦的。我聽他們提出的辦法這樣切實，他們的話又確有道理，就越加堅貞自守。你們今天對堂費南鐸從不肯答應一句話，讓他自以為能稱心如願；我沒給他任何渺茫的希望。

「我的端重他大概以為是矜持，使他的邪欲越加旺盛了。他對我表示的情意我該稱為邪欲；假如那是正當的愛情，我就不會有機緣聽我講這件事了。堂費南鐸後來知道我爹媽在給我找配偶，為的是要他死了心別再想弄我到手，至少可以多幾個人來衛護我。這是他聽到或猜到的。他因此就幹出一件事來。我現在給你們講講。有一天晚上，我在臥房裡，身邊只有一個貼身的使女，屋子的門都關得嚴嚴地，防人鑽空子對我強行非禮；當時這樣小心防範，又是深閨靜夜，不知怎麼回事，他忽然在我面前出現了。我一看見嚇得眼前發黑，舌頭發硬，喊都喊不出聲。我想他也不會讓我叫喊，因為他立刻跑上一步，把我摟在懷裡。我已經說過，當時我驚惶失措，沒有力量抵拒了。他就對我說了一套話；我真不懂他嘴舌怎會那麼伶俐，竟把假話說成真話。那奸賊用眼淚來保證自己的誓言，用嘆氣來證實自己的忠誠。我這個孤單的可憐蟲，一輩子在家裡，對這種事情毫無經驗，不知怎麼也竟相信了他的話。不過我對他只有循規蹈矩的同情，並沒有被他的眼淚和嘆氣感動得違禮非分。我最初的驚慌已經過去，心魂漸定，憑自己沒想到的膽量對他說：『先生，假如這樣抓住我的是一隻凶猛的獅子，牠要我做了丟臉的事或說了丟臉的話才放我，我也不能答應；這好比要把過去變作未來一樣辦不到。你儘管抱住我的身體，我正當的心卻是堅貞不移的。你如果遂著自己的心鑾來硬做，我就會叫你瞧瞧，你的心遠不是我的心。我是屬你管的農民，不是你的奴隸。你不能仗自己高貴，糟蹋我這個出身卑賤的人。我地位低，是農家姑娘；你是主子，是紳士，可是我和你同樣的尊重自己。你的力氣壓不服我，你的錢財，我不稀罕，你的諾言哄不倒我，你的嘆息和眼淚也不能使我心軟。如果我父母為我選擇的丈夫憑以上種種來求我，我會隨順他，我和他是一條心的。所以先生，你現在強求硬逼的事，如果是合禮的，儘管我不貪求，也願意答應你。我這話無非表明：除了我合法的丈夫，誰也休想在我身上得到些什麼。』那個沒信義的紳士說：『美麗無比的多若泰呀（這就是我這個倒楣人的名字），如果你不過是計較這一點，你瞧，我現在就和你握手為盟，訂下婚約；鑑臨一切的老天爺和你這裡的聖母像都是見證。』」

卡迪紐聽說她名叫多若泰，又激動起來。他心上著實了，知道原先猜想的果然不錯。他對這件事的結果雖然略有所知，卻要聽個究竟，所以不願意打斷她的話，只說：

「姑娘，你叫多若泰嗎？我聽說過一個和你同名的人，她遭遇的不幸大概也和你差不多。你講下去吧，回頭我要告訴你些事情，準叫你又吃驚又傷心的。」

卡迪紐的話和他那套怪樣的破爛衣服引起了多若泰的注意。她要求卡迪紐如果知道有關她的任何事情，趕快講出來。如果命運還留給她一點兒好處，那就是她還沒有喪失勇氣，能承當任何災禍，反正她拿定自己已經倒楣透頂，不能再增加一絲一毫了。

卡迪紐回答說：「姑娘，假如我的猜想不錯，我馬上會告訴你。可是目前還不是時候，你知道了也沒什麼用。」

多若泰說：「好吧。我且繼續講我的事。堂費南鐸把我屋裡的一尊聖母像放在面前，作為我們倆訂婚的見證。他海誓山盟，保證一定娶我。可是我沒等他住嘴，就對他說，這事還得從長計議，他父親瞧他娶了自己管轄下的鄉下姑娘，準會發怒；我勸他別為我這點美貌迷昏了頭，因為不能借此開脫自己的錯誤，假如他真心愛我，要待我好，那就該讓我安分，因為門第太不相當，婚姻絕不會美滿，開頭的一股熱情也不能持久。這些話，還有些記不起的，我都跟他說了，可是沒能夠叫他回心轉意。不打算守約的人，訂約的時候不計較困難；他就是那樣。當時我心上自問自答：『女人靠結婚升高了地位的，不由我開始。貴家公子為貪戀美色，或者更可能出於盲目的愛情，娶地位不相稱的女人，堂費南鐸也不是第一個。反正我沒有立榜樣、開風氣，命運給我的體面，我何妨就領受呢？即使他滿足了自己的要求也就結束了對我的愛情，我在上帝面前畢竟是他的妻子了。假如我不理他而嚴詞拒絕，預料他就要不客氣動粗；我受了污辱，人家不知道我怎會好端端地落到這個地步，還會責備我，我卻無法替自己開脫，因為我怎麼能叫我爸媽和旁人相信這位公子是擅自闖進我臥房來的呢？』這許多計較，我一下子都想到了。再加堂費南鐸發的誓，舉得出的見證，流的眼淚，他的漂亮文雅，再加他表示的一片真情，也漸漸打動了我，使我沒頭沒腦的毀了自己。心無所屬的規矩女孩子，身當此境，都會自己把持不住的。我就叫過貼身伺候的使女，讓她隨同神證，做個人證。堂費南鐸把他發過的誓重新證實一番，另又加上幾位神聖作見證，他說如果失信背約，願上天對他降下千災百難。他又眼淚汪汪，嘆息深深。他抱著我始終沒鬆手，這時候越加抱得緊了。伺候我的女孩子隨就退出我的閨房，從此我就不復是閨女了，他也就成了負心的騙子。

「我覺得堂費南鐸只嫌我遭殃的那一夜太長，急著等天亮。人吃飽了，就一心只想離開他吃飽的地方。我這麼說是因為堂費南鐸忙忙地想走。原來他是由我的使女引進來的，這時又由她設法，天沒亮就把他送出去了。他和我告別的時候，已經不像來的時候那樣熱情。他叫我放心，他的誓言是真誠可靠的；還從手上脫下一只貴重的戒指作為信物，替我戴上。他就走了。我當時不知是悲是喜，只能說，夜來這件事弄得我心神恍惚，簡直失落了魂魄一般。我那使女出賣了我，把堂費南鐸藏在我臥房裡，我竟沒精神也沒心思去責罵她，因為自己也拿不定這番遭遇是好是壞。我臨別對堂費南鐸說：我反正已經是他的人了，他不妨照樣晚上到我屋裡來相會，等他願意把事情公布的時候再說。可是他除了第二晚，再沒有來過。而且一個多月之久，無論在街上或教堂裡，我連他的影兒都看不到。我知道他在城裡，日常出去打獵；這是他非常喜愛的消遣，可是我費盡心機，總找不到他。

「那些日子，那一時一刻，在我是多麼愁苦沉悶，只有我心裡自知。我那時候對堂費南鐸的真誠已經懷疑了，甚至不相信了。我從前沒有責罵過我的使女，那時候開始怪她膽大妄為了。而且我得忍住眼淚，強作歡笑，不然的話，如果我爹媽問我為什麼不稱心，我就不得不撒謊支吾。不過這種種情況只是暫時的。因為我馬上就拋開一切顧慮，不再講究體面，不再求忍耐，我的私情也和盤托出來了。原來不多幾天以後，村裡傳來消息，說堂費南鐸已經在附近城裡結婚，娶的是個絕世美人，她父母都很高責，只是家產不那麼富裕，憑她那份嫁妝，還攀不上那麼高貴的親。據說她名叫陸莘達，他們結婚那天還出了些奇事。」

卡迪紐聽到陸苹達的名字，聳起肩膀，咬住嘴唇，皺緊眉頭，一時間流下兩行淚來。不過這並沒有打斷多若泰的話頭，她繼續說：

「我聽到這個不幸的消息，不是心寒，而是憤火中燒，差點跑到街上去大嚷，把我上當受騙的事公布出來讓人人知道。不過我當時抑住了忿怒，因為我打算當晚幹一件事。我真是那麼幹了。我換上了這套衣服趕往城裡去。農民家雇有長工，我這套衣服就是我父親的一個長工給我的。我聽說我的冤家在城裡，我就把自己的倒楣事全告訴了那個長工，求他陪我到城裡去找他。那長工先是怪我魯莽，不贊成我的主意，可是瞧我很堅決，就自告奮勇要陪我，據他說，陪我到天涯海角也願意。我立刻把一套女人衣服、一些首飾和現錢塞在一只麻紗枕套裡，防萬一有用。當夜人靜以後，我瞞著出賣我的使女，帶著那個長工，懷著滿腔心事從家裡逃出來，步行到城裡去。我急急趕去，身上彷彿長了翅膀似的。儘管我認為事情已經幹下了，不能挽回，我至少要去問問堂費南鐸，憑什麼心腸幹出這種事來。我走了兩天半才到城裡，一進去就打聽陸苹達父母家的住址。我探問的人把我沒想打聽的事都告訴了我。他指點了那家的住址，又講那家女兒結婚出的事。那件事城裡已經傳遍，三五成群的紛紛議論。據那人說，堂費南鐸和陸苹達結婚的晚上，陸苹達答應了一聲願意結婚，立即暈死過去。新郎正解鬆了她胸口讓她緩過氣來，忽發現陸苹達的親筆字條，聲明她不能做堂費南鐸的妻子，因為她是卡迪紐的未婚妻。據那人說，卡迪紐是本城的一位貴公子。字條上說，她當著堂費南鐸的面說願意結婚，是為了不違拗父母之命。總之，那人說，字條上表示她存心等婚禮完畢就自殺，並且說明自殺的緣故。據說，他們在她衣服底下不知哪裡找到一把短劍，這就證明了字條上寫的不是空話。堂費南鐸就此覺得自己受了陸苹達的嘲弄輕蔑，不等她甦醒，拿起她身邊那把短劍要去戳她。若不是給她父母和其他在場的人攔住，他真就幹出來了。那人還說：堂費南鐸當下就走了，陸莘達到第二天才醒過來，她就告訴父母她和剛才講的那個卡迪紐確已訂婚。還據說那次舉行婚禮的時候卡迪紐也在場，他萬想不到陸莘達會跟別人結婚，瞧她竟嫁了別人，就傷心絕望，出城走了，臨走留下一封信，說明陸莘達怎麼虧負了他，他從此要跑到與世隔絕的地方去。這許多事城裡傳得沸沸揚揚，大家都在議論。還有更招人議論的事呢。傳說陸莘達已經從父母家出走，也不在城裡，滿城都找不到她；她父母急得沒了主意，不知道怎樣去找她。我聽了這些話，心上又生了希望，覺得自己的事還有挽救的餘地；儘管沒找到堂費南鐸，也比看到他結婚好些。我想，上天如此阻撓他第二次結婚，也許是要提醒他對第一次結婚承擔的責任，叫他想到自己究竟是基督教徒，對靈魂的關心應該壓倒世俗的打算。我這麼想來想去，強自安慰，卻得不到安慰。我是自騙自，用渺茫的希望來維持我已經厭倦的生命。

「我在城裡找不到堂費南鐸，正不知怎麼辦，忽聽得叫喊消息的報子[3]宣布，誰找到了我有重賞，還把我的年齡和身上這套衣服作為標誌，細細形容了一番。據說我是由陪我的那小伙子拐帶逃跑的。我聽了這個消息非常刺心，由此可見，我已經聲名狼藉。我出走已經夠丟臉的，又說是私奔，跟的又是那麼卑賤、那麼不值得顧戀的人。我一聽到這個消息，立刻帶著我的傭人逃出城去。他當初答應為我效忠，這時候漸漸露出靠不住的樣子。那晚上我們怕給人找著，躲到了這座山裡最隱僻的去處。可是正應了老話說的『禍不單行』，又說是『災禍往往由小而大，銜接而來』，我就碰到了這種情況。我那個好傢伙的傭人雖然向來老實，瞧我到了這麼隱僻的地方，覺

3 叫喊消息的報子（pregón），是市政機構用來廣播新聞的人；有什麼新聞或通知，由他們在各條街上叫喊。

得荒山野地裡有機可乘，就想沾個便宜。這實在是他自己混帳，不是我的美貌誘惑了他。他不顧廉恥，對上帝毫無畏懼，對我也喪失敬意，竟來向我求歡。他最初打算用好話央告，可是我義正詞嚴，拒絕他那無恥的要求，他就對我動粗。多虧天道聖明，保佑正人。我正當的心願得到上天庇護，我雖然力氣小，也沒費多大勁，就把那個小子推下峭壁。我撇他在那裡，不知他是死是活。我連忙跑入深山，雖然又怕又累，居然還跑得很快。我心上沒別的打算，只求藏在深山裡，別讓我父親和他派出來的人找到我。我存著這個心躲在山裡，大約過了幾個月，忽然碰見一個牧畜主，他雇用了我，把我帶到一個深山坳裡。這些時候我一直在那兒做他的牧童。我設法經常待在野外，為的是不讓人看見我這一頭頭髮——剛才也就是這一頭頭髮，害我無意中露出了本相。可是我所有的機靈和謹慎全沒用處，因為我的主人瞧破我不是男人，也和我那個傭人一樣起了壞心。遭了難不能單靠運氣來解救。我不能再一次找到對付我那傭人的懸崖峭壁，好把我那主人也推下去送他的命。我覺得如果跟他較量力氣或向他求饒，還不如離了他再躲進荒山。所以我又躲起來，想找個去處，能毫無顧忌地憑嘆氣流淚求上天可憐我落難，給我智慧和機會，可以從困境脫身，否則就讓我這個無辜遭受本鄉和外地議論的可憐蟲，在這個荒涼隱僻的地方一死了事，誰也別再記起我。

# 第二十九章

## 他們憑何妙計，解除了我們這位多情騎士最嚴厲的贖罪自罰。

「諸位先生，我講的就是我這齣悲劇的本事。現在你們可以明白，我嘆息、數說、流淚，不是無緣無故，也沒有過分。你們只要想想我是怎樣的不幸，就知道對我勸慰都是多餘的，因為事情已經無可挽救了。我只求你們一件事，想必是你們輕而易舉的。我現在提心吊膽，怕家裡人找到我。請你們指點一個容我安身的地方，讓我去度過餘生。當然，我知道爹媽溺愛，一定會歡迎我回家的。可是這番再見，我已經不復是他們心目中的女兒了。我一想到這點，就羞慚得無地自容。我已經喪失了他們對我責望的清白，每看到他們的臉，就要想到他們正看到我的丟臉。我為此寧願流亡他鄉，一輩子不再見他們的面。」

她說到這裡，默不作聲，臉上泛出紅暈，顯然很痛心，很慚愧。聽她講話的幾個人對她不幸的遭遇又同情、又驚奇。神父正想安慰勸解，卡迪紐卻搶先說：

「姑娘，你就是大財主克雷那爾多的獨養女兒，美麗的多若泰吧？」

多若泰聽他提起自己父親的名字，又瞧這人模樣寒酸——卡迪紐衣衫襤褸已見上文——她覺得很奇怪，就對他說：

「兄弟[1]，你是誰？你怎會知道我父親的名字？我要是沒記錯，我講自己這樁倒楣事的時候，直到現在始終沒有提起他的名字。」

卡迪紐答道：「姑娘，你剛才講到陸苹達稱為未婚夫的那個倒楣人，我就是他，我就是那個沒造化的卡迪紐。把你害到這步田地的傢伙行為卑鄙，把我弄成目前這副模樣。我穿得破破爛爛，衣不蔽體，在人世間得不到一點安慰，最糟的是連頭腦都不清楚了，因為我已經神志糊塗，只靠天照應還有零星片刻的清醒。多若泰啊，堂費南鐸胡作非為的時候我正在場，親耳聽到陸苹達說願意嫁他的。她暈倒以後的下場，她懷裡發現了字條的後文，我都沒勇氣再看；那麼許多不幸的事積在一起，心上受不了。我忍無可忍，離開了她家，留下一封信，託我寄放東西的那家主人親手交給陸苹達[2]。我就跑到這個荒僻的地方來，打算在這裡了結餘生。因為我從那時候起，痛恨自己的生命，彷彿是不共戴天的仇敵。但是命運只剝奪了我的理性，並不要剝奪我的生命；也許它特地留我一命，好讓我今天有幸與你相逢。我相信你講的都千真萬確，因此，說不定老天爺在咱們自以為倒楣的事情裡，還為咱們留著一步意外的好運呢。因為陸苹達既然屬於我了，就不能嫁給堂費南鐸，這句話她已經說得明明白白了；而堂費南鐸既是屬於你的，也就不能娶她。那麼，咱們很可以希望上天把分屬於你我的歸還原主。因為名分已經定了，改換不了。咱們這點安慰不是從空虛的希望或胡思亂想裡來的，所以我是要另打主意了，姑娘，勸你也另打正經主意，準備等待更好的運氣吧。我憑自己是紳士和基督徒向你起誓：我絕不棄你不顧，直要瞧你得到堂費南鐸的保護才罷；如果我的勸說不能叫他承認他對你的責任，我就拿出我紳士的權利，名正言順地為他欺侮了你而向他挑戰。我為了要在這個世界為你伸冤，可以把他對不起我的事丟開，由上天去為我報復。」

多若泰聽了卡迪紐這番話不勝驚奇，瞧他這麼激昂慷慨，願為自己效勞，不知怎樣答謝，就要去吻他的腳，可是卡迪紐不答應。神父出來解圍；他稱讚卡迪紐講得有理，他急切要求並勸說他們倆跟自己一起回鄉，因為在那裡可以添補些必需的東西，如要尋找堂費南鐸，或把多若泰送還她父母，或者他們認為怎麼辦最合適，到了那裡就可以著手去辦。卡迪紐和多若泰聽了很感激，都接受這番好意。理髮師一直出神地聽著，沒有作聲，這時也殷勤致辭，和神父一樣熱心地表示要盡力為他們效勞。他又約略講了他們到這裡來的緣故，也講到堂吉訶德的發瘋的離奇，又說他們正在等待堂吉訶德的侍從，這侍從找他主人去了。卡迪紐記起他恍惚在夢裡和堂吉訶德吵過一架；他講給大家聽，只是說不出為什麼爭吵。這時候，他們聽得叫喊，聽出是桑丘的喊聲。原來桑丘到了和他們分手的地方卻找不見他們，所以大聲叫喚。他們跑去迎上他，探問堂吉訶德的情況。據桑丘說，他看見他主人身上只穿一件襯衫，面黃肌瘦，餓得要死，還直在為他的意中人杜爾西內婭唉聲嘆氣；又說他已經告訴主人，杜爾西內婭小姐命令他下山回托波索村上去，她在那裡等著呢，可是他主人說，已經打定主意，先得幹一番事業，能博得美人眷顧，才肯跑去相見。桑丘說，照這樣下去，他主人做大主教都沒指望，別說做大皇帝了，請他們瞧瞧該怎麼辦，才救得他主人出來。神父叫桑丘別著急，他們準叫堂吉訶德離開那裡，不管他願意不願意。神父接著就告訴卡迪紐和多若泰，他們打算用什麼辦法治好堂吉訶德的病，至少把他送回家去。多若泰聽罷說：她扮落難女子比理髮師好，而且她身邊帶著衣服呢，穿上活脫兒就是那個角色；她也

---

1　兄弟（hermano），西班牙人對乞丐和地位卑微的人用這個稱呼。

2　但上文沒有提到這封信，只說他不辭而行。

懂得要堂吉訶德中計該怎樣表演，這事不妨交託給她，因為她讀過許多騎士小說，熟悉落難女子向游俠騎士求救的那套話。

神父說：「那就樣樣齊全，只要馬上著手就行。咱們一定是都碰上了好運道：你們兩位意外地發現自己的事還可以補救，而我們要辦的事也更加順當了。」

多若泰馬上從她的枕套裡拿出一件質料精緻的連衣長裙和一件華麗的綠披肩，又從一只小盒裡拿出一串項鍊、幾件首飾。她一眨眼的工夫把自己打扮成一位雍容華貴的小姐。她說從家裡帶了這類東西防萬一有用，可是至今還沒用到。大家瞧她風度嫻雅、相貌姣美，都不勝喜愛，認為堂費南鐸拋棄這樣的美人，實在是眼力太差了。可是最對她傾倒的是桑丘·潘沙，他覺得生平沒見過這等美人——他確實是沒見過，所以急切請問神父，這位極美的姑娘是誰，她到這種荒僻的地方找什麼來了。

神父說：「桑丘老哥啊，咱們不說虛頭，這位漂亮小姐是偉大的米戈米公王國男系嫡派的繼承人。她是來找你主人，求他幫忙的。有個凶惡的巨人欺負了她，她要你主人代她報仇。你主人是舉世聞名的好騎士，這位公主久聞大名，特地從幾內亞趕來找他的。」

桑丘·潘沙說：「找得也巧！碰得也巧！假如我主人有幸，能把您剛才講的那個婊子養的巨人殺掉，替她報了仇，申了冤，那就運氣更好了。只要那個巨人不是鬼，我主人碰見了準會殺死他；我主人碰到了鬼卻是毫無辦法的。碩士先生，我別的且不說，有一件事要請您幫個忙。我想請您勸我的主人趕快和這位公主結婚，免得他想去做大主教——我就怕他有這個念頭。他結了婚當不了大主教，就可以順順當當地去做大皇帝，我也就可以稱心如願了。這件事我曾經細細打過算盤。照我估計，我主人做了大主教對我不利。因為我是結了婚的人，教會裡用不著我：我有老婆孩子，要領取教會的薪俸還得請求特准，事情就沒完沒了。所以，先生啊，叫我主人馬上娶這位公主是最要緊的——我至今還不認識她，不知道怎麼稱呼。」

神父答道：「她叫米戈米公娜公主；因為她的王國叫做米戈米公國，她當然就是這個名稱了。」

桑丘說：「這可是沒什麼說的，我看見許多人都從自己出生的地方取名，叫什麼貝德羅·台·阿爾咖拉呀，胡安·台·烏貝達呀，狄艾戈·台·瓦利亞多利德呀等等；在幾內亞想必也是這樣的。」

神父說：「準是的。至於你主人結婚的事，我一定盡力攛掇他。」

桑丘聽了這話非常滿意，而神父瞧他頭腦簡單也非常驚訝，想不到他主人的痴想在桑丘心上生了根，竟拿定他主人要做皇帝。

這時多若泰已經坐上神父的騾子，理髮師也已經戴上牛尾巴做的鬍子。他們叫桑丘領他們到堂吉訶德那裡去，一面叮囑他不要說認識神父和理髮師，因為全靠他裝作不認識，他主人才做得成皇帝。神父和卡迪紐不願意跟他們同走。卡迪紐防堂吉訶德記起上次他們倆的爭吵，而神父暫時還不必跑去，所以兩人讓大夥先走，他們緩步跟隨。神父沒忘了教導多若泰該怎麼行事，可是她聽了只叫大家放心，她自會按照騎士小說上描寫的一套去表演，一絲不走樣。她和一行人走了四分之三哩瓦的路，望見堂吉訶德在重疊的亂山岩裡，已經穿上衣服，只是沒戴盔甲。多若泰瞧見了他，向桑丘問明是誰，就把坐騎打上幾鞭；滿面鬍子的理髮師緊緊跟著她，兩人跑到堂吉訶德那裡。理髮師就下騾去抱扶多若泰。她很輕快地下了騾，跑去跪在堂吉訶德面前。他請她起來，她卻跪著說了以下一番話：

「勇猛的騎士啊，我是天下最苦惱、最受氣的姑娘。我憑您的仁心熱血，求您一件事。這不但有助於我，也可以增加您的榮譽，抬高您的聲望。您如果不答應，我就跪在這裡再不起身。我是個可憐人，聽到了您的大名，特地遠道趕來求您救苦救難的。如果您的勇力果然名不虛傳，您就義不容辭，得幫幫我。」

堂吉訶德答道：「美麗的小姐啊，你要是跪在地上不起來，我就一句話也不答理，也不聽你的。」

落難女子答道：「您如果不答應我的要求，我就絕不起身。」

堂吉訶德說：「只要你這件事不損害我的國王、我的國家和主管我心靈的那位小姐，我就答應你。」

這位悲苦的姑娘說：「我的好先生，您說的都不會受到損害。」

這時桑丘．潘沙跑到他主人身邊，在他耳朵裡悄悄地說：

「先生，儘管答應她的請求，沒什麼大不了的事，不過是去殺掉一個大號兒的巨人罷了。向您求救的是高貴的米戈米公娜公主，她是衣索比亞大米戈米公王國的女王。」

堂吉訶德說：「隨她是誰，我做事總要盡職責，憑良心，遵守自己奉行的規則。」

他轉身向那姑娘說：

「美麗無比的小姐，請起身吧，你要求的事我答應就是了。」

那姑娘說：「那麼我就把要求您的事講講吧。有個奸賊無法無天，篡奪了我的王國。我要勞您大駕，馬上起身跟我回去；還要您答應我，您沒有完成我這件事，就絕不找別的事去冒險拚命。」

堂吉訶德答道：「我重申，我答應你。小姐，你從今以後，可以拋開心上的煩擾，讓你那委頓的希望重新振奮起來。你靠天保佑，又有我為你出力，不久就可以奪回權位，在你那古老偉大的國家裡重登寶座，叫那些反對你的壞人無可奈何。咱們就著手幹事吧；常言道：『拖拖延延，就有危險』。」

落難女子堅決要吻他的手，可是堂吉訶德在各方面都是謙恭有禮的騎士，怎麼也不答應。他扶她起來，恭恭敬敬地和她行了個擁抱禮。他吩咐桑丘查看一下駑騂難得的肚帶，立刻替他披上盔甲。他的盔甲正像戰利品似的掛在樹上呢，桑丘取了下來，又查看了馬肚帶，隨即為他主人披上盔甲。堂吉訶德瞧自己披掛停當，就說：

「咱們瞧上帝份上，動身為這位貴公主效勞去吧。」

理髮師還跪在那裡，竭力忍著笑，一手按著鬍子，怕這部鬍子掉下來，這條妙計就行不下去。這時他瞧堂吉訶德已經答應請求，忙著準備幹事去，就起身用另一隻手去攙扶女主人，和堂吉訶德一起把她扶上騾子。堂吉訶德隨就騎上駑騂難得，理髮師也上了坐騎，只剩桑丘步行。桑丘不免又記起那丟失的灰驢，這時正用得著。不過他一切都甘心忍受，因為覺得他主人已經踏上那直達皇帝寶座的大道馬上就要做皇帝了。他拿定主人會和這位公主結婚，至少也能做到米戈米公國的國王。他只擔心一件事。這個王國在黑人的土地上，將來他封地上的百姓想必都是黑人。他想到這裡，馬上又想出一個補救的好辦法，心上自忖：「我封地上的百姓是黑人，這對我有什麼關係呢？我只消把他們裝上船，運到西班牙，就可以把他們賣掉。我收回的身價是現金，拿來買個爵位或官職，就可以安安逸逸過一輩子，這不就行了嗎？你要是糊裡糊塗，沒有頭腦，沒有手段，把自己的百姓一轉眼三萬一萬地賣出去，那就糟了！我發誓得飛快地把他們連大帶小、全部或盡量出脫，隨他們多黑，也要把他們變成白的或黃的[3]。瞧吧！我是個傻呆呢！」他一邊走，只管一門心思地打算盤，竟把步行的辛苦都忘了。

卡迪紐和神父在亂樹叢裡望見這一切經過，不知道怎樣迎上去和他們搭話。虧得神父機靈，立刻想出個應付的辦法。他從隨身帶的剪子套裡拿出剪子，幾下就剪掉了卡迪紐的鬍子；然後把自己身上的一件灰褐色短上衣給他穿上，又給他披上一件黑大氅，自己脫剩一套緊身衣褲。卡迪紐完全改了樣，只怕照了鏡子連自己都不認得了。他們化裝的時候堂吉訶德一行人已經走向前去。可是山裡滿處荊棘，又加道路險陡，騎了牲口走路不便，反不如步行快；他們兩人化裝完畢，輕輕便便走上大道，還趕在堂吉訶德那夥人的前頭呢。長話短說，他們倆到了山峽口的平原上，等到堂吉訶德和一行人從山裡出來，神父就對著這位騎士仔細端詳，裝出似曾相識的樣子，然後張著兩臂迎上前去，叫道：

「真是巧遇啊！這位就是騎士道的模範、我的老鄉堂吉訶德·台·拉·曼卻呀！這位紳士的表率、落難人的靠山和救星、游俠騎士的佼佼者卻是在這裡呀！」

他一面說，一面抱住堂吉訶德的左膝蓋。堂吉訶德對這人的言談舉動很詫怪，留神細看，才認出是神父。他很出乎意外，忙著要下馬。可是神父不答應。堂吉訶德就說：

「碩士先生，您別攔我，我自己騎著馬，倒讓您這樣德高望重的人步行，太不像話了。」

神父說：「這個我可怎麼也不能答應。您這樣一位大人物，應該騎馬；因為咱們這個時代的大事業大冒險，都是您在馬上幹的。我呢，不過是個區區教士。您同路的隨便那一位如果不嫌，

---

3 白的是銀，黃的是金。

讓騎在鞍後就行。大家知道貝加索是一匹飛馬；著名的摩爾人穆札拉蓋——他著了魔法禁咒，至今還在公普魯多大城附近的蘇雷瑪大山底下躺著呢——他騎一匹神駿的斑馬；我騎在鞍後，就彷彿騎著飛馬或斑馬一樣。」

堂吉訶德說：「碩士先生，就是這樣我也不能同意；我知道我們這位公主小姐會瞧我面子，吩咐她侍從把坐騎讓給您；如果騾子吃得消，他可以騎在鞍後。」

公主回答說：「我看吃得消，而且知道我這位侍從先生是不用吩咐的；他非常客氣，非常有禮，有牲口可騎卻讓一位教士步行，他是絕不答應的。」

理髮師說：「是啊。」

他立刻下騾，請神父上鞍；神父不再推讓，就坐上去。那騾子原是雇騾，這就足以證明牠是一頭刁騾子。事不湊巧，理髮師剛騎在鞍後，騾子就掀起後臀，往空踢了兩下；假如那兩下踢在尼古拉斯師傅的胸口或腦袋上，他準要咒詛這番出門尋訪堂吉訶德是倒足楣了。他雖然沒被踢著，卻掀翻在地，倉卒間竟把臉上那部鬍子掉了。他無法挽救，只好雙手護著臉，呻吟說，踢掉了大牙。堂吉訶德看見這個跌倒的侍從臉上脫下一大堆鬍子，鬍子不連著下巴頦兒，也沒有血，他說：

「天啊！這可是了不起的奇蹟呀！他臉上一部鬍子全掉了，連根拔了，好像特地剃下來的。」

神父生怕自己的計策洩漏，忙撿起鬍子，趕到躺著哼痛的尼古拉斯師傅身邊，把他的腦袋扶在懷裡，一下子替他把鬍子安上，嘴裡還念念有詞，說是在念一種專黏鬍子的咒語，回頭他們瞧了就知道。他替理髮師戴好鬍子就抽身走開，侍從又像原先那樣鬍鬚滿面，完好無恙。堂吉訶德看了說不出的驚奇，要求神父幾時有空教他這個咒語。他相信咒語一定還有別的功效。因為揪下了鬍子，皮肉總有損傷，既然咒語能使皮肉完好，那分明就不止能黏上鬍子了。

神父說：「您猜得對。」他答應有機會馬上教他。

到前面客店還有二哩瓦路；他們講定這一路上，神父騎的騾由他和另外兩人輪著騎。當時堂吉訶德、公主和神父三人乘坐牲口，卡迪紐、理髮師和桑丘・潘沙三人步行。堂吉訶德對那位姑娘說：

「高貴的公主，您要到哪裡，就帶我們去吧。」

神父不等她答話，搶先說：

「公主，您要帶我們到哪一國去呀？大概是要到米戈米公國去吧？準是的；要不，我對這些國家就是一無所知的了。」

她很識竅，知道該回答一聲「是」，所以她就說：

「是啊，先生，我正要取道到這個王國去。」

神父說：「照這麼說，咱們就得路過我的家鄉，從那兒可以取道往迦太基。到了迦太基，機會湊巧就可以乘到船；如果順風，海上平靜，沒有風暴，那麼，不到九個年頭可以望見美歐娜大湖——我是說，美歐底台斯大湖。那兒離您的國土大概不過一百多天的路程了。」

她說：「先生，您錯了。我離開那裡還不到兩年，雖然一路上沒碰到好氣候，我還是見到了我一心要見的堂吉訶德先生。我一踏上西班牙國土，立即聽到他的大名，就想找他，求他保護，靠他無敵的勇力為我維持公道。」

堂吉訶德打斷她說：「夠了，請別誇獎吧。凡是恭維的話我都不愛聽；儘管這不是恭維，也污染我純潔的耳朵。公主啊，我只有一句話，不論我有沒有勇力，我有的沒的全都貢獻出來，直到我送掉性命為止。這個以後再談吧。現在我要請問學士先生，怎麼單身跑到了這裡來，也沒個人跟著，而且身上穿得這樣單薄，真叫我很吃驚呢。」

神父說：「這個我一講就明白。我告訴您，堂吉訶德先生，我跟咱們的朋友尼古拉斯理髮師一起到塞維亞去收一筆款子。那是好多年前到美洲去的一個親戚給我捎來的，數目不小，有六萬多比索[4]，都是足色，這筆錢是非同小可的。我們昨天經過這裡，忽然碰到四個強盜，把我們的東西搶光，連鬍子都搶了。而且把鬍子割得不像個樣子，害得理髮師只好戴上一部假鬍子了。[5]」他又指著卡迪紐說：「這位年輕先生也給他們收拾得完全改了樣。妙的是這一帶的人都在傳說，搶劫我們的是幾個發送到海船上去划船的囚犯。據說有個非常勇敢的人，不顧押送的公差和衛兵阻擋，約莫就在這個地方把一大群囚犯全釋放了。沒什麼說的，那人準是個瘋子，不然就是和那些囚犯一樣的大壞蛋，或者是沒有靈魂又沒有良心的傢伙。因為他故意把豺狼放到羊群裡去，把狐狸放到雞群裡去，把蒼蠅放到蜜裡去，他是有心違法亂紀，反抗國王和天派的主子，干犯國家公正的法令。我說呀，他是存心剝奪海船上划船的腳力[6]，並且使安靜了好多年的神聖友愛團又忙碌起來。一句話，他幹這件事是斷送自己的靈魂，肉體也得不到好處。」

桑丘已經告訴神父和理髮師，他主人釋放一群囚犯洋洋自得，所以神父提出來嚴加譴責，瞧堂吉訶德怎麼回答。堂吉訶德聽著神父的話，臉上紅一陣，白一陣，卻沒敢承認釋放那群好傢伙的人就是他自己。

神父接著說：「搶劫我們的就是那些囚犯。釋放他們的人不讓他們去受該當的懲罰，但願上帝慈悲，饒恕他吧。」

4 比索（peso），銀幣名。美洲西班牙殖民地通用的貨幣。

5 這又是作者前後有失照顧的一例，因為堂吉訶德並不知道公主的侍從是尼古拉斯師傅，也不知道大鬍子是假的。

6 那時西班牙的海船是由囚犯們用腳划船的。

# 第三十章

## 美人多若泰的機靈，以及其他逗人的趣事。

神父還沒講完，桑丘插嘴道：「我老實說吧，碩士先生，幹這件事的就是我主人呀。而且我事先不是沒提醒他，我說這事得小心，釋放那夥人是犯法的，因為押送到那邊去的都是天字第一號的壞坯子。」

堂吉訶德當時就發話道：「你這個笨蛋！游俠騎士路見吃苦頭、帶鎖鏈受壓迫的人，無須查究他們是犯了罪還是走了背運，才到這個地步，受這等苦楚；他看到他們有難，就該幫他們一把。他著眼的是他們的苦楚，不是他們的罪行。我碰到了連鎖成一串的一隊垂頭喪氣的人，我按照宗教的訓誡把他們打發了，沒顧到別的。碩士先生的聖德和威望，我是沒什麼說的。除他之外，誰認為我是幹錯了，哼！他對騎士道就是個瘟外行！他就像婊子養的、出身下賤的人那樣胡說八道！我要憑我這把劍著實地教訓他！」

他一面說，就在馬鞍上坐穩身子，把頂盔戴上。因為他當作曼布利諾頭盔的那只理髮師的盆兒就在鞍框上掛著，給囚犯砸壞了正待修理呢。

多若泰很乖覺，也很有風趣。她早看透堂吉訶德腦筋有病，而且除了桑丘・潘沙，人人都在取笑他。她也不甘落後，瞧堂吉訶德火氣沖天，就對他說：

「騎士先生，請別忘了您答應我的話啊。照答應的話，您就不能再為別的事拚命，隨它多麼緊急也不行。您別生氣吧。如果碩士先生早知道那隊囚犯是您這條天下無敵的胳膊放走的，他寧願嘴上縫三針，甚至把舌頭咬三下，也絕不說出冒犯您的話來。」

神父說：「這話我滿可以發誓保證的，我還情願割掉一部鬍子呢。」

堂吉訶德說：「公主啊，我就不多說了，我一定把冒上來的憤怒壓下去，平心靜氣，且把答應你的事完成再說。不過我既然一心一意願為您效勞，你如果沒什麼不便，就請回答我幾句話。你的苦難是怎麼回事？你要我找誰去雪恨報仇？對方有幾個人？是些什麼人？」

多若泰答道：「只要你聽了苦惱不幸的事不厭煩，我很願意講。」

堂吉訶德說：「我的公主啊，我不會厭煩的。」

多若泰說：

「那麼，諸位先生，請聽我講吧。」

她這麼一說，卡迪紐和理髮師就忙去站在她旁邊，想瞧瞧這位靈心妙舌的多若泰怎樣捏造自己的故事。桑丘也挨近去，他和他的主人一樣，對這位姑娘的身世還一無所知。她在鞍上坐穩，先咳嗽幾聲，清了嗓子就從從容容說道：

「諸位先生，請聽我說，我名叫……」

她說到這裡，頓了一下，原來她把神父給她取的名字忘掉了。神父已經知道，就點撥她說：

「公主啊，怪不得您講起自己的不幸就講不下去，因為不幸的事往往使遭受的人把記性壞了，甚至連自己的名字都記不起來。您就是這樣，忘了自己名叫米戈米公娜公主，是大米戈米公王國的合法繼承人。現在這麼一提，您記性雖壞，也就可以把要講的事順順當當地記起來了。」

那姑娘說：「真是這麼回事。我想往後我不用再提，自己會把這段真史好好講完。我父親名叫智慧的悌那克利歐。他精通魔法，憑這門學問，算準我母親哈拉米莉亞王后要比他早死，他自己不久也要過世，我就成為無父無母的孤兒。他說，他雖然為這件事擔心，他算準的另一件事更使他著急。據他說有個彪形巨人名叫攢眉怒目的巨人龐達斐蘭都，管轄著和我國差不多是接境的一個大島。原來那巨人的兩眼雖然長得端正，兩個眼珠子卻總是鬥雞似的對接著。這是因為他居心歹毒，要人家看了害怕。據我父親推算：那巨人知道我成了孤兒，就要率領大軍入侵，奪取我整個王國，不留一個小村子讓我安身；除非我肯嫁他，才免得亡國落難。可是我父親預知我對於這樣不相配的婚姻是不願意的。他這話一點不錯，我絕不想和那巨人結婚；不論多高多大的巨人，我都不嫁的。我父親還說：他死之後，我一看到龐達斐蘭都要進犯國境，就別留在國內防守，自取滅亡；如果我要讓忠心的老百姓活得性命，不至全被殲滅，我得毫無抵抗，把整個國家讓給他。因為那個巨人力大無比，我們沒法抵禦。我只好帶領幾個手下人，立刻到西班牙去。那裡有一位名震全國的游俠騎士，我找到了他，我的苦難就有解救了。我要是沒記錯，那位騎士名叫堂阿索德或堂希訶德。」

桑丘·潘沙插嘴說：「公主，他說的準是堂吉訶德，別號哭喪著臉的騎士。」

多若泰說：「準是的。他還說：那位騎士是高高的個兒，削瘦的臉，他左肩膀下面，靠右邊，或是約莫在那地方有一顆暗紅色的痣，上面還有幾根鬃毛似的汗毛。」

堂吉訶德聽了這話，對他的侍從說：

「桑丘，兒子，來，幫我把衣服脫下，我要瞧瞧那位先知的國王所預知的騎士是我不是。」

多若泰說：「可是您幹麼要脫衣服呢？」

堂吉訶德說：「因為要瞧瞧我身上有沒有你父親說的那顆痣呀？」

桑丘說：「不用脫衣服，我知道您背脊當中有那麼樣的一顆痣；您這顆痣，主身強力壯。」

多若泰說：「這就行了。朋友之間不計細節，痣長在肩膀上或背脊上沒多大分別，只要有那顆痣，長在哪裡都一樣，反正都在同一個人的皮肉上。我賢明的父親說的話分明句句都準，我來投靠堂吉訶德先生也正是碰對了。他就是我父親說的那一位，因為我父親形容的面貌，跟我傳聞的那位騎士的面貌完全一致。那位騎士的名氣大得很，不僅在西班牙，就在拉·曼卻也人人知道，我在奧蘇那一下船[1]，就聽到人家傳說他幹的許多豐功偉績，我馬上知道這就是我要找的人了。」

堂吉訶德問：「可是您怎會在奧蘇那下船呢？那又不是海口。」

神父不等多若泰回答，忙插嘴道：

「公主大概是說：她在瑪拉加下船以後，第一次聽到您的事是在奧蘇那。」

多若泰說：「我就是這個意思。」

神父說：「想必是這個道理。公主，您講下去吧。」

多若泰說：「以下沒什麼講的了，無非我運氣很好，居然找到了堂吉訶德先生。我就算坐穩我國女王的寶座了，因為他慈心俠骨，已經答應我的請求，隨我帶著他走。我只要帶他到攢眉怒目的巨人龐達斐蘭都那裡去，讓他殺死巨人，把巨人無理霸占的仍舊歸還我。這些事準會如我心

1　這裡寫多若泰不熟悉地理，把西班牙說成拉·曼卻的一部分，把奧蘇那說成海口。

願的，因為智慧的悌那克利歐——我賢明的父親早就這麼說過。我父親還用我看不懂的文字——大約是迦勒底亞文或希臘文指示我說：他預言的那位騎士殺了巨人，如有意和我結婚，我得一諾無辭，把自己的王國連同自己本人一併交託給他。」

堂吉訶德聽到這裡，說道：「怎麼樣啊？桑丘朋友，你沒聽見公主的話嗎？我不是跟你說過的嗎？你瞧，咱們不是可以做王國的君主、女王的丈夫嗎？」

桑丘說：「這是我可以打賭保證的！誰砍掉了龐達斐蘭都的腦袋而不願意和女王結婚，他就是婊子養的！難道女王蠢得很嗎？但願我床上的跳蚤都能變成她那模樣！」

他說著就踴身跳躍兩次，簡單快活得按捺不住的樣子。他隨就跑去把多若泰的騾子扯著轡繩帶住，對多若泰雙膝跪倒，求她伸手讓他親吻，表示她是自己的女王和主人。在場看了堂吉訶德的瘋和他傭人的傻，誰能不發笑呢？多若泰真把手伸給他，還答應等她靠天照應收復了國土，做了女王，就封他做大官。桑丘千恩萬謝的一番話又惹得大家都笑起來。

多若泰接著說：「諸位先生，這就是我的故事。還有一樁事情沒說：跟我從國內出來的許多人，除了這位大鬍子的侍從，一個都不剩了。我們在望得見港口的地方遭到了大風暴，一行人全都淹死了，只有他和我浮在兩塊木板上到了岸邊。這簡直像奇蹟。你們也許注意到，我一生的事都很神奇。如果有些事情我講得太囉嗦，或者不大對頭，那是都怪我遭受的災難連一接二，又非同小可，把我記性弄壞了；碩士先生在我開頭講的時候就這麼說的。」

堂吉訶德說：「尊貴的公主啊，我為你效勞，不論得經歷多少大災大難，也絕不忘記我答應你的話。我現在重申一遍，並且還發誓保證：一定跟你走遍天涯地角，直到找著了你那個凶惡的敵人才罷。我打算砍掉他那顆高昂的腦袋；這要靠上帝保佑，也靠我自己的力氣——我不能說靠我的寶劍，多謝希內斯・台・巴薩蒙泰，他把我的寶劍拿走了[2]。」

末了一句話是喃喃自語。他接著說：

「我砍下了那個腦袋，讓你安然做了一國的女王，你願意怎樣處置自己，全由你自便。因為我愛戀著一位小姐，心不自主，也無理可喻。我不多說，反正照我這情況，我絕沒有結婚的意思，連想都不想，即使和鳳凰鳥結婚都不想。」

桑丘聽他主人說到不願意結婚，覺得太不像話了，他很生氣，提高了嗓子說：

「我賭咒！我發誓！堂吉訶德先生，您真是腦筋糊塗了！跟這樣高貴的公主結婚還有什麼推三阻四的？您以為目前這份好運氣是隨地可撿的嗎？難道咱們的杜爾西內婭小姐比她還漂亮嗎？當然不如！連一半兒都比不上！我竟可以說，她給咱們跟前的這一位拾鞋還不配呢！您要往海底撈針去，我一心想封為伯爵的希望就完蛋了。您結婚吧！趕快結婚！但願魔鬼也作成您這件事。現成落在您手裡的王國，您就拿下吧。您做了國王，可以封我做伯爵或總督；以後怎麼樣，管他媽！」

堂吉訶德聽他這樣褻瀆杜爾西內婭小姐，忍無可忍，他更不打話，也沒哼一聲，舉槍就把桑丘狠狠打了兩下，打得桑丘倒在地上，要不是多若泰喊住他，準把桑丘當場打死。

他停了一下，對桑丘說：「蠢貨！你以為我老會讓你戲弄嗎？你只管犯過錯我總會饒你嗎？你別打錯了主意，你這個無法無天的混蛋！你分明就是這麼個混蛋，因為你竟敢誹謗天下無雙的杜爾西內婭！你知道嗎，你這個流氓、地痞、鄉下佬，要不是她把力氣布運到我這條胳膊裡來，

2　上文並未說起這件事，這又是作者疏忽之處。

我連殺死一隻跳蚤的勁兒都沒有！你說吧，你這個尖嘴薄舌的傢伙，你知道是誰贏得了這個王國？誰砍下了巨人的腦袋？誰封你做了伯爵？（這些必然的事盡可以當作真實的事。）這不是都靠杜爾西內婭的力量，使用我這條胳膊幹的嗎？她憑我來廝殺取勝，我靠她生存活命；她是我的命根子，有了她才有我這個人。哎，你這婊子養的混蛋，你多沒良心啊！把你從泥土裡提拔出來，讓你登上爵位，你卻用混話來報答人家的恩情！」

桑丘沒受大傷，堂吉訶德的話他句句聽得分明。他靈活地爬起來，躲到多若泰坐騎後面，從那兒向他主人發話道：

「先生，您說吧，您要是打定主意不和這位高貴的公主結婚，那個王國分明就不是您的了；既然不是您的，您能賞我什麼好處呢？我抱怨的就是這個呀。現在這位女王就彷彿是天上掉下來，您不管怎麼樣且跟她結婚，以後還可以去找咱們的杜爾西內婭小姐；有幾個妃子的國王，這世界上多的是。至於美貌，我並不在乎。要說老實話呢，我覺得兩人都好，儘管那位杜爾西內婭小姐我還從沒見過。」

堂吉訶德說：「怎麼沒見過？你這個胡說亂道的反覆小人！你不是剛從她那兒捎了口信來嗎？」

桑丘說：「我是說沒仔細看她，不能分辨她哪兒長得美、哪兒長得好；我只是籠統看了一眼，覺得不錯。」

堂吉訶德說：「現在我原諒你了，請你也原諒我打痛了你。那是一時性起，自己按捺不住。」

桑丘說：「這個我也懂得。我呢，一時性起，就想說話；話到了舌頭上非說不可，一次也按捺不住。」

堂吉訶德道：「可是，桑丘，你說什麼話得仔細想想。因為『水罐兒一次次到井邊去……』[3]，底下我不說了。」

桑丘說：「好哇！上帝在天上呢，壞事他都瞧見。我是話說壞了，您是事情幹壞了，咱倆誰更壞，上帝會來裁判。」

多若泰說：「行了行了。桑丘，過去吻你主人的手，請他饒恕。從今以後，你稱讚人或罵人得小心著點兒，別再說那位托波索小姐的壞話。我不認識她，可是知道自己是聽她命令的。你只管放心依靠上帝，將來少不了會封爵封地，讓你像王爺似的過日子。」

桑丘垂頭喪氣地跑到主人身邊，求他伸出手來。堂吉訶德很嚴肅地把手伸給桑丘親吻，還為他祝福，然後叫他跟著自己前走幾步，因為有很要緊的事問他，和他細談。桑丘聽命，兩人離了大夥往前跑了一段路，堂吉訶德對桑丘說：

「自從你回來了，我還沒機會也沒工夫問問你這次來往捎信的詳細情況。現在正好有工夫也有機會，你快把大好消息告訴我吧，好讓我喜歡。」

桑丘說：「您有什麼要問的，您問吧。我能把腦袋探進去，就照樣能縮出來。可是我的先生，以後請您別那麼存心報復。」

堂吉訶德說：「桑丘，你為什麼說這話呢？」

桑丘答道：「我說這話呀，因為您剛才打我那兩下子，其實還是為了那天晚上魔鬼在咱倆中

3 但西班牙諺語：「水罐兒屢次到井邊去，結果就碎了。」

間挑起的那場爭吵[4]，我說話冒犯咱們的杜爾西內婭小姐還在其次。我對她就像對聖人的遺物那樣敬愛呢——當然，那只因為她是屬於您的，不是說她像遺物那樣陳年骨董。」

堂吉訶德說：「桑丘，你千萬別再提那話兒，我聽著生氣。那件事我早已原諒你了。你該知道老話說的：『重新犯罪，重新懺悔。』」

正說著[5]，只見迎面有人騎著一頭驢跑來，近前一看，好像是個吉卜賽人。桑丘只要看見驢子就全神貫注；他一見那人，就認得是希內斯・台・巴薩蒙泰。他從這個人的線索，認出了自己的驢。果然，巴薩蒙泰騎來的正是他的灰驢；那傢伙防人家認得，又因為要賣掉驢子，所以化裝成吉卜賽人；他會說吉卜賽語和其他好多種語言，都像說家鄉話一樣流利。桑丘看見了他，認明他是誰，立刻大喊道：

「啊！小希內斯，你這個賊！這頭驢是我的寶貝，我的命根子！牠是省我腳力、供我享福的！快還給我！你這個婊子養的！你這個賊！滾開吧，別霸占我的東西！」

其實他不必說那麼多話，也不必那麼臭罵；希內斯一聽他開口，立即下驢飛跑，轉眼就無影無蹤了。桑丘跑到他的灰驢旁邊，一把抱住說：

「我的寶貝、我的夥伴兒、我心眼兒裡的灰毛兒啊，你好嗎？」

他一面說，一面把驢當人似的親吻撫摸。驢子靜靜地由他親熱，一聲不響。大家跑上來，都恭喜桑丘找到了灰驢，堂吉訶德尤其高興，他對桑丘說，給他三匹驢駒的票據並不因此作廢。桑丘對主人感恩道謝。

他們主僕倆說話的時候，神父對多若泰說：她那故事編得又妙，又簡短扼要，而且和騎士小說裡的一模一樣，可見她聰明得很。她說以前有空常把這種書當作消遣，不過她不知道各省的位置，也不知哪裡是海口，就捉摸著說是在奧蘇那下船的。

神父說：「我知道是這緣故，所以趕忙點撥一句，替你圓場。這套胡編亂扯，只要和騎士小說上講的一個腔調，這位倒楣的紳士馬上都信以為真，你說怪不怪？」

卡迪紐說：「真是瘋得古怪，從來沒有的。他這種瘋病，要假裝也假裝不出，得有他那樣的奇情異想才行呢。」

神父說：「還有可怪的：這位紳士除非觸動了他的病根，說的話才荒謬，如果談別的事，他頭頭是道，可見他的頭腦各方面都很清楚、穩健，所以只要不提起騎士道，誰都認為他識見很高明。」

他們這邊議論，堂吉訶德和桑丘也在那邊談話。堂吉訶德說：

「潘沙朋友，咱倆爭吵的事，從此撒開手別再計較了。你現在別生氣，也別記恨，且告訴我：你在什麼地方找到杜爾西內婭的？怎麼找到的？那是什麼時候？她正在幹什麼？你跟她說了些什麼話？她怎麼回答的？她看了我的信，臉上怎麼樣？那封信是誰給你謄寫的？反正你認為值得講究的，都告訴我，不要加油加醬或說些謊話來哄我高興，更不要防我不高興，瞞著什麼不說。」

桑丘答道：「先生，若要說老實話呀，那封信誰也沒替我謄寫，我壓根兒沒帶什麼信。」

堂吉訶德說：「你這話確是不錯。你走了兩天以後，我發現我寫那封信的記事本子還在身

4　指上文第二十章桑丘為壓布機的事嘲笑了堂吉訶德。

5　從這一段起，到下文桑丘向主人道謝為止，四段都是作者在第二版添上的。

邊，我因此很著急，不知道你找不到信怎麼辦，我直以為你半路上發現信沒帶走，又會跑回來。」

桑丘答道：「要不是您念給我聽的時候我都記在心上，我就得跑回來了。可巧我都記得，就說給一個教堂裡的管事員聽，他就照著一句句寫下來。據他說，他看過許多驅逐出教的訓令，像您那樣漂亮的信，他卻一輩子從沒見過，也沒讀過。」

堂吉訶德說：「桑丘，信上的話你還記得嗎？」

桑丘說：「先生啊，現在記不得了。我口授了那封信，覺得再記著沒什麼用，就把它忘掉了。要是還有點兒沒忘記的呢？那就是『尊貴無皮——』我是說『尊貴無比的小姐』，還有末尾『至死對你忠心的、哭喪著臉的騎士』；在這個頭尾中間，我夾上了三百多個『靈魂』呀、『性命』呀和『我的眼珠子』。」

# 第三十一章

## 堂吉訶德和侍從桑丘・潘沙的趣談以及其他事情。

堂吉訶德說：「你這些話，我聽來都還滿意。說下去吧。你去的時候，那位絕世美人在幹什麼呢？準在為我這個被她俘虜的騎士穿珠子，或者用金線繡花吧？」

桑丘說：「不是的；她正在她家後院裡簸兩個阿內咖[1]的麥子。」

堂吉訶德說：「那你可以拿穩，麥粒兒經過她的手，準變成一顆顆珍珠。朋友，你瞧了那麥子嗎？是白的還是黑的？」

桑丘說：「是黃的。」

堂吉訶德說：「我可以向你保證，麥子經她簸過，做出來準是雪白的麵包，絕沒有錯。你再講下去吧。你把信交給她，她拿來親吻沒有？把信頂在頭上了嗎[2]？她行了什麼相應的禮節來迎接，我那封信呢？她是怎麼辦的？」

1　阿內咖（hanega）亦稱法內咖，容量名，容一百十幾斤麥子，合五十五・五公升。
2　西班牙人把教宗諭旨或國王的特准狀等頂在頭上，表示尊敬；這原來是阿拉伯人的風俗。

桑丘說：「我把信交給她的時候，她剛盛了一大篩麥子，一納頭地使勁兒簸呢。她對我說：『朋友，把信放在那個口袋上吧，我得把這些麥子全簸完了才能看信。』」

堂吉訶德說：「多謹慎的小姐呀！她這來準是因為要把那封信仔細閱讀，反覆尋味。桑丘，說下去呀。她一面幹活兒，跟你說了些什麼話呢？她問到了我嗎？你怎麼回答的？你一直講下去，把所有的話都告訴我，別有一星半點的遺漏。」

桑丘說：「她什麼也沒問。可是我告訴她，您怎麼為了她直在苦修贖罪：光著上半身，住在這座山裡，像個野人似的，睡就睡地上，吃麵包也不攤桌布，鬍子也不梳理，只顧哭，還只顧咒詛自己的命運。」

堂吉訶德說：「你說我咒詛自己的命運可不對了。我倒是慶幸自己的命運呢，而且一輩子慶幸，因為能攀上這位高不可攀的杜爾西內婭‧台爾‧托波索小姐，和她戀愛。」

桑丘說：「她真是高得很，說實話，她比我還高一拃呢。」

堂吉訶德說：「怎麼的，桑丘？你跟她比過身量嗎？」

桑丘答道：「湊巧比了一下。我去幫她把一口袋麥子扛上驢背，我們倆挨得很近，我發現她比我高出好一拃還不止。」

堂吉訶德說：「她既有那麼高的身材，也就有數不清的才德來配合襯托！桑丘，有一件事我是拿定的：你挨近她，準有一股阿拉伯的味兒[3]，一種芬芳或不知名的馨香，像高貴的手套鋪裡若有若無的蘭麝之氣，你總聞到吧？」

桑丘道：「我只好說聞到一點男人味兒。準是她使了大勁出了汗，有點汗酸氣。」

堂吉訶德說：「不會，我很知道那朵帶刺的玫瑰、那朵野百合花、那融化了的龍涎香是什麼味道。你準是傷風了，不然就是聞到了自己身上的氣味。」

桑丘說：「都可能；因為我自己身上常有那股子味兒，當時就以為是杜爾西內婭公主玉體發散出來的了。這沒什麼稀奇，魔鬼彼此都是一樣的。」

堂吉訶德說：「好吧，她當時已經篩完麥子，送往磨房去了。她看信的時候有什麼表情呢？」

桑丘說：「她說不識字，也不會寫，所以沒看信，只把那信撕得粉碎，說是不願意讓別人看見了把她的祕密洩漏給村裡人。她說，反正我已經告訴了她您怎麼愛她，怎麼為她一直在山裡奇奇怪怪地苦行修道，那就夠了。一句話，她叫我傳個口信，說她吻您的手，她懶得寫信了，只想看看您，所以要求您、命令您，見到了我，就離開這片灌木林，別再瘋瘋癲癲的，除非您有更緊急的事，不然就快上路往托波索去吧，因為她急著要和您見面呢。我告訴她您綽號『哭喪著臉的騎士』，她聽了大笑。我問她，好久以前有個比斯開人到她那裡去了沒有。她說去了，還說那人頂老實。我又問起那群囚犯，她卻說至今一個也沒看見。」

堂吉訶德說：「你講的這些事都還不錯。可是我問你，你給她捎了我的信去，臨走她酬報了你什麼首飾呢？照游俠騎士和他們意中人之間的老風俗，侍從呀、侍女呀或侏儒呀為他們彼此傳遞了消息，他們總酬報些貴重首飾的。」

「這很可能，我認為這個慣例很好。不過這一定是古時候的事吧，現在只興給一塊麵包和乾酪了。我臨走，咱們杜爾西內婭小姐隔著後院矮牆就遞給我這麼一塊麵包和乾酪；說得道地些，

3　阿拉伯以出產香料聞名。

那是一塊羊奶乾酪。」

堂吉訶德說：「她是最慷慨不過的；她沒給你金鑲的寶石首飾，一定是當時手邊沒有。可是『過了復活節給的節賞，照樣是好的』[4]；我快要和她見面了，該怎麼著，都會照辦。桑丘，你可知道我奇怪的是什麼？我覺得你好像是乘著風來往的，因為從這裡到托波索有三十多哩瓦的路，你一去一回只耽擱了三天多一點。所以我相信準有精通魔法的法師在關心我的事，而且是我的朋友。這是理所當然的，不然我就不是個出色的游俠騎士了。我說呀，這位魔法師想必在你走路的時候幫了你一把力，卻沒有讓你覺知。從前有個魔法師乘游俠騎士睡眠的時候，把他攝走了；這個騎士不知是怎麼回事，第二天醒來，離臨睡所在的地方已有一千多哩瓦的路。游俠騎士們常互相幫助，要不靠這種魔法，遭了危險怎麼能彼此幫忙呢。有時候游俠騎士在亞美尼亞的山裡跟毒蛇或凶猛的妖怪，或別的騎士搏鬥，吃了敗仗，命在頃刻；忽然，一轉眼的工夫，他的一位身在英吉利的朋友乘著一朵雲或一輛火焰車到了他面前，他承這位朋友救了性命，當晚就在自己家裡舒舒服服地吃晚飯了。從這裡到那裡往往隔著二三千哩瓦的路呢。這都靠經常照應這些英勇騎士的魔法師們有本領、有學問。所以，桑丘朋友，你這麼短短幾天就從這裡到托波索走了一個來回，我並沒什麼信不過的。因為我剛才說了，準有和我好的魔法師攝了你在空中飛行，你卻沒有感覺到。」

桑丘說：「也許是吧。說老實話，駑騂難得跑得像吉卜賽人的驢，耳朵裡灌了水銀似的[5]。」

堂吉訶德說：「彷彿灌了水銀嗎？大批的魔鬼簇擁著牠呢！魔鬼自己能跑，如果高興，還能帶著人畜跑，叫他們跑了路不累。這話且撇開不說吧。我那位小姐命令我去見她，這事你瞧我這會兒該怎麼辦呢？我覺得應該聽從她的命令，可是又覺得辦不到，因為我已經答應了咱們一起的那位公主的請求。照游俠騎士的規矩，說了話要當話，顧不得自己的喜好。我一方面牽腸掛肚要去看看我那位小姐，另一方面又為自己的信義和完成這番事業的光榮振奮得不能罷手。不過我打算加緊趕路，快到巨人那裡去。等我砍掉了巨人的腦袋，扶助公主安安穩穩做了女王，我就立刻回去瞧那位放光照耀著我的女郎。她聽了我委婉的解釋，就會贊成我，知道我遲遲不去是要為她揚名。反正我這一輩子，無論過去、現在、未來，凡是憑武力得到的成就，全靠她的保佑，全靠有了她這麼個主子。」

桑丘說：「啊呀，您的頭腦真是糊塗了！您說吧，先生，您這一趟路打算白跑嗎？這樣富貴的親事，陪嫁的是一個王國呢，您就隨便放棄嗎？老實告訴您，我聽說這個王國方圓有兩萬多哩瓦，凡是養生活命的東西都富足極了，全國的地域比葡萄牙和加斯底利亞併在一起還大呢。看上帝份上，別多說了；您剛才那些話，說了該自己慚愧的。您聽我的勸告，別見怪，前途哪個村裡有神父，您馬上就結婚吧。要是沒有神父，咱們的碩士就在這兒，給您主持婚禮再好沒有。我告訴您，我這把年紀了，可以給您出出主意，我這些話也說得正在筋節上。『天空的老鷹，不如手裡的麻雀』；『有好的偏挑壞的，好的不要就不來了』。[6]」

堂吉訶德說：「你聽我說，桑丘，假如你勸我結婚，不過是要我殺了巨人馬上做國王，有力量照應你，把許你的東西給你，那麼我告訴你，我不用結婚，也很容易叫你遂心。我只須事先講

4　西班牙諺語。
5　據說吉卜賽人販賣騾子的時候，用這辦法使騾子跑得快。
6　西班牙諺語：「有好的偏挑壞的，得了壞的就別抱怨。」桑丘把下半句說錯了。

明條件：打了勝仗，儘管不結婚，也得把國土分割一部分給我，讓我隨意賞人。我分到了國土，你說吧，不給你給誰？」

桑丘答道：「這是明擺著的。不過您得留心挑選沿海的地方。我要是過得不樂意，可以把我管的黑人裝上船，照我說的辦法打發他們。您別心心念念想馬上去見咱們的杜爾西內婭小姐；您只須去殺掉那個巨人，了結這樁事情。沒錯兒，我拿定這件事大有名利可圖呢。」

堂吉訶德道：「我說呀，桑丘，你這話講得很對，我應該聽你的勸告，先不去看杜爾西內婭，且跟著公主走。我還告誡你，咱們剛才的話，你跟誰都一字不提，也別告訴咱們一起的人。因為杜爾西內婭既然那麼謹慎，不願意人家知道她的心思，我就不該替她洩漏，也不該讓別人替我洩漏。」

桑丘道：「照這樣說，您怎麼又叫您打敗的人都跑去見咱們的杜爾西內婭小姐呢？這不就是簽字聲明您很愛她、是她的情人嗎？那些人既然得跑去跪在她面前，說是奉您的命去致敬的，您兩位的心思怎麼隱瞞得了呢？」

堂吉訶德說：「哎，你真傻！真是死心眼兒！桑丘，你不懂嗎，這都是大大抬高她身分的呀！你該知道，照我們的騎士道，一位小姐手下有許多游俠騎士是很光榮的。他們只是為著她自身，一心一意給她效勞，一片忠誠，不求報答，只指望她肯收錄為她名下的騎士。」

桑丘說：「我曾經聽得神父講道，說我們愛上帝就該這樣：只為他自身而愛他，不是為了追求榮譽或害怕責罰。不過我卻願意為了他的權力而愛他並為他效勞。」

堂吉訶德說：「別瞧你是個鄉下佬，有時候說些話頂有意思！你倒像個有學問的人。」

桑丘答道：「說老實話，我是不識字的。」

這時候理髮師尼古拉斯喊他們停停，那裡有一脈流泉，他們要歇下喝點水。堂吉訶德就帶住了馬，這來桑丘非常樂意。他撒了半天謊很勞神，生怕他主人從他話裡捉出錯來。因為他雖然知道杜爾西內婭是托波索的一個農家姑娘，他卻是從沒見過[7]。

卡迪紐已經換上多若泰初出現的時候穿的那套衣服；衣服雖然不怎麼好，比他換下的強多了。他們大夥在泉水旁邊下了牲口，大家都很餓，就拿出神父在客店裡買的東西來充飢。

這時路上走過一個男孩子。他對水邊的那群人注視一下，就趕到堂吉訶德面前，抱住他的腿，放聲大哭道：

「啊呀，我的先生！您不認得我嗎？那麼請您仔細認認；我就是綁在橡樹上的那小子安德瑞斯，多虧您解救的呀！」

堂吉訶德認識那孩子，他攙住孩子的手，轉身對身邊一夥人說：

「諸位請聽，這個世界上強橫霸道的人幹下的暴行，全靠游俠騎士去鏟除，可見他們多重要。我可以給你們舉個例子。前幾天我走過一個樹林，聽得悲慘的叫喊，好像是什麼人負痛求救的聲音。我覺得這和自己的職責有關，忙尋聲趕去，只見一棵橡樹上綁著個孩子——就是你們面前的這小子。他到了這兒來我很高興，因為可以證明我的話沒一點虛假。當時他光著上半截身子綁在一棵橡樹上，一個鄉下佬用馬韁繩[8]抽得他皮開肉綻。據我後來知道，那是他的主人。我一看見就問那人為什麼毒打。那傢伙說孩子是他的傭人，不光是沒腦子，而且還不老實，幹了些壞

---

7　可是上文第二十五章裡桑丘說見過這位姑娘，還把她形容了一番。

8　上文上冊，第四章說是用皮腰帶。

事。這孩子說：『先生，他無非因為我向他要工錢，就把我鞭打。』他那主人講了一套不知什麼道理給自己遮臉。我聽了並不相信。乾脆說吧，我叫那鄉下佬把孩子解下來，叫他發誓帶著孩子回家，把工錢照實算還，還另加些賞錢。安德瑞斯小子，我講的不都是真話嗎？我威風凜凜地命令他，他諾諾連聲地照辦，你不是看見的嗎？你說說吧，不用顧慮，把那些事情告訴他們幾位，讓他們知道我說的一點不錯。」

那孩子答道：「您講的都很真實，可是結局卻滿不是你想的那樣。」

堂吉訶德說：「怎麼滿不是？那鄉下佬沒付你工錢嗎？」

孩子答道：「不但沒付工錢；您一走，樹林裡只剩了我和他兩個，他就重新把我綁在那棵橡樹上，又從頭把我鞭打一頓，打得我成了揭掉皮的聖巴多羅美。他每打一下，就對我說一句俏皮話把您挖苦取笑。我要不是痛得厲害，聽了也要發笑的。那壞傢伙真是害我吃足苦頭，我從那次打傷以後，直在醫院治療。這全是您的罪過。假如您走您的路，沒請您去的地方別去，也別多管閒事，那麼我主人把我抽了十幾下或二十幾下也就完了；他會解我下來，把該我的工錢付給我。可是您把他侮辱得過了頭，亂罵一通，惹起他的火來；他不能對您發作，等您一走，就把一肚子氣都出在我身上，害得我這一輩子都抬不起頭來了。」

堂吉訶德說：「壞就壞在我當時跑了，沒等他付了你工錢再走，其實我早就有經驗，該知道鄉下佬除非有利可圖，說了話從來不當話的。安德瑞斯，你總記得我當時發的誓：他要是不付你工錢，我一定去找他；他即使躲在鯨魚肚裡，我也一定找他出來。」

安德瑞斯說：「是有這個話，不過沒什麼用。」

堂吉訶德說：「有用沒用，你這會兒瞧吧？」

他一面說，一面忙著起身，叫桑丘為駑騂難得備上鞍轡；這匹馬在他們吃東西的時候正在一邊啃青。

多若泰問他這是要幹什麼。他說，那鄉下佬太混帳了，不管世界上有多少鄉下佬，他也要把那一個找出來懲罰他，逼他把拖欠安德瑞斯的工錢如數付清。多若泰說：請他別忘記自己的諾言，她的事沒完，他不能承擔別的事；這點道理，他比誰都明白，所以請他且平心靜氣，等從她的國土回來再作計較。

堂吉訶德說：「這話不錯，安德瑞斯少不得像您公主說的那樣，暫且忍耐一下，等我回來再說。我再一次對他發誓，再一次答應他：一定替他報仇，叫他工錢到手，否則絕不罷休。」

安德瑞斯說：「這種發誓我是不相信的；什麼報仇我都不在乎，我這會兒只希望有點盤纏，讓我到塞維亞去。您這兒要是有什麼給我吃的，或給我帶走的，給我點吧，我就向您和所有的游俠騎士們告別了。但願他們游來游去，對自己也大有好處，就像對我的一樣好！」

桑丘從他的乾糧裡拿出一塊麵包、一塊乾酪，遞給那小子說：

「拿去吧，安德瑞斯小哥兒，我們大家都沾上了你的晦氣。」

安德瑞斯問道：「你沾了什麼晦氣呀？」

桑丘答道：「我給你的這份乾酪和麵包，天曉得我自己是不是要吃呢。朋友啊，我告訴你，游俠騎士的侍從得經常挨餓吃苦，還得遭受些別的事，那滋味說不出來，只好自己感受。」

安德瑞斯拿了麵包和乾酪，瞧他們誰也沒別的東西給他，就低著頭動身上路。他臨走對堂吉訶德說：

「游俠騎士先生啊，您要是再碰到我，儘管瞧我給人切成一塊塊，請您看在上帝份上，別來救我幫我，還是隨我倒楣去。憑我多麼倒楣，總不如受您幫忙倒楣得厲害。但願上帝咒詛您！咒詛世界上所有的游俠騎士！」

堂吉訶德要起來打他，可是他拔腿飛跑，誰也別想追得上。堂吉訶德聽了安德瑞斯的一番話羞忿不堪，大家只好極力忍住笑，免得他無地自容。

# 第三十二章

## 堂吉訶德一行人在客店裡的遭遇。

他們吃罷那頓好飯，就給牲口套上鞍轡，一路上沒什麼值得記載的事，第二天，他們到了桑丘怕去的那家客店。他雖然不願意進去，卻又沒法不進去。客店的主婦、主人和他們的女兒以及瑪麗托內斯看見堂吉訶德和桑丘來了，都欣然出來迎接。堂吉訶德嚴肅而隨和地和他們相見，吩咐他們給他鋪一張好好的床，別再像上次的那樣。店主婦說：只要他付帳比上次漂亮，準給他鋪一張王爺也睡得的床。堂吉訶德一口答應，他們就在他上次睡覺的頂樓上給他鋪了一張還像樣的床。堂吉訶德已經筋疲力盡、昏頭昏腦，倒頭就睡了。

他們剛關上店門，店主婦就趕著理髮師一把揪住他鬍子說：

「我憑十字架起誓，你不能老拿我的尾巴當鬍子用，你得還我尾巴！我丈夫的那件東西只好放在地上了——我是說他的梳子，我向來把它插在我這條好尾巴上的。」

她儘管揪，理髮師卻不肯放手。後來神父說：給她吧，這套玩意兒現在不用了，不妨除掉假面，露出真相，只消對堂吉訶德說，他那天遭了一群囚犯的搶劫，逃到客店裡來；如果他問起公主的侍從，就說公主已經打發侍從先回去通知她的百姓，說她就要帶著他們大家的救星一同回國。理髮師聽了這話才肯把尾巴還給店主婦，並且把借來解救堂吉訶德的那些東西都還了。店裡的人見了多若泰的美貌都大驚小怪，就連農夫打扮的卡迪紐那麼俊俏也使他們驚奇。神父吩咐店家瞧店裡有什麼可吃的就做給他們吃；店主指望好報酬，忙給他們開上一桌像樣的飯。堂吉訶德直在睡覺。大家覺得他睡覺更比吃東西要緊，就不去叫醒他。飯後，店主夫婦和女兒以及瑪麗托內斯和其他旅客都在場，神父和理髮師對他們談起堂吉訶德的古怪瘋病，又講到怎樣把他找回來的。店主婦就把堂吉訶德和騾夫的故事講給大家聽。她注意桑丘是否在場，一看沒有，就把他給人兜在毯子裡拋弄的事都講出來，大家聽了非常好笑。神父說，堂吉訶德讀的那些騎士小說害他迷了心竅，店主道：

「我不懂怎麼會有這種事。老實說，我覺得世界上沒有比這種書更有趣的了。我這裡就有兩三部，另外還有些抄本。我和許多別人都靠這幾部書有了生趣。收穫的季節，逢到節日，收割的人都聚在我這裡；我們中間總有個把識字的，就拿一本來讀，我們三十多人都圍著他，聽得津津有味，簡直都返老還童了。至少，單說我自己吧，我聽到書上那些騎士狠狠地劈呀、斫呀，我就恨不得照樣也來那麼幾下。我但願日日夜夜有人把這種書讀給我聽呢。」

店主婦說：「我也巴不得你日日夜夜的聽去。因為只有你聽小說的時候家裡才安靜；你聽出了神，連罵人都忘了。」

瑪麗托內斯說：「真是這樣。說老實話，我也頂愛聽。這種故事美極了，尤其是講到一個姑娘在橙樹下給她的騎士摟在懷裡，她的傅姆又眼紅、又提心吊膽地給他們望風。我說呀，這味道就像蜜糖一樣的甜蜜蜜呢。」

神父對店主的女兒說：「你呢，小姑娘，你覺得怎麼樣？」

她回答說：「先生，我實在是不知道。我也聽；老實說，我雖然不懂，聽著也頂有趣。不過我不像我爸爸那樣喜歡一刀一槍的打架，我喜歡聽騎士離開了意中人傷心嘆氣。真的，有幾回我都哭了，覺得他們怪可憐的。」

多若泰說：「那麼，小姑娘，假如他們為你哭哭啼啼，你會好好兒安慰他們吧？」

小姑娘說：「我不知道該怎麼辦，只知道有些女人太狠心，弄得她們的騎士管她們叫老虎呀、獅子呀，還有不知多少難聽的名字。哎呀，我真不懂她們是什麼樣的人，這樣沒心肝，好好兒一位有身分的人，她們瞧一眼都不肯，叫人家不是死了，就是瘋了。我不懂幹麼這樣裝蒜；要說是為了禮法，那麼結婚就是了，人家就是要結婚呀。」

店主婦說：「住嘴！你這丫頭！你對這些事情倒好像內行得很。姑娘家不該這麼懂事，也不該這麼多嘴。」

她說：「這位先生問了我，我不能不回答呀。」

神父說：「得了得了。店主先生，請把你那幾部書拿來，我想看看。」

他說：「好啊。」

他到自己屋裡去拿出一個有鎖鏈鎖著的舊提包。他打開提包，拿出三大本書，還有些書法很好的手稿。神父翻開第一本，一看是《堂西榮希留・台・特拉西亞》[1]；另一本是《費利克斯瑪德・台・伊爾加尼亞》[2]；又一本是《大元帥貢薩洛・艾南台斯・台・果都巴傳，附狄艾果・加

1　騎士小說，貝爾那德・台・瓦加斯（Bernard de Vargas）著，一五四五年出版。

2　即《弗羅利斯瑪德・台・伊爾加尼亞》見本書上冊，第六章。

西亞・台・巴瑞台斯傳》[3]。神父看了頭兩本的書名，回臉對理髮師說：

「這會兒要有我朋友的管家媽和外甥女在這裡就好了。」

理髮師說：「不用她們，我也會把書送上後院或送進火爐去，這爐子燒得正旺呢。」

店主說：「您原來要燒掉我的書嗎？」

神父說：「只燒《堂西榮希留》和《費利克斯瑪德》這兩本。」

店主說：「難道我的書是邪門外道，或是正教分排，所以您要燒掉嗎？」

理髮師說：「朋友，你說的是正教分派吧？不是『正教分排』。」

店主說：「對啊。不過您要燒書的話，那就燒掉大元帥和狄艾果・加西亞；我寧願讓您燒掉我一個兒子，這兩本書可一本也不讓燒。」

神父說：「老哥啊，這兩部書是憑空捏造的，裡頭全是胡說八道。這部大元帥的傳卻是真史，講的是貢薩洛・艾南台斯・台・果都巴的生平事蹟。他憑自己的豐功偉業，贏得大元帥的稱號；這顯赫的稱號只有他當之無愧。這狄艾果・加西亞・台・巴瑞台斯是一位高貴的騎士，生長在埃克斯特瑞瑪杜拉的特魯希留城。他是非常勇敢的戰士，而且力大無比，磨坊的車輪轉得最猛的時候，他一個指頭就抵住了；他雙手捧著一把寬刃劍守住橋堍，一支軍隊無千無萬人就過不了橋。這類的事他幹了不少。他是一位紳士，又是寫自傳，當然很謙虛；如果讓沒有顧忌的旁人照

3　這是一部傳記，作者佚名，一五五九年出版，堂貢薩洛（Gonzalo Hernández de Córdoba）是有名的西班牙大將，綽號「大元帥」；狄艾果（Diego Garci la de Pardedes）是他的戰友。

直寫，他的事蹟可以把赫克托、阿基里斯、奧蘭多之流的事蹟都壓倒呢。」[4]

客店主人說：「去你的吧！抵住一個磨坊的車輪有什麼稀罕呀！您這會兒真該讀讀書上講的費利克斯瑪德‧台‧伊爾加尼亞的事。他反手一劍，把五個巨人都齊腰斬成兩截；他們就像小孩兒用豆莢做成的小修士一樣[5]。有一次，他和一支非常強大的軍隊廝殺，隊裡有一百六十萬人，個個渾身披掛，可是他們就像一群綿羊似的給他打得落花流水。至於我們這位堂西榮希留‧台‧特拉西亞，您簡直沒法兒說了。照書上的故事，他的膽量和氣魄真了不起呀。有一次他乘船在河裡走，忽見水裡躥出一條火蛇來。他立即撲上去，騎跨在牠鱗甲斑斕的背脊上，兩手下死勁扼住牠的咽喉。那條蛇覺得要被扼死了，沒別的辦法，只好直往水底下沉。這位騎士不肯鬆手，跟著沉下水去。他到了水底下，原來那裡有宮殿，有花園，富麗堂皇，美得不得了。那條蛇立刻變成了一個老人，告訴他好多千奇百怪的事。先生啊，您甭多說了。您要是聽到這些故事，準樂得發瘋。您說的什麼大元帥，什麼狄艾果‧加西亞，真是不值一文錢。」

多若泰聽了這一番話，悄悄對卡迪紐說：

「咱們這位店主只差一點點，就可以做堂吉訶德第二了。」

卡迪紐說：「我也這麼想。瞧他這光景，準是把書上的話句句當真的，赤腳修士也沒法打消他這個信念[6]。」

神父重又申說：「你想想吧，老哥，世界上壓根兒沒有費利克斯瑪德‧台‧伊爾加尼亞，沒有堂西榮希留‧台‧特拉西亞，沒有騎士小說裡講的那類騎士。那都是吃飽了飯沒事幹的才子憑空捏造的。他們編故事是為了你所說的消遣；你那群收割的人就是讀來消遣的。我認真對你發誓：世界上從來沒有那種騎士，也從來沒有那些了不起的作為和離奇的遭遇。」

店主答道：「您把這根骨頭扔給別的狗吧！好像我連五都數不上，自己的鞋哪裡緊了都不知道[7]！您別打算用奶糊來餵我，天曉得，我不是小娃娃！您要我相信這些好書全是胡說騙人，那就是大笑話了。這些書是由樞密院的大老爺們批准了付印的，如果書上謊話連篇，講的那許多打仗呀、魔法呀能叫人頭腦顛倒，那些貴人會准許出版嗎？」

神父說：「朋友啊，我跟你說過了，那是寫來給咱們解悶的。治理得當的國家容許下棋、打球、打彈子之類的遊戲；有人不願意工作，或者不必工作，或者不能工作，就可以借此消遣。國家准許印行這種小說，也正是這個道理。想來誰也不至於那麼糊塗，把這種書當作真情實事；確實也沒有這種人。至於騎士小說該怎樣寫才好，我有我的見解，如果現在講來合適，諸位也願意聽，我可以講講，也許有可取之處，甚至有人還會感到興趣。不過我希望將來會有人出來挽救文風，到時我可以把自己的意思說給他聽。目前呢，店主先生，請你相信我的話，把書拿回去，書上講的是真是假，你自己打主意吧。但願這幾本書對你大有好處！但願上帝保佑你，別犯了堂吉訶德一樣的病！」

店主人說：「那可不會，我不至於發了瘋，自己去當游俠騎士。從前呢，據說有著名的騎士漫遊世界，可是我很明白，現在是沒有的了。」

4　那部書上並沒有這些記載。
5　把蠶豆莢的一頭去掉一塊，露出大半顆豆子，狀如戴帽的修士。
6　當時認為這種赤腳修士最善於說教。
7　三句都是西班牙成語；末一句又作：「鞋哪兒緊了，穿鞋的自己知道。」

他們正說得熱鬧，恰好桑丘跑來，聽說這個年頭兒沒有游俠騎士了，又聽說所有的騎士小說全是胡說撒謊，就很著急、很擔心。他暗打主意，且看他主人走了這一遭怎麼下場，假如到頭來並不像他想的那麼便宜，他決計辭了這個主人，回到老婆孩子身邊，幹他的老本行去。

店主正要把提包和書拿走，神父說：

「且慢，我要瞧瞧那是什麼手稿，字寫得好漂亮。」

店主人把手稿拿出來給神父看，原來是八大張手抄稿，頭上大字標題：〈何必追根究柢（故事）〉。神父默讀了三四行，說道：

「我真覺得這故事的題目不錯，我想從頭到底讀它一遍。」

店主人回答說：

「您儘管讀呀。我告訴您，有幾位旅客讀了非常滿意，叮著要討我這份稿子，可是我沒肯給。這一提包的書和手稿是人家忘在這兒的，我打算還給原主；很可能過些時候他會回來取。我儘管少不了這幾部書，還是得還人家，因為我雖然是個開店的，我畢竟是個基督徒呀。」

神父說：「朋友，你這話很有道理。不過我要是喜歡這個故事，你得讓我抄一份。」

店主人說：「您儘管抄去。」

兩人說話的時候，卡迪紐已經把這故事讀了一段。他和神父所見略同，所以就請神父把故事讀給大家聽。

神父說：「假如這時候大家不想睡覺，寧可聽我讀故事，我就讀。」

多若泰說：「聽故事消遣，在我就是很好的休息，因為我心神還不大安定，要睡也睡不著。」

神父道：「那我就讀吧。我願意讀，至少很好奇，說不定這故事還有點兒趣味呢。」

尼古拉斯理髮師和桑丘都求他讀。神父看到大家有興聽，他自己也有興讀，就說：

「那麼，大家請聽吧，故事開場了。」

# 第三十三章

# 〈何必追根究柢〉（故事）。

佛羅倫斯是義大利托斯卡納省有名的繁華城市。那裡有兩個富貴公子：一個叫安塞爾模，一個叫羅塔琉。兩人非常要好，認識他們的人因為他們的交情不同尋常，把他們稱為「朋友倆」。他們都沒有結婚，都很年輕，年歲相近，生活習慣也相同。因此他們交情很深。安塞爾模喜歡談情說愛，羅塔琉卻喜歡打獵。安塞爾模往往撇開了自己的嗜好來追隨羅塔琉，羅塔琉也放棄了自己的嗜好來陪伴安塞爾模。這樣呢，兩人同心同意，便是準確的鐘表也不能像他們那樣協調。

安塞爾模愛上本城一位高貴美貌的小姐，為她神魂顛倒。她父母和她本人都是非常好的，所以安塞爾模打算向她父母求親。他幹什麼事都要請教朋友；他徵求了羅塔琉的同意，就打定主意，著手辦事。羅塔琉代他說合，把婚事談妥。安塞爾模很稱心，不久就和那位小姐結婚了。卡蜜拉嫁了安塞爾模也很滿意，經常感謝上天，也感謝羅塔琉做媒成全了她的幸福。辦喜事照例是要慶賀的，開頭幾天羅塔琉照常到他朋友安塞爾模家去，盡力為朋友的排場擺酒慶賀。可是辦完喜事，賀客稀少了，羅塔琉就存心不常到安塞爾模家去。有識見的老成人都會稱許他。他覺得朋友結了婚就不該再像彼此單身的時候那樣來往。真誠的友誼是不多心的，也不該多心，可是有婦之夫的體面很碰不起，兄弟之間都有顧忌，何況朋友之間呢？

安塞爾模覺察到羅塔琉疏遠他，就大加埋怨。他說：早知道結婚妨礙朋友照常來往，他就一輩子不結婚；他單身的時候，兩人感情融洽，贏得「朋友倆」的美名，不該只為顧忌，拋掉這個盡人皆知的好稱號；如果他們之間可用「請求」這個字眼，他就請求羅塔琉仍舊把他家當作自己的家，隨意出入。他保證卡蜜拉和丈夫是一條心的，她知道他們倆從前多麼要好，現在看到羅塔琉的疏遠也很惶惑不安。

安塞爾模還講了許多別的話，勸羅塔琉照常到他家去。羅塔琉解釋了一番，說的話很高明中肯。安塞爾模對這位朋友的誠意也滿意了。他約定羅塔琉每星期兩次再加每個節日到他家去吃飯。羅塔琉雖然答應，卻要看怎樣對朋友的體面相宜才決定自己的行止。他把朋友的聲名看得比自己的還重。他有句話說得好，他說，一個人靠天之福，娶到了如花美眷，就該對自己請上門的朋友加意選擇，對妻子來往的女友也不能大意；菜場、教堂，以及公眾慶祝或私人祈禱的場合[1]，可是她在那些地方幹來礙眼的事，在親信的女友或親戚家裡可以方便進行。羅塔琉還說，每個結了婚的人都該有個朋友指出自己的疏忽。因為丈夫對妻子往往過於寵愛，怕她生氣，就不去告誡她什麼事該做、什麼事不該做；而這卻牽涉到自己的體面或頭臉。如有朋友提醒一下，很容易補救。可是像羅塔琉所說的那麼高明、那麼真誠的朋友，哪裡去找呢？我實在不知道了；只有羅塔琉是這樣的。他小心翼翼地為朋友的體面著想，設法把約定到這位朋友家去的日子壓縮裁減。因為像他這樣一個富貴公子，自己知道頗有幾分人才，如果經常到卡蜜拉那樣漂亮夫人的住

1　私人祈禱的場合（estaciones），指不在集體禮拜的時間，個人上教堂或設有神位的地方去禱告。

處，那些吃了閒飯沒事幹的人就不免歪言散語，惡意中傷。儘管她的賢德封得住惡毒的口舌，他卻不願意自己和朋友遭人家議論。他因此在約定到安塞爾模家去的那兩天，往往推說有迫切的事分不開身。於是他們倆一個朝朝暮暮地埋怨，一個口口聲聲地推諉。有一天，兩人在城外草地上散步，安塞爾模對羅塔琉說了以下一番話：

「羅塔琉，我的朋友，你也許以為我享著上帝賞賜的福氣，正感激不盡。我有這樣的父母，天賦的才和人間的財都不薄；而且錦上添花，還有你做朋友、卡蜜拉做妻子。這兩件寶貝，我看得比命根子還珍重。別人在我這個境地就心滿意足了；而我呢，卻是世界上最苦惱、最不稱心的人。不知是從哪天起，我心上糾纏著一個離奇古怪的願望，我自己都詫異，私下責怪自己，克制自己，極力把這願望掩埋在心底裡。可是按捺不住，彷彿蓄意要把心事張揚出來。這個祕密早晚得公開，所以我寧願交給你來保管吧。你是我的真心朋友，我拿定你知道了會設法幫我。我的疙瘩就解開了；我靠你的關懷可以心情愉快，自己發了瘋找的不論多少煩惱也就都抵消了。」

羅塔琉聽了安塞爾模這番話莫名其妙，不懂他為什麼要來這麼一篇開場白，也捉摸不出他為了什麼願望煩擾到這個地步。羅塔琉免得空著急，就怪安塞爾模不推心置腹，這樣拐彎抹角，對不起他們深摯的友誼。做了他的朋友當然會勸他消除煩惱，或幫他滿足願望，難道他還信不過這點交情嗎？

安塞爾模答道：「你說得不錯，我正因為信得過咱們的交情，所以要把糾纏著我的心願告訴你。羅塔琉，我的朋友，我想知道我的妻子卡蜜拉是否真像我想的那麼貞潔、那麼完美。我無法證實。金子要經過燒煉，才見得成色好壞；她照樣也得經過一番考驗，才見得她的節操。朋友啊，照我看，一個女人得有人追求，才能斷定她是否貞潔。她如果對情人的許願、送禮、流淚、日夜的糾纏不遷就，那才算得堅貞。」他接著說：「女人如果沒人引誘她不正經，她的正經有什麼稀罕呢？如果她沒有機會放縱，而且知道丈夫一旦發現她行為不端，就會要她的命，那麼，她規矩謹慎有什麼了不起呢？女人如果只為膽小或沒有機會而不失節，我看就不如受了男人挑誘而屹然不動來得可貴。我另外還可以講許多道理來闡明我的見解。我為此要我的妻子卡蜜拉受些考驗，叫她受到引誘，而引誘她的又是個配得過她的人，我打算借這番鍛鍊驗看她的成色。我相信她是真金不怕火燒的。果然如此，我就把自己看作最幸福的人了；我可說是心滿意足，聖人所謂『哪裡去找？』的那種女人[2]，我恰好碰到了。假如我的料想恰恰是錯了，我的考驗得不償失，我當然是苦痛的；可是由此證實了自己的見解也就心安理得。反正隨你怎麼反對都沒用，我這件事是橫著心非幹不可的。所以，羅塔琉，我的朋友啊，請你權當我進行這件事的工具吧。我會給你方便；我認為追求一個安靜貞潔的女人所少不了的配備，準叫你應有盡有。我把這件難事交託給你，另外還有個緣故。假如卡蜜拉敗在你手裡，你不必攻破最後一關，可以顧全體面，適可而止，沒完事也只當大功告成。這樣呢，你們不過是心上侮辱了我。我知道你厚道，關於我丟臉的事是絕口不談的，所以不會傳出去。如果你要我活了不白活，你得趕緊上陣出馬，不是溫吞吞、懶洋洋地求歡，卻得拿出勁道，用盡心思，不辜負我的囑咐和咱們的老交情。」

羅塔琉全神貫注地聽安塞爾模講完，除了上文幾句插話，始終沒有開口。他瞪著眼把這位朋友看了好久，簡直就像看怪物似的；然後說道：

2　這是引所羅門的話：「才德的婦人，哪裡去找呢，她的價值遠勝過珍珠。」見《舊約》，〈箴言〉，第三十一章第十節。

「安塞爾模，我的朋友啊，我怎麼也不能相信你剛才的話不是開玩笑。我早知你是認真的，就不會讓你說下去；我不聽你，就堵住了你的長篇大論。照我想，不是你不認識我，就是我不認識你。可是不然：我明知你是安塞爾模，你也知道我是羅塔琉。可惜我覺得你不是從前的安塞爾模了，你準也以為我不是原來的羅塔琉了。因為你說的那些，不像我老友安塞爾模的話；你也不該向你知心的羅塔琉提出那種要求。良朋好友之間的依賴和利用，應該像詩人所說的：『能供在祭壇上』[3]。這就是說，不該利用友誼幹違反上帝的事。異教徒對於友誼尚有這樣的體會，基督徒反而不如他們嗎？因為基督徒該知道，誰都不能為人間的友誼拋棄神的友誼。假如一個朋友竟不顧一切，撇開了自己對上天的責任來為朋友效勞，那就除非是為朋友的名譽和性命，絕不是為輕微的小事。現在我問你，安塞爾模，你要我不顧一切，順著你的心，幹你提出的卑鄙透頂的事，是你的名譽或性命遭到了危險嗎？分明都沒有啊。照我看來，你卻是盡力要毀掉自己的名譽和性命，而且把我的名譽和性命也賠進去。因為一個人喪失了名譽，還不如死了好；我如果毀掉你的名譽，分明也就是送掉你的性命。我既然隨了你的心意成了你的工具，把你害到那個地步，我不是也就喪失了名譽嗎？因此不也就喪失了性命嗎？安塞爾模，我的朋友，關於你那個願望，我想到些話要跟你講，請你耐心聽完，你再說你的，讓我來聽你，咱們有的是時候。」

安塞爾模說：「好啊，你有什麼話，說吧。」

羅塔琉接著說道：

「安塞爾模啊，我覺得你現在的頭腦就像一般摩爾人的那樣。對他們引證《聖經》也罷，憑思索、憑信條來說理也罷，都不能叫他們了解自己信仰上的錯誤。得向他們舉出淺顯的、看得見拿得穩的實例，用駁不倒的算學公式來講。比如說，『從相等的數量裡減掉相等的數量，餘下的依然相等。』可能這樣解釋還不明白，那就得做手勢比給他們看。儘管這樣，還是沒法能叫他們信服咱們聖教的真理。對你講理也是這樣。你的願望太荒謬不合事理，我簡直覺得要你從糊塗裡醒悟過來是白費工夫。我只說你糊塗，因為這會兒不願意用別的名稱。我甚至想懲罰你的惡願，隨你胡鬧去。可是我對你的友誼不容我這樣忍心；明放著你有毀了自己的危險，我不能坐視。我給你把事情擺擺清楚吧。我問你，安塞爾模，你不是叫我去向一個貞潔的女人追求探誘、送禮獻媚嗎？你確是對我這樣說的呀。你既然知道自己的夫人幽嫻貞靜，你還求什麼呢？你既然相信她不會輸在我手裡——她一定會贏的——，那麼你現在對她的鑑定已經夠好了，還有什麼可改進的呢？她本人又比現在增添了什麼美德呢？也許你並不把她看得像你說的那麼好；不然就是你沒知道自己要求的是什麼。假如你並不把她看得像你說的那樣，你又何必證明呢？你不妨隨意把她當作一個不規矩的女人看待就完了。如果她確實是像你相信的那麼貞潔，事實又何必加以考驗呢？經過考驗，價值還是照舊呀。所以沒什麼說的，想幹這種有害無益的事是莽撞糊塗，況且又沒有必要，分明就是發瘋罷了。幹艱苦的事，無非為了上帝份上或世俗的打算，再不然，就是兼為兩者。修道的聖人要自己血肉之軀過天使一樣的生活，他們是為上帝。有人漂洋過海，忍寒冒暑，走遍各地，追求所謂財運，那是為世俗的打算。勇敢的戰士看到敵方城牆給炮彈轟破，馬上奮不顧身，為保衛自己的信仰、自己的祖國和君王，長了翅膀似的冒著萬死直衝上去，他們是為上帝

3「能供在祭壇上」（usque ad aras），這是西元前五世紀古希臘政治家貝利克雷斯（Pericles）的話，見普魯塔克（Plutarco），《普魯塔克札記》（*Moralia*）的〈論羞愧〉（De la mala vergüenza）一文中。塞萬提斯記錯了，以為是一個詩人的話。

份上也兼有世俗的打算。這些都是世人勉力的事；儘管有艱難險阻，都可以贏得光榮、名譽和利益。但是你要幹的那件事既得不到天界的光榮，也得不到人間的財富和名譽。假如事情的結局恰如你的希望，你也不會比現在更得意、更有錢、更光榮；要是適得其反，你的苦惱就不堪設想。到那時候，你儘管認為沒人知道你的羞恥也沒用，因為自己心裡知道，就足以叫你傷心，叫你抬不起頭來。我可以引著名的詩人路易斯・譚西洛[4]寫的《聖彼得的眼淚》[5]第一章末尾的詩來證明這個道理。那一節是這樣說的：

彼得望著將要破曉的天，
加添了悲痛，越發意亂心虧，
雖然當時沒有誰在旁邊，
他心裡明白自己是犯了罪：
偉大的胸懷不肯自欺自騙，
不必被人知道才感覺羞愧，
有了過錯良心的譴責難免，
儘管天地之外一無人見。

「所以儘管沒人知道，痛苦還是難免的，你就要經常流淚；如果不是流眼淚，就是心上流血淚，像詩人講的實心眼兒的醫生用魔杯喝了酒那樣[6]。謹慎的瑞那爾多斯不肯嘗試，就比他高明了。這雖然是詩人的幻想，包含的教訓卻值得我們深思，並引為鑑戒。我現在還要跟你講個道理，你聽了就會明白你要幹的事是大錯特錯的。安塞爾模，假如你託天之福，或交了好運，得到一顆最上好的鑽石。鑑識寶石的人對這顆鑽石的水色和分量沒一個不滿意的，一致認為鑽石不能更重、更好、更純粹，你自己也沒什麼說的。如果你想把這顆鑽石放在鐵砧上，用鐵鎚使勁捶打，瞧它是否真像大家說的那麼堅硬純粹，我問你，這樣想合理嗎？何況你竟要這麼幹呢！這顆鑽石即使禁得起你這無聊透頂的試驗，並不能增長什麼價值和光彩；如果碎了呢——這是可能的，你就一無所有了。這是當然的。鑽石的主人就成了大家心目中的大傻瓜。安塞爾模，我的朋友，你該知道，卡蜜拉無論在你自己或別人心眼裡都是一顆上好的鑽石，不該叫她有砸碎的危險。她保得住堅貞，並不能抬高她現有的價值；如果竟保不住，你現在且想想，她失節之後成了什麼樣的人，到那時候你因為毀了她、毀了自己而自怨自恨，就是活該了。你想想吧，貞潔端重的女人是稀世之寶，而女人的體面全靠她聲名好。你夫人的聲名既然這麼好，你認為不能再好

4　譚西洛（Luis Tansilo），十六世紀義大利詩人，塞萬提斯的朋友路易斯・加爾維斯・台・蒙塔爾伏（Luis Gálvez de Montalvo）曾把他的《聖彼得的眼淚》以及其他一些詩譯成西班牙文。

5　《新約》，耶穌預言自己要受難，他的門徒彼得表示甘心陪著一同受難。耶穌說：「彼得，我告訴你：今日雞還沒有叫，你要三次說不認得我。」耶穌被捕後，有人說彼得是耶穌的門徒；彼得抵賴說不認得耶穌。他抵賴了三次，聽到雞叫，想起耶穌的話，就羞愧痛哭。（參看〈路加福音〉，第二十二章第三十三、三十四、五十四—六十二節。）

6　詩人指阿利奧斯陀。塞萬提斯把《奧蘭多的瘋狂》第四十三節裡的兩個情節混而為一了。「心上流血淚」的是招待奧蘭多住宿的一位紳士，因為他用魔杯喝了酒。另外有個船夫對奧蘭多講起某醫生用魔杯喝酒，當眾出醜的事。魔杯是中世紀傳說裡的，這只杯子可測出飲者妻子是否貞節，如妻子不貞，飲時杯中的酒會潑出來。

了，你對這個事實何必懷疑呢？朋友啊，你該知道，女人是有缺陷的動物，不該在她生命的歷程上布置絆腳石，應該為她掃除一切障礙，讓她平安順利地成為貞節無虧的女人[7]。據生物學家說，銀鼠是皮毛最潔白的小動物，獵取銀鼠有個竅門。瞧牠經常在哪裡出入，就堵上污泥，然後把牠趕到那裡去。牠就蹲著不動了，寧可被獵人捉住，也不肯從泥裡過去，玷污了皮毛；牠們愛乾淨，連自由和生命都顧不得。貞潔的女人就好比銀鼠；貞潔的美德比雪還白，比雪還乾淨，要保持女人這點清白不讓玷污，就不能用對付銀鼠的辦法，讓追求她的情人把送禮獻媚這種污泥堵在她前面。那些障礙，單靠她自己的堅貞可說是絕不能突破的，得幫她去清除，讓她去追求清白的操守，美好的名譽。貞潔的女人又好比水晶鏡子，呵上一口氣就昏暗了。應該把她們當聖人的遺物那樣，只許瞻仰，不容撫摸。應該把她們當鮮花盛開的美麗的花園那樣愛護，園主不讓任何人進去，也不讓撫弄花朵，只許遠遠地隔著園子的鐵柵領略花卉的芬芳嬌豔。我想起了新戲裡聽來的幾首詩，我覺得正合用，可以說給你聽聽。一個高明的老頭兒勸一個年輕姑娘的老父把女兒關閉在深閨裡，他有幾句話是這麼說的：

女人是琉璃做成，
別考驗她的堅脆，
試試她碎、不碎，
因為兩者都可能。
而碎掉更是容易，
你如果冒險嘗試，

你就是無知的傻子，
打碎焊不上的東西。
這樣看法並非過慮，
大家都認為應該，
因為世上有達那艾，
也就會有金錢雨。[8]

「安塞爾模啊，我以上的話都是為你著想，現在說說為我自己的考慮吧。假如我的話太多了，請你原諒，因為你已經進了迷宮，我要拐彎兒抹角地帶你出來，這許多話都少不了。你把我當作朋友，卻完全違背了友誼，要丟我的臉，而且還極力要我來丟你的臉。你要丟我的臉是很明顯的。我如果照你的要求去追求卡蜜拉，她瞧我存心幹這種非禮背義的事，一定把我當作無恥的邪人。你要我丟你自己的臉也是一清二楚的。卡蜜拉瞧我追她，準以為我是看她輕佻，才膽敢向她披露邪心。她就會覺得自己受了侮辱；她的侮辱也就是你的侮辱，因為你是屬於她的。不是常有這種情形嗎：一個人妻子不貞，儘管做丈夫的並不知情，也不是他自取其咎，也不由他作主，

7　這一套議論代表舊時代對女人的觀點，許多書上都有類似的話，如說：「關於這種有缺陷的動物，脆弱多變的女人，你應該像避開烈火一樣避開她。」

8　希臘故事：古希臘阿克利修王因預言他要被自己的外孫殺死，就把獨生女兒達那艾囚在塔裡。天神朱比特化作一陣金錢雨打進塔裡，達那艾有感而孕，生的兒子殺死了阿克利修王。

也不是他粗心大意、疏於防範，可是人家還奉送他一個鄙賤的稱號；知道他妻子醜事的人儘管明知他是倒楣，自己沒有過錯，只是妻子淫蕩，他們對他卻沒有憐憫，心眼裡只是瞧他不起。不過我要告訴你，淫婦的丈夫儘管不知道妻子不貞，自己也沒有過錯，他既不知情，也無責任，他丟臉卻是千該萬該。你不要厭煩，這些話都是為你好。據《聖經》上說，上帝在樂園裡創造了咱們始祖亞當，就叫他睡覺，乘他睡裡從他左肋下取出一條肋骨，造成了我們的原始母親夏娃。亞當醒來看見她，就說：『這是我肉裡的肉，骨頭裡的骨頭。』上帝說：『男人為了他的女人，要離開自己的父母，他們兩人要合為一體。』從此就制定了神聖的婚姻大禮，把男女兩人牢牢縛在一起，到死才能分開。這個神奇的典禮功效非常之大，能使兩人合成一體；融洽的婚姻還不止如此，兩人雖然各有自己的靈魂，卻只有同一個心願。由此可見，妻子和丈夫是一體，妻子有污點或遭侮辱，就連丈夫也不乾淨，儘管他毫無過錯。比如一個人腳上或四肢任何部分疼痛，全身都感覺到，因為是一體；腳踝上的傷雖然不由腦袋造成，腦袋也感覺到。所以妻子的羞恥丈夫有份，因為他們是一體。世上的體面和丟臉，都是由血肉之軀造成的，淫婦的丟臉就屬於這類，做丈夫的當然有份，他儘管不知情也不免丟臉。安塞爾模啊，你夫人幽嫻貞靜，你要去攪擾她的心境，該瞧瞧你自己擔的風險，該瞧瞧你這樣追根究柢多麼無聊而且多事。你該想想，你孤注一擲，所得微乎其微，所失卻非常重大，我都沒法說，只好不說了。假如我這許多話還不能打消你的餿主意，你盡可以另找別人做侮辱你、害你倒楣的工具，我不想做這個工具；即使為此斷送你的友誼——這是我莫大的損失，我也無可奈何。」

有品行、有識見的羅塔琉講完了；安塞爾模心緒紛亂，半晌說不出一句話來。他末了說：

「羅塔琉，我的朋友，你看見我把你講的話都留心聽了。我從你的議論、你舉的例、打的比喻裡，看出你識見高明，對我也一片真情。我如果不聽你的話而固執己見，就是棄善就惡。這是我知道而且也承認的。可是你得體諒我現在彷彿害了某種女人的病，只想吃泥土呀、石灰呀、煤炭呀，以及不堪入口、看著都反胃的東西。你得設法把我醫好。這也容易，只要你對卡蜜拉試探一下，隨你半冷不熱，敷衍了事都行。她也不至於那麼脆弱，會見幾次就體面掃地。你只消試試，我就滿意，你也就對我盡了朋友的責任，使我不但活得不冤枉，也心安理得，不再去丟自己的臉。我還有個緣故，你單為這個也得依我。我已經打定主意要做這番實驗，你不能讓我把自己的痴念告訴別人；否則你極力為我保持的體面就保不住了。至於你自己的體面呢，你追求卡蜜拉的時候在她心眼裡儘管有點虧損，也沒多大關係，可說毫無關係，因為不久你瞧她果然堅貞不二，不出咱們所料，你就可以把咱們設的圈套據實告訴她，你的信譽就恢復了。你擔的風險很有限；卻使我說不盡的稱心滿意，即使你眼睛裡還有重重困難，也請你答應我吧。我剛才說過，你只消試一試，事情就算是圓滿了。」

羅塔琉瞧安塞爾模很固執，要他回心轉意又舉不出別的例子，也講不出別的道理，而且聽他聲言要把他那荒乎其唐的打算告訴別人，那就更糟了，因此他決計答應安塞爾模的要求。他拿定主意，幹這件事既要不攪亂卡蜜拉的心情，又要叫安塞爾模滿意。他就答應下來，說等自己高興就進行，但囑咐安塞爾模不要向別人聲張。安塞爾模親熱地擁抱羅塔琉，感謝他惠然應允，好像他給了自己莫大的恩惠。兩人約定第二天就著手。安塞爾模安排下機會和時間讓羅塔琉和卡蜜拉兩人密談，還備了錢和首飾讓羅塔琉送給卡蜜拉。他教羅塔琉為卡蜜拉演奏音樂，還做詩讚美她；假如羅塔琉懶得做詩，他可以代筆。羅塔琉一一答應，不過他的存心和安塞爾模所想的遠不是一回事。他們這樣講定，就回到安塞爾模家裡。卡蜜拉很焦急地等著她丈夫，因為比往常回家晚了。

安塞爾模在家說不盡的稱心；羅塔琉回去卻說不盡的煩惱，不知怎麼樣把這件無聊的差使搪塞過去。當晚他想出一個方法，既哄得過安塞爾模，又不侮辱卡蜜拉。第二天他就到朋友家吃飯。卡蜜拉知道丈夫和他的交情，對他殷勤款待。飯罷撤了杯盤，安塞爾模就請羅塔琉和卡蜜拉小坐聊天，他要去辦一件要緊的事，大約過一個半小時回來。卡蜜拉求他別走，羅塔琉願意陪他去，他都不聽，定要羅塔琉留下等他，說還有大事得和羅塔琉商量。他又叮囑卡蜜拉在他回來之前別把羅塔琉撇在一邊。他借故走開大可不必，他卻裝得好像非出去不可的，誰也看不出他是假裝。安塞爾模走了，飯桌上只剩卡蜜拉和羅塔琉兩人，傭人都吃飯去了。羅塔琉覺得自己真像他朋友要求的那樣上了戰場；面前的敵人單憑美貌就可以征服一隊武裝的騎士。怎叫羅塔琉不心驚膽戰呢？不過他自有辦法。他兩肘撐在椅子的扶手上，手托著腮，請卡蜜拉原諒他無禮，想在安賽爾模回來前休息一下。卡蜜拉請他到起坐室[9]去睡覺，比椅子裡休息舒服。羅塔琉不肯，就坐在那裡打盹兒，等待安塞爾模回來。安塞爾模回來看見卡蜜拉在自己屋裡，羅塔琉還沒有醒，就以為自己耽擱得久了，他們倆談完話，還有時間睡覺。他急要等羅塔琉醒來，和他一起出去，問問他的成敗。事情都如他的意，羅塔琉醒了，兩人立刻出門，安塞爾模就探問羅塔琉。羅塔琉說，他覺得一開頭就傾吐衷情不大好，所以他只恭維卡蜜拉美，說城裡一片聲的稱讚她美麗聰明。他認為這樣入手最妥，可以哄她喜歡，下一次就聽得進他的話。他說魔鬼引誘有操守的人就用這種手法，這個地獄裡的煞神總扮成光明天使，滿面善良，開頭不讓人識破他的狡計，到末了就可以露出本相，如願以償。安塞爾模很滿意，說以後他每天可以給羅塔琉同樣的機會；他不必出門，有家裡的事當身，卡蜜拉不會看透他搗鬼。

這樣過了好多天，羅塔琉並沒有跟卡蜜拉講過一句話，只對安塞爾模說，已經跟她談過，她毫不為動，沒表示一點可以遷就的意思，卻警告他如果邪心不改，她就要告訴自己丈夫了。

安塞爾模說：「這就很好。卡蜜拉到今還沒有給空話打動。現在得瞧瞧她對實力是否也頂得住。我明天給你兩千元金艾斯古多讓你奉送她，另外兩千元金艾斯古多讓你買些首飾去引誘她。女人不論多麼貞節，都喜歡穿得漂亮，打扮得俏麗，美女尤其如此。假如這也撩她不動，我就稱心了，不會再來麻煩你。」

羅塔琉回答說，他儘管知道這件事是枉費心力，注定要失敗的，他已經開了頭，總要幹到底。第二天，他收到四千金的錢，也收到四千斤的煩惱，因為他不知道再怎麼圓謊。後來他決計對安塞爾模說，對卡蜜拉送禮許願，就像對她甜言蜜語一樣，都打不動她；以後不用再麻煩，都是白費工夫。誰知命運卻另有安排。那天安塞爾模照常把羅塔琉和卡蜜拉撇在一起，自己卻去躲在隔壁，從鑰匙孔裡觀察兩人的關係。只見羅塔琉半個多鐘頭沒跟卡蜜拉說一句話，再待一個世紀也不會跟她說話。安塞爾模這才明白他朋友說卡蜜拉怎樣回答全是憑空捏造的。他要問個究竟，就出來把羅塔琉叫到一邊去，問他事情有何進展，卡蜜拉心情如何。羅塔琉說，這件事他不想幹了，卡蜜拉的回答非常嚴厲，他沒膽量再向她兜搭了。

安塞爾模說：「啊！羅塔琉，羅塔琉，你真是對不起我，辜負了我的信任！我剛從這個鑰匙洞裡看你，沒見你對卡蜜拉說一句話。可見你前幾次也沒說話，準沒錯兒。那麼，你為什麼騙我呢？為什麼弄玄虛叫我不得遂心如願呢？」

---

9　起坐室（estrado），阿拉伯式布置的內室，沒有桌椅，只有地毯和坐墊；女眷在這裡起坐，並接待客人。

安塞爾模沒再多說，不過這幾句話已經使羅塔琉夠窘的。他給朋友揭穿，覺得丟臉，發誓說：以後保證叫安塞爾模滿意，絕不再撒謊。他說安塞爾模不妨留心偵察，就會知道這是真話；不過安塞爾模不必費這個心了，因為他一定認真地順著安塞爾模的意思辦事，叫他無可懷疑。安塞爾模就相信他了。安塞爾模要方便這位朋友，讓他放心不用提防，決計離家到鄰村朋友家去住八天；他叫那位朋友來信殷勤邀請，他在卡蜜拉面前就有個藉口。安塞爾模啊！你真是倒了楣、打錯了主意！你幹些什麼、策畫些什麼、安排些什麼呀？你在設法丟自己的臉，打算斷送自己，這都是自害自，你該知道呀！你妻子卡蜜拉是正經的，你安安頓頓受用她，誰也不來打擾你的幸福。她的念頭不離自己的閨房。在這個世界上，你就是她的天；她的願望都是為你，她的樂趣都在你身上，她的一片心只以你為準，只求合你的願望和天意。她好比蘊藏著賢慧、美麗、貞潔、幽嫻等等品德的寶礦；她不用你費力，已經把自己所有的和你所要求的寶藏全都給你了，你為什麼不顧礦井倒塌的危險，還要挖掘下去，由新的礦脈裡找新的、從來沒有的寶藏呢？她那個礦井只靠她脆弱的天性做支架，是很不牢固的。你該知道，一個人如果追求不可能的事，當然就放棄了可能的事。一位詩人說得好：

我從死亡求生命，
我從衰病求健康，
牢獄裡求自由解放，
封鎖的地區求通行，
向叛徒求忠實堅強。

可是我運蹇命窮，
永遠是勞而無功，
這也是上天的意旨：
我求不可能的事，
可能的事也就落空。

第二天安塞爾模動身到那個村上去，臨走囑咐卡蜜拉說：他出門期間，羅塔琉會來照料家務，陪她吃飯；她務必把羅塔琉當她丈夫本人一樣看待。卡蜜拉是個聰明貞靜的女人，聽了丈夫臨走的吩咐很為難。她提醒丈夫說，他不在家，讓別人坐在他座位上吃飯不成體統；假如他是怕她不會當家，那麼，這次不妨試試她，經過這番考驗，就知道更重的擔子她也挑得起。安塞爾模說，他愛這麼安排，她只消依順就行。卡蜜拉說，這是不合她意的，不過她遵命就是了。安塞爾模出門，第二天羅塔琉到他家來吃飯；卡蜜拉接待得很殷勤，也很大方。她從不單獨和羅塔琉在一起，總有男女傭人跟隨，有個名叫蕾歐內婭的使女更是不離左右。卡蜜拉很喜歡這個使女，因為從小在娘家和她一起長大，嫁了安塞爾模把她帶過來的。羅塔琉開始三天什麼話也沒跟卡蜜拉講。其實飯後撤了杯盤，傭人們匆促吃飯的時候，他還是有機會的。傭人們吃飯匆促正是卡蜜拉的命令，她甚至吩咐蕾歐內婭在女主人吃飯前吃，叫她時刻跟在身邊。可是蕾歐內婭心心念念想著自己樂意的事，正要乘飯後的時機尋快活，常把女主人的吩咐放在腦後，她反而像奉了命似的，把卡蜜拉和羅塔琉兩人撇在一起。可是卡密拉非常貞靜，臉色端莊，舉止安詳，使羅塔琉不敢輕易開口。

不再去告訴自己的丈夫，免得惹他去決鬥或替他招麻煩。她甚至考慮，如果丈夫問到為什麼寫那封信，她該怎樣為羅塔琉開脫。這些心思很光明正大，只是既不合適，也沒用處。她就是懷著這種心情聽了羅塔琉第二天說的話。羅塔琉抵死糾纏，使卡蜜拉漸漸心軟。他流的淚，說的話動了她的憐憫。她十分克制，眼睛裡才沒流露感情。羅塔琉都看出來了，越加熱情如火。總之，他覺得必須乘安塞爾模外出的時機，把這座堡壘加緊圍攻。他稱讚她美，借以打動她的虛榮；因為這點虛榮最能抵消美人的高傲。他緊攻緊打，用猛烈的火力來攻打卡蜜拉的堅貞；即使她是鐵人兒也抵敵不住的。他流淚，央求，獻好，讚美，糾纏不已，顯得他一往情深，滿腔熱忱，竟使卡蜜拉貞操掃地；他意想不到而求之不得的事，居然成功。

卡蜜拉敗了，投降了。可是怎能怪羅塔琉的友誼靠不住呢？這是明顯的例子：要克服愛情，只有逃走一法，誰也不該和這樣的強敵交手。因為人性使然，只有神力才能克服。卡蜜拉出毛病只有蕾歐內婭知道，這一對辜負朋友的新情人瞞不了她。羅塔琉沒肯告訴卡蜜拉她丈夫的意圖，也沒說自己和她上手是靠她丈夫給了方便；他怕卡蜜拉小看了他的愛情，以為不是有心追求她，不過是現成有那機會罷了。

過了幾天，安塞爾模回家了。他並未發覺家裡已經丟失了最重大卻最輕忽了的一件寶貝。他馬上到羅塔琉家去，見了這位朋友。兩人擁抱後，安塞爾模就探問自己性命交關的事。

羅塔琉說：「安塞爾模，我的朋友，我可以告訴你：你夫人不愧是賢德婦女的模範。我對她講的話，她只當耳邊風；我許的願她鄙夷不屑；我送的禮她堅不肯收；我假惺惺的眼淚她公然取笑。一句話，卡蜜拉具備美人的千嬌百媚，而且貞潔謙和，也具備正經女人令人敬重的種種品德。朋友，你的錢毫無用處，還在這裡，你拿回去吧，送禮許願這等卑鄙的手段打不動卡蜜拉的堅貞。安塞爾模，你該滿意了，不用再考驗她了。女人往往令人添煩惱、生猜疑、掉在苦海裡，你既已安然出險，可別再掉進去。你度過塵世的船是上天給的，別再找領港人去檢驗船身是否堅固。你不妨權當自己已經進了安全港，拋下穩重的錨安頓下來，等候上帝召喚吧。」

安塞爾模聽了羅塔琉這番話心滿意足，彷彿對上帝聖旨那樣虔信。不過他要求羅塔琉不要就此罷手，來一番追根究柢作為消遣也好，只是不必再像以前那樣上勁。他只要羅塔琉做幾首詩，借柯蘿莉的名字來讚美卡蜜拉；他會去告訴卡蜜拉，說羅塔琉愛上一個女人，要讚揚她而不礙面子，所以稱她為柯蘿莉。安塞爾模還說，如果羅塔琉懶得費神做詩，他可以代筆。

羅塔琉說：「那倒不必。文藝的女神並不討厭我，她們每年常也偶爾來拜訪我。你只管把你為我捏造的話去告訴卡蜜拉，說我愛上了人，詩由我來做。儘管我的詩配不過那麼好的題目，至少是我盡了力的。」

這一對朋友，一個糊塗，一個奸詐，一起商量停當。安塞爾模回家問卡蜜拉，上次送他那封信是什麼緣故。卡蜜拉正詫怪他沒提起呢，就回答說，她覺得羅塔琉對她有點放肆，不像安塞爾模在家時那樣規矩；不過現在她知道是誤會，是她自己多心，因為羅塔琉老躲著她，不跟她見面或單獨在一起。安塞爾模說她大可不必多心，因為他知道羅塔琉愛上了城裡一位高貴的小姐，假借了柯蘿莉的名字在讚美她。他說，即使羅塔琉沒有這回事，也不用懷疑他的老實和他對自己的深情厚誼。卡蜜拉聽到羅塔琉愛上柯蘿莉的驚人消息並不難受，因為她知道是憑空捏造的，羅塔琉已經向她交代了底細[1]，說明他是要乘機讚美她自己。不然的話，她一定要傷心吃醋了。

1 安塞爾模從羅塔琉家回去，就和卡蜜拉談這番話，羅塔琉似乎還未有機會向卡蜜拉交代底細。這是個漏洞。

第二天，他們三人一起吃飯的時候，安塞爾模請羅塔琉把他為意中人柯蘿莉作的詩念些給他們聽，好在卡蜜拉不認識那位小姐，他可以放了心暢所欲言。

羅塔琉道：「即使她認識，我也沒什麼要隱瞞的。讚美意中人的相貌並埋怨她冷酷，對她的清名無損。反正我可以告訴你們，昨天我做了一首詩嘆恨柯蘿莉的無情，讓我念給你們聽。」

**十四行詩**[2]

夜晚，人靜後寂寞的深宵，
世人都已沉酣在甜夢裡，
我獨向上帝和柯蘿莉，
訴說我無窮無盡的苦惱。
天漸亮，見紅日杲杲
在玫瑰紅的東門口升起，
我有聲無調地連連嘆氣，
重複昨日的怨苦和牢騷。
太陽升上了燦爛的寶座，
奪目的光芒直射地面，
我嘆息愈頻、怨苦更甚。
天又夜了，我又傷心訴說；

我在煩惱中忽然發現：
天聾啞，柯蘿莉不聞不問。

卡蜜拉覺得這首詩不錯；安塞爾模尤其欣賞，他稱讚詩寫得好，又說那位小姐太冷酷，詩裡真情畢露，她卻不答理。卡蜜拉聽了這話就說：

「難道痴情的詩人說的都是真心話嗎？」

羅塔琉答道：「詩人說的不是真話，可是情人說的卻千真萬實，而且還沒有道出真實情感的萬分之一。」

安塞爾模說：「這是沒什麼說的。」他在卡蜜拉面前一力為羅塔琉打邊鼓，卡蜜拉毫不知安塞爾模的計策，只是一片心的愛上了羅塔琉。

卡蜜拉對羅塔琉的事都感興趣，而且知道他心上想的、詩裡寫的都是為她，柯蘿莉就是她自己，所以她問羅塔琉還記得什麼別的詩也請念來聽聽。

羅塔琉說：「記得。不過我相信這一首還不如剛才一首好；或者該說，比剛才那首更糟。你們不妨自己瞧吧。我現在念給你們聽。」

2《堂吉訶德》第一部出版以後，塞萬提斯在他的喜劇《猜忌的家庭》（*La casa de los celos*）第二幕裡引用了這首詩。

十四行詩

我自分將死，這話你如不信，
我更無生望、必死無疑，
我死在你腳邊也無悔意，
還是一心愛你，狠心的美人！
等待我拋卻生命、榮譽和幸運，
到了萬事全忘記的境地，
人家會在我綻裂的心裡，
看到你的倩影鐫刻多深！
那是我臨終遺留的至寶；
你的冷酷使我痴情膠固，
膠固的痴情斷送了我這一生。
哎，我冒著海上的怒濤，
漆黑的夜裡摸索航路，
不見港口，也不見北斗星。

安塞爾模對這首詩也像對第一首那樣讚賞。他就這樣一環又一環地連成鎖鏈，把恥辱牢牢扣在自己身上。羅塔琉愈侮辱他，他愈覺羅塔琉對他尊重。卡蜜拉墮落愈深，她丈夫愈看得她品德高、聲名美。有一天，卡蜜拉只有那個使女在旁，就說：

「蕾歐內婼，我的朋友，我想到自己太不自重，心上慚愧。我都沒叫羅塔琉在我身上多賠些時候，一下子就遂順了他。我怕他瞧不起我的爽利，忘了自己當初要我依他使了多大的力。」

蕾歐內婼答道：「我的太太，你別為這個煩心。只要給的是珍貴的好東西，給得爽利並不就貶低了價值。況且老話說：『乘早給賞，一物當兩。』」

卡蜜拉說：「可是老話又說：『得來容易，看作等閒。』」

蕾歐內婼說：「這句話不能用在你身上。據我聽說，愛情有時飛行，有時步行；有人的愛情是奔跑的，有人的愛情是踱步的；有的冷靜，有的熱烈；有人為愛情受傷，有人為愛情送命。愛情從初生到長成，只在一剎那之間。愛情在早上攻打一座堡壘，往往到晚上就攻破了，因為它的力量所向無敵。愛情乘我們先生不在家，就把你和羅塔琉降伏了。羅塔琉準是跟你同樣情況，你怕什麼呢？愛情得趁熱打鐵，不能慢吞吞等安塞爾模回來；他在家事情就完不成了。情人要如願，全靠機會；戀愛都由機會助成，尤其是開頭。我對這些事很內行，多半是親身經驗，不是聽來的。太太，我將來跟你細談吧，因為我也有肉體和青春的血。況且，卡蜜拉夫人，你並沒有一下子就依順羅塔琉，你是從他的眼睛裡、嘆氣裡、說話裡，從他的許願送禮上看到了他的一片心，由他的那一片心和種種美德看出他實在可愛，你這才依順了他呀。所以你別想不開自尋煩惱。你儘管放心，羅塔琉就像你看重他那樣看重你。你可以稱心滿意，因為雖然墜入情網，你愛的是個值得敬重的人。據說真正的情人該有『四德』[3]，他不但有這『四德』，情人品

3 原文四「s」，指乖覺（sabio）、獨特（solo）、殷勤（solícito）、縝密（secreto）。

德表[4]上的那一套他樣樣俱全呢。不信，我背給你聽。我覺得他一知感激，二和善，三夠得上紳士，四慷慨，五熱情，六堅定，七溫文，八誠實，九顯赫，十忠誠，十一年輕，十二高尚，十三正直，十四貴家出身，十五富裕，十六闊綽，十七就是我剛才說的『四德』，十八沉默，十九真摯，二十熱心愛護你的名譽。」

卡蜜拉聽她侍女背了這一連串，忍不住笑了，覺得這個情場老手，幹起來準比口頭上講的還內行。蕾歐內媕承認確是如此，說她正和本城一位年輕紳士談情呢。卡筆拉聽了很不放心，生怕有了這條漏縫，自己的聲名就難保了。她追問蕾歐內媕，只是口頭上談情呢，還是超過了口頭。蕾歐內媕並不難為情，臉皮很厚，說是超過了口頭。女主人行為不檢，女傭人也就無恥，這本來是一定的道理；她們看到女主人已經失足，自己就不在乎瘸腳拐腿，也不怕女主人覺察。卡蜜拉沒辦法，只好求蕾歐內媕別把她卡蜜拉的事告訴自己情人，和情人行事也得縝密，免得給安塞爾模或羅塔琉發覺。蕾歐內媕說一定聽命。可是她的行為只坐實了卡蜜拉的憂慮，卡蜜拉正是從蕾歐內媕的漏縫喪失了清名。這個使女又放浪，又膽大，她瞧女主人的行為不比從前了，竟擅自引情人來家過夜，拿定女主人知道了也不敢鬧出來。這是女主人出了毛病帶來的又一個苦處：她們成了自己傭人的奴隸，傭人做了無恥下流的事，她們得代為遮掩。卡蜜拉就是如此。她屢次在家裡撞見蕾歐內媕和情人在一起，非但不敢責罵，還給她機會窩藏情人，替她掃清障礙，免得自己的丈夫知道。不過麻煩還是難免，蕾歐內媕的情人有一次破曉從安塞爾模家出來，給羅塔琉看見了。羅塔琉沒看清是誰，起初還以為是鬼呢；可是瞧那人蒙頭遮臉，躲躲藏藏地，就起了疑心，不那麼想得簡單了。他這點疑心險些斷送一切，還虧得卡蜜拉挽救了危局。羅塔琉認為這個蹊蹺的時刻從安塞爾模家跑出個人來，沒想到是蕾歐內媕引進去的；他壓根兒沒想到世界上會有個蕾歐內姑。他只覺得卡蜜拉既然會輕易和自己上手，也會和別人那樣。這又是女人行為不端的後果。當初對她央求誘惑，使她失身的男人就信不過她的節操，總以為她對別人更容易失身，一起疑心就信以為真。這時羅塔琉清楚的頭腦全糊塗了，謹慎的考慮都拋開了，儘管卡蜜拉沒絲毫對不起他，他卻妒火中燒，按捺不住，拚命要對她報復。他不好好兒想想，甚至想都不想，等不及安塞爾模起來，就不管三七二十一跑去找他，對他說：

「我告訴你，安塞爾模，這好多天來我直在天人交戰。有句話我極力想不告訴你，可是不能不說，也不該再瞞你。你可知道，卡蜜拉這座堡壘已經失守，完全由我管領了。我遲遲沒告訴你，因為還斷不定她是輕佻還是在試探我，要瞧我奉你命的談情是否真心。我認為她如果是咱們想的正經女人，她早該告訴你我追求她；我瞧她還沒告訴你，就知道她答應我的話是認真的。她答應等你下次出門，在你貯藏首飾的小房間裡去和我幽會。」——他的確常在那裡和卡蜜拉幽會——「我不主張你冒冒失失地就向她報復，她究竟只在心上犯了罪，也許不等幹出事來，又懊悔了。你向來採納我的意見；你聽我這會兒給你出個主意，叫你把事情弄明白，還能仔細想個合適的辦法來報復。你假裝又像往常那樣出門兩三天，你卻設法躲在你那間小屋裡，壁衣和什物後面藏身很方便。到時你可以親眼瞧瞧卡蜜拉安的是什麼心；我也可以親眼瞧瞧。但願她的心是正

4 原文是情人品德的「A. B. C.」，即下文列舉的那些品德，按字首的字母排列：agradecido, bueno, caballero, dadivoso, enamorado, firme, gallardo, honrado, ilustre, leal, mozo, noble, oneto, principal, quantioso, rico, S（見前注），tácito, verdadero, X（據這位使女說，這個字母生硬，沒適當的字），Y（同I），zelador（de la honra de su dama）。

經的，可也難保不是；那麼，你就可以悄悄兒乖覺謹慎地下手為自己雪恥。」

安塞爾模以為卡蜜拉抵住了羅塔琉的假意進攻，正洋洋自得，不料聽到羅塔琉這番話，驚駭得不知所措。他一言不發，兩眼瞪著地，一根睫毛也不動，半晌說道：

「羅塔琉，你真夠朋友，沒辜負我的期望。我完全聽你的主意：你愛怎麼辦就怎麼辦，你瞧這件萬想不到的事該怎麼保密就怎麼保密。」

羅塔琉一口答應。可是他辭了安塞爾模出來，對自己的每句話都後悔了。他覺得自己太胡鬧；他盡可以自己對卡蜜拉報復，不必使這樣卑鄙毒辣的手段。他咒罵自己糊塗，怪自己輕率，不知事情怎樣挽回或補救。後來他決計全告訴卡蜜拉。他有的是機會，當天就單獨會見了她。卡蜜拉瞧有機會和羅塔琉談話，就對他說：

「我告訴你呀，羅塔琉，我的朋友，我有件苦事，憋得我心都要脹破了，不脹破才是怪事。蕾歐內娍現在肆無忌憚，她的情人每晚留在這裡過夜，天亮才走。誰看見那人天色朦朧從我家出去，就會疑心到我，這對我的聲名大有妨害。我苦的是不能責罵她；咱們靠她做心腹，這就封上了我的嘴，對她的私情事也不好開口。我生怕這樣下去會出事。」

羅塔琉聽了卡蜜拉的話，開始還以為是假撇清，表示從她家出去的那人不是她的情人而是蕾歐內娍的。可是他看卡蜜拉流淚著急，求他想辦法，知道是真情；他這才對自己幹的事感到惶恐後悔。不過他還是叫卡蜜拉不要煩惱，他會對付蕾歐內娍，不讓她肆無忌憚。接著他就告訴卡蜜拉自己因誤會而妒火中燒，向安塞爾模和盤托出，並約他躲在小房間裡親眼瞧她的不貞。他求卡蜜拉饒恕自己的瘋狂，一時冒失，弄得這樣尷尬，求卡蜜拉設法解救。

卡蜜拉聽了大吃一驚。她很生氣，很有分寸地數說了他一頓，責備他壞心眼，想出這樣糊塗糟糕的主意來。可是女人的理智雖然不如男人，幹好事或壞事的急智卻天生比男人強。當時事情好像是無從補救了，可是卡蜜拉立刻計上心來，她叫羅塔琉將計就計地讓安塞爾模躲起來；她打算借機開一個方便之門，從此她和羅塔琉可以一勞永逸，不必再擔驚受怕。她沒把自己的主意全說出來，只囑咐羅塔琉留心等安塞爾模躲好了，聽到蕾歐內娕召喚就到她那兒去；她問什麼，只管回答，好像沒知道有安塞爾模在旁偷聽一樣。羅塔琉一定要她把計畫說出來，讓他心裡有數，能從容應付。

卡蜜拉說：「我告訴你，沒什麼要你應付的；我問什麼，你只消回答就行。」她不願意預先把自己的打算告訴羅塔琉，怕他不依，要另出主意或另想辦法；她覺得自己的打算是再好沒有的。

羅塔琉隨就走了。第二天，安塞爾模推說要到他朋友的村上去，他出了門就回家躲起來。這事很順利，因為卡蜜拉和蕾歐內娕存心方便他。

安塞爾模躲在那裡等人家剝掉他的面皮，不用說，他心裡是七上八下。他眼看心愛的卡蜜拉給他的最高幸福，馬上就要斷送了。卡蜜拉和蕾歐內娕拿定安塞爾模已經躲好，就跑到那個小房間去。卡蜜拉一進屋，長嘆一聲，說道：

「哎，蕾歐內娕，我的朋友，我不願意把我想幹的事告訴你，怕你阻擋；不過你如果把我問你要的這把安塞爾模的短劍乘早刺進我倒楣的胸膛，豈不更好呢？可是你別刺我；叫我代人受過，不合道理。我先要問問明白，羅塔琉放肆下流的眼睛裡看到了我什麼行為，使他拋棄了朋友，侮辱了我，膽敢向我吐露那麼卑鄙的心願。蕾歐內娕，你到窗口去叫他一聲，他一定在街上指望著遂他的邪心。可是我先得遂我自己的心呢！我的心有多正，就有多狠！」

那曉事知情的蕾歐內媂答道：「哎，我的太太，你拿了這把短劍想幹什麼呀？你要自殺還是要殺掉羅塔琉呀？隨你幹哪一件，都會斷送你的聲名。你還是隱瞞了遭受的侮辱，別讓那壞人這會兒進來，並且發現家裡只有你我兩人。太太，你想想，咱們是軟弱的女人，他是個男人，而且是打定了主意的；他既然迷了心竅，色膽包天，存著惡意跑來，只怕你沒下手，他倒先得手，害得你比送命還糟。我真要詛咒我們的安塞爾模先生，自己家裡讓這個不要臉的傢伙來胡作非為。太太，我瞧你是要殺掉他；如果殺了他，他的屍首怎麼處理呢？」

卡蜜拉道：「朋友啊，你問怎麼處理嗎？留給安塞爾模去埋呀。掩蓋自己的羞恥該是輕鬆的活兒。你去叫羅塔琉來，快去叫，我受了侮辱應該報復，一時一刻的拖延都對不住我的丈夫。」

安塞爾模全聽見，他的心思隨著卡蜜拉的話轉變。他聽到卡蜜拉決心要殺掉羅塔琉，就想挺身出來攔住她。不過他又想瞧瞧這樣貞烈的決心會造成什麼局面，就克制了自己，打算到時再露面阻擋。

卡蜜拉這時一陣昏厥，倒在那屋裡的床上。蕾歐內媂就悲悲切切的哭著說：

「哎！美德的花朵呀！賢慧女人的頂峰呀！貞節的模範呀！你如果不幸而死在我懷裡，我可真糟糕了呀！」

聽她這樣數說，誰都以為她是世上最悲傷、最忠誠的使女，而她的女主人儼然又是個遭受圍困的裴內洛貝[5]。卡蜜拉一會兒甦醒過來，說道：

「蕾歐內媂，你怎麼還不去把那位忠實的朋友叫來呀？比他更忠實的朋友，太陽沒照見過，黑夜也沒包藏過，你去啊，跑啊，趕緊啊，快走啊。我期待著一場理直氣壯的報復呢，你別拖拖拉拉洩了我的氣，弄得一塊報復化作幾句恫嚇和咒罵。」

蕾歐內婭說：「我的太太，我就去叫他。可是你先得把短劍給我，免得你乘我不在幹出些事來，叫愛你的人一輩子傷心落淚。」

卡蜜拉說：「蕾歐內婭，我的朋友，你放心去吧，我絕不幹那種事兒。儘管你覺得我為了自己的體面又冒失，又死心眼兒，我卻不至於像人家講的魯克瑞霞那樣，不把污辱自己的人殺掉，卻殺了毫無過錯的自己[6]。我死就死，可是一定要對那個肆無忌憚、害我傷心流淚的人報了仇，吐了這口氣才死呢。」

蕾歐內婭經女主人再三催促，才去叫羅塔琉。卡蜜拉一面等她回來，一面自言自語：

「天啊，儘管羅塔琉馬上會知道真情，我讓他把我當作淫賤的女人究竟欠妥；也許還是像以前一次次拒絕他好。好是好，可是他動了邪心掉在坑裡，如果讓他平安脫身，我就不能為自己報復，我丈夫的羞恥也不得洗雪了。那奸賊既然一肚子邪念頭，安著這個惡心思，合該叫他用性命抵償！如果事情鬧出來，就讓全世界知道：我卡蜜拉不但是個貞婦，還有膽量對非禮之徒報復。不過，我覺得最好還是把這事告訴安塞爾模。我當初送信到村上去，就是想告訴他呀。他準是太忠厚老實了，想不到這樣交情深久的朋友會存心侮辱他，所以我暗示了危險他也不拯救。頭幾天我自己也不相信。誰知他越來越無恥，公然贈送禮物、漫天許願、不斷地流眼淚，我這才看透他安著什麼心；不然的話，我怎麼也不會相信的。不過我現在何必思前想後呢？拿定了勇敢的主

5　裴內洛貝是荷馬《奧德賽》裡奧德修斯的妻子；她丈夫十年漂流在外，許多求婚的人逼她再嫁，她用計拒絕了他們。她代表有智謀的堅貞的妻子。

6　羅馬貴婦人，因被人姦污，憤而自殺。她是貞烈女子的典範。

意，還用考慮嗎？當然不用！好，無聊的念頭，別來攪我！讓我報復吧，叫那個沒信義的傢伙進來！叫他向前來！近我的身來！我要叫他死！叫他完蛋！管它以後是什麼了局！我當初嫁給天配給我的丈夫，我是清白的，我離開他也是清白的。不過我浴血而死的時候，我的乾淨血和那負心朋友的骯髒血交流在一起，這是最遺憾的事。」

她一面說，一面拿著明晃晃的劍，在屋裡歪歪倒倒地走來走去，還做著手勢，簡直發瘋似的；她不像嬌弱女子，卻像個不要命的凶徒。

安塞爾模躲在壁衣後面，全看得清楚，心上不勝驚奇。他覺得憑自己所見所聞，更大的疑團也可以消釋了。他怕出意外的禍事，情願豁免了羅塔琉親來證實。他正要露臉出場，擁抱自己的妻子，把真情告訴她，忽見蕾歐內妣領著羅塔琉進來，忙又縮住，卡蜜拉一見羅塔琉，就用短劍在面前地上畫一長道，對他說：

「羅塔琉，你聽我說：假如你膽敢跨過或走近這道線，我立即把手裡的劍刺進自己胸膛。你且不要開口，先聽我說完了，隨你回答。第一，我要問問你，羅塔琉，你認識不認識我的丈夫安塞爾模，你對他是怎麼個看法；第二，我也要問問，你認識不認識我。你回答吧。這不是什麼難題目，不用遲疑，也不用思索的。」

羅塔琉不是笨人，當初卡蜜拉要他攛掇安塞爾模躲起來，他就猜出她的用意。所以他很乖覺湊趣，順著她意思一吹一唱，把謊話說得比真話還可信。他當時回答說：

「美麗的卡蜜拉，你問的和我來意毫不相干，我沒想到你叫了我來是要問我這些話。假如你是要延遲你許我的好事，你不妨盡量延遲，因為如願的希望越近，心上越加慌亂。不過，免得你說我不回答你，我就回答吧。我認識你的丈夫安塞爾模，我們從小認識。我們的交情你知道得很深，這段交情我不願意談，免得證明自己對他不起。我是為了愛情迫不得已；更大的過錯為了這個堅強的理由也情有可原。我也認識你；我像他一樣的尊重你。如果不是為了我視為至寶的你，我不至於違背自己的本分和神聖的友誼；現在我把這些都糟蹋了，因為抵不過愛情這個強敵。」

卡蜜拉道：「你對一切值得愛重的東西簡直是不共戴天的仇敵！你既然招認了剛才的話，你還有什麼臉站在我面前呢？你知道，我是他的鏡子；而你呢，正該從他身上照鑑自己，瞧瞧你侮辱他實在豈有此理。可是，哎，我真倒楣啊，我這會兒明白了，你這樣不守本分，準因為我有點兒輕浮——我不願意說輕佻，因為不是有意；女人覺得不必拘謹的時候，無意中往往會有失檢點。除此之外，我問你，奸賊，你憑什麼以為你那下流無恥的心願可以得逞呢？我聽了你的央求說過一言半語，或有任何表示，叫你心生妄想嗎？你求情說愛，我哪一次沒嚴厲地申斥嗎？你大開口許下的願，我相信了嗎？你闊手筆送來的禮，我接受了嗎？可是我認為情人的痴心妄想，沒有希望就斷絕了。你對我有意，想必是我無心造成的。所以我願意把你的狂妄，歸罪於我自己，你該受的懲罰，也由我自己承當。我丈夫是最有體面的人，可是你費盡心機去掃他的面子，我卻又漫不經心，疏於防範，或許助長了你的邪心。我要為我丈夫受的侮辱，來一番贖罪的祭獻。現在叫你來，就是要你到場看看，讓你知道，我對自己都這樣冷酷，對你絕不講人情。我再一次聲明：我疑心自己有失檢點，滋生了你的妄想；我正是為這點疑心惶恐不安，決計親手懲罰自己，因為如果假手別人，我的罪過會鬧出去。可是我要對一個人報了仇才洩得心頭之恨；我對自己下手之前，得殺了他，帶著他同死。我不論到哪個世界，都可以看到天道無私，那個送我上絕路的人，自己也受到了懲罰。」

她一面說，一面拿著那把出鞘的短劍向羅塔琉直撲上去，又猛又快，出人意外，分明是只想一劍刺進他的胸膛，連羅塔琉都拿不定她這番做作是真是假了。他只好靠自己的本事和力氣，不讓卡蜜拉下手。卡蜜拉這場別致的把戲演得維妙維肖，她要逼真如實，還不惜用自己的鮮血來渲染。她瞧自己刺不中羅塔琉，或是假裝刺不中，就說：

「儘管命運不讓我正當的心願完全得償，我對自己至少還做得幾分主，命運也沒法阻撓我。」她拿劍的手已經給羅塔琉捉住，她用力掙脫，把劍鋒對著自己身上不傷要害的部分，一劍刺在左肩鎖骨下。她立刻倒在地上，好像是暈死了。

蕾歐內妵和羅塔琉嚇呆了；他們瞧卡蜜拉躺在自己的血裡，拿不定這件事的真假。羅塔琉慌忙把劍拔出來，一看傷勢很輕，心才放下，不禁暗暗欽佩美麗的卡蜜拉足智多謀。他隨即串演自己擔當的角色，彷彿卡蜜拉已經死了，對著她的身軀放聲慟哭，不僅咒罵自己，還咒罵指使他的人。他知道老友安塞爾模正在旁聽，故意說些話，叫他覺得即使卡蜜拉已經送命，也不如他羅塔琉命苦。蕾歐內妵把卡蜜拉抱上床，求羅塔琉出去找個人來悄悄地為卡蜜拉治傷；還求他出個主意，如果到安塞爾模回家她女主人的傷還沒好，怎麼向男主人交代。羅塔琉說：隨她們倆怎麼說吧，他心亂如麻，想不出好主意。他只囑咐蕾歐內妵設法止血，他自己就要躲到不見人跡的地方去。他裝出非常悲痛的樣子走了。他出門四顧無人，就不停的畫十字，驚佩卡蜜拉的機變，以及蕾歐內妵恰到好處的表演。他料想安塞爾模一定死心塌地把自己的夫人看作玻霞第二[7]。這齣戲演得巧妙透頂，他急要和安塞爾模一起讚美戲裡的真情或假意。

卡蜜拉流血不多，只夠把假戲潤色得像真事。蕾歐內妵照羅塔琉的吩咐止了女主人的血，用酒洗淨傷口，盡力包紮好。她一面包紮，一面說話；假如她先前什麼都沒說，單這套話就可以叫安塞爾模把卡蜜拉當作貞潔的模範。卡蜜拉的話也配搭得好。她罵自己沒膽量；她既然厭世尋死，就該有點兒勇氣，她卻害怕了。她請教使女，要不要把這事告訴她親愛的丈夫。蕾歐內妣勸她別告訴，否則他就有義務向羅塔琉報復，不免擔受危險；賢德的女人該為丈夫盡量掃除引起爭端的事，不惹他去和人家爭鬥。卡蜜拉說，她覺得這個主意很好，決計照辦；只怕她的創傷瞞不過安賽爾模，得設法解釋。蕾歐內妣說，她可不會撒謊，就連開玩笑的撒謊也不會。

卡蜜拉說：「那麼，妹妹啊，我怎麼會撒謊呢？我即使性命交關，也不敢撒謊，連幫腔都不敢。咱們打不破這重難關，還是和盤托出吧，別說了謊給捉出來。」

蕾歐內妣答道：「太太，你別著急。咱們跟他怎麼說，我從這會兒到明天還可以想想。你受傷的地方不顯，也許可以遮著不讓他看見。說不定天會保佑咱們的心胸皎潔。我的太太，你安靜一下，別激動，免得我主人看出你神魂不定。你把事情都交給我，交給上帝；上帝對好心願總是支持的。」

安塞爾模全神貫注地觀看了這齣斷送他體面的悲劇，劇中人表演得維妙維肖，假扮的角色竟像真人的本相。他眼巴巴等天黑，好尋機會出去看他的好友羅塔琉。他證實了妻子貞潔，要在羅塔琉面前自慶得到了這樣一顆寶珠。她們倆存心給他出門的機會和方便；他沒錯過，出去就找羅塔琉。他對羅塔琉的連連擁抱，他心滿意足的話，他對卡蜜拉的讚美，這裡簡直無法敘述。羅塔琉聽了臉上沒一點喜色，因為想到朋友上了當，想到自己豈有此理的侮辱了他，實在內愧。安塞爾模瞧羅塔琉沒精打采，以為他是因為卡蜜拉受了傷而引咎自責。他勸了一通，叫他別為卡蜜拉

7 古羅馬瑪戈・布魯多（Marco Bruto）的妻子。她預聞布魯多和朋友謀弒凱撒大帝的機密；她刺傷了自己，表示自己吃得了痛苦，守得住祕密。布魯多戰死，她吞食燃燒著的煤炭自殺。

的事著急，她的傷一定很輕微，因為她們倆決定不告訴他，可見是不用擔憂的，他倒是勸羅塔琉從此和自己一起行樂吧，因為他多虧好友出力充當了試驗品，現在真是放心得意了；他不用別的消遣，只想做詩讚揚卡蜜拉，叫她流芳百世。羅塔琉贊成這個主意，說他也要來幫著樹立這個光榮的模範。

安塞爾模就此成為上了當還欣然自得的大傻瓜，全世界找不到第二個。人家斷送他的名譽，他卻以為是為他贏得了光榮，把這人親手拉回家去。卡蜜拉見了羅塔琉，面上待理不理，心裡卻含著微笑。事情一時上沒鬧破，直到幾個月後，命運的輪子轉了過來，掩蓋得非常巧妙的醜事就傳揚開了。安塞爾模為他不知分寸的追根究柢，竟賠掉了性命。

# 第三十五章

## 堂吉訶德大戰滿盛紅酒的皮袋；〈何必追根究柢〉的故事結束。

故事還剩不多點兒，忽然桑丘·潘沙慌慌張張從堂吉訶德睡覺的頂樓上出來喊道：

「各位先生，我主人在打仗呢！我從沒見他打得那麼拚死命的，你們快來幫忙！啊呀，跟咱們米戈米公娜公主作對的巨人給他揮手一劍，腦袋瓜就像個蘿蔔似的齊根砍下來了！」

神父放下還沒念完的故事，問道：「老哥，你說什麼？你瘋了嗎，桑丘？那個巨人在兩千哩瓦以外呢，你那話不是活見鬼嗎？」

這時他們聽得那邊屋裡轟然巨響，堂吉訶德大叫道：

「站住！你這個賊！你這個強盜！惡棍！你現在可落在我手裡了！你的彎刀子也不中用了！」

聽聲音他好像在狠砍那牆壁。桑丘說道：

「你們別待在這兒只顧聽呀，倒是進那屋去勸勸架，或者幫我主人一手吧。不過現在也不用了，那巨人分明已經送了性命，向上帝招供一生的罪孽去了。我看見流得滿地是血，砍下來的腦袋滾在一邊，有大酒袋那麼大呢。」

店主人一聽這話，說道：「那屋裡床頭邊堆著些裝滿紅酒的皮袋呢。我可以發誓，那位堂吉

訶德或堂魔鬼準是在酒袋上砍了幾劍，把流出來的酒當作血了。」

他一面說，一面進那間屋去；大家都跟著他。他們看見堂吉訶德裝束得非常古怪。他只穿一件不夠長的襯衫，前襟遮不沒大腿，後襟比前襟還短去六指寬。他兩腿很瘦長，上面全是毛，一點不乾淨。他頭上戴一頂油膩的小紅帽，那是店主人的；左手裹著一床毯子，那是桑丘見了就惱火的——什麼緣故，桑丘肚裡明白[1]。他右手拿一把出鞘的劍四下裡亂揮，嘴裡只顧叫嚷，彷彿真在跟什麼巨人打架。妙的是他眼睛還沒睜開，原來沒睡醒，正做夢和巨人交戰呢。他一心專注要去完成這樁大事，所以睡夢裡已經到了米戈米公國和敵人交手了。他自以為砍的是巨人，對那些酒袋連連揮劍，酒流得屋裡滿地都是。店主人看了怒不可遏，扭住堂吉訶德，捏緊拳頭狠命地揍，要不是卡迪紐和神父把堂吉訶德拉開，他就結束了這場和巨人的戰鬥。可憐的騎士到這地步仍然沒醒過來。理髮師拿了一大罐新汲的涼井水，對他沒頭沒臉的澆，他才醒了，不過也沒有清醒，還不明白自己是怎麼一回事。多若泰因為堂吉訶德衣不蔽體，沒肯進來瞧她這位恩人和她的敵人交戰。

桑丘滿地找那巨人的腦袋，卻找不到，就說：

「我現在明白了，這整個客店是著了魔道的。上次就在我這個地方，有人揍了我好多拳，打了我好多棍，可是不知是誰，始終沒瞧見一個人。今天呢，這個腦袋又不知到哪裡去了；我親眼看著它砍下來的，那血呀，就像噴泉似的從脖子裡直噴出來。」

店主人道：「你這個背叛上帝和神靈的傢伙，胡說些什麼血呀、什麼噴泉呀！你這個賊，沒

1 指桑丘前番給兜在毯子裡拋擲的事。

瞧見嗎，血和泉水不過是戳破了酒袋、泡在屋裡的紅酒啊！誰戳破我的酒袋，叫他的靈魂到地獄裡泡著去！」

桑丘道：「我啥也不理會，只知道那個腦袋要是找不到，我那份伯爵的封地就好比鹽著了水全化掉了，我就倒楣透頂了。」

清醒的桑丘比他那個做夢的主人還糟；他主人許他的報酬已經迷糊了他的心竅。店主人瞧這侍從痴呆懵懂，他主人又直闖禍，惱怒非常，發誓絕不再像上次那樣隨他們賴帳逃跑，這回他們騎士道的特權沒用了，新帳舊帳都得清償，連戳破酒袋的修補費也得要他們出帳。

神父這時候捉住堂吉訶德雙手。堂吉訶德自以為大事已了，正向米戈米公娜公主朝見報功。他對神父雙膝跪下說：

「尊貴美麗的公主啊，你從此可以安生，那下賤的東西不能再為非作歹。你的事，我靠上帝幫助，靠我當作命根子的小姐保佑，已經圓滿完成；我答應你的話就此取消了。」

桑丘聽了說道：「可不是我說的嗎？我並沒有喝醉了酒呀！瞧！我主人不是已經把那巨人宰了而且醃上了嗎？事情都妥當了！我的伯爵是現成的了！」

主僕倆瘋瘋傻傻，看了他們誰能不笑呢？大家都哈哈大笑，只有店主沒好氣。後來理髮師、卡迪紐和神父費了不少事，出了不少力，把堂吉訶德扛上床。他就沉沉睡去，看來已經筋疲力竭。他們隨他睡覺，且到店門口去安慰桑丘．潘沙，因為他沒找到巨人的腦袋。他們又要平店主的氣，那就更費事了。他看到自己的酒袋橫遭不測，惱怒得不可開交。店主婦嚷道：

「這個游俠騎士到我們店裡來，該是我們倒了楣！我但願一輩子沒碰見他！他害我賠了多少錢啊！上次他和一個侍從、一匹馬、一頭驢在這兒過了一夜，晚飯、床鋪、稻草、麥子的帳全沒付就跑了。他說自己是冒險的騎士，一應花費都不用出錢，游俠騎士的收費章程[2]上這樣規定的。但願這些冒險的騎士倒盡了楣吧！這回又是為著他，這位先生跑來把我的尾巴拿走了，還來的尾巴又蝕了幾文錢的價，毛都脫了，我丈夫要用也不中用了。這還不夠，他又把我的酒袋戳破，酒都流光。我恨不得流出來的是他的血呢！他別打錯了主意，我憑我爸爸的骨頭和我媽媽的靈魂起誓，一定要他把欠下的錢一一還清，要不，我不姓我的姓，不是我爸養的！」

店主婦氣呼呼地數說，她的好傭人瑪麗托內斯也從旁幫腔。她女兒不作聲，有時微微地笑笑。神父答應盡力賠償他們的損失，不僅酒袋和酒，更要緊的是那條稀罕的尾巴。他們這才滿意了。多若泰安慰桑丘．潘沙說，他主人砍了巨人腦袋的事一經證實，她回國坐穩王位，準賞他個頭等的伯爵封邑。桑丘聽了很稱心。他向公主一口咬定：那巨人的腦袋他確實看見的，而且看見上面的鬍鬚直拖到腰部呢；他說，如果腦袋找不到，就是因為這家客店裡的事都由魔法支使；他在這裡住過，有經驗。多若泰說，這些話她都相信，她叫桑丘別著急，事情一定順手，他準會稱心滿意。大家都已經心平氣和，神父瞧那個故事所餘無幾，想讀完它，卡迪紐、多若泰和其他的人都請他讀。神父樂得為大家助興，自己也有趣味，就繼續讀下去：

且說安塞爾模證實了卡蜜拉的貞節，日子就過得快活，無憂無慮。卡蜜拉故意對羅塔琉鐵青了臉，讓安塞爾模把她對羅塔琉的心意往錯裡捉摸。羅塔琉配合她的做作，要求安塞爾模答應他不再上門，因為卡蜜拉分明見了他討厭。可是安塞爾模蒙在鼓裡，怎麼也不答應。他這樣千方百計丟了自己的臉，卻以為是稱了自己的心。這時蕾歐內妣覺得可以放膽偷情，非常樂意。她拿定

2 客店主婦不懂得騎士道的規則，她心目中的規則就是旅店收費的章程。

女主人會為她掩蓋，甚至還會教她怎樣少擔風險，所以肆無忌憚。結果有一天，安塞爾模聽見蕾歐內姈屋裡有腳步聲。他要進去瞧瞧是誰；覺得有人頂著門，就越要把門推開。他下死勁推開門，進屋恰好看見一個男人從窗口往街上跳。他急要去追，或瞧瞧是誰，可是不行，蕾歐內姈抱住他不放，她說：

「我的先生，您放心，別著急，出去的人您也甭追。這全是我的事，他是我的丈夫。」

安塞爾模那裡肯聽，他火得什麼都不顧，拔出短劍要刺蕾歐內姈，一面對她說，如果不老實招供，就要她的命。蕾歐內姈嚇昏了，也沒理會自己說的是什麼話，答道：

「您別殺我，先生，我有事奉告，您意想不到那事多麼要緊。」

安塞爾模說：「快說，不然就殺了你。」

蕾歐內姈道：「我這會兒心上亂得慌，沒法兒說。寬限我到明天早上，我告訴您一個驚人的消息。您只管放心，窗口跳出去的是本城的一個年輕人，和我訂了婚的。」

安塞爾模這才平靜下來，答應了她要求的寬限。他對卡蜜拉的品德沒有絲毫疑慮，絕沒想到蕾歐內姈會講她什麼壞話。他告訴這使女，如果她該說的不說，休想出這房間。他走出來，把她反鎖在內。

他立刻去看卡蜜拉，把蕾歐內姈的事、她答應告訴他緊要大事等話都搬給她聽。卡蜜拉的驚慌不消說。蕾歐內姈準會把女主人失節的事據自己所知一一告訴安塞爾模，這是可想而知的。她嚇得魂不附體，也不敢再等著瞧個究竟；當夜看安塞爾模已經熟睡，就收拾了自己最珍貴的首飾，又拿了些錢，瞞著家裡，出門到羅塔琉家去了。她一五一十告訴了羅塔琉，求他或者窩藏她，或者和她一起逃到安塞爾模找不著的地方去。羅塔琉聽了慌得一句話也說不出，更想不出什麼主意。後來他決計把卡蜜拉送進一個修道院去，那院長是他的親姊妹。卡蜜拉同意。事情很急迫，羅塔琉少不得連夜把她送去，安頓在那裡；他自己馬上出城，沒讓一人知覺。

第二天早上，安塞爾模並沒理會卡蜜拉不在身邊，他急要聽蕾歐內妳說些什麼，起床就到鎖著她的屋裡去。他開門進去一看，不見蕾歐內妳，只見窗口懸著一長串連結著的床單，分明她是縋著下樓逃走了。他一肚子懊悔，忙回去要告訴卡蜜拉；不料她不在床上，家裡滿處都找她不到。他著急得很，打聽家裡傭人，誰也不知究竟。他找卡蜜拉的時候忽見她的箱子都開著，珍貴首飾大半沒了，這才知道家裡出了醜事，而禍首不是蕾歐內妳。他不及穿著整齊，急急惶惶地出去找他的朋友羅塔琉，想把糟心事告訴他。羅塔琉卻不在家，據傭人說，他昨夜就出門了，家裡的現錢他都帶走了。安塞爾模差點兒發瘋。誰知沒興一起來，他回家發現男女傭人已經逃跑一空，只剩了一宅空房子。

這是怎麼一回事呢？該怎麼說呢？怎麼辦呢？安塞爾模都不知道，他神志逐漸迷亂了。他想想自己一下子妻子、朋友、傭人全都沒有了，彷彿上天不再庇蔭他了，尤其糟的是喪失了名譽體面，因為他從卡蜜拉的失蹤，看到自己就此毀了。他過了好一會，決計到鄉間的朋友家去；他當初就是在這個朋友家住，造成了這番禍事。他鎖上大門，騎了馬，垂頭喪氣地上路。他半路上感慨萬端，忍不住下地把馬拴在樹上，倒在樹腳下放聲哭嘆，直耽擱到傍晚，忽見一人騎馬從城裡來，彼此打過招呼，他就問起佛羅倫斯城裡有什麼新聞。那人說：

「出了些好久沒聽到的新奇事。傳說住在聖胡安的闊少爺安塞爾模昨晚給好友羅塔琉拐走了老婆卡蜜拉，安塞爾模本人也不知去向。卡蜜拉的使女昨夜從安塞爾模家窗口用床單縋著下來，給市長逮住，事情全是她說出來的。詳細情況我也不知道，只知道城裡人都詫異，安塞爾模和羅塔琉最要好不過，向來叫做『朋友倆』，這樣知心朋友中間，想不到會出這種事。」

安塞爾模說：「羅塔琉和卡蜜拉走的哪兒去了？有人知道嗎？」

城裡來的人說：「市長正加緊緝訪，還沒找到他們倆的影蹤。」

安塞爾模說：「再見吧，先生，上帝保佑你。」

城裡來的人答道：「上帝保佑你。」說著就走了。

安塞爾模聽了這個噩耗，氣得發昏，簡直活不下去了。他掙扎起身，到了鄉間的朋友家。這個朋友還不知他的倒楣事，看他臉色灰黃，以為他害了什麼大病。安塞爾模隨就要個地方睡覺，又要些文房用具，還要求關上房門，獨自休息。朋友一一依言。他孤孤單單，想到自己的不幸，心上沉重不堪，分明感覺到自己命在頃刻了。他打算留個字條。說明自己突然死亡的原因。他動筆寫了幾句，沒寫完就嚥了氣，他那點沒分寸的好奇心害他氣死了。主人家到天晚沒聽得安塞爾模呼喚，進去瞧瞧他是否病又加重；只見他半個身子在床上，半個身子趴在書桌上，前面攤著他留字的紙，一枝筆還拿在手裡。主人上去叫他；不見答理，就去拉他的手，摸著冰涼，才知道已經死了。這位朋友很驚慌，忙把家裡傭人叫來做見證。他又看了留下的字條，認得是死者的筆跡，上面說：

「我無知無聊的願望斷送了自己性命。假如卡蜜拉聽到我的死訊，我希望她知道我原諒她。因為她沒有義務創造奇蹟，我也沒有必要這樣要求她。我的恥辱是咎由自取，何必……」

安塞爾模只寫到這裡，可見他到此無話可說，就此死了。第二天，他朋友把他的死訊通知了他的親屬。他們已經知道他的醜事，也知道卡蜜拉躲在哪個修道院裡。卡蜜拉差點兒跟著丈夫走了一條路；這不是因為聽說丈夫去世，而是因為聽說情人出走了。據說她做了寡婦既不肯離開修道院，又不肯發願做修女。過了不多幾天，消息傳來，羅塔琉打仗陣亡了。原來這位後悔無及的朋友逃到那不勒斯，參加了洛特瑞先生[3]和大元帥貢薩洛・艾南台斯・台・果都巴的戰爭[4]。卡蜜拉得了這個消息，才發願進會。她悲傷太過，不久也死了。事情的開始這樣荒謬絕倫，只能落得這樣結束。

神父說：「我覺得這故事不錯，不過我不信真會有這種事。如果是編的呢，那就是編得不好，因為不能設想一個丈夫會像安塞爾模那麼荒唐，不惜賠了身家性命，來試驗妻子的貞操。情人之間還說得過去，夫婦之間總有點不合情理。至於敘事的方式，我沒什麼挑剔的。」

---

3 洛特瑞（Odet de Foix, Sieur de Lautrec）是法國的元帥，塞萬提斯把法文的Monsieur寫作Monsiur。

4 這是歷史上錯誤的。大元帥貢薩洛・台・果都巴（見本書第三十二章，注3）於一五〇七年離開義大利，一五一五年死於西班牙的格拉那達；洛特瑞率領法軍圍攻那不勒斯是在一五二七年。

# 第三十六章

## 客店裡發生的其他奇事。

這時候店主在客店門口喊道：

「好漂亮的一隊過路客人呀！要是到這兒來，咱們可熱鬧了。」

卡迪紐問道：「什麼樣的人？」

店主說：「四個男人騎著短鐙高鞍[1]的馬，拿著長槍和盾牌，都戴著黑面罩。跟他們一起，還有個穿白衣的女人乘馬坐在橫鞍上，也蒙著臉。另外還有兩個步行的小廝。」

神父問道：「來得很近了嗎？」

店主人說：「很近了，快到了。」

多若泰聽到這話就戴上面罩，卡迪紐忙躲到堂吉訶德的屋裡去。店主所說的一群人已經到了店門口。騎馬的四人身材舉止都很斯文，他們下了馬就去攙扶坐橫鞍的女人，其中一個張臂把她抱下。卡迪紐躲著的那間屋子門口有一張椅子[2]，那人就把女人放在椅子上。這時女人和四個男人都沒有除下面罩，也沒說一句話。女人坐下了才深深嘆口氣，垂著兩條胳膊像個極虛弱的病人。那兩個步行的小廝把馬都牽到馬房去。

神父看了心上納悶，不知這群衣服整齊、默不作聲的究竟是誰。他跟著那兩個小廝，向其中一個探問。小廝說：

「天曉得！先生，我說不上他們是誰，只知道看樣子很有身分，尤其是剛才把那位小姐抱下馬的一個。另外幾個都很尊敬他，什麼都聽他吩咐。」

神父問道：「那位小姐是誰呢？」

小廝答道：「這個我也沒法說，一路上我沒看見她的臉，只聽她經常唉聲嘆氣，每次都彷彿要死過去似的。我只知道這麼一點兒。這也怪不得，我和我這夥伴跟了他們才兩天，因為是路上相逢的，他們連說帶勸，許下重酬，叫我們跟到安達魯西亞去。」

神父問道：「你沒聽見他們稱呼嗎？」

小廝說：「實在沒聽見。他們怪得很，一路上都不出聲，只有那可憐的姑娘不時的嘆氣和哭；我們聽了很難受。照我們猜想，她一定是給人押送到什麼地方去。看她的裝束，大概是修女，更可能是要去做修女的。也許她不願意，所以好像很傷心。」

神父說：「都可能。」

他撇下兩個小廝，回到多若泰那裡。多若泰聽了蒙面姑娘嘆氣很同情，就走到她身邊說道：

「我的小姐，你有什麼不舒服嗎？如果是女人的常病，女人有經驗會治的，我甘心情願服侍你。」

1 阿拉伯式的鞍鐙。

2 上文說堂吉訶德睡在頂樓上。但這裡他的臥室卻在平地上。

那傷心的姑娘只不作聲。儘管多若泰熱情關切，她還是一聲不響。後來，一個蒙面的紳士——據小廝說是最受尊敬的那一個過來對多若泰說：

「小姐，你不用討好這個女人，她對人家為她幹的事向例不知感激。你也不用指望她回答，除非你願意聽她撒謊。」

一直默不作聲的女人這時說道：「我從來不撒謊。我一片真誠、絕不撒謊，才遭到了現在的橫禍。這話請你問問自己就知道。因為正是我的真誠，造成了你的欺詐。」

卡迪紐在堂吉訶德的臥房裡，和說話的女人只隔著一重門，她的話聽得清清楚楚。他立刻大叫道：

「天啊！誰在說話呀？我聽到的是誰的聲音呀？」

那位小姐聽得喊聲，大吃一驚，忙回過頭去。她看不見叫喊的人，就站起來，要往那屋裡跑。紳士見了就攔住她不許動。那小姐匆忙中蒙面的綢子掉下來，露出一張非常秀麗的臉，只是容顏慘淡，神色不安，骨碌碌轉動著眼珠四面張望，著急得好像發了瘋似的。多若泰等人看了她那樣兒，雖然不知道是為什麼，都覺得很可憐。那紳士還緊緊抱住她的肩膀，自己的面罩滑下來也顧不及扶，那面罩就整個兒掉了。多若泰正摟著那姑娘，她抬頭一看，和自己同摟著這女郎的正是自己丈夫堂費南鐸。她一見之下，不由得從心底裡發出「哎」一聲無限傷心的長號，立即仰面暈倒，多虧理髮師從旁扶住，她才沒摔在地上。神父忙過來替她除下面罩，好往她臉上灑水。抱住那女人的紳士確是堂費南鐸；多若泰一露臉，他就認出來了，頓時面如死灰。在他懷裡掙扎的女人是陸苹達，堂費南鐸到此還沒肯放手。她已經聽出是卡迪紐在嘆氣，卡迪紐也已經聽出她的聲音。他聽到多若泰暈倒前的那一聲「哎」，以為是陸苹達喊的，立刻面無人色地從屋裡衝出來。他第一眼就看見堂費南鐸抱著陸莘達；堂費南鐸也立刻看見了卡迪紐。陸莘達、卡迪紐和多若泰[3]三人都目瞪口呆，不知道這是怎麼一回事。

大家一言不發，面面相覷：多若泰看著堂費南鐸；堂費南鐸看著卡迪紐；卡迪紐看著陸莘達；陸莘達看著卡迪紐。還是陸莘達第一個開口對堂費南鐸說：

「堂費南鐸先生，請你放了我吧。不為別的，你為了自己的品德也得放手。我是牆上的薜荔，得讓我爬在牆上。你的糾纏和威脅，你許的願、送的禮，都不能把我從自己依附的牆上拉下來。你瞧瞧，神奇的天道把我送到真正的丈夫面前來了。你付了不少代價，該從經驗知道，我除非死了才會忘記他。我的話已經說得明明白白，你現在只好把愛變作恨、喜歡變作厭惡，就此殺了我。我能死在自己的好丈夫面前，死也不冤枉了；也許正好向他表明，我對他的忠心是至死不變的。」

多若泰這時清醒過來。陸莘達的話她全聽見，由她話裡，知道了她是誰。她瞧堂費南鐸還抱住陸莘達不放，也不說話，就鼓勇起身向他雙膝跪下，熱淚瑩瑩地說道：

「我的先生，你兩臂環抱的太陽要是沒耀花你的眼睛，你會看見跪在你腳邊的是薄命的可憐人多若泰——你薄情到幾時，我就薄命到幾時。我原是出身低微的農家姑娘，你或者出於好心，或者出於一時高興，抬舉我做了你的人。我向來貞靜，日子過得快活，直到我聽了你的央求，看了你表面上正當熱烈的情感，才敗壞了操守，把身心交付給你，我落到目前的境地，又看到你這會兒的情況，知道你全沒有把我放在心上。不過你別看錯了，以為我出走是因為丟了臉，我是因

---

3　但上文她已暈倒，到以下三節才說到她清醒。

為給你拋棄了心上悲傷。你當初願意和我結婚，而且已經照你的辦法和我結了婚；現在即使反悔，也沒法不做我的丈夫了。我的先生，你請想想：我對你的心意是獨一無二的，抵得過你別處去追求的美貌和高貴的門第。你不能和美麗的陸苹達結婚，因為你是我的丈夫；她也不能和你結婚，因為她是卡迪紐的妻子。你知道，勉強愛一個崇拜你的人還容易，要叫嫌棄你的人轉過來熱愛你可就難了。你纏著我的時候，我是不懂事的；你央求我的時候，我是貞潔的；我的家境，你不是不知道；我怎樣會一切依你，你自己很明白：你沒有藉口、沒有理由說自己是受了欺騙。這是事實。而且你不僅是個上等人，還是個基督徒，為什麼有始無終，借故把婚禮拖延呢？我是你的正室妻子；你不願意把我當妻子，至少也該收我做個奴隸。我只要是你的人，就覺得很幸福了。你別拋棄我，讓街頭巷尾把我的恥辱當作話柄；也別害得我父母老來痛苦。他們是你的好子民，向來對你府上忠心耿耿，不該受這樣的報答。假如你覺得你的血攙了我的血就不純，那麼，你請看吧，世上貴族的血都經過攙雜，很少例外，也許竟沒有例外。血統的高貴不高貴，不以女方的為準，況且真正的高貴還在於道德品行。你若剝奪我的名分，道德有污，就比不上我高貴了。反正，先生，我千句併一句：隨你願意不願意，我總歸是你的妻子。你瞧不起我，無非因為自己高貴；假如你自詡高貴，你的諾言就不該是謊話，你的諾言就保證我是你的妻子。你簽的字[4]也是保證。你許願的時候指天為誓，天也是保證。如果這許多保證都沒用，你自己的良心在你歡樂的時候也一定會發出無聲的呼籲，為我申辯，叫你在最稱心快意之際內愧不安。」

受害的多若泰還說了些旁的話，說得傷心流淚，連堂費南鐸的幾個同伴和其他在場的人都陪著落淚了。堂費南鐸只是聽著，一句話不說。她講完了又流淚嘆氣；除非鐵石心腸的人，才能冷眼瞧她那悲苦的樣兒。陸苹達在旁看著，既同情她的痛苦，又驚訝她的美貌慧心，想到她身邊去安慰幾句，卻給堂費南鐸抱住了不能動身。堂費南鐸又慚愧，又惶恐，對多若泰看了好半天，才撒開手放了陸莘達，說道：

「你贏了，美麗的多若泰，你贏了。你舉出的這麼大堆真理，誰也沒膽量抵賴。」

陸莘達身體很虛弱；堂費南鐸一撒手，她差點兒跌倒。可巧卡迪紐在旁邊；他不願堂費南鐸看見，正躲在堂費南鐸背後。這時他撇開怕懼，不顧一切，趕上去扶住陸莘達，把她抱在懷裡，說道：

「我的心堅貌美的小姐啊，如果慈悲的上天讓你現在能休息一下，我相信我的懷裡就是最安穩的地方；以前我有幸和你訂了婚，你在我懷裡休息過。」

陸莘達聽了這番話，眼睛轉到卡迪紐身上。她已經聽到他的聲音，這時親眼看見了他本人，一時忘情，竟撇開一切拘束，伸臂抱住卡迪紐的脖子，臉貼著他的臉說道：

「我的先生，你是我的命根子，儘管厄運還會作梗，我的生命還會受到威脅，你終歸是你這個奴隸的真主人。」

堂費南鐸和其他在場的人看到這等破天荒的事，大為驚奇。多若泰瞧堂費南鐸臉色鐵青，伸手按劍，好像是要和卡迪紐拚命的樣子；她看出苗頭，立即抱住堂費南鐸的兩膝，一面親吻，一面緊緊抱住，不讓他動。她眼淚始終沒停，說道：

「我唯一的靠山啊，你在這個意想不到的當口上要幹什麼呀？你自己的妻子在你腳邊；你圖謀的妻子在她丈夫的懷抱裡。你想想吧：你要拆散天配的姻緣，好不好呢？行不行呢？人家排除

---

4 但上文多若泰敘述她受騙經過，沒說到堂費南鐸簽字立下筆據。

了一切障礙，證實了自己的忠貞，當著你的面，把自己甘露似的眼淚潤澤了自己丈夫的臉頰和胸膛，你要把她拉來做自己的配偶，合適不合適呢？我求你看上帝和自己人格份上，不要看見他們倆這樣光明坦白的表示就火冒三丈，倒是該熄火平心，讓這一對有情人終成眷屬，白頭偕老，別再去破人好事，這才見得你的高尚慷慨，大家也就知道你能夠以智勝情。」

多若泰說話的時候，卡迪紐雖然抱著陸苹達，一雙眼睛卻盯在堂費南鐸身上，瞧他如有危害自己的行動，決計不顧性命，盡力自衛，並向一切侵害他的人動手。堂費南鐸的幾個朋友、神父和理髮師一直都在場，忠厚的桑丘·潘沙也在；他們這時就上去圍住堂費南鐸說情。他們說，該顧惜多若泰的眼淚；他們認為她說的分明都是真情，她的希望完全正當，不能欺騙她。他們叫他想想，彼此在這兒意外相逢，看似偶然，其實絕非偶然，是上天特意安排的。神父又提醒說：陸苹達和卡迪紐只有死別，沒有生離，即使揮劍要把他們分開，他們準樂於就死。他說，到了無可奈何的境地，最聰明的辦法還是勉力自制，表示心胸寬大，好心好意讓他們享受天賜的幸福。神父叫堂費南鐸端詳一下多若泰的美貌，就知道比得上的都少有，別說更美的了；況且她又是低心下氣，一片至誠地愛他。神父特別警誡他，如果以上等人和基督徒自居，就不得不履行諾言。他說，履行諾言，就順從了上帝，也能得到有識之士的讚許。有識見的人都承認美人的特權；出身卑微的美人，只要品德好，不論地位多麼高貴的男人都配得上，男人把她抬舉到自己的地位，並不降低自己的身分。一個人受了愛情的擺布，只要沒有非禮犯罪，就無可非議。

其他人也說了許多好話。堂費南鐸畢竟有高貴的血統和大丈夫的胸懷，漸漸回心轉意，承認了這些真情實事；他要抵賴也不行呀。他表示聽從金玉良言，彎腰抱起多若泰，對她說：

「我的夫人，起來吧！你是我心上的人，我不該讓你跪在我腳邊。我始終沒向你表白這番意思，也許是上天要我看到你對我的真摯，叫我知道該怎樣尊重你，才不虧負你。我求你不要責備我放浪，把你撇在腦後。我當初哄你上手，後來不肯娶你，居心是完全相同的。不信，你只消回臉瞧瞧快樂的陸莘達那雙眼睛，就會原諒我的一切過錯。她既已如願以償，我有了你也稱心滿意，我祝願她和她的卡迪紐同享安樂，多福多壽；求天保佑我和我的多若泰也和他們一樣。」

他說完又抱住多若泰，臉偎著臉，把滿腔熱情強自抑制，不讓愛憐和悔恨在眼淚裡盡情流露。陸莘達和卡迪紐以及旁觀的眾人卻不像他那樣。他們有的因為自己快樂極了，有的因為瞧見別人那麼快樂，都感動得涕淚橫流，好像一起遭了大禍。連桑丘・潘沙都哭了。不過據他後來說，他原以為多若泰是米戈米公娜女王，指望著她好大一份賞賜，不料她並非女王；他是為這個緣故才哭的。大家一面流淚，心上卻在驚訝。過了一會，卡迪紐和陸莘達跑去跪在堂費南鐸面前，感謝他的一番好意。他們說話非常得體，堂費南鐸簡直無言可對。他扶起兩人，熱情、有禮地擁抱了他們。

堂費南鐸隨後問多若泰怎會遠離家鄉，跑到這個地方來。多若泰把告訴過卡迪紐的話簡潔地講了一遍。她敘說自己落難的經過，娓娓動聽，堂費南鐸和他的同伴都希望她講得再長些。她講完，堂費南鐸接著講他在那城裡的事。當時在陸莘達懷裡發現一張字條，聲明她已經和卡迪紐訂婚、不能再和堂費南鐸結婚。他就想殺掉陸莘達；要不是她父母攔住，真會幹出來。他隨後就羞忿交加，離開了陸莘達家，決計再等機會報復。第二天他聽說陸莘達已經出走，不知下落。後來，過了幾個月，風聞陸莘達在一個修道院裡，發願如不能和卡迪紐一同生活，就一輩子不出修院。他知道了這個情況，就邀集這三位紳士一起到修道院所在的地方。他沒去會見陸莘達，怕修道院裡知道了自己的行蹤，加意防備。他等一天修院開著大門，就留兩人在外望風，自己帶一人進修院去找陸苹達。他看見陸苹達正在廊下和一個修女談話，乘她猝不及備，把她挾持出門。他們帶了她先到一個村裡，置備了帶著她上路必不可少的東西。他們這些事幹來很順當，因為那所修院坐落鄉間，離城很遠。據他說，陸苹達瞧自己落在他手裡，就暈死過去；清醒之後，只是淌眼抹淚、唉聲嘆氣，沒說過一句話。他們帶著沉默和眼淚到了這個店裡；在他，這就好比上了天堂，世間一切不幸在這裡都結束了。

# 第三十七章

## 米戈米公娜貴公主的故事，以及其他趣事。

桑丘把那些話都聽在耳裡，心上很懊喪。他眼看著封爵的希望煙消雲散，美麗的米戈米公娜公主變了多若泰，巨人變了堂費南鐸，而他的主人只顧睡大覺，對這些事都懵懵懂懂。多若泰拿不穩自己的幸福，只怕是做夢；卡迪紐的心思和她相仿；陸苹達也和他一樣。堂費南鐸覺得自己已經深入迷途，聲名和靈魂險點兒斷送；他感謝上天施恩，從中挽救了自己。總之，客店裡所有的人看到這些不可分解的糾結變得有條有理，都很高興。神父高明地指出此中都有天意，恭喜每個人轉了好運。最欣喜的是店主婦，因為卡迪紐和神父答應賠償堂吉訶德帶累她的一切損失和負擔。只有桑丘心上懊喪，悶悶不樂，上文已經講過。他垂頭喪氣跑到他主人屋裡，恰好他主人剛睡醒，他就說：

「哭喪著臉的先生啊，您只管睡個足吧，不用費心去殺什麼巨人或者為公主恢復什麼王國，這些事都已經完成了。」

堂吉訶德說：「這話很對，因為我和那巨人惡狠狠地打了一仗，從來也沒打得那麼凶狠的。我反手一劍，嚓！把他的腦袋砍下地去，血就像水那樣，流得滿地開河。」

桑丘答道：「您不如說像紅酒那樣呢。我告訴您吧，大概您還不知道：殺死巨人就是戳破了一個酒袋；血呢，就是皮袋裡六個阿羅巴的紅酒；砍下來的腦袋呢，……是生我婊子，他媽的活見鬼！」

堂吉訶德說：「你瘋了，說的什麼話呀？你還有腦子嗎？」

桑丘說：「您起來吧，您就會知道自己幹了什麼好事，咱們得賠多少錢。你還會看到王后變了一個名叫多若泰的民間女人；還有些別的事情，您知道了究竟，準會奇怪的。」

堂吉訶德說：「這類的事我一點不奇怪。你可記得，上次咱們在這兒住的時候我不是跟你講過嗎？這裡的事全都是魔法支使的。現在舊事重演，有什麼稀奇呢。」

桑丘答道：「假如我給人兜在毯子裡拋擲也是這一類的事，我就信您的話了；可惜不是啊。我那件事千真萬確；我看著這裡的店主，扯著毯子，一個勁兒地把我往天上拋，笑得真爽朗，幹得也真歡。我儘管是個可憐的傻瓜，我認識裡面的人物，就知道絕不是什麼著魔，不過是我倒楣，遭了好一場折磨罷了。」

堂吉訶德說：「算了，上帝將來會補償你。給我把衣服拿來，我好穿了出去；我要看看你說的那些事情和變故呢。」

桑丘伺候他穿衣。這時候，神父正向堂費南鐸等人講堂吉訶德的瘋病：他怎麼胡想自己受了意中人的冷淡，到荒山裡去過活；他們又怎麼用計把他騙回來。神父把桑丘講給他聽的事差不多都講了。大家聽了很詫異，也很好笑，他們和一切人一樣，都覺得從來沒見過他那麼古怪的瘋子。神父又說，多若泰夫人已經轉了好運，原先的計策不便進行了，得另想辦法，把堂吉訶德送回家鄉去。卡迪紐主張把末了之事幹完，多若泰串演的角色可以讓給陸苹達。

堂費南鐸說：「不，不用這樣。我願意多若泰把她的戲演下去，如果這位老先生的家鄉離這兒不遠，我樂於出一點兒力幫他治病。」

「至多兩天的路程。」

「為了這樣的好事，再遠我也願意走。」

這時堂吉訶德跑來了。他全副武裝，曼布利諾頭盔雖然砸得七凹八凸，也頂在腦瓜上，還挎著盾牌，拄著權當長槍的樹枝。堂費南鐸等人看見堂吉訶德的古怪模樣都很驚奇。他的臉有半哩瓦長，又乾又黃，身上是東拼西湊的盔甲，神態卻很溫和。大家一聲不響，聽他有什麼話。他很嚴肅地看著美麗的多若泰，說道：

「美麗的公主啊，我聽這位侍從說，你已經從寶座上跌下來，你的身分改掉了，你已經從女王和貴公主變成了平民家的姑娘。假如是您那位精通魔法的父王怕我不能給你適當的幫助，叫你這麼變的，那麼，我說他是外行，不熟悉游俠騎士的歷史。他要是像我一樣肯下工夫讀書，隨處都會讀到那些遠不如我有名的騎士，完成了更困難的事。個把小小的巨人，隨他多麼自高自大，殺了他沒什麼了不起。幾個鐘頭以前，我和一個巨人交手。把他……我不多說，免得人家冤我撒謊；不過到了時候，自然水落石出；我這件事總會在意想不到的時候傳播出來。」

店主插嘴道：「和你交手的是兩個酒袋，不是什麼巨人。」

堂費南鐸立即叫他住嘴，怎麼也不准打斷堂吉訶德的話。堂吉訶德接著說：

「被人篡奪了王位的貴公主啊，我乾脆說吧：假如你父親是為我說的那個緣故改變你的身分，你千萬別當真；因為不論處在多麼凶險的境地，我的劍總可以殺出一條路來；我憑這把劍，不出幾天就可以把你冤家的頭斫在地下，把王冠戴在你頭上。」

堂吉訶德說完，等候公主回答。公主知道堂費南鐸決計要她把這齣戲演下去，把堂吉訶德哄回家鄉，所以彬彬有禮，一本正經地回答說：

「英勇的哭喪著臉的騎士啊，誰跟你說我身分變了，他就是胡說八道，因為今天的我依然是昨天的我。我的確交了好運，我的境遇變得稱心如意了，可是我的身分並沒有變，我的心願也沒有變，還是要依仗你這位蓋世英雄和無雙的力士。所以，我的先生啊，請你仍舊尊重我的生身父親，承認他有先見之明，憑他的學問，找到了這個千穩萬妥的方法來挽救我的厄運。我相信我要不是靠了你，一輩子也不會碰上今天的好運。在場各位多半可以證明我這話是千真萬確。咱們今天已經走不了多遠的路，且等明天吧；我指望的好下場，就依靠上帝的慈悲和你的勇敢了。」

聰明的多若泰一番話畢。堂吉訶德聽了滿面怒色，轉向桑丘道：

「桑丘小子，我這會兒告訴你，你是西班牙最大的渾小子。我問你，你這賊流氓，你剛才不是對我說，這位公主變成了一個名叫多若泰的姑娘嗎？不是還說我砍下的那個巨人的腦袋是生你的婊子嗎？還一派胡言，弄得我一輩子也沒那麼樣糊塗的。我發誓……」他眼看著天，咬緊牙根，「得把你收拾一頓，叫游俠騎士的一切撒謊的侍從有所警誡。」

桑丘答道：「我的先生，您別生氣。我說米戈米公娜公主變了身分也許是我說錯了。不過我說砍了巨人的腦袋——乾脆說吧，戳破了酒袋，流出來的是紅酒，不是血，這話一點兒沒錯。天曉得，戳破的酒袋就在您床頭邊；紅酒把您那間屋子變成湖了。不信，『煎雞蛋的時候您就知道』[1]；就是說：等這位店主先生叫您賠帳的時候，您就知道了。至於王后娘娘的身分沒變，我

1 西班牙成語。意思是到了時候，自然會真相大白。據說來源是有個賣炭的賣了一籃炭給一個女人，隨手把她

打心坎裡高興；這是人人都有好處的，也有我的一份兒。」

堂吉訶德道：「我現在告訴你，桑丘，你是個傻瓜；對不起，這一句話就夠了。」

堂費南鐸說：「得了，這話不用再提。公主既然說這會兒天晚了，明日動身，那就照辦吧。咱們今晚可以談一宿話，明天清早，大家跟隨堂吉訶德先生上路。他擔當了這件大事，準會顯出了不得的英雄身手，我們要好好見識一番呢。」

堂吉訶德答道：「該我來伺候你、跟隨你。我多謝你的美意，也多承你看得起，我願意捨生忘死，不負你的賞識；假如有比生命更大的犧牲，我也毫無顧惜。」

堂吉訶德和堂費南鐸彼此恭維客套了一通。這時店裡有客來，打斷了他們的話。這旅客穿一件束腰的藍布短外衣，半長袖，沒有領子；褲子是同樣的藍布，便帽也是藍色；腳上穿一雙棗黃色的軟皮靴；扇帶上掛一把摩爾彎刀。憑他的裝束看來，他好像是從摩爾國家回來的基督徒。一個摩爾裝束的女人坐一匹驢緊跟著。她蒙著臉，包著頭巾，戴一頂錦緞小帽，披一件罩沒全身的長外衣。男人身材俊健，四十多年紀，黑黝黝的臉，上唇鬍鬚很長，頷下一部美髯。乾脆說，他一表不俗，假如穿上好衣服，一望而知是有身分、有家世的人。他進店要一間客房，聽說沒有，他臉色很懊喪。他跑到摩爾裝束的女人身邊，把她抱下驢。陸莘達、多若泰、店主婦和女兒，以及瑪麗托內斯從沒見過摩爾服裝，覺得新奇，都跑來圍著她。多若泰向來隨和，又很機靈，她瞧這女人和陪隨的男人沒有客房很掃興，就對女的說：

「我的小姐，你別為這裡設備簡陋煩心，客店裡照例就是這樣的。只要你願意，是不是就在這裡和我們——」她一面指指陸莘達——「一起安置；說不定再往前去還找不到這樣好的接待。」

蒙面女人一言不答，只從自己座位上站起身，兩手交叉胸前，低頭深深一鞠躬，表示感謝。

他們瞧她默不作聲，料想摩爾女人不會說基督教國家的語言。那個俘虜[2]直在忙別的事，這時進屋看見一群女客圍著自己的女伴，她聽了她們的話只不作聲，就對她們說：

「諸位夫人小姐，這姑娘勉強能懂我的話，她只會說本國話。你們問什麼，她一定沒回答，也不會回答。」

陸苹達說：「我們沒問什麼，只請她今晚和我們作伴兒，到我們屋裡去歇，她就可以受用店裡所有的方便。我們是一片誠心，看到外國人，尤其外國女人有什麼需要，都願意幫忙。」

那俘虜說：「我的小姐，我為她也為自己吻你的手。此時此地，你這樣一位小姐表示這番美意，真是恩惠不淺，實在可感，我感激得很。」

多若泰道：「請問先生，這位小姐是基督徒還是摩爾人呀？我們瞧她這樣裝束，又不說話，但願她不是我們猜想的那種人。」

「她的服裝和外表是摩爾人，內心卻是十足的基督徒，因為這是她最迫切的願望。」

陸苹達說：「那麼她還沒有受洗禮吧？」

俘虜答道：「還沒有機會。她要受洗得先學會聖教規定的各種儀節，除非命在呼吸，才能省免。她自從離開祖國阿爾及爾至今，並未有那個危險。可是上帝會保佑她不久按自己的身分舉行體面的洗禮；她和我的服裝是配不上她那身分的。」

---

扔在一邊的煎鍋偷偷放在空筐裡。女人問炭是否橡木燒成的，好不好？賣炭人語帶雙關，回答說：「煎炒的時候，你就知道。」這句話成了民諺。

2 塞萬提斯上文並未說明這人是俘虜。

大家聽了都想知道摩爾女郎和俘虜的來歷。不過當時誰也不願意問，因為覺得是他們休息的時候，不該探問身世。多若泰挽著摩爾女郎的手，拉她坐在身邊，請她揭掉面罩。摩爾女郎瞧著俘虜，好像要他解釋人家問的話，並告訴她該怎麼辦。俘虜用阿拉伯語對她說：她們請她揭掉面罩，她不妨照辦。她就把面罩脫下，露出一張極標致的臉。多若泰認為她比陸莘達還美，陸莘達認為她比多若泰美；旁人都覺得這摩爾女郎是唯一能和她們倆比美的，甚至有人覺得她比她們倆還長得好。美人向來享有特權，並且有令人一見傾心的魅力，所以大家馬上都趕著向這位摩爾美人殷勤獻好。

堂費南鐸問俘虜，摩爾姑娘叫什麼名字。俘虜說：她叫蕾妣·索賴達。她聽見這個回答，知道人家問了基督徒什麼話，滿面嬌嗔，急忙說：

「不！不索賴達！瑪利亞！瑪利亞！」她表示自己不叫索賴達，叫瑪利亞。

旁人聽了她的話，又瞧她那麼懇切，不止一人流下淚來，尤其女人，因為她們天生心慈腸熱。

陸莘達很親愛地抱著她說：

「對！對！瑪利亞！瑪利亞！」

摩爾女郎答道：

「對！對！瑪利亞！『馬剛歇』索賴達！」——「馬剛歇」就指「不是」。

這時已經天黑，店主聽了堂費南鐸同伴的吩咐已經殷勤小心、極盡討好地準備了晚飯。到時大家挨著一張狹長的餐桌坐下，因為店裡沒有圓桌，也沒有方桌。他們不顧堂吉訶德推讓，請他坐了上首第一席。堂吉訶德就叫米戈米公娜公主坐在旁邊，因為她是自己保護的人。挨次下去是陸苹達和索賴達；對面是堂費南鐸和卡迪紐，然後是俘虜和其他幾位紳士；神父和理髮師坐在女客的一面。大家高高興興吃晚飯。他們瞧堂吉訶德不吃東西大發議論，越加起勁了。堂吉訶德像上次和牧羊人同吃晚飯時那樣忽有所感，說道：

「各位先生，咱們仔細想來，幹游俠騎士這一行的人，見識到的實在都是大事和奇事。不然的話，你們說吧，如果有人這會兒從這座堡壘的大門進來，看見咱們現在的情形，誰能想像咱們的身分呢？誰會說我旁邊這位小姐就是鼎鼎大名的女王，而我就是大家傳說的哭喪著臉的騎士呢？放定這一行是在世間一切行業之上；幹起來危險愈大，這行業就愈加可貴。誰說拿筆桿子的行業比拿槍桿子的高，那就請他們滾開去！憑他們是誰，我都要罵他們胡說八道。他們根據的理由，往往是勞心勝於勞力；拿槍桿子只用體力。好像那是粗人的事，只需蠻氣力就行。好像我們所謂用武的行業不包括那些苦心策畫的防禦。好像將士帶領軍隊或防守圍城，不是既勞力又勞心的。試問，要識透敵人的用意、打算、詭計和困境，要防止預料到的危險，光靠體力行嗎？這都是費心思的，體力是用不上的。咱們現在瞧瞧吧，文武兩行都得勞心，哪一行更辛苦呢？這可先要看各方追求的目標。目標愈高，志向就愈可貴。不過我所謂拿筆桿子的職業，不包括教士的神聖職務；教士的目標是引導靈魂上天堂，這是超出一切的最高目標。我所說的拿筆桿子的行業，宗旨在於辦好公平分配，各人給應得的一份，並督促大家遵守公正的法律。這個目標確實偉大、高尚，值得頌揚，可是比了拿槍桿子的目標就不如了。拿槍桿子的目標是和平；這是人類在這個世界上所能企望的最大幸福。世界和人類聽到的最早的福音，是在我們見到光明的晚上[3]，天使

3 指耶穌誕生之夜。

在天空唱的：『在高天之上，榮耀歸於上帝！大地之上，和平歸於善意的人！』[4]人間和天上最好的導師教導他的信徒和門徒：無論到什麼人家，先打招呼說：『願你家裡和睦平安！』[5]他又屢次向他們說：『我給你們和平；我把和平留給你們；我願你們和平。』[6]和平就好像他親手賜與的寶物；沒有這件寶物，無論人間天上，都不能有什麼幸福。和平是打仗的真正目標，而拿槍桿子的職業就是打仗。打仗的目標是和平就比拿筆桿子的目標高；這一點已經確定無疑了。咱們現在再瞧瞧，文武這兩行哪一行更勞累身體。」

堂吉訶德侃侃而談，說話很得當，聽著他的議論，誰也不能說他是瘋子。而且在場的多半是紳士，紳士和拿槍桿子的行業分不開[7]，聽了這番議論格外入耳。他接著說：

「我現在談談書生的苦處。第一是窮。不是說他們個個都窮，我不過是按最窮的來說。我覺得說他們窮，就把他們的苦況說盡了，因為一切好東西，窮人全沒份。他們從各方面嘗到窮的滋味，或者挨餓，或者受凍，或者衣衫不周，或者又餓又凍又襤褸。不過他們儘管不能按時吃飯，或者吃的是財主們的殘羹冷炙，還不至於沒得吃；最不堪的無非他們所謂『吃施食』[8]。他們總可以在街坊的灶邊爐旁待著，即使不能取暖，也可以擋擋寒氣。他們晚上總可以在屋子裡睡覺。他們還從許多細事領略窮的味道。譬如說吧：沒替換的襯衫；沒第二雙鞋；衣服單薄敝舊；一旦有口福，人家請吃飯，就放量吃得撐腸拄肚；這些我就不一一列舉了。他們走過我形容的這條崎嶇小道上行走，這裡絆倒，那裡摔跤，這裡倒下，那裡又爬起，終於得到了自己企求的學位。咱們看見許多人歷盡艱難困苦，到了這一步，就飛黃騰達了；咱們看見他們坐在安樂椅裡轄治世界，他們吃得好，住得暖，穿上鮮衣華服，睡在鋪著細布和花緞的床上，再也不挨餓受凍、衣衫破爛、墊著草席子睡覺了。這是他們靠自己的才能，得到了應有的報酬。可是他們受的折磨，比起戰士來就差得遠了。我現在談談戰士的苦處。」

4《新約》的〈路加福音〉，第二章第十四節。
5《新約》的〈路加福音〉，第十章第五節。
6《新約》的〈約翰福音〉，第十四章第二十七節。
7 紳士階級都佩劍。
8 吃施食（andar á la sopa），就是去吃寺院門口施捨給窮人的羹湯。

# 第三十八章

## 堂吉訶德對於文武兩行的奇論。

堂吉訶德接著說：

「咱們剛才談到書生的窮和種種苦況，現在瞧瞧當兵的是否富裕些。咱們會看到當兵的比窮鬼還窮。他靠著活命的那幾文錢軍餉，不是遲遲不發，就是永遠拖欠。動手搶劫吧，就難免送掉性命、喪盡良心。他簡直穿不起衣服，滿是綻口裂縫的上衣長時既充禮服，又充襯衫；嚴冬在荒野露宿，往往只靠嘴裡呵口氣擋寒；而空心餓肚裡呵出來的氣，準和物理相反，等於倒抽的冷氣。他困頓了一天，想必盼望天黑，可以在現成的床上休息一下。他的床倒是絕不會窄——要是嫌窄，只怪他自己——因為他可以隨意量出多寬的地皮，在上面稱著心翻來翻去，不愁床單滑落。他過著這種日子，一旦打仗，就是他畢業獲得學位的日子了。他頭上包紮傷口的紗布就是他的學士帽。槍彈也許打穿了他的太陽穴，也許殘廢了他一條胳臂或一條腿。假如他沒受傷殘廢，蒙上天慈悲，保全了身軀性命，那麼，他大概還像原先一樣窮，並且不免還要一次次上陣、一次次打仗。要每次都勝利，才會分到一星半點好處；這是千載難逢的奇蹟。請問，各位先生，你們留意到嗎：打仗立功而受賞的，比打仗陣亡的，人數相差多少？你們一定說，不能比，陣亡的數不勝數，活著拿到報酬的，計算起來不會滿三個位數[1]。這就和拿筆桿子的情形相反了。筆桿子都可以靠薪水[2]過活，暗裡的油水[3]還不算。可見戰士吃的苦頭大，報酬卻小得多。不過這裡也有個說法：酬報二千名文人，比酬報三萬個武士來得容易。酬報文人，只要給個本行的職位；至於武士呢，除非他們效忠的主子把自己私產賞賜他們，就無法酬報。既然無法酬報，就又證明我說的話不錯。不過這筆糊塗帳是算不清的，咱們不去談它了。咱們還是再談談槍桿子比筆桿子優越吧。這事至今還無定論，因為各執己見。拿筆桿子的，除了以上的理由，還說：槍桿子沒有筆桿子就維持不下去，因為戰爭也有它必須服從的法律，而法律是筆桿子制定的。槍桿子反駁說：法律不靠槍桿子就站不住；因為民主國家的自衛、王國的存在、城市的保障、公路的安全、海上盜寇的肅清，全靠槍桿子。一旦發生戰爭，暴虐和混亂就跟著來了，無論民主國家、王國、帝國、城市、海道、陸路，不靠槍桿子都要遭災受禍；戰爭不停，橫行霸道就是勢所必然，災難也就沒完沒了。按照顛撲不破的道理，代價愈高，換來的東西就愈寶貴。拿筆桿子的要出人頭地，得賠工夫、熬夜、挨餓、衣衫不周、頭昏、肚子脹，還有連帶的許多苦處，剛才已經說過一些。可是如要按規矩成為好戰士，書生吃的苦他都得吃，而且苦上千萬倍，因為一舉足都是性命交關的。書生憂貧嘆苦，哪裡可以和戰士的遭受相比呢？戰士在堡壘上站崗，如果知道敵人正朝他那裡挖掘地道、埋設地雷，他怎麼也不能擅離崗位，也不能躲開一觸即發的爆炸；他只能把情形報

1 指不滿一千。
2 原文de faldas，faldas是衣襟，這裡指正經收入或明的收入。
3 原文de mangas，mangas是衣袖，這裡指津貼、小帳、賄賂、回扣等暗裡的收入。

告長官，讓長官想辦法也挖地道來對抗；自己還得守在那裡，戰戰兢兢等著隨時轟然一聲、不用翅膀就飛上雲霄，然後又掉到地底下去。這種危險也許不算什麼。且設想汪洋大海上，兩艘兵船頭對頭拚死戰鬥的情況吧。還有比這個危險的嗎？當時兩艘船難分難解，戰士只能用船頭二尺寬的撞角作立腳之地。他眼看面前不到一支長槍的距離，敵人的大砲正瞄著自己；一尊尊大砲就是一個個催命使者。他一不留神，就會掉入海波深處。可是他毫無畏懼，一心要立功爭光，衝著炮火，狠命要跳過兩船中間的距離，踏上敵船去。他一倒下，就要到天地末日才起得來。可是一個倒了，另一個立即填上他的空子。大海像冤家似的又在等著這一個；這個一跌到海裡，後面一個接著一個衝向前去就死，沒片刻停留。這是戰爭緊張時出現的最英勇無畏的精神，是最可歌可泣的景象[4]。古代還沒有魔鬼的槍炮行凶逞暴，那真是幸福啊！誰首先製造這種魔鬼傳授的武器，我相信他準在地獄受罪。自從有了槍炮，卑鄙的懦夫就能殺死勇敢的好漢。值得萬世留名的勇士，也許正英氣勃勃、施展豪傑身手呢，一顆流彈飛來，馬上結果了他的性命，斷送了他的雄心壯志；而那個放槍的傢伙卻可能是看見那種倒楣的槍裡發出火光就嚇得逃跑的。我這麼一考慮，不禁要說：我在如今這個可恨的時代充當游俠騎士，心裡實在懊惱。儘管什麼危險都嚇不倒我，可是現在有了火藥和鉛彈，我就沒機會靠體力和劍鋒在世界上揚名了；我想到這點，心上很不安。不過一切聽天吧。如果我能遂心如願，那麼，我比古代的游俠騎士多擔受幾分風險，也就多得人家幾分尊敬。」

堂吉訶德在大家吃晚飯的時候發了這通高論。桑丘・潘沙幾次叫他吃，說飯後盡有工夫暢談，堂吉訶德卻把晚飯忘了，一口都沒吃。在場的人瞧他對各種問題都識見高明、思路清楚，可是一講到那倒楣的騎士道就荒唐無稽，不由得又對他添了幾分憐憫之心。神父說堂吉訶德方才那套讚揚武士的議論很有道理，他本人雖然是文士，又是大學畢業生，所見也完全相同。

飯畢撤了杯盤，店主婦母女和瑪麗托內斯就去布置堂吉訶德住的那間頂樓；大家決定當夜單讓女客在那裡休息。堂費南鐸趁這時候請俘虜講講自己的經歷，因為照他和索賴達一進店來的光景，料想那段經歷一定娓娓動聽。俘虜十分願意，只說怕講不好，使聽者失望，但是不敢違命，還是講吧。神父等人謝了他的美意，又敦促他講。俘虜瞧那麼許多人求他，就說不用求，只消吩咐就行。

「各位請聽。我講的是實在的經歷。我這段真事，也許比往常精心編造的故事還妙。」

大家就坐安定了洗耳恭聽。俘虜瞧大家靜悄悄地等他開口，就用平和悅耳的聲調講了下面的事。

4　塞萬提斯這裡描述了自己在雷邦德（Lepanto）戰役（一五七一）身經的情況。

# 第三十九章

## 俘虜敘述他的身世和種種經歷。

「我家是雷翁山區一個村裡的世家。老天待我家不薄，命運卻很無情。不過那個村子窮，連我父親都有富翁之號。他如果把揮霍家產的精力用來經營家產，確實可以做富翁。他那種散漫使錢的習氣是早年當兵養成的，因為這一行是個花錢的訓練所，吝嗇的人能學成慷慨，慷慨的人能學成浪費，軍隊裡，吝嗇的士兵是個稀罕的怪物。我父親花錢的手筆不止慷慨，已經夠得上浪費；這對於結了婚、有孩子繼承的人是有害無利的。我父親有三個孩子，都是男的，都到了能就業的年齡。據我父親說，他瞧自己積習難改，就想鏟除病根，就是說，分散自己的財產；因為沒有財產，隨你豪爽得像亞歷山大[1]，也會變得摳門兒的。所以他有一天把我們三個叫到一間屋裡，大致說了以下一番話：『兒子啊，你們是我的親骨血；這一句話就道出我對你們的熱愛。可是我若不好好為你們保管財產，就顯得我不關心你們的痛癢。我想了好多天，經過深思熟慮，要為你們辦一件事。你們就知道我確是愛護你們的親爸，並不像毀掉你們的後爹。你們已經到了就業的年齡，至少也該挑選一門將來名利雙收的職業。我把家產分做四份；你們各得一份，我留一份養老。不過我要你們拿到了這份財產就照我指出的道路各走各的，咱們西班牙有句老話：「或教堂，或海洋，或伺候君王」；我覺得這話很對。老話都是多年經歷的精華，句句真確。我引的這句話，注解起來就是說，求富貴有三條路：一是進教會；二是出海經商；三是進宮伺候國王。常言道：「帝王家的粒屑，勝似公侯家的賞錫。」我說這番話因為有個願望，要你們三人各走一條路，一個讀書，一個經商，一個為國王打仗；進王宮去伺候他是不容易的。打仗掙錢不多，得到的名望卻往往很高。我不出八天，就把你們份裡的財產用現金交付，不短一文錢，你們瞧我辦事就知道。現在你們說說：我的主意你們採納不採納。』我是老大，他就叫我回答。我最初建議家產不要分，全由他隨意花；我們是年輕小伙子，自己會賺錢。後來我表示順從他的主意，打算當一名戰士，為上帝和國王出力。我二弟開始也提了像我一樣的建議；後來他選擇的是到美洲去經商，把自己那份財產帶去做本錢。最小的弟弟我看最聰明，他說願意進教會，就是說，到薩拉曼咖去進修學業。

「大家商量停當，各人選定了職業，我父親就一一擁抱我們。他在自己說的那幾天裡，把答應的事全辦妥。我們有個叔叔不願意祖宗基業落在外姓人手裡，用現金買下我們三人的產業。我們各得一份現金，我記得是三千元銀杜加。當天我們三人就辭別了我們的慈父。我覺得讓父親靠那幾個錢養老於心不忍，就強他從我的三千杜加裡扣下二千，因為餘錢足夠我當兵的費用了。我兩個弟弟看了我的榜樣，也各給他一千杜加。我父親就有四千元銀杜加，他自己的一份產業沒賣掉，大約也值三千杜加。長話短說，我們向他和那個叔叔辭別，大家都傷心落淚。他們叮囑我們得便務必把不論好歹的景況一一告訴他們。我們一口答應。他們擁抱了我們，又為我們祝福。我

1 亞歷山大大帝，西元前四世紀馬其頓王，以慷慨著稱。

們三人一個到薩拉曼咖去；一個到塞維亞去；我聽說有熱那亞的船從阿利岡德運羊毛回熱那亞，我就到阿利岡德去。

「我離家已經二十二年，雖然寫過幾封家信，卻從沒有得到我父親和兩個弟弟一點消息。我且講講自己這幾年的經歷吧。我在阿利岡德上船，一路順利，到了熱那亞；從熱那亞又到米蘭，置備了武器和幾件漂亮軍裝。我打算到庇亞蒙德去投軍，可是我前往亞歷山大・台・拉・巴利亞的路上，聽說阿爾巴大公爵正要到弗蘭德斯去。我就改變計畫投奔了他，在他麾下打仗。艾格蒙伯爵和霍爾諾斯伯爵死的時候[2]，我就在場。我升職做了瓦達拉哈拉一位著名上尉狄艾果・台・烏比那[3]的旗手。我在弗蘭德斯過了一程，聽到消息說，那遺愛在民的教宗庇護五世和威尼斯和西班牙聯盟去抵禦公敵土耳其。當時土耳其海軍剛占領了威尼斯管下的名島塞浦路斯，這是個大損失，十分可惜。

「據確訊，堂胡安・台・奧地利大人——咱們聖明的堂菲立普國王的異母弟——要做聯軍總司令。盛傳他正在大規模備戰。我聽了那些消息雄心勃勃，急要參與籌備中的這場戰役。當時上級已向我透露，也可說是切實許諾，說一有機會就升我做上尉。我寧願放棄這個前程，到了義大利。恰巧堂胡安・台・奧地利大人到了熱那亞，準備轉往那不勒斯去會合威尼斯的艦隊，他後來就是在梅西那會合的。乾脆說吧，我參與了那場光輝燦爛的大戰。我那時候已經升做步兵上尉。我並沒有功勞，實在是靠運氣升了這個體面的職位。世界各國一向相信土耳其人海上無敵。打破這個迷信的那天，就是說，土耳其帝國威風掃地的那天，真是基督教世界的好日子。不知多少基督徒在那天交了好運，為國捐軀的人運氣更好，只有我一人倒足了楣。我本來夢想我能像羅馬帝國時代的人戴上海戰勝利者的桂冠，誰知道那天傍晚我只落得兩腳戴鐐，雙手加銬。我且講講那是怎麼回事。阿爾及爾王艾爾・烏恰利是個有膽量又走好運的海盜。他打勝了馬爾塔的旗艦，艦上的戰士除了三個重傷的，全都打死了。胡安・安德瑞亞指揮的旗艦忙趕去救援；我帶著自己部下就在這艘旗艦上。我做了當時該做的事，跳上了敵艦。不料它突然退卻，我部下的兵來不及跟上，我就單身陷敵。他們人多，我獨力難當，結果渾身受傷被俘。各位大概知道，艾爾・烏恰利帶領全部艦隊逃跑了，我就成了他的俘虜。那天土耳其艦隊裡划槳的一萬五千名基督徒，都恢復了渴望的自由，欣喜歡樂；我卻成了俘虜，獨個兒愁苦。

「我被他們帶到了君士坦丁。我主人顯示自己勇敢，曾奪得馬爾塔武士團的旗幟；土耳其大皇帝塞林認為他打仗盡責，封他做了海軍統帥。第二年是七二年，我在拿瓦利諾[4]，在一艘懸著三盞燈[5]的旗艦上划槳。我看到咱們在那裡錯過了機會，沒把港口停泊的土耳其艦隊全部俘獲。他們船上的海陸軍戰士個個拿定我們要進港襲擊，都收拾好衣服和『巴殺馬給』（土耳其話就是鞋），準備趁早上岸逃跑；他們對我們的艦隊怕透了。上天卻另有安排。這不是咱們海軍統帥的錯失，卻是上帝有意要留著這些土耳其凶手，經常來懲罰我們基督徒的罪過。艾爾・烏恰利退到拿瓦利諾旁邊的摩東島，叫全軍登陸，堅守港口，悄悄等堂胡安大人回國。他大人回國的路上，那不勒斯的『母狼』號旗艦俘獲了敵方的『俘獲』號戰船。『母狼』的將領就是號稱軍士之父的

---

2 這兩人被阿爾巴大公爵判處斬刑，於一五六八年六月五日處決。
3 塞萬提斯曾在他部下當兵。
4 臨愛琴海的一個港口。
5 海軍統帥的旗艦上懸三盞燈作為標誌。

戰地霹靂、常勝福將、聖十字侯爵堂阿爾瓦洛・台・巴桑。這件事我得講講。『俘獲』號的船長是著名海盜巴巴洛哈的兒子[6]。他凶暴無比，對俘虜沒那麼樣的殘忍。因此划槳的俘虜一看見『母狼』號旗艦追上來，立即一致放下槳，把船尾指揮台上喝令俘虜們加勁的船長一把抓住，從船尾挨座[7]向船頭傳送，一面咬他的肉。他沒傳過桅杆多遠，靈魂就進了地獄。剛才說過他待俘虜殘忍透頂，所以他們恨得咬肉。我們回到君士坦丁的又一年，那是七三年，聽說堂胡安大人攻克突尼斯，從土耳其人手裡奪下這個國家，交給繆雷・阿默德轄領。從此世界上最殘暴勇敢的摩爾人阿米達沒希望再回去統治了[8]。土耳其大皇帝喪失了這個屬國很不樂意。他那族的人都很機靈，碰上威尼斯人求和的心比他更切，雙方就講了和。下一年七四年，他就去攻打果雷塔[9]以及堂胡安大人在突尼斯附近才建成一半的堡壘。我始終在軍艦上划槳，毫無自由的希望，至少不想花錢贖身，因為我打定主意，絕不寫信把自己的不幸告訴父親。

「果雷塔到底失守了，堡壘也失守了。攻打這兩處的土耳其正規軍有七萬五千人，從非洲各地來的摩爾人和阿拉伯人有四十多萬。兵這麼多，還帶著大量的火藥武器和大群的衝鋒隊，他們每人一撮土，就把果雷塔和那個堡壘埋沒了。向來以為是攻打不破的果雷塔先失守。這不能怪守城的戰士，他們是盡責盡力的。原來那邊沙漠地上築戰壕非常容易，這是我們後來有了經驗才知道的。一般掘地兩拃一深就見水，那裡掘到兩瓦拉[10]深都沒水。所以他們可以用沙袋把壕壁築得比我們的城牆還高。他們居高臨下的掃射，誰也受不住，誰都無法抵抗。

「大家認為咱們的兵不該關在果雷塔城裡困守，敵人登陸就該出郊迎戰。這都是不切實的空話，不是經驗之談。守果雷塔和那個堡壘的戰士加起來還不滿七千；敵軍壓城，那幾千人儘管驍勇，哪能又出城野戰，又據城堅守呢？外無救兵，包圍的敵軍眾多，攻勢猛烈，而且孤立在敵人境內，一個城堡怎能不失陷呢？不過許多人對這件事有個看法，我也所見略同。他們認為果雷塔的失陷正是天佑西班牙。這座城堡是個禍根，它好比饕餮的妖魔，好比海綿，好比蠹蟲，吞吸和消耗了無窮無盡的金錢，唯一的用處，無非紀念蓋世英雄卡洛斯五世[11]征服了這個地方；好像他要萬古留名，還得靠那幾塊石頭。那座堡壘也失陷了，不過是土耳其人一寸一寸贏得的。守衛的戰士浴血苦戰，敵人大舉進攻二十二次，二萬五千人陣亡。堡壘裡留下性命的三百名戰士，沒一個不是受了傷才被俘的。這就證明了他們的堅強勇敢，守衛盡責。在那個鹹水湖中央有個小小的砲台，或所謂碉堡，駐守的將官堂胡安・台・薩諾蓋拉是威尼斯的紳士，也是有名的戰士。這座碉堡是講定了條件才投降的。駐守果雷塔的將官堂彼德羅・普艾多卡瑞洛力盡被俘，押送到君士坦丁去，半路上氣憤而死。敵人還俘虜了堡壘的將官加布利歐・塞維利翁；這人是米蘭的紳士，是個了不起的機械師，也是非常勇敢的戰士。這兩個據點上死掉好些有名人物，巴岡・台・奧利亞就是一個。他是聖胡安武士團的武士，和有名的胡安・安德瑞亞・台・奧利亞是親兄弟。這人性情豪爽，從他對自己兄弟的慷慨就可見一斑。他死得尤其慘，是死在自己信任的幾個阿拉伯人

6 這人是巴巴洛哈的侄兒，名穆罕默德・貝。
7 划槳的俘虜都是鎖在座位上的。
8 「繆雷」不是姓氏，是「先生」之類的稱號。阿默德和阿米達是兄弟，阿米達篡奪了父親的王位，阿默德流亡到西西里。一五七三年，堂胡安・台・奧地利驅逐了阿米達。
9 突尼斯港口的一個要塞。
10 一瓦拉約合八六三公分。
11 西班牙國王（一五〇〇——一五五八），一五一六年即位。

手裡的。他瞧堡壘失守，聽了他們的主意，化裝成摩爾人，由他們帶領到塔巴卡；那是熱那亞採珊瑚的漁人在海邊的碉堡或駐屯所。那幾個阿拉伯人砍了他的腦袋去獻給土耳其艦隊總司令。據說這位總司令因為沒獻上活人，下令把他們都絞死；這就應了咱們西班牙人的老話：『背叛儘管可喜，叛徒畢竟可惡。』[12]

「在堡壘裡被俘的基督徒裡，有一個叫做堂彼德羅·台·阿基拉。他是安達魯西亞不知哪個地方的人。他是堡壘的旗手，是有名的戰士；人很聰明，擅長做詩。我提起這人是因為他恰巧也到了我划槳的船上，和我同坐，同屬一個主人。我們離開那個港口的時候，他做了兩首十四行的哀歌，一首是為果雷塔，一首為那座堡壘。我真該背給你們聽聽；我背得出，並且相信你們聽了一定喜歡，不會討厭。」

俘虜一提到堂彼德羅·台·阿基拉的名字，堂費南鐸就對他幾個同伴瞧了一眼，三人都微笑。這時說到十四行詩，堂費南鐸的一個同伴說：

「且慢著講下去。我請問您，剛才講的那個堂彼德羅·台·阿基拉後來下落如何？」

俘虜說：「據我知道，他在君士坦丁待了兩年，扮成阿爾巴尼亞人，跟一個希臘間諜逃走了，不知他脫身沒有；不過我相信他準恢復了自由，因為一年後我在君士坦丁碰見了那個希臘人，只是沒能夠問他那次逃跑的結果。」

那個紳士說：「他是自由了。這個堂彼德羅和我是親兄弟，現在就住我們村上。他身體好也有錢，結了婚已經有三個孩子了。」

俘虜說：「感謝上帝給他這樣的恩典，照我看，重獲自由是天下最快意的事。」

那紳士說：「我兄弟做的那兩首十四行詩，我也記得。」
俘虜說：「那麼您背給我們聽吧，您一定背得比我熟。」
紳士說：「好，他憑弔果雷塔的一首是這麼說的：

12 通常說：「背叛的行為受歡迎，但叛徒並不受歡迎。」（La traición aplace, mas no el que la hace.）

# 第四十章

## 俘虜續述身世。

### 十四行詩

脫離了凡軀濁骨的靈魂，
你們為國家效死盡忠，
由塵俗的下界上升天宮，
有求能遂，這是何等幸運！
你們燃熾著滿腔熱忱和義憤，
英勇苦戰直到精耗力窮，
把海水和沙岸染成一片殷紅，
流盡自己的鮮血斫殺敵人。
你們生命已絕，勇氣未消，
一息將盡時，力竭的雙手，

從失敗中終於取得勝利。
你們在槍炮前不幸跌倒，
可是在人間從此名垂不朽，
天上的榮耀更是光芒無際。」

俘虜說：「我記得那首詩正是這樣的。」

紳士說：「要是我記得不錯，他憑弔那座堡壘的一首是這麼說的：

**十四行詩**

凄涼滿目、不見人煙的戰場
還遺留著堡壘的廢墟殘基，
三千士卒的英魂曾從此地
拋卻戀濁的塵世飛升天堂。
他們施展兩臂的千鈞力量，
寡不敵眾又後無救濟，
身疲力竭，個個遍體瘡痍，
終於在敵人的劍鋒下死亡。
這一片土上的累累遺蹤

感觸古往今來的有心人，
使他們憑弔懷想，涕淚漣洏。
但在這個堅固的堡壘中
升天的是最無私的忠魂，
倒地的是最勇敢的健兒。」

大家覺得兩首詩都不錯。俘虜聽他們講了他夥伴的消息很高興，他接著講自己的事：

「果雷塔和堡壘失陷後，土耳其人下令拆毀果雷塔的圍牆，那座堡壘早已是一片白地，無可拆除的了。他們乾脆省事，埋上三處地雷把牆炸掉。可是看來最不堅固的老牆卻沒炸塌，而小修士[1]所築的新牆未塌的部分卻一轟就倒了。後來土耳其海軍艦隊得勝回君士坦丁，幾個月以後，我的主人艾爾·烏恰利死了。他綽號烏恰利·法塔克斯，土耳其話就是『生癩疥的叛教徒』[2]，因為他就是這麼個人。土耳其人慣把一個人的毛病或特徵作為名字。緣故是他們只有奧圖曼皇室繁衍出來的四個族姓；其他人就像我剛才說的，或從身體的毛病或從品性的特徵來命名。這癩子原是土耳其大皇帝的奴隸，在軍艦上划了十四年槳，他滿三十四周歲那年，划槳吃了土耳其人的一下耳光，賭氣企圖報復才叛教的。土耳其大皇帝的寵幸多半靠卑鄙的途徑爬上高位，他卻不然；他勇猛無比，因此做了阿爾及爾國王，後來又做了海上的統帥，這在土耳其帝國就是第三把交椅了。他是加勒比亞人，很有道義，待俘虜非常寬厚。他共有三千名俘虜，死後照遺囑一半歸土耳其大皇帝（因為大皇帝承襲國內一切死人的遺產，和死者的兒子平分）；另一半分給隸屬於他的叛教徒。我落在一個威尼斯叛教徒手裡。這人原是海船上當小廝的，給烏恰利俘虜後大受寵幸，成了主人最心愛的侍僮。他是叛教徒裡最殘酷的。他名叫阿桑・阿嘎，後來發了大財，做了阿爾及爾國王。我跟著他從君士坦丁到了阿爾及爾，覺得離西班牙不遠了，有點高興。我並不想寫信把自己遭難的事告訴家人，只是指望到了阿爾及爾，運氣會比在君士坦丁時好些。我在君士坦丁想盡方法要逃走，一次都沒成功。我打算在阿爾及爾另找辦法，了我心願。我一直在希望重獲自由，一個辦法不行，我並不死心，馬上又有新的圖謀，雖然也很渺茫，總可以鼓勵自己。我就這樣過日子。我關在土耳其人稱為俘虜營的監獄或營房裡，被俘的基督徒都關在那裡：有屬於國王的；有屬於私人的；還有一種工務局的奴隸是屬於公家的，專為城市的公共事業和其他工程服役。這種奴隸很難恢復自由，因為屬於公家，沒有單獨的主人，有了贖金也無從贖身。我曾說過，城裡人常把私有的俘虜安頓在俘虜營裡，尤其是那些等錢贖身的，因為在等待期間可以讓他們閒散著，卻又逃跑不了。國王的俘虜，凡是等錢贖身的也不跟其他奴隸一起出去做苦工，除非贖金遲遲不來，要逼他們寫信火急催錢，才叫他們做工，跟著別的奴隸去斫木材；這個活兒是相當重的。

「我算是等錢贖身的俘虜，因為他們知道我是上尉，我聲明自己窮困，也沒有家產，可是他們滿不理會，還是把我歸在待贖的紳士一起。他們給我套上一條鎖鏈；不過為了標出我是這種俘虜，要防我逃跑卻沒多大用。我就在那個俘虜營裡過日子，一起還有好幾個挑出來算是待贖的紳

1　小修士（Fratin）是哈戈莫・巴雷阿羅（Jácomo Palearo）的綽號，他是西班牙卡洛斯五世和菲立普二世的軍事建築工程師。

2　叛教徒：原是基督徒，被俘後改信伊斯蘭教。

士和貴人。我們經常挨餓，衣衫也不周全，最苦的是時常耳聞目見我們主人對基督徒的虐待。這種虐待實在是從未見聞過的。他每天為了不足道的小事，或者竟平白無故，把自己的俘虜有的絞殺，有的插在尖刀上，有的割掉耳朵。土耳其人認為他以殘殺為業，是天生的殺星。他只寬待一個名叫台・薩維德拉的西班牙戰士；這位戰士幹了許多俘虜中歷久難忘的事，都是企圖恢復自由的。我們都覺得他為了其中最小的事，也難免活活插在尖刀上；他本人也屢次怕要遭這個刑罰。可是我那位主人從沒有打過他，也不叫人打他，也不罵他。可惜這會兒沒工夫，不然，我可以講講他那些作為，一定遠比我自己的經歷動聽而且驚人[3]。

「挨著我們的監獄有一所房子，一排窗戶正好下臨我們的院子；房主是有地位的摩爾富翁。這種摩爾人的窗，其實只是牆洞，上面還遮著又厚又密的百葉窗簾。有一天，我和三個同伴在監獄的陽台上消遣，練習戴著鎖鏈跳。當時只我們四人，別的基督徒都出去做工了。我偶然抬眼，看見所說的那排窗子的一個窗口挑出一支竹竿，一頭繫著一塊布。這支竹竿不住的揮動，好像示意叫我們去接。這來引起了我們注意。我們中間一人就跑到竹竿底下，瞧它是否掉下來還是怎麼樣。可是他一到那裡，竹竿就往上一翹，來回搖擺，好像是搖頭說不。這基督徒回到陽台上，竹竿又低下來像原先那樣揮動。我另一個夥伴也跑到竹竿底下，遭遇和第一個相同。後來第三個又跑去，遭遇也和第一、二個一樣。我看了忍不住也要去碰碰運氣；我剛去站在竹竿底下，那支竹竿就一脫手掉入俘虜營，落在我腳邊。我忙去解那塊布；原來挽成個疙瘩，裡面有十個西亞尼。

3 這位戰士就是作者自己。塞萬提斯在雷邦德大戰後，一五七五年回國途中被俘。他在阿爾及爾曾多次帶領大批俘虜一同逃亡，沒有成功。他的主人正和這裡講的同樣殘酷，但懾於塞萬提斯的正義，從未敢加害。

這是成色不高的摩爾金幣，每一枚合咱們十個瑞爾。我得了這筆意外之財，快活自不必說。我非常詫異，不懂怎會有這般好運落到俘虜們頭上，尤其是我頭上，因為那支竹竿顯然是等我去了才鬆手的，可見是給我的好處。我拿了這筆來得正好的錢，折斷竹竿，回到陽台上去望那個窗口。只見裡面伸出一隻雪白的手，攤開指掌，隨即握成拳頭。我們看了猜想這筆錢準是這家女眷給的，就對著窗子，把雙手交叉胸前，低頭躬身行了個摩爾式的敬禮表示感謝。過一會，這窗口又挑出一個竹竿做的小十字架，一挑出來馬上又收進去了。我們憑這點表記，料想這家準有被俘的女基督徒；是她對我們行了好事。可是那隻手很白，我們看見腕上還戴著幾個鐲子，因此又覺得也許猜錯。不過我們想她大概是個叛教徒，主人往往喜歡娶這種女奴作正式妻子，因為摩爾人把她們看得比本國女人稀罕。我們這些胡猜亂測都不符實情。此後我們唯一的消遣就是望著那個窗口，好比天上的星辰都圍著北極轉，窗裡出現的竹竿就是我們的北極星。可是過了十五天沒見竹竿，沒見那隻手，也沒見任何別的信號。我們那幾天千方百計打聽那宅房子住些什麼人，裡面有沒有女叛教徒。人家只說那裡住的是個很有地位的摩爾富翁，名叫阿吉・莫拉陀，曾任巴塔[4]總督要職。我們絕不指望窗口再會撒下錢來，可是出乎意外，竹竿又出現了，上面還是繫著一塊布，挽成的疙瘩比前番的還大。當時正像上次一樣，俘虜營裡只我們幾人。我們照舊試探一番，我的三個同伴先一個個跑去，可是那支竹竿非我去不掉下來；我一到那裡，竹竿就脫手落地。我解開結子，發現裡面有四十元西班牙的金艾斯古多，還有一張字條，寫的是阿拉伯文，末尾畫著個大十字。我吻吻十字，拿了錢，回到陽台上。我們大家又行了一個摩爾式的敬禮；那隻手又出現了一下；我做手勢表示我一定恭讀那張字條，窗子隨後就關上了。這事弄得我們又著急，又快活。我們誰也不懂阿拉伯文，不知紙條上寫些什麼，都心癢難熬。可是要找個人來讀更是難事。

後來我決計把事情交託一個叛教徒。他是穆爾西亞人，和我很要好；他有把柄拿在我手裡，不得不為我保守祕密。原來有些叛教徒存心要回到基督教國家去，身邊往往帶著有地位的俘虜為他們出的證書。證書不拘方式，只要證明某某叛教徒是好人，對基督徒常有照顧，並且立志一有機會就逃回本國。弄這種證書有的是出於誠心；有的是為應急或取巧的。他們到基督教國家去搶劫的時候，如果偶爾失敗或被俘，就拿出證書為憑，說自己跟土耳其人來搶劫，是為了要回基督教國家居住。他們就免得吃眼前虧，可以絲毫無損地重入教會的懷抱；以後如有機會，還可以再回蠻邦做叛徒。有些叛教徒卻是誠心弄了這種證書正當使用；他們回到基督教國家就居住下來。我這位朋友是這一類的。我的夥伴們都給他寫過證書，上面一片讚揚。假如這些證書給摩爾人發現，準把他活活燒死。我知道他精通阿拉伯文，能說還能寫。不過我沒和盤托出，只說偶爾在自己牢房的一個洞裡發現了這張紙，請他讀給我聽。他展開細閱，喃喃地辨認字跡。我問他是否看得懂，他說完全懂，如要逐字照翻，請把墨水和筆給他，就可以千準萬確。我們馬上照辦，他就逐句翻譯，譯完了說：

「『我這篇西班牙文，全是從摩爾文翻譯的，沒漏掉一個字。請注意，這裡的「蕾妣・瑪利安」就是我們的童貞聖母瑪利亞。』」

「我們讀到了下面的譯文：

「『我小時候，我爸爸有個女奴；她教我用本國語言作基督教的祈禱，還告訴我許多關於蕾

4 那是離奧朗（Orán）二哩瓦的一個堡壘。

啦・瑪利安的事。這個基督徒已經死了。我知道她沒入地獄，卻是和阿拉[5]在一起。因為我後來見過她兩次；她囑咐我到基督教國家去找蕾啦・瑪利安，蕾啦・瑪利安很愛我。我不知道有什麼辦法到那邊去。我從這窗口看到過許多基督徒，覺得只有你是紳士。我是個相貌很美的小姑娘，還有很多錢可以帶走。你瞧瞧有什麼辦法咱們一起逃跑。到了那邊，你如果願意，可以做我的丈夫；如果不願意，我也滿不在乎，因為蕾啦・瑪利安會給我找到丈夫。這個字條是我自己寫的，你拿給誰看得小心，別相信什麼摩爾人，他們都靠不住。我為此很擔心，希望你對誰也別說，因為我父親知道了馬上會把我扔在井裡，再投下石子來埋了我。下次我在竹竿上拴一條線，你可以把回信繫在線上；如果沒人替你用阿拉伯文寫信，你可以做手勢回答我，蕾啦・瑪利安會叫我了解你。祝願她和阿拉保佑你，我聽了女奴的囑咐常常親吻的十字架也保佑你。』

「各位請想想，我們讀了字條上的話當然又驚又喜，臉上全流露出來。那叛教徒一看就知道字條並非偶然撿來，實在是寫給我們中間某一個人的。他央求我們，如果他的猜想不錯，請我們信任他，把事情都告訴他，他願意為我們的自由捨命。他一面從懷裡拿出一個金屬的十字架，流著眼淚說：他雖然是有罪的壞人，卻一片虔誠，信仰這個十字架所象徵的上帝；他憑這個上帝發誓，如果我們願意告訴他什麼祕事，他一定為我們效忠保密。他相信——他簡直預知，寫這個字條的人會幫他和我們這許多俘虜都重獲自由，並幫他實現重皈聖教的大願；當初都怪自己無知作孽，背離了聖教，好比剁下的手腳，就此腐爛了。這叛教徒痛哭流涕，自悔自恨。我們瞧他那樣，就一致同意，把詳細情況全告訴他。我們把挑出竹竿的小窗指給他看；他認明那幢房子，決計特地去仔細打聽誰住在那裡。我們還記起該寫個回信給摩爾姑娘。我們現成有這位叛徒能寫摩爾文，當場就由我口授寫了回信。我可以一字一句背給你們聽，因為這事的重要關節，我都歷歷在心，一輩子不會忘記。我回信說：

「『我的小姐，願真主阿拉保佑你，聖母瑪利安也保佑你。她是很愛你，才叫你立志到基督教國家去。你該向她祈禱，求她教你怎樣完成她囑咐的事；她大慈大悲，一定會教你。我和我一起的基督徒都願意盡力至死為你效力。你想幹什麼，務必寫信告訴我們，我一定回信。偉大的阿拉給我們找到一個基督教的俘虜，精通你們的文字，能說能寫，你看這字條就知道。你就不用害怕，有什麼話儘管告訴我們。據你說，到了基督教國家你願意做我的妻子，這話我憑一個好基督徒的身分和你一言為定。你知道，基督徒不比摩爾人，說到就得做到。願阿拉和聖母瑪利安保佑你，我的小姐。』

「我寫完把紙疊好，等了兩天，俘虜營裡照例又是沒人的日子，就到陽台上經常散步的地方，瞧有沒有竹竿出現；一會兒果然出現了。我雖然看不見人，一見竹竿就把紙片揚揚，表示要她竿上拴線。可是線早已拴在上面，我就把紙片繫上。過了一會，我們當作北極星瞻仰的竹竿又出現了；竿上繫的小布包像和平的白旗。竹竿掉下地，我撿起一看，包裡是各色各種金銀幣，至少值五十艾斯古多。我們增加了五十倍的快樂，拿定有希望恢復自由了。當晚我們那位叛教徒來說：他已經打聽明白，那幢房子裡住的正是上次說的摩爾首富阿吉・莫拉陀；他有個獨生女是全部財產的繼承人，城裡一致認為她是蠻邦的絕世美人，附近地區好幾個總督曾求她為妻，她始終不肯結婚。叛教徒還打聽得這家從前有個基督教的女奴，現在已經死了。他說的都和信上一致。

「我們隨後就和這叛教徒商量怎麼把摩爾姑娘帶到基督教國家去。這位姑娘喜歡人家稱她瑪

5　伊斯蘭教的上帝。

利亞，她原名是索賴達。我們後來決定且等著瞧瞧索賴達下一次通的信息。我們明白，除了她，誰也不能打破重重難關。我們商量停當，叛教徒叫我們別心焦，他拚著送掉性命，一定叫我們重獲自由。接著四天俘虜營裡人很多，所以沒見竹竿出現。第五天又是那裡沒人的日子，就看見竹竿上挑出一個鼓鼓的包裹，出產想必豐富。竹竿和包裹對著我落下來，我看見包裡又有個字條，還有一百個清一色的金艾斯古多。叛教徒也在，我們到牢房裡去叫他念信，信上說：

「『我的先生，我不知道咱們怎麼設法到西班牙去，我問過蕾拉•瑪利安，可是她沒告訴我。有一個辦法是可行的：我以後從窗口送你許多許多金錢，你用來為自己和朋友們贖身；你們中間一人先回基督教國家去買一艘船，再回來接其餘的人。我爸爸有個花園在巴巴松門[6]外海邊上，我就要跟著爸爸和家裡的傭人們到那裡去過夏；你們可以去找我。你們到了晚上，可以大膽把我帶出花園，送上船去。記著，你得做我的丈夫；要不，我求瑪利安罰你。假如你不放心叫別人去買船，你贖了身自己去；我知道你準回來，比別人可靠，因為你是紳士，又是基督徒。你得設法認明那個花園。我只要看見你在這裡散步，就知道俘虜營裡沒人，就送許多錢給你。阿拉保佑你，我的先生。』

「這是第二個字條上的話。大家看了都願意做先贖身的一個，答應去了一定回來。我也這樣自告奮勇，叛教徒一律反對，他說：無論如何不能讓一人先脫身，得大夥兒一起走；因為經驗證明，一個人恢復了自由，就把做俘虜時許的願都撇在腦後了。他說，一些有身分的俘虜多次用過這個辦法，先讓一人贖身，由他帶著錢到瓦倫西亞或馬遼加去配備一艘船，回來接那些為他出錢贖身的人；可是走掉了從沒一個回來的。因為自己已經脫身，又怕再次被俘，就把一切義務都一筆勾銷。這叛教徒還舉了當時那裡幾個基督教紳士的遭遇來證實自己的話；在那個常出奇事的地方，這一樁也算是出奇的。他後來說了一個切實可行的辦法，就是把準備的贖金給他在阿爾及爾買一艘船，藉口在德土安和那一帶海岸經商；他做了船主，想辦法把我們都從俘虜營裡救出來送上船是不難的。況且摩爾姑娘不是說要出錢為大夥兒贖身嗎？我們恢復了自由，即使白天上船也很容易。他認為當前最大的困難是摩爾人不准叛教徒買船或做船主，只有出海搶劫的大船不在話下。他們怕叛教徒──尤其西班牙的叛教徒買船到基督教國家去。可是他說有辦法打破這重難關；他可以和一個塔格利的摩爾人[7]合股買船，做買賣賺了錢兩人分。他借這個幌子可以做船主；其餘的事就好辦了。我和我的夥伴兒覺得最好還是照摩爾姑娘的話，派人到馬遼加去買船。可是我們不敢違拗叛教徒，怕他告發。如果他洩漏了索賴達的打算，我們就有送命的危險，而索賴達的生命是我們大家捨了命也要保全的。所以我們決計一切依靠上帝和叛教徒的安排。我當場給索賴達寫了回信，說我們完全聽從她的主意，她講得非常合理，就像是蕾妲．瑪利安教她的；事情或從長計議或立刻進行，全憑她做主。我重又聲明一定做她的丈夫。信去後第二天，俘虜營裡恰又沒人，她用竹竿和布包分幾次送了我們二千元金艾斯古多，還有一個字條說：下一個『胡瑪』[8]──就是星期五──她要到她父親的花園裡去；她走前還要送錢給我們；如果錢還不夠，只消通知她，要多少都可以供給；她父親的錢多得很，少了不會發覺，而且鑰匙全都在她手裡。我們馬上把五百個金艾斯古多交給叛教徒買船。我又把八百個金艾斯古多交給當時在阿爾及爾的

6　巴巴松門（la puerta de Babazón），阿爾及爾的南城門，在海港附近。

7　指阿拉貢的摩爾人，詳見第四十一章，注2。

8　「胡瑪」（jumá），阿拉伯文，指集體做禮拜的日子，伊斯蘭教徒在星期五集體做禮拜。

一個瓦倫西亞商人，託他向國王贖我。他先向國王保證，等瓦倫西亞一有船來，立刻交付贖金；這樣就把我保出來。假如他馬上付錢，保不定國王疑心我的贖金早已送到阿爾及爾，而商人牟利，隱瞞不說。我這位主人實在挑剔得厲害，我怎麼也不敢立即付錢。美麗的索賴達是星期五到那個花園去，她星期四又給了我們一千個金艾斯古多，並通知我們她就要走了，要求我如果已經贖身，趕快去認認她父親的花園，不管怎樣，找機會到那裡去看看她。我沒多說，只回答遵命，還請她別忘了念誦她女奴教的禱告，祈求蕾婭・瑪利安保佑我們。我隨後就設法為我的三個夥伴贖身，讓他們順順當當離開俘虜營；也防他們瞧我贖了身，有錢不贖他們，就給我搗亂，聽了魔鬼的調唆陷害索賴達。我憑他們的為人，不必擔這個心，可是我防萬一出事，所以就用自己贖身的方法也為他們贖了身。我把所有的錢都交給那個商人，讓他放心作保。我們防備萬一，沒把密謀告訴他。」

# 第四十一章

## 俘虜續述遭遇。

「不出十五天，那叛教徒已經買到一艘好船，能容三十人。他要事情辦得道地，渲染得逼真，故意到撒黑爾去做了一趟買賣。那個鎮離阿爾及爾三十哩瓦，在奧朗的那一面[1]；鎮上無花果乾的買賣很興旺。他和上面說的塔格利人一起在這條路上來往了兩三次。蠻邦把阿拉貢的摩爾人稱為『塔格利』人[2]；把格拉那達的摩爾人稱為『穆德哈』人[3]；費斯王國[4]又把『穆德哈』人稱為『艾爾切』[5]；費斯國王大半用這種人為他打仗。且說離索賴達居住的花園不到兩箭之地有個海灣，叛教徒每次船過那裡就拋下錨，故意和划槳的摩爾小伙子待在那裡，或做禱告，或把他

---

1 撒黑爾（Sargel）現稱塞爾塞利（Cerceli），在阿爾及爾以西二十哩瓦。奧朗在阿爾及爾的西面。

2 指邊界的摩爾人。摩爾人所占領的西班牙以阿拉貢為最邊遠處。塔格利人往往也能流利地說基督教國家語言。

3 指內地的摩爾人。

4 費斯（Fez）在摩洛哥。

5 「艾爾切」（elche），阿拉伯文，指叛徒或逃亡者；叛教徒和他們的子孫都稱為「艾爾切」。

認真要幹的事當作遊戲來預演。他曾到索賴達家的花園裡去討果子；她父親給了他，並不知道他是什麼人。據他後來告訴我：他想找索賴達談談，說明自己是奉我派遣、帶她到基督教國家去的，好叫她樂意放心，可是他總沒機會。原來摩爾女人除非奉丈夫或父親之命，不能讓任何摩爾男人或土耳其男人看見，可是和基督教的俘虜卻可以交談，甚至可以縱情言笑。假如叛教徒和這位摩爾姑娘談了話，我倒不免擔心；她聽到自己的私事在叛教徒嘴裡說出來，也許要著急的。不過上帝另有安排，叛教徒空有好意，未得機會。當時，叛教徒從阿爾及爾到撒黑爾那段路上，來往很安全，不論何時何地或什麼情況下拋錨，都由得他；和他一起的塔格利人全聽他擺布。我呢，已經贖身。只需找幾個划槳的基督徒，事情就全妥貼了。叛教徒估計了這個情勢，對我說：準備帶走的基督徒，除了已經贖身的幾個，我得留心再找幾個。他決計下星期五動身，叫我預先和他們約好。我聽了就去找到十二個西班牙人，都是身強力壯的划手，可以自由出城的。我找到這許多人可不容易，因為有二十艘船出海搶掠，把所有的划手都帶走了。這十二個划手的主人有一艘帆槳兩用的海船還沒完工，這夏天不出海搶掠，否則這十二人就沒處找去。我沒對他們說別的，只囑咐他們下星期五黃昏時分，一個一個悄悄到阿吉・莫拉陀的花園外面等著我。我是單獨對每個人說的，還叮囑他們如果到了那裡看見別的基督徒，只說我叫他們在那兒等我，別的一概不講。我辦完這事，還得辦一件更緊要的事：我得通知索賴達事情已經進行到什麼地步，讓她心中有數，早作準備；如果她沒想到基督徒的船來了，我們突然跑去搶她，不免驚嚇了他。所以我決計到花園去，瞧是否能和她談話。我動身前有一天假裝摘野菜跑到那個花園裡。我第一個碰到的就是她父親。在整個蠻邦、甚至在君士坦丁，俘虜和摩爾人之間通用一種語言，既不是摩爾話，也不是西班牙話，也不是任何別國話，卻是各種語言的雜拌兒，大家都聽得懂。他用這種語言問我在他的花園裡找什麼，又問我主人是誰。我確知他有個很要好的朋友名叫阿惱德．瑪米[6]，就說自己是阿惱德．瑪米的奴隸，要挑些野菜做涼拌生菜。他接著問我是否在等待贖金，我主人要我多少身價。恰在這時候，美爾的索賴達從花園的宅子裡出來；她早已看見我了。我上面說過，摩爾女人見了基督徒毫不羞怯，也不迴避，所以她滿不在乎地跑向我們那兒來；她父親瞧她走得慢，還喊著叫她過來。

「我無法形容我的心上人在我眼裡風姿多麼嫻雅，服飾多麼華貴，我只說，她美妙無比的脖子上、耳朵上和頭上戴的珍珠，比她的頭髮還多。她按本國風俗光著腳踝，戴一對嵌滿鑽石的純金腳鐲或腳環——摩爾人所謂『哈爾哈爾』。她後來告訴我，據她父親的估計，她那副『哈爾哈爾』值一萬朵布拉[7]；她手腕上戴的一對鐲子也值那麼多。她渾身戴著珍珠，都是最值錢的。原來摩爾女人最富麗的裝飾就是大珍珠和細珍珠。所以摩爾人的大小珍珠，比世界其他各國的加在一起還多。大家知道索賴達的父親收藏的珍珠很多，都是阿爾及爾最上好的；他此外還有二十萬西班牙艾斯古多。這份財產全是我這位女主人的。只要瞧她經歷了多少風波辛苦還這樣美，就可以想像她安居享福時的光景，不消再問她全副盛裝多麼動人了。大家知道，有些女人的美是有日子、有時期的，隨著境遇增減。情感會把她們的美或增加、或減少，而通常是毀掉，這是自然之理。乾脆說吧，她當時渾身珠光寶氣，容華煥發，至少在我眼裡是絕世美人。我想到她給我的恩惠，簡直覺得面前是為我降福消災而下凡的一位天仙。她父親等她走過來，就用他們的語言告訴

6　這人就是俘虜塞萬提斯的船主，以殘忍著稱。

7　朵布拉（dobla），古代西班牙金幣。

她，我是他朋友阿惱德•瑪米的奴隸，到花園裡來摘生菜的。她就和我交談，用那種雜拌兒語言問我是否貴族，為什麼不贖身。我說已經贖了，憑我的身價，就可見我的主人多麼看重我，因為我出了一千五百索爾達尼[8]的贖金。她答道：

「『假如你是在我爸爸手裡，再加兩倍的身價我也不讓他放你，因為你們基督徒老愛撒謊；你們裝窮，騙我們摩爾人。』

「我說：『小姐，這種事也許有，可是我對自己的主人確是老實的；我對誰都老實，而且永遠忠誠老實。』

「索賴達說：『你幾時走呢？』

「我說：『大概明天，因為這裡有一艘法國船，明天開船，我想搭這艘船走。』

「索賴達說：『法國人不是你們的朋友；等西班牙有船來，搭西班牙船走不更好嗎？』

「我說，『不，明天走穩當，除非確實知道西班牙有船來，我才等呢。我急要回國和親人團聚，別的機會儘管好，不是現成的，我可等不及。』

「索賴達道：『不用說，你一定在本國結過婚，所以急著要夫妻團聚。』

「我說：『我還沒結婚，不過已經訂婚，到了那邊就結婚。』

「索賴達說：『和你訂婚的小姐漂亮嗎？』

「我說：『漂亮極了，我如要據實形容，只消說，她和你很像。』

「她父親聽了這話哈哈大笑，說道：

「『我憑上帝發誓，基督徒啊，假如她像我的女兒，她一定美得很。我女兒是全國第一美人；不信，你仔細瞧瞧就知道我這話是千真萬確的。』

「索賴達的父親懂的語言比較多，我和索賴達談話多半靠他翻譯。索賴達雖然能說當地通行的雜拌兒話，主要還靠做手勢達意。我們正在閒談，一個摩爾人急急跑來大喊：四個土耳其人跳進圍牆在花園裡摘半生的果子。老頭兒大吃一驚，索賴達也很害怕。原來摩爾人簡直都天生的怕土耳其人，尤其軍人。土耳其軍人對他們轄治的摩爾人強橫霸道，把他們糟踐得不如奴隸。索賴達的父親當時對他女兒說：

「『孩子，我和那群畜生打交道去；你回屋關上門。你這基督徒呢，摘你的野菜去吧；咱們再見了。阿拉保佑你回國一路順利。』

「我鞠了一個躬；他就撇下我和索賴達去找那些土耳其人。索賴達好像是聽從父親的話要進屋去，可是她父親剛給花園裡的樹木遮住，她立刻眼淚汪汪轉向我說：

「『塔姆七七？基督徒，塔姆七七？』——那就是說，『你要走了麼？基督徒，你要走了麼？』

「我回答說：

「『小姐，我是要走了，不過無論如何，絕不撇下你。下一個「胡瑪」你等著我，見了我們不要害怕，咱們是確確實實的要到基督教國家去了。』

「我設法把這番話說明白。她就一條胳膊勾著我的脖子，懶洋洋地向住宅走去。偏偏運氣不作美，要不是天照應，可就糟了。我們倆正像剛才說的那樣挨抱著慢慢走，恰好她父親趕走了摩爾人回來，看見了我們這副模樣；我們也自知落在他眼裡了。索賴達很有主意，也很機靈，她不放下勾著我脖子的胳膊，卻越加緊挨著我，把腦袋靠在我胸口，兩膝微屈，好像要暈倒的樣子。

8 索爾達尼（zoltanís），摩爾人通用的小金幣，每個合三十六瑞爾。

我就裝得彷彿是不得已只好扶著她。她父親急急趕來，看見女兒這副模樣，忙問是怎麼了；瞧她不回答，就說：

「『一定是闖來了那些畜生，把她嚇得暈過去了。』

「他把女兒從我懷裡接過去，抱在胸前。她吐了一口氣，眼睛裡還帶著淚說：

「『阿梅七，基督徒，阿梅七。』——『你走，基督徒，你走。』

「她父親聽了說：

「『孩子，不用叫基督徒走，他不礙你。那些土耳其人已經走了。你沒什麼害怕的，誰也不能害你。我不是跟你講了嗎，那些土耳其人聽了我好言勸告，已經從原路出去了。』

「我對她父親說：『先生，你說得不錯，是那些傢伙把她嚇壞了。不過她既然叫我走，我絕不惹她的厭。再見吧。承你許我到這兒來摘野菜，以後我要野菜還會來，因為據我主人說，這花園裡的野菜，做生菜特好，別處的都比不上。』

「阿吉．莫拉陀說：『你要什麼野菜，儘管再來。我女兒並不是討厭你或任何基督徒，她是叫土耳其人走，卻說了叫你走。也許她認為你這會兒該去摘野菜了。』

「我馬上辭別了他們倆。她彷彿心碎腸斷的樣子，跟著她父親走了。我藉口摘野菜，優閒自在地滿園走了一轉，留心觀察出入的口道，房子的關防，以及一切可乘之隙；然後我回去把經過一一告訴那個叛教徒和我的夥伴們。我眼巴巴地只等有朝一日，可以無憂無慮享受命運給我的幸福，和美麗的索賴達共同生活。一天天過去，居然那個渴望的日子到了。我們經過深思熟慮和仔細討論，策畫了一套辦法；我們按計行事，步步順利，都合我們的願望。我和索賴達在花園談話的下星期五傍晚，我們的叛教徒幾乎就在絕世美人索賴達所在的花園對面拋錨停泊。

「那些划槳的基督徒已有準備，一個個躲在花園周圍等著我，摩拳擦掌，打算去襲擊在望的船隻。原來他們不知道叛教徒的計策，以為要他們動手殺了船上的摩爾人，才獲得自由。我和我的幾個夥伴一到場，那些躲著的人看見了立即圍上來。那時城門已經關閉，郊外不見一人。我們聚在一起，商量還是先去找索賴達呢，還是先去捉住船上那些划槳的摩爾人。正遲疑不決，那叛教徒跑來問我們幹麼耽擱；他說這會兒正是時候，他船上的摩爾人毫無防備，多半已經睡了。我們告訴他為什麼打不定主意。他說，最要緊的是先把船搶到手，這件事很容易辦，並且毫無危險；隨後就可以去找索賴達。大家覺得這話不錯，不再躊躇，就由他帶領上船。他頭一個跳上去，拿著摩爾彎刀用摩爾話喊道：

「『要性命的待著別動！』

「這時候，基督徒差不多都上船了。摩爾人膽小，瞧船長這麼說，嚇得哆哆嗦嗦，一個也沒拿起武器。他們沒幾件武器，簡直都赤手空拳。他們不聲不響地讓基督徒捆住雙手。基督徒捆得很快，一面恫嚇他們如果嚷出什麼聲音，馬上就把他們殺得一個不留。我們捆完，留半數看守，其餘的就跟著叛教徒到阿吉•莫拉陀的花園去。運氣真好，我們去開門，門應手而開，好像沒關上似的。我們就悄悄地到了住宅外面，誰也沒有發覺。

「美麗的索賴達正在一個窗口等著我們。她覺得有人，就低聲問是否『尼撒拉尼』；就是說，是否基督徒。我說是的，請她就下來。她聽出是我，一刻也沒耽擱，話都不說立即下來開了門，和我們見面。她相貌的嬌豔，服飾的富麗，簡直沒法形容。我一見她，忙捧著她的手親吻。叛教徒和我的兩個夥伴也吻了她的手；其他的人不知是怎麼回事，都學著我們的樣。我們好像是感激她給了我們自由，向她致謝。叛教徒用摩爾話問她父親是否在花園裡。她說是的，正睡覺呢。

「叛教徒說：『那麼得叫醒他，把他帶走；這美麗的花園裡所有的貴重東西都得帶走。』

「她說：『不行，我父親是怎麼也不許碰的。這幢房子裡除了我要帶走的東西，就沒什麼了。我帶的著實不少，可以叫你們人人富足。你們等一下，我給你們看。』

「她說罷又進屋去，說馬上回來，叫我們悄悄兒等著，別出聲。我問叛教徒剛才和她怎麼講的。叛教徒把她的話告訴了我。我吩咐他一切聽從索賴達的意旨，不得擅作主張。她這時拿著一只小箱子回來，箱子裡滿滿的都是金艾斯古多，她簡直拿不動。不幸她父親這時醒來，聽到了花園裡的聲響。他從窗口探頭一看，看見一群人全是基督徒，就一疊連聲的狂叫大喊，用阿拉伯話說：『基督徒來了！基督徒來了！有賊！有賊！』我們聽他這麼叫喊，嚇得慌了手腳。叛教徒一看情勢緊急，得乘旁人沒有驚醒趕緊逃跑，就飛也似的上樓找阿吉・莫拉陀，我們另有幾人也跟了上去。當時索賴達倒在我懷裡，好像暈過去了，我不敢丟下她。上樓的那幾人辦事爽利，一會兒就架著阿吉・莫拉陀下樓。他們已經把他雙手捆住，嘴裡塞一塊布，不讓出聲，還恐嚇他如果叫喊，就要他的命。他女兒見到這個情景，掩目不看他。他還不知道自己女兒落在我們手裡是自願的，直嚇得目瞪口呆。當時我們最要緊的是逃走，急忙架了他上船。留在船上的人怕我們出了岔子，直在盼望。

「入夜沒到兩個鐘頭，我們已經全都上船了。我們給索賴達的父親解開捆手的繩，拿掉塞嘴的布。叛教徒重又叮囑他不許出聲，否則要他的命。他看見自己女兒也上了船，就傷心嘆氣；又瞧她泰然自若，隨我緊緊摟著，既不抵拒，也不愁苦，也不羞澀，越發氣惱得連聲長嘆。可是他不忘叛教徒的恫嚇，沒敢開口。索賴達瞧自己已經上船，我們就要划槳開航，而她父親還在船上，其他的摩爾人還捆在一旁，就叫叛教徒求我看她面上，放了那些摩爾人，並讓她父親回去；她寧可跳海，不能眼看慈父為她做了俘虜。叛教徒轉達了這話，我說很願意遵命。可是叛教徒說不行，如果放他們回去，他們立刻喚起沿岸居民，驚動全城，派出快艇來追趕；海陸協力，我們就無路可逃。我們只可以在最先到達的基督教國家釋放他們。大家都贊成。索賴達聽我們講了這個辦法，和不能依從她的緣故，也覺滿意。我們虔誠地禱告上帝保佑，勇敢的划手們欣喜無言，一個個輕快地拿起槳向馬遼加島划去；那是離我們最近的基督教國家。可是起了點北風，海上略有波浪，我們不能走馬遼加的航路，只好沿著海岸往奧朗去。我們很擔心，因為沿這條海岸離阿爾及爾六十海里就是撒黑爾，我們生怕給那裡的居民看見。我們又怕這一帶會碰到經常從德土安運貨前往阿爾及爾的商船。可是我們大家心目中都有個打算：商船不比巡洋艦，我們如果碰到了，非但不會壞事，還可以俘獲一艘船；乘了這艘船航行，就更加穩當。索賴達一路把腦袋藏在我兩隻手掌裡，免得看見她父親；我聽得她只在祈禱蕾婗・瑪利安保佑我們。

「我們大約走了三十海里，天漸漸亮了，發現船離岸只三箭之地。岸上滿目荒涼，不會有人看見我們。我們還盡力往海上划，因為風浪已經稍稍平靜。我們划了將近兩哩瓦，就叫划手輪班歇歇，大家且吃些東西，船上帶的很富足。可是划手們認為這會兒不是休息的時候，絕不能放下槳，還是讓不划槳的人餵給他們吃吧。這就照辦了。當時起了一陣從斜裡來的風，我們只好放下槳，揚帆向奧朗去，因為只有這條路可走。我們幹事迅速，扯上帆一小時走了八海里還不止；當時別無顧慮，只怕撞到巡洋艦。我們也給摩爾划手們吃了些東西，叛教徒安慰他們說，他們不是俘虜，一有機會就釋放他們。他對索賴達的父親也這麼說了，索賴達的父親答道：

「『基督徒啊，你們出於慷慨正直，許我別的好處，我都會相信，也會指望；可是想要你們放我呀，我沒那麼傻！你們冒險搶了我來，難道就是要開恩放我嗎？何況你們知道我是誰，也知道我的身價。你們要多少贖金，說個數吧。我為自己和這個倒楣女兒，隨你們要多少都答應。或者放她一人也行；我心眼兒裡只有她是寶貝，別的都放得下。』

「他一面說，一面痛哭，我們都惻然，索賴達也不得不回臉看他。她看了很感動，就從我腳邊起來，過去抱住她父親，臉偎著臉一起哭得好生悲切，許多在場的都陪著下淚了。可是她父親瞧她打扮得像歡慶佳節似的，而且渾身珠寶，就用本國話問她：

「『孩子，昨晚上咱們遭禍之前，我看見你是家常打扮。你現在穿的，是我最富的時候給你做的最講究的衣服。你什麼時候換的呢？我報了你什麼喜訊，要你這樣盛裝慶祝呢？你說呀！我覺得這比咱們當前這場奇禍還來得奇怪啊！』

「他這番話是叛教徒解釋給我們聽的。他女兒一言不發。阿吉・莫拉陀忽又見他女兒平時放首飾的小箱子在一邊擱著；他分明記得這只箱子在阿爾及爾城裡，並沒有帶到花園裡去，越發莫名其妙，就問他女兒：怎麼這只箱子到了我們手裡；箱子裡裝的是什麼？叛教徒見問，不等索賴達開口，就回答說：

「『先生，這許多事你不用費神問你女兒，我一句話就說明白了。我告訴你吧，她是個基督徒，我們靠她鍘斷了我們的鎖鏈，解脫了俘虜生活。她在這裡是自願的。我看她對當前的情況非常樂意，好像是從黑暗投入光明，從死亡投入永生，從煩惱投入歡樂。』

「那摩爾人問道：『孩子，這話是真的嗎？』

「索賴達說：『是真的。』

「老頭兒說：『原來你是基督徒？原來是你把爸爸交給他的仇人了？』

「索賴達答道：

「『說我基督徒呢，我是的；害你落到這個地步的可不是我。我絕不願意離開你或損害你，我不過是為自己造福。』

「『孩子，你為自己造了什麼福啊？』

「她答道：『這話，你問蕾啦・瑪利安吧，她會回答你，還比我回答得好。』

「那摩爾人聽了這話，立刻踴身一跳，投進海裡去，快得出人意外。虧得他身上衣服又大又多，一時沉不下去，否則一定淹死了。索賴達大叫救命，我們趕緊抓住他的袍兒拖上來，他已經淹得半死，知覺全無。索賴達心痛得對著他悲悲切切地啼哭，彷彿他已經死了似的。我們把他翻過身，嘴朝下；他吐出大量海水，過兩個鐘頭就甦醒過來。這時風已轉向，我們只好向岸航行，而且得用力划槳，才免得撞上岸去。可是我們幸好開進一個海角環抱的海灣。摩爾人把那個海角稱為『加瓦・如米亞角』，用咱們的語言說，就是『基督教娼婦之角』。據摩爾傳說，斷送西班牙的『加瓦』葬在那裡[9]。摩爾話『加瓦』是娼婦；『如米亞』是基督徒。摩爾人向來認為船在這裡拋錨不吉利；除非迫不得已，絕不在這裡停泊。當時海上波濤洶湧，這個地方，在我們就不是娼婦的海灣，卻成了我們的救星港。我們派幾個人上岸望風，划槳的還是手不停划。大家吃了些叛教徒貯存的乾糧，誠誠心心禱告上帝和我們的聖母保佑我們這樁開頭很僥倖的事順利完成。我們聽了索賴達的要求，打算把她父親和捆縛在一邊的摩爾人都送上岸去，因為她心軟，看不得

9　這個「加瓦」是胡良伯爵的女兒（一說妻子）茀蘿林德，她受了西班牙國王堂羅德利果的奸騙，她父親要為她報復，就引阿拉伯人入侵。

父親被綁、本國同胞成了俘虜。我們答應開船前幹這件事；那裡荒無人煙，放走他們沒有危險。我們的禱告蒙上天垂聽，有了應驗。當時風勢好轉，海上平靜，我們又可以愉快地繼續航行。我們就解放那些摩爾划手，把他們一個個送上岸；他們很出乎意外，索賴達的父親已經完全清醒，他下船的時候說：

「『基督徒，你們可知道這賤丫頭為什麼一心要放我？出於孝心嗎？不是！她是要遂自己的淫心惡念，怕我礙著她。她為什麼改信你們的宗教？因為你們的宗教比我們的好嗎？不是！她是知道在你們國家，幹沒廉恥的事比在本國自由。』

「我和另一個基督徒這時捉住他兩臂，防他有什麼瘋狂的行動。他又轉身對索賴達說：

「『哎，不要臉的丫頭！錯打了主意的孩子！你瞎了眼睛，迷了心竅！這群豬狗是咱們天生的仇人，你由他們擺布著往哪裡去啊？我真是苦命呀！嬌生慣養地培育了你真是冤枉呀！』

「我瞧他不肯罷休，趕緊把他送上岸。他大聲咒罵哭喊，求穆罕默德轉求阿拉毀滅我們。船已經揚帆開走；我們漸漸聽不見他說話，卻還看得見他的動作：他自己揪鬍子、撏頭髮、趴伏在地上。一度他極力嘶號，我們聽到了他的話：

「『親愛的女兒啊，回來吧！回到岸上來，我全原諒你。咱們的錢反正已經落在那些人手裡，送給他們就完了；你快回來安慰你傷心的爸爸！你要是扔下他，他就死在這片荒地上了！』

「索賴達都聽見，句句話都使她傷心落淚。她無言可對，只說：

「『我的爸爸，我做基督徒是為了蕾婭・瑪利安，但願阿拉讓蕾婭・瑪利安來安慰你的痛苦吧。阿拉知道我幹的事是不由自主的。我對基督徒行方便是上天注定的，即使我不願意跟他們走，願意待在家裡，也辦不到；親愛的爸爸，你看來最壞的壞事，我卻覺得是最好的好事，一心嚮往，非做到不可。』

「當時她父親既聽不見她這番話，我們也瞧不見她父親了。我安慰著索賴達，大家專心航行。順風船走得很快，我們拿穩第二天清早就可到西班牙海岸了。可是一竿子到底的好運是絕無僅有的，好運總穿插著壞運，吉凶總相伴相隨。不知是我們運氣不好，還是摩爾人對女兒的咒詛應驗了，因為父親的咒詛總是可怕的，不管那父親是怎樣的人。且說，我們在大海上，約莫夜裡三點以後，因為是順風不用划槳，正拴上槳，扯足風帆航行，忽見晶瑩的月光下，一艘方帆大船[10]駛近前來，船上張著大大小小的帆，偏著舵，綽著風，在我們前面斜穿過去。兩船挨得很近，我們怕相撞，連忙收帆；那邊也用力掌舵，放我們過去。有人就到船邊上來問我們是什麼人，從哪裡來，往哪裡去。叛教徒聽他們說的是法國話，就說：

「『這些人一定是法國海盜；他們見什麼搶什麼，咱們誰也別回話。』

「我們聽了這番警告，都一聲兒不言語。我們開往前去，那艘船就落在我們下風。猛不防那艘船上雙砲齊發，打的好像都是連鎖彈[11]。一個炮彈把我們的桅杆從半中間折為兩段；桅杆帶著船帆都掉進海裡去。另一門砲是同時放的，炮彈正中船心，別的沒打壞，只把船身打穿了。我們眼看船要下沉，一起大聲呼救，要那艘船收容我們，因為我們快要淹死了。他們就卸了帆，放下船上的小艇，十二個法國人帶著火槍和燃著的火繩，下了小艇到我們船邊。他們瞧我們人數不多，船又在下沉，就讓我們上了小艇，一面說，我們不答話，太無禮，活該落到這個下場。我們

10 當時一般船上的帆是三角形的。較大的船用方帆。

11 這是一個炮彈分作兩半，用小鏈子連鎖著；這種炮彈的破壞力較強。

的叛教徒乘人不見，把索賴達的錢箱拋入海裡。長話短說，我們都上了法國人的船。他們盤問得非常仔細，然後就像死冤家似的把我們的東西搶光。索賴達身上連腳鐲都搶了。我瞧索賴達受驚，很為她擔心；尤其怕他們搶了她貴重的珠寶不算，還剝奪她身上最貴重、心中最珍惜的寶貝。幸虧那些人要的只是錢。他們貪得無厭，假如我們穿的俘虜衣服值得幾文錢，他們也會剝去。他們有人主張把我們用一幅船帆包了扔到海裡去。原來他們冒充布列塔尼的商販，要到幾個西班牙港口去做買賣；假如饒了我們的命留在船上，他們搶劫的事就會敗露，難逃懲罰。可是我心上人索賴達所有的東西，恰好是船長親手搶的，他表示對這次俘獲心滿意足，不想再到任何西班牙港口去了。他準備乘夜裡或別的機會過直布羅陀海峽到羅切拉去；他們原是從那兒出發的。當時他們講明把船上的小艇給我們；我們還有個短程的航行，所需的東西也歸他們供給。第二天西班牙的陸地在望，他們就照辦了。我們一望見西班牙國土，把所有的愁苦窮困都忘得一乾二淨，好像沒經歷過一樣；重獲失去的自由真是天大的喜事！

「我們登上小艇已經將近中午，他們給了我們兩桶水和一些餅乾。船長在美人索賴達下船的時候，不知動了什麼慈悲，竟給她四十元金艾斯古多，還禁止手下的兵剝掉她身上這套衣服。我們上小艇的時候謝他們種種照顧，表示感恩而不懷恨。他們出海往海峽航行；我們只把眼前的陸地當作歸宿。我們拚命划船，到太陽西落，已經離岸很近，估計不到夜深可以靠岸。當夜沒有月亮，天色昏暗，我們不知道自己在什麼地方，覺得向岸上撞去不妥。可是有許多人卻主張把船撞上去；他們說，沿岸儘管礁石成片，荒無人煙，上了岸就不用提心吊膽。因為德土安的海盜船常在這一帶出沒；那些海盜在蠻邦過夜，早起照例到西班牙海岸來搶劫，然後回家睡覺。我們採取折衷辦法，打算慢慢傍岸，如果海上平靜，能夠登陸，就找個地方上去。將近半夜，我們到了一座極險惡的高山腳下。這座山並不直伸到海裡，山邊還有一片平地，上岸很方便。船撞上沙灘，大家跳下船，吻了陸地，含著歡欣的眼淚，感謝上帝的洪恩。我們把糧食全搬下船，把船拖上岸，大家登山，走了好一段路。我們還不放心，不信已經登上基督教國土。

「我覺得我們是盼了好久才天亮的。我們爬到山頂上，看看有沒有村落或牧人的茅屋；極目四望，並不見一個村莊，也不見一個人，也沒有山徑，也沒有大道。我們還是決計往內地走，料想不久總會碰到可以問詢的人。我最難受的是瞧索賴達一腳高一腳低的登山越嶺。我馱了她一回，她瞧我勞累，儘管自己省了腳步卻心裡不安，反而愈加覺得吃力，就不肯再讓我馱。她很有能耐，和顏悅色和我攙手同走。我們走了不到四分之一哩瓦，聽得鈴鐺聲。分明附近有放牧的牛羊。大家留心尋找，只見大軟木樹下一個年輕牧人正優閒自在地拿著把刀子削一根木棍。我們大聲叫喚；他一抬頭，立刻霍地跳起來。據我們後來知道，他第一眼看見了那個叛教徒和索賴達，瞧他們是摩爾裝束，以為蠻邦人都來捉他了，就飛也似的逃進前面樹林，大喊道：

「『摩爾人上岸了！摩爾人來了！快拿起武器！快拿起武器！』

「我們聽他這樣叫喊，都慌了手腳，不知怎麼辦。我們估計這牧人的叫喊會驚動當地居民，沿海巡邏隊馬上會趕來查看究竟，就想到該叫叛教徒脫掉土耳其服；我們中間一個人把俘虜的外衣脫給他穿，自己只穿襯衫。我們一面禱告上帝保佑，一面順著牧人逃走的路往前走，隨時準備沿海巡邏隊來截住我們。我們的猜想果然不錯。沒過兩個鐘頭，我們剛走出樹林，到了一片平原上，就看見五十來個騎兵縱馬馳來。我們忙站定了等待。他們跑近前來不見他們尋找的摩爾人，卻看到一群窮困的基督徒，都莫名其妙。其中一人就問我們：剛才一個牧人喊拿起武器，是不是因為看見了我們。我說是的。我正要訴說自己的遭遇和我們的來歷，我們同來的一個基督徒卻認識問話的騎兵，他不等我多講，就說：

「『各位先生，我們應該感謝上帝，把我們帶到這個好地方來了！我要是沒弄錯，我們腳底下踩的該是維雷斯·瑪拉加的土地吧！如果我做了幾年俘虜沒記憶模糊，你這位問話的先生是我舅舅貝德羅·台·布斯塔曼德吧！』

「被俘的基督徒話猶未了，那騎兵已經滾鞍下馬，過來抱住這年輕人說：

「『我想著念著的外甥啊！我認識你呀！我和我的姊姊——你的媽媽，和你現有的親人直在哭你，以為你死了。多虧上帝讓我們今生還能享到和你重逢的快樂。我們知道你是在阿爾及爾。瞧你和同伴的衣服，大概是意外逃回來的。』

「那年輕人說：『是啊，以後有工夫——講給你聽。』

「那些騎兵聽說我們是被俘的基督徒，連忙下馬，一個個讓出馬來請我們騎著進城；維雷斯·瑪拉加城離那兒還有一個半哩瓦。我們告訴他們有隻小艇撇在什麼地方，幾個騎兵就去把小艇開到城裡去。其他的騎兵讓我們騎在他們鞍後；那個基督徒的舅舅鞍後帶了索賴達。有人已經到城裡去傳了消息，大家都出來迎接。他們見了逃回的俘虜或被俘的摩爾人都不以為奇，因為這一帶海邊上常見這兩種人。可是他們見了索賴達的美貌，大為驚訝。她到了基督教國家不再擔驚受怕，心裡舒暢，又加走路勞累了，這時兩頰紅暈，越顯得撫媚。也許我是給愛情迷了眼睛，我敢說，世界上沒有比她更美的人，至少我沒見過。

「我們立刻上教堂去向上帝謝恩。索賴達一進教堂，就說那裡有許多臉和蕾妲·瑪利安的一樣。我們告訴她，那都是蕾妲·瑪利安的聖像。叛教徒盡力向她解釋聖母像的意義，教她把每個聖像都當作和她說過話的蕾妲·瑪利安真身那樣崇拜。她心思靈敏，聽了有關聖像的話馬上就領會了。我們從教堂出來，就分派到城裡各家去住。和我們同來的那個基督徒把叛教徒、索賴達和我帶到他父母家裡。他們是小康之家，對我們熱情款待，像自己兒子一樣。

「我們在維雷斯住了六天。然後叛教徒打聽了他需要辦的手續，就到格拉那達城去準備由宗教法庭的媒介，重新皈依聖教。獲得自由的其他基督徒選擇了自己的道路各自走了，那裡只剩下索賴達和我；我們所有的只不過是法國人好意給索賴達的幾個艾斯古多。我用這筆錢買了她騎來的這頭牲口；我一直是以父輩和侍者的身分伺候她，還不是她的丈夫。我打算去看看我父親是否還在，我的兄弟是否有比我運氣好的。不過天既然讓我做了索賴達的伴侶，任何別的運道，隨它多麼好，我都不稀罕了。索賴達耐得了貧窮，頂得住艱苦，一片至誠要做基督徒，這都使我很敬佩，甘願終身為她效勞。可是我不知道能否在國內為她找到個角落容身，也不知道我父親和兄弟的生命財產有了什麼變故；假如找不到他們，我就舉目無親了。這些憂慮不免攪擾了我和她相依為命的快樂。

「各位先生，我的經歷講完了；是否新奇有趣，憑你們高見酌定吧。我但願還能講得短些；我免得你們煩厭，已經略去好些事情。」

# 第四十二章

## 客店裡接著發生的事，以及其他需說明的情節。

俘虜講完了，堂費南鐸說：

「上尉先生，你那異常的經歷很新鮮，你講來也動聽。事情從頭到尾都是少見罕聞的，情節都驚心動魄。我們聽得津津有味，即使到天亮還講不完，我們再聽一遍也樂意。」

他說罷，卡迪紐等人都表示願為俘虜出力；他們言辭懇切，上尉對這番好意非常感激。堂費南鐸特地邀請俘虜隨他回家，他可以叫襲侯爵的哥哥在索賴達受洗時做她的教父；他自己要資助他像模像樣地回鄉，不失身分體面。俘虜很客氣，對這番厚意表示心領，不過都謝絕了。

天已經夜了，黑暗裡有一輛馬車和幾騎跟從的人馬到客店借宿。客店主婦說，整個店裡擠得連手掌大小的空隙都沒有了。

進來的那幾個人是騎馬的，一人說：「隨你怎麼樣，來客是大理院的審判官，總得留他。」

店主婦聽到這個頭銜就慌了，說道：

「先生啊，我是沒有床鋪了。審判官大人一定是帶著鋪蓋的；他要是隨身有鋪蓋呢，請進來吧，歡迎得很，我和我丈夫的臥房可以讓給他大人。」

那個侍從說：「好吧。」

這時車上出來個人，一看他的裝束，就知道他是什麼官職。他穿著長袍，袖上打著大褶襇，顯然是他傭人所說的大理院審判官[1]。他挽著一個十五六歲穿旅行服裝的小姑娘，非常秀麗高貴，大家見了都驚訝，如果沒看見客店裡的多若泰、陸苹達和索賴達，一定覺得這樣的美人很難找到第二個。審判官帶著這位姑娘進來的時候，堂吉訶德恰在旁邊；他一見審判官，就說：

「您放心進堡壘休息休息吧。這裡地方很小，很簡陋，可是不論多麼小、多麼簡陋，來了文武兩職的人，總有招待的餘地。像您這樣還有美人引導的，更不用說了。不但堡壘要開門延請，連岩石都要裂出道兒、山嶺都要張開口子哈腰弓背來歡迎她呢。我說呀，您請進這個樂園來吧：這裡許多美人像燦爛的星星和太陽，您這位姑娘好比晴麗的天，正可以和她們做伴兒；這裡都是英雄蓋世的武士和豔麗絕倫的美人。」

審判官聽了這套話不勝詫異。他對堂吉訶德仔細端詳，覺得這人的形狀和談吐同樣古怪，正不知所對，忽見陸苹達、多若泰和索賴達等進來，又大為驚訝。她們是聽說到了新客，又聽店主婦形容小姑娘美，特來瞧她和歡迎她的。堂費南鐸、卡迪紐和神父也親切歡迎，只是不像堂吉訶德那樣說話古怪。這位審判官到了店裡人地生疏，又見這群美人來歡迎他美麗的閨女，覺得莫名其妙。不過他看準這許多旅客都是有身分的人物，只有堂吉訶德的狀貌舉動叫人摸不著頭腦。大家客套了一番，估計客店的設備，決定還是照原先的安排，讓女眷在那間頂樓上安置，男客彷彿守衛她們似的在外間休息。那小姑娘是審判官的女兒；她跟其他女客一起很高興，審判官也很滿

1　西班牙菲立普二世命令樞密院的官員和大理院審判官等穿這種服裝，顯示不同於眾。

意。她們有客店的一張窄床，又拼上審判官帶的半份鋪蓋，這一夜可以過得比預料的還舒服。

那俘虜一見審判官；就怦然心動，覺得他是自己的弟弟。他向審判官的傭人打聽他東家的姓名籍貫。那人說，主人是胡安・貝瑞斯・台・維德瑪學士；聽說他家鄉在雷翁山區的一個村裡。俘虜聽了這話，又憑自己的觀察，斷定審判官就是聽了父親的主意選擇了筆桿子那一行的弟弟。他又激動，又快活；就把堂費南鐸、卡迪紐和神父叫過一邊，把這事告訴他們，說這審判官準是自己的弟弟。據那個傭人說，他主人剛選上墨西哥的大理院審判官，正要到美洲上任去；又說那姑娘是他的女兒，她媽媽生下她就死了，他主人得了這前妻遺下的陪嫁很有錢。俘虜請教他們用什麼方法透露自己是誰，要不要先試探一下，瞧他弟弟會不會嫌他窮，怕丟自己的臉，還是踴躍認親。

神父說：「我來替你試探吧。上尉先生，我相信你弟弟一定骨肉情深。他面貌和善，準是有修養、有識見的，不像個傲慢沒心肝的人。他對於人生的得意失意一定有適當的看法。」

上尉說：「可是我不願意突然亮相，還是婉轉點兒好。」

神父說：「我剛才說了，我有辦法，準叫大家滿意。」

這時開上晚飯[2]，男客除了俘虜，都圍著桌子坐下；女眷在她們屋裡吃。神父吃晚飯的時候說：

「審判官先生，我在君士坦丁做過幾年俘虜；那時候我有個夥伴兒跟您同姓。他在西班牙步兵裡是最勇敢的戰士，最勇敢的上尉。他力氣大，膽量大，可是倒的楣也一樣大。」

審判官問道：「我的先生，那位上尉叫什麼名字呢？」

神父答道：「他叫儒伊・貝瑞斯・台・維德瑪，家鄉在雷翁山區的一個村裡。他和我講過他父親和他們兄弟的一件事；要不是他那麼個老實人親口講的，我準當作老太太們冬日圍爐說的故事呢。他說他父親把家產分給了三個兒子，還訓誡了他們，訓得比加東[3]還高明。我知道他選了從軍的道路很成功；他膽大力大，單靠本事高強，一無依仗，不多幾年就升作步兵上尉，而且看來不久可以升作陸軍中校了。可是他走了背運。雷邦德大戰那天是許多人獲得自由的好日子，他卻在那天失去了自由，他指望的前程全都吹了。我是在果雷塔被俘的，我們經歷不同，卻在君士坦丁碰到一處了。他後來到了阿爾及爾，又有一番奇遇。」

神父於是把審判官的哥哥和索賴達的事約略說了一遍。審判官留心聽著，他聽審都沒這樣全神貫注。神父只講到法國人怎麼洗劫了那船上的基督徒，以及他那位夥伴和摩爾美人落得多麼窮困。他說不知道他們倆如何下落，是到了西班牙呢，還是給法國人帶到了法國去。

神父講話的時候，那位上尉離開他幾步在旁聽著；一面注意著他弟弟的一舉一動。他弟弟聽神父講完了，長嘆一聲，含淚說道：

「唉，先生，你不知道剛才講的是多麼重要的消息，和我關係多麼深切！我是個不輕易流露聲色的人，可是聽著也不禁流淚。你說的那位勇敢的上尉是我哥哥。你不是聽他講故事似的講過我們父親提出的三條道路嗎？他比我們兩兄弟堅強，也比我們有志氣。他走的是光榮偉大的當兵的道路。我選的是文職；靠上帝洪恩和我自己努力，掙到這個地位。我的弟弟[4]在比魯。他很發

2　塞萬提斯好像是忘了上文他們已經吃過晚飯

3　加東（Catón），古羅馬的政治家，以嚴肅、明智著稱，見〈前言〉，注12。

4　據本書上冊，第三十九章，學士出身的是最小的弟弟，經商的是老二。

財，他寄給我父親和我的錢早超過了他帶出去的款子。我父親靠他供養，手裡很有錢，盡夠他照舊亂花；我也能比較寬裕地完成學業，得到了目前的官職。我父親還奄奄一息地活著，只等著大兒子的音信，只在禱告上帝，讓他能活著和大兒子見面。我只是奇怪，像我哥哥這樣一個明白人，怎麼經歷了這許多吉凶甘苦，都不想告訴父親。如果我父親或我們隨便哪個弟弟知道了他的光景，他又何必靠竹竿的奇蹟才贖身呢。我現在著急得很，不知那些法國人究竟是釋放了他呢，還是為了要掩蓋他們的搶劫竟把他害死了。本來我這次出門很稱心，可是聽到他的消息，這一路去只為他焦愁了。唉，我的好哥哥，我要是能知道你在哪裡，就可以來找你並解救你，即使自己受難也甘心情願。唉，假如咱們老父得知你還活著，即使你在蠻邦最深的地窖裡，憑他和我們弟兄的錢，總能救你出來。唉，貌美心慈的索賴達，但願我能報答你對我哥哥的恩情！幾時你的靈魂得慶重生，幾時你們兩人結婚，我們大家該多麼快活呀！我真希望能親來參與這些喜事！」

審判官聽到他哥哥的消息十分悲傷，說了以上那些話。旁人都陪著傷心。神父覺得自己的目的和上尉的要求都達到了，不願意延長人家的悲痛，就起身離開飯桌，跑到索賴達所在的房裡，把她攙出來；陸苹達、多若泰和審判官的女兒都跟出來。上尉等著瞧神父怎麼辦事。神父另一手攙了上尉，帶著兩人走到審判官和其他那些客人前面，說道：

「審判官先生，收了你的眼淚吧，你已經如願以償了；你的好哥哥、好嫂子就在你面前。這是維德瑪上尉，這是對他有大恩的摩爾美人。那些法國人害得他們這樣狼狽，你正可以顯出你的心胸多麼慷慨了。」

上尉趕上去擁抱他的弟弟；他弟弟兩手推住上尉的胸口，要遠著點兒端詳他。可是他認得是自己的哥哥，就緊緊相抱，快樂得熱淚盈眶；旁人看著也忍不住落淚。這兩兄弟說的話和流露的感情，想像都不容易，更無從描寫了。他們約略講了各自的經歷，表達了骨肉至情。審判官擁抱了索賴達，並表示願意把自己的全部財產供她使用，又叫自己的女兒去擁抱她。大家看了基督教美人和摩爾美人在一起，又灑了幾點愉快的眼淚。堂吉訶德一言不發，在旁留心觀看，把這許多奇事都歸納到騎士道的幻想裡去。當時大家主張上尉和索賴達跟著他們的弟弟到塞維亞去，一面把上尉的下落和他獲得自由的事通知他們父親；他們父親如有可能就可以來參與索賴達的婚禮和洗禮。因為審判官的行程不能耽擱；他聽說，結隊的商船過一月從塞維亞開往新西班牙[5]去，他不便錯過。總之，大家都為俘虜交了好運稱心快意。這時一夜三停已經過了兩停，大家想在天亮前休息一下。堂吉訶德自告奮勇，願意守衛這座堡壘，防有巨人或凶徒豔羨這裡的美人而來襲擊。凡是知道堂吉訶德的都向他表示謝意。他們把他的怪病告訴審判官，審判官聽了很感興趣，只有桑丘·潘沙瞧大家老晚還不休息，很不耐煩。當夜他墊著驢子的全副配備睡覺，比誰都舒服，下文要講到他得為這套配備付出多大的代價。這時女眷們在房裡休息，其餘的人也都將就著安頓下來，堂吉訶德就照自己答應的話，跑出客店去守衛堡壘。

天快亮的時候，女客們忽聽得悠揚婉轉的歌聲，不由得傾耳細聽；尤其是多若泰，因為她正清醒。審判官的女兒克拉拉·台·維德瑪在她旁邊卻睡得很熟。她們都想不出誰會有這樣的好嗓子。那是沒有樂器伴奏的清唱。她們一時覺得歌聲在後院，一時又像在馬房裡，正留心捉摸，卡迪紐走到她們房門口說：

「誰要是沒睡著，請聽聽，有個年輕的騾夫在唱歌，唱得簡直迷人。」

5 指美洲的西班牙殖民地。

多若泰說：「先生，我們是在聽呢。」

卡迪紐就走了。多若泰悉心傾聽，唱的原來是這樣的話：

# 第四十三章

## 年輕騾夫的趣史，以及客店裡發生的其他奇事。

我在情海航行，
四望一片汪洋；
能否到達港口，
胸中毫無希望。

我追求一顆星，
她在遙空放光，
巴利努羅[1]所見，
哪有那麼明亮！

1　巴利努羅（Palinuro），維吉爾史詩《伊尼德》裡的人物，他是艦隊的舵手。

我探索著航路，
她要引我何往？
我故意裝作無心，
卻一心在她身上。

女孩兒的羞縮，
像雲幕遮掩著星光，
我越是要看她，
她越在幕後躲藏。

明朗[2]燦爛的星！
我為你憔悴憂傷，
假如你隱沒不見，
我也就命盡身亡。

多若泰聽到這裡，覺得這樣悅耳的歌聲不該讓克拉拉錯過，就把她來回搖撼醒了，對她說：「對不起，小妹妹，把你弄醒了。我要你欣賞這個好嗓子，只怕你一輩子也聽不到的。」克拉拉惺忪醒來，聽了多若泰的話也沒懂，還直問。多若泰又說了一遍，她才支愣起耳朵來。可是她剛聽了接著唱的兩句，就很奇怪地渾身發抖，好像突然害了三日瘧的重症。她緊緊抱住多若泰說：

「哎，我的好姊姊！你幹麼弄醒我呀？我能閉上眼睛封住耳朵，看不見聽不見這歌唱的可憐人，就是我天大的福氣了。」

「小妹妹，你這話什麼意思？你知道，唱歌的據說是個年輕的驃大呀。」

克拉拉答道：「不是的。他是幾處封邑的主人。他牢牢地霸占著我的心，他要是不撤退，我一輩子也趕不掉他。」

多若泰聽了小姑娘這套多情的話很驚奇，覺得她這點年紀還不會這樣懂事，就說：

「克拉拉小姐，你說得我摸不著頭腦了。你說的心呀、封邑呀是什麼意思？你聽了那人的歌聲這樣神情不安，他究竟是誰？你再講講明白吧。不過你這會兒先別講，因為我顧了你激動的心情，就不能欣賞他唱的歌了。他好像換了調子在唱一支新歌。」

克拉拉說：「隨他唱去吧。」

她不願聽，把兩手按住耳朵。這又使多若泰很奇怪。多若泰留心聽他唱了以下的歌辭：

我的甜蜜的希望！
你不顧困難、突破障礙，
在自己開闢的路上
毫不猶豫、一個勁兒地直往前邁！

---

2 克拉拉（Clara），他意中人的名字，意思是明朗。

願你不要消沉，
即使一步步都是向死亡逼近。
懶漢不去爭求，
就得不到任何光榮和勝利；
如果隨波逐流，
只圖在安逸享樂中沉迷，
不向命運反抗，
幸福和快樂不會從天而降。

求愛情的幸福
怎又能計較代價昂貴，
最珍異的寶物
莫過戀愛中領略的情味；
如果得來容易，
看作等閒是自然之理。
為愛情百折不撓，
最難的事也竟會成功，
我要達到目標，

就顧不得當前險阻重重；
即使難若登天，
我也決心努力、勇往直前。

歌聲停止，克拉拉又哭起來。多若泰覺得奇怪，不懂怎麼一個唱得這樣好聽，一個卻哭得這樣難過。她又探聞克拉拉剛才沒講完的話。克拉拉怕陸莘達聽見，緊緊抱住多若泰，把嘴貼著她耳朵，防有洩漏。她說：

「我的姊姊，這唱歌的是一位阿拉貢紳士的兒子；這位紳士是兩個封邑的主人。他的京城住所，和我們家對門。照我爸爸的家法，我們家的窗口冬天總掛著幔子，夏天掛著百葉窗簾。可是我不知道怎麼回事，這個正在上大學的兒子瞧見我了；不知是在教堂還是別處瞧見的。反正他就愛上我了。他老從他們家窗口對我做手勢，流眼淚，表達他的心意。我就相信了他，愛上了他，自己也不明白是怎麼回事。他對我做種種手勢，有一個是把兩手勾起來，表示願意跟我結婚。跟他結婚我頂樂意，可是我獨個兒沒有媽媽，不知跟誰講，所以事情就那麼拖著，我也沒表示什麼，只是乘彼此爸爸都不在家的時候，把窗幔或百葉窗簾掀起一點，讓他看得清我。他就快活得不可開交，好像發瘋似的。後來我爸爸要離開那地方了。我從沒機會和這位公子說話；我沒告訴他這件事，不過他知道了消息。我猜他準是傷心得病了。所以我們動身那天我沒看見他，想臨別瞧他一眼都不能。我們走了兩天，在離這兒有一天路程的一個城裡，進客店的時候我在門口看見他了。他扮成個騾夫，扮得很像，要不是他在我心上的印象很深，一定認不出來。我認出了他又驚又喜。他避著我爸爸偷偷看我；他在路上或是在我們投宿的客店裡碰見我總躲著我爸爸。我知道他的身分，想到他為了愛我步行跟隨，吃這許多苦，我心疼得要死；他走到哪裡，我的眼睛也跟到哪裡。我不知道他跟來有什麼打算，也不知道他怎麼會背了自己的爸爸溜出來。他爸爸只有這麼一個兒子，非常疼他；而且他也得人愛，你見了他就知道。我還可以告訴你，他唱的歌全是自己編的，我聽說他學問很好，又有詩才。我還告訴你，我每次見了他，或聽到他唱歌，就渾身發抖，心怦怦地跳，怕我爸爸識破他，並看出我們的愛情。我從來沒跟他說過一句話，可是我愛得他呀，沒了他我活不下去！我的姊姊，你欣賞的好嗓子就是這麼個人，別的我也不知道了。不過單憑那嗓子也分明可見他不是你說的年輕騾夫，卻是我說的封邑主人和霸占住我這顆心的人。」

多若泰說：「堂娜·克拉拉小姐，你不用多講了，」她一面連連吻著她，「我說呀，不用多講了，等天亮再說吧。我希望上帝成全你們，這件事開頭這樣一片天真，結局該是圓滿的。」

克拉拉道：「唉，小姐，哪裡能指望什麼結局呀！他爸爸那樣富貴，準覺得我給他兒子當丫頭都不配，別說嫁他做妻子了。如果要瞞著我爸爸去和他結婚，我是不幹的。我只要這個小伙子回家去，別跟著我。我眼不見，和他離得老遠，也許心上就不這麼難受了。可是我知道，我想的這個辦法對我不會有多大用處。我不知道這是什麼見鬼的事，也不知道我對他的愛情是哪兒來的，因為我和他都很小呢。真的，我想他大概和我同年；我現在還不到十六，據我爸爸說，要到聖米蓋爾節我才滿十六歲。」

多若泰聽堂娜·克拉拉說話孩子氣，忍不住笑了。她說：「小姐，我看不久就要天亮了，咱們休息一會兒吧。感謝上帝，咱們過了今天，還有明天，事情總有希望，除非我這人毫無辦法呢。」

她們就睡了；整個客店裡寂無人聲，只有店主婦的女兒和女傭瑪麗托內斯沒睡，她們知道了堂吉訶德的病，又知道他正披掛騎馬在外面守衛，就決計要捉弄他一番，至少聽他說說瘋話，也可以解悶。

原來這客店的窗子都不臨街，只有堆乾草的屋子有個牆洞是朝外開的，乾草可以從那裡扔出去。這兩個中小人家的姑娘就在這個牆洞口守著。只見堂吉訶德騎馬拄槍，一聲聲的嘆氣，又痛苦又深長，好像連心肝都要吐出似的。還聽得他柔聲軟語：

「哎，美麗聰明、有才有德的杜爾西內婭・台爾・托波索小姐呀！全世界敬愛的典範呀！你這會兒在幹什麼呢？聽你驅使的騎士為了向你效勞，甘心冒險遭難，你想到他嗎？變換著三副臉的月亮[3]！請把她的消息傳報我！也許你嫉妒她的相貌，這會兒正在端詳她。她大概在自己宮殿的廊下散步或陽台上憑欄，左思右想：我為她心碎腸斷，她怎樣按自己的身分體面，給我些安慰呢？我吃盡了苦，她給我什麼幸福呢？我受足了累，她怎樣讓我休息呢？而且怎樣叫我死裡得生，怎樣報酬我的功勞呢？她準是在想這些事吧？太陽呀！你這會兒準忙著駕馬，趕大清早瞧我的意中人去。你見了她請替我問候。不過你招呼她的時候，千萬別吻她的臉，我可要嫉妒的！我記不清你從前是在德沙利亞郊外還是在貝內歐河邊，燃燒著情焰和妒火，汗流如雨，追趕那個兩腳如飛的狠心女人[4]；反正我嫉妒得比你那時候還厲害。」

堂吉訶德這套情致纏綿的話剛說到這裡，店主婦的女兒「噌噌」地喊他說：

3 因為月亮有時圓，有時虧，有時如鉤。

4 指河神的女兒達芙妮（Dafne）。按希臘神話，太陽神追求她，她如飛地逃跑，後來逃跑不了，變成一棵桂樹。

「先生，勞駕請到這兒來。」

當時月色皎潔，堂吉訶德聽見招呼和說話，回過頭，月光下看見有人在牆洞口叫他。在他想像裡，這客店是一座壯麗的城堡，這牆洞是窗，窗外當然還有鍍金的柵欄。他瘋瘋癲癲的頭腦立刻認為堡壘長官的漂亮女兒像上次那樣痴情顛倒，又來糾纏。他不願意顯得無禮無情，就兜轉轡頭，來到牆洞邊，見了那兩個姑娘，說道：

「美麗的小姐，我可憐你：你所鍾情的騎士只好辜負你的品貌和家世了。可是你不要怪這個苦惱的人；他對一位小姐一見傾心，奉她為唯一的心上人，他愛情專注，不能再顧念第二人了。好小姐，你原諒我吧；你請回屋去，別再和我談情，免得我拿出更冷酷無情的嘴臉來。假如你愛我、覺得我有什麼中你意的，只要不問我索取愛情，都可以向我開口。我憑那位在我心上而不在我眼前的親愛的冤家發誓，即使你問我要一綹根根都是活蛇的梅杜莎的頭髮[5]，甚至要一瓶太陽的光芒，我也立刻給你。」

瑪麗托內斯插嘴道：「騎士先生，我們小姐不要這些東西。」

堂吉訶德說：「聰明的傅姆呀，請問你們小姐要的是什麼呢？」

瑪麗托內斯說：「只要你這雙美手伸一隻給她，來平息她燃燒著的情火。她給這股熱情擺布得不惜聲名，竟跑到窗口來了。要是給她父親知道，至少也要割掉她一隻耳朵呢！」

堂吉訶德答道：「這我倒要瞧瞧呢！如果他對多情女兒下毒手，損傷她的嫩皮肉，那麼他的下場就是一切父親裡最悲慘的！」

瑪麗托內斯料想堂吉訶德一定答應她的要求，盤算一下，就下來跑到馬房裡，拿了桑丘・潘沙套驢子的轠繩，急急趕回窗洞口。這時堂吉訶德剛站上馬鞍，因為他料想這位傷心的姑娘正隔著柵欄守在窗口，他得站在馬鞍上，才夠得到那裡。他伸手給她道：「小姐，請你接受我這隻手，——這隻清除世界上一切罪惡的手。我告訴你，這隻手是任何女人的手都沒碰過的；就連主宰我整個身心的小姐也沒碰過。我不是伸給你親吻，卻是讓你瞧瞧手上交錯的筋、糾結的肌肉，和粗壯的血管，想一想這隻手連著的胳膊該有多大的力量。」

瑪麗托內斯說：「咱們這會兒瞧吧。」她把轡繩打個活扣，套在堂吉訶德的手腕上，然後下地把下半截轡繩牢牢拴在房門的插銷上。堂吉訶德覺得腕上繩子勒得痛，說道：「你好像不是在撫摸我的手，卻是在刮皮磨肉。別這樣虐待它呀。是我的心對你無情，怪不得這隻手；況且也不該把你一腔怨忿全發洩在小小一隻手上。你該知道，痴情人不這麼毒辣地報復。」

可是誰也沒聽見堂吉訶德的話，因為瑪麗托內斯把他拴縛停當，和她的同伴笑得要死，趕緊抽身跑了。堂吉訶德就這樣拴在那裡，無法脫身。

他就像上面講的那樣，兩腳站在駑騂難得背上，整條胳膊伸在窗洞裡，手腕給扣住了拴在門的插銷上。他戰戰兢兢，只怕駑騂難得稍一移動，他就懸空吊在一條胳膊上了。所以他一動都不敢動。好在駑騂難得很有耐心、很安詳，盡可以站一百年也不動窩兒。堂吉訶德瞧自己給拴住了，兩個女人都已走了，就想到上次也是在這座堡壘裡，一個魔法支使的摩爾騾夫把自己揍得渾身瘀傷。他認為這次又著了魔道，暗暗責怪自己冒失。照游俠騎士的規矩，一件事嘗試不成，就證明是別人份內的，不必再去嘗試。他前番在這座堡壘裡吃過大虧，這次不該又莽莽撞撞自投羅

5 希臘神話，梅杜莎是奇醜的女魔，一根根頭髮是一條條活蛇。任何人見到她那副可怕的面貌立刻變為石頭。

「一定在這裡呢，據說他是跟著這輛車走的。咱們留一人守門，三人到裡頭找他去；最好再留個人在店周圍巡邏，免得他爬後院圍牆逃走。」

一個說：「就這麼辦吧。」

兩人進了客店，一個守在門口，一個在周圍巡邏。店主全看在眼裡，猜不透他們為什麼要這樣戒備，不過料想是要找剛才說的小伙子。

天已大亮，又禁不起堂吉訶德剛才那番叫嚷，旅客都醒了，也都起來了。堂娜克拉拉和多若泰起得最早；一個是因為情人近在咫尺，心魂不定，一個是想要看看那個小伙子，兩人都沒睡好。堂吉訶德瞧那四個旅客都不理會他，也不回答他的挑釁，氣惱得不可開交。他曾經答應那位公主：他應承的事沒有完成，絕不幹別的事。若不是騎士道的規則不容許他失信，他早去找那四個人打架，強逼他們應戰了。可是米戈米公娜還沒恢復王位呢，他覺得不該再挑起新的事端。他只好悶聲不響，在一邊等著瞧他們找出誰來。一個旅客居然找到了那個年輕人；他正睡熟在一個騾夫身邊，全不提防有人來找他，更沒想到會找著他。

那旅客一把捉住他的胳膊說：

「堂路易斯少爺，你穿的這套衣裳和你的身分真是相稱得很啊！你躺在這個鋪上，也真不辜負你媽媽對你的嬌養！」

那年輕人揉著沒睡醒的眼睛，對抓住他的人細細一認，立刻認得是他父親的傭人。他大吃一驚，好半天答不出一句話來。那傭人接著說：

「堂路易斯少爺，你現在沒別的辦法，只好乖乖地回家去，除非你願意把你的爸爸、我們的主人趕出人世；他為你出走，傷心得只有死路一條了。」

堂路易斯說：「我爸爸怎會知道我走的是這條路、穿的是這套衣服呢？」

那傭人答道：「是你的知心同學說出來的；他瞧你爸爸為你出走悲傷得不可開交，心上過不去，就忍不住說了。你爸爸立即打發了我們四個家人出來找你；我們都在這兒伺候你呢。我們真是喜出望外，居然能把這差使辦妥，帶你回去和日夜盼望著你的爸爸見面。」

堂路易斯答道：「這可要瞧我的願望和上天怎麼安排呢。」

「你只好答應回家，沒別的辦法。你還能有什麼願望？上天還能怎麼安排啊？」

睡在堂路易斯旁邊的騾夫把他們的話全聽在耳裡，就起身把經過告訴已裝束整齊的堂費南鐸、卡迪紐等人，說有人把年輕騾夫稱為「堂」，和他談了些什麼話，怎麼要他回家他卻不肯。他們領教過這小伙子的好嗓子，聽了這番話，都很想知道他的底細；如果他受到壓迫，還願意幫他一把，所以就一起跑來。那年輕人還在和家裡傭人爭辯呢。多若泰恰好從她們屋裡出來，堂娜克拉拉失魂落魄地跟著她。多若泰把卡迪紐叫過一邊，簡約地講了那唱歌的人和堂娜克拉拉的事。卡迪紐也把小伙子家傭人來找他的經過告訴多若泰。他說話的嗓門兒大了一點，給克拉拉聽見了。她急得魂不附體，要沒有多若泰扶住，就跌倒了。卡迪紐叫多若泰陪她回屋，他說這事他會設法圓轉。她們倆就回屋去。

這時，來找堂路易斯的四名家人都在客店裡圍著堂路易斯，勸他別再扯皮，馬上跟他們回家，好讓他爸爸安心。堂路易斯說，他有一件有關性命體面的大事未了，怎麼也不能回去。那幾個傭人就逼他說：他們無論如何不能撇了他走，不管他願意不願意，得帶他回去。

堂路易斯說：「這可辦不到，除非帶了我的屍首回去；隨你們怎麼樣兒帶我，反正得等我死了才行。」

別的旅客都跑來看他們爭吵，其中有卡迪紐、堂費南鐸和他的同伴、審判官、神父、理髮師和堂吉訶德等；堂吉訶德認為這會兒不用他守衛堡壘了。卡迪紐已經知道這年輕人的身世，就問那幾個要帶他同走的人為什麼強迫他。

其中一人說：「為的是要救他爸爸的命；他爸爸見不到這位少爺的面，只怕活不成了。」

堂路易斯打斷他說：

「你不用在這裡講我的事情。我是自由的，我要是願意，自己會回去；我不願意呢，誰也不能強迫我。」

那傭人說：「您強不過一個『理』字，您不講理，我們可得按理辦妥這件事，盡我們的責任。」

審判官插嘴道：「讓我們聽聽到底是怎麼回事兒吧。」

那人認得這位街坊，就說：

「審判官大人，這位少爺是您街坊的兒子，您不認識嗎？您瞧瞧，他穿了這樣一套不像樣的衣裳從家裡逃走了。」

審判官當下對他仔細一看，原來認得，就擁抱他說：「堂路易斯老弟，你穿了這樣不合身分的衣裳，逃到這裡來，是小孩子家胡鬧呢，還是有什麼重大的事故呀？」

小伙子滿眶眼淚，無言可對。審判官叫那四人安心，事情總會有辦法。他攙了堂路易斯的手，把他帶過一邊去，問他為什麼逃出來。他正在盤問，忽聽得客店門口大叫大嚷。原來當夜住店的兩個旅客瞧大家只顧講究那四人的來意，就想乘此賴帳溜走。可是店主對切身的事究竟比閒事關心，兩人剛要出門，他就抓住他們討帳，還臭罵他們存心卑鄙，直罵得他們揮拳相報。他們手下無情，可憐的店主只好大喊救命。店主婦和她女兒瞧只有堂吉訶德最閒，可以去幫打，店主婦的女兒就對他說：

「騎士先生，您憑上帝給您的本領，救救我可憐的爸爸吧。那兩個壞蛋把他當石臼裡的穀子那樣狠命的舂呢。」

堂吉訶德不慌不忙，慢條斯理地答道：

「美麗的姑娘，你的要求不當景，因為我已經應承了一件事，還沒完成，我在這個期間幹別的事是不容許的。不過我可以教你個乖。你快跑去告訴你爸爸，叫他盡力對付，怎麼也得頂住。我這會兒去求米戈米公娜公主准許我救他；她要是答應，我準會救他脫難，你可以放心。」

瑪麗托內斯在旁說：「天可憐見！等您求得這個准許，我主人已經到了另一個世界去了。」

堂吉訶德答道：「小姐，請你容許我去求這個准許。等我求得准許，他到了另一個世界也不要緊，我可以打那兒救他回來，不怕那邊不答應。至少我可以向送他命的人報仇，準叫你們稱心滿意。」

他不多說，就去跪在多若泰面前，照游俠騎士的口氣說：這座堡壘的主人遭了大難，請求她的恩旨准許他去援救。公主惠然應允。堂吉訶德立即挎上盾牌，拿著劍，趕到店門口。兩個旅客還直在狠揍店主。堂吉訶德到那裡卻呆住不動了。瑪麗托內斯和店主婦問他為什麼不動手，她們一個求他幫幫主人，一個求他幫幫丈夫，可是堂吉訶德都不理會。

他說：「我拿劍和當侍從的人交手是不合規矩的，所以不動手。你們還是把我的侍從桑丘·潘沙叫來，保衛這位店主並為他出這口氣是侍從份裡的事。」

他們當時在客店門口。那裡正打成一團，拳頭巴掌一下都不落空，遭殃的是店主；瑪麗托內斯、店主婦和她女兒氣忿得要命。她們以為堂吉訶德懦怯，一個瞧丈夫挨打、一個瞧主人挨打、一個瞧爸爸挨打，都只好乾著急。

咱們暫且撇下店主，反正總有人會救他；如果沒有，那就讓他捺下性子受罪吧，誰叫他冒失不自量力呢。咱們撥轉話頭，談談離他五十步外的事吧。剛才講到審判官把年輕人拉過一邊，問他為什麼步行到這裡來，為什麼穿這套不像樣的衣服。年輕人顯然有非常苦惱的事壓在心上；他緊握審判官的手，淚流滿頰，說道：

「我的先生，我只好向你和盤托出了。我由上天注定，又加鄰居的方便，見到了你的女兒、我身心的主人堂娜克拉拉小姐。我一見她，就完全由她擺布了。你是我的尊長，也是我的父輩，假如你不反對，她今天就可以和我結婚。我穿了這種衣裳從家裡逃出來，都是為了她；我像射出來的箭飛向箭標，航海的人追隨北極星那樣追逐著她。她並不知道我的愛情，只有幾次望見我流淚，也許猜到一點。先生，你知道我父母的富貴，而我是他們的獨生子。假如你覺得這樣的家境不錯，而有意成全我的幸福，你就把我當作兒子吧。如果我父親另有打算，我追求的幸福他不如意，慢慢兒事情都會變，人的心願也不能固執一輩子。」

這少年情人不再多說。審判官聽得怔住了；一方面因為堂路易斯把心事講得這麼委婉鄭重，一方面也因為事情突如其來，出乎意外，一時沒了主意。他沒多說，只叫那青年人別著急，暫且穩住他家傭人不要當天回去，這樣就有工夫商量個面面俱到的辦法。堂路易斯堅要吻審判官的手，甚至把眼淚都滴在他手上。別說審判官，鐵石人也會感動的。審判官很世故，知道這頭親事對他女兒多麼便宜；不過他盡可能總要徵得對方父親的同意。他還聽說這個父親正在給兒子謀取爵位呢。

兩個旅客和店主已經妥協。因為堂吉訶德對他們的好言勸告比威脅有效，他們就把欠的帳都付清了。堂路易斯的家人正等著審判官談完話，聽他們小主人怎麼決策。可是魔鬼從來不休息。被堂吉訶德奪了曼布利諾頭盔、又被桑丘・潘沙換去驢子全副鞍轡的理髮師受了魔鬼驅使，恰在這時候跑進客店來。他牽驢進馬房，看見桑丘・潘沙正在修補馱鞍。他一見這個馱鞍，立刻認得是自己的，就大膽上來扭住桑丘，說：

「啊！賊爺爺！這會兒給我抓住了！把你搶去的盆兒、馱鞍和全副鞍轡都還我來！」

桑丘猛不防被人扭住，又聽他這般辱罵，就一手抓住馱鞍，另一手在理髮師臉上打了一拳，打得他滿口流血。可是理髮師抓住馱鞍，並不就此放手，反而放聲大叫，叫得店裡的客人都趕來看。他喊道：

「快來維護國法！主持公道！這攔路打劫的強盜，搶了我的東西，還要害我的命！」

桑丘答道：「你胡說！我才不是攔路打劫的強盜！這些東西是我主人堂吉訶德由合法戰爭贏來的戰利品。」

堂吉訶德這時在場，瞧他的侍從能守能攻，非常滿意。他從此把桑丘看作有膽量的人，暗暗打算一有機會就封他做騎士，料想他做了騎士一定出色。那理髮師喋喋爭吵，還說：

「各位先生，這個鞍墊確實是我的，好比我們免不了一命歸天那樣確實；我一看就認得，彷彿是我肚裡生出來的。我的驢就在那邊馬房裡，不容我撒謊。不信，可以檢驗；馱鞍要不是貼配那驢兒，我就是混蛋！我還聲明，我一只簇新的銅盆兒，一次都沒用過，值一個艾斯古多還不止，也是在搶掉馱鞍那天給他們搶了。」

堂吉訶德忍不住要反駁幾句。他攔在桑丘和理髮師中間，把他們分開；又把馱鞍放在當地，讓大家看明白究竟那是什麼東西。他說：

「各位瞧吧，這位好侍從分明搞錯了。他所說的盆兒，過去、現在、將來，一直是曼布利諾的頭盔。那是我憑正義戰爭奪來的，按名分是我的東西。至於這個馱鞍，我管不著。不過我可以告訴你們，這膿包騎的馬匹有些配備，我的侍從桑丘要求拿來裝點自己的坐騎，經我准許，他就拿了。至於馬鞍子怎麼又變了驢子的馱鞍，我只有一個照常的解釋：游俠騎士遭遇的事常有這種變化。桑丘兒子，快去把這位老哥當作盆兒的頭盔拿來，做個證據。」

桑丘道：「嗐，先生，假如您只有這一個證據，那麼，馬利諾的頭盔[1]分明是個盆兒，馬鞍子也分明是這傢伙的馱鞍。」

堂吉訶德說：「我吩咐什麼，你就幹去。這座堡壘裡的東西不會都有魔法障掩。」

桑丘就去把盆兒拿來。堂吉訶德馬上接在手裡，說道：

「各位請瞧瞧，這侍從有什麼臉說這是個盆兒而不是我說的頭盔呢。我憑自己奉行的騎士道發誓：這只頭盔就是我從他那裡奪來的，原物分毫沒變。」

桑丘接口道：「這是千真萬確的。我主人得了這東西，至今只用來打了一次仗；就是釋放一群戴鎖鏈的倒楣蛋那次。他挨了好一陣石子，要不虧這只盆兒盔[2]，就吃不消了。」

---

1 桑丘又把曼布利諾頭盔說錯了。

2 盆兒盔（baciyelmo），桑丘覺得這是一只盆兒，卻又不敢違拗堂吉訶德，所以捏造了這個名稱。

# 第四十五章

## 判明曼布利諾頭盔和馱鞍的疑案，並敘述其他實事。

新來的那個理髮師說：「這兩位一口咬定的話，您幾位聽來怎麼樣？他們竟硬說這不是盆，倒是頭盔呢。」

堂吉訶德道：「哪個騎士說不是頭盔，我就要他承認自己是撒謊！哪個侍從說這話，我就要他承認自己是一千個撒謊，一萬個撒謊！」

我們熟悉的那位理髮師也在場。他深知堂吉訶德的脾氣，存心幫著他胡說，把這場笑話鬧下，讓大家取樂。他就對那個理髮師說：

「理髮師先生，不問你是誰，請聽我說。我和你是同行，我的營業執照已經領了二十多年，對於理髮業的用具全都熟悉，沒一件不知道的。我早年也當過一程子兵，懂得什麼是頭盔、高頂盔、帶面甲的盔，和其他軍用項目——我指各種武器。也許別人另有高見，不過我說呀，這位好先生手裡的東西，非但不是理髮師的盆兒，而且差得遠著呢，好比白和黑、真和假那樣不能混淆。我還有句話。這件東西雖然是頭盔，卻不完整了。」

堂吉訶德說：「的確不完整了呀，因為缺了護臉頰和嘴巴的那一半兒。」

神父體會他這位朋友的用意，接口道：「是啊。」卡迪紐、堂費南鐸和他的同伴們都附和著這麼說。審判官要不是記掛著堂路易斯的事，也會湊趣。不過他正為這事放心不下，沒興致胡鬧。

受捉弄的理髮師說：「上帝保佑我吧！哪有這種事呀？這許多體面人物都說不是盆兒，卻是頭盔！大學裡頭等聰明人碰到了這種事，也要莫名其妙的。好吧，假如這盆兒是頭盔，那麼，這個馱鞍也該是這位先生說的馬鞍子了。」

堂吉訶德說：「我看像驢子的馱鞍。不過我剛才說了，這種事與我無干。」

神父說：「到底是驢子的馱鞍還是馬鞍子，憑堂吉訶德先生一言為準。關於騎士或坐騎[1]的事，我們大家都由他說了算。」

堂吉訶德說：「各位先生，我老實說吧，我兩次在這堡壘裡借宿，遭遇了不知多少稀奇古怪的事，搞得我在這裡什麼都拿不準了，覺得全都是妖法搗鬼。頭一次，一個摩爾妖人把我狠揍了一頓；他一群同夥也沒饒過桑丘。昨晚，我拴著一條胳膊吊了差不多兩個鐘頭，也不知為什麼遭了這場災難。所以我現在如果來判決這個疑案，就不免魯莽。誰說這是盆兒，不是頭盔，我已經有話回駁。至於這件東西究竟是馱鞍還是馬鞍，我卻不敢妄下斷語，只憑各位的高見來決定。你們不像我封過騎士，也許就不受堡壘裡妖術的影響，耳目清醒，看到的不是幻象，可以如實判斷。」

堂費南鐸道：「沒什麼說的，堂吉訶德先生的一番話很有道理，這場爭辯該由我們大家公斷。我可以悄悄地收集了各位的意見，把結果照實公布，這樣最踏實。」

知道堂吉訶德脾氣的覺得這是絕妙的笑料；不知道的卻覺得荒謬絕倫，尤其堂路易斯的四個傭人、堂路易斯本人和新來的三個過客，這三人看樣子是神聖友愛團的巡邏人員。不過最氣忿的是那個理髮師。他眼看自己的銅盆變成了曼布利諾頭盔，深信自己的馱鞍一定也會變成一個貴重的馬鞍。大家都笑呵呵地瞧堂費南鐸跟這個那個交頭接耳，聽取各人對這件你爭我奪的寶貝作何看法，究竟是驢子的馱鞍呢，還是馬鞍子。堂費南鐸向許多人收集了意見，高聲說：

「老哥，你聽我說。我聽了許多意見，覺得煩了，因為我請教的每個人都說，這是馬鞍子，而且是一匹駿馬的鞍子，當作驢子的馱鞍是荒謬。事情由不得你和你的驢兒，你得順從大家，因為這是馬鞍，不是馱鞍；你的說法是沒有根據的。」

那可憐的理髮師說：「你們各位都搞錯了，要不然，叫我上不得天堂！但願我的靈魂到了上帝眼裡，就像馱鞍在我眼裡是馱鞍不是馬鞍。可是，『法律總順從……』[2]，我不多說了。我明明沒有喝醉酒，我還沒吃早點呢，除非我作了孽吧。」

理髮師的死心眼兒和堂吉訶德的荒唐一樣，逗得大家都笑了。堂吉訶德說：

「現在各人把自己的東西拿走就完事；『上帝既肯成全，聖貝德羅也就賜福』[3]。」

四個傭人之一說：

「這是存心開玩笑吧？在場這幾位都是明白人，——看起來都是非常明白的人。我就不信他們會亂說這不是盆兒，那不是馱鞍。不過他們既然強詞奪理，睜著眼睛說瞎話，其中必有奧妙。

1 騎士或坐騎（caballeria），指騎士，又指供坐騎的牲口；神父的話是雙關的。

2 西班牙諺語：法律總順從帝王的心願。

3 西班牙成語。

因為我可以賭咒……」他隨就賭了個咒說：「全世界的人都不能叫我相信這不是理髮師的盆兒，這不是公驢的馱鞍。」

神父說：「很可能是母驢的。」

那人說：「那也一樣；問題不在這裡。我是要問，究竟這是馱鞍呢，還是像你們各位說的不是馱鞍。」

新來的一個巡邏隊員直在聽他們爭辯，這會兒焦躁地說：

「分明是馱鞍！就好比我爸爸是我爸爸！不管過去未來，誰說不是，準是喝醉了酒！」

堂吉訶德答道：「你這個混蛋！你胡說！」

他一支槍始終沒有離手，這時就舉槍對這個巡邏隊員的腦袋狠狠打下來。要不是那人側身躲過，準給他打倒。槍打在地上，折成幾段。其他幾個巡邏員瞧自己夥伴遭了毒手，就以神聖友愛團的名義大呼求救。

店主人也是這個團體的一分子，立刻進屋去拿了行使職權的杖和自己的劍去幫一手。堂路易斯的傭人忙圍住堂路易斯，防他乘亂逃走。那個理髮師瞧店裡一片混亂，就去搶自己的馱鞍；桑丘也搶住不放。堂吉訶德拔劍在手，衝上去和巡邏隊廝殺。卡迪紐和堂費南鐸都幫著他。堂路易斯大聲喊他家傭人快捨了自己去支援他們。神父大聲吆喝；店主婦尖聲叫嚷；她女兒急得直叫苦，瑪麗托內斯在旁啼哭；多若泰嚇慌了；陸苹達打著哆嗦；堂娜克拉拉暈了過去。那個理髮師拿棒打桑丘；桑丘揑著拳頭把理髮師一頓亂捶；堂路易斯的一個傭人怕主人逃跑，抓住他的胳膊，卻被堂路易斯一拳打得滿口鮮血；審判官正在回護堂路易斯；堂費南鐸把一個巡邏隊員踢翻在地，兩腳在他身上踹了個痛快；店主又以神聖友愛團的名義大叫求救。這時店裡鬧成一片：有哭的，有叫的，有驚慌的，有遭殃的；有的使劍，有的揮拳，有的舉杖打，有的用腳踢，許多人皮破血流。堂吉訶德瞧大家亂成一團，覺得彷彿一頭栽進阿格拉曼泰軍營的一片混亂[4]裡去，就大喝一聲，震動客店，說道：

「大家都住手！插劍入鞘，不要吵！誰是要性命的，聽我說話！」

大家聽他一喊，都停頓下來。他接著說：

「各位先生，我不是跟你們說過嗎？這座堡壘是魔法控制著的，裡面妖魔成群。你們睜眼看看吧，阿格拉曼泰軍營裡的混亂已經轉移到咱們這兒來了，可見我的話沒有錯。你們瞧，那兒是為一把劍，這兒是為一匹馬，那邊是為老鷹，這邊是為頭盔[5]；你爭我吵，其實都是著了迷。審判官先生，神父先生，請你們兩位一個代表阿格拉曼泰王，一個代表索布利諾王[6]，為大家講和吧。我憑全能的上帝起誓，在場這許多有體面的人，為這點細事互相殘殺，實在太荒唐了。」

那幾個巡邏隊員不懂堂吉訶德的一套話；他們吃了堂費南鐸、卡迪紐和他們同夥的虧，不肯罷休。那個理髮師卻願意，因為自己的鬍子和馱鞍打架時都揪壞了。桑丘是個好傭人，聽主人哼一聲就立刻服從的。堂路易斯的四個傭人知道打下去自己毫無好處，也都住手。只有店主覺得堂

4 見阿利奧斯陀，《奧蘭多的瘋狂》，第二十七篇。阿格拉曼泰是伊斯蘭教國同盟軍的領袖。「阿格拉曼泰軍營的一片混亂」已沿用為成語。

5 劍指杜朗達爾寶劍，馬指有名的駿馬弗隆悌諾，老鷹指徽章上的白老鷹（見《奧蘭多的瘋狂》，第二十七篇），頭盔指曼布利諾頭盔。

6 和阿格拉曼泰同盟的一個伊斯蘭教國王（見《奧蘭多的瘋狂》）。

吉訶德這瘋子驕橫無禮，在他店裡時刻鬧事，非罰他一下不可。到頭來，吵嚷總算暫停，不過堂吉訶德的心目中，馱鞍還是馬鞍，盆兒還是頭盔，客店還是堡壘，要經過天地末日的審判才有分曉。

大家聽了審判官和神父的勸解，都氣平怒息。堂路易斯的傭人又逼小主人跟他們回家。審判官乘他們在談判，把堂路易斯的話一一告訴堂費南鐸、卡迪紐和神父，請教他們這事怎麼處置。他們商量停當：堂費南鐸就向堂路易斯的傭人透露了自己的身分，說要帶堂路易斯到安達魯西亞去見他的襲侯爵的哥哥，他哥哥一定以禮相待；他這來是因為堂路易斯的主意很明顯，即使把他的身體扯得七零八碎，他這會兒也絕不肯回去見他父親。那四個傭人得知堂費南鐸的地位和堂路易斯的主意，決計先回去三人，把經過稟告東家，留一人伺候和看守著堂路易斯等待後命。這一場糾紛，憑阿格拉曼泰的威望和索布利諾王的智謀，居然排解開了。可是無事生非、唯恐天下不亂的那傢伙[7]覺得受了冷淡和戲弄；而且白費心機挑動了一場糾紛，自己沒有撈摸到什麼，因此決計重新挑撥是非，顯顯本事。

卻說那幾個巡邏隊員知道了對手的身分，就洩了氣，覺得打下去不管怎麼了局，吃虧的總是自己，所以都罷手了；可是挨堂費南鐸踢打的那一個身邊帶著幾張捉拿逃犯的拘票，有一張正是捉拿堂吉訶德的。原來桑丘憂慮得不錯，神聖友愛團因為堂吉訶德釋放了一隊囚犯，下令逮捕他。那巡邏隊員忽然記起這張拘票，就想核實一下。他從懷裡掏出一張羊皮紙，找到有關的條款，一個字一個字地念，因為他閱讀力不高。他念一個字，就對堂吉訶德看一眼，把拘票上描繪的相貌按著堂吉訶德的面目逐一核對。他斷定這傢伙分明就是要拘捕的人。他一核實，立即疊起羊皮紙，左手拿著這張紙，右手就一把緊緊抓住堂吉訶德的衣領，抓得堂吉訶德回不過氣來。他大嚷道：

「快來協助神聖友愛團！抓住這個攔路打劫的強盜！瞧瞧，拘票上寫著呢！這不是鬧著玩兒！」

神父拿過拘票一看，描繪的果然正是堂吉訶德。堂吉訶德瞧這混蛋對自己撒野，火氣沖天，渾身骨頭都爆裂了。他拚命用兩手卡住那巡邏隊員的脖子，那傢伙要沒有同夥幫忙，不等堂吉訶德鬆手早送命了。店主對同僚團友理該救援，忙去幫一手。店主婦瞧丈夫又打架，就又大喊大叫；瑪麗托內斯和店家女兒立即放聲呼應，求上天保佑，又求在場的人幫忙。桑丘看了說道：

「老天爺啊！怪不得我主人說這座堡壘是著了魔道的，這話真沒說錯！這裡，就沒有一個鐘頭的安靜！」

堂費南鐸分開了巡邏隊員和堂吉訶德。他們倆一個揪住對方的衣領，一個卡住對方的脖子；堂費南鐸拆開雙方的手，兩人都舒了一口氣。巡邏隊並不就此罷休，卻要求大家幫著把犯人捆起來，交他們處理，說這是對國王和神聖友愛團應盡的責任。他們以神聖友愛團的名義再次責望大家幫著捉拿這一名攔路打劫的強盜。堂吉訶德聽了這些話，微微一笑，非常鎮靜地說：

「聽著？你們這起下賤的傢伙！讓戴鎖鏈的重獲自由、釋放囚犯、救苦、扶危、濟困，你們把這個叫做攔路打劫嗎？哎！卑鄙小人啊！你們凡夫俗子，老天爺沒開你們的竅，你們既不懂騎士道的高尚，也看不到自己的罪惡和愚蠢？不尊敬游俠騎士的影子就是犯罪！何況你們衝撞了騎士本人呢！聽著！什麼巡邏隊！你們是結隊的強盜！借神聖友愛團的特權攔路打劫的！我問你

7　指魔鬼。當時迷信，認為一提「魔鬼」這名字，魔鬼馬上就來了，所以都避諱用代稱。

們：哪個糊塗蛋竟簽發拘票來逮捕我這樣的騎士呀？游俠騎士不受法律制裁，他們奉行的法律是手裡的劍，他們依仗的權力是渾身的勇氣，他們服從的命令是自己的意志。誰連這點都不懂嗎？再說吧，紳士只要封了游俠騎士，承擔了騎士道的職責，不辭勞苦，那麼，他享受的特權和豁免的義務就比貴族冊封書上規定的還多。哪個沒腦子傢伙連這個規矩都不知道嗎？什麼產業稅呀、交易稅呀、國王結婚稅呀、皇家特稅呀、通行稅呀、擺渡稅呀等等，哪個游俠騎士付過呢？哪個裁縫給他做了衣裳收他工錢呢？哪個堡壘主人款待了他要他付帳呢？哪個國王不請他同桌吃飯呢？哪個姑娘不愛上他而對他千依百順呢？還有一句話，世界上不論過去、現在、將來，一個游俠騎士面對四百巡邏隊員，要是沒本領把他們打四百大棍，他還算得騎士嗎？」

# 第四十六章

## 巡邏隊經歷的奇事和我們這位好騎士堂吉訶德的狂怒。

神父在堂吉訶德發話的時候向那些巡邏隊員疏通，說堂吉訶德有精神病，瞧他的言談舉動就知道，所以請他們別追究他幹的事，即使捉到官府，少不得作為瘋子馬上釋放。那個帶著拘票的巡邏隊員說，堂吉訶德瘋不瘋他管不著，他只執行上司派他的職務；他把犯人捉到了，隨人家釋放三百次也可以。

神父道：「可是你們這回還是別押他走；照我看，他也絕不肯讓你們押走的。」

神父說了許多好話，堂吉訶德又幹了許多瘋事，那幾個巡邏隊員如果還瞧不透堂吉訶德是瘋子，他們自己就是雙料瘋子了。所以他們覺得多一事不如少一事，甚至要居間調停理髮師和桑丘·潘沙的爭吵。長話短說，他們以警務人員的身分，公斷了這個案子，馱鞍讓雙方對換，肚帶和籠頭物歸原主。兩人雖然不完全稱心，也都不吵了。神父為那只曼布利諾的頭盔瞞著堂吉訶德給了理髮師八個瑞爾，償還盆價；理髮師寫下收據，保證此後永無爭執，這兩件主要爭端就此解決，只要堂路易斯的傭人同意先回去三個，留一個陪著小主人跟堂費南鐸走[1]，客店裡就風平浪

1 這裡和上文有失照顧，前一章堂路易斯的傭人已經同意這個辦法。

靜了。這時店裡的情人和勇士鴻運高照，困難漸次解決，事情都可望圓滿收場。堂路易斯的幾個傭人答應全聽他吩咐。堂娜克拉拉因此喜形於色，只要看她的臉，就知道她心上多麼快活。索賴達對目前許多事情雖然不甚了了，卻在留心觀看各人的臉色，一知半解地跟著同憂同樂。她尤其關心她的西班牙人，一雙眼直盯著他，一片心意也直圍繞著他。店主注意到神父拿錢給那個理髮師，他就索取堂吉訶德住店的花費，還要求賠償損壞的酒袋和流掉的酒。他發誓說，如果這筆帳不付清，駑騂難得和桑丘的灰驢休想出他的店門。神父又出面調停，審判官慷慨解囊，願意代出這筆錢，不過還是由堂費南鐸付了。客店裡安安靜靜，堂吉訶德所謂阿格拉曼泰軍營裡的一團混亂，變了屋大維朝代的一片太平景象[2]。大家認為這都虧神父熱心，又有口才，也虧得堂費南鐸無比的慷慨。

堂吉訶德一身輕鬆無事，他本人以及侍從的種種麻煩都已解除，覺得應該上路，把公主挑選他幹的大事完成。他打定主意，跑去跪見多若泰。多若泰非要他起身才讓他說話，他敬從遵命，就站起來說：

「美麗的公主啊，有句老話說：勤快是好運之母。一個人經歷了許多大事，就知道只要認真幹，沒把握的事也能順手。這點道理在軍事上尤其明顯。打仗的時候，敏捷可以先發制人，出其不意，打敗敵人。尊貴的公主啊，我說這話有個緣故。我覺得咱們目前逗留在這座堡壘裡沒有好處，也許還有大害，將來自會知道。保不定和你為敵的巨人，靠他的奸細，探知我要去殲滅他，趁早修建了攻打不破的城堡，使我枉費心機，我的胳臂雖有使不完的力氣，也徒勞無功。所以，我的公主啊，我剛才說了，咱們得防他這一著，趕緊動身去求取好運吧；等我和你那個仇敵一見面，你就可以稱心享福。」

堂吉訶德說完，安心敬候美貌公主的玉音。她儼然以君王的身分，仿著堂吉訶德的口吻開言道：

「先生，你不愧是扶弱鋤強的騎士，一片熱忱，願意幫我脫難，我不勝感激。願上天保佑，你我都能如願以償；你就會看到世界上確有知感的女人。我的行期。還是趁早；這方面咱們所見略同。你要我怎麼樣，都隨你安排。我就已把身體託你保護，把光復王國的事業交給你去完成，我就一切憑你高見酌定，絕無異議。」

堂吉訶德說：「聽憑上帝安排吧。公主這樣謙遜，我一定不失時機，扶你重登世襲的寶座。咱們趁早動身為妙，常言道：拖拖延延，就有危險。我想到這句話就急著要上路。好在能使我畏懼的人，天上還沒有誕生，地獄裡也沒有收容過。桑丘，給駑騂難得套上鞍轡，備好你自己的驢和女王的馬，咱們辭別了堡壘主人和各位先生們，立刻動身吧。」

桑丘一直在他身邊，這時搖著腦袋，說道：

「哎，主人啊，主人啊，『村裡的醜事，比傳聞的還多』[3]！這話請女客們別見怪。」

「你這傻瓜！世界上哪個村上、哪個城裡會有壞我名頭的醜聞呢？」

桑丘道：「我是個好侍從、好傭人，有些話應該告訴自己的主人。不過您要是生氣，我就閉口不說了。」

堂吉訶德道：「你要說什麼就說吧，只要不是存心嚇唬我。你膽子小，是你的本色；我不知

2　指古羅馬奧古斯都大帝（Octavio Augusto）的時代，那是常被稱引的太平盛世。
3　西班牙諺語。

畏懼，也是我的為人。」

桑丘道：「哎唷！不是這個話！我只是說，這姑娘自稱大米戈米公王國的女王，其實，她和我媽媽一樣，不是什麼女王，我知道得很清楚。要是女王的話，她不會瞧人家一轉身，或者找個背人的地方，就和咱們這夥裡的某一位偎著臉兒磨鼻子。」

桑丘這番話說得多若泰滿面通紅。原來她丈夫堂費南鐸有幾回乘人不見，用嘴唇向她索取了一點愛情的報酬。桑丘看在眼裡，覺得她這樣輕佻像個妓女，不像大國的女王。多若泰聽了桑丘的話無言可對，也不想回答，隨他說去。他接著說：

「先生，我這話有個道理。咱們東奔西走，黑夜受罪，白天更吃苦，勞累了一場，如果到頭來卻讓這個客店裡作樂的人去享現成，您何必催我去備馬、套驢、裝置娘兒們的坐騎呢？咱們還是安安靜靜地待著，『讓每個婊子紡她的線，咱們吃咱們的飯』[4]。」

啊呀！我的天！堂吉訶德聽了他侍從這一派胡言，生了好大的氣呀！他喘吁吁地，舌頭都僵了，眼裡火星直冒，說道：

「啊！你這混蛋！你這蠢貨！你好狂妄！你啥也不懂，卻惡嘴毒舌，背地裡胡說八道坑害人！你當著我的面，當著這許多貴夫人小姐，竟敢說出這種話來！你的糊塗心眼裡都是這樣下流無恥的想頭！你給我滾！你這魔頭！你這撒謊精、促狹鬼！你這詭計多端、造謠生事的傢伙！你這不敬帝王的逆賊！你快滾！別站在我跟前！免得惹起我的火來！」

他一邊說，一邊皺緊眉頭，鼓起腮幫子，瞪著四周的人，還使勁蹬著一隻右腳。瞧他這一腔怒火有多旺！桑丘聽了他這番話，又瞧他滿面怒容，嚇得矮了半截，但願腳底下立刻裂出個口子來，把他吞下去。他不知所措，只好轉身躲開這位發火的主人。幸虧機靈的多若泰深知堂吉訶德的脾氣，她要平平他的火，說道：

「哭喪著臉的騎士先生啊，你這位好侍從說那些混話也許不是無因，你別生氣。他是很明白的，也有基督徒的良心，絕不會捏造證據坑害人。分明還是你剛才說的那個緣故，騎士先生，這座堡壘裡一切都是妖法擺布的。我說呀，也許桑丘著了障眼法，真是看見了那些丟我臉的事。」

堂吉訶德聽了說道：「我憑全能的上帝發誓，公主這句話說在筋節上了。桑丘這糊塗蟲準是著了障眼法，不然的話，絕不會看見那些事。我深知這倒楣傢伙是好心腸，也是死心眼兒，不會捏造證據冤枉人。」

堂費南鐸說：「是這麼回事，保不定將來還會有這種事。所以，堂吉訶德先生啊，您得原諒他，和他言歸於好，『依然如故』[5]，別讓那些幻象迷糊了他。」

堂吉訶德同意；神父就去找桑丘回來。桑丘低聲下氣地跑來，跪下要求吻他主人的手。堂吉訶德伸手給他親吻，然後祝福了他，說道：

「桑丘兒子，我不是幾次三番跟你說嗎，這座堡壘裡的事全都是妖法變幻出來的，你現在該知道我這話不錯了吧。」

桑丘道：「這話我相信，不過毯子的事得除外，那是正常手法幹出來的真事。」

4　西班牙諺語：「如果婊子紡線，她就糟了。」另一說：「讓每個婊子紡線、繞線，並有飯吃；讓烏龜吃麵糊，或者繞線。」又一說：「如果婊子紡線，如果烏龜繞線，如果公證人問現在是幾月，這三人都糟了。」桑丘攙雜了幾種說法。

5　原文是拉丁文。

堂吉訶德道：「你別這麼想；要是真有那事，我早該替你報仇了，現在也會替你報仇。可是過去也罷。現在也罷，我都無從著手，不知找誰去報復呀。」

大家都問什麼毯子的事[6]。店主就仔仔細細講桑丘怎樣在半空中翻滾。大家聽了大笑；桑丘要不是主人再次保證那是魔法，一定大怒了。不過桑丘傻雖傻，卻始終認為自己沒著什麼魔，確實是給一群有血有肉的人兒在毯子裡耍弄了；他主人堅持那是如影如夢的鬼怪幹的，他卻並不相信。

這群貴賓在客店住了兩天，覺得該動身了。他們打算讓神父和理髮師照他們原意把堂吉訶德帶回家鄉治病，而多若泰和堂費南鐸卻不必借解救米戈米公娜女王的那套謊話一起跋涉。他們就想了一個辦法。恰巧有一輛牛車路過，他們和趕車的講定，把堂吉訶德關在籠裡用牛車運走。他們用柵欄做成個籠子模樣的東西，能容堂吉訶德寬寬舒舒地待在裡面。堂費南鐸和他的夥伴、堂路易斯的傭人、巡邏隊員以及店主等人照神父的主意和安排，一個個蒙上臉，打扮得各式各樣，叫堂吉訶德認不得。他那天打了幾次架，正在睡覺休息；他們一聲不響，進了他的屋。

堂吉訶德做夢也沒想到有這一著，睡得正酣。他們走到床前，使勁把他按住，牢牢縛定手腳。等他驚醒，已經動彈不得，無法抵禦，只瞪眼瞧著這群奇形怪狀的東西發怔。他那牢不可破的觀念，又在他的瘋癲的頭腦裡翻騰，他認為這些就是這座魔堡裡作祟的鬼怪，他自己分明是中了定身法，所以不能抵禦。這都是神父定計的時候預料到的。當時在場的許多人裡，只有桑丘是頭腦正常而沒有化裝的。雖然他和主人瘋得相差無幾，卻還認識這些喬裝的人物。他要瞧瞧他們把他主人捆住了怎麼發落，一直沒敢開口。堂吉訶德也一言不發，等著看他這場禍事的結局。他們把木籠抬來，把堂吉訶德關在裡面，外用木條釘得結結實實，即使狠狠地顛簸兩下也不會開裂。

他們隨就把籠子扛在肩上，正要扛出去的時候，理髮師（不是馱鞍的主人而是咱們認識的那位）盡力裝出令人毛骨悚然的聲音，說道：

「哭喪著臉的騎士啊！你受了拘禁不要苦惱。因為你大力擔當的事業，要這樣才能早早完成。曼卻的猛獅和托波索的白鴿要雙雙低垂他們高昂的脖子，接受婚姻的束縛，結合為一。那就是你功業圓滿的日子。由這個破天荒的結婚，會生育出一群凶猛的小獅子來，他們要學著勇敢的爸爸張牙舞爪。追求達芙妮的太陽神在黃道帶上跑不到兩轉[7]，我的預言就會應驗。至於你這位侍從啊，你是一切腰裡掛劍、臉上留鬍子、鼻孔裡聞氣味的侍從裡最高尚、最順從的一個！你眼看游俠騎士的模範給人家這樣押走，不要懊喪。只要上帝有意，你好主人許你的願不會落空，你馬上會做大官，高貴得連你本人都不認識自己。我憑撒謊聖姑[8]向你保證，你的工錢一定照付，你到時就知道。你一步步跟著這位英勇的、著了魔的騎士走吧，因為你們倆是同一個歸宿。天機不可洩漏，我不便多說，願上帝保佑你，我這就回到自己知道的地方去了。」

他這套預言說到末了幾句，嗓門兒提得特高，然後漸漸低沉下去。同夥的人雖然明知是開玩笑，聽著卻好像是真的。

堂吉訶德從這番話裡得到了安慰，因為他立刻領會了個中意義，知道自己注定要和心上人杜

6　這裡又和上文有失照顧，第三十二章店主已經向大家講過一遍，只有後到的幾個客人不知道。

7　即兩年。這裡又引用了本書上冊，第四十三章，太陽神追趕達芙妮的典故。

8　撒謊聖姑原文Mentironiana，是從「撒謊」（mentir）這字變出來的女巫名。

爾西內婭・台爾・托波索締結神聖合法的婚姻，她蘊藏豐富的肚子裡要生出一窩小獅子——也就是一群小吉訶德，使曼卻的光輝照耀萬世。他深信自己沒有誤會，就提高嗓子長嘆一聲，說道：

「預告我未來幸福的不知哪一位啊，請你轉求主持這件事的大法師，在你這些可喜的、絕妙的預言一一應驗之前，別讓我死在他們關禁我的籠裡！只要預言有準，我在牢籠受苦就是光榮；我戴著枷鎖心上也舒服；我躺的硬板就不是掙命的場所，卻是溫柔鄉！至於你對我侍從桑丘・潘沙的安慰呢，我也有句話。我相信他心地善良，為人規矩，不論我走好運壞運他都不會離開我。如果他和我都倒了楣，我許他的海島之類竟不能到手，那麼他的工資至少是不會落空的。我不能報答他的辛勤，可是盡我力之所及，他的工資，我在寫好的遺囑上已經列下一款了。」

桑丘・潘沙恭恭敬敬地向他鞠躬，親吻了他的雙手，因為兩手縛在一起，不能單吻一隻。

那群鬼怪就把木籠扛出去，裝在牛車上。

# 第四十七章

## 堂吉訶德出奇地著魔，以及其他異事。

堂吉訶德瞧自己關在籠裡，裝上牛車，說道：

「我讀過許多很正經的游俠騎士傳記，可是用魔法把騎士像我這樣攝走，我還從沒讀到、看到、聽到過。而且牛這種又懶又笨的牲口一定走得很慢。照例，被攝的騎士是裹在烏雲裡，或者乘一輛火焰車，再不然，騎一匹飛馬之類的怪獸，忽的一下子就從天空走了。現在卻把我裝在牛車上拉走！天啊！真叫我莫名其妙！大概今非昔比，騎士道和魔法都換了樣了。我是世界上新出的騎士，冒險的騎士道已經沒人知道，由我第一個重新恢復，也許因此就另創了新樣的魔法，別有新法攝走著魔的人了。桑丘兒子，你以為我這話怎麼樣？」

桑丘答道：「我不知道，我不像您讀過那麼許多游俠騎士的書。可是我敢保證，這一夥不完全是真正的妖魔鬼怪。」

堂吉訶德道：「真正的？我的爹呀，既然是鬼怪，怎麼能是真正的呢？那是虛幻的形狀，特來對我施行魔法的呀！你要瞧我這話對不對，只消把他們碰碰或摸摸，就知道他們沒有實在的肉體，只是虛影子。」

桑丘說：「先生，老實說吧，我已經碰過他們了。這鬼在這兒忙忙叨叨，他身上的肉很結實；而且還有一點古怪，我聽說魔鬼身上都有硫磺氣，還有別種臭味，可是這個鬼卻遠不是那樣的，他身上的龍涎香半哩瓦以外就聞到了。」

桑丘指的是堂費南鐸，他是一位貴公子，身上想必有桑丘說的這種香味。

堂吉訶德說：「桑丘朋友，這沒什麼稀奇。我告訴你，魔鬼是很調皮的。他們儘管熏染著些氣味，他們是精靈，本身並沒有氣味；要有的話，就絕不是香，只能是惡臭。因為他們無論跑到哪裡，總離不開地獄，他們的痛苦，絲毫不會減輕。香味是聞了舒服的，他們絕不會有香味。假如你覺得那個魔鬼有龍涎香味，不是你弄錯了，就是魔鬼存心迷惑你，叫你不知他是魔鬼。」

主僕倆只顧談論。堂費南鐸和卡迪紐決計趕緊動身，免得桑丘識破他們的計策；桑丘已經猜透八九分了。他們把店主人叫過一邊，吩咐他給駑騂難得套上鞍轡，給桑丘的驢兒裝上馱鞍。店主人馬上照辦。這時神父已經和那幾個巡邏隊員講好，請他們一路護送，每天給若干報酬。卡迪紐把堂吉訶德的盾牌和那只銅盆掛在駑騂難得的鞍架兩側，做手勢示意，叫桑丘騎驢牽著駑騂難得，又叫兩個巡邏員拿著火槍押在牛車兩旁。店主婦和她女兒和瑪麗托內斯在牛車臨走時出門和堂吉訶德告辭，假裝為他遭難傷心流淚。堂吉訶德對她們說：

「好心的夫人小姐們請不要哭。幹了我們這一行，這種災難都是免不了的，否則我就不是個有名的游俠騎士了。名望不高的騎士從來沒有這種遭遇，因為世界上誰也不理會他們。英勇的騎士就不同，他們的品德和功勛遭到許多國王和騎士的嫉妒，那些人就使出卑鄙的手段來陷害好人。可是話又說回來，高尚的品德是壓不倒的，單靠它本身的力量就足以抵制魔法祖師索羅阿斯德斯的全套邪術[1]，克服一切困難，像陽光一樣照耀世界。美麗的夫人小姐們，如果我有什麼失禮的地方開罪了你們，請不要見怪，我絕不是有意的。現在我給壞心眼兒的魔法師關進了這個籠子，請你們為我禱告上帝，救我出來。我絕不忘記在這座堡壘裡受到的優待；如有一天出得這個牢籠，一定盡力報答你們的厚愛。」

堡壘裡的女人和堂吉訶德談話的時候，神父和理髮師正在辭別店裡的許多客人，其中有堂費南鐸和他的夥伴，上尉和他的弟弟，還有多若泰和陸苹達等稱心如意的小姐。他們彼此擁抱，約定互通消息。堂費南鐸把自己的住址告訴神父，讓神父把堂吉訶德的情況寫信告訴他，因為他很關心。他答應也要把神父盼切的消息一一奉告，比如他自己的結婚呀、索賴達的受洗呀、堂路易斯的事呀、陸苹達的回家呀等等。神父答應了堂費南鐸的要求。他們又互相擁抱，重申前約。店主拿出些手稿給神父，說是從存放〈何必追根究柢〉那篇故事的箱子夾層裡找出來的。他說物主不會回來，不妨都拿去，反正自己不識字，不要這些東西。神父謝了他，打開一看，標題是〈林果內德和郭塔迪琉的故事〉[2]，才知道是一篇故事。他認為〈何必追根究柢〉那篇很不錯，料想這篇也是好的，因為可能都是一個人的手筆。他就收起來等有工夫再看。

他和理髮師朋友防堂吉訶德立即識破他們，都戴著假面具；兩人上了坐騎，跟在車後。一行人挨次出發。車輛打頭，由車主帶領。兩旁是剛才說的兩個帶火槍的巡邏隊員，隨後是桑丘·潘沙騎驢牽著駑騂難得。神父和理髮師各騎壯騾，像上文說的蒙著臉緩步押在隊後；牛車走得很

1 索羅阿斯德斯（Zoroastes或Zoroastro），古波斯國王，據傳說，他是魔法的祖師。

2 〈林果內德和郭塔迪琉的故事〉（Rinconete & Cortadillo）是塞萬提斯《模範故事集》（*Novelas ejemplares*）裡的一篇。

慢，他們不能超前去。堂吉訶德坐在籠裡，捆住兩手，伸直兩腿，背靠著柵欄，默默地忍受一切，簡直不像血肉之軀，卻像一尊石像。他們就這麼慢吞吞、靜悄悄走了兩哩瓦路，到一個山坳裡。趕牛車的覺得這裡可以讓牛歇歇力，啃吃點青草，就向神父說了。理髮師卻主張再走一程，他知道附近有個山坡，轉過山坡又有個山坳，那裡的青草更茂盛，地方比這裡還好。因此他們繼續前行。

這時神父回頭，看見背後來了六七騎旅客，行裝都很漂亮。他們一會兒就趕上來了，因為他們不像牛走得滯緩，卻像乘了教長的騾，急要趕往一哩瓦內已經在望的客店去打尖的樣子。急急趕路的追上慢慢走路的，彼此敘過禮。趕來的一行人裡有一個正是托雷多的教長，跟隨的都是他的伴當。他看見牛車、巡邏隊員、桑丘、駑騂難得、神父和理髮師一隊人行列整齊，尤其看到堂吉訶德關在籠裡，忍不住就要打聽為什麼把人這樣押解。不過他瞧見巡邏隊員的標記[3]，料想那人準是搶劫或其他罪行的凶犯，給神聖友愛團逮捕了。他詢問一個巡邏隊員，那人答道：

「先生，我們不知道這位紳士為什麼要這樣走路，你叫他自己說吧。」

堂吉訶德聽見他們回答，接口說道：

「各位紳士先生熟悉游俠騎士的事嗎？要是熟悉，我就把我的不幸向各位講講；不然呢，我就不白費唇舌了。」

神父和理髮師看見趕路的和堂吉訶德．台．拉．曼卻交談，怕自己的計策敗露，忙趕上前來隨機應對。

3　巡邏隊員攜帶大弓和火槍，以及行使職權的短杖，通常每隊三十二人，穿綠色制服。

教長聽了堂吉訶德的話，答道：

「老兄，我對於騎士小說實在是熟悉得很，比維利亞爾邦多的《理論學大全》[4]還讀得熟。你要是只有這點要求，那就儘管放心把你的話告訴我。」

堂吉訶德道：「好吧，紳士先生，你既然這麼說，我就講給你聽。我受了惡法師的嫉妒和欺騙，著了魔道，給關在籠子裡押著走。美德雖有好人愛惜，更有惡人壓制呢。我是個游俠騎士：不是沒沒無聞的那種，卻是世世傳名、人人效法的模範騎士，即使嫉妒性變成的嫉妒精，或者波斯的一切魔法師、印度的一切婆羅門、艾悌歐比亞的一切神祕家[5]全都和我為難，也奈何我不得。」

神父插嘴道：「這位堂吉訶德·台·拉·曼卻先生說得不錯，他著了魔道給裝在車上運走，不是他有罪過，卻是嫉賢忌能的傢伙設計害他。先生，他就是那位『哭喪著臉的騎士』，您也許聽到過他的大名。他的豐功偉績，將來要銘刻在青銅和大理石上，萬古不磨，忌他的人用盡心機也消滅不了。」

教長聽得籠子裡外的人說話都是一個口吻，莫名其妙，驚異得幾乎要在自己身上畫十字；跟從的那些人也納悶。桑丘·潘沙要聽他們講話，正挨在旁邊，這時就想把事情擺一擺，說道：

「各位先生，隨你們愛聽不愛聽，我這會講的是真話。要說我主人堂吉訶德先生著了魔道呀，那就是我媽也著了魔道了！他頭腦完全清楚，吃也吃，喝也喝，也像別人那樣幹他的水火事兒，和他昨天進籠以前一模一樣。照這樣子，怎能叫我相信他是著了魔呢？我聽見許多人說過，著魔的人既不吃、也不睡、也不說話。我的主人要是沒人管著，比三十個律師還說得多呢。」

他隨就轉臉瞧著神父說：

「哎，神父先生啊！您以為我不認識您嗎？這一套新魔法為的是什麼緣故，您以為我瞧不透嗎？那麼我告訴您，您儘管遮著臉，我卻認識您；我還告訴您，您儘管詭計多端，我也識得破。乾脆一句話：嫉妒占上風，美德就倒楣；摳門兒的地方，就沒有慷慨。魔鬼沒有好下場！要沒有您這位神父，我主人這會兒已經娶了米戈米公娜公主，我至少也是個伯爵了，因為無論憑我東家哭喪著臉的騎士的賞賜，或者憑我自己的功勞，這是拿穩了的。可是我現在看到老話說對了：命運的輪子比磨坊的輪子還轉得快；昨天平步青雲，今天就掉在泥裡。我是為自己的老婆孩子懊惱：他們滿可以指望做爸爸的當了海島或王國的總督重返家門，可是他們得瞧爸爸當了馬夫回家了。神父先生，我跟您說這番話，不過是要奉勸您神父先生：您這樣虐待我主人，您摸摸自己良心吧；您關禁著堂吉訶德先生不讓他救人行好，小心將來見了上帝和您算帳！」

理髮師打斷他道：「『少胡說吧』[6]！桑丘，你和你主人成了同道啦？老天爺！我看你該進籠去陪他；你也中了騎士道的迷，和他一鼻孔出氣，正該和他一樣的著魔。真糟糕，他許你的海島你就那麼貪圖，竟在你腦殼子裡結成胎了。」

桑丘答道：「誰也沒叫我懷胎！就是國王也不能叫我懷胎的！我窮雖窮，卻是老基督徒，對

4《理論學大全》（*Summa summularum*），一五五七年出版，是學院裡必修的課本，作者維利亞爾邦多（Gaspar Cardillo de Villalpando）是有名的神學家。

5 原文ginosofistas，是印度的一派哲學家，不是艾悌歐比亞的。

6「少胡說吧」（Adóbame esos candiles）按字面是「替我把這些燈剔剔亮吧」，這是成語，如果有人說了荒謬可笑的話就用這句成語回答，叫他少胡說。

誰都沒有虧欠；要說我貪圖海島，還有人貪圖更壞的呢。『幹什麼事，就成什麼人』[7]。『只要是人，就能做到教宗』[8]，別說一個海島的總督！況且我主人贏來的海島，多得沒人可給呢。理髮師先生，您說話小心，天下事不光是剃剃鬍子，而且，『彼德羅和彼德羅之間，還有個分等』[9]。我說這些話呀，因為咱們都是熟人，『灌水銀的骰子，別當著我擲』[10]。我主人著魔的事，上帝知道真相，咱們還是不談吧，因為『少攪拌為妙』[11]。」

理髮師不願意和桑丘多說，怕這傢伙傻頭傻腦，把他和神父極力遮掩的事全抖摟出來。神父也防到這層，所以請教長一起搶前幾步，他可以解答人在籠中的謎，還告訴他其他趣事。教長依言帶著傭人隨神父前去，一面留心聽神父講堂吉訶德的性格、生平、他的瘋病、習慣等等。神父把他發病的根源、連一接二的遭遇、直到關進這籠子，都說了個大概，還說他們打算帶他回鄉治療。教長和他的傭人對堂吉訶德的怪事不勝驚詫。教長聽完說道：

「神父先生，我實在覺得所謂騎士小說對國家是有害的。我有時是無聊，有時是上當，幾乎把這種小說每本都看過一個開頭，可是總看不下去，因為千篇一律，沒多大出入。我認為這種作品是所謂米雷西亞故事[12]之類，都荒誕不經，只供消遣，對身心沒有好處，和那種既有趣又有益的故事大不相同。儘管這種書的宗旨是解悶消閒，可是連篇的胡說八道，我不懂能有什麼趣味。人要從實際或想像的事物上看到或體味到完美、和諧，才會心賞神怡；一切醜陋、畸形的東西不會引起快感。如果小說裡講一個十六歲的孩子，揮劍把一個高塔似的巨人像杏仁糕那樣切成兩半，或者描寫打仗，敵軍有百萬之眾，而主人公匹馬單槍，準獲全勝，不管讀者信不信，這種小說怎麼能動人呢？各部分怎能合成彼此和諧的整體呢？或者寫一個王后或女皇，見到素不相識的游俠騎士，就投身倒在他懷裡，這樣有失體統，我們還有什麼說的呢？或者寫一座擠滿了騎士的高塔，簡直就像一條順風的船在海裡航行，今晚在朗巴爾狄亞，明晨到了印度胡安長老[13]轄治的國土，或是托羅美歐[14]從未發現、馬可・波羅[15]從未到過的地方，這種故事，除了無知不學的粗坯，誰會讀了滿意呢？假如有人駁我，說這種小說原是憑空捏造的，不必計較情節的細緻真實。那麼我要反駁說：憑空捏造越逼真越好，越有或然性和可能性，就越有趣味。編故事得投合讀者的理智，把不可能的寫成很可能，非常的寫成平常，引人入勝，讀來可驚可喜，是奇聞而兼是趣談。要作品完美，全靠逼真模仿，否則剛才說的種種要求都辦不到。小說的各部分要能構成一個整體；中段承接開頭，結尾是頭中兩部一氣連貫下來的。我讀過的騎士小說，沒一部是這樣一氣呵成的，都支離拉雜，好像不是想塑造完美的形象，卻存心要出個怪物。而且文筆粗野，事蹟離

7 西班牙諺語。

8 西班牙諺語。

9 西班牙諺語。

10 西班牙諺語。

11 西班牙諺語。

12 古希臘伊歐尼亞族人僑居小亞細亞，擅長編故事，稱為米雷西亞故事。這類故事專供有閒階級的消遣，多半荒誕無稽，或者講不道德的愛情。古羅馬也盛行這類故事。

13 傳說裡的人物：一說是土耳其東部一個信奉基督教的國王；一說是蒙古王；一說是阿比西尼亞王，古代阿比西尼亞的國王同時也是教會裡的長老。參看〈前言〉，注6。

14 古希臘創天動論的天文學家。

15 遍遊亞洲各地的義大利旅行家（一二五四——一三二三）。

奇，寫愛情很不雅，寫禮貌失體，戰事寫得囉嗦，議論發得無聊，旅程寫得荒謬，總而言之，全不懂該怎麼寫作。所以基督教國家該把這種書像無用的人一樣驅逐出境。」

神父洗耳恭聽，覺得這位教長識見高明，一番議論都有道理，就告訴他自己所見略同，也厭惡騎士小說，所以把堂吉訶德所藏的許多都燒掉了。他講自己怎樣審查了那些書籍，哪幾部判處極刑，投入火內，哪幾部幸獲赦免。教長聽了大笑。他說自己雖然列舉了這種小說的種種弊病，卻發現有一個好處。它的題材眾多，有才情的人可以借題發揮，放筆寫去，海闊天空，一無拘束。譬如船隻失事呀，海上的風暴呀，大大小小的戰事呀，他都可以描寫。他可以把勇將應有的才能一一刻畫，比如說：有識見，能預料敵人的狡猾；有口才，能鼓勵也能勸阻軍士；既能深思熟慮，又能當機立斷；無論待時出擊，或臨陣衝鋒，都英勇無匹。他可以一會兒描述沉痛的慘事，一會兒敘說輕鬆的奇遇。他可以描摹德貌兼備的絕世美人，或文武雙全的基督教紳士；或蠻橫狠毒的匪徒，或慈祥英明的國君。他可以寫出臣民的善良忠誠，君王的偉大慷慨。他可以賣弄自己是天文學家，或出色的宇宙學家，或音樂家，或熟悉國家大事的政論家，假如他要充魔法師也無不可。他可以寫尤利西斯的足智多謀，伊尼斯的孝順，阿基里斯的勇敢，赫克托的倒楣，席儂的詐騙，歐利阿羅的友愛，亞歷山大的慷慨，凱撒的膽略，特拉哈諾的仁慈和真實，索比羅的忠誠，加東的英明等等[16]，一句話，凡是構成英雄人物的各種品質，無論集中在一人身上，或分散在許多人身上，都可以描寫。如果文筆生動，思想新鮮，描摹逼真，那部著作一定是完美無疵的錦繡文章，正像我剛才說的那樣，既有益，又有趣，達到了寫作的最高目標。這種文體沒有韻律的拘束[17]，作者可以大顯身手，用散文來寫他的史詩、抒情詩、悲喜劇，而且具備美妙的詩法和修辭法所有一切風格。史詩既可以用韻文寫，也可以用散文寫。」

16 尤利西斯（Ulixes），荷馬史詩裡的希臘酋長。

伊尼斯（Eneas），維吉爾史詩《伊尼德》裡的主人公。他是特洛伊王子，特洛伊城淪陷，他背著父親逃亡，棄妻子不顧。

阿基里斯（Aquiles），荷馬史詩《伊利亞特》裡的英雄。赫克托（Héctor），《伊利亞特》裡的特洛伊王子，被阿基里斯殺死。

席儂（Sinón），據維吉爾史詩《伊尼德》，是希臘兵士，假意逃亡到特洛伊，勸特洛伊人開城接納希臘人的木馬，特洛伊城因此陷落。

歐利阿羅（Euríalo）是尼素斯的忠心朋友。見維吉爾史詩《伊尼德》。亞歷山大，即古波斯亞歷山大大帝（西元前三五六—前三二三）。

凱撒，即古羅馬凱撒大帝（西元前一〇一—前四四）。

特拉哈諾（Trajano），古羅馬皇帝（九八—一一七）。

索比羅（Zópiro）古波斯達利亞斯大帝手下的督軍，曾用苦肉計自己割去耳鼻，助達利亞斯大帝攻克巴比倫。

加東（Catón），古羅馬的監察官，已見本書上冊，〈前言〉。

17 原文「沒有拘束的文體」（escritura desatada）指散文。古羅馬修辭學把文體分為「有束縛的文體」（oratio ligata），即詩；和「沒有束縛的文體」（oratio soluta），即散文。

# 第四十八章

## 教長繼續討論騎士小說，旁及一些值得他思考的問題。

神父說：「教長先生，您說得對！現在還有人不講求入情合理的想像也不遵照藝術的法則，仍然寫那種小說，真該嚴厲批評。照那樣用散文寫作，就休想有傑出的文豪，能和希臘拉丁的詩壇一二霸[1]比美了。」

教長答道：「我有時也想照自己心目中的準則，試寫一部騎士小說。老實說吧，我已經寫了一百多頁。我不知道對自己作品的評價是否適當，拿出去請教過愛好這種小說的學識兼備之士，也請教過一味喜歡荒唐奇怪的不學無知之徒。他們都異口同聲地讚美。可是我沒有再寫下去，因為覺得這件事不是我的本分，而且看到沒頭腦的人比有頭腦的多，儘管幾個高明人的讚賞，可以抵消大夥糊塗蟲的嘲笑，我知道看這種書的多半是假充內行的俗物，不願意挨他們七張八嘴的批評。不過我中途擱筆，甚至拿定主意不寫下去，主要還有個道理。我看了現在上演的戲，心上想：現在風行的戲，情節無論出於虛構，或有歷史根據，幾乎全都是沒頭沒尾的胡言亂語，遠說不上好。可是觀眾看得津津有味，齊聲叫好。編劇和演戲的都說：戲劇就該這樣，非如此不能投合觀眾的嗜好。那些情節緊湊、安排精密的戲，只有寥寥幾個內行欣賞，一般人領會不到它的技巧。他們編戲、演戲的，最好還是隨和著大眾混飯吃，犯不著博取少數人的讚許。我按照上面說的藝術規律，精心費力寫出來的書，也逃不了這樣的遭遇，我就成為『四岔路口的裁縫』了[2]。我屢次勸告那些見解錯誤的演員們說：演出有藝術造詣的戲比荒謬無稽的更賣座、更走紅。可是他們執迷不悟，隨你說得頭頭是道，鑿鑿有據，他們都當耳邊風。我記得有一天跟那麼個成見很深的人說：不多幾年前，西班牙演出了國內一位名作家的三個悲劇，你記得嗎？那三個悲劇呀！不論智愚雅俗，看了個個讚賞；演員們單靠那三個戲賺的錢，比後來上演三十個頭等好戲賺的還多。

「那個領班的演員說：『您說的準是《依薩貝拉》、《斐麗斯》和《阿雷漢德拉》那三個戲吧[3]。』我說：『一點兒不錯。你瞧瞧，那幾齣戲不是嚴格遵守藝術規律嗎？遵守了規律，不還是人人欣賞的好戲嗎？所以不能怪觀眾要求離奇荒誕，只怪演員們不演別的戲。真的，像《負心的報應》[4]呀、《努曼夏》[5]呀、《痴情的商人》[6]呀、《歡喜冤家》[7]呀，都一點不荒謬。還有些

---

1 指荷馬和維吉爾。

2 西班牙諺語：「四岔路口的裁縫，白賠了功夫，又倒貼了線。」（El sastre del cantillo, que cosia de balde y ponia el hilo.）指吃力不討好。

3 《依薩貝拉》（*La Isabela*），作者阿爾亨索拉（Lupercio Leonardo de Arigensola）。《阿雷漢德拉》（*La Alejandra*），作者不詳。《斐麗斯》（*La Filis*）已失傳，其他二劇收入賽達諾（López de Sedano）編的《西班牙文藝作品選集》（*Parnaso Español*），一七七二年出版。

4 《負心的報應》（*La Ingratitud vengada*），洛貝・台・維咖著。

5 《努曼夏》（*La Numancia*），塞萬提斯著，一七八四年出版。

6 《痴情的商人》（*El Mercader amante*），伽斯巴・台・阿基拉（Gaspar de Aguilar）著。

行家編寫的戲也不荒謬；編者由此得了名，演員們由此得了利。』我還發了些別的議論。我覺得他聽了似信非信，沒有心服，不肯拋除成見。」

神父道：「教長先生，您這番話，勾引了我向來對時新戲的厭惡；就像我對騎士小說一樣的痛恨。按照圖利歐[8]的見解，戲劇應該是人生的鏡子，風俗的榜樣，真理的造像。現在演出的戲卻是荒謬的鏡子，愚昧的榜樣，淫蕩的造像。假如戲裡第一幕第一景出場一個穿抱裙的小娃娃，在第二景已經成了有鬍子的大男人[9]，這不是荒謬絕倫麼？假如描摹老年人勇猛，小伙子懦弱，僕人滿口掉文，小僮兒滿腹智謀，國王像腳夫，公主像灶下婢，這不又是荒謬絕倫嗎？劇情的演展應該遵守一定的時限[10]，寫戲的人是否注意這點呢？我看到的戲，第一幕在歐洲，第二幕在亞洲，第三幕收場在非洲；如果還有第四幕，那麼準在美洲結局了；一齣戲裡就遍歷世界四大洲[11]。按說，戲劇的原則是模仿真實。可是有的戲演貝比諾王或者查理曼大帝時代的故事，卻把艾拉克劉大帝做主角，而他又像果多弗萊·台·布利翁那樣捧著聖十字架進耶路撒冷，光復了聖陵。發生這些事情的各個時代相隔不知多少年呢[12]。或者基本是虛構的劇情，卻摻上歷史的真事，不管是哪個人物、哪個時代的事，都東扯西拉，混雜一起[13]。這種戲編得連真實的影子都沒有，荒謬得刺人眼目，情理難容；稍有識見的人看了也不會滿意的。糟的是，偏有那些瞎了眼、矇了心的人，以為這已經十全十美，若再要求改進，就是過於挑剔了。再說宗教戲吧。戲裡捏造了多少虛假的奇蹟呀！多少偽造和附會的事呀！這個聖人的奇蹟竟會歸到那個聖人身上去！就是在世俗的戲裡，作者只要覺得來個奇蹟或所謂奇觀，可以轟動糊塗人，引他們來看戲，就不顧一切，大膽捏造。這都是歪曲事實、違反歷史的，而且也有損西班牙作家的名譽，因為嚴守戲劇規律的外國人[14]看到咱們編的戲謬誤荒唐，就把咱們看作野蠻無知了。也許有人說，治理得當的國家容許公開演戲的主要目標，就是供人民正當的娛樂，免得閒暇滋生邪念。一齣戲不論好壞，都能達到這個目標。所以不必制定規律，也不必用規律去約束作家和演員。但是這話有漏洞。請聽我反駁。好戲更善於貫徹這個目標，壞戲遠不能比。在一齣精心結構的戲裡，詼諧的部分使觀客娛樂，嚴肅的部分給他教益，劇情的發展使他驚奇，穿插的情節添他的智慧，詭計長他識見，鑑戒促他醒悟，罪惡激動他的義憤，美德引起他的愛慕。隨他多蠢的人，看了一齣好戲心裡準有以上種種感受。若說一齣戲具備了這些因素，反不如不具備更能娛目快心，那就絕不可能。現在經常上演的

7 《歡喜冤家》（*La Enemiga favorable*），弗朗西斯哥・台・塔瑞伽（Francisco de Tárrega）教長著。

8 即古羅馬的修辭學家西塞羅（Tulio Cicerón）。

9 這裡指責洛貝・台・維珈的《烏爾松和瓦蘭丁》（*Ursón y Valentín*）。

10 塞萬提斯這裡把時間和地點的規律混為一談，所以珂恩（J. M. Cohen）的英譯本裡添上「地點」，但原文只說到「時間」。

11 塞萬提斯這套理論在他自己的實踐上並未貫徹。他後來編寫的劇本《幸運的流氓》（*El Rufián dichoso*），地點一會兒在塞維亞，一會兒又在墨西哥。他在這個戲的第二幕裡借劇中人為自己不守規律辯護，把以前認為荒謬絕倫的說成理所當然。

12 貝比諾王生在第八世紀，查理曼大帝生在第九世紀初葉，艾拉克劉大帝生在第七世紀初葉，十字軍攻克耶路撒冷是一〇九九年的事。

13 這裡是指責洛貝・台・維珈在他的劇本《清白無玷》（*La Limpieza no manchado*）裡，把不同時代、不同地方的許多人物都混在一起。

14 指義大利人。

戲，大半是不夠格的。這不能怪劇作家。有些作家明知自己的毛病，也深知該怎樣寫，可是劇本已經成了買賣的貨物，他們也說得不錯，除了時行的那類劇本，戲班子不肯出錢買。戲班子是作家的主顧，演員有什麼要求，作家總設法迎合。我們只要看看我國一位大才子所寫的數不清的劇本，就知道確是這麼回事。他筆下有文采，有風趣；他的曲詞非常工致，思想新穎，有許多含意深長的箴言警句，總之，他文字很美，格調很高，所以他名滿天下。可是他為了投合演員的喜好，只有幾個劇本寫得無懈可擊，並非個個劇本都好[15]。還有些作家編劇漫不經心，戲裡誹謗了某某國王，侮辱了某某豪門，演戲的屢次挨打，因此演完戲就得逃走。麻煩一時上還說不完，不過都是可以避免的。只要請一位有才有識的人常駐西班牙京城，把京城以及全國各地要上演的劇本預先審查一下；未經許可和批准，當地官府不准上演。這樣一來，演員們會注意把劇本送上京城，以後演出可以平安無事；劇作家顧慮到作品要經行家法眼審閱，編寫的時候就會細心多下工夫。這樣就能寫出好的劇本，戲劇的目標也就貫徹得完善：群眾有了娛樂，西班牙的才子們出了名，戲班子賺了錢，並保險不出亂子，免除了戲班子受罰的禍事。如果新出的騎士小說也有人負責審查，或者就由審查劇本的兼任，那麼，您所說的那樣完美的騎士小說準會出現，使咱們的文章寶庫增光生色，把舊的騎士小說直比下去。不僅閒人，就是最忙的人，讀這種小說也是正當的消遣。因為弓弦不能老繃緊了不放，人是個軟弱的東西，沒一點適當的鬆散，是支持不住的。」

教長和神父談到這裡，理髮師跑來對神父說：

「學士先生，這就是我說的好地方。咱們可以歇午；豐盛的草地上可以放牛啃青。」

神父說：「對，我贊成。」

他把這意思告訴教長。教長看見山坳裡的景色，也願意盤桓一下，跟著大夥兒休息。他一來是要欣賞風景，又加和神父談得投機，還想仔細聽聽堂吉訶德幹的事，所以打算在那裡歇午，就打發幾個傭人到前去不遠的客店裡替大家買飯。一個傭人說：他們的駄騾準已經到了前面客店了；駄騾的吃食很多，他們只需向客店要些大麥，別的都不用買。

教長道：「照這麼說，你們就把坐騎都趕到前面客店裡去，把那匹駄騾牽回來。」

桑丘對時刻守著他主人的神父和理髮師是有戒心的，他看到這時可以背著這兩人和主人說話，就跑到籠前說道：

「先生，我對於您著魔的事，有句話要說，不說良心難受。我告訴您，跟咱們一起來的那兩個蒙臉的人就是咱們村上的神父和理髮師呀。我想他們就為了嫉妒您幹了些事大出鋒頭，把他們比下去了，所以使詭計這樣押著您走。假如我這話不錯，您就並非著了魔，不過上了當，做了傻瓜。我要找個憑據，想問您一句話。您的回答如果不出所料，他們搗的鬼就給我抓住了，可見您不是著魔，只是腦筋混亂。」

堂吉訶德說：「桑丘兒子，你要問什麼，問吧。我一定好好回答，叫你滿意。據你說，跟咱們走的那兩人是咱們街坊上熟識的神父和理髮師。可能看樣子是他們倆，實際上並不是，你千萬別當真。你該知道，那兩人如果照你說的像神父和理髮師，那一定是禁咒我的魔法師變成了他們的形狀。魔法師要變什麼就變什麼，容易得很。他們變成了咱們朋友的模樣，叫你以為真是咱們的朋友，你就胡思亂想，掉在迷魂陣裡怎麼也出不來了。他們借此還可以叫我捉摸不定，不知這場災禍是從哪兒來的。你儘管說跟我一起的是咱們村上的神父和理髮師：我呢，眼看自己關在籠

15 指洛貝・台・維咖。

裡，心裡明白，除非魔力，人力決計辦不到，只能說，我著的魔道是從古到今獨一無二的，打破了書上的框框；除此還能怎麼解釋呢？所以你可以拿定他們絕不是你說的那兩個，好比我絕不是土耳其人一樣。至於你要問我什麼話，你就問吧；隨你從現在問到明天，我也一一回答。」

桑丘大嚷道：「聖母保佑我吧！我跟您講的全是真話。您這回倒了楣關在籠裡，是著了人家的壞心眼兒，不是著了魔道。難道您腦殼子那麼厚，那麼沒腦子，竟不能了解嗎？不過隨您這樣，我還是要向您切實證明，您並不是著魔。但願上帝解除您的魔難！但願您忽然間投進了杜爾西內婭小姐的懷抱！我現在憑這些願望向您請問。」

堂吉訶德說：「別對我賭咒了，你要問就問吧。我已經說過，一定照實回答。」

桑丘道：「這就是我的要求。您是以游俠騎士的名義拿槍桿子的，我要您按這種戰士的本分，完全照實回答，一分不多也一分不少……」

堂吉訶德道：「我告訴你，我是什麼謊也不撒的。你快問吧；這沒完沒了的賭咒呀，要求呀，拐彎兒抹角的，真叫我心煩了，桑丘。」

「哎，我拿定主人是好人，靠得住。那麼，請不要見怪，我就問了，因為這和咱們講的事是有關係的。自從您進了籠子，以為是著了魔道，您想不想幹所謂大小方便的事呀？」

「不懂什麼方便的事，你要我直截了當的回答，就得說明白些。」

「難道您不懂大的方便或小的方便嗎？學校裡的兒童一斷奶就這麼說呀。好吧，我是要問，您想不想幹一件人身上省不了的事？」

「啊！我懂你的意思了，桑丘！好幾回呢！現在就想！快讓我脫了這個累吧！別弄得怪髒的！」

# 第四十九章

## 桑丘・潘沙向他主人講了一番頗有識見的話。

桑丘說：「啊！我可抓住把柄了！這就是我一心要知道的事呀！您聽我講，先生，一個人心境不好，大家就議論說：『某人不知是怎麼回事兒，不吃不喝，也不睡覺，問他什麼，回答得牛頭不對馬嘴，準是著魔了。』這句話不錯吧？可見著魔的人不吃不喝不睡覺，也不幹我剛才說的那件生理上的要事。如果像您這樣急著要幹那事，如果喝就喝，吃就吃，問什麼都回答，那就是沒有著魔。」

堂吉訶德答道：「桑丘，你說得對。可是我跟你講過，著魔有多種多樣，說不定換了時代就改變了方式。儘管從前著了魔就不幹我要幹的事，現在卻行得都幹了。一時有一時的習慣，沒什麼可說的，也不能憑這個來論斷。反正我心裡有數，知道自己是著了魔，因此也就心安理得。如果我認為自己並沒有著魔，卻偷懶怕事，隨人家關在籠裡，對急等著我去救苦救難的可憐人不理不睬，我的良心就沉重得很了。」

桑丘答道：「可是我說呀？您最好試驗一番，就證據確鑿，死心塌地了。您試試走出這個籠子；我一定盡力幫忙，甚至拉您出來。您再試試騎上您這匹好馬駑騂難得；照牠這樣垂頭喪氣，好像也著魔了。然後咱們倆再去探奇冒險，碰碰運氣。碰上了釘子再回籠子也不遲。假如您倒足了楣，或者我糊塗透頂，我說的辦法不成功，那麼，我憑一個忠心好侍從的信義向您保證，我一定進籠來陪您。」

堂吉訶德答道：「桑丘老弟，你說的不錯，我願意照辦；幾時你找到機會讓我脫身，我什麼都聽你的。不過，桑丘啊，你將來會知道，你沒有明白我這番遭難是怎麼回事。」

神父、教長和理髮師已經下騾在前面等待；這位游俠騎士和那游而不俠的侍從說著話也到了。趕車的隨就卸下拉車的幾頭牛，讓牠們在平靜的油油綠野裡隨便跑。那裡很清涼，儘管像堂吉訶德那樣著魔的人不在乎，他侍從那樣清醒的人就想歇歇了。他要求神父放他主人出籠走走，不然的話，弄髒了這個監牢，像他主人這樣一位騎士待在裡頭就不成體統。神父懂他指什麼，表示很願意答應他的要求，只是怕他主人一出來又犯老脾氣，跑到不知哪裡去。

桑丘說：「我保證他不跑。」

教長道：「我也保證；如果他以騎士的身分，答應非得到我們准許絕不走開，那就更妥當了。」

堂吉訶德全聽在耳裡，答道：「我答應啊！況且像我這樣著魔的人，身不由己。給定身法鎮住的，三個世紀也脫不了身，即使逃走了，也能從天空攝回來。」他因此聲明：不妨放他出來，對大家有利，否則他就要對不住大家的鼻子了，除非他們趁早走開。

教長不顧堂吉訶德雙手還捆在一起，就握住一手讓他發誓保證；他們隨即開籠放他。他出了籠子快活得不可開交，先伸個大懶腰，然後跑到駑騂難得身邊，在牠臀上拍了兩下，說道：

「馬兒裡的尖兒頂兒呀，我還是相信上帝和聖母會保佑咱倆不久都稱心如願的：你呢，能把主人馱在背上；我呢，能騎著你執行上帝派我到世上來擔當的職務。」

堂吉訶德說完就和桑丘一起跑到個隱僻的地方去。他從那兒回來覺得輕鬆多了，越發急著要實行他侍從的計畫。

教長在注視他。他瘋得古怪，而談吐應答卻非常高明，只是上文屢次交代過，一提到騎士道，他就犯失心瘋了。教長看著很驚奇。當時大家都坐在青草地上等待教長的那匹馱騾。教長動了憐憫之心，對堂吉訶德說：

「先生，您讀了些拙劣無聊的騎士小說，怎麼腦筋就糊塗了，竟自以為著了魔，還把這類分明虛假的事都信以為真呢？從前世界上會有那無窮無盡的阿馬狄斯、那大群大群的著名騎士嗎？什麼特拉比松達皇帝呀，費利克斯瑪德•台•伊爾加尼亞，那麼多女人坐的馬匹和遊蕩的姑娘呀，那麼多的蛇和怪獸和巨人，那麼多聞所未聞的奇遇和各種各樣的魔法，那麼多的打仗和凶狠的搏鬥，那麼華麗的服裝，那麼多的痴情的公主、封為伯爵的侍從、滑稽的侏儒，那麼多的情書和談情說愛，那麼多好鬥的女郎——一句話，騎士小說裡講的那麼多荒乎其唐的東西，稍有理性的人，哪裡會信以為真呢？就說我自己吧，我讀這種小說的時候，如果沒想到那是一派胡言，讀來也還有趣；可是想到了，哪怕是騎士小說裡的傑作，我也恨得要把它往牆上摔，如果旁邊有爐火，竟要扔到火裡去。這種小說，敘述的是怪事，提倡的是邪說，迷惑了許多愚昧的人，該當受這種刑罰[1]。它們甚至把有身分、有學問的人都搞糊塗了。就像您先生吧，落得給人關在籠子裡，裝在牛車上拉走，彷彿獅子老虎一處處給人看來賣錢似的，不就是個明顯的例子嗎？哎，堂吉訶德先生，您該愛惜自己，從糊塗裡清醒過來；別辜負上天的恩賜；您有這副好頭腦，很可以

1　西班牙宗教法庭把大騙子、大流氓和倡立「邪說異教」的人判處極刑，投在火裡活活燒死。

讀些對身心有益的書，對自己的名聲也有好處。假如您癖愛英雄豪傑、豐功偉績的故事，那麼可以讀《聖經》裡的〈士師記〉。您讀到的是偉大的現實，勇敢透頂而完全真實的事。盧西塔尼亞有個比利阿它；羅馬有個凱撒；卡塔戈有個阿尼巴爾；希臘有個亞歷山大；加斯底利亞有個費爾南・貢薩雷斯伯爵；瓦倫西亞有個熙德；安達魯西亞有個貢薩洛・費爾南台斯；埃克斯特瑞瑪杜拉有個狄艾果・加西亞・台・巴瑞台斯；黑瑞斯有個加爾西・貝瑞斯・台・巴爾加斯；托雷多有個加爾西拉索；塞維亞有個堂瑪奴艾爾・台・雷翁[2]；他們那些英勇的事蹟，卓越的才智，讀來有趣有益，可敬可喜。我的堂吉訶德先生啊，您讀這種書才對得住自己的好頭腦；您就能熟悉古史，愛慕美德，修養了品性，改良了作風，使您膽大而又心細，敢作敢為、無畏無懼。這都是為了上帝的光榮，您自己的利益和您家鄉拉・曼卻的名聲呀。」

堂吉訶德全神貫注，恭聽教長的宏論，等他講完，眼睛還盯了他半天才開言道：

「先生，照您這番話，世界上從來沒有游俠騎士；騎士小說全是撒謊騙人的，對公眾有害無益；我猜想這種小說就是錯，讀了信以為真更是大錯，學著書上的榜樣，選擇了堅苦卓絕的游俠的職業，尤其錯盡錯絕；您認為世上壓根兒沒有咖烏拉的阿馬狄斯，或希臘的阿馬狄斯，或書上洋洋大觀的全夥騎士。您是這個意思吧？」

教長說：「確實就是這個意思。」

堂吉訶德道：

「您還說，這種書害苦了我，搞得我頭腦糊塗，給關進了籠子；您說我該改過自新，另換讀物，看些真實而有趣、有益的書。」

教長說：「是啊。」

堂吉訶德說：「那麼，我看呀，頭腦糊塗而著了魔道的，正是您先生自己！您滿口咒罵的是世界上人人相信、個個認為千真萬確的事呀！您讀了那種小說生氣，主張判處極刑，投入火裡；其實，該受這種刑罰的，恰恰是您這種人。誰想證明世界上從來沒有阿馬狄斯，小說裡那許多游俠騎士都是從來沒有的，那就彷彿要人相信太陽不放光，冰霜不寒冷，大地不滋育萬物一樣。譬如苐蘿麗貝斯公主和吉・台・博爾果尼亞的事，或查理曼大帝時代，大力士和曼底布雷大橋的事[3]，請問世界上誰有本領叫人疑心那是假的呢？我可以發誓，這些事就好比此時此刻是白天一

2　比利阿它（Viriato）是盧西塔尼亞（即葡萄牙）反抗古羅馬帝國的名將，西元前一四〇年被羅馬人暗殺。阿尼巴爾（Aníbal，西元前二四七—前一八三）是反抗古羅馬帝國的名將。費爾南・貢薩雷斯（Fernán González），第十世紀建立了獨立的加斯底利亞。熙德（Cid），西班牙的英雄，一〇九四年收復摩爾人所占領的瓦倫西亞。貢薩洛・費爾南台斯（Gonzalo Fernández），即上文第三十二章綽號「大元帥」的艾南台斯（Hernandez），他的戰友狄艾果・加西亞・台・巴瑞台斯亦見第三十二章。加爾西・貝瑞斯・台・巴爾加斯（Garci Pérez de Vargas）即上文第八章綽號「大棍子」的巴爾加斯。加爾西拉索（Garcilaso），是十五世紀圍攻（摩爾人占領的）格拉那達的男將。瑪奴艾爾・台・雷翁（Manuel de León）是十五世紀西班牙有名的紳士。他鍾情的貴婦把手套落在關閉獅子的圈裡，他持劍入圈拾取手套，毫無畏懼。這事成為後世歌詠的題目，德國詩人席勒就有一首歌詠這事的詩。

3　苐蘿麗貝斯公主是大力士的妹妹（大力士和他的「神油」見本書上冊，第十章，注5），吉・台・博爾果尼亞的妻子。據《查理曼大帝傳》曼底布雷大橋曾由土耳其人所支持的巨人加拉弗雷把守，查理曼大帝手下的大力士殺死巨人，奪下這座大橋。

樣的千真萬確啊。假如是捏造的，那麼像赫克托呀、阿基里斯呀、特洛伊的戰爭呀、法蘭西的十二武士呀、英吉利的亞瑟王呀，都該是捏造的了。那位英吉利的亞瑟王變了烏鴉，至今還活著，他國內還時刻等待著他呢。假如照您的話，那麼，就像古阿利諾・梅斯基諾[4]的事，尋求聖杯的事[5]，也可以胡說是騙人的了；堂特利斯丹和伊塞歐王后的戀愛、希內布拉和蘭斯洛特的戀愛[6]也可以胡說是捏造的了。可是有人還約略記得見過金塔尼歐娜[7]傅姆，她是大不列顛呱呱叫的斟酒女人。這是確實的；我還記得我祖母每看到披著長頭紗的傅姆就說：『孫孫啊，這個傅姆就像金塔尼歐娜。』所以我知道她老人家準見過這位傅姆，至少看過她的畫像。再說吧，庇艾瑞斯和美人瑪加隆娜的故事[8]，誰能說不是真的呢？勇敢的庇艾瑞斯曾騎著木馬在天空飛行，開動木馬的轉軸比車槓略大些，至今還在皇家軍械博物館裡，陳列在巴比艾加[9]的鞍旁。羅爾丹的號角有梁木那麼大[10]，還保存在隆塞斯巴列斯。可見十二武士實在是有的；像庇艾瑞斯呀、熙德呀，這種到處冒險的騎士都真有其人。勇敢的盧西塔尼亞人胡安・台・梅爾羅到過博爾果尼亞，在拉斯城和大名鼎鼎的查爾尼郡王庇艾瑞斯師傅[11]交過手；後來又在巴西雷亞城和安利給・台・瑞梅斯丹師傅較量過武藝，兩次比武都是他得勝，威震天下。難道可以說這位游俠騎士不是真的嗎[12]？勇敢的西班牙人貝德羅・巴爾巴，和我家男系嫡派祖宗谷帖艾瑞・吉哈達，在博爾果尼亞戰勝了聖保祿伯爵的幾個兒子，那一次次的決鬥和冒險難道不是真的嗎[13]？堂費南鐸・台・貴瓦拉到阿雷瑪尼亞[14]去冒險，和奧地利公爵同族的霍爾黑先生[15]決鬥，這件事您也能否認嗎[16]？蘇威羅・台・吉牛內斯在『過道口』的槍術比賽[17]，路易斯・台・法爾塞斯師傅和西班牙騎士堂貢薩羅・台・古斯曼的武功[18]，咱們國內外基督教騎士的種種豐功偉績，難道都可以說是騙人的嗎？這都是千真萬確的事啊。我再說一遍，誰把這種事情都一口否認，就是心上蒙了脂油，腦子裡灌滿漿糊了。」

4 十三世紀出版的義大利騎士小說的英雄；這部小說十六世紀譯成西班牙文。

5 這是亞瑟王傳說中的故事。「聖杯」是耶穌最後晚餐時用的酒杯，後來又盛過耶穌聖血，以後就失蹤了，後來亞瑟王和他的圓桌騎士找到了「聖杯」。

6 亞瑟王傳說中的故事；堂特利斯丹和蘭斯洛特都是圓桌騎士。

7 希內布拉王后的侍女。

8 十二世紀法國傳奇故事，十六世紀初譯成西班牙文。

9 熙德的馬名。

10 據傳說，這是一只象牙做成的。

11 原文mosen，阿拉貢和瓦倫西亞人對教士的尊稱。

12 梅爾羅是西班牙胡安二世時代的騎士，見《西班牙皇帝胡安二世本紀》（*Crónica del Rey Don Juan II de Castilla*）；胡安・台・梅那（Juan de Mena）在《迷宮》（*Laberinto*）裡歌頌了他一生的事蹟。

13 巴爾巴和吉哈達也是胡安二世時代的騎士。比武指一四三五年在博爾果尼亞舉行的武術比賽。亦見《西班牙皇帝胡安二世本紀》。

14 即德國。

15 原文micer，阿拉貢人所用的尊稱。

16 貴瓦拉也是胡安二世時代的騎士，見《西班牙皇帝胡安二世本紀》。

17 「過道口」（Paso）指「光榮的過道口」（Paso honroso），在奧比果（Orbigo）橋堍。一四三四年在這地方舉行了三十天的槍術比賽是中世紀有名的。蘇威羅和其他九名騎士在橋堍過道口連戰三十日。

18 法爾塞斯師傅和古斯曼參加的比武是一四二八年在瓦拉多利舉行的，胡安二世親自在場主持。

NARRO

教長瞧堂吉訶德真假混淆，而對騎士道的事知道得源源本本，暗暗驚佩。他回答說：

「堂吉訶德先生，我不能否認您講得有點道理，尤其關於西班牙游俠騎士的事。我也承認法蘭西十二武士確是有的。可是杜爾賓大主教所寫的那許多事，我卻不能都信以真[19]。他們原是法蘭西國王挑選的武士，並稱十二武士，因為本領、身分、膽量彼此相等。實際上也許有個高低，但按理是一律平等的；而且也像現在的聖悌亞果會團或加拉特拉瓦會團的成員那樣，按理一律是本領高、膽量大、出身好的人。現在稱為聖胡安會團的騎士，或阿爾岡塔拉會團的騎士；從前就叫做十二武士團的騎士，因為團裡選的是十二個同等的武士。至於熙德是歷史上的人物，貝那爾都・台爾・咖比歐也是，都沒什麼說的；不過他們幹的那許多功績我覺得很靠不住。您還說，庇艾瑞斯開動木馬的轉軸至今還在皇家軍械博物館裡，陳列在巴比艾加的鞍旁；可是，對不起，我太糊塗，或者太近視了，儘管您說那根轉軸很大，我卻看見了那個馬鞍，沒看見轉軸。」

堂吉訶德答道：「可是轉軸的確是在那裡，我再舉個憑據吧。我聽說為了防它霉爛，外面還包著個牛皮套子呢。」

教長說：「都可能，不過我可以憑自己的教職發誓，我實在沒看見。就算那裡確實有個轉軸，我不能因此就相信那許多阿馬狄斯的故事是真事、書上成群的騎士是真人。像您這麼有聲望，有才能，又天生一副好頭腦，也不能因此就把荒唐的騎士小說上那麼許多狂妄的事都信以為真實不虛呀。」

---

19 見第六章，注4。

# 第五十章

## 堂吉訶德和教長的滔滔雄辯，以及其他事情。

堂吉訶德說：「笑話！這種書是審查合格，有國王特准才出版的。不論老少、貧富、雅俗、貴賤，各種各樣身分、性格的人，讀了都津津有味，一致讚賞。書上每講一個騎士，總把他的父母呀、籍貫呀、親屬呀、時代呀、地點呀一一交代，把騎士幹的事，一舉一動，逐天逐日地細細描述，可見都是真人實事。這種書會撒謊嗎？您住嘴吧，別說這種侮蔑的話，還是聰明點兒，聽從我的勸告。您讀讀這種小說，就知道多麼有趣了。不信，我舉個例，您聽了試想，還有什麼事更引人入勝的。譬如講，這會兒咱們眼前，忽見一個大湖，湖裡是沸滾的柏油，許多蛇蟲蜥蜴和其他種種惡毒可怕的動物在裡面游泳。湖當中傳來個淒厲的聲音說：『噲！哪位騎士在看這可怕的湖呀？你如要得到埋在黑水底下的幸福，得奮身投進這墨烏、滾熱的油裡來。這黑漆也似的湖面覆蓋著七個魔女的七座宮殿，沒膽量下來就不配見識到那裡的奇觀。』騎士聽了不加思索，不計性命，連壓在身上的堅固的盔甲都沒脫下，只禱告了上帝和意中人，立即跳進沸騰的湖心。當時他全不知這下子身落何地，不料卻掉在萬花如錦的草茵上；風景比仙境福地還美好。那裡的天特別青，光特別亮。前面有個幽靜的樹林，綠樹蔥蘢，怡人心目。許多彩羽繽紛的小鳥在枝葉叢中飛來飛去，啼聲婉囀可聽。一泓清溪，像流動的水晶；水底的細黃沙和白石子像篩出來的金屑和瑩潤的珍珠。那邊是一座用蒼玉和大理石精工細築的噴泉。那邊另有個噴泉很別致，用細貝殼和黃的、白的蝸牛殼砌成，配合得錯落有致，還鑲嵌著閃亮的水晶和仿造的翡翠，這種藝術模仿天然而巧奪天工。噴泉對面巍峙著一座壯麗的宮殿。牆壁是整塊的黃金，塔尖是金剛鑽，門是紫藍色的玉石。一句話，這座建築瑰麗無比，材料盡是金剛鑽呀、紅水晶呀、紅寶石呀、珍珠呀、黃金呀、翡翠呀等等，構造又精巧絕倫。還有更妙的呢。殿門開處，湧出了成群的少女。她們的衣飾光華奪目，假如我現在像書上那樣一一敘說，那就一輩子也說不完。少女裡有一個像是領隊的，她一聲兒不言語，攙著投入沸湖的勇士，一同走進這座寶殿。她把這位騎士脫得像剛出娘胎那樣一絲不掛，用溫水給他洗完澡，渾身敷上香膏，給他穿上一件噴香透軟的絲襯衫。另有個姑娘跑來給他披上一件袍子，據說至少抵得上一個城的價值，甚至還不止。更有妙的，她們把這位騎士帶進另一間屋，裡面已經擺上酒席，桌面好整齊呀，簡直叫人看得眼珠子都瞪出來。她們澆水給他洗手，水是用麝香和各種香花蒸濾的。她們請他坐在象牙椅上，這群姑娘鴉雀無聲地在旁伺候，送上的菜真是山珍海味，烹調得法，這位騎士竟不知吃了哪一樣好。他好像聽到歌聲，卻不知誰在唱，也不知從哪兒來的。騎士吃完飯斜靠在椅裡，也許照當時的習慣正在食後剔牙，忽然又來了一位美人，比先出來的那群姑娘美得多。她坐在騎士身邊，告訴他那是什麼宮殿，她是怎麼著了魔法的禁咒等等。騎士聽了非常詫異，誰讀到這個故事也都說不盡的驚奇。我不想再講下去，反正不論是誰，讀了隨便哪一本騎士小說的隨便哪一段，都會又喜又驚的。我絕不騙您，您且聽我剛才的話，讀讀這種小說，就會知道，有煩惱可以消釋，心裡不痛快可以轉為舒暢。譬如我自己吧，我可以大膽說，自從做了游俠騎士，就變得勇敢、文雅、有氣度、有教養、慷慨、有禮、膽大、溫和，而且耐心好，不論勞苦吧，關禁吧，魔道吧，都能忍受。儘管我不久前給人家當作瘋子關在籠裡，只要上天保佑，時運不搗亂，我希望憑自己的力氣，不出幾天就可以做到一個王國的國王。到時就可以顯顯我是知道感激、待人慷慨的。因為說老實話，先生，窮人儘管慷慨透頂，也表達不出來；這種感激之情，好比不見行動的內心信仰，都是死的東西。所以我希望趕快交運，做個皇帝，就可以表現自己的心胸，對朋友們做點好事，尤其對我這位可憐的侍從桑丘．潘沙。他是天下頭等好人，我想封他做個伯爵。我已經許了他好久，我只怕他沒本領轄治自己的封邑。」

桑丘聽到他主人末了幾句話，就說：

「堂吉訶德先生，這個伯爵的封邑呀，我直在巴望，您直在許我；您且使出勁來封我吧，我保證有本領治理我的封地。如果沒本領，我聽說有人專租用領主的封地，每年上繳多少錢，地方上全歸他們管理，領主什麼都不用操心，只需伸著大腿安坐享受；我也可以照這麼辦。我不打小算盤，只把事情一古腦兒推卸乾淨，像公爵那樣享用自己的地租，那邊的事隨人家管去。」

教長說：「桑丘老哥，你不妨照你說的那樣去享用租金，可是地方上的司法行政卻得封地主人自己經心呀。這就得有本領、有頭腦，而首先得有明辨是非的誠意；如果根本沒有這份誠意，就不免一著錯、滿盤錯了。上帝往往成全老實人的好意，阻撓狡猾傢伙的壞心。」

桑丘答道：「我不懂這套高深的道理，只知道伯爵的封地幾時到手，我就會管理。我和別人一樣有個靈魂，也和別人一樣有個肉體；別人會在自己的封地上做王，我照樣兒也會。我做了王，愛幹什麼就幹什麼；我能這樣就稱心了；我稱了心就滿足了；滿足的人就沒有要求了；沒有要求，事情就完了；到這地步，就要用兩個瞎子的話說：『上帝保佑你，咱們再見吧。』[1]」

「桑丘，你這套哲學倒是不錯，不過伯爵的封邑等等，還大有問題呢。」

堂吉訶德插嘴道：

「我不懂還有什麼問題。偉大的阿馬狄斯・台・咖烏拉封他的侍從做了斐爾美島的伯爵，我不過是學他的樣。桑丘・潘沙是游俠騎士的侍從裡最出色的，封做伯爵完全可以勝任愉快。」

教長想不到堂吉訶德一套瘋話竟言之成理；描述騎士在湖底冒險也娓娓可聽；他讀了書上編的謊話都牢記在心；又見桑丘傻頭傻腦，一門心思想封授伯爵，覺得真是奇事。這時他的幾個傭人已經從客店牽了馱騾回來。他們在青草地上鋪個毯子，擺上吃食，大家就坐在樹蔭下打尖，讓趕車的乘此放他的牛。他們正吃呢，忽聽得附近灌木叢中一陣騷亂、夾著鈴鐺聲，隨即看見那裡跳出一隻很好看的母羊，渾身是黑、白、黃三色的斑點。一個牧羊人叫喊著追來，用他們慣用的話叫牠站住或回去。那隻逃走的母羊慌慌張張衝著人跑來，彷彿求救，到了人前就站住了。牧羊人趕來一把抓住雙角，當牠有靈性似的對牠說：

「哎，花花兒！花花兒！你這個野姑娘！這幾天你真是滿處的踮兒呀！我的姑娘，是豺狼嚇著你了嗎？美麗的花花兒，你到底什麼緣故，你不告訴我嗎？可是你有什麼緣故啊，你無非因為是個姑娘家，不能安靜罷了！只怪你不學好樣，你們姑娘家都是一樣的脾氣！回來吧，朋友啊，回來吧！你待在羊圈裡或者和你的女伴們一起，即使不很稱心，至少是安穩的。你該管著她們、帶領她們；你如果這樣暈頭轉向地亂跑，叫她們更怎麼得了呢？」

大家聽了牧羊人的話覺得很妙，尤其是教長，他就對牧羊人說：

---

1 西班牙諺語。瞎子不能見，而告別的套語是再見，雙關打趣。

「哎，老兄啊，我勸你歇歇，別急著把這頭羊立刻趕回去。既然照你說牠是個姑娘家，那就勉強不來，得盡著她的性子。你吃口東西，喝點酒，平平火氣吧；讓這隻羊也借此喘口氣。」

他一面用刀尖插了一塊熟兔的裡脊遞給他。牧羊人道謝一聲，拿來吃了，又喝些酒，定定神，然後說：

「我希望您幾位別因為我對畜生講道理，就把我當作傻子。我是話裡有話的。我是個粗人，可是還不至於辨不清人和畜生。」

神父說：「這點我是明白的。我憑經驗知道：山林出文士，牧人的茅屋裡有哲學家。」

牧羊人答道：「先生啊，至少有上過當、學了乖的人。我這話，只怕各位聽了不信又不懂，所以我想冒昧講一樁真情實事，各位如果不厭煩，肯費點工夫聽聽，就會明白這位先生」——他指指神父，「和我的話都是不錯的。」

堂吉訶德說道：

「我覺得這件事有那麼一點點騎士冒險的情味，所以憑我自己來說，老哥，我很願意聽你講。我想你講的事一定新鮮，聽著準會又驚心、又開心的。在場諸君都是很有風趣的人，並且喜歡這種新聞奇事，他們準也願意聽你講。所以，朋友，你講；咱們大家都聽著！」

桑丘說：「別把我算在裡面！我拿了這個肉餅子要到水邊去大吃一頓，把肚填滿，三天也不用吃東西。因為我聽我們堂吉訶德先生說，游俠騎士的侍從有吃的就得盡量吃，吃不下才罷。他們常會闖進深林，六七天也不出來；假如肚裡沒吃飽，或者糧袋裡沒帶足糧食，就死在那裡變成木乃伊了。當侍從的常有這種事。」

堂吉訶德說：「桑丘，你這話很對。你要到哪兒去就去吧；吃得下多少就盡量吃。我身體已經飽滿，只是心神上還有點欠缺，聽聽這位老兄講故事正合我的需要。」

教長說：「我們大家都要借此消遣呢。」

他請牧羊人開場講故事。牧羊人抓著羊角，在牠背上拍了兩下，說道：

「花花兒，挨著我躺下，咱們不忙著回羊圈呢。」

母羊彷彿懂話，等牠主人坐下，就很安靜地躺在旁邊，瞧著主人的臉，好像也在等他開口。

牧羊人就講了以下的故事。

# 第五十一章

## 牧羊人對押送堂吉訶德的一行人講的事。

離這山坳三哩瓦有個村子，地方雖小，卻是這一帶最富庶的。村上有個很體面的農民。儘管有錢就有體面，大家尊敬他卻因為他的人品好，有錢還在其次。不過據他自己說，他最得意的是有個非常美貌聰明、文雅貞靜的女兒。凡是認識她或見過她的，都驚嘆老天爺給她這樣好品貌。她從小就長得端正，越大越出挑得標致，到十六歲竟成了絕世美人。她的美名傳到了四周的村上。可是何止四周村上呢！老遠的城市裡、甚至王宮裡，各式各等人都知道她。他們從各地跑來看她，好像是什麼稀罕東西，或是大顯神通的偶像。她父親把她看管得很緊，她自己也很檢點。年輕姑娘自己不謹慎，隨你鎖著她、監視著她或把她關起來都管不住的。

爸爸的財富和女兒的美貌打動了不少人，本村外地的都來求親。可是那個爸爸要處置這件無價之寶就沒了主意；求親的人多得數不清，他不知許了誰好。我也是個求親的。人家認為我大有希望，因為她爸爸知道我這個人；我是本村的，家世清白，年紀正輕，家裡很富足，人也不蠢不笨。本村還有個求親的和我資格相仿，因此那個爸爸拿不定主意，覺得兩人都配得過他女兒。那位害苦了我的有錢姑娘名叫蕾安德拉。她父親免得為難，就把這情況告訴她；因為我們兩人既然不相上下，他認為最好還是讓本人自己挑選。要為女兒成家的爸爸可以學學這個辦法。我不是主張隨她們挑選卑鄙下流的人，只主張把好的擺在面前，隨她們從中挑個如意郎君。我不知道蕾安德拉選的是誰，只知她爸爸穩住了我們兩人，說女兒年紀還小，又說些不著邊際的話，也沒答應，也不拒絕。我的情敵名叫安塞爾模，我叫歐黑紐——我是向你們介紹這個悲劇裡的人物。事情至今還懸著呢，不過可以料想結局準是悲慘的。

這時我們村上來了個人，名叫維山德・台・拉・洛加。他是本村貧農家出身的。這人當了兵到過義大利和許多別的地方。他是幼年十二歲的時候，有個大尉帶著軍隊路過我們村子，把他帶走的；過了十二年，他穿著五顏六色的軍裝，渾身戴著玻璃和金屬的裝飾品還鄉了。他的新衣服穿一套、脫一套，天天變換；不過都是質料單薄、顏色顯亮、不結實、不值錢的。鄉村的人本來刻薄，有了閒暇越發尖嘴薄舌。他們注意到他的衣飾，仔細統計一下，發現他的衣服連綁腿和襪子共有三套，顏色各各不同。他把那三套變來換去地配搭著穿；假如你心中無數，就以為他穿出來的衣服有十多套，羽毛有二十多枝。別以為我講的是不相干的閒話，這些話都是有關緊要的。

我們廣場上一棵大楊樹下有條石凳，他坐在那裡誇談自己的生平事蹟，叫我們聽了嘴巴張著都合不攏。地球上沒一處他沒到過；沒一次打仗他沒參加過。他殺死的摩爾人，比摩洛哥和突尼斯所有的摩爾人還多。他跟人決鬥的遭數，據他說來，多得壓倒了甘德呀、盧拿呀、狄艾果・加西亞・台・巴瑞台斯[1]呀，以及他提出名字的上千個人；而且百戰百勝，不流一滴血。他卻又賣

1　甘德（Gante）和盧拿（Luna）是當代好鬥的大力士；狄艾果・加西亞・台・巴瑞台斯見第三十二章，注3，他生性好鬥。

弄自己的傷疤，說是歷次戰役裡中彈的留痕；可是我們什麼斑點也瞧不見。再加他沒那麼樣的狂妄，對地位平等或相識的人，就「你」呀「你」的稱呼[2]。他還說：他不認得生他的爸爸，只認得自己這條胳膊；他沒有家世，只有生平立下的功績；他「當了戰士，對國王也不輸什麼」[3]。這不可一世的人還懂得些音樂，會彈彈吉他，據說他能揮撥得輕快，弦上傳出心裡的話。他的才能還說不完。他能做詩；村上每有芝麻綠豆的細事，他就能編個足有一個半哩瓦長的歌謠。

　　蕾安德拉家有個窗子面臨廣場，她常在窗口窺望我形容的維山德・台・拉・洛加這位戰士、大力士、風流人物、音樂家和詩人。他那鮮亮的服飾中了她的意。他每編個歌謠總散發二十份抄本；那些故事迷了她的心竅。他演說的生平事蹟也傳到了她耳裡。反正是魔鬼安排的吧，男的還沒敢妄想高攀，女的已經愛上他了。戀愛的事只要女方有意，很容易成功。蕾安德拉和維山德就這麼順順當當地同心合意了。許多求婚的人還沒一個看出蕾安德拉的心願，她已經把自己的心願兌現。她媽媽早已去世；她拋下親愛的爸爸，跟著那當兵的逃出了村子。維山德這個勝利，比他自吹自唱的許多功勛都真實。村上人和別處傳聞的人都駭然。我簡直不知所措，安塞爾模也目瞪口呆，她爸爸傷心，親戚們憤慨，法院關懷，神聖友愛團也出動了。他們守住街道，又在樹林裡和各處搜尋。三天之後，他們在一個山洞裡找到了這個任性的蕾安德拉。她身上只脫剩一件襯衣；她從家裡捲走的一大筆錢和貴重首飾都沒有了。他們把她送還那傷心的爸爸，並盤問她這樁丟臉的事。她不用人家追究，就承認上了維山德・台・拉・洛加的當。他要哄她從家裡逃出來，答應娶她為妻，帶她到天下最富麗豪華、窮奢極欲的城市那不勒斯去。她心眼糊塗，更糟的是著了迷，都信以為真。她偷了爸爸的錢財，出走的當夜都交給他。他帶她到了一座險陡的山裡，把她關在人家找到她的那個山洞裡，她說那個兵沒有玷污她的身體，只搶劫了她的東西，就撇下她跑了。這又使大家很詫異。先生，那小子竟能那麼克制自己，叫人不好相信。可是她一口咬定，非常懇切，這倒使傷心的爸爸有點安慰。他女兒失去了貞操就無法挽回；既然這件寶貝還在，搶掉些財物也不計較了。他找到蕾安德拉的那天，沒讓我們見她，就把她送進附近的修道院去關起來，指望人家對她丟臉的事會漸漸淡忘。蕾安德拉年紀輕，她的過失情有可原；至少對她品行好壞不很關切的人會這麼想。不過有人知道她很聰明伶俐，覺得她不錯在不懂事，而錯在輕佻任性。女人家多半是沒頭腦、欠穩重的[4]。

蕾安德拉關起來以後，安塞爾模眼裡沒了光亮，至少看不見樂意的東西了；我也舉目無歡，一片昏黑。我們沒了她，苦惱一天天加多，耐心一天天減少。我們咒罵那位戰士衣服鮮明，咒罵蕾安德拉的爸爸防範疏忽。後來，我和安塞爾模一起離開了那個村子，跑到這個山坳裡來。他在這裡放他自己的一大群綿羊；我放我自己的一大群山羊。我們就在樹林裡過日子，隨著自己的情興，對美人蕾安德拉或者共同讚美，或共同咒罵，或者為她各自嘆息，各自對天訴苦。向蕾安德拉求親的許多別人學著我們的樣，也跑到山裡來牧羊。來了好多人，滿處都是牧羊人和羊群，簡直把這裡變成了牧羊人的避世的地方。有人咒詛她，說她楊花水性；有人怪她賤坯子、輕骨頭；

---

2 據西班牙語法，對平等的或交情不深的人稱「您」（vuestra merced）不稱「你」（vos）；對地位較低或親密的人才稱「你」。參看薩拉沙（Ambrosio de Salazar），《對話的語法》（*Espexo general de la Gramátioca en diálogos*），一六一四年魯安（Rouen）版，頁一七五。

3 西班牙諺語：「一個紳士只在上帝之下，他什麼也不輸國王。」

4 參看第三十三章，注7。

有人為她開脫，又有人把她責罵；有人稱讚她的相貌，又有人鄙薄她的品行。一句話，人人瞧她不起，卻又愛她不捨。這股痴狂的風氣越來越盛，有人從沒跟她講過話，卻怨她冷淡了自己；甚至還有人害了妒忌的瘋病，悲恨苦惱。其實蕾安德拉從沒挑起任何人的嫉妒，因為我說過，人家還沒知道她對誰鍾情，就看到了她的醜行。這兒的山洞裡、溪水邊、樹蔭下，處處都有牧羊人向天訴說自己的不幸。哪裡激盪出回聲，重複的是蕾安德拉的名字：山裡交響著「蕾安德拉」，水聲嗚咽著「蕾安德拉」。我們眷戀著她，迷醉於她；心死猶存希望，無故忽又生愁。我的情敵在這許多瘋子裡顯得最沒有道理，也最有道理[5]。他滿可以埋怨，可是他只聽說和意中人拆散的苦惱。他彈一手絕妙的六弦琴，做的詩也很有才情；他彈著琴唱唱自己的詩，淒淒切切。我另走一徑，比他省力，我覺得也比他恰當。我罵女人見異思遷，口是心非，背約負信，而且濫用情感，不知好歹。各位先生，我跑來的時候和這隻山羊說那些話、講那些理，就是這個緣故。牠儘管是我羊群裡最好的一隻，我卻不稀罕牠，因為牠是個姑娘家。這就是我所要講的真情實事。我對你們講得詳細，我招待你們的心意也一樣周至。我的茅屋不遠，那兒有新鮮羊奶，美味的乾酪，還有種種甜熟的果子，非但好吃，還很好看。

---

5　按當時牧歌故事的說法，沒有道理是因為他不責備女人用情不專；有道理是因為他善於歌頌自己的意中人。

# 第五十二章

## 堂吉訶德和牧羊人打架；又沖犯一隊苦行人，出了一身大汗圓滿收場。

大家聽了牧羊人講的事很感興趣，尤其那位教長。他聽那牧羊人敘事文雅，不像個粗野的牧人，非常詫異。他因此說，神父所謂山林出文士確是不錯的。大家都願意為歐黑紐效勞，堂吉訶德尤顯得慷慨，他說：

「牧羊老哥，我真恨不得立刻動身去為你出力。不用說，蕾安德拉待在修道院裡是不願意的。我不怕修道院長和所有扣住她的人，我準救了她出來交給你，隨你處置；只要你遵守騎士道的規則，不侮辱姑娘家。可惜啊，我現在不能去冒險了。不過我相信上帝的保佑，不論作惡的魔法師法力多大，早晚得輸給行善的魔法師。到那時候，我可以答應你，一定幫你的忙；這是我義不容辭的，扶弱濟困是我的職責。」

牧羊人端詳著堂吉訶德，瞧他衣服破舊，形容憔悴，覺得奇怪，就問身邊的理髮師說：

「先生，這人模樣、說話都這麼怪，是誰啊？」

理髮師答道：「還有誰呢！就是那大名鼎鼎的堂吉訶德・台・拉・曼卻呀！他除強暴，伸冤屈，扶助童女，鎮伏巨人，是一位百戰百勝的好漢。」

牧羊人道：「我覺得您這話就像騎士小說上的一套；您說的那些都是游俠騎士的事呀。我想您大概是說笑話，或者呢，這位先生的腦袋大概是空的。」

堂吉訶德接口道：「你是個頭號大混蛋！你的腦袋才是空的！你才是個沒腦子！你那個臭婊子養的婊子媽媽的肚子也從來不如我這腦袋飽滿！」

他口說就動手，抓起旁邊一個麵包，使蠻勁向牧羊人劈面摔去，把他鼻子都砸扁了。牧羊人不懂得開玩笑，瞧人家認真傷害他，就不顧地毯上的杯盤和圍坐吃飯的人，跳起來直撲堂吉訶德，兩手卡住他的脖子。牧羊人穩可以把堂吉訶德卡死，幸虧桑丘．潘沙及時趕來，扳住牧羊人兩肩，和他一起滾倒在席面上，把盤兒砸破、杯子打碎，吃的東西潑的潑、滾的滾。堂吉訶德脫出身來，就去騎在牧羊人身上。牧羊人給桑丘踢得渾身青紫，滿面流血，爬在地上打算摸索一把刀子，索性來個白刀子進、紅刀子出。教長和神父勸住了他。理髮師卻做個手腳，讓牧羊人把堂吉訶德壓在身下。牧羊人的拳頭雨點似的向堂吉訶德臉上打來，這位可憐的騎士就和牧羊人一樣的滿臉是血了。教長和神父差點兒笑破肚皮，幾個巡邏隊員也興高采烈；他們好像看狗打架，挑撥牠們互咬。只有桑丘．潘沙急得沒辦法，因為教長的一個傭人抓住了他不讓他去幫主人。

當時除了兩個打架的相扭著對抓，旁人都在取笑作樂。忽聽得一聲號角，音調非常淒楚，大家不由得尋聲轉臉看去。最激動的是堂吉訶德。他這時壓在牧羊人身下，作不得主，而且挨了好一頓打，可是他對牧羊人說：

「你有勇氣和有力量壓倒我，想必是魔鬼吧？魔鬼老哥，我要和你停戰一會兒，不出一小時。因為我覺得準又出了要我去冒險的事，這淒厲的角聲是喊我的。」

牧羊人已經懶得相打，立即放開手。堂吉訶德站起身，也尋聲了望。只見順著山坡下來許多穿白衣的人，裝束像苦行贖罪的。

原來那年久旱不雨，各村居民紛紛結成祈禱和苦行贖罪的隊伍，求上帝開恩，普降甘霖。所以附近村人結隊去朝拜山坡上一個聖人的茅庵。堂吉訶德看見苦行贖罪的人衣服古怪，忘了曾多次見過，卻以為來了奇險之事，專等他這位游俠騎士去承當的。他們抬著一尊披喪服的偶像；這越加證實了他的瘋想，以為這群強徒搶走了一位貴家女子。他一動念立即如飛的趕向正在啃青的駑騂難得，從鞍框裡拿了轡頭和韁繩，一轉眼備好馬，問桑丘要了劍，就上了坐騎，挎著盾牌，大聲向在場的許多人喊道：

「諸位，這會兒可以瞧瞧名副其實的游俠騎士在世界上多麼緊要！我說呀，等我釋放了這位搶走的貴夫人，你們就知道該不該尊敬游俠騎士了。」

他靴上沒有馬刺，說著話，就用兩腿夾夾駑騂難得的肚子；這匹馬在這部信史裡從沒腳不沾地的飛奔，這時卻撒腿快步向苦行贖罪的隊伍跑去。神父、教長和理髮師想攔也攔不住，桑丘大聲喊也喊不住；桑丘說：

「堂吉訶德先生，您往哪兒去呀？什麼魔鬼附在您身上，叫您去反抗咱們的正教呀？真糟糕！您可知道這是苦行贖罪的隊伍，座上抬的是聖潔童女的神像呀！先生，您幹什麼得小心！這回的事可說您是不在行的了！」

桑丘喊破了嗓子也沒用。堂吉訶德一心要趕去解救那隊穿白衣的人，去解救那位披喪服的女人，壓根兒沒聽見桑丘的話；即使聽見，哪怕是國王的命令，他也不肯回頭的。他趕上隊伍，駑騂難得已經走不動了；他勒住馬，喘吁吁地厲聲喝道：

「你們大概不是好人，所以蒙著臉。你們站住聽著，我有話跟你們說！」

抬偶像的先停下。一起有四個誦經的教士，其中一個瞧堂吉訶德一副怪相，騎著那匹皮包骨頭的瘦馬，說不盡的可笑，就說：

「老兄啊，你有什麼話，快說吧。這些弟兄們把自己鞭撻得皮開肉綻[1]，除非你說兩句就完，我們不能站住了聽你，沒這個道理的。」

堂吉訶德答道：「我一句就完。我要你們立刻釋放這位美人！她這樣愁眉苦臉，眼淚雙流，分明是給你們搶走的，而且還受了你們極大的侮辱。我活在世上就是要遏止這種暴行。這位女子是要求她所應得的自由，你們要是不放她，我絕不准你們前走一步！」

大家聽了堂吉訶德這一套話，知道他準是個瘋子，都哈哈大笑。這一笑，給堂吉訶德的火上撒了炸藥。他一聲不言語，拔劍直向擔架衝去。一個抬擔架的把擔子丟給夥伴們，揮舞著休息時支撐擔架的椏叉來迎戰。堂吉訶德向他猛斫一劍，斫在叉上，削去兩個丫角，只剩了一個木樁子。那人就用木樁對著堂吉訶德右肩狠命打來，正打在拿劍的那一邊。堂吉訶德的盾牌擋不住這股蠻力，可憐他滾鞍落馬，跌翻在地。桑丘·潘沙氣呼呼趕來，瞧他倒了，忙大聲叫使木樁的住手，因為這是一位著了魔道的騎士，一輩子沒害過人。那村夫並沒理會桑丘的話，可是瞧堂吉訶德直僵僵地挺著，以為死了，忙撩起長袍，掖在腰帶裡，像一頭鹿似的落荒逃走了。

這時押送堂吉訶德的一行人都趕來了。朝聖的那隊人見他們跑來，中間還有帶著大弓的巡邏隊員，怕事情不妙，就團團簇擁著那尊偶像。苦行贖罪的掀掉兜帽，握緊鞭子，教士也拿好了蠟燭，都準備等對方衝上來就抵擋，如有餘力，還要打過去。可是他們沒料到命運另有更好的安

1 中世紀起，基督徒悔過贖罪的苦行裡有鞭打自己這一項。所以這群人一面走，一面把自己抽打。

排。原來桑丘以為主人死了，只撲在主人身上放聲號哭，哭得沒那麼樣的悲切，也沒那麼樣的可笑。堂吉訶德一行的神父認識朝聖隊裡的神父；這就打消了兩名巡邏隊員所引起的怕懼。這個神父對那個神父三言兩語介紹了堂吉訶德，那神父和一群苦行人就去看這可憐的騎士是否死了；只聽得桑丘・潘沙噙著眼淚在數說：

「哎呀，騎士道的模範，你大有作為的一輩子，就給這一棍子斷送了呀！哎，你是你一家子的體面！你為整個拉・曼卻也為全世界增添了名望和光榮！世界上沒了你，為非作歹的傢伙沒人懲罰，就到處橫行了！哎，你比所有的亞歷山大都慷慨，我才伺候了你八個月，你已經把海裡最好的海島許給我了！哎，你對驕傲的人謙虛，對謙虛的人驕傲[2]；你衝鋒冒險，忍受侮辱，莫名其妙地戀愛，你專學好樣，專打壞人，和卑鄙的人作對——乾脆一句話把你說盡了吧，你不愧是一位游俠騎士呀！」

桑丘的哭號喚醒了堂吉訶德。他開口第一句就說：

「最甜蜜的杜爾西內婭，我現在的痛苦，還比和你別離的情味好受些。桑丘朋友，你扶我上魔車吧，我整個肩膀打得脫臼失節，坐不穩馬鞍了。」

桑丘答道：「我的主人，您說得對，我就照辦。咱們和這幾位存心為您好的先生一起回鄉吧；以後再設法出來，準會名利雙收的。」

堂吉訶德道：「說得好！桑丘！咱們還是等這步壞運過去了再說；這是上策。」

教長、神父和理髮師都說他這辦法好得很。他們聽了桑丘・潘沙的傻話非常好笑，一面照舊把堂吉訶德放在車上，一行人重整隊伍，準備出發。牧羊人辭別了他們大夥；巡邏隊員不願再往前去，神父付錢打發了他們。教長也辭別分手；他關心堂吉訶德的病情，要求神父告知以後的狀況。大家各走各的，那裡只剩了神父、理髮師、堂吉訶德、潘沙和馴良的駑騂難得；牠和主人家一樣耐心，一樣逆來順受。

趕車的套上他的幾頭牛，給堂吉訶德墊上一捆乾草，又照舊慢吞吞隨著神父的指引前行；六天之後，到了堂吉訶德的家鄉。他們進村正是中午，又恰逢禮拜日；村裡人都在堂吉訶德車輛經過的廣場上，大家都擁上來看。他們認得這位街坊，大為驚奇。一個孩子跑去通知堂吉訶德家裡，說管家媽的主人、外甥女的舅舅面黃肌瘦的躺在牛車的乾草堆上回來了。兩個好女人號哭著自打耳光，咒罵倒楣的騎士小說；瞧他們那樣真是可憐。堂吉訶德進門的時候，她們又號哭咒罵，並自打耳光。

桑丘．潘沙的老婆聽說堂吉訶德回鄉，知道自己的丈夫是跟出去做侍從的，忙趕到場上去。她一見桑丘，開口先問驢兒好不好。桑丘說，驢兒比牠主人還好。

她說：「感謝上帝的恩典。可是你這會兒跟我說說吧，大哥啊，你做了侍從，到手了什麼好處呢？你給我帶了裙子回來嗎？你給孩子們帶了鞋回來嗎？」

桑丘說：「我的老伴啊，我沒帶這些東西，可是我帶回來的，比這些更貴重。」

他老婆說：「那我很高興。大哥你把那更貴重的東西給我瞧瞧吧。自從你走了，長年累月的，我愁悶得慌；我要看看你帶來的東西，讓我快活快活。」

桑丘道：「老伴啊，我到了屋裡給你看，你這會兒且安心。只要上帝讓我們再一次出門冒險，你瞧著，我一轉眼就成了伯爵，做了海島的總督。還不是一般的海島呢，那是最呱呱叫

---

2　桑丘傷心得把話說顛倒了。

的！」

「我的老伴，但願天保佑能有這等事，咱們正用得著。可是我問你，海島是什麼呀？我不懂啊。」

桑丘答道：「『蜜不是餵驢的』[3]。老伴啊，到了時候你就懂了；你聽見臣民一片聲的稱你夫人，還要奇怪呢。」

華娜・潘沙問道：「桑丘啊，你說的夫人呀、海島呀、臣民呀，都是些什麼呢？」華娜・潘沙是桑丘老婆的名字；他們倆不是本家，不過按拉・曼卻的習慣，女人用丈夫的姓氏。

「華娜，你別忙，這許多事不能一下子都問明白。反正我說的是真話就行了，你可以閉上嘴巴。不過我順便告訴你，世上最樂的事，就是跟一位探奇冒險的游俠騎士，做個有體面的侍從。當然，事情往往不會稱著我們的心，一百次的遭遇裡，九十九次的下場是倒楣彆扭的。這是我親身的體會；因為我有時給人家兜在毯子裡拋弄，有時挨打挨揍。不過話又說回來，我們沒事找事的時候，穿深山，入叢林，爬岩石，訪問堡壘，隨意住客店，他媽的一個子兒也甭花，這都是很美的。」

桑丘・潘沙和他老婆華娜・潘沙談話的時候，堂吉訶德的管家媽和外甥女把堂吉訶德接到屋裡，給他脫掉衣服，扶他躺在日常睡覺的床上。堂吉訶德斜眼看著她們，不知自己在什麼地方。神父聽說這回費了多少事才把他帶回家來，囑咐外甥女兒好好調護他，又叫她們時刻小心，別再讓他跑掉。兩個女人聽了又大哭大喊，咒罵騎士小說，又禱告上帝把那些撒謊捏造、胡說亂道的作者一個個都摔到地獄深處去。總之，她們不知怎麼辦，又擔心將來，怕這位東家、這位舅舅一旦覺得好些了，又跑得不知去向。這果然給她們料中了。

但是本傳作者儘管鑽頭覓縫，探索堂吉訶德第三次出門幹的事，卻找不到什麼報導；至少沒找到真實的記載。不過據拉・曼卻保留的傳說，堂吉訶德第三次出門到了薩拉果薩，參與了那裡舉辦的幾場有名的比武。他幹的事不愧他的膽量和卓越的識見。至於他怎麼結局、怎麼去世，本傳作者一無所知，要不是湊巧碰到了一位老醫生，就永遠不會知道了。這醫生有一只鉛皮箱，據他說是有一次翻造隱士的破屋，從廢墟裡發現的。箱子裡有些羊皮紙的手稿，字是戈斯體[4]，詩卻是西班牙文。詩裡敘說了堂吉訶德的許多事蹟，還提到杜爾西內婭・台爾・托波索的美貌、駑騂難得的形狀、桑丘・潘沙的忠心，堂吉訶德的墳墓和有關他生平和習慣的種種墓銘和輓詩。這部新奇故事的作者真實可信，把可以辨認謄清的幾首附錄於下。他搜求了拉・曼卻的全部文獻，一一考證，費了好大心力寫成這部書，不求別的，只要讀者看了，也像高明人士對騎士小說那樣信以為真。那麼，他就覺功夫費得不冤枉，可以心滿意足，並有興趣再去尋找新的記載；即使不能都像這部一樣真實，至少是一樣新奇有趣的。

以下是鉛皮箱裡羊皮紙上的詩。

英勇的堂吉訶德・台・拉・曼卻生榮死哀，

拉・曼卻阿加瑪西利亞城諸院士賦詩悼念。

---

3　西班牙諺語。

4　戈斯字體（letras góticas）是一種粗黑體的字。

## 阿加瑪西利亞城的摩尼岡果[5]院士弔堂吉訶德墓

這位狂人照耀曼卻的事蹟，
壓倒哈松・台・克瑞塔；
他的頭腦靈活得就像那
風信雞，只可惜於己無益；
他名傳異域、威力所及
從開泰伊直到加埃它；
他天開的異想以及蓋世才華，
不朽的大作家也難與匹敵。
他靠勇敢和一往情深，
壓倒了阿馬狄斯之流，
使加拉奧爾等不足掛念，
貝利阿尼斯等湮沒無聞；
他生前騎著駑騂難得遨遊，
如今在冰冷的石板下長眠。

阿加瑪西利亞城的台爾・巴尼瓦多[6]院士

讚杜爾西內婭・台爾・托波索

十四行詩

這位姑娘粗眉大眼，寬盤兒大臉，
胸脯高聳，氣昂昂、雄赳赳，
她是杜爾西內婭，托波索的王后，
偉大的堂吉訶德曾為她顛倒迷戀。
他踏遍了黑山嶺的南北兩邊，
在有名的蒙帖艾爾郊外奔走，
在芳草芊芊的阿朗惠斯平原逗留，[7]
為她這樣徒步跋涉，勞瘁不堪。
這都是他坐騎駑騂難得的過失！
哎，運命對他們倆何其不仁，
曼卻的姑娘青春美貌忽爾殞歿，

5 摩尼岡果（Monicongo），意思是岡果人。院士的名字都是胡鬧取笑的。

6 巴尼瓦多（Paniaguado），意思是闊人家的食客。

7 可是在這部小說裡堂吉訶德並沒有在阿朗惠斯平原奔波，也沒有因為駑騂難得的過失而徒步行走。

而我們這位戰無不勝的游俠騎士，
雖然大理石上銘刻著他的姓名，
卻也未能擺脫愛情的痴狂和迷惑。

**阿加瑪西利亞城大才子台爾・咖普里丘索[8]院士**
**讚堂吉訶德的坐騎駑騂難得**
**十七行詩**

這金剛石的寶座堅潤光澤，
戰神血污的雙足曾肆加踐踏，
拉・曼卻的瘋子憑他勇敢潑辣，
敢把他的旗幟高張在這座側。
他的兵器一件件在這裡陳設，
那鋒利的劍曾用來斫削刺殺。
他顯出了稀罕的本領，少見的豪俠！
藝術為新的騎士創出了新的風格。
從前阿馬狄斯為咖烏拉增光，
他勇敢的子孫又屢次為希臘立功，
把他們祖先的名氣四方傳播；

如今貝隆那[9]的朝廷把王冠獎賞
給堂吉訶德；拉・曼卻靠這位英雄，
自豪的事比希臘和咖烏拉的還多。
他的蓋世英名永遠不會湮沒，
但看駑騂難得都超群絕倫，
布利阿多羅[10]和巴亞多[11]不如牠神駿。

**阿加瑪西利亞城的台爾・布爾拉多[12]院士**

**弔桑丘・潘沙**

**十四行詩**

桑丘・潘沙在此，他軀幹雖小，
膽量卻大，這來真是稀奇！

8 咖普里丘索（Caprichoso），意思是輕浮多變的人。
9 貝隆那，指戰神。
10 布利阿多羅是奧蘭多的駿馬。
11 巴亞多是瑞那爾多斯・台・蒙答爾班的駿馬。
12 布爾拉多（Burlador）指嘲笑者。

我敢擔保，在一切侍從裡，
他最老實，最不使乖弄巧。
他差點就能到手伯爵的封號，
可惜生在這個罪惡的世紀，
陷害他的勢力夥同一氣，
就對他的灰驢兒也沒肯輕饒。
騎著毛騾（恕我用辭不雅），
這侍從隨著馴良的駑騂難得
馴良地跟他主人奔走西東。
哎，人世的希望全都虛假！
滿以為從此可以坐享安樂，
原來這不過是影、是煙、是夢！

**阿加瑪西利亞城的台爾·咖契狄亞布洛[13]院士**
**弔堂吉訶德墓**

在這裡長眠的騎士
挨足了打、走盡背運，
他遍嘗道途艱辛，

和駑騂難得同行同止。
桑丘・潘沙那大傻子
長眠之地也在附近，
向來以侍從為業的人，
唯他最忠厚誠摯。

**阿加瑪西利亞城的台爾・悌基托克[14]院士**
**弔杜爾西內婭・台爾・托波索墓**

這是杜爾西內婭之墓；
隨她多麼結實胖大，
死確是猙獰可怕，
已使她肉銷骨枯。
她頗有高貴的氣度，
原出身清白世家，
吉訶德愛上了她，

13 咖契狄亞布洛（Cachidiablo），意思是魔鬼的假面具。
14 悌基托克（Tiguitoc），教堂的鐘聲，指教堂打鐘的人。

就此光輝了她的鄉土。

以上是能辨認的幾首詩，其餘給蟲蛀得字跡模糊，只好委託一位院士憑推測來考訂原文。據說他熬了許多夜，費了不少心血，已經大功告成，打算和堂吉訶德第三次出門的記載一起公之於世。

「也許別人能用更好的『撥』來彈唱。[15]」

第一部四卷終

15 原文 Forse altri canterá con miglior plettro. plettro 是彈弦樂用的小薄片，用角、木或象牙做成，即中國的「撥」。阿利奧斯陀用這行詩結束了安杰麗加的故事（見《奧蘭多的瘋狂》，第三十篇第十六節），塞萬提斯借用來結束這個故事的第一部。